한국근현대소설의 흐름

윤병로 평론 선집 2

새미

한국근현대소설의 흐름

윤병로 평론 선집 2

머리말

1957년 『현대문학』에 「빙허 현진건론」과 「리얼리즘의 현대적 방향」이 추천되면서 평단에 발을 들여놓은지 엊그제 같은데, 벌써 40여년이란 세월이 훌쩍 지나가고 말았다. 그 동안 현대사의 굴곡과 함께 우리의 문학 또한 험난한 과정을 밟아왔다. 돌이켜보면, 나의 비평 역시 이러한 현대사와 문학사의 동태와 동떨어져 있지 않았다. 말하자면 문학평론가와 문학연구자로서 우리의 문학사를 탐구하고 동시대의 작품에 대한 비평에 지속적인 관심을 가져온 셈이다.

이제 대학 강단을 떠나면서 그동안 시간의 흐름 속에 축적되어온 나의 비평문 중에서 선택하여 두 권의 비평선집으로 묶어보았다.

1권은 비평에 대한 이론적 탐색을 한 것으로, 비평가로서 비평의 정체성을 모색한 평문들로 이루어져 있다. 모두 6장으로 구성되어 있다. 여기서는 우리 비평사의 쟁점을 검토해보는 과정에서 부각된 비평의 과제에 대한 내 나름대로의 비평적 견해를 펼쳐보였다. 비평 장르에 대한 일반적 성격을 고찰하고, 비평사의 매 시기마다 첨예한 비평의 쟁점으로 부각된 쟁점에 주목한 평문들이 대부분이다.

1장 '비평과 성찰'에서는 비평의 정체성을 탐구한 것이고, 2장 '이론과 전망'에서는 비평의 전망에 관한 다양한 성찰을 시도한 것이며, 3장 '전통과 현대'에서는 전통의 단절을 둘러싸고 전개된 비평의 쟁점을 검토해보았다. 4장 '형식과 장르'에서는 역사소설, 농촌소설, 사실주의 소설, 그리고 전후소설 등에 대한 특질을 밝혀보고자 한 평문들이다. 5장 '사적 시각과 시대

정신'에서는 식민지 시대 이후 전개된 우리의 비평사의 흐름을 통시적으로 살펴보았으며, 6장 '민족문학의 논리'에서는 지금까지 논의한 것을 기반으로 한 민족문학의 자생적 논리를 고찰해본 비평들이다.

한편, 2권은 작가와 작품론에 대한 것인데, 크게 3장으로 구성해보았다. 1장 '한국 근현대 작가의 풍모'는 식민지 시대의 주요한 작가를 대상으로 쓰여진 작가론인바, 대학 강단에서 문학사를 강의하며 탐구한 작가들로 구성되었다. 이러한 작가론을 토대로 2장 '한국 근현대 소설의 흐름1'에서는 개별 작가의 대표작에 대한 작품론을 선별해보았다. 그런데 1장과 2장이 식민지 시대에 치중하였다면, 3장 '한국 근현대 소설의 흐름2'에서는 8.15 광복 이후를 맞이한 작가의 작품을 대상으로 한 평설들로 구성되었다.

그동안 나름대로 다양한 작가와 작품에 대한 비평 작업을 해온 터이지만, 이렇게 원고를 정리해보니 여러 가지 회한(悔恨)이 겹쳐온다. 그것은 다름 아니라 여러 작가의 작품에 대한 비평과 함께 어느덧 그만큼의 시간이 흘렀으며, 그 지나간 시간의 과정 속에서 나의 문학적 행적 역시 시간과 함께 퇴적되고 있기 때문이다.

그런데 이렇게 묶인 두 권의 비평선집은 지금까지의 내 비평을 정리하는 것이기도 하지만, 앞으로 계속하여 문학에 대한 집요한 열정을 간직하기 위한 것이기도 하다. 새삼스러운 바도 아니지만, 문학의 끝은 존재하지 않는다. 아무리 세상사가 번잡스럽고 괴롭더라도 문학은 인간을 향한 사랑, 즉 휴머니즘에 기반한 삶의 청량제이기 때문이다.

비평선집을 묶으면서 나의 뇌리에 떠오르는 분들이 많다. 무엇보다 문학의 길로 인도해주신 월탄 박종화 선생님을 비롯한 여러 문학의 스승과 선배, 그리고 문단과 대학에서 문학을 매개로 우정을 돈독히 쌓은 동료와 후학들에게 이 자리를 빌어 감사의 마음을 표한다.

2001년 8월
윤 병 로

차 례

Ⅰ. 한국근현대작가의 풍모

여명기의 휴머니스트 — 이광수론

1. 유교적인 윤리에 구토

　　우리는 지금까지 뒤만 돌아보는 생활을 하여 왔다. 즉 조상만 늘 앙모하고 부모만 중심으로 하는 생활을 하여 왔다. 그러므로 조상의 유산을 조상의 분묘를 꾸미기에만 사용하였고 자녀의 새 집을 꾸미기에는 사용하지 못하였다. 이리하여 우리는 여간한 유산은 모두 조상의 분묘에 집어 넣고 말았다. 그래서 이렇게 못살게 되었다. 그러나 이제부터 우리는 앞만 내다보는 생활을 하여야 되겠다(「자녀중심론」).

　　이땅의 유교적 질서와 윤리에 구토를 느끼며 반기를 높이 들었던 춘원 이광수의 문학적 공적은 너무도 엄청나고 비범한 것이다.

　　이광수가 불행히도 6·25때 납치되어 북쪽으로 간 후 여태껏 정확한 소식을 모르다 끝내 비운의 죽음을 맞이하였다는 것은 그의 가족과 함께 모든 독자의 서글픔이기도 하다. 더욱이 평시에 건강치 못했던 그가 결국 비극적인 생으로 마감됐다는 것은 덧없는 비보이기도 하다.

　　일찍이 조실부모한 춘원은 1892년 평양 정주에서 태어난 조부의 슬하에서 자랐다. 어려서부터 남달리 뛰어난 재질로해서 1905년에는 천도교 유학생으로 선발되어 도일(渡日), 5년 뒤에는 동경에서 명치학원 중학부를 졸업했다. 곧 남강 이승훈씨의 부름을 받다 정주 오산학교의 교사가 되었다. 교편생활을 하면서 『소년』이나 『청년』지에 글을 쓰기 시작했다.

　　급기야는 세계 여행을 꿈꾸고 얼마의 여비를 장만해서 학생들과 눈물로 작별을 하고 만주로 건너갔다. 안도에서 위당 정인보씨를 만나 상해로 가기를 결심, 상해에서 성약한(聖約翰) 대학에 입학코자 했으나 신예관(申睨觀) 선생의 추천으로 「샌프란시스코」의 「신한민보」 주필자리를 얻어 블라지보스톡, 모스크바를 거쳐 미국으로 건너갈 차비를 했다. 도중에 치따에 들려 도산선생을 돕는 이강 선생과 지내게 되어 도미(渡美)는 일단 중단, 여기서 다시 유학의 꿈을 지니고 도일코자 귀국했으나 오산에 잡혀 또다시 교편생활을 하였고 이때 그는 『주역』이나 『서경』 따위에 심취되었다.

그러다가 마침내 인촌 김성수씨의 후원으로 1915년 와세다(早稻田)대학 철학과에 수학하게 되었는데 이무렵 그는 몇 편의 작품을 발표했고 그것이 작품다운 작품을 쓰게 된 출발점이 되었다.

바로 우리나라 근대 소설의 첫 작품이라고 할 수 있는 『무정』은 일종의 민족주의 자유주의 관념에서 쓰여졌던 것이다. 그 창작 동기를 "불쌍한 부모의 일, 동생들의 일, 나 자신의 기구한 어린 시대의 잊혀지지 않는 정다운 기억을 그려보고 싶은 충동에서 글을 쓴 것"이라고 춘원은 말했다.

「소년의 비애」, 「어린 벗에게」란 걸작을 내놓고 세상에 주목을 끌던 그가 3·1운동을 겪게 되자 학업을 중단하고 상해로 건너가 망명의 몸이 되었다. 여기서 주요한과 함께 상해 독립신문 주필을 맡는 한편, 홍사단 일을 도왔다. 독립 운동에 별로 큰 성과를 보지 못한 채 귀국해서 1923년 결혼, 그후 1남 2녀를 얻었다. 개벽사의 김기전의 권유로 다시 작가생활을 시작, 다음해에 송진우와 김성수의 권유로 동아일보에 입사해서 창작에 몰두했다.

1925년에는 동아일보사에 『마의태자』란 역사소설을 써서 상당한 인기를 얻게 되자 계속해서, 『유정』, 『단종애사』, 『세종대왕』, 『이순신』 등을 발표했고, 1933년 동아일보에서 조선일보로 옮긴 후 『이차돈의 사(死)』, 『사랑』 등의 작품을 집필했다.

홍사단 사건으로 1938년에는 7년 언도를 받고 복역하다가 신병으로 보석된 그는 입원가료를 받는 신세가 되었다. 그 후에도 몇 편의 장편을 썼고, 8·15가 되자 3년간 사릉(思陵)에서 영농하며 소일하기에 이르렀다. 1949년에는 이른바 반민특위에 회부되었다가 불기소로 석방되었으나 6·25의 발발로 그의 작가생활은 종지부를 찌고 말았다.

2. 선구자로서의 비애

춘원은 육당과 함께 우리 근대문학의 개척자일 뿐 아니라 우리 민족의 선구자이기도 했다. 그러나 그의 5,60년의 생애가 그저 평탄하고 빛나는 것만은 결코 아니었다. 그에게는 남달리 선구자로서의 비애가 한몸에 충만되어 있었다.

높은 이상 속에 살면서 그것을 그대로 실천해 보려는 춘원의 생애는 비극을 동반하고야 말았다. 한때는 덧없는 민족주의자가 되기도 했고 일제의 탄압에 억눌려 허무주의와 연애지상주의자로 타락했는가 하면 친일파란 누명을 쓰기까지 했다.

이런 춘원의 인간적 약점을 여실히 전해 주는 것이 동인의 「춘원 연구」란 글이다.

　　기미년이 되었다. 그때 마침 귀향하여 있던 춘원은 이 의논이 한창 무르익을 때에 다시 동경에 발을 들여 놓았다. ×를 초함에 있어서 그 초안에 급하였던 유학생간에서는 이 유학생계 문필가인 춘원에게 그것을 촉탁하였다.

　　이것은 춘원에게 있어서는 달갑고도 또한 무서운 일이었다.

　　그가 아직 주장하여 오는 민족주의적 열정으로 보아서는 이 위에 더 명예로운 일이 없을 것이다. 그러나 그 글을 초함으로 당연히 받을 법적 계재는 역시 그에게는 큰 일이었다.

　　그는 ×를 초하였다. 그런 뒤에는 그의 동지이자 또한 위촉자들이 그냥 류동(留東)하여 있는데 반하여 그는 황망히 상해로 망명하였다. 이것이 조선 문학사에서 특필할 만한 기념탑인 『창조』지 창간호 발행의 수일 후이었다.

> 이 피신이라는 것이 춘원의 온갖 방면을 가장 잘 설명하는 바다. 춘원은 어디까지든지 문학인이지 결코 전선에 나설 실행의 인물이 못된다.

좀 지나칠 정도로 동인이 춘원을 헐뜯고 있지만 춘원의 공과는 쉽사리 넘길 수 없는 것이다.

춘원의 자서전을 보면 그러한 사실을 얼마든지 수긍할 수 있을 것 같다. 어렸을 때의 포부는 대장이나 대신 같은 지도자가 되기를 열망했던가 보다. 하기야 어린시절이면 누구나 꾸는 꿈이지만 성년이 되어서까지 그러한 꿈 속에서 헤어나지 못했던 춘원은 남다른 기질의 소유자였다.

그러한 이상이 싹트고 형성된 직접적 동기는 자기집 생활이 하도 구차하여 그의 부친이 온갖 궁리 끝에 속으론 경멸하면서 김교리 집에 가서 교리의 딸을 자기 며느리로 달라고 했다가 거절당한 수치를 겪은 데서 비롯된 것인지도 모른다.

돈이 없다는 데서 받은 수치감은 곧 우월해지겠다는 반발적 결심으로 나타났을 것이다. 실상 그가 행동한 바를 보면 그것을 이해할 수 있다.

열살 안팎에 동학당(東學黨)에 입당한 춘원은 남보다 자신이 뛰어나다는 자부심으로 충만하였다. 그것이 밑천이 되어 한평생을 그러한 분위기 속에서 자랐던 것이다. 때문에 그가 훌륭하다고 생각한 사상이나 인물에 대해서는 거의 맹신적인 신앙을 가졌을 것이다. 이것이 미적인 요소가 되면서 그의 주견없는 심약성을 드러내준다 하겠다.

도산 안창호를 지독히 숭배했던 일이라던가 큰 아들을 잃고 불교에 위탁했던 일, 끝내는 친일사상에 빠졌던 사실만 보더라고 이광수가 얼마나 감회에 재빠른 성격 파탄을 지녔던가를 입증한다.

어쨌든 춘원의 모든 작품은 대중독자의 열렬한 벗이 되고 지침이 되었다. 그것은 갑오경장 이후 이른바 민족주의에 입각한 계몽주의로서 대중을 일깨워주려는 창작태도였던 것이다.

요란한 독자의 박수갈채 속에 파묻혔던 춘원이 그대로 소설만을 꾸준히 썼더라면 그의 공적은 좀더 뚜렷한 금자탑을 이룩했을 것이다. 불행히도 문학을 통해서 정치를 하려는 야심 때문에 씨의 인생도 하나의 적지 않은 구멍이 뚫린 셈이다.

3. 민족의 지도자로 자부

춘원의 모든 작품 세계는 과연 어떠한 테마를 다룬 것이었을까? 한마디로 계몽주의적이요, 민족주의적이요, 종교적이요, 연애지상주의로 일관했던 것을 알 수 있다.

때문에 그는 언제나 영웅주의적인 감격을 한몸에 지닌 채 민족의 지도자로 자부하면서 소설을 창작했던 것이다.

선천적으로 정치인의 소질을 타고난 춘원이 조국 없는 이 땅에 태어나서 부득이 착수한 일이 소설가였을 것이다.

현실에서 자신의 드높은 이상이 좌절된 그의 의욕이 작품을 통해서 형상화된 일은 너무나 당연한 일이다.

춘원의 출세작이며 근대 소설의 효시가 되는 『무정』에서 춘원은 민족의식을 뚜렷이 드러내 보여주었다. 거기서 작가는 '학교장'의 연설을 통해 민족의식을 고취했던 것이다.

여러분의 조상은 결코 여러분과 같이 마음이 썩어지지 아니하였고 여러분과 같이 게으르고 기운없이 아니하였오. 평양성을 쌓은 우리 조상의 기상은 웅대하였고 을밀대와 부벽루를 지은 우리 조상의 뜻은 컸오이다.

이렇게 우리 민족의 앞날에 대해서 채찍질하던 그는 『유정』에 와서는 더욱 뚜렷한 분노를 터뜨리고 있다.

이상하게 생각하시겠지. 하지만 고국에 무슨 그리울 것이 있단 말인가. 그 빈대 끓는 오막살이가 그립단 말인가, 물보다 모래가 많은 다 늙어빠진

개천이 그립단 말인가. 그 무기력하고 가난한 시기 많고 싸우고 하는 그
백성을 그리워한단 말인가. 그렇지 않으면 무슨 그리워할 음악이 있단 말
인가. 미술이 있단 말인가. 문학이 있단 말인가. 사상이 있단 말인가. 사모
할 만한 인물이 있단 말인가. 날더러 고국의 무엇을 그리워하란 말인가!

춘원의 창작동기가 어떻든 그의 문학 주조는 일제에게 짓밟힌 이땅의 겨
레가 하루 빨리 눈을 떠서 실력으로 독립을 쟁취해야 한다는 것이었다.
한편 역사소설을 통해서 독자들에게 우리 역사를 널리 보급시키며 민족
의식을 열렬히 퍼부었던 것은 춘원의 위대한 공적이 아닐 수 없다.
이를테면 『마의태자』와 『단종애사』를 통해서는 나라 잃은 울분을 호소
했고 『이순신』, 『세종대왕』, 『이차돈의 사』, 『원효대사』 같은 작품에서는
민족적인 지도자가 되겠다는 욕구를 보여주기도 했다.
그러나 이러한 이상이 실행되기 전에 일제의 탄압은 더욱 가혹하게 닥쳐
들었다.
한편 춘원이 얼마나 다정다감한 인격의 소유자인가는 그의 작품에서 넉
넉히 엿볼 수 있다. 특히 「그 여자의 일생」에 나오는 '심상태'란 인물로서
그러한 전형을 묘사했다.

상태는 민족주의자가 모인 데 가면 민족주의자가 되고 예수교인이 모인
데 가면 예수교인이 되고 또 사회주의자가 모인 데 가면 사회주의자가 되
었다. 그는 유학생 감독부에 가면 온전한 현실긍정주의자였다.

이러한 이중인격적인 처세방법은 춘원 자신에게 있어서도 씻을 수 없는
오점을 남겨 놓았다.
한때 학병 문제로 몹시 시끄러울 때
"안가면 되지 않아요. 봉변을 당해야 죽이기밖에 더 하겠습니까! 여선생
은 목숨이 그렇게 아까우십니까?"
그렇게 여운형을 무색케 해놓고 그 다음날 학병환송을 위해 서울역에 나

타난 것은 여씨가 아니라 반대로 춘원이었던 것은 너무도 아연한 일이다.

그보다도 해방 후 이른바 '반민특위'에 걸려든 춘원은 「친일파의 변」에서 친일하는 것은 민족을 위하는 길로 믿었다고 변호했다.

실로 이런 약점은 '심상태'와 같은 일면으로서 합치될 것이다.

그보다도 작가의 이중인격이 문제되는 것이 아니라 보다 복잡한 요소를 작가들이 발휘해야 된다는 것이 보통 상식이다. 다만 사회란 것과 예술이란 세계가 서로 상치된다는 것뿐이다.

4. 완벽한 작가

비록 춘원이 얼마쯤의 흠을 그의 생애에 남겼다 하더라도 우리 문학사에 남긴 공적은 너무도 뚜렷한 것이다. 이 땅의 근대문학을 쌓아 올리는 데 남긴 불후의 업적은 육당과 함께 지울 수 없는 것이다.

춘원의 특기할 업적이란 것은 도대체 어떤 것이었을까? 그것은 구어체 문장을 최초로 썼고 근대시와 근대소설의 제일인자요, 봉건사상에 대한 최초의 반항자라는 점일 것이다. 아무리 시의 문학이 완숙된 것이 못되고 하잘 것 없다고 하더라도 그것만은 부인할 수 없을 것이다.

다음에 춘원의 장점을 들자면 작가적인 특질을 철저하게 지니고 있었다는 점이다. 시인으로서나 소설가로서나 평론가로서나 별로 흠잡을 수 없을 만큼 완벽한 작가였다는 것이다. 때문에 반세기에 걸친 이땅의 근대문학사에 있어서 언제나 최대의 작가로 인정받아온 것은 움직일 수 없는 사실이 되었다.

또 한편으로 그가 휴머니즘에 시종했다는 점이다. 다시 말하면 그의 모든 작품세계의 밑바닥에 흐르는 테마는 한결같이 휴머니즘을 벗어난 것이 전혀 없었다는 점이다. 민족주의적인 의식이나 종교적인 윤리가 아무리 추상적인 관념이었더라도 그의 작품은 인간에 대한 애정과 인류에 대한 동경에 기초한 것이었다.

이렇게 볼 때 그의 「정육론(情育論)」은 하나의 휴머니즘의 선언이기도 한다. 그는 언제나 인간을 부정하거나 절망적인 태도로 바라보지는 않았다. 이러한 휴머니즘으로 해서 그의 문학은 언제나 광채가 났던 것이다.

그러한 뜻에서 그는 한국 최초의 휴머니스트였다고 볼 수 있을 것이다.

그러나 춘원을 단순한 휴머니스트로 규명할 수만 없는 것이 앞서도 잠깐 말한 바 엄청난 혁명아였던 것을 결코 잊을 수 없기 때문이다.

이 사실에 대해서 동인은 다음처럼 얘기하고 있다.

> 그가 처음에 던진 문학은 반역적 선언이었다. 실로 용감한 돈키호테였다. 유교와 예수교에 선전을 포고하였다. 부자(父者)들에게 선전을 포고하였다. 결혼에 선전을 포고하였다. 온갖 예의 — 이 용감한 돈키호테는 재래의 「옳다」고 생각해온 것에 반역하였다. 그리고 이 모든 반역적 사상은 당시의 전조선 청년의 일치되는 감정으로 다만 중인(衆人)은 차마 이를 발설치 못하여 침묵을 지키던 것이었다. 중인(청년계급)은 아직껏 남아있는 도덕성의 뿌리 때문에 혹은 예의 때문에 이를 발견치 못하고 있을 때 춘원의 반역적인 기치는 높이 들리었다. 청년들은 모두 그의 기치아래 모여들지 않을 수 없었다.

이렇듯 이론만을 드높이 외친 것이 아니라 춘원은 자신의 생활을 통해서 실천했다. 우선 부모의 결정으로 이루어진 결혼을 해약하고야 말았다. 춘원이 일본유학의 길에서 돌아오자 당시 베스트셀러였던 『사랑』의 인세 전부를 부인에게 주어버리고 과감히 이혼을 했다고 한다. 그 다음에 비로소 허영숙과 열렬한 연애결혼을 했다. 허영숙의 말을 빌리면 춘원과 애정이 맺어진 것은 춘원이 일본서 결핵으로 병상에 있을 때였다고 한다.

당시 간호를 담당했던 허영숙은 자기의 모든 정성을 다 바치어 춘원을 돌봐준 것이 연유가 되어 결혼에 이르렀던 것이다.

이러한 애정문제가 오늘에 있어서는 별로 새롭거나 특이한 것이 못되지만 당시 춘원의 처사로서는 확실히 비난의 대상이 되지 않을 수 없었다. 그러나 선구자의 비애를 묵묵히 감수하면서 춘원은 자기의 이상을 하나하나 실천해 가는 데 좀처럼 주저하지 않았다.

시대의 반항자로서 자처했던 춘원, 그의 행동은 모름지기 우리 사회의 새로운 시표가 되어 낡은 것에 대한 새로운 것의 봉화가 되었다.

반봉건적인 이 봉화의 불길은 우리 사회가 근대로 접어들 수 있는 길을 밝혀주었다. 때문에 춘원은 비단 문학의 공로자일 뿐 아니라 우리나라 여명기의 위대한 사상가였던 것을 잊어버릴 수 없는 것이다.

어떻든 우리의 문학사를 서술함에 있어서 춘원만큼 거창한 존재도 드물 것이다. 이제 다시금 첩첩이 겹쳐져 있는 많은 산봉우리 중에서 가장 우뚝 솟은 춘원 문학을 찾아내야 할 것이다.

(『한국근현대작가작품론』, 성균관대출판부, 1993)

교만과 패기의 작가 — 김동인론

1. 노벨문학상을 내가 타야지

노벨문학상이 만약 이 땅에 주어진다면 당연히 자신이 타야한다고 버젓이 대답할 수 있었던 동인(東仁).

김동인은 1900년 평양에서 태어나서 6·25때 서울에서 무참히 횡사할 때까지 그는 50여 평생을 오로지 문학을 위해 바치었다.

부호의 자식으로 태어난 동인은 일찍이 도일해서 동경 청산학원 중학부를 졸업한 뒤에는 화가를 지망해서 미술학원에 적을 두기도 했다. 그러나 중도에 뜻을 달리해서 문학을 택하게 되었다.

이 무렵 우리 나라에는 겨우 춘원이『무정』을 발표해서 신소설에서 근대소설로 이끌어 가던 정도였고 본격적인 소설이라고는 찾을 길이 없었는데 동인은 우리 나라 순수소설을 창조해 내는 선봉이 되었다.

어려서부터 외국문학을 샅샅이 섭렵한 동인은 3·1운동 직전『창조』를 발간하기에 이르렀다. 이것은 우리나라 최초의 순문예지로서 그후 막대한 사제를 털어 넣으면서까지 이끌어 갔다.

이때부터 30년을 온갖 고초와 싸워가면서 한결같이 문학에 정진한 것은 바로 동인의 불붙은 작가적 패기가 밑받침되어 있었음은 물론이다. 취직이라고는 단 한번 조선일보의 학예부장으로 취임했었으나 그의 강직 오만한 성품으로 인해 겨우 일주일로서 끝장이 나고 말았다.

동인의 뚜렷한 이력이나 경력은 오직 문학밖에 없었고 그의 죽음은 참으로 눈물겨운 비극이었다. 병상에서 갑자기 1·4후퇴를 당한 동인은 신당동 자택에서 홀로 버림받은 채 병사(病死)인지 아사(餓死)인지 조차 추측할 길

없는 죽음을 했다는 것이다. 적어도 우리 나라 현대문학의 위대한 한 선구자가 이렇듯 그 최후가 비참했다는 것은 누구에게나 가슴 아픈 일이 아닐 수 없다.

한편 그의 남다른 성품과 행동은 특기할 만한 것이 아닐 수 없다. 오로지 자신의 세계 속에 틀어박혀 외부 세계와의 교제를 끊어버렸던 것이 바로 동인의 문학세계인지도 모른다.

> 모든 것이 귀족적이다. 모양도 상당히 낸다. 입은 것, 사는 것, 행동 모든 것이 다 고상한 맛이 난다. 기차는 2등, 여관은 특등이 아니면 들지 아니하고 수백원짜리 금시계에 시계줄은 금강석을 박은 것이었다……있으면 막 쓰고 없으면 그만두는 성미였다.

이렇게 말한 방인근씨의 인상평이 그의 면모를 여실히 전해주고 있다.

2. 낭만주의에서 자연주의로

동인의 작가 활동의 첫 출발은 단편으로부터 장편, 그리고 역사소설은 물론 평론에까지 그 활발한 역량을 보여주었다.

애초에 발표한 것은 1919년에 「약한 자의 슬픔」이었고, 다음에 「마음이 옅은 자여」를 썼으나 별로 큰 주목을 끌지 못했다. 그저 춘원의 것보다는 심리묘사나 성격창조에 뚜렷했을 뿐 단편인지 장편인지 조차 구별하기 힘들 정도였다.

그것이 「배따라기」에 와서 비로소 동인의 작가적 역량이 뚜렷해졌다. 여기서 보여준 작품 분위기는 몹시 강렬한 낭만주의적 냄새가 풍기는 것이었다.

의가 좋은 부처가 행복된 생활을 하다가 그 남편이 자기 아내와 자기의 동생이 치정을 맺고 있다고 오인하자 아내는 바다에 빠져 죽고 동생은 행방불명이 된다. 마침내 자기의 판단이 잘못임을 깨달은 주인공은 아내를 삼킨 바다와 가깝기 위해서 뱃사람이 되어 「배따라기」의 노래를 부르며 동생을 찾아다니는 것이 이 작품의 줄거리이다.

그처럼 10년이고 20년이고 유랑하는 이 주인공의 의식은 결코 현실적인 것이라기보다 감상적인 탐닉이거나 영탄적 세계였다. 이런 작품 세계를 보여준 동인은 1925년경에 이르러서는 「감자」와 「명문」을 통해서 자연주의적 경향으로 접어들었다.

「감자」는 '복녀'란 한 농촌여성이 성적으로 타락되는 과정을 샅샅이 폭로하는 것이다.

주인공 '복녀'는 남편이 있는 여성임에도 불구하고 애초에는 인부감독에, 나중에는 '왕서방'(中國人)에게 몸을 바친다. 경제적인 빈곤을 해결하기 위해서 정조를 바치는 것이 애초의 구실이 되었으나 그것이 자꾸 되풀이됨에 따라서 이에 대한 어떠한 양심적 가책이나 고민이 '복녀'에게 전혀 없었다.

> 그는 아직껏 딴 사내와 관계를 한다는 것을 생각하여 본 일도 없다. 그것은 사람의 일이 아니요 짐승의 하는 짓 쯤으로만 알고 있었다. 혹은 그런 일을 하면 탁 죽어지는지도 모를 일로 알았다. 그러나 이런 이상한 일이 어디 있을까. 사람인 자기도 그런 일을 한 것을 보면 그것은 결코 사람으로 못할 일이 아니었다. 게다가 일 안하고도 돈 더 받고, 긴장된 유쾌가 있고, 비러먹는 것보다 점잖고-. 일본말로 하자면 삼박자 같은 좋은 일은 이것 뿐이었다. 이것이야말로 삶의 비결이 아닐까. 뿐만 아니라 이 일이 있은 뒤부터 그는 처음으로 한 개 사람이 된 것 같은 자신까지 얻었다.

부정의 행위를 이처럼 자위하고 있는 '복녀'에 대한 그의 남편의 태도는 "이것이 결국 좋은 일이라는 듯이 아랫목에 누워서 벌신 벌신 웃고"있는 것이다. 그리고 '왕서방'이 색씨를 얻은 것에 질투하여 칼을 들고 덤벼들다가 '왕서방'에게 복녀가 죽음을 당한다. 이때 그의 남편은 '왕서방'이 주는 몇 푼의 돈에 매수되어 '복녀'의 피살을 자연사처럼 꾸며준다. 이렇듯 성적으로 타락된 '복녀'나 금전에 눈이 가리운 그의 남편이나 몇 푼의 돈으로 살인을 무마하려는 '왕서방'도 모두 부정적인 인물인 것이다.

윤리적이고 도덕적인 권위를 적극 부인한 동인은 「명문」에서 신을 조롱하는 태도로까지 발전했다. 여기서는 신을 끝까지 야유하고 희롱의 대상으로 삼아서 우상을 부정, 파괴하고 있다.

3. 탐미주의에 얽힌 휴머니즘

1930년대에 접어들자 동인의 작풍은 점차 무르익어 가는 문장과 함께 탐미주의적인 경향으로 바꿔지기 시작했다. 바로 그것이 「광화사」, 「광염 쏘나타」 등에서 뚜렷이 그 면모를 갖추게 되었다.

「광화사」는 천하에 못생긴 천재 화가 '솔거'가 천하에 미인이었던 그의 어머니를 그려보려는 탐미적인 노력을 보이고 있다.

이미 세상을 등진 그의 어머니의 모델을 구해서 헤매다가 어머니와 같은 처녀 하나를 찾게 된다. 그러나 그 처녀는 소경이었으므로 어떻게 해도 어머니와 같은 꿈과 신비를 지닌 눈으로 고칠 수는 없었다. 어머니의 미를 재생하려는 그의 모든 노력이 수포로 돌아가자 '솔거'는 그만 미쳐 버린다.

이렇듯 어머니의 아름다움을 몹시 그리워하는 동인의 열렬한 탐미적인 정열의 표현이 아닐 수 없다.

또한 「광염 쏘나타」는 백성수라는 천재적인 작곡가가 그의 예술적 영감을 살인과 방화에서 취재하는 창작과정을 묘사한 것이다.

　힘 있는 예술, 선이 굵은 예술, 야성으로 충일된 예술, 우리는 이것을 기다린지 오랬습니다. 그럴 때에 백성수는 나타났습니다. 사실 말이지 백성수의 그 생의 예술은 그 하나 하나가 모두 우리의 문화의 기념탑입니다. 방화? 살인? 변변치 않은 사람개는 그의 예술의 하나가 산출되는데 희생한다면 결코 아깝지 않습니다. 천년에 한번 날지 못날지 모르는 그 천재를

몇 개의 변변히 않은 범죄를 구실로 이 세상에서 없이 하여 버린다 하는
것은 더 큰 죄악이 아닐까요. 적어도 우리 예술가에게는 그렇게 생각됩니
다.

이렇듯 백성수의 아브·노발한 광적 탐미의식을 대변하면서 예술지상주
의의 전형적인 발언이 아닐 수 없다.
「광화사」나 「광염 쏘나타」를 거쳐 다시 「발가락이 닮았다」와 「K박사의
연구」 등에서 동인의 휴머니즘이 여실히 반영되었다.
두 작품이 모두 자연관학적인 해부방법이나 시험방법을 통해서 자연주의
적 수법을 택하고 있지만 휴머니즘을 밑받침한 작품이었다.
「발가락이 닮았다」는 몹시 성적으로 방탕했던 노총각 'M'이 결혼한 지
2년만에 뜻밖에 그의 아내가 임신을 했다. 'M'의 생식불능이 사실이라면 아
내의 임신은 부정의 결과임이 확실하다. 그러나 'M'은 끝까지 아내의 정숙
을 믿고저 노력한다.

> M은 어린애를 왼편 팔로 가만히 꺼내어 놓습니다.
> "이놈의 발가락 보게. 꼭 내 발가락 아닌가. 닮았거든……."
> M은 열심히 찬성을 구하듯이 내 얼굴을 바라 보았습니다. 얼마나 닮은
> 곳을 찾아 보았기에 발가락 닮은 것을 찾아 내었겠습니까.
> 나는 M의 마음과 노력이 눈물겨웠습니다. 커다란 의혹 가운데서 그 의
> 혹을 어떻게 하여서든 삭여 보려는 M의 노력은 인생의 가장 요절한 비극
> 이었습니다. M이 보라고 내어 놓은 어린이의 발가락은 안 보고, 오히려 얼
> 굴만 한참 들여다보고 있다가 나는 마침내 이렇게 말하였습니다.
> "발가락뿐 아니라 얼굴도 닮은 데가 있네."

이 스토리는 당시 문단주변에서 일어난 실화를 작품화해서 한동안 센세
이션을 잡아 일으켰던 모양이다.
한편 「K박사의 연구」는 식량부족을 해결키 위해서 똥에서 음식물을 만

들겠다는 'K박사'의 연구의 성공과 실행의 실패에 대한 얘기다. 어쨌든 앞의 두 작품은 자연주의적 수법을 통해서 이루어진 휴머니즘의 표현인 것이다.

4. 절정에 이른 자연주의

동인의 자연주의는 「감자」와 「명문」에서 싹터서 1940년대에 이르러 「김연실전」이나 『수양』 등에서 절정에 이르렀던 것이다.

「김연실전」은 '김연실'이라는 1920년대의 한 선구적 여성의 행적을 그 제재로 하고 있다. 이것은 1939년 『문장』지에 연재되었으나 지나친 섹스 묘사로 일제로부터 출판 불허가 처분을 받았던 작품이다. 이 작품의 구성은 「수도편」, 「선구편」, 「오도편」의 3부로 나뉘어져 있다.

'연실'이가 계모의 모친 학대와 아버지의 냉대에 항거하여 일본 유학을 준비해서 남몰래 일어를 공부하고 드디어 일본에 유학하는 것이 「수도편」이다.

「선구편」은 일찍이 동경에서 선구자는 연애를 해야 된다는 것을 깨닫고 한국인 유학생을 강요하여 연애행동과 성교를 강행한 '연실'이는 귀국 후에도 그러한 행동을 자행한다. '연실'이는 먼저 그의 동무 '명애'의 남편인 '고창범'과 애정을 나누다가 '명애'에게 발각되어 쫓겨 나온다. '명애' 집에서 쫓겨나온 '연실'이는 다시금 문학 청년 '김류봉'과 호텔에서 동거 생활을 한다.

「오도편」은 이같은 '연실'의 온갖 생활이 절망과 실패로 접어드는 과정을 보여준다. '김류봉'과 헤어진 '연실'이는 또다시 신문기자 'J'와 같이 살다가 그에게 딱지를 맞는다. 이제는 돈도 애인도 모두 잃어버린 '연실'이가 셋방을 얻기 위해서 복덕방을 찾아갔다가 우연히 처음으로 정조를 빼앗겼던 일어선생을 만난다. 그렇게 해서 바로 복덕방 영감인 일어 선생과 한쌍의 부부가 된다는 것이다.

이같이 「김연실전」의 전기적 사실은 1920년대의 우리 여성을 대변했다기보다도 자연주의의 전형적인 한 인생의 표현이라고 볼 수 있다. 왜냐하면 그것은 현실의 부정적인 인간형을 해부 폭로함으로써 자연주의적인 기능을 충분히 발휘한 탓이다.

『수양』은 역사 역사적으로 취급하고 있는 수양대군을 현실적으로 수긍함으로써 우상파괴의 자연주의적인 정신의 작품이었다고 볼 수 있다. 이것은 역사적 가치를 얼마든지 바꿔서 역사 소설을 형상화시킬 수 있다는 좋은 표본이기도 하다.

1940년대에 이르기까지 자연주의의 기치를 끝까지 내세운 동인은 일제 말기에 이르러는 역사 소설을 쓰기 시작했다.

「붉은 산」과 「운현궁의 봄」은 민족주의적 의식을 가장 짙게 드러낸 표본이기도 하다

「붉은 산」은 만주로 흘러간 동포들의 촌락인 '××촌'에서 벌어진 얘기이다.

이 작품 속에 깔려 있는 정신적 기반은 어디껏 민족주의 의식을 내세워 민족과 조국에 대한 불타는 애정을 애절하게 표백시켜 준다는 점이 주목할 만한 것이다.

한편 동인은 단편 작가와 역사 소설가 뿐만이 아니라 비평가로서도 상당한 문제작을 내놨다. 씨는 비평무용론자로서도 유명하다.

1920년대 염상섭씨와 비평문제를 갖고 일대 논쟁을 한 적이 있다.

이 때에 우리 문단에 사건이 하나 생겼으니 그것은 상섭과 필자와의 사이에 생긴 논쟁이었다. 문예상 견해에 관한 논쟁의 그 첫 솔로 기억할만 하지만 혼돈한 문예계에 어떠한 암시를 주었다는 것으로서도 확실히 기억하여 둘 필요가 있다. 그것은 「비평」에 대한 견해의 상이로서 생긴 논쟁이니 상섭의 논은 "비평가는 재판관과 같으니 비평가의 태도는 범죄를 탐구하는 재판관과 같이 작품 위에 임할 것이오, 작품 그것 뿐 아니라 그 작품을 제작하게 된 작자의 동기까지도 탐힐(探詰)할 수 있다." 함이요 필자의

논은 "비평가는 활동사진과 변사와 같이 독자에게 그 작품의 조화정도를 설명하여 줄뿐 작품이나 작가에 대하여는 아무 권리도 없다. 작품이 한 개의 존재인 이상에는 비평으로 그 본질적 가치가 좌우되지 않는다."

이 같은 논쟁을 통해서 평론가로서의 직능을 훌륭히 이룩할 수 있었다. 그리고 『춘원연구』를 써서 우리 나라 최초의 작가론을 이 세상에 내놓은 셈이다.

5. 문학의 화신

50평생을 시종여일하게 문학에 헌신하다가 마침내 비통하게 돌아간 동인. 바로 그 자신의 문학의 화신이 되어 오늘날까지도 우리 문학의 선구자로서 높이 평가되고 추앙되고 있다.

어떠한 틀 속에도 제약됨이 없이 탄탄한 패기로서 당초에 춘원의 계몽문학에 반기를 들고 문학으로서 독립성을 지니게 하는 순수문학의 기반을 굳건히 닦아 놓았다.

동인은 구어체 문장의 개척자인 동시에 최초의 순문학운동자였다. 그리고 우리 나라 최초의 단편작가였다는 점과 자연주의의 확립자란 점을 높이 사야겠다.

특히 역사소설가로서 많은 인기를 끈 것은 놓칠 수 없는 일이다. 『운현궁의 봄』을 비롯해서 『제성대』, 『수양』, 『해지는 지평선』, 『젊은 그들』, 『견훤』, 『백마강』, 『안돌아 오는 사자』, 『교상의 국태공』 등 숱한 작품을 우리들에게 몹시 감명 깊게 읽혀졌다.

어쨌든 문학의 불모지였던 이 땅에 태어나서 마지막 피 한방울까지 문학을 위해서 안타까이 태웠던 동인은 몹시도 기구한 운명이었다.

만약 동인이 서구에 태어났던들 자신이 장담해로 노벨 문학상을 어김없이 받았는지도 모른다. 아니 꼭 받았으리라 믿는다.

그러나 우리는 결코 그와 같은 일에 조금도 실망하지 않는다. 오히려 메마른 땅에 동인의 고귀한 피땀이 뿌려져 한떨기 문학이 꽃피어났던 것이다.

그것은 메마른 이 땅의 문학 풍토에 뿌려진 고귀한 그의 땀이 결코 헛되지 않았음을 우리는 굳게 믿기 때문이다.

(『한국근현대작가작품론』, 성균관대출판부, 1993)

자연주의 문학의 대가 — 염상섭론

1. 절대의 자유신봉자 김창억 — 「표본실의 청개구리」

횡보 염상섭은 1921년 「표본실의 청개구리」를 발표하면서 작가 생활을
시작했다. 그가 1963년 작고하기까지 근 40여년의 작가 생활이 남긴 작품량
도 기록적이지만 그에 대한 문학사적 평가는 춘원, 동인, 빙허, 월탄, 도향
등과 함께 근대문학의 큰 자리를 차지한다. 특히 횡보는 동인과 비교되는
자연주의와 사실주의 작가로 정평(定評)되고 있지만 그의 작가론과 작품론
이 충실히 전개되지 못한 느낌이다.

과연 횡보의 수많은 작품들은 어떻게 평가되어야 하며, 그 작중 인물들은
얼마만큼 독자의 공감에서 수용되고 있는가를 타진하는 과제가 중요하게
대두된다.

구체적으로 횡보 소설의 인물과 계층적 조명을 시도하기 위해서 지금껏
통념되는 대표적 발언을 상기해 본다.

> 아주 가난한 것도 아니고 아주 부자도 아니고 그저 어중간하게 사는 인
> 물, 또는 아주 악한 것도 아니고 아주 착한 것도 아니고 그저 어중간한 인
> 물, 또는 아주 똑똑한 것도 아니고 그저 중간치에 해당하는 인물, 그의 대
> 표작이라는 『삼대』를 비롯해서 대부분이 그렇다. 그렇다면 이런 인물들이
> 무대에서 과연 독자적 호기심을 만족시킬 만한 경이로운 사건이 일어날
> 수 있을까?(김우종의 『현대소설의 이해』 p.39)

이와 같은 김우종의 평가는 횡보 소설의 인물 특징을 대변하는 것으로

공감되지만 그 구체적 인물들의 계층적 조명은 좀더 많은 작품들을 분석함으로써 해결될 것으로 기대된다 따라서 횡보 소설의 초기 작품에서부터 말기 작품에 이르는 광범위한 작품이 거론되어야 할 것이다.

횡보는 처녀작 「표본실의 청개구리」를 필두로 「암야」, 「제야」, 「친혼기」, 『만세전』 등을 통해서 무겁고 침통한 자연주의적 문장을 구사해 갔다. 이러한 전기 작품들은 현실을 부정적으로 해석함으로써 주관적인 색채가 짙게 반영된 것으로 풀이된다. 그러나 그 후기에 쓴 「금반지」, 「전환」, 「조그만 일」, 「밤」 같은 작품들에선 훨씬 리얼리틱한 방향으로 기울어졌다.

「표본실의 청개구리」는 분량으로 보아 단편이라기보다는 중편으로 간주되는 작품이다. 이 작품이 발표되던 시대적 배경은 3·1운동 전후가 되므로 이땅의 분위기는 몹시 우울하고 침통할 수밖에 없었는데, 작중인물 김창억의 발광상태를 절대의 자유 또는 신의의 신봉자로 부각시킨 점은 당대의 현실을 부정적으로 비판한 창작태도의 일면이라고 풀이된다. 그리고 그것은 암울하고 절망적인 사회현실을 실험주의적 혹은 자연과학적인 방법으로 작품화했다는 데서 더욱 화제가 되었다. 「표본실의 청개구리」의 문학적 특징은 무엇보다도 심리분석적인 방법을 최초로 시도한 점이며, 또한 그것을 상징적인 수법으로 성취시킨 점이다.

이 작품에서 주인공의 불안과 공포, 그리고 번민의 심리를 표현하기 위해서 생물시간에 해부대에 올라 있는 청개구리를 등장시키고 있다. 이와 같이 상징적인 수법으로 인간심리를 해부해 나간 것은 매우 경이적인 것으로 평가되고 있다. 그러나 이 해부된 심리세계가 다소 과장적이긴 하지만 유희적 관념 또는 창조적 고민이나 불안은 아니었다고 김우종은 지적했다.

그의 말을 빌면 염상섭은 '나'를 그려 나가는 데 청개구리를 등장시켰을 뿐만 아니라 광인 김창억을 등장시켜 그로 하여금 '나'를 반사적으로 표현하도록 색다른 수법을 썼다는 것이다.

그리고 김창억을 통해서 표현된 염세적인 경향이나 허무주의적인 경향은 그러한 인생관의 밑바닥에 깔려 있는 인생의 깊은 오뇌를 말해 주고 있다는 것이다.

2. 소외된 지식인의 전형 이인화 — 「만세전」

「표본실의 청개구리」보다 몇 년 뒤에 발표된 『만세전』(1923)은 『시대일보』에 연재된 장편으로 횡보의 작품세계를 분수령화하는 획기적 작품이다. '나'란 제일인칭으로 쓰여진 『만세전』은 확실히 횡보의 자서전임에 틀림없다. '이인화'란 주인공은 W대학 문과에 재학중인 문학청년이다. 여기다가 열여섯살에 도일해서 유학했다는 것과 일본 여자 '시즈꼬'와 연정을 맺었던 일, 요시찰 인물로 언제나 일경에 쫓기던 일들은 모두 작가의 청년시절과 합치되기 때문이다.

실상 「묘지」란 구제(舊題)로 쓰여진 『만세전』을 읽어가면 개화기의 우리 지식 청년들이 얼마만큼 비애 속에 몸부림쳤던가를 짐작할 수 있다.

사건은 이 땅에 '만세'가 일어나기 전 해 겨울에서 비롯된다. 『만세전』의 얘기는 비교적 평범한 것이지만 거기에 저류되고 있는 내용이나 사상은 바로 지난날 우리 사회의 구김 없는 측도(測度)가 된다.

'나'란 주인공은 다름 아닌 지난날 한국적 지식인의 전형이었을 것이다. 그의 연애관이며, 인생관이며, 세계관의 어느 하나도 과장된 것이 아니었다. '인화'의 결혼은 끝내 비극으로 시종하고 말았다. 사랑 없는 결혼이란 언젠가는 불화를 드러내게 마련이다.

일찍이 춘원이 그렇게 선언했듯이 우리의 조상들은 너무도 자신을 속여왔다. 부부 관계를 여지껏 강박된 의무감에서 유지했던 일은 어처구니 없는 일이었다.

내환에 대한 급전을 받고 양심의 가책을 받아가면서까지 정부를 찾아가거나 옛 애인을 찾아다녔다는 것이다. 시간을 재촉하는 병자를 옆에 놓고도 일본의 애인과 이러쿵 저러쿵 연서를 교환했다든가, 그뿐 아니라 십여년을 함께 해로한 아내의 임종을 보고도 눈물 한 방울 흘리지 않았다는 사연에서 더욱 아연해진다.

횡보의 자연주의는 이같이 냉정한 수법으로 애정문제를 분석했다. 여기에는 한 푼의 동정이나 감상을 찾아볼 기이 없다.

그러나 『만세전』에서 크게 관심되는 것은 '인화'의 플라토닉한 사랑이 아니라 일제 식민지하에서의 우리 민족의 끓어 넘치는 비애라 할 것이다.

귀국의 길에 오른 '인화'는 도처에서 불심검문을 받고 미행을 당했다. 이유는 단지 한국 대학생이란 점에서였다. 연락선의 목욕탕에서 함부로 내뱉는 일인들의 대화는 당시 우리 민족에 대한 치욕적인 언사였다.

> 요보 말씀? 젊은 놈들은 그대로 제법들이지마는 촌에 들어가면 대만의
> 생번(生蕃)보다는 났다면 나을까 인데 가서 보슈…… 하하.

실상 당시의 우리 사회가 그만큼 미개했던지 모른다. 부산의 일식집에서 여급까지도 한국 남자는 싫다고 공공연히 떠들던 세상이니까 말이다.

한편 '인화'는 매사에 불평불만을 품었다. 이를테면 형님이 작은댁을 얻은 것을 일종의 구제니 자선이니 하고 변명하는데 대해서 '인화'는 몹시 날카로운 비판을 가했다. 그런가 하면 시시각각으로 썩어드는 한국인의 민족 감정에 한없이 개탄했다.

공포, 경제, 미풍, 가식, 굴복, 도회, 비굴 따위에 숨어 사는 것이 한민족의 가장 현명한 처세술이라고 보았다. 그 이유는 오랫 동안 봉건적 성장과 관료전제 밑에서 더께가 앉고 굳어 빠진 껍질 속으로 더 파고 들어가는 것이 우리 생활이기 때문이다.

그런데 만세전에서 인화의 처절한 엘레지는 다음의 독백에서 신랄하게 축약된다.

> "이게 산다는 꼴인가? 모두 돼져 버려라!", "무덤이다! 구더기가 끓는 무
> 덤이다!", "공동묘지다! 공동묘지에 살면서 죽어서 공동묘지에 갈까봐 애
> 가 말라하는 갸륵한 백성들이다!"

3. 정신적 파산자 김옥임 ―「두 파산」

염상섭은 출세작「표본실의 청개구리」를 필두로『만세전』,『사랑과 죄』,『이심』,『삼대』,『무화과』,『모란꽃 필 때』 등의 장편소설을 썼으며, 그 후의 문제작이라고 할 수 있는「두 파산」,「임종」,「굴레」 등을 써서 문단의 각광을 받았는데, 이들 작품들은 모두가 사실주의가 심화된 경지를 보여줌으로써 그의 가장 성공한 역작으로 평가되고 있다.

「임종」(1949)은 한 병자의 임종을 중심으로 죽음 앞에서 걷잡을 수 없이 나약해지는 심정, 그리고 죽음에 대한 공포, 생에 대한 집요한 인간의 본능을 사실적으로 추구한 작품이다. 금방 죽음에 직면해서도 한약을 지어오라고 조르고 회춘하여 무슨 재단의 부이사장이니 이사가 곧 된다고 믿는 생의 본능의 얼마나 어리석고 끈질긴 것인가를 여실히 보여준다.

입원비를 치를 경제적 형편도 형편이러니와 집에서 죽게 해야 한다는 체면 때문에 두달 동안의 언쟁 끝에 퇴원했으나 환자는 도중 차안에서 숨을 거두고 만다.

이렇게 임종한 병자가 평시에 불교신자였지만 죽음에 임박해서는 천주교 세례를 받는 아이러니와 함께 가족들이 위안을 느끼는 것은 인간의 허식적 일면을 사실적으로 묘사해 인간의 본능의 참 모습을 실감나게 보여준 것이라 하겠다.

「임종」과 함께「두 파산」(1949)은 횡보의 단편에서 걸작으로 평가받고 있다. 주로 소시민층의 세속 속에서 취재하기를 즐겼던 횡보는「두 파산」에서도 조그마한 점방을 중심으로 해서 벌어지는 복잡 미묘한 인간관계를 환히 그려내고 있다. 특히 여기에서는 생활의 파산자와 성격의 파산자를 서로 비교하면서 심리적 갈등을 생생히 분석해 간 것이 특징이다.

"어머니, '교장' 또 오는군요." 이렇게 시작되는「두 파산」은 해방후 소시민 사회의 복잡한 생활현실을 리얼하게 추구한 작품이다 여기서는 정례 어머니와 김옥임이 주역이 되는 셈이지만 옛날 교장을 지냈다는 고리대금을 하는 중늙은이와 사업에 번번히 고배를 마시는 '정례' 부친 등이 어울려 하나의 복잡다단한 생활풍속도를 엮어간다.

횡보는 노련한 자연주의 필치로 사건과 심리상황을 구석구석까지 추적하고 고발하는데 성공하고 있다. 이를테면 '정례' 어머니의 생활파산이라든가 옥임이의 정신파산 과정을 너무도 생생히 그렸고 자연스럽게 부각시키고 있다.

특히 「두 파산」에서 보여준 교훈은 정례 어머니와 같은 생활파산자보다 '옥임'과 같은 정신파산이 더 엄청나게 무섭다는 사실이다. 좀처럼 회복될 수 없는 구렁으로 빠져 자기의 옛 모습을 전혀 찾을 길이 없었다는 것이다.

젊어서는 자유주의자요, 이상주의자였던 '옥임'과 근엄하고 점잖은 소학교 교장이었던 영감이 짜고 들어 고리를 뗏어 먹고도 부족해서 안간힘을 다해 유지해 보려는 가게를 송두리채 먹어 삼키는 냉혹한 비행을 정신적 파산으로 고발한 것이다.

4. 물욕에 어두운 김학수 영감 ― 『취우』

「임종」과 「두 파산」이후 6 · 25를 계기로 그의 소설세계도 점차적으로 변모되었는데 종래의 이른바 북구적(北歐的) 침울에서 탈피하여 현대문학의 새로운 모습으로 변모되었다.

이리하여 장편 『홍염』(1952)을 『자유세계』에, 『취우』(1952)를 『조선일보』에 연재했다.

특히 『취우』는 그 명제가 암시하듯이 6 · 25 동란을 소재로 하루 아침에 세상이 뒤집어지자 제각기 제 생명과 가족이 안위만 생각하는 극도의 이기주의자가 된 혼돈의 소용돌이 속에서 기존질서의 파괴와 잔악무도 한 공산주의자의 포악성이 횡행하는 속에서 인정의 아름다움을 선명히 부각시켜준 작품이다.

6 · 25 때 남하하지 못한 미무역사장 '김학수' 영감과 그의 비서요 애첩인

'강순제', 그리고 같은 사회의 젊은 과장인 '신영식' 등의 상호 이질적ᄂ 인물은 숨막히는 피난생활을 같이 하게 된다.

이 긴박한 현실 속에서도 허영에 들뜬 '강순제'를 중심으로 한 삼각관계에서 '영식'이에 대한 '순제'의 유혹은 9·28 수복을 계기로 '영식'의 이전 약혼자인 '명신'이의 돌연한 등장으로 다시금 '영식'이를 중심으로 한 복잡 미묘한 애정 관계가 벌어진다. 이와 같이 『취우』는 '강순제'를 주인공으로 세속적인 애정관계를 설파한 인상을 주지만 실상은 강렬한 반공의식과 따뜻한 휴머니즘이 그 주제를 형성하고 있다. 특히 이 작품에서 '김학수' 영감이 애정이나 인정보다 물욕이 더 강렬한 인간형임을 용이하게 추정할 수 있다. 그리고 그 작품의 사건과 인물의 행동처리도 6·25로부터 9·28을 거쳐 1·4후퇴라는 전 민족의 비극의 현실 속에서 작중 인물들은 모두가 전쟁의 처참한 현실에서 완전히 제약받은 생생한 인간들로 재현되고 있다.

『취우』의 끝 귀중에서 '영식'이의 운명에 직접적 이해관계를 갖는 '영식'이의 어머니가 '영식'이의 약혼자인 '명신'이와 '영식'이의 애인 '순제'와의 대차적인 비교에서 '명신'이에 대한 적극적인 호의를 갖게 되는 것은 앞으로 '명신'의 최후 승리를 암시해 주는 구절이다. 이와 같은 무해결과 무결론이 바로 횡보 소설의 특징임을 재확인케 한다.

5. 쪼들린 살림의 도시민들

횡보의 역작이라 평가된 『취우』 이후에도 단편 「짖지 않는 개」(1955)를 필두로 「돌아온 어머니」(1957), 「순정의 저변」(1958), 「쌀」(1958) 등에서 자연주의 작가의 원숙성을 한층 드러내고 있다.

「짖지 않는 개」는 8·15직후 치안이 유지되지 않는 만주 땅에서 밤만 들면 도둑과 살인이 횡행하던 과도기의 붉은 소련군대의 점령지대가 배경이 된다.

주인공 '나'는 심야에 몹시 불길한 마음에서 조바심을 태운다. 이 생철지

봉 밑에 적어도 60∼70명의 여자와 그 이상의 어린애들이 새우잠을 자고 있을테니 만일의 일이라도 혼자만은 당하지 않으리란 심사였다. 더욱이 '나나'(개이름)가 무슨 일이 있으면 짖어대리라고 믿었기 때문이다. 그러나 코가 빨간 로스키들이 일녀(日女)들이 모인 곳을 찾아 닭서리를 하듯 찾아다니는 판국에서 주인공이 전전긍긍한 것도 무리가 아니다. 급기야 코가 붉은 그들은 '나' 있는 곳을 그런 곳으로 오인하고 침입했으나 잘못 온 줄 알고 "아버지이 미안합니다"하면서 가버렸다는 것.

한시 바삐 이 어수선한 굴레에서 벗어나 귀국을 서둘렀으나 일의 진척은 부진했다는 얘기다. 2차 대전후 만선국경(滿鮮國境) 지대에서 패전한 민족의 침상이 실감있게 형상화되고 있다.

한편 「돌아온 어머니」는 개가한 어머니와 결혼한 아들 내외간의 미묘한 감정의 흐름이 교차되는 작품으로 가정을 무대로 한 횡보의 후기 사실주의의 한 표본이 된다.

홀어머니가 버리고 간 후, 고생 끝에 밥술이나 먹게 된 '명규'는 반가와 했지만 그의 어머니는 아들네 집안식구에게 생소해했다. 더욱이 '명규'의 아내는 불만을 털어놓았고 어머니는 노발대발하면서 아니꼬운 너희들 밥 안먹겠다 했다.

이 판국에 '명규'는 경위 밖의 일은 아니라 생각했다. 문제는 부자연스런 가족관계의 설정에서 야기되는 불협화음을 치열하게 묘사해 간 작가의 투철한 관찰력과 표현력에 감탄하게 된다.

이와 흡사한 생활 분위기를 그린 「쌀」은 '완식'이란 선량한 운전사가 주인공이 되고 욕심장이 아내가 대조를 이룬다.

'완식'이는 아내의 음식 솜씨에 타박을 하면서 안집 마님 음식 좋다는 말로 아내를 샐쭉하게 한다. 공연히 엿먹고 꼬부라진 내외의 엇갈린 사이에 귀성 아버지가 끼어들어 화해분위기를 이루고자 노력한다. '완식'이는 아버지의 유산을 정리해서 트럭을 몰고 다닌다.

쌀 한 트럭을 맡아 싣게 되면 쌀 한가마도 거저 떨어질 횡재도 있을 법했지만 '완식'이는 체면 때문에 그날 그날의 생계마저 궁색스럽다. 아내는 이런 남편이 몹시 마땅치 않았다는 것.

귀성 아버지는 쌀이 없어 애들을 굶겨 죽일 형편이다. 정미소 쌀을 나르다 더러는 쌀가마를 횡재하는 수가 있는데 이것이 말썽이 되어 '완식'은 이 직업에서 발을 빼고자 했지만 그의 아내는 어떤 직업, 어떤 경위로나 쌀만 뒤주에 차면 그만이라고 고집한다.

여기서도 전작(前作)들과 마찬가지로 도시 영세민의 가난한 살림살이에서 빚어지는 심리적 갈등을 철저히 추적해간 것이다.

이상에서 횡보의 처녀작 「표본실의 청개구리」를 위시해서 꽤 많은 소설들을 점검한 셈이 된다. 여기서 추리되는 것은 횡보의 소설이 20세기 초반의 개화기에서 50년대 후반의 전후 혼란기에 이르는 폭넓은 시대상황 속에서 다양한 생활상을 펼쳐놓고 있다는 사실이다.

더욱이 횡보 소설의 주인공들은 「표본실의 청개구리」의 광인 김창억을 제외하고는 거의가 지난날 일제하 그늘에서 소외되었던 한국의 지식층, 경제적 파산자와 정신적 파산자, 물욕에 눈 어두운 이기주의자, 쪼들린 살림의 서민들이 주역이란 점이다.

실상 그들이 김우종의 지적대로 '그저 어중간한 인물'들이란 카테고리 속에서 크게 벗어나지 않는 도시 시민층이 횡보소설의 인물에서 대부분을 차지한다는 귀결을 얻게 된다.

그것은 횡보의 자연주의 문학과 그의 사소설(私小說)적 성향이 작가의 생활현실과 크게 이질적일 수 없었던 객관적 사정과 관련될 것이다.

(『한국근현대작가작품론』, 성균관대출판부, 1993)

신문학사의 산 증인 — 박종화론

월탄 박종화는 1981년 1월 13일 80세를 일기로 근 60여 년의 작가생활을 청산하고 타계했다.

20세의 젊은 나이에 「우유빛 거리」 시를 써서 작가의 길로 들어선 그는 이 땅의 초기 신문학의 요람이 되었던 백조파의 동인으로 활동함으로써 작가생활을 본격화하였다. 이후 20년대의 개화기에서부터 80년대 작고하기까지 장구한 시간을 집필활동에 전념함으로써 3권의 시집, 18편의 장편, 12편의 단편, 5권의 수필집, 평론집을 우리 앞에 남겨 주었다.

풍운이 감도는 구한말에 태어나서 3·1운동 직후 불붙는 정열에서 낭만주의 시인으로 출발한 그는 몹시 다양한 분야에 손을 대어왔다. 시에서부터 소설, 평론, 수필 등 거의 모든 문학 장르에 붓을 들었기 때문이다. 그러면서도 월탄 문학의 본무대는 역사소설이라는 것은 두말할 나위가 없다.

일찍이 월탄의 문학사적 위치에 대해서 조연현은 그의 『한국현대문학사』에서 ① 한국 현대문학을 개척한 공로자라는 것, ② 낭만주의 문학 운동의 선창자의 한 사람이라는 점, ③ 민족적, 낭만적 경향을 유지시킨 점, ④ 최초의 역사소설가인 동시에 전형적인 정사적 역사소설가라는 사실, ⑤ 문학의 사회적 지위를 높인 점 등을 꼽았다. 이러한 평가가 진작부터 널리 공인되었지만, 필자는 여기에다 무엇보다도 월탄이 백조시대로부터 타계하기까지 시종 민족문학의 주체성을 고수해왔다는 작가정신을 덧붙이고 싶다. 이를테면 식민지 치하의 많은 작가들이 일찍이 세상을 떠났거나 도중에 방향전환 혹은 전향을 했지만 오직 월탄만은 자기의 탄탄한 대로를 향해서 끝까지 전진해왔다는 사실이다.

1. 월탄의 초기 문학활동

1) 월탄의 초기 비평활동

20년대 초반의 동인지 문학시대의 작가들이 대부분 시와 소설을 쓰면서 동시에 평필을 휘둘렀던 것이 사실이고 보면, 월탄의 비평활동도 그와 같은 선입견에서 그동안 크게 거론되지 않았는지 모른다.

신동욱은 『한국현대비평사』에서 20년대 초반의 몇몇 작가들이 보여 주었던 비평활동의 성격을 다음처럼 말하고 있다.

> 오상순 염상섭 박종화의 비평들은 하나의 이론체계나 비평이론으로서 전문적인 성격은 덜 지녔으나, 이 무렵의 시인 작가들이 일반적으로 사회적 현실을 이해하려는 경향을 가지고 있었음을 잘 보여주고 있었다. 우리 문학의 발전도상에서 이들을 바라볼 때 한 역할을 담당했다고 생각한다.

월탄뿐 아니라 20년대 초반의 몇몇 우수한 작가들이 보여준 비평활동이 '한 역할을 담당했다'고 지적되고 이들의 비평작업이 한국 근대비평의 서막이 된 셈이며 뒤이어 신경향파시대의 '김팔봉과 박영희의 전문적인 비평활동이 활발하게 나타난다'는 해명을 볼 수 있다.

비평가로서 월탄의 자리를 그 나름대로 보여준 것은 임화의 글(「문단논단의 분야와 동향」, 『사해공론』 2권 7호)이다.

> 조선근대시민문학의 혼란하고 고민하던 최후의 순간, 그것을 똑똑히 반영하고 어디로이고 진보적인 출로를 타개하려고 노력하던 시대에 월탄의

비평적 노력은 잊을 수 없다.

월탄의 초기비평연보를 참고로 소개하면 다음과 같다.

1. 「시간의 수확」, 『장미촌』 2호, 1921.
2. 「오호 아문단」, 『백조』 2호, 1922. 5.
3. 「계해(癸亥) 문단의 1년을 추억하야」, 『개벽』 31호, 1923. 1.
4. 「항의 같지 않은 항의자에게」, 『개벽』 35호, 1923. 5.
5. 「아직 알 수가 없는 일본문단의 최근 경향」, 『개벽』 44호, 1924. 2.
6. 「신춘창작평」, 『개벽』 45호, 1924. 3.
7. 「문단방어(放語)(평)」, 『개벽』 47호, 1924. 5.
8. 「갑자문단종횡관」, 『개벽』 54호, 1924. 12.
9. 「3월의 창작평」, 『개벽』 58호, 1925. 4.
10. 「9월의 시단」, 『조선문단』 12호, 1925. 10.
11. 「만평일속(漫評一束)」, 『조선문단』 13호, 1925. 11.
12. 「명년도 문단에 대한 희망과 예상」, 『매일신보』 1924.
13. 「대전 이후의 조선의 문예운동」, 『동아일보』 1925. 1. 1~12.

이상의 비평자료들을 근거로 하여 월탄의 초기비평의 양상을 살펴봄으로써 월탄의 초창기 문학정신과 비평적 태도를 알아보고자 한다.

(1) 「오호 아문단」(부월평)─월평의 첫 시도

월탄의 비평활동은 1920년 『문우』 1호에 발표한 「심볼리즘」, 1921년 『장미촌』 2호에 발표한 「시단의 수확」에서 비롯되었지만, 순문예비평으로는 1922년 『백조』 2호에 발표한 「오호 아문단(부월평)」이다. 월탄은 20년대 초반에 시에 주력하면서 단편도 썼고, 평론도 쓴 셈인데 그의 회고록에서 다음처럼 증언하고 있다.

1922년 5월 25일에 발행된 『백조』 2호에 나는 「오호 아문단」이란 글을 발표했다. 본론에는 춘원 이광수를 통매(痛罵)하고 끝에는 당시 발표된 월평을 썼다.

이것은 우리 문학평론의 첫 시도였고, 이 글이 계기가 되어서 개벽사의 청탁을 받아 계속해서 평문을 썼고, 한때는 춘원이 박월탄은 평론가라는 칭호를 글을 써서 발표한 일도 있다.

그때 내가 춘원을 마땅치 않게 생각한 것은 지나치게 그의 문학에 심취했고, 그의 행동에 대해서 크나큰 실망과 격분을 가졌던 것이다.

—『역사는 흐르는데 청산은 말이 없네』

「오호 아문단」은 '오인이 어찌 강개를 시사(是事)하는 자이랴'를 허두로 시작한 당시 문단과 문학에 대해서 비분강개의 탄식을 터뜨린 평문이다.

오호라 차(此) 문단을 조(弔)하는 자가 기인(幾人)이며, 차(此) 문단을 곡(哭)하는 자가 기인(幾人)이뇨. 영락의 차(此) 문단을 부(扶)하여 기(起)할 자가 기인(幾人)이며, 빈사(瀕死)에 함(陷)한 차(此) 문인이 무(無)한지라 그 곡하여 통(通)치 않을 수 없으며, 인(人)이 무(無)한지라 그 비(悲)하여 탄(嘆)치 않을 수 없도다.

월탄의 평문은 다분히 감격조의 통분(痛憤)으로 일관한 셈이지만, 이 글의 핵심은 중국 상해에서 이른바 '귀순장'을 쓰고 귀국해서 '경서학인(京西學人)'이란 가명으로 『개벽』에 「문학에 뜻을 두는 이에게」란 글을 쓴 춘원에 대한 통박이었다.

오호라, 경서학인이여! 연(然)하면 인(人)이 유(有)하여 '빈한하외다. 신체는 그리 튼튼치 못하외다'하면 형은 언하(言下)에 곧 '당신은 예술가가 될 수 없습니다'하고 거절할 것인가. 연하면 문사는 그 행복자라야 될 수 있으며, 불운의 인은 그 희망할 수도 없다는 말이뇨? 경서학인은 하고로 그

조선의 문사원자 다(多)할을 악(惡)하나뇨. 조선의 문사지원자가 그 기만인
인가? 오호라. 그 심치 아니하뇨!

이것은 월탄의 말대로 '당시 묘호(渺乎)한 일개 약관의 문학청년이 대문
호 이광수'를 통박한 것으로 김동인은 「춘원문학연구」보다도 더 강경한 반
감이 노정되었다 할 것이다. 당시 이른바 「민족개조론」을 써서 대문호나
대철인으로 행세하던 춘원에게 정면으로 도전해서 엄청난 충격을 안겨준
셈이 되었다.

「오호 아문단」은 이광수에 대한 통박이 본론이 되었지만 당시의 잡지
『개벽』,『백조』,『청년』,『계명』 등에 실린 시, 산문시, 대화, 사조(詞藻), 소
설 등에 걸친 월평이 포함되었다.

우선 시평 부분에서 김석송의 「원탄」을 비롯해서 소월의 「닭은 꼬꾸요」,
김낭운의 「미련한 어부」, 현성의 「초설」, 노작의 「꿈이면은」, 회월의 「미
소」, 이상화의 「말세의 희탄(欷歎)」, 춘성의 「달밤」, 임노월의 「경이와 비애
」, 춘원의 「악부」 등이 거론되고 있다. 김석송의 「원탄」은 '너무 건삽(乾澁)
하고 냉담하다'고 하면서 '유장한 또는 광발(狂勃)한 우미(優美)의 선이 꿈틀
거리는 듯한 리듬을 볼 수가 없었다'고 불만을 표명한 데 비해, 이상화의
「말세의 희탄」은 '근래에 얻을 수 없는 강한 백열된 쇠같이 뜨거운 오열의
노래였다'고 격찬하면서 '인생을 통곡하는 시이었다'고 평가했다.

소설부문에서는 염상섭의 「제야」와 현진건의 「타락자」, 그리고 나도향
의 「젊은이의 시절」 등 이른바 당시의 문제작들이 언급되었다.

월탄이 이보다 한 해 뒤에 발표한 그 유명한 '역(力)의 예술'의 주장은 이
미 이 소설 평 속에 배태되어 있었다.

우리는 이제 아름다움 또는 공교한 그것만으로는 만족할 수 없다. 더 강
한 것을 달라. 더 뜨거운 것을 달라. 더 아프고 괴롭고 쓴 것을 달라 하는
것이 지금 우리의 현재 사람의 슬프게 부르짖는 소리이다.

이와 같은 문학현실을 강조한 월탄은 염상섭의 「제야」가 비로소 독자에게 이 침통을 보여준 것이라 했다. 한편 염상섭의 「제야」가 북구적 고삽미가 있다하면, 현진건의 「타락자」는 남구적 유연미가 있다고 하면서 "하나는 찌푸려 울고 싶다 하면 하나는 방식하며 웃고 싶은데 하는 것 같았다"고 흥미있는 비교를 보였다.

월탄의 월평은 당시 김동인과 염상섭 등의 월평보다도 한층 세련된 평문으로 평가받았고(이를테면 김윤식은 "월탄은 소설평이 득의였고 분석적 고찰이 다른 사람의 월평보다 뛰어난 것"이라고 하였다), 염상섭과 현진건에 대한 작품평은 오늘날까지도 작가연구의 중요한 참고문헌이 되고 있다.

(2) '역(力)의 예술'의 제창과 문학사적 예언― 「계해(癸亥) 문단의 1년을 추억하여」

「오호 아문단'으로 비평가의 자리를 확보한 월탄이 제2탄으로 함성을 발한 것이 「계해(癸亥) 문단의 1년을 추억하여 ― 현상과 작품을 개평하노라」라는 연간평이다. 이것은 1923년도의 문단과 작품을 결산하는 총평에 해당하는 것인데, 뒤에 발표한 「갑자문단종횡관」이나 「대전 이후의 조선의 문예운동」과 함께 월탄 비평업적의 대표적인 것이라 할 수 있다. 이 글은 '전언', '작가의 몰락 이춘원 사건', '예술의 논리', '역의 예술', '신문소설에 대하여', '작품개평'의 6항목 순으로 이루어져 있다. '전언'에서 월탄은 "그 바라던 1년을 보내고 보니 어렴풋한 윤곽은 고사하고 새벽 하늘에 스러지려는 빛과 같은 정성드뭇한 작품이나마 한번 사람의 마음을 움직여 줄만한 것도 없음을 보면 불쑥 솟아나는 화증에 가슴만 조일 뿐이다"고 앞의 「오호아문단」에서 쏟은 투의 개탄을 되풀이했다.

그리고 '이춘원 사건'을 다룬 대목에서 「민족개조론」을 써서 몰락된 춘원에 대한 냉엄한 비판과 함께 인간적 동정을 촉구하고 있다.

사회는 한 사람의 문인을 죽였으며, 한 사람의 열정아(熱情兒)를 죽였으며, 한 사람의 재사를 죽였도다. 그로 하여금 열기만만의 교오아(驕傲兒)가 되게 하고, 또다시 일패도지(一敗塗地)로 몰락의 구렁에 떨어뜨리게 하였도다. 문단권 외의 이씨를 비판할 필요가 없으나 여하간 촉망이 많던 문인의 몰락을 위하여 애달퍼 하지 않을 수 없다. 아! 춘원의 몰락! 다시 앞날에 그 문인으로의 부활이 있기를 바라는 바이다. 아아! 그때는 그대가 범같이 한번 뛰어야 하며 사자같이 한번 부르짖어야 될 것이로다.

다시 '예술의 윤리'에서는 『조선일보』에 『형산옥(荊山玉)』이란 연재소설이 벽하생자(碧霞生者)라는 이름으로 발표되었는데, 이것은 일본의 기구찌 히로시(菊池寬)의 『진주부인』의 번역임을 밝히고 『조선일보』에 강경한 항의를 제기했다.

다음에 제기한 과제가 '역의 예수'로서 현대문학사와 비평사에서 신경향파문학운동의 전주곡처럼 풀이되고 있는 문제비평이며 월탄이 새로운 흐름을 예감한 선언이다.

　앞으로 우리가 가져야 할 예술은 '역의 예술'이다. 가장 강하고 뜨겁고 매운 힘있는 예술이라야 할 것이다. 헐가(歇價)의 연애문학, 미온적인 사실문학, 그것만으로는 우리의 오뇌를 건질 수 없으며, 시대적 불안을 위로할 수 없다.

　만 사람의 뜨거운 심장 속에서는 어떠한 욕구의 피가 끓으며, 만사람의 얽혀진 뇌 속에는 어떠한 착란의 고뇌가 헐떡거리느냐, 이 불안이 고뇌를 건겨주고 이 광란의 핏물을 녹여 줄 영천(靈泉)의 파지자는 그 누구도 '역의 예술'을 가진 자이며 '역의 시'를 읊은 자이다.

　가장 경건한 태도로 강하고 뜨거운 그곳에 관조하여 명상의 경역(境域)을 넘어선 꿈틀꿈틀한 굵다란 선이 뛰는 듯한 하얀 종이에 시컴한 묵을 찍어 연대(椽大)의 필을 두른 듯한 그러한 예술의 파지자라야 될 것이다. 그러나 불행히 우리 문단에 이러한 소설가가 없으며 이러한 시인이 없다.

'역의 예술'의 전반에서 보여준 '가장 강하고 뜨겁고 매운 힘있는 예술'을 갈망한 월탄은 '헐가의 연애문학, 미온적인 사실문학'을 배격하면서 '역의 예술을 가진 자'와 '역의 시를 읊은 자'가 되어야 한다고 절규했다.

　　1년 동안을 회상할 때에 또 한가지 기억하여 둘 현상이 있다. 비록 문단
의 표면으로 논쟁된 일은 있으나 소리없이 잠잠한 듯한 그 밑바닥에는 조
선문단에 또한 부르조아 예술 대 프롤레타리아 예술의 대치될 핵자(核子)
가 배태되었다.
　　노동 대 자본의 계급투쟁운동은 사회적 그 뿐에 그치지 아니하고 예술의 가
치론과 현상론에도 파급되어 각국 문단의 일와권(一渦券)을 일으키게 되었다.
　　지금 일본 문단으로 말하면, 부르예술 대 프로예술의 격렬한 투쟁중이
다. 이러한 추세는 우리 문단을 권외로 할 리 만무이다. 멀지 않은 앞날에
표면으로 나타날 현상의 하나이다. 나는 이 평론 속에 부르조아 예술과 프
롤레타리아 예술의 긍부론(肯否論)을 쓰지 아니한다. 다만 이러한 현상이
배태되었음을 말하여 둘뿐이다.

　'역의 예술'의 후반에서 주목되는 것은 '조선 문단에도 또한 부르주아 예
술 대 프롤레타리아 예술의 대치될 핵자가 배태되었다'는 발언에서 월탄은
이미 계급문학의 대두가 임박했음을 예언한 셈이지만, 당시 일본문단의 부
르예술 대 프로예술의 치열한 논쟁을 상기하면서도 그에 긍부론(肯否論)을
쓰지 아니한다고 함으로써 신중한 태도를 보이고 있다. 이에 대해 훗날 회
고록에서 월탄은 다음과 같이 말하고 있다.

　　이때 나는 시를 쓰고 평론을 썼다. 국제문단 또는 일본 문단의 사상적
조류를 살폈다. 반드시 우리 문단에도 새로운 힘찬 어떠한 문학운동이 일
어나야 할 것이라고 강조하면서 '역의 예술'을 부르짖었고, 또 신경향파가
일어날 것과 민족주의 문학을 수립해야 할 것을 예언한 것이다.
　　'역의 예술'은 반드시 신경향문학이 일어날 것뿐이 아니다. '한국 얼'을
담은 힘찬 문학이 나와야겠다고 강하게 주장한 것이다.

월탄의 증언에서 분명한 것처럼 '역의 예술'의 진의가 신경향파문학의 대두만을 예언한 것이 아니라 '한국 얼을 담은 힘찬 문학'을 열망한 민족주의 문학의 제창이기도 하였다. 이같은 월탄의 민족주의 문학론은 뒤에 '갑자문단종횡관'에서 한층 구체화되는 셈인데 이는 당시의 춘원의 문학관에 대한 저항이기도 하였다. 말하자면 월탄은 1919년의 민족적 좌절이 갖는 사회 역사적 의미를 중시하여 민족이 사활과 관계되는 엄숙한 현실로 이해하였기 때문에 이광수의 관념적 도덕론을 비판하여 '힘의 예술'을 주창하였던 것이다.

그외에도 월탄은 '신문소설에 대하여'에서 신문소설의 통속성을 비판하고 그 공해성을 강력하게 경고하였다.

예술적 가치의 유무는 고사하고 가장 비근한 열등의 재미가 있고 일반이 알아보기 쉬운 소설을 신문에 게재하면 일시적으로 그 야비스런 재미는 저급한 독자에게 환영을 받을는지는 모르나, 일면으로는 은연중 사회를 좀먹게 하는 시대적 죄인됨을 면치 못할 것이며, 예술을 모욕하는 숭엄(崇嚴)한 성전(聖殿)을 탁란(濁亂)시키는 어지러운 무리됨을 면치 못할 것이다.

월탄의 신문소설에 대한 고발은 「오호 아문단」에서도 일차 시도되었지만 보다 설득력있게 신문소설의 통속성, 유희성을 비판하여 그것이 미치는 해악을 지적하고 있다.

'작품 개평'에서는 1923년 발표된 주요 시, 소설 작품에 대한 전반적인 작품평이 개진되어 있다. 먼저 시쪽에서는 김소월의 「먼 후일」을 필두로 김석송의 「산가에 우거(寓居)하여」, 「수인생활」, 김억의 「대동강」, 「꿈의 노래」, 주요한의 「옛날의 거리」, 박영희의 「꿈의 나라로」, 「유령의 나라로」, 이상화의 「가을의 풍경」, 홍사용의 「봄은 가더이다」, 변영로의 「봄비」, 노자영의 「진주의 별」 등 시단의 중요 시인들의 시가 거론되고 있다. 여기서 특징적인 것은 김소월에 대한 탁월한 평가이다. 「먼 후일」을 두고 서정적인 아름다운 말과 리듬을 높이 평가하면서도 「진달래꽃」보다는 뒤진다고 함으로써 「진달래꽃」을 소월 시의 정수로 포착하고 있다. 그리고 그 특징을 아름다운 기교, 조율, 정서로 파악하고 있다. 소설분야에서는 나도향의 「별을 안거든 우지나 말걸」, 「옛날은 창백하더이다」, 「환희」를 비롯하여 현진건의 「빈처」, 「술 권하는 사회」, 「유린」, 염상섭의 「E선생」, 양백화의 「빨래하는 처녀」 등 당대의 문제작들을 평가하였는데, 그 중에서도 나도향과 현진건의 작품을 높이 평가하고 있다

그런데 시부문에서 김억의 시에 대한 짧은 시평이 있는데, 이에 대해 김억이 반박하는 글을 제출함으로써 세칭 월탄 대 안서의 '비평시비' 논쟁이 일어난다.

(3) 안서 김억과의 논쟁

월탄의 시평에서 안서를 크게 자극시킨 대목은 이런 것이었다.

> 안서씨의 「대동강」(『개벽』 25)이라는 여섯 편의 시는 서정의 노래이었으나 사람으로 하여금 아찔한 법열(法悅) 속에 취(醉)케 할만한 무드가 없으며, 또한 그의 즐겨하는 베르렌의 마음썩는 오뇌의 심볼도 없다. 예의 그 '여라', '서라', '러라'가 공연히 독자를 고(苦)롭게 할 뿐이다.
>
> 동씨의 작인 「꿈의 노래」(『개벽』 11월호)는 근래에 그이 시에서 보지 못하던 귀여운 작품이었다. 해조(諧調)된 멜로디, 세일 수 없는 향토정조의 표현, 그리고 또 가슴 메어지는 느껴떠는 듯한 리듬. 가장 마음에 드는 시이었다. 「가을」이란 시도 「대동강」이란 시에서 얼마나 좋은 작품인지 모른다.
>
> 그러하나 그 다음에 「상실」이란 시는 전체를 통하여 애써 너무 기교를 취하려 하는 데 큰 결점이 있다.

이같은 월탄의 부정적 평가에 대해서 즉각 불평을 터뜨린 안서는 동지 2월호(제32호)에 「무책임한 비평 — '문단의 1년을 추억하여'의 평자에게 항의

」란 제하의 글로 반박했다. 김억은 자기의 시작을 가혹하게 평한 것은 아무런 객관적 근거도 없는 것이며, '평자는 비평의 대상으로는 주관적 자기는 없애고 비평의 대상을 통하여 객관적 자기를 내어놓지 아니해서 안될 것이다'라고 맞섰다. 이러한 도전에 월탄은 다시 「항의같지 않은 항의자에게」(『개벽』1923.5)로 응수하였다. 여기서 월탄은 김억의 항의서가 '서푼짜리'도 못 된다고 평가하면서 주관적 태도에 입각한 비평도 정당함을 설파하였다.

> 어찌하여 내각 무책임하랴, 나는 작품을 대상으로 하여 평할 때에 김억씨의 말과 같이 객관적 태도를 취하지 않고 주관적 태도를 취하였다. 다시말하면 곧 전자아로서 비평한 것이었다. 객관적 구애와 형식을 떠나 나의주관으로서 그 작품을 맛보아 그 결점을 비평한 것이다. 내 눈으로서 그작품을 읽고 내 관념으로서 그 작품을 평하였다. 어찌 무책임하랴. 말똥말똥한 정신으로 작품을 비평하고 피가 펄펄뛰는 내 손으로 그 글을 썼으니어찌 내가 무책임하랴. 언제까지든지 나는 책임을 갖는다.

월탄은 비평을 의고적 비평, 과학적 비평, 인상비평, 감상비평, 설리(說理)비평 등 다섯 가지로 나누고 이중에서 자신은 '감상비평과 설리비평'에 의해 쓴 것이라고 해명하였다. 다시 말해서 먼저 작품을 맛보아 감상하고 그것을 설리(說理)로 비평하였다는 것이다.

월탄과 김억이 이렇게 비평시비를 벌이고 있을 때 여기서 제삼자인 양주동이 「김억 대 월탄 논쟁을 보고」(『개벽』36호)를 써서 논쟁에 뛰어들었다. 그러나 그는 양자간의 논쟁을 진지하게 분석하여 올바른 비평방법을 모색한 것이 아니라 양자의 논쟁 자체를 방관자의 입장에서 논쟁 자체가 하등 가치가 없는 것이라고 단순히 야유하는데 그치고 말아 이 비평 논쟁은 더 이상 확산되지 못했다.

(4) 「갑자문단종횡관(甲子文壇縱橫觀)」—민중을 위한 민족문학론

월탄은 「문단의 1년을 추억하여」란 비평문에서 '역의 예술'을 주창하고 뒤이어 김억과 열전을 벌임으로써 비평가로서의 확고한 자리를 잡게 된다. 그러한 연장선상에서 월탄은 1924년『개벽』12월호에 다시「갑자문단종횡관」이란 연간평을 썼다. 이 글은 '역의 예술'의 제2탄이 되는 셈인데, 순수하게 소설분야만을 다룬 것이 특색이다. 이 글에서 월탄은 본격적인 소설평에 들어가기 앞서 갑자년(1924년)의 문단에 대한 개괄적인 평을 통해서 '역의 예술'을 다시 강조하였다. 따라서 이 평론은 월탄 자신의 말대로 '제2의 역의 예술론'으로 '민족의 삶에 밀착한 강렬한 민족문학'을 요청하였다.

> 문단은 민중에게 지독한 학대를 받았다. 소설과 시는 민중의 추방물이 되었다. 학대받는 문학! 학대받는 소설! 누구에게 학대를 받느냐. 누구에게 추방을 당하느냐? 그들의 형이요, 그들의 아우요, 그들의 동포인 그들은 지극히 사랑하고 공경하는 조선 사람에게 학대를 받고 쫓김을 당했다 왜 그러하냐? 그들이 무식하여 예술을 이해하지 못하여 그러함이냐? 아니다, 문단은 너무도 그들을 배반하였고, 너무도 그녀를 무시하였다. 그들이 지독한 아픔을 당할 때 문단에 붓을 들은 사람이 그들을 위로해 준 일이 있느냐. 그들이 지독한 슬픔이 있을 때 어느 작가가 달음질하여 그의 가슴을 헤치어 시원히 슬픔을 스러지게 한 일이 있느냐. 그들이 울 때 작가는 웃었으며, 그들이 웃을 때 작가는 울지 아니하였느냐. 민중은 팔뚝이 떨어지고 다리가 꺾여졌을 때 시인은 상아탑속에서 콧노래를 불렀다. 민중은 절박한 기한(飢寒)에 수미(愁眉)를 펴지 못할 때 소설가는 카페에서 술을 마시고 음악회에서 사랑하는 사람과 속삭거리는 소설을 썼다.

월탄은 이처럼 민중에게 외면받는 문단과 문학을 강경한 어조로 비난하면서 '민중은 팔뚝이 떨어지고 다리가 꺾여졌을 때' 그런 민족의 아픔을 도외시하고 시인은 '상아탑에서 콧노래를 불렀다'고 했으며, 소설가는 '술을 마시며 속삭거리는 소설을 썼다'고 통렬히 고발한 것이다. 문학은 '삶'을 위한 것이고 예술의 사명은 어디까지나 영혼 때문이란 것을 힘차게 절규했다. 한편「갑자문단종횡관」에서 월탄이 다룬 창작평은 다음과 같았다.

첫째 이광수의 단편 「혈서」에 대해서는 간결한 문체와 세련된 필치를 인정한 반면에 고대소설에서 흔히 볼 수 있는 숙명론을 인정함으로써 큰 실패를 저질렀다고 비판하였다. 다음으로 신경향파 소설의 효시라고 일컬어지는 김기진의 「붉은 쥐」에 대해서는 '뜨거운 힘있는 예술'이라며 성공작이라고 호평하였다.

> 이번 기진씨의 소설은 혼돈, 피폐, 무기력에 가라앉은 소설단(小說壇)을 향하여 한 대의 날카로운 화살을 던진 것이며, 시대와 시대를 금 그어논 한쪽으로 한 서곡이었다.

말하자면 월탄이 일찍이 보여준 새로운 문학경향에 대한 예감을 김기진의 작품에서 볼 수 있는 것이다. 다시 말하면 신경향의 소설이 시작되었음을 감지하였던 것이다.

그러나 박영희의 「이중병자」에 대해서는 사상을 붙들어 표현하려고 노력한 흔적은 보이지만 묘사와 수법이 제대로 되지 않았다고 비판함으로써 문학성을 중시하는 입장을 확실히 견지하고 있다. 그 외에도 전영택의 「사진」, 방춘해의 「어머니」, 「비오는 날」, 임노월의 「악몽」 등을 거론하였다.

이처럼 월탄 스스로 제 2의 '역의 예술론'으로 자부하였던 「갑자문단종횡관」은 민중을 위한 민족문학론과 새로운 문학경향으로 파악한 김기진, 박영희의 작품평에서 문학사적으로 각별한 의미를 갖는 비평문이다.

(5) 「대전 이후의 조선의 문예운동」―프로문학에 대한 객관적 비판

비평적 활동을 가장 왕성하게 보여주었던 초기 문학활동에서 정점이 되는 글이 『동아일보』 1929년 신년호부터 1월 12일까지 연재한 「대전 이후의 조선의 문예운동」이다. 이 글은 당시의 시대성을 잘 반영하였던 일종의 문학사적 서술이다. 앞의 글들이 주로 연간평이었던 데 비해서 이 글은 10년간의 신문예운동 전반을 대상으로 하여 문단을 개관하고 그 기간 동안에 활동한 작가들에 대한 작품론의 성격을 취하고 있다. 따라서 문학사 연구에서

나 20년대 작가연구에서 중요한 문헌적 기능을 갖는 월탄의 비평업적이라 할 수 있다. 특히 당대를 당대의 눈으로 생생하게 살피고 있어 당시 문단 흐름을 명쾌하게 읽어낼 수 있다.

월탄은 서두에서 조선의 신문예운동을 크게 4기로 구분하여 설명한다. 즉 제1기는 신소설과 신체시가 쓰여졌던 1912년까지, 제2기는 춘원의 독무대였던 1918년까지, 그리고 제3기는 1차 세계대전 이후 기미(己未) 운동을 거쳐 1925년 신경향파와 프로문학이 반기를 든 시기, 그리고 이 이후 당시기까지를 제4기로 구분하였다. 이 중에서 월탄은 제3기와 제4기, 즉 1차세계대전 이후부터 20년대 후반까지의 10년간의 신문예운동을 회고·평가한 것이다.

"우리 문예운동의 제3기 벽두에 있어 제일 먼저 손꼽는 것은 잡지 『창조』의 출현이다"고 말하면서 뒤를 이어 신시운동에 본격 참여하는 김억, 황석우, 변영로 등의 『폐허』와 홍사용, 이상화, 박영희 등의 『백조』, 그리고 유엽, 양주동, 백기만 등의 『금성』과 그밖에 조명의 김소월, 김동환, 이은상, 조운 등이 제각기 독특한 개성과 표현으로 활동했다고 평가한다. 그러나 근자에 와서 시단은 전멸상태에 있다며 우려를 표명한 월탄은 재래의 시인들이 근자에 대부분 산문을 쓰고 있음을 주목하였다. 그리고 이는 과학적 유물론적 세례를 받는 근대인이 이지적으로 발달되어가 운문적인 것이 산문적으로, 감정의 문학이 이지(理知)의 문학으로 탈바꿈해서 문예의 중심이 점점 소설로 변색되어 가는 객관적 상황임을 설파한다.

문예운동의 중심이 소서로 옮겨진 현실에서 제2기의 춘원의 소설을 계승하여 소설계는 제3기에서 크게 발전하였다고 진단한다. 대표적 신진작가로 염상섭, 전영택, 현진건, 나도향, 이익상, 주요섭 등을 들고, 『개벽』과 『조선문단』의 기여로 많은 작가들이 양성되었다는 사실을 상기시켰다. 이 글에서 월탄은 「오호 아문단」과는 달리 신문예운동에 있어 가장 큰 공로자는 이광수라고 말한다. 즉 조선문학의 언문일치를 성취시켰으며, 연애문학을 수립했고 신도덕관을 확립시킨 점을 높이 인정해야 한다고 말한다. 월탄은 춘원 이광수의 뒤를 이어 소설의 신경지를 보여준 작가로서 김동인, 염상섭, 현진건, 나도향을 꼽는다. 김동인은 「배따라기」, 「목숨」, 「감자」 등을 통해 자연주의를 벗어나 성격소설로 나아가고 있고, 염상섭은 「금반지」, 「전화」, 「윤전기」 등의 작품을 통해서 이전의 작품과는 달리 침통미와 고삽미(苦澁美)를 버리고 경묘(輕妙)한 붓끝을 시험하고 있다고 평가한다. 다음으로 나도향에 대해서는 초기작풍이 로맨틱한 경지를 방황했지만 「여이발사」 이후의 작품은 체홉을 연상케 하고, 모파상의 편린을 어루만져 왔다며 찬사를 아끼지 않았다. 그는 지금의 현역 작가들 중에서 나도향처럼 그 작품이 괄목하게 변한 작가는 드물 것이라며 그의 요절을 아쉬워했다. 한편 현진건에 대해서는 '조선에 있어 사실주의를 대성해 놓은 이'로 단정하면서, 묘사나 플롯, 어느 한 곳도 빈틈없이 완벽하다며 가장 고평하였다. 그밖에도 월탄은 이익상과 전영택의 작품들을 분석하면서 역량있는 작가로 인정하였다.

이와 같은 작품평을 서술한 월탄은 조선의 문예운동이 전진해 왔지만 대전 이후 우후죽순처럼 발간된 많은 간행물들이 곤궁한 경영난과 당국의 억압으로 잡지 하나가 이른바 '3호 잡지'밖에 못되어 단명했다는 것과 이로 인해서 1925년 이후 조선의 문단은 전반적으로 침체하기 시작했다고 지적한다. 그리고 그 원인에 대해서 다음과 같이 진단한다.

> 이 문단이 침체한 데에는 두 가지 원인이 있으니, 하나는 작가로서 생활의 불안정이요, 하나는 작가의 가상적 동요가 그것이다. 전자로 말하면 조선은 완전한 자본주의적 사회의 과정을 밟지 못하였으므로 여기 따라서 큰 출판업자가 융성하지 못한 까닭이요, 후자로 말하면 어떠한 곳까지 나아갈대로 나아간 사람은 필연적으로 그곳에 권태와 회의와 고뇌를 느끼게 되는 까닭이다.

이와 같은 과정에서 작가들은 작품활동을 중단하거나 심적 갈등을 겪는 가운데 신경향파운동은 기세를 올리게 되고 제4기 프롤레타리아 문학 운동의 기운을 배태한 사람이 팔봉 김기진이었다고 술회했다. 김기진이 절규한

'너희들의 손이 너무도 희고나!'라는 「백수의 탄식」을 인용하면서, "조선을 응시하여 작가를 부르고, 계급을 고조하여 신흥문학을 주장하였다"고 강조하였다. 이러한 김기진의 계급문학론에 동조한 사람으로 시인 박영희, 조명희, 김동환, 김여수와 작가 최서해, 이익상, 이기영, 최승일 등을 꼽고 있다. 그리고 그들을 중심으로 무산자예술동맹이 결성되었지만 그들은 작품본위를 떠나서 이론투쟁에 몰두한 나머지 방향전환과 함께 정치적 진전으로 경도하게 된 사연을 이야기한다.

> 지금까지의 그들의 노력은 실제적 사회운동과 문예적으로 그 보조를 같이 하려는 데 있고, 예술이라는 한 방편 아래서 모든 사람에게 하루라도 더 한시라도 더 빨리 마르크스주의적 이데올로기를 골수에 박히도록 넣어주려는 데 있다.

이와 같이 그 본질을 간파한 월탄은 이른바 예술동맹의 작가들이 마르크스주의를 표방해서 성급한 이데올로기 성취에 집착한 결과 커다란 난관에 봉착했음을 비판한다. 그리하여 월탄은 선전 삐라식도 좋다는 오류를 버리고 앞으로 더 자기와 자기의 주위를 응시하고 그곳에 충실해서 밖으로부터 오는 외적 이데올로기의 적은 일을 추종하는 데만 일삼을 것이 아니라, 더욱 내적으로, 내면 속으로 뿌리를 펴고 들어가 넌출하고 드렁지게 되지 않으면 안 될 것이라고 충고하였다. 이러한 월탄의 비판은 일제하 프로문학의 공과에 대한 가장 객관적인 평가의 하나라는 것이 필자의 생각이다.

위에서 본 바와 같이 월탄은 그의 비평적 노작이라 할 수 있는 「대전 이후의 조선의 문예운동」을 쓰고 서서히 역사소설로 붓을 옮겨간다. 1922년에 「오호 아문단」을 발표해서 비롯된 월탄의 20년대 비평활동은 「대전 이후의 조선의 문예활동」에 이르기까지 약 7년간에 걸쳐 10여 편의 비평업적을 남긴 셈이다. 또한 위에서 보아온 대로 월탄은 20년대에 있어서 가장 주목할 만한 비평가로서의 지위를 지니고 있음을 알 수 있다. 그의 '역의 예술론'은 이루 전개되는 과학주의적 비평을 잇는 교량적인 구실을 하며,

비록 짤막하나마 작가 및 작품론에 치중하면서 비평론의 올바른 형식을 정초한 선구자이기도 하다. 또한 「대전 이후의 조선의 문예운동」은 초기 근대문학사를 개괄함으로써 문학사 연구의 초석 역할을 하고 있다. 이처럼 월탄이 비록 많은 비평문을 써내지는 못했지만, 비평문 하나하나가 초창기 근대문학을 연구하는 데 있어서 귀중한 문헌가치를 가짐으로써 초창기 비평계의 중요한 일원임을 우리는 주목해야 할 것이다.

2) 월탄의 초기 시세계

(1) 흑방비곡

필자는 앞서 월탄이 공식적으로 처음 글을 발표한 것이 「쫓김을 받는 이의 노래」라고 하였다. 그러나 이는 다소간 습작기의 소산임을 배제할 수 없다. 이것은 월탄만이 아니라 이 시기에 등장한 많은 작가들이 공통으로 드러내고 있는 특징이기도 하다. 그래서 일반적으로 1921년 자유시의 선구자임을 표방했던 시동인지 『장미촌』 창간호에서 발표한 「오뇌의 청춘」과 「우유빛 거리」를 월탄의 실질적인 처녀작으로 간주한다.

우리는 앞서 월탄의 초기 비평활동을 살펴보았는데, 비평활동 이전에 월탄은 시인으로서 먼저 활약한 셈이다.

> 파(罷)하려는 제단의 황촉(黃燭) 불같은
> 낮겨운 도장(屠場)의 담빛과 같은
> 삶을 떠나서
> 빛 없고 바람없는 사람을 떠나면
> 우유빛 거리의
> 죽음 나라로
> 신선한 가벼운 휘장을 헤치어
> 새벽빛 고음을

가슴에 안아

고요한 마음 미소로 돌아보리라.

— 「우유빛 거리」의 일절

절망 속에 깊숙이 파묻혀 울부짖었던 민족적 비애를 상징적으로 노래한
것이 처녀작 「우유빛 거리」의 시상이었다.

월탄이 문단에 본격적으로 발을 디딘 것은 잘 알려진 대로 이 땅의 신문학
초창기에 낭만주의 문학의 본산지였던 『백조』의 일원이 된 때부터였다. 『백
조』 창간호에 「밀실로 돌아가다」란 시와 「오호 아문단」이란 비평문을 썼다.

그리고 나서 1924년 월탄은 처녀시집 『흑방비곡(黑房秘曲)』을 상재한다.

웁니다. 웁니다.

저녁의 종이 울려옵니다.

해는 떨어지고 바람은 이는데

거리로 가는 모든 형제야

당신의 갈 곳은 어느 데 마을?

당신의 갈 곳은 어느 데 집?

아, 당신네들은 무엇을 가지고 오시었나요

무엇을 찾으러 가시렵니까.

가도가도 그침이 없는 사람의 물결은

지새는 새벽달 거리에도 이같을 것인가요?

『흑방비곡』에서 월탄은 처녀작 「우유빛 거리」나 「밀실로 돌어가다」 등
의 낭만적 시상을 한층 더 심화시켜 그 이미지는 몹시 우울한 민족적 감정
을 노정하고 인생의 무상을 절규하고 있다. 월탄 자신도 시집 『흑방비곡』
의 「자서」 속에서 당시의 시세계를 이렇게 해명하고 있다.

이것은 내 노래이며 내 울음이다.

이곳에 무엇을 찾으려 무엇을 자랑할 게 있으랴마는 나 젊은 어린 혼이
풋된 마음과 거짓 없는 참을 다하여 밤마다 밤마다 홀로 읊어 가슴속 깊이
간직해두었던 내 노래이다.

그후 월탄은 앞서 언급한 대로 1920년대 중반에 접어들자 비평활동에도
본격적으로 뛰어들어 활동영역을 넓히면서 드디어 소설 창작을 시도하기
시작한다.

3) 초기소설과 문학적 특징

(1) 역사소설의 효시 단편 「목매이는 여자」와 초기 역사소설

월탄은 시, 비평 등의 장르에서 문인으로서의 길을 개척해 가는 한편, 마
침내 월탄문학의 본령인 소설창작의 길에 들어서게 된 것이 1923년이다. 『백
조』 3호에 발표된 「목매이는 여자」가 바로 그것이다. 이 작품은 월탄의 처녀
소설이면서 동시에 우리 근대문학사상 최초의 역사소설이라는 문학사적 가
치를 지니고 있다. 더구나 역사소설의 효시를 이룩하면서 그후 그 길로 매진
함으로써 우리 문학사상 가장 대표적인 역사소설가로 자리잡게 된다. 같은
시대에 이광수나 김동인도 일상적인 생활 현실에서 소재를 취했다가 이후에
역사소설에 붓을 대었지만 월탄은 첫 작품부터 역사소설을 썼던 것이다.

「목매이는 여자」는 수양대군이 단종의 왕위를 찬탈할 무렵의 역사적 배
경을 지니고 있다. 그 주인공은 신숙주의 아내다. 신숙주를 단순한 변절자
로 낙인하는 상식론에서가 아니라 그가 폭군 세조의 위협 밑에서 어떻게 고
민했던가 하는 진실한 인간상으로 파헤쳐 보자는 데 있었다. 그러니까 그는
표면적인 역사사실보다도 그 현실 속에서 살아온 신숙주와 그 아내의 삶과
고뇌를 리얼하게 복원한 것이다.

밤이 깊은 후에 대궐로부터 집으로 돌아온 신숙주의 얼굴은 예전 다른 때브다도 몹시 초췌하였다. 평일에 남이 보면 부러워할 만큼 홍운이 떠돌며 화기가 가득하던 얼굴빛은 마치 중병 치른 사람의 얼굴빛같이 푸르고 희였다. 그의 커다란 눈두덩은 약간 꺼지어 쌍꺼풀이 졌다. 그의 커다란 몸뚱이는 물 속에 잠겼다 꺼내놓은 종잇장같이 풀기없이 흐느적거렸다.

이처럼 「목매이는 여자」는 신숙주의 퇴궐 후의 표정으로부터 시작하고 있다. 그리고 이런 표정을 가장 주의있게 본 사람은 다름 아닌 그의 아내이다. 이는 이조 사대부 부인들처럼 바깥일에 직접 간여하지 않고 먼발치 거리를 두고 주시하는 당시의 상황과 결부된다. 막술까지 마시는 신숙주의 행동에서 그러나 그녀는 직접적인 신숙주의 마음을 알 수는 없었고 오히려 바깥일, 즉 세조 왕위 찬탈에 대신들이 화를 입으리라는 소문과 연결시키고 있다. 이 작품은 바로 왕(바깥일), 신숙주(당사자), 부인(가족)이라는 관계 속에서 전개되고 있다. 바깥일과 신숙주와의 직접인 관계로만 사건이 진행된 것이 아니라, 상대적으로 거리를 취하고 있는 부인이 매개자로서 등장함으로써 이조시대 생활상의 두 축이었던 나랏일과 집안일이 통합되고 있는 것이다.

평소에 늘 충신은 두 임금을 섬기지 않는 것이요, 열녀는 두 사나이를 거치지 않는 법이라 말하며 이 일을 행하지 못하면 사람이랄 게 없다. 뿐만 아니라 금수만 못한 것이라 하던 그의 언행을 보면 반드시 수양대군을 임금 위에서 내려쫓고 다시 단종을 왕위에 앉게 하던지, 그렇지 않으면 ― 죽음, 자기 남편은 ― 죽음의 길을 취하여야 할 것이다.

남편과 직접적인 관계를 갖지 않은 부인의 전통적인 유교적 윤리관에 의한 의식과 신숙주의 가족에 대한 인간적 고민이 대립된 데서 이 작품의 주요 갈등이 있다. '충신이 되려면 절부가 되려면, 죽음 ― 그 길을 취하는 수밖에 없다'고 생각하는 윤씨는 그것이 곧 거룩한 경지에 이른 것이라 하여 닥쳐올 죽음의 날을 기다리는 작정까지 하였다. 그러나 실제 당사자는 그렇지가 않았다.

새롭게 왕이 된 세조는 문장과 재주가 뛰어난 신숙주를 자기의 심복으로 만들려고 했다. 처음에는 신숙주 또한 문종의 간독한 유언을 들어 거절하였다. 그러자 세조는 '어린 자식들의 잔인한 죽음을 보고 싶으냐'며 협박을 했을 때 숙주는 크게 충격을 받았다. 자기 목을 내려치는 형상이 보였을 때만 해도 충신이란 주위의 칭송이 자자하리라는 상상에 오히려 미소마저 지어졌지만, 어린 아이들이 아우성치며 당하는 모습이 떠오르자 앞이 캄캄해졌다. 결국 세조의 위협에 신숙주는 무릎을 꿇었던 것이다. 여덟 아들의 목숨을 살리기 위해서 충신이란 아름다운 이름을 숙주는 버린 것이다. 이처럼 숙주는 충신과 변절자라는 국가대사에 대한 이념으로부터 가족이라는 일상 생활에 대한 실제적 생존으로 변신되고 있다.

그러나 그의 아내 윤씨는 오히려 일상생활로부터 국가대사의 일로 숙주를 상승시키고 있다. 이러한 대립된 삶의 길이 작품의 골격을 이루고 있다. 이는 윤씨의 다음과 같은 행동에서 쉽게 확인된다.

> 손으로 옷을 꿰매고 있는 그의 머리 속에는 형형색색의 천사만려가 떠돌았다. 어젯밤에 늦게 돌아와 술을 마시고 탄식하던 남편의 수상한 거동, 오늘 아침에 기신없이 죽어가는 양의 모양으로 아무 소리도 없이 대궐로 들어간 그의 모양, 이런 것 저런 것이 모두 의심스러웠다. 멀지 아니하여서 어떤 무슨 큰 일이 닥쳐올 것 같았다. 이번 나라에서 야단난 그 일로 인하여 자기 남편에게 확실히 무슨 일이 일어날 것 같았다. 어젯밤에도 생각한 것처럼 죽음 — 자기 남편의 죽음이 올 것 같았다.
>
> 그는 또 다시 자기의 죽음, 아들들의 죽음, 충신, 열녀, 이 모든 것을 순서없이 생각하고 있었다.

신숙주의 아내 윤씨 또한 죽음에 대한 공포는 어쩔 수 없었다. 막상 바깥에서 누가 잡혀가고 하는 등의 소식이 하인들로부터 전해져 올 때마다 전율을 느꼈다.

이 소설에서 가장 긴장되는 대목이 바로 이 부분이다. 충신의 길을 택해야 하는 대의명분에 따라 죽음은 필연적이지만 그 죽음이 실생활로 돌아오는 순간적 고민들이 잘 부각되고 있다.

> 그는 별안간 정신이 팽글 돌았다…….
> 그는 별안간 청천에 벽력을 맞는 것 같았다…….
> 그의 마음은 타는 것 같았다.
> 온 몸엔 오한이 오싹 일어났다. 금방 속바람이 일어난 것 같았다.

지속적으로 반복되는 이런 두려움, 무서움에 대한 솔직한 심정의 토로는 그 고통의 순간을 잘 나타내준다. 결국 그녀 자신 속에 죽음이 차츰 기정사실화됨에 따라 마음이 가라앉고, 더불어 목욕재계를 한 후 깨끗한 옷을 갈아입고 화장을 하는 등 죽음의 준비를 차분히 한다.

밖으로부터 차례차례 충신들의 함거가 나간다는 소식을 들을 때마다 다음 차례는 자기 남편이거니 생각하던 윤씨는 느닷없이 대신이 되어 나타나는 신숙주에 놀랄 뿐이었다. '아이들 때문'이라고 중얼거리는 남편의 입이 똥보다 더 더럽다고 느낀 윤씨는 결국 목매달아 자결한다. 결국 충신인 남편을 뒤따라 열녀로서 죽음을 준비하던 그녀는 변절자인 남편에 대한 치욕감으로 목숨을 끊고 만 것이다.

이처럼 「목매이는 여자」는 충신과 변절자의 문제를 개인적인 이욕에 국한시켜 이해한 것이 아니라 죽음과 관련시켜 충신의 길이 얼마나 형극의 길인가를 삶의 일반적인 생활의 면에서 조명한 데 그 특징이 있다. 이미 역사적으로 알 수 있듯이 윤씨가 자기의 죽음으로써 남편이 충신될 리는 없겠지만 윤씨의 죽음이 무의미한 것은 아니다. 왜냐하면 비록 윤씨의 죽음은 월탄의 상상이지만, 그 죽음을 통해 선비의 지조가 얼마나 소중한가를 극명히 표출하고 있기 때문이다. 물론 이 작품은 보고서 투의 문장처리와 구성에 다소 문제가 있는 등 결함이 보인다. 그러나 월탄의 처녀소설이기도 한 이 작품은 역사적 사실이나 그에 대한 역사가들의 일반적 평가를 왜곡하지 않으면서도 그 인물의 내면적인 세계를 파고들어가 새로운 평가를 시도한 점은 주목된다. 신숙주의 변절 사실은 함부로 수정될 수 없는 객관적 사실이지만 그가 변절하기까지의 심적 갈등과 변화를 상상력 속에서 생생하게 그려내 보임으로써 역사적 사건 속에 담긴 인간적 의미를 확대시키고 있다. 즉 월탄은 신숙주의 인간상을 자식에 대한 애정과 군주에 대한 충성의 분기점에 갈등을 배치함으로써 극적 효과를 높이고 역사적 사실보다 인간적 측면에 보다 강조점을 두었다.

월탄은 처녀작이자 첫 역사소설인 「목매이는 여자」를 쓴 후 신변잡사 소설을 쓰면서 이태 뒤인 1925년에 다시 단편 역사소설 「삼절부(三絶賦)」를 썼다. 이 소설은 이미 역사적으로 널리 알려진 황진이의 삶을 그린 작품이다. 원래 황진이는 '가정(嘉靖) 초(중종 17년) 송도명기'라고만 알려져 있지 구체적인 생년월일, 출생에 대한 정확한 기록은 없다. 대략 그녀가 16세기 초에서 중엽까지 살았을 것으로 추정할 뿐이다. 그러나 우리 문학사상 황진이는 가장 뛰어난 여류시인 중 한사람으로 추앙받고 있다. 이렇게 기생이면서도 뛰어난 시조를 남기고 있기 때문에 그녀의 생애 자체가 세인의 관심이 되었었고, 조선조의 많은 남성들은 '신선의 딸', '진사의 딸'로까지 미화하기도 하였다.

이러한 황진이에 대해서 『삼절부』는 그 서두에 『중경지(中京誌)』, 『연려실기술』, 전설 등에 나타난 황진이에 대한 기록을 인용하면서 소설을 시작하고 있다. 그것은 월탄이 황진이를 무작정 상상으로 생각하여 그린 것이 아니라 가능한 모든 역사적 자료를 근거로 하는 월탄 특유의 역사적 사실정신에 따른 것이다. 그리고 월탄은 한 걸음 더 나아가 이 작품에서 아름다운 전설을 우리 역사의 아름다운 보고로 살리려는 낭만적 민족정신에 기반하고 있다. 월탄은 이 작품에서 『중경지』에 근거를 두고 황진사의 서녀로 그 출신을 잡고 있다. 서생이던 황소년이 외유 중 빨래터에서 한미한 집 처녀 진현금에게 반한다. 목 마르다하여 물 한 박만 주라는 미소년의 요청에 처녀도 마음이 이끌려 물을 준다. 황소년이 마신 바가지에는 향기로운 호박꽃

술이 넘쳐 흐르고 이를 선주(仙酒)하며 처녀보고 마시라 하여 인연을 맺게 되는데 이 인연으로 열달 후 황진이가 태어난다는 것이다. 이러한 황진이의 출생담은 야사나 전설에서 흔히 전해지고 있는 남녀간의 인연 중 합환주에 의한 전설과 결부된 것이다. 그러나 면밀한 고증에 따르면 그녀가 기방에 매여있다는 사실에 비추어 『연려실기술』에서 기술되어 있는 '맹인의 딸'이 가장 유력하다. 그러나 월탄은 이 소설에서 반쪽짜리 양반이란 신분이 주요 모티브 역할을 하고 작품 구성의 핵심으로 작용하기 때문에 '황진사의 서녀'로 잡으면서 다소간 신비화된 출생담을 사용한 셈이다. 그외에도 전설같은 이야기를 월탄은 많이 차용하였다. 한 예로 이웃에 장가 못간 총각이 있었는데 황진이의 자색을 한 번 보고는 상사병에 걸려 죽고 만다. 총각의 유언대로 상여가 황진이네 집 앞을 지나가는데 갑자기 상여가 땅에 딱 붙어 움직이지 않는다. 결국 황진이가 종을 시켜 자기가 입은 노랑저고리를 벗어 관 위에 덮었더니 그제서야 상여가 움직였다. 그러한 사실에 대해 월탄은 스스로 『삼절부』에서 이렇게 적고 있다.

현대의 우리로서는 도저히 믿을 수 없는 일이다. 그러나 필자인 나로서
는 이 아름다운 전설을 그대로 죽일 수는 없다.

이처럼 월탄은 분명히 그러한 것들이 전설임을 알고 있었지만, 전설 속에 담긴 아름답고 고귀한 인간의 삶을 보다 중시하였던 것이다. 옆집 총각사건으로 인한 황진이의 변화는 그런 점에서 황진이의 삶을 결정적으로 변화시킨다.

그 일이 있는 뒤로부터 황진이의 철학과 인생관은 갑자기 변해 버렸다.
자기의 고운 살이 닿았던 의상으로 총각의 관을 덮었으니 그때의 생각이
벌써 가지의 혼과 육신을 총각에게 바친 것이었다. […]
뿐만 아니라 사람보다도 문벌만 찾고 실지보다 외식과 허례를 주장하던
그 시대의 환경은 도저히 총각의 관 위에 저고리를 덮어준 규수를 너그럽

게 용납하여 며느리를 삼을 사람은 없었다. [……]

　동산의 밤송이는 저절로 터지는 것이다. 일년이 가고 이태가 갔다. 아리
따운 살결이 더욱 고와질수록 인생을 저주하고 반항하는 마음이 날이 갈
수록 높아졌다.

　그러나 어느 날 거울 앞에서 그녀는 처연하도록 웃다 울다 평범한 한낱
여자로서 깨달은 사람으로 가게 되는데 그것이 바로 기생이었다.
　결국 황진이는 평범한 기생이 아닌 깨달은 한 인간이 옷만 기생으로 걸쳤
다는 월탄 특유의 시각이다. 그렇기 때문에 황진이는 기생의 옷을 입고 저
주스런 세상을 희롱하여 보복하는 삶을 영위한다.

　지조있다는 문장호걸이 그의 적수요 득도했다는 사나이만을 혼항내 높
은 흰살로 녹여 짯짯하게도 허례와 체모를 지키는 소위 양반을 망치게 하
니 재물로 결단을 냄이 아니라 가도덕자(假道德者)의 인격을 짓밟아 놓자
는 세상을 희롱하는 처엽한 보복수단이다.

　이처럼 황진이는 아무에게나 몸을 대하지 않고 소위 세상에서 대장부라
는 사람만을 택해 그들을 농락하려 했던 것이다. 당시 생불(生佛)이라 불려
졌던 지족화상(知足和尙)과 성리학에 도통하였다는 화담 서경덕이 그런 예
로 등장한다. 지족화상은 황진이의 유혹에 넘어가 30년 공부가 도로아미타
불되어 버렸고, 서경덕은 끝내 유혹에 넘어가지 않자 황진이는 그에게 진정
한 인간을 보게 된다.

　송도에 삼절이 있으니 선생의 도덕과 박연폭포와 그리고 저도 절염으로
한 몫 당할까 합니다.

　이처럼 월탄은 황진이를 기생으로서보다도 기생을 삶의 시험수단으로 삼
았던 기구한 한 여인의 인간적 면모를 부각시켰다. 단편적이고 다소 전설적

인 이야기 토막들을 흥미거리로 엮은 것이 아니라 인간적 측면에서 역사를 조명하고자 하는 특유의 소설관이 초기부터 자리잡고 있음을 우리는 볼 수 있다(한편 이 『삼절부』는 1955년 『새벽』지에 「황진이의 역천(逆天)」에서 개작되는데, 작품 서두가 다소 바뀌고 벽계수와의 만남, 말미에 나주잔치모임에서 좌중을 희롱하는 대목, 그리고 야사에 나오는 그녀의 죽음 장면이 추가되었다).

이렇게 볼 때 『목매이는 여자』와 『삼절부』 두 작품은 몇 가지 공통점을 갖고 있다. 우선 여인을 주인공으로 삼았다는 사실과 그 여인을 단지 수동적인 인물로 내세운 것이 아니라 세상에 적극적으로 참여하여 한 인간으로서의 면모를 부각시켰다는 점이다. 또한 역사적 사실 자체가 보여지고 있는 평면성을 뛰어 넘어 그 이면에 숨어있는 인간적 삶의 깊이를 내보이고 있다는 점이 월탄의 문학적 특징이다.

(2) 신변잡사 소설의 문학적 특징

월탄의 초기 문학활동에서 월탄이 신변잡사 소설도 썼다는 것은 그 동안 관심 밖의 사항이었다. 그러나 월탄은 이 시기에 「아버지와 아들」, 「여명」, 그리고 「이년 후」, 「부세(浮世)」, 「순대국」 등의 신변잡사 소설도 내놓았다.

「아버지와 아들」은 유교적인 가부장제도에 반항하는 신시대적 윤리를 보여주는 것으로 부자간의 세대적 갈등을 주제로 하고 있다. 아버지는 특별한 의술은 없었지만 선대의 명망 덕분으로 서울 장안에서 유명한 '원주부네 집'을 그런대로 유지할 수 있었다. 그러나 그 아버지는 돈이 많은데도 늘 사채놀이까지 하는 지독한 구두쇠 영감이었다. 그러면서도 천당을 가고 싶어서 예수를 믿기도 하는 다소간 속물적인 인간이었다. 원래 아버지는 태훈이 어렸을 때는 그를 끔찍이 사랑했다. 그런데 태훈이 열살 되던 해 어머니가 병으로 세상을 떠나자 아버지는 몇 달 후 새어머니를 맞아들였고, 새어머니 사이에 아들이 태어나자 태훈은 차츰 집안으로부터 소외당하게 된다. 태훈 자신도 집안식구를 미워하게 되었고 성격 또한 우울해졌다. 원래 태훈은 어려서부터 미술에 대단한 취미를 가져 평소 조선에서 제일가는 화가가 되는게 꿈이었다. 아버지는 학교에 들어갈 것을 종용했지만 그 말을 들은 체도 않고 허락도 없이 미술협회에 들어갔다. 그것은 예술을 자신의 삶으로 믿었기 때문이다. 이러한 태훈의 고집에 아버지도 어찌할 수 없었던지라 차라리 약국에서 일이나 배우라고 하였으나, 태훈은 답답한 나머지 술을 찾기 시작하였고 급기야 애욕의 불길에 빠져 점점 방탕한 데로 흘렀다. 아버지가 생명보다 중히 여기는 돈을 축내기까지 하자 노발대발한 아버지는 그를 강압적으로 집에 가두었다. 그러나 얼마 뒤 예술에 대한 가랑, 자유를 그리워해 태훈은 가출을 해서 미술협회로 갔다. 그곳은 그의 예술이 자란 곳이고 고민이 있을 때마다 유일하게 위로를 받을 수 있는 곳이었다. 그래서 태훈은 거기 모여있는 친구들에게 가출의 변을 털어놓고, 친구들은 너나없이 구도덕과 용감하게 싸운 새 시대의 개척자라고 태훈을 찬양하는 데서 끝난다.

이 작품은 주인공 태훈은 다름 아닌 『백조』파의 일원이자 월탄과 가장 친하였던 나도향으로 추정된다. 그런 점에서 염상섭을 모델로 하였다 하여 화제가 되었던 김동인의 「발가락이 닮았다」와 함께 문단의 선풍적인 사건을 취재한 화제작으로 이 작품도 손꼽힌다.

「여명」 또한 당시 결혼에 대한 신구의 대립을 문제삼고 있다. 구시대의 쌀 옥순과 새로운 시대의 아들 태원이 주인공인 이 소설은 이들 인물을 통해 신구(新舊)의식의 양 측면을 예리하게 보여주고 있다. 당사자들 상의없이 부모들간에 진척되던 혼사문제를 태원이 거절함으로써 문제가 야기되면서 소설이 시작된다. 구시대 여성의 전형인 옥순은 얼굴도 보지 못한 남성을 즐거이 숙명으로 받아들이는데 비해, 태원은 우연히 마주친 여학생을 연모하여 그녀의 자유결혼할 것을 꿈꾸었던 것이다. 옥순과의 결혼을 파기하는 태원의 의식은 친구에게 보낸 편지에 잘 나타나 있다.

김형 나는 시대의 갓난 아이들이외다. 나는 옛날에 이 땅위에 살던 사람이 아니라 지금 앞에 나타나는 여명과 같은 새 시대의 아들이외다. [……] 아버지와 어머니는 나로 하여금 옛 옷 입으며 옛 갓을 쓰며 옛 신을 신으라 하시나이다.

묵은 도덕이 그를 기르고 낡은 유풍이 그를 북돋워준 이미 간 시대의 여
자를 날로써 인생을 같이할 무겁고도 중한 아내로 삼으라 하시나이다.

이처럼 태원의 의식은 제목대로 '여명'기, 즉 '며느리를 노리갯감으로 얻
은 시대는 지나갔다'는 시대인식이다. 그렇기 때문에 그는 옥순과의 파혼을
결연히 행한 것이다 그러나 옥순은 파혼을 자신이 버림받은 팔자소관으로
간주하여 끝내 병을 얻어 죽고만다. 이렇게 볼 때 이 두 작품은 모두 다
신·구를 대변하는 대립적 인물을 통해 신세대 의식을 보여주는 작품들이
다.

한편 「이년 후」는 당시 소설에서 종종 볼 수 있는 기녀와의 사랑을 소재
로 한 작품이다. 그런데 특히 「이년 후」는 현진건의 「타락자」와 그 제재나
구성이 매우 유사하여 주목을 끈다. 「이년 후」는 기녀와의 사건이 있는 2년
후부터 시작되고 있는 것이 특징적이다. 어느 날 자주 모이는 친구들과 한
담 도중 우연히 이야기거리로 나온 기생 황려화의 자살 이야기로부터 회상
되는 주인공의 2년 전 이야기가 그것이다. 기생집이라고는 가본 적이 없던
C는 2년 전 초대를 받아 처음으로 K관에 갔는데, 거기서 황려화와 눈이 맞
아 그 뒤로 자주 찾아가 연민의 감정 속에서 연모하기 시작했다. 그러나 한
편 뭇 사람과 어울릴 수밖에 없는 기생 신분에 쓸쓸한 생각과 함께 질투하
는 마음까지 들어 그는 고뇌에 빠지기도 하였다. 어느 날 친구들이 집에를
놀러와 자기의 감상을 적어둔 책 속의 '오뇌 — 심하였다'라는 말귀를 가지
고 자주 희롱하기도 하였다. 그러나 그녀를 수중에 넣을 돈도 없고, 또한 아
내를 저버릴 수 없는 마음에 차츰 진정되다가 친구가 속여 쓴 려화의 편지
일로 그녀를 잊어버렸다. 그렇게 해서 2년이 지났다는 것이다. 현진건의 「
타락자」에서는 돈까지 동원하고 또한 매독까지 얻어 자기 부인에게 전염해
주는 타락의 실상을 적나라하게 보여준 데 비해, 「이년 후」는 누구에게나
있을 법한 이야기를 다소 희화적으로 그린 작품이다(한편 「부세」 또한 기
녀와의 사랑을 중심으로 하고 있지만, 작품 후반부가 미완으로 끝나 구체적
인 실상은 파악하기 힘들다).

그에 반해 「시인」은 고귀한 영혼을 노래하는 시인의 자부심이 아기 울음소리로 상징되는 일상생활에 의해 여지없이 파괴되는 모습을 극명하게 표출해낸 콩트에 가까운 소설이다. 하얀 눈이 달빛을 받아 거룩한 분위기를 조성하는 동짓달 밤길을 홀로 걷다 시상이 떠오르자 그것이 사그라지기 전에 시 한 편을 쓸 요량으로 재빨리 집에 돌아와 책상에 앉자 쓰기 시작했다. 어느 정도 시를 써 내려가고 있는데 잠자던 아기가 울기 시작했다. 아내는 아이를 달래려고 애썼지만 그럴수록 아이는 더 크게 울었고, 결국 '현묘하고 거룩한 넓고 넓은 어렴풋한 시경 속에서 배회하던 K는 별안간 천길이나 되는 씁쓸한 현실의 구렁으로 뚝 떨어졌다'는 것이다. 그래서 아내와 싸움이 시작되고, 부모 싸움에 아이 울음이 그치자 다시 책상으로 갔을 때, 가장 성스러운 진리의 노래를 읊었다고 생각한 시가 한 썩은 해골에 고인 송장물과 같은 혐오를 느끼는 시임을 느껴 원교를 찢어버리고 자신의 모습을 조소한다는 내용이다. 말하자면 시인의 거룩한 착상이 아기울음소리에 곤두박질하는 모습에 빗대어 어차피 현실을 이탈할 수 없음을 역설적으로 보여주고 있다.

이렇게 볼 때 이 시기까지만 해도 월탄은 자신이 할 수 있는 다양한 문학 장르를 섭렵, 시도함으로써 문학의 길을 본격적으로 모색한 것으로 보인다. 특히 지금까지 살펴본 대로 다양한 형태의 소설을 내보임으로써 자신의 문학적 세계를 구축해나갔다. 소설쪽만 보면 처음에 역사소설로 시작했다가 한때 신변잡사 소설을 쓰기도 하지만 30년대 중반들어 본격적으로 역사소설에 정착한 것으로 판단된다.

2. 본격 역사소설의 창작 시대: 30, 40년대

1) 본격 역사소설의 창작

월탄은 1966년도에 발간된 대표작선집 서문에서 다음과 같이 말한 바 있다.

나는 역사소설의 형태를 빌어서 문학으로 사회에 참여하고 있는 것이다. 역사소설의 주인공을 통해서 나는 현대 인간들과 대화를 하면서 이 땅, 이 조국을 아름답게 건축해 보자는 것이다.

이것이 나로 하여금, 30 이후에 시와 평론에서 소설을 쓰게 하고, 소설 중에서도 신변잡사의 소설을 떠나서 역사소설을 쓰게 하고, 오늘날까지도 계속해서 나의 관뚜껑을 덮을 때까지 역사소설을 쓰겠다는 결심을 갖게 한 동기다.

우리는 앞서 월탄의 삶을 더듬으면서 무엇보다도 이 시기 어떤 작가보다도 한문에 깊은 소양을 갖고 있고, 그것은 어린시절부터 생활의 일부분이 되어왔음을 보아왔다. 또한 어린시절부터 수많은 역사책들을 읽어왔고, 때로 일제에 의해 금지된 서적까지도 이불 속에 숨어서 독파했음을 상기한다면, 그가 역사소설에 일로매진하여 우리 문학사의 대표적인 역사소설가로 추앙받는 것은 당연한 일이라고 생각될 것이다.

그러나 그의 작품 발표를 연대순으로 쫓다보면 우리는 20년대까지 비교적 활발한 활동을 보여주던 월탄이 30년대 전반기에는 침묵과 모색의 시기를 가졌음을 알 수 있다.

(1) 금삼의 피

월탄이 역사소설로 전진하면서 본격적으로 독자의 관심을 끌고 히트한 작품이 『금삼의 피』다. 이것은 1936년에 『매일신보』(1936. 6. 20~12. 29)에 연재되었고 뒤에 단행본 상·하권으로 간행(박문서관, 1938)되었다.

이 소설은 폭군 '연산군'을 소재로 한 장편 역사물이다. 연산군이 자기의 생모인 윤씨를 복위시키고자 일으킨 갑자사화(甲子士禍; 1504년 연산군 10년)를 작품화한 것이다. 이미 『폭군 연산』이란 제명으로 영화화되어 널리 소개된 이 작품에서 작가는 연산군을 하나의 광인으로 처리하지 않았다. 연산의 폭군적인 망발은 비명에 죽은 어머니의 비참한 최후를 알게 된 데서 비롯되었다는 것을 밝혀주고 있다. 월탄 스스로 "연산주(燕山主)"라는 한 개

적나라한 사람을 써 보려 하는 것입니다. 물론 제왕 연산이 아니고 인간으로서의 연산입니다"고 말했듯이 역사적 이면에 비친 인간상을 인간적인 차원에서 추적한 작품이다.

>   때는 바야흐로 태평 성대, 영특한 임금, 갸륵한 어른으로 존숭을 받으시는 성종으로도 호색이 빌미가 되어, 비·빈 사이에 질투의 불길이 일어나고 나중에 세자의 어머님이요, 곤전마마이신 막중한 왕비를 폐위시키고 또 사약을 내리니 백성의 집인들 어찌 이러한 흉변이 있으랴. 한 지어미 원한을 품으매 오월에도 서리가 내린다거늘, 막중한 왕비어니 종묘 사직이 어찌 위태치 아니하랴(序詞에서).

이 엄청난 변의 발단은 같은 왕의 후궁으로 같이 있던 '윤씨'와 '정씨' 중에서 '윤씨'가 '연산'을 낳고 왕비로 책봉된 데서 비롯된다. 그러나 성종이 아름다운 '정씨'를 더욱 사랑하게 되자 '윤씨'는 질투심과 함께 이 거만한 '정씨'를 그대로 두고 싶지 않았다. 어느 날 '윤씨'는 연석에 나오지 않은 '정씨'를 호출하여 엄나무가시 위에 눕혀 하룻밤을 혹형(酷刑)을 가했다. 여기에 불만을 품은 '정씨'는 점장이 '이판수'와 의논하여 부적을 만들어 동궁(뒤에 연산군)을 병들게 하였다. 이 사실을 목도한 윤씨는 '정씨'를 당장 해치려 했으나 워낙 성종의 총애가 각별해서 뜻을 이루지 못했다. 그러나 '정씨'의 화상을 그려 활로 쏘고 굿을 하다가 성종에게 발각된다. 이 때문에 성종은 격분해서 폐위까지 거론하게 되지만 대신의 간언으로 간신히 무마된다. 다시 훗날 말다툼 끝에 윤비는 성종의 용안에 손톱 자국을 내게 되어 '정씨' 일파의 극론에 몰려 폐위되고 낙향하여 사약까지 받게 된다.

>   동궁이 내내 탈없이 자라나거든 부디부디 이 수건을 전해 주오. 천천의 이 원한을 씻어주오.

'윤씨'의 피눈물을 받은 손수건은 그 어머니 '신씨'에게 전해졌고 뒷날 동궁이 자라 그 사실을 알게 됨으로써 혹심한 심적 갈등 겪게 되고, 그리하여 죄인의 아들, 폐비의 아들, 어머니 없는 외로운 자식이란 생각은 연산군의 성격에 큰 변화를 일으키게 된다.

성종의 뒤를 이은 연산군은 무엇보다도 억울하게 죽은 어머니를 다시 복위시키는 일에 착수하였고, 대왕대비의 강력한 저항이 있었지만 그 뜻을 관철시킨다. 묘를 이장하고 회묘라 이름짓고는 거기에 거동하여 친제를 지내겠다고 했지만, 대비와 대신들의 강력한 제지로 뜻을 이루지 못하자 술을 탐하며 방탕한 생활을 하기 시작한다. 어느 날 그는 궁중 뜰 안에서 대왕대비가 극진히 사랑하던 사슴을 활로 쓰러뜨려 죽이고, 그것이 대왕대비를 향한 울분 때문이라는 사실을 알게 된 궁중 안은 두려움에 싸인다.

드디어 연산 4년 무오(戊午) 7월에 일대 사건이 터졌다. 사국(史局)을 차리고 성종대왕의 실록을 꾸미게 되었을 때 실록청 당상으로 있던 이극돈은 세조의 비행을 사실대로 적은 사초(史草)를 발견했는데, 그는 무령군, 유자광 등을 찾아가서 이 사실을 보고하고 연산군에게까지 직소하게 된다. 격노한 연산은 당시의 실록청 당상이었던 김일손은 물론이요, 권오복, 권경우, 이목, 허반, 강반 등의 선비들은 능지처참하거나 참수형을 주고 그밖의 관련자들에게도 태형, 귀양 등의 무자비한 벌을 내린다. 이 피비린내 나는 대참사가 이른바 무오사화이다. 이일을 계기로 간신배들의 횡포는 한층 극악해졌고 연산은 연일 황음방탕하게 되니 백성들의 원성은 높아가고 선비들의 비판도 비등했다.

마침내 군부의 실력자 박종원 일파의 모반이 일어났다. 연산 13년 병인(丙寅) 9월 초하룻날 밤 술시(戌時)에 주동자들이 회동하고 훈련원의 포성을 신호로 일제히 거사해서 연산을 왕좌에서 끌어내렸다. 새로 왕위에 올라서게 된 중종(진성대군)은 조칙을 내리어 죄인들을 대사하고 전중전 '신씨'는 정청궁으로 내보내고 또 많은 사람들을 처참적몰하고 전왕은 강봉하여 연산군으로 부르고 교동에 안치시킨다.

이처럼 연산의 외조모 '신씨'가 간직했던 피 묻은 수건 하나는 수많은 우여곡절을 불러일으킴으로써 대참화를 불러일으켰던 것이다. 비록 정사(正

史)에서는 연산의 행적이 폭군으로서 씻을 수 없는 오욕의 인물로 기록되었지만, 월탄은 연산의 인간상을 낭만적 문장과 풍부한 상상력으로 승화시킨 것이다. 말하자면 폭군 연산군의 일생을 인간 연산군으로 바꾸어서 그가 폭력의 대리자가 될 수밖에 없었던 점을 심리적으로 정치사적으로 깊게 해명한 작품이다.

(2) 대춘부(待春賦)

상당기간의 공백기를 거쳐 본격 장편역사소설 집필에 들어간 월탄은 첫 장편 『금삼의 피』를 내보인 후 『대춘부』를 다시 『매일신보』(1937. 12. 1～1938. 12. 25)에 연재하기 시작한다. 『금삼의 피』가 궁중비화적인 성격이 강했던데 비하여 외침에 대한 민족의 수난과 항쟁을 국난극복의 관점에서 서술하고 있는 것이 특징적이다. 우리 민족의 최대 비극 중의 하나였던 병자호란을 제재로 한 작품으로 처참하게 벌어지는 전쟁을 묘사하면서 민족의식을 고취하는 주제다. 이를테면 호병(胡兵)들에게 짓밟히는 무수한 생명들, 그러나 끝까지 그들과 백수공권으로 대항하는 의병들의 애국심을 낭만적으로 그려간 작품으로 월탄의 역사의식과 민족주의적 이념이 잘 구현된 작품이다.

이 작품은 지금까지 월탄이 시도했던 역사소설과는 달리 정사에 입각한 사료를 풍부하게 활용하여 실증주의적 관점에서 민족의 수난사를 올바로 재구(再構)하면서 우리 민족의 영웅적 항쟁을 폭넓게 그려내고 있다. 『대춘부』의 줄거리는 크게 세 부분으로 이루어져 있다.

첫째로 병자호란이 일어나게 된 원인으로부터 시작하여 그 경과, 그리고 임금의 항복과 세자를 포함한 척화신들이 볼모로 잡혀가기까지의 과정이 그려져 있다. 그런데 이곳에서 월탄은 단순히 비극적 수난사를 수난사 자체로 재현하지 않고 수난을 극복하려는 여러 민족사적 인물의 행적과 애국심, 충의관을 곳곳에서 보여주고 있다. 가령 남한산성을 지키는 여러 장수들의 용맹한 활동을 통하여 패전의 역사 속에서 승전이 있었음을 보여주고, 강화도 함락과 더불어 스스로 화약에 불질러 폭사한 김상용의 충절이나, 정절을 지키기 위해 자살을 택한 조선의 여인들, 삼전도의 굴욕 이후 삼학사의 항거 등이 그렇다.

다음으로 임경업이 영의정이던 최명길 등의 동조를 받아 명나라와 접촉하여 병자의 국치(國恥)를 씻어보려는 노력과 그런 사실이 발각되어 명나라로 탈출하여 청나라와의 투쟁을 획책해 보지만 끝내 청의 포로가 되어 계획이 좌절되고 김자점의 모함으로 죽게 되기까지 과정이 담겨져 있다. 말하자면 병자호란 속에서 비록 실패했지만 곳곳에서 살아 숨쉬는 애국심이 구체화되어 우리 민족의 영웅인 임경업의 행적을 통해서 보다 확대되고 실천의 경지로 들어서고 있음을 보여주고 있다.

마지막으로 효종이 등극한 이후의 부분으로서 자력으로 북벌을 시도하기 위해 효종이 이완 대장이나 송시열 같은 인물을 발탁하여 군사를 조련하고 군량을 마련하는 등 북벌계획의 준비를 실행해 가던 중 안타깝게도 얼굴에 난 작은 종기로 어이없게 효종이 뜻밖에 사망함으로써 모든 계획이 수포로 돌아가기까지의 과정이 그려져 있다. 말하자면 임경업의 정신이 북벌계획으로 현실 속에서 구체화된다던 입장에서 효종 시대에 전개되었던 움직임을 민족정신의 발현으로 묘사한 것이다.

이처럼 제목이 암시하듯이 봄을 애타게 기다린다는 뜻에서 패배에 굴하지 않고 봄을 위해 노력했던 과거 역사를 되살림으로써 식민지 치하의 우리 민족이 나아갈 바를 우회적으로 드러내고자 했던 것이다. 그런 점에서 월탄의 민족주의 사상이 가장 잘 나타나 있는 작품 중의 하나이다.

(3) 다정불심

『다정불심』은 1940년 11월부터 다음해 7월까지 『매일신보』에 연재되어 어느 작품보다도 독자들의 열렬한 호응을 받았던 작품이다. 고려 '공민왕'과 노국공주와의 절대화된 사랑의 애화(哀話)를 토대로 하여 이후 전개되는 공민왕의 삶과 고려의 역사를 그린 역사물이다.

기날은 고려 공자 왕기와 원나라 공주 위왕 패라첩목아의 딸 노국 보탑
실리 공주 두 사람의 축복 받을 결혼식을 묘응사 라마백탑 아래 관음보살

앞에서 거행하는 날이다.

이렇게 충숙왕의 둘째 아들로 태어나 12살 때 원나라에 볼모로 끌려간 '공자 왕기'와 노국공주와의 결혼식으로부터 시작되는 『다정불심』은 '공자 왕기'의 '구름일 듯 일어나는' 노국공주에 대한 갈수록 깊어지는 사랑으로 이어진다. 결혼한 지 3년째 되는 해에 돌연히 고려 국왕을 봉한다는 원순제 의 칙명이 내려져 '공자 왕기'는 공민왕이 되어 '노국공주'와 더불어 금의 환국한다. 그러나 꿈같은 사랑은 공주의 죽음으로 말미암아 큰 충격을 받게 되고 결국 정사에까지 심각한 영향을 미쳤다. 노국공주에 대한 간절한 그리 움을 참을 길 없어 중 신돈으로 하여금 반혼법을 쓰게 하여 공주의 영혼과 만나고 합방을 하기도 한다. 그러나 이것은 다만 일시적으로 임금의 마음을 안정시키려고 신돈이 행한 사기술에 지나지 않았다. 그런데도 왕은 더 나아 가 공주의 영혼을 영원히 기리기 위해 노국공주의 영전을 짓도록 하였다. 지나친 계획으로 말미암아 날로 백성들과 신하들의 원성이 높아갔고, 섭정 왕이었던 신돈마저 마암영전 건립을 반대하자 그도 죽이는 등 성격적 파탄 을 일으킨다. 이후 공민왕은 여러 후궁들도 멀리하고 미동(美童)들을 상대로 변태적인 생활을 이어간다. 그러던 중 미동인 '홍륜'과 '최만생' 등에 의해 살해당하고 만다.

만뢰가 고요한 이날 밤 축시(丑時)! 수영궁지 밑엔 왕의 취한 콧소리가 드높다. 좌우에 모신 놈들은 모두 다 홍륜의 일당인 자제위였다.

내시 최만생과 자제위 홍륜이 검은 헝겊으로 얼굴을 가리고 칼을 들고 들어왔다. 누구 한 사람 '도적이야!'하고 외치는 사람도 없었다.

삽시간 일이었다. 왕은 벌써 이 세상 사람이 아니었다.

넋은 날아 그리운 공주를 찾았으리라!

다정(多情)이 병이 아니고 무엇이랴!

뒷사람은 왕을 가리켜 공민(恭愍)이라 불렀다.

이와 같은 극적인 종말이 고려왕조 오백년의 종언을 고하게 되고 소설 『다정불심』의 대단원이 된다. 말하자면 『다정불심』은 공민왕의 노국공주에 대한 낭만적인 사랑 이야기를 토대로 하여 이에 과도한 집착이 결국 성격 파탄을 일으키고 자기 파멸의 길을 밟게 되어 끝내 고려왕조가 망하게된다는 역사적 교훈을 담고 있다.

그러나 다른 한편으로 월탄은 이 소설에서 공민왕의 초창기 치적과 이후 신돈의 통치행위를 긍정적인 시각에서 접근하여 무엇보다 고구려의 고토 회복을 위한 노력에 상당한 비중을 두고 있다. 이는 당대 식민지 상황에서 역사소설을 통한 우회적인 민족의식의 발현임이 틀림없다. 이를테면 원나라에 볼모로 잡혀 있다가 귀국한 공민왕은 잘못된 폐습을 과감히 교정하고, 원나라 기왕후의 세력을 믿고 방자하게 온갖 횡포를 부리는 기철을 제거함으로써 나라의 기강을 세우는 한편, 원나라에게 빼앗겼던 국토를 회복하기 위하여 원정군을 파견하여 쌍성 이북의 고토를 회복한다. 또한 노국공주의 죽음 이후에 섭정하게 된 신돈의 통치행위도 고구려 고토회복 계획에 시선을 돌리고 있다. 이 포부는 끝내 실행되지는 못했지만 작가의 창작의도가 어디에 있었던가를 충분히 짐작케 해준다.

이렇게 보면 이 작품은 『금삼의 피』에서 나타난 한 군왕의 개인적 파탄과, 『대춘부』에서 보여준 국난극복사를 『다정불심』을 통해서 결합하고자 했던 소설인 셈이다.

(4) 전야 등의 삼부작

『전야』(『조광』 1940. 7~1941. 10), 『여명』(『조광』 1942)은 해방직후에 쓴 『민족』(1947)과 더불어 홍선대원군을 소재로 한 삼부작의 성격을 가지고 있다. 『전야』는 대원군의 낙척시대와 권력을 잡기까지의 과정, 즉 제목 그대로 대원군의 집권 이전까지를 다룬 작품이여, 『여명』은 대원군이 철종의 죽음과 그 아들 명복의 등극으로 집정하면서 벌이는 각종 활동상을 담은 작품이다. 그리고 『민족』은 고종 친정 이후 대원군과 민비의 갈등으로 이어지는 조선 말기의 상황을 실록적인 방법으로 서술한 작품이다.

『전야』는 김동인의『운현궁의 봄』과 제재에 있어 같지만, 월탄은 여기서 외척세도가들인 안동 김씨들에 의해 나라가 파탄에 빠진 시대상황을 가슴 아파하면서 '한번 나라를 바로 잡고 외척을 물리치고 도탄에 든 백성들을 구제하여 태평성대를 만들어 보고 싶은 야망'을 가슴에 안고 파락호 생활을 하는 인물로 홍선을 파악한다. 홍선은 김좌근, 김병기 등 외척들에게 갖은 수모를 당하면서도 아버지의 묘를 명당자리로 이전하며, 또한 궁중 안의 기밀을 알기 위해 송석원 잡배들과 어울리기도 하고, 영특한 둘째 아들 명복을 왕자로 교육한다. 안동 김씨와 부패한 세도정치에 반발하여 진주를 시발로 전지역에 민요가 속출하면서 민심이 흉흉해지자 홍선은 조대비 조카인 조성하와 연통하여 조대비와의 접촉을 시도한다. 그리하여 조대비에게 세배할 기회를 갖자 외척 세도의 철폐, 양반계급 횡포 저지, 사색당파 및 서원 철폐, 반상을 가리지 않고 능력에 따른 인재등용이라는 자신의 정치적 포부를 피력하게 된다. 말하자면 수많은 시련과 어려움 속에서 꿋꿋이 견디어 마침내 목표하는 바를 성취하는 영웅 전기소설의 형태를 취하고 있다.

뒤이어『여명』에서 정권을 쥐게 된 홍선대원군의 정치적 삶을 통해 근대 직전의 과정을 그려내고 있다. 대망의 대권을 잡게 된 홍선대원군은 처음 가졌던 포부대로 당파와 외척과 반벌 정치를 타파하고 서원을 철폐하는 등 개혁정치를 단행하였다. 경복궁을 중수하여 나라의 위엄을 세웠으며, 서양의 종교인 천주교에 대한 금압정책을 실시하였다. 특히 천주교에 대한 대원군의 반감은 매우 확고하여 그가 아끼던 천주교도 기생인 초운의 노력에도 불구하고 천주교에 대한 더욱 가혹한 탄압을 한 것으로 그려지고 있다. 이점은 이 작품에서 매우 중요한 주제적 역할로 이어지는데, 천주교 탄압을 빌미로 침범해온 미국 셔먼호 등에 의한 두 차례의 양요를 물리치고 나서 행하는 대원군의 독백이 이를 잘 말해준다.

여명! 천년만에 조선에도 여명이 왔구나!
대원위는 흐르는 눈물을 씻을 줄을 몰랐다.

제목이기도 한 '여명'은 말하자면 우리가 흔히 쇄국정책이라 일컫는 홍선대원군의 민족주의적 입장을 월탄이 높이 평가하고 있다는 의미가 된다. 그런 점에서 월탄은 대원군을 뛰어난 정치력을 가진 민족사적 영웅으로 보고, 국력을 중흥시킬 수 있는 절호의 기회로 파악한 셈이다. 한편『민족』은 대원군의 쇄국정책에서부터 청일전쟁을 중심으로 벌어지는 민비와 대원군과의 암투를 그렸다. 갑신정변이 일어나던 때의 탐관오리의 난무, 그리고 갑오경장서부터 동학혁명까지 이어지는 최근 대역사의 파노라마를 실록적으로 엮어나간 작품이다. 특히 전봉준의 저항정신에 대한 인간적인 분석을 이처럼 풍부하게 그려낸 작품은 좀처럼 보기 드물다. 역사적 사실을 중시하는 월탄이지만, 무엇보다 월탄은 상황묘사에 역사적 사실을 풍부하게 활용하면서 초점은 전봉준의 저항정신에 대한 문학적 형상화에 맞추었던 것이다.

3) 시, 수필로 그려낸 민족의 얼

(1) 촌자부, 청태집

한편 역사소설에 정력을 쏟으면서도 월탄은 이 시기 시작에 있어서도 많은 수작을 발표하였다. 초기 시에서 보여지는 다소간의 퇴폐주의적 분위기는 사라지고 대신 민족적 정취가 짙은 작품들을 빚어내기 시작하였다(이 시기에 쓴 시들은 해방직후 시집『청자부』에 수록된다).

> 선은
> 가냘픈 푸른 선은―
> 아리따웁게 구울려
> 보살같이 아담하고
> 날씬한 어깨에
> 사월 훈풍에 제비 한 마리

방금 물을 박차 바람을 끓는다.

그러나 이것은 천년의 꿈 고려청자부!

이와 같은 월탄은 시 「청자부」에서 우리 민족의 문화재 청자기를 '아리
따웁게 구울려 보살같이 아담'하다고 찬미했다.

> 고운지고 보살의 손
> 돌이면서 백어(白魚)같다.
> 신라 옛 미인이
> 저렇듯이 거룩하오!
> 무릎꿇어 우러러 만지면
> 훈향내 높은 나릿한 살 기운
> 당장 곧 따스할 듯하구나

                                        ― 「십일면관음보살」의 3절.

시 「십일면관음보살」에서는 우리의 국보 천년대불을 '성처녀로 모시우
다'고 찬양하면서 인자하신 관음보살을 그리며 '귀 기울여 들으면 향기로운
말씀 도란도란 구으는 듯 하구나'라고 찬양했다.

더욱이 월탄의 시 「석굴암대불」에서는 일제하에서의 민족시인의 비애가
'천년을 지키신 침묵'으로 상징되며 절절한 불심으로 승화되었다.

> 천년을 지키신 침묵
> 만겁(萬劫)도 무양(無恙)쿠나.
>
> 태연히 앉으신 자세
> 배움직함 많사이다.

동해 바다 물결이 드높아
허옇게 부옇게 부서져 사나우니
미소하시어 누르시다.
천년 긴 세월을

두 어깨로 받드다.
신라의 큰 공덕이
임 때문이시라.

아침해 붉게 바다에 소용돌이쳐 솟으니.
서기(瑞氣), 굴 속에 서리우고
달빛 휘영청이 떠오르니

향연(香煙) 입 앞에 조요하다.
일대명공이 크나큰 솜씨에
고가 숙여 눈물지워 지웁네.

　월탄의 시 「석굴암대불」은 3편의 연작인데 일제의 침략으로 나라를 빼앗
긴 통한을 천년 대불 앞에 엎드려 '몸부림쳐 임의 무릎에 통곡하고 싶구나'
로 절감케 한다.
　그리고 대불의 인자한 모습을 섬세한 시어로 유감없이 보여주는 것은 「대
불Ⅲ」으로서 그를 통해서 민족정신의 영원성을 구가하고 있다.

함추룸한 두 팔엔
정령(精靈)이 아직도 서리우고
날렵하게 짚으신 바른 손
손가락엔 바드라운 생기 팔락하셨네.
감중련하신 부드러운 왼편 손바닥

함빡 거룩한 슬기의 샘물이시라
눈감고 고즈너기 이르는 말씀
바다 마르거니 물이야 없습거냐
고요히 침묵을 지키라 하시다.

이와 같이 월탄은 나라를 빼앗긴 우리 민족의 비애를 「대불」에서 터뜨리는데 민족은 불멸하리라는 확신을 상징화시킴으로써 더 큰 감동을 호소하고 있다. 나중에 월탄은 수필 「만년석불」에서 이 시들을 다음과 같이 회고하였다.

이 글은 내가 지었으면서도 내 글이 아니다. 당시에 하늘이 주신 계시오, 부처께서 내리신 우리 민족의 이정표다. 때를 기다리라고 한 것은 역사의 이정표였다. 과연 우리에게 거짓말씀을 아니했다. 때는 필경 오고야마는 법이다. 우리는 대불의 계시 그대로 조국을 사모하는 '얼'을 붙안고 소리 죽여 울음을 마시면서 침묵을 지켜 때를 기다렸던 것이다.

실상 월탄의 식민지하에서의 시 세계는 두 가지 유형으로 평가되고 있다. 그 하나는 즐겨 애매모호한 표현을 통해서 퇴폐적인 분위기를 드러낸 시, 그리고 다른 하나는 긍정적인 목소리로 특히 우리 민족사라든가 문화사에 각별한 관심과 사랑을 표명하는 시들이다. 전자는 처녀시집 『흑방비곡』에 수록된 것들이고, 후자에 속하는 시들은 해방 후에 출간된 시집 『청자부』에 실려있는 시들로, 30년대 중반 본격 역사소설을 집필하면서 그것과 연관되어 창작된 시편들이다.
또한 수필집 『청태집(靑苔集)』(1942)을 통해서도 삶에 대한 사념, 민족의식이나 불교적 세계, 혹은 우리 고유의 문화유산에 대한 예찬 등을 산문화하였다. 가령 「영원의 승방몽(僧房夢)」에서는 인간현실의 허무함을 개탄하면서 우리 생을 영원의 '승방몸'에 비유했다.

인생은 즐거운 것이다. 더구나 젊음의 인생, 붉은 피 뛰는 청춘의 시절!

영혼엔 가득히 강한 향을 사르고 육신엔 알지 못하는 또 이상한 즐거움에
뛰어 한없는 환희에 헤엄치건만 우리는 한 큰 공동(空洞)의 결함을 깨닫지
아니치 못하겠다. 생이란 영겁의 공동이요, 허무인 것을 느끼지 아니치 못
하겠다. 진리없는 생이요, 광휘없는 생이요, 다만 이 끝없는 쓸쓸한 영원의
승방몽에 그치는 인생이다.

이처럼 월탄은 '생이란 영겁의 공동이요, 허무인 것'을 절감하면서 우선
가식으로 반죽한 이 세상, 고뇌, 비참으로 엉키운 인생, 진리없는 공동과 결
함이 쌓인 이 인생보다는 차라리 영원의 나라로 돌아가는 것이 나을 것이라
고 절규했다.

3. 해방 이후 역사소설과 문학세계

1) 해방 직후의 문학세계

8·15해방을 맞자 월탄은 그 기쁨을 시 「회천송(回天頌)」에서 이렇게 노
래했다.

> 정의의 날은 드디어 오다.
> 자유와 해방
> 우리는 이 두 바다에
> 얼마나 목말랐더냐!
>
> — 「회천송」의 서장.

또한 「아름다운 조국」에서는 조국의 광복을 기뻐하며 '만년석불'을 찬미
하면서 민족의식을 되새겼다.

저 유명한 예술의 극치인 경주 월성 토함산 아래 조성된 석굴암의 대불은 신라때 김대성이 이룩한 원찰(願刹)이거니와, 이 위대한 한국의 예술품이 조성된 원인은 당시 신라를 괴롭게 했던 왜구를 불력(佛力)으로 막아달라는 대원(大願)에서 이 기막힌 예술의 작품이 조성된 것이다. 대불을 모시어 놓은 본존 후면에는 한국미의 극치를 표현시킨 십일면관음보살과 문수보살 등 12제자의 부조와 사천왕상이 순(純)과 미의 고결한 넋을 오늘날까지 뽐으면서 대불을 호위하여 동해를 바라보고 있다.

왜 동해를 바라보고 있는가? 공연히 동해바다를 바라보고 있는 것이 아니다. 순되고, 아름답고 깨끗한 정의의 자세로 모든 악의 씨를 뿌리는 침략자를 바라보아 엄숙하게 조국을 지키고 있는 것이다.

나는 일본이 우리 조국을 36년간 짓밟았던 불행한 그 시절에 석굴암 대불을 찾아서 몸부림쳐 통곡해 울었던 일이 있다.

2) 장편 역사소설과 문학세계

(1) 8 · 15 직후 역사소설 홍경래, 청춘승리

8 · 15 직후부터 월탄은 앞서 살펴본 『민족』 외에도 『홍경래』(1946)와 『청춘승리』(1947) 등을 발표하여 역사소설을 집요하게 지켜나가면서 민족문학의 대낭만적 세계를 펼쳐 나갔다.

『홍경래』는 제목 그대로 홍경래란을 소재로 한 것이었다. 근세사의 영웅인 홍경래의 일생을 통해 비록 실패로 귀결되었지만, 그의 이상 세계를 위한 집념을 월탄은 높이 샀다. 잘 알다시피 홍경래란은 이조 순조 12년(1811)에 평안도 용강 출신 홍경래의 지도로 일어났다. 서북인의 천대 차별정책과 국정의 부패에 맞선 큰 반란이었다. 이 반란은 불과 5개월만에 종식되었지만 역사적으로 엄청난 사건이었다. 이 원인을 월탄은 홍경래 같은 영웅이 서북 출신인데다가 권문세가에 태어나지 못한 탓으로 과거에 실패한 데서 찾고 있다. 민족적 영웅과 영웅이 힘을 발휘할 수 있는 여건의 형성을 중시한 월탄의 집념이 이 작품에도 관철되고 있다.

한편 『청춘승리』는 월탄의 수많은 역사물 중에서 역사적으로 가장 가까운 시기인 일제하 시대를 다룬 작품이다. 일제의 식민지에서 불행하게 태어났던 젊은 청춘들이 자유와 독립을 위해서 그 얼마나 용감히 싸웠으며 또한 얼마나 고통스런 삶을 살아왔던가를 증언한 작품이다. 따라서 『청춘승리』에서 말해주는 역사적 사실이나 주인공들의 피어린 생은 곧 우리 민족의 수난사요, 래방사인 셈이다. 「회고편」, 「수난편」, 「치욕편」, 「해방편」 등 네 편으로 이루어진 『청춘승리』는 그 제명에서 암시하듯이 반세기에 달한 우리 민족의 비극을 구체적 사실을 통해 문학적으로 복원하였다. 광주학생운동을 기점으로 해서 이야기는 전개되어 8·15와 함께 해피 엔드로 끝막음한다. 여기에 등장하는 인물들이 비록 '일파'와 '옥란' 등과 같이 가명으로 등장하지만 우리는 실제인물이라는 것을 쉽게 알 수 있다. 그런 점에서 현대독자들이 좀더 실감있게 일제하 역사를 알 수 있다. 월탄의 문학적 특성이 정사적 사실에 기본적으로 기초해 있다고 하는데, 이 작품도 그러한 범주를 벗어나지 않았다. 물론 소설로서의 구성이나 월탄 특유의 픽션이 효과 있게 가미되었다는 점에서 하나의 역사교양이자 본격 소설이기도 해서 두 가지 맛을 동시에 볼 수 있다.

(2) 임진왜란

해방과 함께 『홍경래』, 『민족』, 『청춘승리』 등 일련의 최근세사를 다룬 역사소설을 내놓았던 월탄은 6·25 전란을 치른 후 흔히 대표작으로 가장 손꼽히는 작품인 『임진왜란』을 쓰기 시작한다. 『조선일보』에 장장 946회에 걸쳐 연재됨으로써 당시 우리 소설사에서 일찍이 본 적이 없던 가장 긴 대하소설의 집필에 들어간 것이다. "나는 민족의 치욕을 회복하기 위하여, 민족으로서의 적개심을 왜제(倭帝)에게 일으키기 위하여 임진왜란을 장편소설화하려는 계획을 항상 마음속에 지니고 있었다"는 월탄의 문학적 포부가 실천된 셈이다. 말하자면 3년에 걸쳐 연재함으로써 필생의 대원(大願)을 속시원히 성취한 역작이다. 암담한 일제하에서 도저히 소설화할 수 없었던 임진왜란을 그것과 역사상 흡사한 6·25를 체험하고 나서 형상화한 것이다. 이에 대해 월탄은 『임진왜란』 서설에서 다음과 같이 밝히고 있다.

> 3백년 전에 우리 조상이 겪은 '임진왜란'은 3백 50년 뒤 오늘날 우리의 겨레 모두가 당하고 겪은 비참한 전쟁 '한국의 동란'과 방불하다.

『임진왜란』은 우리 민족사상에 일대 수난이었던 임진왜란을 소재로 하면서 침략자와 우리와의 사이에 벌어지는 선악의 대결을 대하소설로 엮어간 것이다. 그리고 그 속에서 애국애족의 심벌로 '이순신', '계월향', '논개' 등 세 주인공을 민족적 영웅으로서 형상화하여 그들의 호국정신을 아름답게 승화시켰다. 워낙 긴 장편이라 여기서 줄거리를 요약할 수 없지만, 한마디로 말한다면 7, 8년에 달한 잔악한 왜적의 침략상과 부패한 이조의 정정 (政情) 속에서 겪게 되는 민족적 비극을 사실적으로 그린 민족수난과 극복의 일대 서사시다.

> 고려 왕씨의 정권이 이씨의 정권으로 바뀌어 서울을 한양으로 옮긴 지 거진 2백 년, 나라는 태평하고 백성들이 양같이 순하고 어질었다. [……]
> 봄, 봄 중에서도 3월, 버들은 푸르고 꽃은 흐드러졌다. 나렷한 봄 졸음이 아지랑이를 타 아물거리는 궁궐 깊은 속…….
> 경복궁의 후정 양화당(養和堂)에는 문어귀마다 드리워진 희(囍)자 문의 담양세렴(潭陽細簾)이 꽃내를 뿜는 봄바람을 받아 소리없이 흔들거린다. 물을 뿌려 씻은 듯이 고요한 초당 앞 디딤돌 위에는 아담한 분홍 운혜(雲鞋) 신이 한 켤레 놓여 있다.

『임진왜란』의 서장 첫머리는 이렇게 태평성세에 선조가 양화당 주인 김 귀인을 찾아가는 사랑의 장면부터 시작된다. 그러나 그 10년 뒤 임진년에 이르러 소설은 왜군의 조선침략으로 이어지면서 왜란의 와중 속으로 독자를 끌고 들어간다. 정유재란까지 7, 8년에 걸친 왜군의 침략상과 민족의 수난, 영웅 이순신의 활약상이 정사에 바탕을 두고 일대 서사시의 파노라마로 펼쳐지는 것이다.

실제로 월탄은 이 작품에서도 역사적 사실에 비교적 충실하였다. 그러나 필요한 대목에 가서는 그 특유한 낭만적 민족정신을 활용하여 예술성을 높이기도 하였다. 일례로 정사에는 이순신 장군이 적탄에 맞아 전사한 것으로 나오지만, 월탄은 대담하게 자결한 것으로 뒤바꿔 놓았다. 이것은 작가의 말대로 민족적 대영웅의 최후가 패주하는 왜적의 유탄쯤에 싱겁게 죽게 할 수 없었기 때문이다. 월탄은 『임진왜란』의 종장에서 영웅 이순신 장군을 이렇게 추도하였다.

> 이순신장군은 해와 달과 함께 만고에 빛을 다투며 겨레들 가슴 위에 억
> 만년을 살아 있다.

즉 월탄은 적의 맹렬한 공격으로 화살이 비오듯 쏟아지는 선상으로 아무런 방비도 없이 진두지휘를 했던 것 자체가 이미 죽음을 선택하고 자기의 죽음으로써 혼돈에 빠지고 썩어 문들어진 조정의 분쟁을 해소하고 나아가서는 반성을 촉구하려 했을 것이라는 판단을 내렸던 것이다. 당시 이러한 월탄의 새로운 해석은 문단은 물론 사가(史家)들 사이에도 이론이 분분했다. 그러나 월탄은 단순한 조작이 아니라 충무공이 죽을 수밖에 없는 심리를 분석하여 이를 문학적 상상력으로 재해석한 셈이다. 월탄은 역사와 소설적 상상력에 대해 이렇게 말한 바 있다.

> 역사소설은 소설이 될 뿐이지 결단코 사학의 지위에 서지 않는다. 역사
> 소설가는 어디까지든지 예술의 부분에 한 선도 넘어서는 안될 자유분방하
> 게 공상을 읽을 수 있는 예술인이어야 한다.

역사에 있어서 그 시대의 생활과 풍속이 매우 절실하기 때문에 사실적 고증이 필요하다 하여 사실성을 강조하면서도 역사적 문학적 상상력을 중

요시하는 이러한 역사소설에 대한 월탄의 인식은 그의 전 작품에 해당하는 문학관이다.

(3) 여인천하

월탄의 창작활동은 『임진왜란』을 내놓고 더욱 활발하고 왕성해졌다. 장편 『벼슬길』(1958)과 『삼국풍류』, 그리고 『여인천하』 등을 거의 같은 무렵에 발표 연재했다. 「벼슬길」은 『세계일보』에, 「삼국풍류」는 『조선일보』에, 그리고 「여인천하」는 『한국일보』에 각기 연재됨으로써 월탄은 당시 가장 폭넓은 독자를 확보한 작가였던 것이다. 말하자면 월탄의 역사소설은 신문에서 가장 인기 높은 연재물로 평가받았다.

그 중에서 『여인천하』는 가장 선풍을 일으켰던 화제작이었다. 자유당 말기의 어지러운 현실 속에서 이른바 '치맛바람'의 거센 물결을 비판하기 위해서 쓰여졌던 것이다. 당시 정비석의 『자유부인』이 장안의 화제를 불러일으켰는데, 거기에 좋은 비교가 된다. 이조시대 궁중 안은 국왕을 둘러싼 여인들의 바람이 끊임없이 계속되어 정정을 불안케까지 하였다. 후궁들의 음모와 암투가 어떠했는지를 월탄은 해박한 역사지식을 통해서 생생하게 재현하였다. 그러면서 당시 기승을 부리고 있던 현대판 '여인천하'를 경계하며 '치맛바람'으로 병들고 있는 현실을 고발하고자 했던 것이다. 이 작품도 『금삼의 피』처럼 영화화되어 독자와 관객의 절찬을 받았다.

(4) 자고가는 저 구름아, 세종대왕

1960년 환갑을 넘어서도 월탄의 창작력은 고갈할 줄 모르고 계속되었다. 1962년 월탄은 『조선일보』에 「자고 가는 저 구름아」를 연재하여 또 다시 호평 받았다. 여기서 월탄은 송강 정철의 문학정신을 바탕으로 왕정의 독선과 횡포와 무지에 시달리는 백성과 신하들의 상황을 생생하게 그려내었다. 그리고 『부산일보』에 「제왕삼대」를 연재하였다. 다시 1964년 「월탄 삼국지」를 장장 4년에 걸쳐 『한국일보』에 연재함으로써 번역문학의 새로운 전진과 비약을 보여주기도 했다.

또한 1965년에는 「아름다운 이 조국을」을 『중앙일보』에 연재하였다. 『양녕대군』의 집필도 함께 해갔다. 그후 보다 대규모의 대하역사 소설에 전념하여 무려 8년여에 걸쳐 「세종대왕」을 1969년부터 1977년까지 『조선일보』에 연재하기도 하였다.

"하루에도 2, 30장의 글을 쓰지 아니하면 아니 되는 내 생활은 아마도 숙명적인 사주(四柱)인가 보다"고 했던 월탄은 이리하여 우리 앞에 18편의 장편, 12편의 단편, 3권의 시집, 5권의 수필 평론집이라는 어마어마한 문학의 유산을 남겨 주었다. 그리고 그러한 작품 속에 일관되게 흐르고 있는, 그가 일구었던 문학의 산맥은 한마디로 역사소설을 통한 민족문학의 길이었다고 볼 수 있다.

민족의 역사를 알지 못하고, 자기가 생장한 사회의 풍속을 알지 못하고, 문학을 하고 소설을 쓴다는 것은 토대 없는 사상에 정초를 하고, 기둥을 세우는 건축과 같다. 밖에서 들어오는 대단치도 않은 새롭다는 사조를 천백번 모방한댔자, 진정한 자기의 문학을 만들 수는 없다. 민족문학이란 고루한 긴족주의적인 것을 강조하는 것만이 민족문학이 아니다. 인류로서의 한 단위를 이룰 수 있는 사조, 풍속, 역사, 생활, 이 위에 문학을 이루어 놓는 것이 민족문학이다.

한마디로 일평생을 역사 이상의 역사연구와 창작을 병행해간 유일한 작가가 바토 월탄 박종화이다. 마치 대하(大河)처럼 끝없는 민족사의 물줄기 속에 수많은 격량의 인간사를 바다로 끌어안은 민족작가였다.

(『한국근현대작품론』, 성균관대출판부, 1993)

리얼리즘의 개척자 — 현진건론

1. 빙허 현진건의 생장

빙허 현진건은 우리나라 근대문학의 초창기에 해당되는 20년대 초반 『백조』파의 일원으로 문단에 얼굴을 내놓은 후 근 20여 년의 작가생활을 통해서 뛰어난 문학적 발자취를 남겼다. 그에 대한 문학사적 평가는 많은 사람에 의해서 다양하게 거론되어 왔지만, 한결같이 리얼리즘 문학의 선구자로서, 또는 그 공로자로서 우리 소설사의 뚜렷한 작가임을 높이 찬양하고 있다.

44세란 극히 짧았던 생애를 통해서 그가 내놓은 문학은 그의 생애가 민족적 비애로 충만된 민족의 수난과 역사를 성실히 증언하는 사실주의 작가로 일관되었음을 잘 알려주고 있다. "차근차근하게 제 주위를 관조하고 고요하게 제 심장의 고동하는 소리를 들을 제 이것이야말로 문학의 운명인 줄 안다"[1]고 확신했던 작가가 바로 현진건이다.

이와 같은 성실한 자세로 문학에 투신했던 빙허는 20세기 벽두 1900년 8월 9일(음력) 경북 대구에서 태어났다.

당시 대한제국(大韓帝國) 대구 우체국장이었던 현경운씨와 부인 이정효씨와의 사이에서 4형제 중 막내아들로 자랐다.

본래 빙허의 집안은 서울에서 개화 이후 번창하기 시작했지만, 아버지 현경운이 대구 우체국장으로 부임하게 되자 빙허는 대구에서 태어나 성장하게 된다. 그때 현씨 가문은 뛰어난 인물들이 많은 셈이었지만 현진건의 계

---

1) 현진건, 「조선혼과 시대정신의 파악」, 『개벽』 65호, 1926. 1. p.134~135.

부 영운씨는 대한제국의 군령부총장이라는 높은 벼슬을 지냈고, 나중에 그의 양부가 된 당숙 보운은 육군령관이었고, 재종형 상건은 프랑스 공사를 지낸 명문들이었다.

더욱이 빙허의 세 형들도 당대의 엘리트로서 출중한 인물로 알려졌다. 즉, 장형 홍건은 러시아 사관학교를 나와 러시아 대사관 역관을 했고, 중형 석건은 일본의 명치대학을 졸업하고 대구에서 변호사를 했고, 숙형 정건은 중국 상해에서 독립운동을 하다가 체포되어 평양에서 옥사를 했다. 이 기막힌 비보를 접한 빙허의 형수는 남편을 따라 하종(下從)하는 비극을 가져왔다. 이와 같은 상황에서 자란 빙허가 어린 시절부터 항일사상에 불타게 된 것은 당연한 일이었다.

빙허의 항일의식이 그의 소년시절의 가정환경에서 기인했다는 사실을 현길언은 다음과 같이 상세히 밝히고 있다.

> 현진건 집안은 대대로 벼슬아치를 많이 지내었으며, 개화기에 이르러 새로운 개혁 의지를 가지고 현실에 적극적으로 참여한 개화 인물들을 많이 배출하였고, 그들은 제각각 개화기 소용돌이 속에서 시대에 대처하여 나갔다. 영운의 경우 그의 개화 의지가 식민지 현실을 수용하는 결과를 가져왔다면, 상건이나 정건의 경우에는 식민지 상황을 정면으로 대항하여 극복하려 하였다. 이러한 집안의 여러 사람들의 시대에 대한 대응양식은 전통적인 사대부 의식을 몸에 지니고 살아가게 하였다. 더욱이 변동기에 처한 지식인들의 행동양식의 허실을 집안 사람들에게서 확인하였던 그는 역사와 시대에 대한 자신의 주체적 의식을 확립할 수 있었다.[2]

이처럼 빙허의 세 형들은 개화기의 출중한 인물들로 식민지 현실을 수용하거나 저항함으로써 빙허에게 큰 영향을 안겨주었다 할 것이다.

빙허의 어린 시절 가정환경이나 주변상황은 평탄치 못했고, 그의 진로도

---

2) 현길언, 「현진건소설연구」, 한양대학교 대학원 박사학위논문, 1984, pp.13~14.

참으로 힘겨운 것이었다. 이러한 과정을 최원식은 다음과 같이 추적하고 있다.

> 현진건(1900~43)은 바로 이러한 가문에서 태어났다. 그의 앞에는 일본과 러시아 · 중국으로 통하는 길, 두 개의 통로가 열려 있었던 셈이다. 그는 처음에 일본 유학을 떠났지만 결국 좌절하고 몰래 상해로 출정하였다가 정건의 권유로 마침내 3 · 1운동 직후 스산한 서울로 돌아오고 만다. 그는 제 3의길 ― 작가가 되기로 결심하였던 것이다. 국내에 남아서 영운의 행로를 거절하면서 지식인으로서 상건과 정건의 길을 가는 것 ― 그의 선택은 일견 그의 형제들이 선택했던 길보다 쉬운 것처럼 보이지만 어쩌면 더욱 어려운 길이었는지도 모른다.[3]

이처럼 어린 빙허의 행로는 어려운 난행이었지만 마침내 '제 3의길 ― 작가가 되기로 결심'했던 것은 몹시 험난한 역정이었음을 잘 말해준다.

실제로 빙허는 열 한 살때(1910) 생모를 여의고, 1912년 13세의 어린 나이로 고향을 떠나 일본으로 건너가 동경의 성성중학(成城中學)에 입학하게 된다. 그 뒤 16세의 빙허는 고향의 부호인 이길우씨의 딸인 십팔세 이순득과 결혼했지만, 곧바로 신부를 고향에 혼자 두고 일본으로 들어간다. 1917년 성성중학을 졸업하고 다시 동경 독일어 전수학원을 이수하고 귀국해서 이상화, 이상백, 백기만 등과 교우해서 작문지 『거화(炬火)』를 만들면서 문학에 뜻을 두기 시작했다.

빙허와 같이 『거화』를 만들면서 친숙했던 백기만 씨의 진술에 의하면 다음과 같다.

> 1917년 상해에서 돌아왔을 때 처음으로 알게 되었고, 서로 뜻이 맞아 곧 친밀하여졌으며 그와 상화와 상백과 나와 네 사람이 작문지 <거화>를 시

---

3) 최원식, 「현진건소설에 나타난 지식인과 민중」, 『한국현대소설사연구』, 민음사, 1984, pp.199~200.

험해 본 것도 그 해 일이다. 빙허는 16세 때 향리의 부호 이길우의 영애, 당년 18세의 처녀와 결혼하였고, 결혼 후 얼마 되지 않아 숙부 정건을 찾아 상해로 건너갔으며 상해에서는 호강대학(滬江大學) 독일어 전문부에 입학하여 공부하다가 익익년(翌翌年)인 1917년에 귀국한 것이다. 그리고, 그해에 다시 동경으로 건너가서 성성중학에 입학하였고, 1919년에 동교를 졸업하고 고향으로 돌아왔다.[4]

이렇게 백기만이 빙허의 청년기의 해외 유학과정과 귀국 경위를 증언했지만 이것과 엇갈리는 경력도 소개되고 있다. 즉 김용성은 백천풍의 『한국근대문학 초창기의 일본적 영향』(동국대학교 대학원 석사학위논문, 1981)을 인용해서 1915년에서 1918년까지의 빙허의 행적을 다음과 같이 밝히고 있다.[5]

그의 견해로는 빙허가 결혼하던 해인 1915년 상해로 갔다가 1916년에 일단 귀국하고 큰형 홍건의 권유로 일본 동경으로 갔고, 그해 그는 수험공부를 목적으로 정측예비학교(正則豫備學校)(또는 정측영어학교)에서 수학했다는 것이다. 그리고, 다음해 3월 잠시 귀국하여 대구에 머물었던 그는 4월에 다시 동경으로 가서 성성중학교 3학년에 편입, 독일어를 공부했으나 1918년 여름 4학년을 중퇴하고 일단 귀국했다가 집안 몰래 상해로 갔다는 것이다.

이와 같이 빙허에 대한 경력이 논자에 따라 다소 엇갈리기는 하지만, 그가 동경 성성중학과 상해 호강대학에 적을 두었던 사실, 1919년에 잠시 대구에 머물었고, 그 이전 1915년에 두 살 위인 이순득(1944년 사망)과 결혼한 것은 누구나 공인하고 있다.

어쨌든 빙허는 어린 청소년기에 청운의 꿈을 안고 아내와 헤어져 일본과 중국을 전전하면서 방랑생활을 한 셈이다.

빙허는 젊은 시절의 해외 유랑생활의 그의 자전적 소설 「빈처」(『개벽』,

---

4) 백기만, 「빙허의 생애」, 『씨뿌린 사람들』, 대구, 1959.(김용성, 『한국현대문학사 탐방』, p.61에서 재인용)
5) 김용성, 『한국현대문학사 탐방』, 현암사, 1984, p.61.

1921년 1월호)에서 이렇게 쓰고 있다.

> 육년 전에(그때 나는 십육세이고 처는 십팔세였다) 우리가 결혼한지 얼
> 마 안되어 지식에 목마른 나는 지식의 바닷물을 얻어 마시려고 표연히 집
> 을 떠났다. 광풍에 나부끼는 버들잎 모양으로 오늘은 지방(支邦), 내일은
> 일본으로 굴러다니다가 금전의 탓으로 지식의 바닷물도 흠씬 마셔보지 못
> 하고 반거들충이가 되어서 집으로 돌아오고야 말았다.

1919년 빙허가 중국에서 낭인생활을 마치고 고국으로 돌아와 육군령관을
지낸 바 있던 당숙 보운씨에게 입양되어 부인과 함께 서울 관훈동에서 살림
을 시작하게 된다. 이때 빙허는 스무살의 젊은 나이로 양부의 재산과 처가
의 도움으로 보수없는 독서와 가치없는 창작(「빈처」)으로 비교적 안락한 생
활을 이어갈 수 있었다.

3·1운동 다음해인 1920년 무렵부터 뒤에 『백조』의 동인이 된 월탄 박종
화, 노작 홍사용 등과 교우 하게 되고, 그 당시 신극에 참여했던 당숙 현희
운씨의 소개로 『개벽』 1920년 11월호에 처녀작 「희생화」를 발표함으로써
작가생활이 시작되었다.

1) 초기의 신변소설

빙허의 처녀작 「희생화」는 그의 작가로서의 첫 출발이라는 의미는 있으
나 작품으로서는 감상적이고 미숙한 것이었다. 여기에 대한 황석우의 다음
과 같은 혹평이 적중한 것이었는지도 모른다.

> 희생화는 물론 소설은 아니다. 작가는 무슨 예정으로 썼는지 모른다. 이
> 것은 하등의 예술형식을 갖추지 아니한 그저 사실을 있는 그대로 기록한
> 소설도 아니요 독백도 아닌 일개 무명의 산문이라 하더라고 사실의 기록
> 으로서는 너무 허위와 과장이 많다. 그리고 묘사도 불충실하리만큼 급행

적·고답적 단편이다.6)

비록 「희생화」가 무명의 산문이란 혹평을 받았지만 당시 독자의 주목을 끌었고, 이것이 빙허의 처녀 단편이자 활자화된 첫 작품이 된다.

빙허가 「희생화」를 발표한 다음해 제 2탄으로 「빈처」를 내놓아 문단의 화제가 되었다. 『개벽』(1921년 1월호)에 발표된 「빈처」는 확실히 그의 출세작이기도 했다. 이 한편이 당시 문단의 화제작이 되었다고 전한다.

「빈처」는 경제적으로 무능한 무명작가의 아내, 즉 빙허의 부인을 모델로 삼고 있어 더욱 실감을 돋구고 있다.

　　이 2년 동안에 돈 한 푼 나는 데 없고 그대로 주리면 시장할 줄 알아 가
　　구와 의복을 전당포 창고에 들여 밀거나 고물상 한 구석에 세워두고 돈을
　　얻어 오는 수밖에 없었다.
　　지금 아내가 하나 남은 모본단 저고리를 찾는 것도 아침거리를 장만하
　　려 함이다. 나는 입맛을 쩍쩍 다시고 폈던 책을 덮으며(후우) 한숨을 내쉬
　　었다.

초라한 아내가 생계를 위해서 장롱 속의 옷가지를 전당잡히면서도 서로 위로하고 행복감을 느끼며 살아간다는 빙허의 신변을 실감있게 보여 주었다.

그러나 당시 「빈처」의 모습은 그토록 찢어지게 가난했던 것은 아니었다. 김용성의 말을 빌리면, 양부에게서 물려받은 재산이 조금 남았었고 처가의 덕에 힘을 입기도 했었다는 것이다.7) 다만 「빈처」의 남편 빙허가 무직자의 자의식, 친척들의 비난에 쓸쓸한 심정으로 '무슨 저작가로 몸을 세워 보았으면 하여 나날이 창작과 독서에 전심력'을 기울이고 있었던 것은 사실이었다고 풀이된다.

어쨌든, 빙허는 『백조』의 동인이 되었다. 『백조』지는 박종화와 홍사용을

---

6) 황석우, 「희생화와 신시를 읽고」, 『개벽』 6호, 1920. 12, p.88.
7) 김용성, 앞의 책, p.62.

중심으로 한 휘문의숙(徽文義塾) 출신과 나도향과 박영희 등 배재학당(培材學堂) 출신의 문학청년들이 교우함으로써 비롯된 것이었다. 『백조』지의 동인은 앞에 든 네 작가 외에 이상화, 현진건 등이 포함되었고, 뒤에 이광수, 안석주, 원세하, 오천원, 노자영, 김기진, 방정환 등으로 늘어났다. 그 중에서 이광수는 당시 여러 가지 잡음으로 제외되었고, 안석주와 원세하는 표지와 장정을 맡았다. 그러니까 순수한 작가로는 빙허, 월탄, 도향 등 10명 안팎의 인원이 백조파를 형성한 셈이 된다(오천원과 방정환도 작품발표는 거의 없었다).

백조파 작가 중에서도 크게 각광받았던 이는 현진건이었다. 필자는 일찍이 빙허를 사실주의에 시종했던 작가로 규정하고, 그의 작가세계를 다음과 같이 구분하여 분석 비평한 바 있다.[8]

처음에 작가의 신변 내지 체험소설을 시도했던 시기를 제 1기로 보면 다음에 본격적인 순수객관소설로 지양한 시기를 제 2기로 보고, 말기에 역사소재를 매개로 한 간접적인 현실소설로 전환하던 시기를 제 3기로 구분해 본 것이 그것이다.

이와 같이 그의 문학적 성장은 자연적인 궤도를 밟으면서 착실히 성장해 갔다는 얘기가 될 것이다.

그러니까 빙허의 초기작품이었던 「희생화」, 「빈처」, 「술 권하는 사회」(『개벽』 17호, 1921년 11월호), 「타락자」(『개벽』 19~22호, 1922년 1~3월호) 등은 신변소설에 해당되는 셈이다.

빙허는 폭음가로 주호(酒豪)로도 유명했다. 당시의 문인 염상섭, 오상순, 변영로, 양주동, 나빈 등과 일급 주당으로 알려졌다.

빙허와 각별히 친숙하고 사돈이었던 월탄은 이에 대해 다음과 같이 회고하고 있다.

어느날, 날이 추운 겨울 일인데 다다이스 시인 십윤이 왔었다. 몇몇 사람

---

8) 윤병로, 「빙허 현진건론」, 『현대문학』, 1956년 3월.

의 발기, 십윤을 초대하여 태서관(太西館) 양식부에서 만찬을 대접하고, 십윤은 술을 대단히 좋아하는 탈속한 사람이라 나하고 빙허, 십윤, 도향, 그리고 몇 사람이 선술집 순례를 시작하는데, 차를 타고 서울역 앞에 있는 주점까지 나가서 술 먹기를 시작한 것이 거리에선 술집이 있는 족족 들려서 너비아니를 굽고, 왜콩을 까면서 종로를 거쳐서 동대문까지 동대문 밖에서 다시 종로까지 오는 동안에 술먹은 잔 수가 도향이 곱배기로 70사발, 빙허가 60사발, 내가 50사발, 십윤이 40사발을 했으니, 이만하면 빙허와 도향의 주량을 짐작할 것이다.9)

가히 빙허는 백조파의 일급 주당에 속했는데, 그의 단편「술 권하는 사회」에서는 "그 몹쓸 사회가 왜 술을 권하는고"라고 개탄하면서 나라 잃은 통한을 술로 소일하게 된 사연을 토로했던 것이다. 즉, 경제적으로 몹시 무능한 지식인이라든가 주정뱅이로서 동료들과 다방골, 술집과 기생집을 편답한 얘기를 바로 작품에 반영시켰던 것이다.

말하자면 빙허의 술의 철학은「술 권하는 사회」에서 잘 설명되고 있다. 이것은 '나'라는 1인칭 소설일 뿐 아니라, 그 주인공들의 행동도 작가 현진건과 일치한 것이었다. 그리고 일제의 식민지하에서 많은 애국적 지식인들의 어쩔 수 없는 절망 속에서 술을 벗삼게 되고 주정꾼으로 전락했지만, '이 조선사회라는 것이 내게 술을 권한다오'란 독백으로 어디까지나 '술 권하는 사회'때문이었다는 것을 자변하는 내용이다.

이런 작품 분위기는 중편「타락자」에서도 그대로 연장되고 있다. 비교적 정확한 화제를 통해서 타락자와 기녀와의 달콤한 애정관계를 묘사했다. 이 이야기는 빙허가 22세 때 대구에서 기생 '춘심(春心)'의 유혹을 받아 한때 빠지긴 했지만 큰 탈선은 없었던 일을 그대로 재현시켜 실감을 안겨준다.

이를테면, 주인공이 요리집에서 '춘심'이란 기녀를 사귀고 애틋한 연정을 편지로 교환하기도 한다. 그뿐 아니라 '춘심'의 집을 느닷없이 찾아가고 결

---

9) 박종화,「주호 현진건의 추억」,『달과 구름과 사상과』, 휘문출판사, 1965, p.158.

국엔 성병을 선물로 받게 된다는 이야기이다.

　　　나는 임질에 걸리고 말았다. 공교롭게 그 몹쓸 병을 옮았을 그때로 나타
　　나지 않고 며칠 후에야 증세가 드러났다. 거의 행보를 못하리만큼 남몰래
　　아팠다. 춘심으로 하여 이런 고통을 겪건만 조금도 그가 괘씸치 않았다.
　　나의 머리는 아주 이지적이었다. 그야 무슨 죄이랴. 짐승같은 남자 하나가
　　그의 정조를 유린하고 그의 육체를 다독(茶毒)하였다. 저도 모를 사이에 그
　　독균은 또 다른 남자에게로 옮겨갔다. 저주할 것은 이 사회이고 한탄할 것
　　은 내 자신이라 하였다.

지독한 홍역을 치루면서까지도 '춘심'에 대한 연정은 좀처럼 식을 줄 몰
랐다는 이야기이다. 그렇지만, 얼마 안가 '춘심'의 부고가 그들 사랑의 종지
부를 찍게 된다. 무려 13장에 걸친 '타락자'의 사연이 꽤 지루한 느낌마저
들지만 전편에 구사된 표현은 실감을 불러 일으킨다.
　빙허의 「타락자」에 대해 당시 월평을 썼던 월탄은 다음처럼 격찬을 피력
했다.

　　　현빙허씨의 소설 「타락자」가 『개벽』 신년호부터 3월호까지 연재되었
　　다. 염상섭씨의 「제야」가 북구적 고삽미가 있다 하면, 현빙허씨의 「타락
　　자」는 남구적 유연미가 있었다. 하나는 찌푸려 울고 싶다 하면 하나는 방
　　싯하며 웃고 싶은데 하는 것 같았다.
　　　주인공을 타락자로 든 경우와 그 초심의 타락자적 행동이 조금도 유루
　　없이 섬세히 묘사되었다. 산문시와 같이 풀솜같은 보들보들한 아름다운
　　글과 사람을 매(魅)하여 가지 않고는 마지 않는 그 오묘의 기교는 실로 감
　　탄치 않을 수 없었다.[10]

---

10) 박종화, 「오호아문단(부월평)」, 『백조』 2호, 1922. 5. 22, p.153.

그러나 「술 권하는 사회」나 「타락자」에서 문장적 기교와 표현의 사실성에도 불구하고 빙허 자신의 모습이 그대로 드러나 모든 책임을 사회에 돌리고 있는 결말 처리는 하나의 결점으로 남게 된다.

2) 「불」, 「운수 좋은 날」

초기 신변 체험소설을 쓰는 것으로 만족치 않았던 빙허는 그의 필치와 기교를 가다듬어 본격적인 문학세계로 비약하게 되었다.

이를테면, 「할머니의 죽음」, 「지새는 안개」, 「운수 좋은 날」, 「불」, 「B사감과 러브레터」, 「사립정신병원장」, 「신문지와 철창」 등 일련의 작품들을 꼽을 수 있다.

「할머니의 죽음」(『백조』 3호, 1923년 9월)은 이제까지의 신변 체험소설에서 본격적인 객관소설로 비약하는 기점이 된 작품이었다.

여기에서는 오랜 노환으로 누운 할머니의 임종을 위해서 모여든 친족들의 심리추구를 벌인 것이다.

> 할머니가 운명을 하시나 보다! 우리는 번개같이 이런 생각을 하며 곁으로 다가들었다. 그는 담을 그르렁그르렁거리며 홀홀히 누워 있었다. 중모는 흐르는 눈물을 걷잡지 못하여 그의 귀에 들이대고 울음소리로 아미타불과 지상보살을 구슬프게 부르짖고 있었다. 한동안 엄숙한 긴장이 여기 있었다. 모두 같은 일을 기대하면서.

위의 정경 묘사에서 보듯이 쉽게 임종은 다가오지 않았고 모여든 친척들도 뿔뿔이 집으로 돌아가 버린다는 것이다.

얼마 후 '오전 3시 조부모 별세'란 전보를 받았다는 얘기로 「할머니의 죽음」은 끝장이 난다. 복잡한 사연보다도 시시각각으로 다가오는 임종을 앞에 두고 착잡하게 벌어지는 인심과 인정을 그야말로 리얼하게 포착한 것이었다.

이 점에 대해서 빙허와 당대의 같은 작가이면서 비평활동을 했던 염상섭의 평은 주목할 만하다.

현진건씨의 「지새는 안개」(上篇)를 보고 나는 문장에만 경의를 표하였다. 그러나 「할머니의 죽음」을 보고서는 광희하였다. 「할머니의 죽음」만은 어디 내놓든지 부끄럽지 않다고까지 생각하였다.

빈틈이 없고, 군소리가 없다. 오히려 너무 쨍쨍하여서 눈이 부신 것 같은 것이 불평이다. 염주를 들고 앉아서 밤을 새는 숙모라든지, 할머님 앞에 속으로 울었다 웃었다 하는 주인공의 아름다운 마음과 좋은 성격이 과부족(過不足)없이 잘 활약하는 것도 좋거니와, 조끼의 단추를 출고 고름을 풀어 젖히는 일절에 이르러서는 까닭 모를 황홀한 감을 받았다.

그리고 센티멘털에 흐르지 않을 만큼 정순(精純)된 감정과 명민한 이지를 적당히 가지고 가볍고 아름답게 움직이는 주인공의 성격을 볼 때 자연주의적 경향이라든지 데카당한 기분에서 벗어난 경향을 볼 수 있다.[11]

위의 염상섭의 평에서 볼 수 있듯이 빙허는 백조파의 일원이면서도 단순한 낭만에 그치지 않고 있을 뿐 아니라, 당대에 풍미했던 자연주의의 영역을 시원히 벗어난 모습을 볼 수 있다. 그는 이 땅의 어두운 현실을 추구하는 데서 남다른 개성을 간직한 작가였다는 것도 뚜렷하다. 그의 철저한 사실주의 작가로서의 의연한 모습은 다음과 같은 발언에서도 충분히 수긍하게 된다.

시간과 장소를 떠나서는 아무것도 존재치 못하는 것이다. 달나라의 소요도 그만 둘 일이다. 구름바다의 유희도 그칠 일이다. 조선문학인 다음에야 조선의 땅을 단단히 디디고 서야 할 줄 안다.[12]

---

11) 신동욱 편, 『현진건의 소설과 그 시대인식』, 새문사, 1981, pp.33～34. 재인용.
12) 현진건, 상동, p.134.

이렇게 부르짖었던 빙허는 철저한 리얼리스트로서의 이 땅의 비애를 발굴하는 데 앞장선 작가였다. 그의 작가적 능력이 완숙되었음을 보여준 「운수 좋은 날」(『개벽』 48호, 1924. 6)에서는 빈민생활을 파헤쳐 눈물겨운 현실을 비판해 주고 있다.

인력거꾼 '김첨지'는 오래간만에 '운수좋은 날'을 만나 적지 않은 돈을 벌어 술을 마시고 오랜 병으로 누운 아내가 그토록 먹고 싶어하는 설렁탕을 사들고 집으로 찾아갔지만 아내는 낳은지 얼마 안되는 어린애에게 젖꼭지를 물린 채 숨이 끊어져 있다는 기막힌 정경을 그린 비극소설이다.

따라서 몹시 야성적이면서도 넘쳐 흐르는 인정을 실감할 뿐만 아니라 독자에게 생생한 현실감을 일깨워주는 작품이기도 하다. 그러나 현진건의 작가적 기능이 절정에 이른 것은 뭐니뭐니 해도 「불」(『개벽』 55호, 1925. 1)이라 할 수 있다.

「불」은 '순이'라는 소녀가 옛 농촌의 인습 제도인 '민며느리'로 들어가 시어머니의 모진 학대는 물론 지나친 노동에 시달려야 할 운명에 빠진다. 이것보다도 자기 아버지 뻘이나 되게 연장자이며 억센 그녀의 남편으로부터 당하는 고통을 참을 수 없는 밤은 그녀에게 무서운 지옥이었으며 매일 밤 자야 하는 방은 '원수의 방'이었다.

남편을 본 뒤로는 더욱 견딜 수 없었다. 가슴을 지질려서 숨길을 막는 바위, 온 몸을 바르셔 내는 쇠몽둥이 시방껏 흐르는 눈물도 간데 없고 다시금 이 지긋지긋한 '밤 피할 궁리'에 어린 머리를 짰다. 아니 밤 탓이 아니다. 온전히 '원수의 방' 때문이다.

만일 그 방만 아니면 고통을 줄려야 줄 곳이 없을 것이다. 그 '원수의 방'을 없애버릴 도리가 없을까?

입대 방을 피하려다가 뜻을 이루지 못한 순이는 인제 그 방을 없애버릴 궁리를 하게 되었다.

마침내 '순이'로 하여금 불을 놓게 하는 사건을 가져오게 한다. 이제까지 빙허 작품들에 나타난 인물들이 소극적이요, 무능한데 비해서 훨씬 적극적이고 능동적인 인물로 창조되고 있음을 실감할 수 있다.

그러나 더 중요한 것은 「불」이 보여준 강한 주체성과 함께 빙허의 사실적인 능력이 흠뻑 무르익고 문장도 한층 세련되어져 그의 문학적인 결정을 보여 주었다는 점이다.

아무튼 「불」은 빙허의 많은 작품을 압도하는 대표작일 뿐만 아니라, 본격적인 순수객관소설의 하나로서 높이 평가될 수 있는 작품이다.

「불」에 대한 평가는 당대 문학에 비판적이었던 프로비평가 김기진마저도 좋게 평가하고 있다.

　　여하튼 작자는 기교에 있어서 결점없는 원숙을 보여주었다. 제재를 취
　함에도 그는 어지간한 주의를 한 것 같다. 그리고 이러한 작자의 경향은
　「할머니의 죽음」, 「까막잡기」를 지나서 「운수좋은 날」로부터 또는 지금
　의 「불」까지에 이르는 작가의 의식한계가 확대된 것이라고 믿고 나는 기
　뻐한다.13)

이와 같은 팔봉 김기진의 평을 인용한 월탄 박종화는 「빈처」, 「타락자」, 「지새는 안개」, 「할머니의 죽음」, 그밖에 「불」, 「조선의 얼굴」까지 이르도록 빙허가 완연하게 리얼리즘의 세계를 걸어왔다고 했다. 그리고 그 묘사의 핍진한 것과 행문(行文)이 미묘한 것은 다시 조선의 독보라 해도 과언이 아니라고 평했다.

3) 「사립정신병원장」과 「적도」

빙허는 그의 수작이라고 할 「불」을 쓰고도 「B사감과 러브레터」, 「새빨간 웃음」, 「사립정신병원장」, 「신문지와 철창」 등을 차례로 발표했다.

---

13) 김기진, 「일월창작계총평」, 『개벽』 56호, p.2.

그러나 이 때는 그가 창작생활보다도 기자생활에 더 정열을 쏟고 있을 때였다.

빙허의 대표작으로 「B사감과 러브레터」(『조선문단』 5호, 1925. 2)가 흔히 꼽히곤 하지만, 이 작품은 다른 작품에서 볼 수 없는 이색적인 세계가 구사되고 있다.

> C여학교에서 교원겸 기숙사사감 노릇을 하는 B여사라면 딱장대요 독신
> 주의자요 찰진 야소꾼으로 유명하다. 사십에 가까운 노처녀인 그가 주근
> 깨 투성이 얼굴에 처녀다운 맛이란 약에 쓰려도 찾을 수 없을 뿐인가, 시
> 들고 거칠고 마르고 누렇게 뜬 품이 곰팡스런 굴비를 생각나게 한다.

이것은 「B사감과 러브레터」의 서두이다. 여주인공의 인물 묘사를 아주 재미있고 실감나게 서술하고 있다. 변태적인 하이미스의 생태를 리얼하게 추구해 간 것이다.

특히 그의 심리를 생생히 형상화하면서 재치있는 구성과 흥미있는 이야기를 펴고 있다. 때문에 독자들은 이 작품을 더욱 애독하게 되었는지 모른다.

그러나 「B사감과 러브레터」에서 빙허 문학의 전형적 특징을 찾으려고 애쓸 필요는 없을 것이다.

왜냐하면, 그의 문학은 좀 더 생생한 역사적 배경과 사회현실 속에서 언제나 짓밟히고 버림받은 인간들의 비애가 사무친 작품들에서 더 빛을 찾게 마련이다.

이와 같은 전제에서 보면, 그의 단편 중에서 그의 종말에 쓰여진 「사립정신병원장」(『개벽』 65호, 1926. 1)에 각별히 주목하게 된다.

여기에서는 처자식을 거느린 아비의 비애가 그려졌는데 당시의 빈궁한 사회상을 인상깊게 부각해 준다. 이 작품의 주인공 'W군'은 본래 낙천가로서 어떤 고통도 웃음으로 인내할 줄 아는 의지의 인물이었다. 그럼에도 불구하고, 그는 그에게 부딪친 암담한 생활의 벽에 좌절하고 있다. 처자식의

생계를 위해서 그는 온갖 노력을 기울였으나 걷잡을 수 없는 비극이 있을 뿐이었다. 최소한의 자존심까지 버리면서 애비 노릇을 하려고 버티었지만 그것으로 쉽게 구제 받지 못했다. 마침내 과오를 범하고 정신병자가 되어 버린다는 얘기다.

이 「사립정신병원장」에 대하여 김우종은 다음과 같이 지적하고 있다.

> 작품의 주제는 간단히 총괄하자면 '빈인의 비극성'이겠다. 그리고 이와 같은 비극성은 그저 드물게 발견되는 인생의 암면(暗面)이 아니라 식민지의 원주민에게는 전면적으로 현실화되어 가던 것이다. 그러한 비극의 역사를 빙허는 다만 하나의 애비의 경우만을 통해서 여기 기록해 놓았을 뿐이다.14)

실상 이 작품을 통해서 당시의 우리의 사회현실이 얼마나 비참하고 절박했던가를 여실히 실증해 주기도 한다.

어쨌든 20년대 말에 접어들면서 빙허는 기자생활로 전신하게 되고, 창작 생활을 잠시 쉬는 듯했지만 다시 장편으로 붓을 옮겨갔다. 한때 빙허는 지독한 병마에 걸려 오랫동안 병상에 누워 있어야 했다고 한다. 이 무렵에 구상된 것이 장편『적도』(1933~34. 미완)였다.

단편작가로 출발한 빙허가 신문소설로『동아일보』에 장편을 쓴 것은 이「적도」가 첫 작품이었다고 술회하고 있다.

주인공 여해가 영애의 영접을 받으며 출옥하는 장면부터 시작되는『적도』는 5년 동안이나 억울하게 복역한 여해와 영애, 그리고 그의 남편 병일과의 삼각관계를 로맨틱하게 펼쳐갔다. 몹시 이상적인 애정문제이지만 작가의 리얼한 필치는 독자들을 스릴 속에 몰아넣게 한다.

애초의 순탄치 못했던 여해의 인생 편력은 시간과 함께 더 헝클어져 끝내는 폭탄 자살로 끝장이 난다.

---

14) 김우종,『한국현대소설사』, 선명문화사, 1968, p.159.

「적도」의 에필로그에서 상열은 이렇게 토로하고 있다.

　　열정에 지글지글하는 인물, 한시라도 열정의 대상이 없이는 견디지 못
　하는 인물, 그런 종류의 사람을 태양에 비기면 인생의 적도선이라 할
　까…….

이것은 바로 여해의 비극적 인생이요,『적도』의 주제가 되기도 한 것이다.

4) 기자생활과 역사소설로의 전신

빙허의 일생은 작가생활과 기자생활로 일관한 셈이다. 1921년『조선일
보』에 기자로 입사해서 다음해『백조』동인으로 활동했고, 1923년 육당 최
남선이 주재한『동명』주보 편집동인으로 참여했다가 이것이『시대일보』
로 개편됨에 따라 거기서 기자생활이 지속되었다.

그동안 기자와 창작생활에 열중했던 빙허는 그의 역작인「운수좋은 날」,
「불」,「3사감과 러브레터」,「사립정신병원장」,「신문지와 철창」등을 내놓
았다. 빙허는『시대일보』에서『동아일보』로 직장을 옮겨 기자 활동을 했
고, 뒤에 이 신문의 사회부장으로 이름을 떨치게 된다.

그의 뛰어난 기자활동은『백조』동인이었던 월탄은 이렇게 술회하고 있다.

　　동명주보(東明週報)가 변해서 일간지 시대일보가 되었는데, 이때 진영은
　굉장했다.

　　육당 최남선씨가 사장, 벽초(碧初)가 편집국장, 횡보 염상섭, 도향 나빈,
　빙허 현진건 등이 모두 사회·학예면을 맡았다.『시대일보』는 학예면으
　로써 특색이 있었다.

　　『시대일보』가 1,2년 되어 경제난으로 폐간이 되자, 빙허는 동아일보사
　에 입사하게 되었다.

　　빙허가 신문인으로 큰 족적을 남긴 것은 이때의 일이었다. 그는 사회면

을 편집하는데 명편집의 이름이 높았다.

　나중에 사회부장의 책임을 맡은 뒤에 그는 대장을 놓고 제목을 붙이는
데, 편집 7,8명이 모여 선중에 붉은 잉크를 붓에 듬뿍 찍기만 하면 섬각(閃
刻)을 지체치 않고 주옥같은 명제목을 이곳 저곳에 낙필성장(落筆成章)으
로 비치듯 떨어져서, 선후배들로 하여금 그 귀재에 혀를 둘러 탄복케 할
지경이었다.15)

　과연 빙허는 작가로서뿐 아니라 신문기자로도 능력이 뛰어나 명성을 떨
치었지만, 1936년 이른바 '일장기말살사건'으로 인책되고 투옥까지 되었다.
이는 손기정 선수가 독일 베를린 올림픽대회에서 세계를 제패했을 때
『동아일보』가 손기정의 사진에서 일본 국기를 말살하고 게재한 사건이다.
이 사건으로『동아일보』는 정간을 당하고 사회부장인 빙허가 투옥되었던
것이다.

　그후『동아일보』는 정간이 해제되었으나 일본총독부의 압력에 의해서
빙허는 끝내 기자직에서 물러나야 했다.

　빙허가 '일장기말살사건'으로 근 6개월간 옥고를 치르고 풀려난 후, 그의
살림은 여지없이 기울기 시작했고, 1937년 자하문 밖 세검정 근처(부암동
325의 2호)로 조그마한 집을 짓고 양계를 시작하게 되었다. 애초에는 양계
백수로 근근히 호구지책을 할 수 있는 정도였다고 하지만, 울적한 빙허를
찾아오는 술친구들의 토색장으로 닭머리가 점점 줄어들어 난경에 빠지게
되었다.

　이때까지의 약 10년간이 작가 빙허로서는 침체기라고 볼 수 있다. 이 무
렵은 바로 일제의 암흑기가 비롯되는 시기로서 많은 양심적 작가들이 다 함
께 침묵을 지키던 시기이다. 그러나 빙허는 붓을 당분간 멈췄을 뿐 작가로
서의 자기모색은 지속되고 있었다.

　지금까지의 무서운 침묵은 1940년대에 우리 나라 중진작가들이 역사소설

---

15) 박종화, 상동, p.158.

로 붓을 옮길 때, 즉 김동인이 『젊은 그들』, 『운현궁의 봄』, 『제성대』, 『견훤』을 쓰고, 박종화가 『금삼의 피』, 『대춘부』, 『전야』 등을 쓰던 시절에 이들과 동조해서 『동아일보』에 역사소설 『무영탑』(1938~39)을 발표했다. 이 연재물은 당시 독자층의 뜨거운 인기를 획득한 것으로 전해진다.

『무영탑』은 경주 불국사의 석가탑에 얽힌 사연이 소재로 된 것이다. 당나라 석공이 탑을 준공시킬 때 그의 누이동생이 멀리 본국에서 찾아왔지만 불계(佛戒)로 쉽사리 만날 수 없었다. 약속대로 멀리 떨어진 영지(影池)에서 1년 이상 오빠를 기다렸지만, 끝내 석가탑을 무영탑이라 불렀다. 그 여인이 한많은 영지 속에 투신했다는 애화를 소설화한 것이었다.

빙허는 그 비극이 단순한 남매관계에서보다도 이성간의 열렬한 애정관계에서 빚어진 것이라 생각했다. 또 그 전설이 사대사상에서 비롯되었다고 간주한 빙허는 당나라의 석공을 백제 석공으로 바꾸고 당나라 여인도 백제의 '아살달'로 뒤바꿔 놓았다.

이렇게 빙허는 『무영탑』을 형상화함에 있어서 역사와 전설을 뒤엎어서까지 역사소설을 창작했다. 그러니까 그의 역사소설은 그대로 정사(正史)에만 충실했다기보다도 예술적 창작에 더 큰 비중을 두었다는 것을 말해 준다.

더욱이 이 작품이 돋보이는 것은 과거의 역사소설들의 주인공들이 성웅, 귀족적인 인물들을 취급함에 비해 일반 서민층을 취급했고, 그 비극이 사회적 모순과 일치하게 보여준 우수성으로 참다운 역사소설의 전형이 되었다는 점이다.

빙허의 역사소설의 창작 태도는 일제의 탄압이 더욱 심각해짐에 따라 소설을 마음껏 쓸 수 없게 되자, 편의상 역사적으로 먼 과거에서 현실과 유형이 본질적으로 같은 사실을 작품의 소재로 빌려 쓴 데 불과했다.

그러면서도 현실도피로써가 아니라 현실적 의미를 강조하여 표현시킨 것이 특징이다.

그것은 빙허 자신도 그의 「역사소설 제문제」 속에서 뚜렷이 밝혔다.

역사소설이라면 오직 사실(史實)에만 입각하는 것인 줄 아는 것이 보통의 개념인 듯합니다. 역사소설인 이상 될 수 있는 대로 사실에 충실하는 것이 옳은 것이냐 하는 문제는 여기서 다시 거론할 여지가 없지 않습니까. 그러나 사실에 충실한다고 해서 소설로서 주제와 결구를 돌아보지 않는다면 그것은 실기나 실록이 될지는 모르지만 도저히 소설이라 할 수 없는 것이 아닙니까. 소설이란 두 자가 붙는 이상 철두철미 창작임을 요구합니다.[16]

이렇게 투철한 역사소설관을 피력했던 빙허가 다시「흑치상지」(1939~40, 미완)란 역사소설을『동아일보』에 연재하다가 52회로 게재 중지가 되었다.

그것은 백제 때 장군 '흑치상지'가 자기의 모국인 백제가 망하자 의병을 일으켜 국가를 회복하려고 의병 3만을 결합하여 당장 소정방(蘇定方)에 항거하여 백제의 이백여 성을 회복했던 사실을 소재로 한 것이다.

그러나 그때는 일제의 민족문학에 대한 탄압이 더욱 극심한 때였고, 거기에다 빙허가 이른바 '일장기말살사건'으로 투옥되었다가 겨우 풀려 나온 뒤로 일경(日警)이 그에 대한 감시의 눈을 뻗칠 대로 뻗치고 있을 때였다.『흑치상지』란 노골화된 작품은 마침내 총독부 경무부의 말썽을 일으켜 게재금지가 되어 아깝게도 미완성으로 유고가 되고 말았다.

그리고 빙허의 최후 작품이 된「선화공주」(1941. 4~9)도『춘추』지에 연재되다가 결국 끝을 보지 못한 채로 중단되고 말았다.

5) 빙허 현진건의 문학사적 평가

무남독녀를 가졌던 빙허는 1943년 그의 외딸 화수(和壽)를 친구 월탄의 아들 돈수(敦洙)와 혼약을 맺게 했다. 육당이 주례한 이 결혼식을 치룬 것이 빙허에겐 다시없는 경사였을 것이다.

빙허는 타계하기 1년 전 어려운 생계를 타개하기 위해서 미두(米豆)에도

---

16) 현진건,「역사소설제문제」,『문장』, 1939, 12.

손을 대어 보았으나 실패하고 가산이 파산되었다. 할 수 없이 자하문 밖 집을 팔고 고려대 앞 제기동에 조그만 초가집을 마련해 이사를 했다.

가난과 병고와 싸워야 했던 빙허는 장결핵으로 광복 2년 전인 1943년 3월 20일 세상을 떠났다. 향년 44세. 임종은 부인과 외동딸 화수가 지켜보았으며, '죽거든 화장을 하라!'는 그의 유언대로 유골은 화장되어 과천 선영에 묻혔다.

20세부터 선풍적 문제작가로 등장한 빙허는 44세로 타계하기까지 이 땅에서 빛나는 많은 작품을 남겼다. 그는 우리 현대문학사에 있어서 사실주의 문학을 개척한 선구자로 기록될 것이다.

이 점에 대하여 『백조』의 동인이며 문우인 월탄은 다음처럼 강조했다.

조선에 있어서 사실주의를 대성한 이는 현진건이다. 묘사나 플롯이나
한 점을 나무랄 곳이 없다.[17]

사실상 빙허의 작가생활은 처녀작 「희생화」로부터 『선화공주』에 이르기까지 근 20년 동안 사실주의로 일관하였다는데서 더욱 뚜렷한 지위를 확보하게 되었다.

또한 많은 작가들의 작품을 보면 수작과 졸작이 완연하게 구분되는데 비해서 빙허의 작품은 거의가 실패작 없이 균등하다는 것은 빙허가 어디까지나 기교파의 작가이면서도 투철한 작가정신을 소유한 작가임을 보여준다 할 것이다.

우리는 비상한 기교의 천재로 빙허를 들 수 있다. 조화의 극치, 묘사의
절미 — 과연 기교의 절정이다.[18]

동인이 그의 『조선근대소설고』에서 빙허를 절찬한 대목이지만 그같은

---

17) 박종화, 「대전후의 문예운동」, 『동아일보』, 1925. 1. 1~12.
18) 김동인, 「조선근대소설고」, 『조선일보』, 1929. 7. 28~8. 16.

평은 어느 누구도 불사할 것이다.

비록 빙허가 외세로 붓을 꺾고 작가생활에 종지부를 찍었지만, 그의 문학은 뚜렷한 영토를 구축해 놓았다. 무엇보다도 그는 일제의 침략기를 통해서 민족적 수난을 철저히 고발하면서 가슴에 맺힌 비애를 흠뻑 쏟아주었다.

> 벗섬이나 나는 전토는
> 신작로가 되고요 ─
> 말깨나 하는 놈은
> 감옥으로 가고요 ─
> 담뱃대나 터는 노인은
> 공동묘지로 가고요 ─
> 인물이나 좋은 계집은
> 청루로 가고요 ─

빙허의 작품 「고향」(단편집 『조선의 얼굴』에 수록)에서 주인공이 술타령조로 읊조린 푸념이지만, 당시 사회상을 신랄하게 비판해주는 역사적 증언으로 받아들여진다. 빙허의 작품세계는 바로 이런 비가를 남김없이 터뜨리는 데 있었다.

빙허문학은 그의 타계와 함께 더욱 빛을 발하고 있는 현실이지만, 특히 50년대 이후부터 오늘에 이르기까지 평단에서 활발한 연구 평가가 진척되어 오고 있었다.

우선 우리 평단의 원로 백철은 『신문학사조사』에서 빙허의 단편작가로의 지위를 다음과 같이 역설했다.

현진건, 염상섭과 함께 우리 자연주의 문학을 대표한 2대 작가중의 한 사람이다. 특히, 현진건은 우리 신문학사상의 단편문학을 만들어 놓은 공적이 특별한 작자다. 우리 단편소설은 주로 두 가지의 경로로 발전되어 온 사실을 발견할 수 있다. 김동인형의 단편소설과 현진건형의 단편소설 하

나가 낭만적이니 감상적이니 보헤미안이니 인도주의니 한정할 수 있는 일
종의 예술지상적인 경향인 것과 또 하나는 현실주의적인 경향을 대표한
것이다. [……] 단편소설의 시조는 현진건이다. 현진건은 단편소설을 통하
여 자연주의를 가장 효과있게 활용한 작가였다고 볼 수 있다.[19]

이처럼 백철은 빙허를 김동인의 단편과 이질적인 것으로 풀이하면서 단
편소설의 시조로서, 또한 자연주의를 가장 잘 성취시킨 작가로서 규정했다.
그러나 빙허를 자연주의 작가로 규정하는 데에 대해서는 이미 필자가 「
빙허 현진건론」(『현대문학』1956. 3)에서 사실주의 작가로 재평가되어야 한
다고 강조한 바 있다. 그후 오늘에까지, 빙허에 대한 연구자나 평자들은 빙
허 문학을 한결같이 사실주의 문학으로 일관하여 평가하고 있음은 주지의
사실이다. 그 대표적 평자의 한 사람인 김우종은 빙허를 참된 리얼리스트로
평가하면서, 그의 소설의 특징을 다음과 같이 해명했다.

빙허는 현실의 상황도를 그린 작가였다. 이같은 인간사회의 밑바닥을
파헤치고 암담한 세계를 그대로 노출시켜 갔다는 의미에서 그는 참된 리
얼리스트였다. 그리고 이같은 리얼리스트로서의 면모는 비단 「운수좋은
날」한편만을 두고 말하는 것은 아니다. 그의 작품은 거의 모두 그같은 리
얼리스트로서의 입장을 표현하고 있다. 「불」, 「고향」, 「사립정신병원장」,
「술 권하는 사회」, 「빈처」 등 그의 작품 대부분이 그의 사실적 탐색과정
의 소산이다. 그중에서도 「불」은 농촌사회의 어두운 현실을, 특히 소녀의
경우를 중심으로 하여 그려낸 상황도이며, 그 장면묘사의 빈틈없는 사실
성과 문제의 심각성이 남달리 뛰어난 역량을 십분 짐작케 하는 것이다.[20]

빙허는 스스로 피력했듯이 '조선문학인 다음에야 조선의 땅을 든든히 디
디고 서야 할 줄 안다. 현대문학인 다음에야 현대 정신을 힘있게 호흡해야

---

19) 백철, 『신문학사조사』, 민중서관, 1953, p.209.
20) 김우종, 「집약적 상황도 — 현진건론」, 『현대문학』 131호, 1965. 11. 1.

될 줄 안다'란 말에서 충분히 수긍하게 될 것이다.

또한 빙허의 문학사적 위치와 선구적인 공적에 대해서 조연현은 그의 『한국현대문학사』에서 다음과 같이 밝히고 있다.

> 그는 『백조』의 동인으로서, 3·1운동 이후에 전개된 이 땅의 근대문학
> 운동에 헌신한 중요한 작가의 한 사람이라는 데에서부터 시작된다. 이 말
> 속에는 ① 그가 근대문학을 전개시킨 선구자의 한 사람이라는 것, ② 김
> 동인과 함께 근대 단편소설을 개척한 최초의 중요한 그 한 사람이라는 것,
> ③ 염상섭과 함께 사실주의 문학을 개척한 최초의 중요한 그 한 사람이라
> 는 것, ④ 문학에 있어서 기교의 가치를 보여준 최초의 작가라는 것 등의
> 의미가 포함되어 있다.21)

과연 빙허는 근대문학의 선구자로서 단편소설을 개척하고 사실주의 문학을 정립시켰으며 심도있는 주제성과 남다른 기법과 표현을 성취시킨 공적으로 우리 문학사에 중요한 자리를 차지하고 있음은 분명하다.

6) 선비정신으로 일관한 작가생활

빙허가 세상을 떠난 지도 어언 40여년이 지난 지금 그 흔한 문학비나 추모비 하나 세우지 못함은 실로 유감이 아닐 수 없다.

참으로 빙허는 이 땅의 근대문학에 선구자적 업적을 남겼다는 사실 이외에도 한 인간으로써의 면모도 우리에게 많은 귀감을 던져준다. 많은 사람들의 회고에 의하면 한결같이 그가 외유내강의 선비로서 불의와 의연히 대처했던 인물임을 일깨워준다.

이러한 빙허의 강직한 선비정신이나 의연한 작가정신은 결코 우연한 것이 아니었음을 월탄은 그의 청소년기의 성장과정에서 찾고 있다.

---

21) 조연현, 『한국현대문학사』, 성문각, 1969, p.415.

빙허는 이렇게 신구가 교체되는 시대적 각광을 받은 행복한 가정에서 자라났는데, 그의 처자가 지방의 부호였으므로 그는 한평생 의식의 간구(艱苟)한 것을 모르고 풀솜 속에 싸여 자라난 귀공자였다. 그러나 경술(庚戌) 망국의 급격한 천붕을 목도한 10여 세의 소년은 차츰차츰 민족적 반항심이 가슴에 싹터 오르기 시작하자, 19세 때는 향학의 불타오르는 심경을 억제할 길 없어 가만히 부형 모르게 상해 외국어학교로 도망쳐 버렸으니, 그가 독일어에 약간 조예가 있었던 것은 이때의 소득이었다. 그는 기미운동(己未運動)을 상해에서 겪었고, 평생 독립운동의 투사였던 그의 중형 정건씨의 무애(撫愛)와 훈도를 받아서 의지가 비로소 서려 하는 20 전후에는 강력한 배일 청년의 한 사람이었다.[22]

이렇게 성장한 빙허는 비록 독립 투사는 안 되었지만 고국으로 돌아와 백조파의 일원으로 근대 문학의 선구자가 되어 작가활동에 혼신의 정열을 불태웠던 것이다.

빙허의 생애와 문학의식을 상세히 추적한 현길언은 작가상을 이렇게 조명했다.

그는 전통적인 한국의 벼슬아치 집안에 태어나서 격동기에 개화지향적인 주변의 영향을 받고 성장하였다. 정치적·사회적으로 격심한 변동기를 대처해 나가는 다양한 양식을 여러 집안 사람들을 통하여 확인하였고, 그러는 가운데 한 시대를 살아가는 데서 겪는 격동과 고통을 체험하면서 자신의 삶을 정립하였다. 그는 생활에 절도를 유지하였고, 문단의 세기말적 분위기에 초연하였다. 초혼한 아내와 단란한 가정을 이루었고, 이성관계에 불미스러운 일이 없었다.[23]

이렇게 빙허의 험준한 성장과정과 고결한 인품을 해명한 현길언은 빙허

---

22) 박종화, 「주호 현진건의 추억」, 『달과 구름과 사상과』, 휘문출판사, 1965, p.158.
23) 현길언, 앞의 책, p.16.

에 대해서 한 시대의 삶을 종합적으로 인식하는 통찰력을 지닌 인물로 평가했다. 그리고 빙허는 서구취향적인 상황에서도 우리의 전통적인 선비의식을 지탱하면서 오히려 새로운 시대의 모순에 대하여 비판적인 의식을 갖고 대처하여 생활과 문학을 통합적으로 인식하고 생활화한 작가였다고 평가했다.

실제로 빙허 자신의 사실주의적 문학의식을 가장 선명한 논리로 밝혀주는 것은 비평문 「조선혼과 현대정신의 파악」이라고 할 수 있다. 빙허에 의해서 강조된 '조선혼과 시대정신'은 식민지 시대의 문학의 논리를 극명하게 보여준 것이기도 했다.

> 문학은 현실에서 살아가는 문제를 외면할 수 없다고 하였다. 먹는 문제에 따른 가난의 문제는 사람이 살아가는 데 가장 중요한 것이며, 그 다음에 예술이 중요하다고 하였다. 삶의 현실을 무시한 예술의 허위성과 허구성을 강조하면서, 영원한 예술에 대한 기대로 현실을 외면하는 고답적인 예술을 비판하였다. 작품의 가치성에 대해서도 예술은 내용적 가치, 생활적 가치에 따라서 결정될 것이므로, 현실의 시간과 공간을 바탕으로 이루어진 작품만이 힘있는 예술이 될 수 있다고 강조하였다.[24]

이와 같이 빙허의 '조선혼과 시대정신'을 예시하여 보여준 현길언은 진정한 문학은 식민지 지성인의 양식과 화합을 이루는 데서만 가능한 것이고, 이를 통해서 민족문학이 잘못 빠지기 쉬운 회고적 아집이나 프로문학의 생경한 비문학적 논리를 극복할 수 있었던 것이라고 해명했다.

그는 결론적으로 빙허 문학에 일관하고 있는 사회와의 대응양식은 닫혀진 사회의 문학의 대전제인 '식민지 시대'의 극복이란 과제에 근거한 것이며, 그것이 인간의 보편적인 진실에 접맥되어 있으므로, 그는 문학을 통하여 개인적 진실과 사회, 민족적 진실을 화합할 수 있었다고 귀결했다.

---

24) 현길언, 앞의 책, p.18.

따라서 빙허의 문학은 그런 작가정신에 의해 총체적으로 사회를 반영할 수 있었고, 리얼리즘 문학을 성취할 수 있었으며, 그런 이유로 그가 추구했던 소설 미학이 크게 평가될 수 있는 것이다. 그리하여 일제 식민지하에서 고난과 역경과 힘겹게 싸우면서 살아갔던 고결한 선비로서의 빙허의 44년의 생애, 그리고 사실주의에 입각한 20여년에 걸쳐 남긴 수많은 명편들은 그가 세상을 떠난 지 40여년이 흘러간 오늘에도 독자의 가슴에 생생히 메아리치고 있다. 왜냐하면 그는 자신을 역사의 주체로 인식하고 어려운 시대현실에서 민족정신을 생생히 체험하고 그것을 작품화했기 때문이다.

(『한국근현대작가작품론』, 성균관대출판부, 1993)

비약과 정열의 총아 — 나도향론

1. 도향화(稻香花)처럼 요절

경손(慶孫)이는 내 할아버지의 경손이지 남이 부를 때에야 오히려 욕이 된다고 자기 본명에 몹시 불만을 품었던 도향. 마침내 월탄에게서 아호와 필명을 얻은 도향 나빈(羅彬)은 그의 아호가 말하듯이 한떨기 도향화처럼 1927년 7월 19일 25세를 일기로 요절했다.

나주가 본적이요 서울이 태생인 도향의 가문은 대대로 의업(醫業)을 경영하고 있었다. 그의 조부는 한방의 명의로 세상에 이름을 떨쳤고 그 아버지도 양의로 가업을 계승했으니 도향은 그의 장남으로 태어난 셈이다.

어려서 공옥(攻玉) 학교를 끝내고 배재학당에 입학해서 배재고보를 졸업했다. 재학시에는 뛰어난 재치와 탁월한 천품으로 스승과 친구의 자랑이 되었다.

애초에는 가업을 따라 경성의전에 진학했으나 문필에 뜻을 둔 도향은 끝내 중퇴하고야 말았다. 당시 무르익기 시작하던 일본 문단에 크게 자극되었고 더욱이 육당이나 춘원의 작가 활동이 부러워서 그의 뜻은 더 굳어졌다고 한다.

나이 20 미만 때부터 일종의 문학 중독에 걸렸던 도향은 학교 공부는 통하지 않고 소설·시집만을 밤새워가며 읽었다고 한다. 곧잘 신통치도 못한 습작들을 신문에 투고하기도 하고 『문우(文友)』란 잡지를 손수 만들어도 보았다.

1919년 기미년의 거센 바람이 이 땅을 휩쓴 뒤에 젊은이들은 온통 정열의 도가니 속에 불타고 있었다. 이 무렵 무엇보다도 문학이란 것이 얼마나 매력적으로 뻗어나간지 모른다.

문학청년 도향은 의전을 중퇴하자 비상한 각오로 홀홀히 현해탄을 건너 갔다. 그러나 엄격한 그의 조부는 오불관언(吾不關焉)의 태도로 좀처럼 그를 도와주지 않았다고 한다. 하는 수 없이 그는 슬픔의 귀국을 해야 했다.

이것이 계기가 되어 도향은 방랑생활을 남달리 즐겼다고 한다. 항상 그는 '방랑생활이 좋아'하고 너털웃음을 껄껄 웃으며 백조사에서 몇 달씩 묵기도 하고 서울 있으면서도 여관살림을 하기가 일쑤였다. 한때는 계명구락부에서 『계명』의 편집도 하고 안동으로 가서 교편도 잡았다 한다. 그런가하면 조선도서에서도 일했고 빙허 현진건, 횡보 염상섭과 함께 기자 생활도 한 적이 있었다.

도향이 노총각으로 요절했으니 그에게는 한두 가지의 로맨스가 있을 듯 하다. 그러나 그는 한결같이 실연의 고배를 마셨다. 첫번은 한국에서 전형적 아가씨와의 로맨스, 둘째번은 일본에서 인텔리 멋쟁이와의 로맨스였다. 일본서 최모양(후에 『동아일보』기자)을 에워싸고 진모씨와(아동작가)와 라이벌이 되어 경쟁하다가 끝내는 돈의 위력으로 실연한 도향은 귀국해서 2년만에 폐병으로 숨을 거두었다.

2. 요란한 반항아

『동아일보』와 『조선일보』가 창간되면서 한편 『개벽』, 『창조』, 『폐허』 등의 잡지가 쏟아질 때 순문예지로서 『백조』가 1922년에 창간되었다. 여기에 도향은 월탄·빙허·상화·팔봉·춘성·석영·운전 등과 함께 가장 나이 젊은 『백조』의 동인으로 참가했다. 그 1호에 「젊은이들의 시절」이 발표되었고 2호에 「별을 안거든 우지나 말걸」이란 로맨틱한 처녀작을 세상에 내놓았다.

「젊은이의 시절」에서는 소년 '철우'의 누이가 음악가 '경애'가 가짜 예술가 '영빈'에게 정조를 유린당하고 배반당하는 얘기이다. 여기서 '경애'가

그이 동생 '철우'와 함께 술을 마시면서 나눈 대화는 몹시 애상적인 인상을
준다.

　　하하 철우 그대는 나를 알 터이지, 어여쁜 처녀의 붉은 입술같이 언제든
　지 짜르르하게 하는 달콤한 술의 마왕을. 나와 사귀면 근심 모르는, 눈물
　모르는 어느 때든지 저 달님과 별님과 같이 될 것이라. 자 나와 같이 술의
　노래를 부르고 춤추고 놀아보자 하……하…….

이렇게 끝없는 경애의 슬픔은 걷잡을 수 없이 번져간다는 얘기다. 여기서
얽혀지는 애정이란 짐작컨대 소년 도향의 누님이 피아니스트로써 도향과
일종 모의연애 같은 것을 맺었던 것이 아닌가 한다. 특히 노작 홍사용이 제
목을 지어 주었다는 「별을 안거든 우지나 말걸」이란 소설은 달콤한 매력
때문에 젊은 여성들의 눈물을 한없이 쥐어짰다고 한다.
　2년 뒤 동아일보에 장편 『환희』를 석영 안석주의 삽화와 함께 연재하여
대단한 인기를 거둔 때는 그의 나이 겨우 19세였었다. 이 무렵 그는 천재작
가의 기질을 거침없이 드러내어 하루에도 무려 3,40매의 원고지를 메꾸는데
조금도 주저치 않았다. 이러한 속필 때문에 다소 거치른 작품을 내놓았다는
것은 자연히 수긍되는 일이기도 하다. 청춘 남녀의 애정문제를 몹시 낭만적
인 방향으로 다룬 『환희』는 작자가 좀 더 객관적인 위치에서 그 주인공들
의 장난을 한가닥 『환희』로 바라봤다는 것이다.
　죽어서 천당에 가기 위해 함께 살아온 애첩과 첩 소생인 딸, 귀여워하던
혜숙을 따로 나가 살게 하는 이상국. 그의 외아들 영철이는 아버지의 사상
을 못마땅히 여겨 누이동생과 동거하면서 그의 절친한 친구 선용을 혜숙에
게 소개해준다. 일본에서 고학하는 가난한 청년이지만 건실한 청년이었다.
그러나 한참 사춘기의 혜숙은 돈 많고 잘생긴 백우영을 더 사귀고 싶어했
다. 그러면서도 오빠를 절대적으로 믿는 혜숙은 선용을 따르기로 하고 영도
사에서 사랑을 속삭이기까지 한다. 선용이 일본에 들어간 뒤에도 사랑의 편
지를 교환했다. 그러나 어느날 우영의 초대를 받은 혜숙은 처녀성을 잃고

우영의 아내가 되고 만다. 이 소식을 들은 선용은 실의에 차 자살까지 기도했다가 휴양차 귀국하게 된다. 그때 결혼에 실망한 나머지 심한 폐결핵을 앓고 있는 혜숙과 선용이 서로 상봉한다. 그러나 동경서 자기를 위해 염려해 주던 어떤 여학생의 환상을 그리면서 현실에 대한 감상과 비애를 맛본 선용은 일본으로 다시 들어가 버린다.

정월이란 이름으로 바꾼 혜숙은 오빠와 함께 부여로 정양하러 갔다가 오빠의 애인 설화를 죽게 한 죄책감과 훗날 자기가 죽고 난 뒤 자기를 찾아줄 인간들에 대한 낭만을 그리고 선용이와의 이루지 못한 사랑을 비감해 한다.

> 정월은 백마강에 몸을 던졌다. 반짝반짝 춤추는 물결 속으로 죽은 스피리트(精)가 가라않는 것같이 정월의 몸은 백마강 물결 속에 들어가버리었다. 아! 과연 죽어간 정월이 설화의 원혼을 죽음으로 위로할 수가 있고, 이후에 선용이가 이 자리를 거칠 때에 정월이 죽어간 자리를 찾아낼 수 있겠는가? 이 모두 우리 인생이 한낱 환희인 까닭이로다.

소설세계 뿐만 아니라 그 인간도 하나의 요란한 반항아이기도 했다. 호적상에는 '경손'으로 불리웠던 그는 자신의 이름에 한시 불만을 품었던 것이다. 할아버지가 처음으로 맏손자를 보고 기쁨에 넘친 나머지 경사스런 손자란 뜻에서 '경손'이라고 불렀다는 이유에서 말이다.

지금 이 말은 들으면 별로 큰 충동이 오지 않을는지 몰라도 그 당시에는 하나의 신구사상의 충돌임에 틀림없었다.

아들이 장가를 가는 게 아니라 부모가 재롱을 보기 위하여 어린 며느리를 보는 것이요, 자기의 아들이 아들을 낳아 손자가 생긴 것이 아니라 자기가 곧 손자를 보았으니, '경손' 이라는 사고방식의 소유자가 바로 도향의 할아버지였다. 하기야 도향의 조부만 이렇듯 어처구니 없는 속셈을 한 것이 아니라 몇백년 동안 깊숙이 유전되어 온 우리 사회의 폐습, 관념이기도 했다. 당시 춘원이 크게 외쳤던 「자녀중심론」이 직접적인 계시가 된지는 몰라도 '경손'은 한사코 그 이름을 헌신짝처럼 버렸다.

작명을 해준 월탄의 해명을 들으면『홍루몽』속에 도향촌을 생각해서 "벼란 우리 인생에게 여간 유익한 게 아니라 더구나 아리따움을 시새는 백화난향(百花亂香)보다 계절을 떠나 전원에 물결치는 도화향(稻花香)이 어떤가" 하였더니 그는 파안일소했다고 한다. 그리고 "자네가 글을 잘하랴 뜻두니 문질빈빈(文質彬彬)이란 빈(彬)자를 쓰소" 했다고 한다. 이래서 오늘까지 문단에서는 그를 도향·나빈이란 애칭하고 있다.

3. 전설적인 어리석음

도향의 얼마 되지 않은 생애가 남긴 작품 중에는 미숙한 것도 많지만 명작으로 지금까지 이름을 떨치는 것도 한두 가지가 아니다. 그가 남달리 천재적 작가였던 것은 그의 작가활동 6년 동안의 작품세계에서 역력히 살펴볼 수 있다.

『환희』를 발표할 무렵에 발표된 「십칠원오십전」과 「은화·백동화」같은 것은 그의 작품에 약간의 전환을 보여준 느낌도 있었으나 별로 신통한 것이라고는 할 수 없었다. 이 당시 그가 다작을 했다는 이유와『백조』동인 중에서 가장 어린 탓으로 비교적 무난히 성장할 수 있었던 탓인지도 모른다. 그 뒤를 이어『백조』와『개벽』지에 발표된 「여이발사」, 「행랑자식」, 「자기를 찾기 전」 등을 차례로 읽어가면 비로소 도향이 문학 소년의 애상적인 공상을 깨끗이 청산하고 점차로 세련되고 정돈된 필치로 옮겨지고 있다는 것을 엿볼 수 있다.

특히 「자기를 찾기 전」에서는 주인공인 제분소의 여공 '수남'이가 순진한 소녀의 몸으로 사생아 '모세'를 낳다 걷잡을 수 없이 심각화된 생활고에다가 '모세'는 장질부사로 병원에서 죽게 되니 이제까지 그렇게 굳게 믿었던 예수도 아랑곳 없었고 급기야는 '모세' 아버지에게까지 배반당한다. 이때 '수남'이는 비로소 자신을 찾는 것이다.

소리를 지르고 사면을 돌아다 볼 때 하얀 눈 우에 밝은 달이 차디차게
비치었는데 고요한 침묵으로 둘린 가운데 다만 자기 혼자 외로이 서 있는
것을 깨달았다. 그가 그렇게 분명히 외로운 가운데서 자기를 찾아내기는
지금이 자기 일생에 처음이었다.

우리는 여기서 주인공 '수님'이가 바로 도향이라고 믿을 수 있을 때 지금
까지의 센티멘탈한 낭만 세계에서 벗어나 직접 현실과 대결하여 리얼하게
묘사하는 자기의 길을 찾을 수 있다고 생각된다.
　여하튼 자기 세계를 뚜렷이 찾아든 도향은 「정차장의 일기 몇절」, 「J의사
의 고백」, 「계집하인」 등을 통해서 그의 본색을 드러내기 시작했다고 본다.
그것은 「계집하인」 등에 나오는 '양철집'이란 식모의 심리 묘사만 보더라
도 충분히 수긍될 것이다.

"만약 다른 사람이 있으면 나는 내쫓길 터인데." 하고 걱정이 되어 애꾸
눈을 두리번하였다.
"실상 늦게 오랴 늦게 온 것이 아니라 짚신이 떨어져서 그 값을 버느라
고 옆의 집 방아를 이틀 동안 찧어준 죄밖에는 없는데." 이렇게 걱정이 되
어서 궁리가 대단하여
"만일 나가라면 그 집에서 찾을 돈이 얼마나 뒤누. 열홀동안 있었으니
한달에 삼원을 몇으로 쪼개야 되나." 하고 길거리에 앉아서 모래알을 서른
개 주워 가지고 "댓냥 열냥" 하고 삼십분이 넘도록 셈을 보아서 일원이라
는 것을 발견은 하였으나 그래도 가지의 구구를 믿을 수가 없어 어떤 주막
에 들어가,
"여보 영감님."
하고 사정 이야기를 하고 자기 구구가 맞느냐고 물어보았다. 그 늙은이 역
시 한참 있다가 꾸물꾸물 하더니
"그런가 보외다."
하고 몽롱하게 대답한다.

기연가 미연가 하여 반신반의로 어떻든 일원은 주겠지 하고 서울까지
왔다.

이런 식의 묘사력은 확실히 '플로베르'나 '모파상'의 사실법에 별로 손색
이 없을 뿐 아니라, 우리의 전통적인 어리석은 생리가 가장 알맞게 표현한
것이 아닌가 생각된다.

그러나 이것만을 갖고 도향문학을 높이 평가하려는 것은 어리석은 일인
줄 안다. 그것은 우리가 알고 있는 문학이 심리 묘사나 현실 묘사를 리얼하
게 하였다거나 문장적 필법이 섬세하다고 해서 곧 그것이 문학의 본질이 아
닌 바에야 그럴 것은 당연한 것이다.

어쨌든 도향은 자연주의적 수법이 완성되어 가고 있었다는 것을 이 작품
은 말해준다.

4. 사실주의로 지향

도향의 말기 작품에 속하는 「물레방아」, 「꿈」, 「뽕」, 「지형근」, 「화염에
싸인 원한」, 「벙어리 삼룡이」, 「그믐달」 등을 읽어가면 여태껏 품었던 도향
문학에 대한 불만은 봄철의 눈처럼 저절로 녹아 버린다.

「뽕」에서는 주인공 '안협집'이란 성적으로 몹시 음탕한 여성의 생활을
놀랄 만큼 작자가 일체의 주관을 거세하고 리얼하게 묘사시키려는데 성공
하고 있다.

땅딸보요, 아편장이요, 오리궁둥이요, 노름꾼인 김삼보의 아내는 안협집
이다. 원래가 촌구석에서 자라나 무식한데다가 돈만 알아서 열다섯, 여섯적
부터 참외 한 개에 원두막 속에서 정조를 파는 여자였다. 더구나 건달 남편
만 믿고 혼자 지낼 수 없어 돈깨나 있는 놈팡이들과 어울려 정조를 헤프게
팔았다. 뒷집 머슴 삼돌이란 오입장이는 동리 계집이라면 모조리 건드려 보
았지만 안협집만은 만만히 품에 들지 않았다. 어느날 밤 삼돌이는 안협집과

남의 뽕을 훔치러 가게 되었다. 그러나 뽕지기에게 들켜 안협집이 잡히게 되고 삼돌이의 계획은 수포로 돌아갔다. 이 앙갚음으로 삼돌이는 삼보에게 뽕지기까지 주워먹는 안협집이라고 고해바친다. 화가 난 삼보는 죽으라고 안협집을 때렸지만 오히려 태연했다는 얘기다.

또한 「지형근」에서는 일제의 사회적 배경에서 파산지주인 '지형근'이 광산노동자로 전락되었을 때 그의 어린 시절의 벗 '이화'가 창녀가 되어 주막에서 극적인 상봉을 하게 된다는 얘기이다. 이것은 작가가 농촌경제의 피폐로 인한 농촌 인구가 도시로 집중화하던 당시 현실을 정확히 분석하여 날카로운 비판을 가한 소설적 해답이었다.

이상의 작품들보다도 사실주의에까지 지향해서 도향문학을 대표할 수 있는 것은 「물레방아」와 「벙어리 삼룡이」를 드는 것이 일반적이다. 두 작품이 시대는 서로 다를지언정 모두 영화화까지 되어 널리 보급되었던 것도 이를 말해준다. 「벙어리 삼룡이」는 일제하에, 「물레방아」는 몇 해 전에 개봉되어 많은 인기를 독점했던 일은 누구나 기억에 생생할 것이다.

「물레방아」는 마을에서 가장 부자요, 세력이 있는 신치규 노인과 그 집에서 막싫살이를 하는 방원내외 사이에 빚어지는 비극이다. 어떤 가을날 밤 달이 유난히 밝은 날 물레방아간 옆에서 신치규는 계집이 탐이나 방원을 내쫓고 살 흉계를 꾸민다. 방원의 계집 역시 본래 지조가 없었고 방원에게 오기 전에도 남편이 있었던 창부형의 여자였다. 아들만 낳아 주면 모든 재산이 다 네 것이 된다는 신치규의 꾀임에 빠진 계집은 방원을 배반하기에 이른다. 어떤 날 계집과 늙은이가 함께 방앗간에서 나오는 것을 목격한 방원은 분에 못 이기어 늙은이를 죽어라 패고 계집과 도망치려고 한다. 그러나 계집에게 끝내 거절당하고 오히려 상해죄로 석달동안 감옥살이를 하게 된다. 복역을 끝낸 방원은 밤중에 계집과 늙은이가 사는 집으로 찾아간다. 그는 옛날 정리를 생각해서 계집에게 도망갈 것을 애원해 보았으나 허사였다. 마침내 방원은 품고 갔던 칼로 계집을 죽여버리고 자기도 자결한다.

「벙어리 삼룡이」는 오생원 댁의 삼룡이라는 머슴이 있었다. 아주 못생긴 추남으로 땅딸보요, 옴두꺼비처럼 생겼으나 마음씨 곱고 진실하여 주인에게 충실하고 부지런했다. 평생 눈치로만 사는 벙어리지만 조심성이 있어 실수한 적이 없는 삼룡이였다. 그 집의 외아들에게 말할 수 없는 굴욕과 수모를 당하면서도 주인으로 섬기는 충성스런 머슴이었다. 그런데 그 집에 새 며느리가 들어오게 되었다. 몰락한 양반의 집 딸이지만 무남 독녀로 자란 아름다운 색시였다. 본래 개망나니 같은 남편에게 매일 몹쓸 구박과 매질을 당하는 것이 삼룡이로서는 너무도 애처롭고 가엾게 생각되었다. 그것이 그만 연정으로 번져 새 아씨를 사모하다가 주인 아들에게 매를 맞고 그 집에서 쫓겨나게 된다. 그날 밤 오생원 집에 불이 났다. 삼룡이는 죽음을 무릅쓰고 집안으로 뛰어들어 주인을 업어다 놓고 다시 들어가 새색씨를 안고 지붕으로 올라갔다.

　　그는 자기의 목숨이 다한 줄을 알았을 때 그 색씨를 무릎에 뉘고 있었다.
　　그의 울분은 그 불과 함께 사라졌을는지! 평화롭고 행복스러운 웃음이 그
　　의 입 가장자리에 엷게 나타났을 뿐이다.

　이 두 작품이 오늘날까지 우리에게 애독될 수 있는 것은 그 작품이 「마담・보봐리」와 같이 객관적인 묘사에 시종하였다든가 더욱이 그 스토리가 햄릿과 같이 비극적인 때문도 아닐 것이다. 그것은 바로 이렇게 해명될 성질의 것이 아닐까 생각한다. 가령 「물레방아」의 테마가 우리의 후진적 봉건사회를 배경한 애정관계에 있어서 사회 모순성의 일폭을 도향의 모티브에 의해서 예리하게 형상화시킨 것이었다면 우리의 현실이 「물레방아」의 시대적 배경에서 멀리 격리된 것은 사실이나 금력과 세력을 미끼로 유부녀를 마음껏 농락하는 '신치규'와 같은 색마나, 물질적 허영에서 하루 아침에 남편을 배반하고 색마의 품안으로 전락하는 '방원의 아내'나 생활력의 무능으로 사랑하는 아내를 빼앗기는 '방원' 같은 불쌍한 인간이라든가, 이로 인하여 급기야는 살인・자살까지 일어나는 사건이 오늘의 신문 사회면기사에서 얼마든지 찾을 수 있는 한 우리에게 더욱 친근할 수 있다는 것이다.

5. 작품의 비약

이상은 김동인이 「조선근대소설고」란 곳에서 비교적 짧은 문장을 통하여 나도향에 대한 적절한 인생평을 썼다고 본다.

19세의 소년 도향이 『백조』 동인으로서 창작 「별을 안거든 우지나 말걸」을 발표하여 문명이 떨치게되고 한편 장편 『환희』를 갖고 당시 문단에 굴지의 맹장으로 데뷔하게 된 셈이다. 그간 문단 생활이 시작된 날로부터 25세에 요절할 때까지 불과 6년 동안에 20여편을 활자화 할 수 있었다는 것은 당대의 기록을 지은 것이라 생각한다. 극히 짧은 그의 생애가 남긴 작품일지라도 그의 작품은 전·후기로 대별됨을 볼 수 있었다. 완연히 초기의 작품은 낭만주의적 경향이고 그 후기가 자연주의 내지는 사실주의적 경향이었다고 종래의 그에 대한 평자들이 한결같이 말하고 있다. 이에 대해서 월탄은 「대전후의문예운동」에서 다음과 같이 상세히 지적하고 있다.

젊어서 죽은 도향은 가장 촉망할 소설가였다. 그는 사상도 미성품이었다. 필치도 미성품이었다. 그러면서도 그에게는 열(熱)이 있었다. 예각(銳角)적으로 파악된 인생이 지면 위에 약동하였다. 미숙한 기교 아래는 그대로 인생의 일면을 붙들은 긍지가 있었다. 아직 소년의 영역을 벗어나지 못한 도향이었으며 그의 작품에서 다분히 센티멘탈리즘을 발견하는 것은 아까운 가운데도 당연한 일이지만 그러나 그 센티멘탈리즘에 지배받지 않을 만한 침착도 그에게 있었다.

여하튼 나도향이 초기에 낭만주의로 출발하다가 후기에는 사실주의로, 극단에서 극단으로 비약한 데는 자신이 갖는 작가적 기질에서보다 낭만주의가 소설문학에는 부적당하다는 점에서와 당시의 문학적 사조가 일변(一變)된 것에 순응하기 위한 것이었다고 이해해도 좋을 것이다. 우리가 도향의 세계를 결산하는데 있어서 그 문학적 가치의 우열을 얘기하는 것도 좋겠지만 그 보다도 그의 작가 수업을 통한 작풍(作風)의 비약을 높이 사고 싶은 것이다.

　　도향 나빈의 작품이 초기에는 로맨틱한 경지를 벗어나지 못하였다. 「별을 안거든 울지나 말걸」, 「옛날 꿈은 창백하더이다」를 비롯하여 장편 「환희」에까지 오도록 그 작품은 편을 거듭하여 써올수록 깎이고 닦여서 「여이발사」 이후의 작품은 체홉을 연상케 하고 모파상의 편린을 어루만져 왔다. 그가 죽기 전 1,2년 앞두고 나온 작품 중에서 「뽕」, 「지형근」, 「물레방아」, 「벙어리 삼룡이」 이렇게 작품은 쌀쌀한 가을 달을 대하는 듯한 느낌을 주게 한다. 현존 작가들 쳐놓고 이 사람처럼 그 작품이 괄목하도록 변한 작가는 드물 것이다.

(『한국근현대작가작품론』, 성균관대출판부, 1993)

반역과 열애의 작가 — 최서해론

1. 혁명이냐? 연애냐?

나는 이 세상 사람과 같이 그렇게 미적지근한 자극속에서 살고 싶지 않다. 쓰라리면 오장이 찢기도록 기꺼우면 3백 64절골이 막 녹듯이 강렬한 자극속에서 살고 싶다.

이렇게 내뿜었던 서해는 한 평생 혁명이냐? 연애냐?의 두 길을 마구 달리었다. 그래서 극도의 반역과 열애 속에 파묻혀 살아왔다. 그러나 그에게는 연애가 없으니 반역만이 남아 있는 셈이었다.

아명을 '저곡(苧谷)'이라 부른 서해는 1901년 함경도에서 태어났다 소학교를 졸업하던 어린 시절은 가난이라기 보다도 차라리 굶주림 속에서 자라 왔다.

그러다가 1915년에는 성진에서 어느 보통학교를 졸업하고 문학에 뜻을 기울여 일본에 있던 춘원과 서신 교환까지 하기에 이르렀다.

1924년 『개벽』지의 현상 문예 모집에 「고국」이 입선되어 문단에 데뷔한 셈이다. 그후 「탈출기」와 「기아와 살육」을 발표해서 당시의 프로문학으로 상당한 인기를 끌었던 모양이다.

이 작품들은 그가 춘원의 소개로 양주 봉선사 중노릇을 하던 시절에 썼던 것이라고 전한다. 특히 「탈출기」는 서해가 체험한 사실을 토대로 쓴 것이고 불우한- 처지에서 뛰쳐나가기를 결심한 심정을 가차없이 그려낸 것이며 자신이 돕시 아끼는 작품이기도 하다.

중들과 충돌한 서해는 춘해 방인근이 주간하는 『조선문단』에서 기자로 일하게 되었다. 이것이 인연이 되어 호남지방에 출장했다가 시인 조운과 절친한 사이가 되었다. 그래서 그의 매씨인 분려와도 달콤한 교제가 시작되었고 춘해의 주선으로 마침내 결혼에까지 이르렀다.

2. 빈곤 · 폭음 · 병마

그러나 서해는 몇 해 동안 서울에서 전전하면서 고생살이를 감내하고 살다가 겨우 『매일신보』에 기자로 취직할 수 있었다.

찢어지게 궁핍한 생활 속에 허덕이면서 폭음과 여자 교류는 마침내 병마에 사로잡히게 했다. 씨는 1933년 33세를 일기로 위 수술에 실패하고 아깝게도 일찍이 숨을 거두었다. 서해에게는 가난한 살림살이에 늙은 어머니와 부인 그리고 자식이 외로이 남아 있을 뿐이었다.

비교적 짧은 서해의 일생은 실로 눈물겨운 편력이 아닐 수 없었다. 머슴살이, 나무장수, 물장수, 도로공부(徒勞工夫), 중, 방랑객 등 이 세상의 밑바닥을 홀로 걸어가면서 무수한 쓰라림을 겪은 후 겨우 잡지기자나 신문기자로 일하면서 문단에 참가했던 작가이다. 그래서 자연히 그의 작품은 오직 그러한 인생의 가난, 거기서 오는 쓰라림을 꿰뚫고 반항하는데 시종했었다.

서해의 작품은 그 어느 것을 따질 것 없이 대개가 인간의 빈궁과 비참을 들어내는 것뿐이었다. 바로 이것은 1920년대에 이 땅을 휩쓸고 있던 프로문학과 상통된 경향이기도 하다.

그러나 서해는 그러한 제재를 선택하거나 테마를 내세우는 것이 결코 의식적인 것에 있지 않고 체험적인데 있었다. 그래서 그가 남달리 인기 작가로 주목을 끌게 되었으리라 생각된다. 하기야 서해의 소설이 몹시 귀중한 문학적 재산이긴 했으나 그것을 형상화시키는 문장력이 좀 미약했던 것은 유감이 아닐 수 없다.

3. 슬플 것도 좋을 것도 없다

이 세상 사람이야 비웃든 깔보든 알 바 아니고 다만 '참인간'의 '참생활'
이란 목표에서 옳다고 믿는 것이면 살이 찢기고 뼈가 부스러져서 피투성이
가 되어도 해보겠다던 서해.

그는 언제나 괴로움 속에 하염없이 몸부림쳤다. '인생이 괴로우냐? 세상
이 괴로우냐?' 이렇듯 쓰라렸던 심정을 이해한 사람은 백이 넘는 친구 가운
데 한 사람도 없었다고 늘상 불평했던 서해였다.

> 어떤 이는 나를 <선동인물>이라고 이른다.
> 어떤 이는 나를 <바람>이라고 이른다.
> 어떤 이는 나를 <생각이 없다>고 이른다.
> 어떤 이는 나를 <줏대가 없다>고 이른다.
> 어떤 이는 나를 <낙천자>라고 이른다.

남이야 뭐라고 하든 그는 슬픈 것도 좋은 것도 없다고 코웃음을 쳤을 뿐
이다.

공상의 깃을 활짝 펴고 자신을 곰곰히 다짐하기에 겨를이 없었던 그는
대머리가 훌렁 벗겨진데다가 광대뼈마저 툭 불거진 파리한 몸이었다. 그러
면서도 쓰러져 가는 꿈을 쫓듯이 열정에 괴인 눈을 멀거니 뜨고 오색이 영
롱한 공상의 천지에 파묻히기를 끝없이 즐겼던가보다.

> 시퍼런 칼을 이 심장에 꽉 박고 시뻘건 피를 확확 뿜으면서 종로 네거리
> 를 이리저리 뛰고 뛰어서 온 거리를 이 피로 물들였으면 나는 퍽 통쾌하겠
> 다. 나는 미친 듯이 통쾌하겠다.

그러나 인습의 탈을 쉽사리 벗어날 수 없었던 서해는 자신을 지극히 슬퍼

했다고 한다. 그는 어떠한 고통이든지 사양할 줄 모르고 꿋꿋 밟고 나가려고 했다. 즉 고통에 이기려고 몸부림쳤고 승리의 기쁨을 남달리 강조했던 것이다.

그런가하면 진정한 인간의 진정한 생활이란 윤리관에 근거해서 비참한 그늘이 이 세상에서 깨끗이 사라지기까지는 결코 평온한 생활을 요구치 않았던 이가 바로 서해이기도 한다. 그래서 양심이 마비된 인간과 우상을 인간 이상으로 숭배하는 측과는 전혀 사리를 의논할 수 없다고 단정했다.

인간이란 환경의 지배를 받지 않을 수 없듯이 그도 거친 세파 속에서 거칠어 질대로 거칠어진 그의 성격을 나무랄 줄도 알았다.

4. 반역만을 고집

또한 서해의 독특한 성품은 평범하게 살고 싶지 않다는데 있었다. 등이 휘도록 무거운 짐을 지거나 발바닥이 닳도록 먼길을 걷거나 심장이 약동하도록 높은 산에 뛰어오르거나 가슴이 터지도록 넓은 뜰에서 소리를 치거나 독한 술에 취하거나 뜨거운 사랑의 품에 안겨서 살기를 바랐다.

그러한 삶을 평범치 않게 요구한 서해는 죽음까지도 엉뚱한 꿈을 꿨다. 칼이나 창에 심장을 찔리거나 머리를 담벼락에 탕탕 부딪치거나 높다란 벼랑 끝에서 떨어져 피투성이가 되거나 뜨거운 사랑에 녹아버리기를, 총이나 아편에는 죽고 싶지 않고 병이거든 호열자나 급성폐렴에 죽고 싶다고.

죽음을 두려워하지 않으면서 생을 사랑한 서해. 그렇다고 지지리 오래 살기를 원치 않았다. 그저 이 세상에 태어났으나 죽는 날까지 힘과 정신을 다하겠다는 것이다.

그토록 언제나 자기 생활을 창조하려는 의욕에서 일부러 파란 곡절을 창조하고 싶다고까지 했다. 산 속에 흐르는 맑은 샘과 같이 어떤 때는 여울이 지고 어떤 때는 폭포가 되고 어떤 때는 목메인 소리를 내고 싶다고.

예술을 몹시도 동경했던 서해는 자신에게 예술적 재주가 희박한 것을 자인하면서도 문학을 사랑하고 소설을 창조하는데 전념했다.

　　내 글은 세련이 없고 미숙하며 내 글은 현란이 없고 난잡하며 내 글은
푸른하늘 밝은 달 같은 맛이 없고 흐린 못 진흙 같이 틉틉한 줄 나는 잘
안다. 그런데 나는 문예를 지으려고 애쓴다. 나는 다만 내 가슴에 서리서리
엉킨 정열을 쏟으며 그것으로 족할 뿐이다. 세상이야 욕하거나 나는 내 아
들을 사랑한다. 그것은 내 아들이 잘나서 사랑하는 것이 아니다. 내 아들은
세상에 보이기 무섭게 못났다. 그러나 내 고통을 말하여 주는 것은 오직
내 아들(創作)뿐인 까닭이다.

　남이 웃을 때에 홀로 울고 남이 뛰는 때에 혼자 앉아서 가슴을 치던 서해.
남은 쉽사리 순종하는데 그는 끝내 반역만을 고집했다. 그는 울지언정 결코
아첨의 웃음을 웃고자 하지 않았다. 차라리 가슴을 치고 엎드려 뒹굴지언정
남의 기분에 뛰고자 하지 않았다. 차라리 반역에 죽을지언정 불합리한 제도
에 순종하기를 꺼려했다. 천만 사람이 서쪽 달을 쫓는 때에 홀로 동쪽 매화
를 찾던 서해. 그에게는 아무 것도 없었다. 지도자도 없고 협조자도 없고 다
만 그 가슴에 끓어 넘치는 정열과 금석이라도 뚫을만한 굳센 의지와 신념이
있었을 뿐이다.

5. 신경향파의 선구자

　10년 동안의 작가 생활에서 의외에도 문학사적인 높은 업적을 쌓을 수
있었던 서해에 대해서는 김동인이 그 단점과 장점을 여실히 전해주고 있었
다.

　　늘봄의 갱생의 곧 뒤를 이어서 소설단에 뛰쳐 들어온 괴한이 있었다. 서
해의 출현은 혜성과 같았다. 그의 작중인물은 모두 빈인(貧人)이다. 그리고

그 상대자로서 부인(富人)이 있다. 그리고 결말로서는 살인이나 방화를 집어 넣었다.(中略) 우리는 이것뿐으로 서해의 장점을 몰각하지 못할지니 많은 빈곤과 많은 고생의 체험의 산물인 그의 작품은 당시 독서계에 많은 센세이션을 일으켰다. 당시의 우리들의 작품은 대개 유산계급이나 무산·유식계급을 취급한데 반하여 그는 무산계급을 제재로 하였다. 물론 그의 작품의 결점도 적지 않았다. 설교적 강박력도 결점의 하나이다. 무지하고 명감하여야 할 인물이 때때로 철학자와 같은 경고를 토하는 것도 결점이다. 작자가 먼저 흥분하기 때문에 클라이막스의 박진력이 부족한 것도 결점이다. 그러나 이것은 모두 본질적인 결점이 아니고 조그마한 주의로써 넉넉히 개량될 결점이다.

동인이 말한 이상의 평에서도 넉넉히 짐작이 들지만 서해는 당대 신경향파 문학의 한시대를 크게 획한 작가요 그만큼 문단의 행운아요 선구자였다. 그러나 씨의 문학은 점차 시간이 흘러감에 따라 빛을 잃기 시작한 것도 사실이다. 그것은 아마 서해의 문학이 일종 소재문학이기 때문이다.

실상 서해의 체험문단이 좀더 빛나는 문학적 가치를 가진 것이 되기 위해서는 그 생활체험을 문학적으로 살릴 기교가 필요했을 것이다. 그런데 서해는 비교적 근대적인 자연주의 문학 수업을 적게 받은 작가였다. 그 탓으로 그의 작품들은 별로 묘사다운 묘사를 볼 수 없었다. 대신 문장의 서술이 퍽 성공한 작가였다.

6. 독보적 문장력

그렇다고 우리가 서해의 문학성을 함부로 무시할 수도 없다. 아무리 풍부한 생활체험과 시대성에 추종했다고 해도 문학적인 재능이 없이 그만큼 문단에 클로즈업 될 수는 없었을 것이다. 한편 그의 서술문장의 특색을 크게 평가치 않을 수 없다. 「큰물진 뒤」의 홍수 장면을 서술해 간 부분을 읽어보면 그의 간결한 문장에 다시 한번 놀랄 것이다.

이제는 누구나 물을 막으려는 사람이 없다. 어둠 속에 희숙한 그림자들
은 창살같은 빗발을 받고 가만히 서 있다. 모진 바람이 한바탕 지나갔다.
모든 사람들은 굳세인 물결이 무릎을 잠그고 궁둥이를 잠글 때 부르르 떨
었다. 운호도 방축을 넘는 물 속에 박은 듯이 서 있었다. 꺼면 그의 눈 앞
에는 물속에 들어가는 논이 보였다. 떠내려가는 집들이 보였다. 아우성치
는 사람이 보였다. 이 환상을 볼 때 그는 으응 부르짖으면서 방축에서 내
려뛰었다. 방축 아래 내려서니 쏜살같이 흐르는 물이 겨드랑이 잠근다. 그
는 돌인지 물인지 길인지 밭인지 빠지고 거꾸러지면서 집마을을 향하고
뛰었다. 이 모퉁이 저 모퉁이에서 물을 헤저어 나가는 아우성소리가 빗소
리와 함께 요란하건만 그에게는 들리지 않았다. 그의 눈 앞에는 물 한 목
음 못 먹고 집자리위에 쓰러진 두 생명의 환상이 보일 뿐이다. 그는 환상
을 보고 떨 뿐이다. 그 환상은 누런 진흙물 속에 쓰러진 집에 치어서 킥킥
버둥질치는 현상으로 나타났다. 그는 주먹을 부르쥐고 이를 악물었다. 윤
호는 자기 집마당에 다달았다.

이것은 참말로 다이나믹한 표현으로서 생생한 장면을 보여 준 것이었다.
흔히 자연주의 작가들이 흉내낼 수 없는 독자적 문장력을 과시해 보여준다.

7. 빈곤에 대한 열렬한 반항

불과 30평생을 온갖 파란속에 휩싸였던 서해 — 한때는 상투쟁이가 되어
나무 바리 장수도 해보고 산에 나무하러 갔다가 되놈한테 죽을 고비도 넘겨
보았다고 한다. 그런가 하면 두부장수도 해보고 노동판에서 십장노릇도 하
여 보고 독립단에 따라 다니면서 얼음판을 헤매기도 하면서 소설의 주인공
이 되어 왔다.

서해는 1924년 10월에 창간된『조선문단』에「고국」을 추천 받으면서 문단에 등장했고 그 뒤에「탈출기」를 비롯해서「박돌의 죽음」,「기아와 살륙」,「큰물진 뒤」,「그믐밤」,「아내의 자는 얼굴」,「병진」,「가난한 아내」,「이중」,「누이 동생을 따라」등을 연달아 발표했다.

이 모든 작품들은 중국 간도를 무대로 하고 가난한 조선사람의 빈곤과 거기서 중국인 지주에 대한 반항적인 것을 그린 것이며 국내의 일을 그린 것도 그와 비슷한 것이었다.

앞에서 든 서해의 단편들은 창작집『혈흔』속에 수록된 것인데 특히「탈출기」는 문제작의 하나임에 틀림없다.

한편 서해의 작품은 자연주의나 사실주의 작가들처럼 단순히 빈곤한 생활 자체를 묘사하는데 그치지 않고 그러한 빈곤에 항거하는 반항적인 요소를 강력히 강조하고 있다.

'경수' 일가족의 빈곤을 그려간 이 작품은 비참한 인간생활의 안팎을 여실히 보여주고 있다. 남의 나무를 도둑질해 온 경수 앞에는 오래 굶주린 그의 어머니와 그의 어린것들 그리고 산후풍(産後風)에 신음하고 있는 그의 아내가 나타난다.

'경수'가 의사에게 그의 아내를 진찰시키고 약값을 치를 수 없어 한해 동안 의사집에 머슴살이 할 것을 약속하고 겨우 아내의 약을 얻는다는 것이다.

그러나 이 소설이 눈물겨운 것은 스토리보다도 작가의 불붙는 반항 정신이 강하게 작용되었다는 사실이다.

"아아 부셔라! 오다 부셔라!"

소리를 지르면서 그는 벌떡 일어섰다. 그의 손에는 식칼이 쥐었다. 그는 으악 소리를 치면서 칼을 들어서 내리쪘었다. 아내 확실이 어머니는 할 것 없이 내리쪘었다. 칼에 찍힌 세 생명은 부르르 떨면 방안에는 피비린내가 탁터졌다.

"모두 죽어라! 이놈의 세상을 부시자. 복마전같은 이놈의 세상을 부시자.

모다 죽어라."

이것은 「기아와 살륙」의 최종장면으로서 빈곤에 대한 서해의 열렬한 반항이 극적으로 표현된 부분이 아닐 수 없다.

어쨌든 서해는 눈물겨웠던 자기 생애를 밑천삼아 피어린 작품을 이 세상에 쏟아놨다.

오직 평성을 반역과 열애를 벗삼아 애타게 북을 태웠는지도 모른다.

언제나 괴로움 속에서도 피끓는 투쟁을 잊지 않았던 서해는 마침내 이 땅에 하나의 뚜렷한 문학 세계를 구축해 놓고 갔다.

(『한국근현대작가작품론』, 성균관대출판부, 1993)

풍자문학의 정수 — 채만식론

1. 한국적 해학

30년대 작가 중에서 굴지의 작가 채만식은 김유정, 이상과 함께 풍자와 해학으로 뛰어난 존재다.

그의 문학은 최근까지도 깊숙히 사장된 채 그의 진정한 모습과 빛깔을 잃고 있었다.

지난 70년 국제 PEN 서울대회 때 「동서문학의 해학」이 그 주제로 다루어지면서 채만식은 새롭게 클로즈업된 것이 아닌가 생각된다.

그의 문학 속에는 전기(前記)한 작가들과 함께 한국적 해학이 유족하게 깔려 있고 그 특징이 이색적이란 데서 주목되었다.

과연 우리 문학에서의 해학은 좀더 각별한 의미에서 해석될 수밖에 없다. 모름지기 우리가 장구한 동안 억압과 비애 속에서 성장해 온 탓으로 우리 문학은 숙명적으로 해학성이 짙게 물들어 왔다는 것을 부인할 수 없기 때문이다. 흔히 해학이란 '유머'나 '익살'로 해석되지만 그 보다도 그 밑바닥에 작용하는 뜻은 풍자가 더 강조될 수 있다. 이같은 추리에서 채만식의 풍자 문학은 좀더 하이라이트를 받을 만하다.

불과 6, 70년의 짧은 시간에 이어진 근대화 현대는 우리 문학의 기형성을 가져왔고 후진성을 벗어나기 어려웠다. 그런데도 우리 문학의 윤택한 풍토를 위해서 값진 씨를 뿌린 작가들이 수없이 명멸했다.

그들이 남긴 명작과 수작들은 헤아릴 수 없이 현대문학사를 장식하고 있지 않은가. 그중에서도 우리의 전통을 끈질기게 이어 주면서 꽃피우게 한 문학이 과연 어떤 것인가를 분명히 가려내야 한다. 적어도 이광수 이후의 문학에서 진실한 해학문학은 그 누구보다도 채만식에서 정수를 찾게 마련이다.

최근 그의 미발표 유고인 전작중편 「소년은 자란다」(6백 65장)가 발견됨으로써 문단의 큰 주목과 매스컴의 화제가 되기도 했다. 탈고된 지 23년만에 햇빛을 본 셈이다.

2. '기성품인생'의 희화화

채만식은 1902년 전북 옥구군 임피에서 태어났다. 비교적 부유한 농가에서 채규섭씨의 오남으로 태어난 그는 그곳에서 보통학교를 마치고 상경해서 중앙고보에 진학했다. 19세의 중학생으로서 향리에서 은씨와 조혼하고 졸업과 함께 일본으로 건너가 조도전대학 영문과에 적을 두었다. 그러나 1923년 이른바 관동대진재로 학업을 중단하고 귀국했다.

귀국과 함께 『동아일보』의 학예부 기자로 취직된 것이 출발이 되어 『조선일보』와 『개벽』지로 옮겨 앉으면서 당시의 문단인들과 친숙해졌다. 기자생활을 계속하면서 1925년 문예지 『조선문단』에 처녀작 「세길로」를 발표해서 문단에 첫발을 디딘 셈이다.

그후 1년 남짓 꾸준히 창작활동을 벌였으나 중편 「레디메이드 인생」(1934)을 빼고는 괄목할 만한 문제작을 내놓지 못했다. 그동안 발표한 것으로는 「사라지는 그림자」, 「화물자동차」, 「인형의 집을 나온 연유」, 「부촌」 등 희곡과 단편이 있지만 신통한 화제가 되지 못했다. 다만 그것들이 작가스스로 고백했듯이 프로문학에 대한 동반자적 입장에서 쓰여졌다는 의미만을 남겼을 뿐이다

확실히 「레디메이드 인생」은 그의 풍자적 수법으로 쓴 초기 작품들 중에서 성공한 것이다. 그 작품의 배경으론 30년대의 우리 역사적 정황이 참으로 리얼하게 부각되고 있다. 특히 일제하의 심각한 불황 속에서 인텔리가 겪었던 극심한 취직난과 생활난이 해학으로 그려진 것이다.

인텔리……인텔리중에도 아무런 손끝의 기술이 없이 대학이나 전문학교를 졸업증서 한 장을 또는 조그마한 보통 상식을 가진 직업 없는 인테리, 해마다 천여명씩 늘어가는 인테리, 뱀을 본 것은 이들 인테리다.

부르조아지의 모든 기관이 포화 상태가 되어 더 수효가 아니 느니 그들은 결국 꾀임을 받아 나무에 올라갔다가 혼들리는 셈이다. 개밥의 도토리다. 인텔리가 아니었으면 차라리……(日帝時 6字削除) 노동자가 되었을 것인데 인테리인지라 그 속에는 들어갔다가도 도로 달아나오는 것이 99%다. 그 나머지는 모두 어깨가 축 처진 무직 인테리요, 무력한 문화 예비군 속에서 푸른 한숨만 쉬는 초상집의 주인 없는 개들이다. 레디메이드인 셈이다.

작품의 타이틀이 말하듯이 P란 인텔리 주인공을 '기성품 인생'으로 희화화시키고 있다. 물론 그 밑바닥에는 주체할 수 없는 고소가 깔려 있는 것은 물론이다. 거기서도 가장 극적인 장면은 자기 어린 자식은 '인테리를 만들지 않기' 위해서 인쇄소 견습공으로 보내는 대목이다. 여기서 주인공 P는 이렇게 자조한다. "레디메이드 인생이 비로소 임자를 만나 팔리었구나."

3. 종횡무진의 야유

채만식의 본격적 문학 활동은 1935년 기자 생활을 청산하면서라고 볼 수 있다. 한때는 개성으로 옮겨 중형 준식씨의 금광업에 투신하기도 했는데 그 체험으로 쓴 것이 『김의 정열』(1935)이란 장편이었다. 이것보다 2년전 『조선일보』에 『인형의 집을 나와서』라는 장편을 썼지만 본격적인 장편으로는 『김의 정열』부터 기산(起算)하는 것이 좋을 것이다.

이 무렵 그는 『문장』과 『인문평론』 등 당시의 유력한 순문예지를 무대로 꽤 많은 창작을 발표했지만 「심봉사」 같은 것은 총독부의 검열로 전문 삭제되기도 했다. 또 장편 『여자의 일생』(1936)을 『조광』지의 「어머니」라는 제명으로 6회까지 연재하다 역시 검열에 걸려 중단되고 말았다. 여기선 이 땅의 전형적인 여인상을 형상화시켜 보려는 작가의 의도가 반영되었다.

이밖에도 「냉동어」, 「패배자의 무덤」, 「쑤국새」, 「소망」 등 일련의 빈민과 서민의 궁핍한 생활상을 그려간 것이 특징이었다. 1937년 개성에서 서울 광장리로 집을 옮길 무렵 발표된 「치숙」은 그의 「레디메이드 인생」과 함께 풍자문학의 결정판이 될 것이다. 「치숙」의 서두는 이렇다.

> 우리 아저씨 말이지요, 아따 저 거시키, 한참 당년에 무엇이냐 그놈의 것 사회주의라더냐, 그거하다 징역살고 나와서 폐병으로 시방 앓고 누웠는 우리 오촌 고모부 그 양반……더 말두 마시오. 대체 사람이 어쩌면 글쎄……내 원 신세 간 데 없지요.

일본인 상점의 점원 노릇을 하는 어떤 소년의 눈과 입을 통해서 일제하의 사회상을 여지없이 꼬집고 있다.

다시 그는 장편 『태평천하』(발표 당시는 『天下太平春』)를 『조광』지에 발표해서 문단적 기반을 다지고 풍자문학의 폭을 넓혀갔다. 여기서는 고리대금업을 하는 윤직원 영감의 생활 주변을 통해서 당시의 현실을 은근히 꼬집고 야유하는 것으로 일관되고 있다. 이 『태평천하』에 대해서 평론가 신동한은 "채만식문학의 진면목을 나타내는 풍자와 야유가 종횡무진으로 깔려있다"고 극찬하기도 한다.

흔히 채만식을 풍자작가로 말하면서 그의 대표작으로 지목하고 있는 장편 『탁류』와 함께 『태평천하』는 가히 쌍벽을 겨눌 만한 역작이다.

4. 인기모은 『탁류』

『탁류』는 1941년 『조선일보』에 연재해서 각별한 인기를 모은 장편이다. 여기서는 군산과 서울이 배경이 된 한 여인의 기구한 운명이 파노라마처럼 엮어진다. 사건이 극적으로 전개되면서도 통속으로 추락되지 않았다는 데서 『탁류』의 문학적 가치는 되살아나고 있다.

또 거기에 생생히 부각된 군산의 미두현장은 당시 세태의 한 측면을 실감 있게 전해준다. 거기다 이 작품의 여주인공 초봉의 유전하는 모습을 통해서 세속적인 인정과 시대상을 역력히 그리고 있다.

'탁류'란 제명은 군산항으로 흘러내리는 조수까지 섭쓸려 더욱 흐리나 그득하니 벅찬 금강을 지칭하는 것이다. 당시 사회의 혼란에서 빚어지는 모략, 간통, 살인 등 갖가지 범죄로 악순환을 상징하는 것이 '탁류'이다.

미두에 미친 '정주사'의 큰딸 '초봉'이 처녀로 성숙함에 따라 뭇사내들이 눈독을 들이고 덤벼든다. 첫째가 양 약국의 주인이며 처자까지 있는 '박제호', 둘째가 은행원 '고태수', 셋째가 금호병원의 조수 '남승재' 등이다. 거기다 흉악한 곱추인 '장형보'까지 끼어든다. 애초엔 '초봉'이 '고태수'와 결혼했지만 뜻밖에 남편을 잃게 되고 '장형보'에게 몸까지 버리게 된다. 이때 '초봉'이는 홀연 서울로 올라왔지만 의탁할 길 없이 늙은 '박제호'의 첩이 되고 누구의 자식인지 조차 알 수 없는 딸을 낳는다. 이 사생아가 말썽이 되어 '초봉'이 그토록 미워하는 '장형보'와 살게 된다는 것. 그러나 첫 남편 '고태수'를 죽인 것도, 자기를 강간했던 것도 '박제호'의 첩이 되게 했던 장 본인이 바로 '장형보'란 것을 상기할 때 '초봉'이의 증오심은 극도로 치솟았다. 기어코 그녀는 '장형보'의 급소를 걷어차서 살인을 저지른다. 결국 '초봉'이는 자수해야 했고 그것으로 그녀의 일생은 '탁류'에 휩쓸려 갔다는 비극이다.

이러한 '초봉'의 비극은 불행한 여인의 일생으로서만 받아들여지지 않는다. 그보다도 당시 신·구의 모럴이 무질서하게 얽힌 와중에서 한 여인이 억울하게 겪은 시련과 고초가 집약된 것이 아닐까.

채만식은 그의 역작 『탁류』를 발표하고도 「고약한 사돈」, 「처자」 등을 창작했지만 이 때는 이른바 일제의 암흑기요 종전기에 해당되므로 신통한 기록을 남기기 어려웠다. 이때 하나의 수확이라면 1943년 단편집 『집』을 출간하고 『매일신보』에 장편 『여인전기』를 연재한 일이다.

날로 극심해 간 일제의 탄압으로 채만식은 피난을 핑계삼아 낙향하게 된다.

5. 새로워진 평가

해방이 된 다음해 이리로 주거를 옮긴 채만식은 극도의 가난속에 시달리면서도 창작의 붓을 가다듬어 갔다. 첫 작품이 단편 「미스터 방」이었는데 거기서는 해방직후의 혼란상이 다루어지고 있다. 날치기 통역이 미국인과 한국인 사이를 왕래하면서 추태를 연출하는 것이다.

그리고 중편 「도야지」와 단편 「논 이야기」, 「늙은 극동선수」 등은 각기 소재는 다르지만, 과도기적인 사회상을 야유하고 풍자하는 가작들이다.

이밖에도 그는 희곡으로 「제향날」, 「당랑의 전설」과 역사소설로 「허생전」과 유작이 된 「옥낭사」 등을 집필해 갔다. 또 이 말년의 작품목록에는 최근 그의 차남 주열씨에 의해서 발견된 중편 「소년은 자란다」(1949년 2월 25일 탈고)가 포함된다.

채만식은 그의 다재다능한 역량에도 불구하고 그를 억세게 지배한 빈곤에서 쉽게 해방될 수 없었다. 오히려 그는 건강을 해치면서까지도 힘에 겨운 집필생활을 해야 했다.

『탁류』의 재판과 창작집 『잘난 사람들』의 출간으로 평생의 소원이던 한 채의 조그마한 기와집을 마련하게 될 때 이미 그는 병상에 눕게 되었다.

이것이 불치의 병이 되어 1950년 6월 11일 — 49세를 일기로 타계한 것이다.

비록 생활에는 불우하고 단명한 일생이었지만 온 정력을 원고지에 불태웠던 채만식의 문학은 결코 사라지지 않았다. 오히려 시간과 함께 더 큰 봉오리로 솟아나고 빛을 받게 되었다. 앞으로 그의 문학에 대한 관심은 더 깊어지고 평가는 새로워져야 할 것이다.

6. 유고 「소년은 자란다」

최근 채만식의 유고 중편 「소년은 자란다」(6백 65장)가 『월간문학』에 게재되어 햇볕을 보았다. 1949년에 쓰여진 말기작품이고 최후유작이기도 한 「소년은 자란다」가 발표되고 수필유고 「한제수편」이 『동아일보』에 소개됨으로써 채만식문학은 크게 클로즈업된 것이다. 자칫하면 사장될 뻔한 이 소중한 문학유산이 그의 아들 주열씨에 의해서 재발견됨으로써 채만식은 그가 세상을 떠난 지 20년만에 다시금 새롭게 각광을 받은 셈이다.

「소년은 자란다」에서는 이 민족의 짓궂은 수난사가 참으로 리얼하게 재현된다. "우리는 무식하고 가난하였다, 무식하기 때문에 만만하였다."

이 만만한 주인공이 흘러간 곳은 중국 간도이다. 여기서 자란 소년은 바로 '영호'였다. 8·15해방과 함께 영호네는 고국으로 벅찬 발을 옮겼지만 갖가지 참변을 겪어야 했다는 것. 여기서 문제되는 것은 이 소설이 역사적 배경이 되고 있는 일제의 암흑기와 해방 후의 혼란현상이다. 『탁류』의 작가 채만식은 전 17장으로 된 「소년은 자란다」에서 다시 한번 풍자문학의 관록과 역량을 과시한 것이다.

한편 채만식은 전기한 「한제수편」에서 당시의 평론계에 대해서 신랄한 야유를 퍼붓고 있다.

> 작가와 평론가의 싸움을 평한다면 작가는 평론가더러 평론다운 평론을 쓰지 못한다고 나무라고 평론가는 작가더러 작품다운 작품을 쓰지 못한다고 나무라고, 이래서 요새 그 사이는 견원(犬猿)의 갈등다움이 있다.
>
> 누구는 이것을 상스럽지 못하다 하여 우세(憂世)의 정성으로 통탄을 하며 말리려들지만 그것은 기우요 헛수고다. 나 같은 사람은 도리어 크게 싸우라고 어여차 소리를 질러주는 자다.

이대목은 「주전론」의 서두이지만 채만식의 비평에 대한 그 나름대로의 뼈대있는 소리를 피력하고 있다. 그는 다시 「나태군」 속에서 평론가들의 월평작업에 대해서 몹시 불만을 표명하고 있다.

> 당세 저널리즘의 치하에 있어서 창작월평을 쓰기란 그다지 호락호락한 노릇이 아니다. 그것을 재간 없는 평론가들이 너도나도 맡아하니 권위와 기력이 없을 밖에 없다.
> 이런 무권위 무기력을 가일급시키는 것이 태만이다. 월평하는 사람들의 어물쩍하는 게으름이란 시로 보고 있는 이 편이 낯이 간지럽다. 월평하는 사람들이 작품을 읽지 아니하려고 꾀를 쓰는 품이란 꾀장이 도련님이 서 당에 글 읽으러 가기를 싫어하는 만큼이나 하다.

이처럼 그는 평론가들이 발표되는 작품들을 성실히 읽지도 않고 무책임한 월평을 하고 있다고 분격하고 비난했다. 또 평론가들이 휴머니즘이니 리얼리즘이니 하고 들먹이는 이론을 이 땅의 작가의 작품에서 실천을 발견해야 한다고 역설했다.

7. 어두운 역사적 현실

풍자문학은 채만식문학의 가장 뚜렷한 특징으로 지적된다. 어떤 비평가는 "채만식씨에 이르면 외계의 현상을 가시적인 세상 이상으로 고골리적 풍자의 정신을 갖고 그 비밀속으로 육박하려는 기운에 처할 수가 있다. 채씨는 풍자적 정신하에서 자기를 키우고저 노력하는 작가로써는 그 누구 보다도 더 확연한 것 같다"고 평했다.

이같은 풍자성의 우수성을 두고도 문제되지만 채만식문학에서 더 주목되는 것은 그 역사적 배경과 사회적 배경이다. 그가 활발히 활동했던 시대는 30년대에서 40년대에 걸친 파란 중첩의 시기였다. 특히 채만식이 문단에 데뷔할 무렵은 한참 이 땅에 유행했던 신경향파문학이 프로문학으로 변모해

가던 때였다. 그 당시 많은 작가들이 동반자적인 입장에서 참여했듯이 그도 자연스럽게 그 물결에 동조해 갔다. 때문에 그의 소설 속에는 일제의 어두운 역사적 현실이 언제나 짙게 깔려 있었다. 그의 「레이메이드 인생」이 가장 전형적으로 말해주듯이, 인텔리 룸펜의 고민이 생생하게 형상화되고 있는 것이다.

이같은 채만식 문학의 특징은 평론가 김치수의 말대로 "외래문학에 의한 재래문화의 침식과정에서 일어나는 지식인의 갈등, 침략에서 온 역사의 모순을 꿰뚫는 것"이기도 하다.

어쨌든 채만식의 소설들이 독자들에게 상당한 감동을 안겨주고 있는데 비해서 그에 대한 문학적 평가는 제대로 인정받지 못하고 있었다. 이같은 불합리한 사정에 대해서 신동한은 다음처럼 그 이유를 지적하고 있다.

① 현존의 몇몇 특정 작가만을 논의의 대상으로 삼는 평단의 풍조 ② 채만식과 함께 문학을 하던 작가 시인의 대부분이 6·25를 전후하여 남북으로 이산되었고 ③ 40년대를 전후하여 크게 활약하던 문인들이 8·15해방과 6·25사변을 통해 인간적으로나 문학적으로 가장 큰 수난을 겪었다.

이같은 장애가 채만식문학의 참다운 문학적 모습을 흐리게 했지만 최근에 와서 많은 비평가들이 그에 대한 재평가를 활발히 시도하게 된 것은 다행한 일이다.

(『한국근현대작가작품론』, 성균관대출판부, 1993)

실험정신의 스타일리스트 — 박태원론

1. 감각적 표현의 기교주의 문학

박태원은 일제하 문단에서 '갑바머리'라는 독특한 머리 모양으로 모던 보이로 불릴 만큼 도시적 취향의 인물이었다. 여기서 도시적 취향이라 말하는 것은 박태원 일개인에만 한정되는 것이 아닌 소위 '구인회' 전반에 적용할 수 있는 용어이기도 하다. 잘 알다시피 '구인회'는 이태준, 이효석, 박태원, 정지용, 김기림, 이무영, 이종명, 유치진, 김유정 등의 모임이라는 데서 온 명칭인데, 그 뒤에 이상, 조용만, 조벽암 등이 참가한 동인 모임이다. 그 전대의 카프와 같이 행동 강령이 있는 단체가 아니고 "순연한 연구의 입장에서 상호의 작품을 비판하여 다독 다작을 목적으로 하고 문인적 사교 그룹을 만든다"는 취지하의 예술적·순문예적, 더 정확히 말하면 기교 논리적 경향이 뚜렷한 문학 모임이었다(백철, 『신문학사조사』, 신구문화사, 1983, p.433).

박태원은 이 '구인회'의 소설가 중 특히 기교주의적 경향이 강한 작가라 할 수 있다. 그는 1909년 12월 7일 서울 수중박골에서 출생한 순수 서울 토박이로서, 경성 제일 고보를 거쳐 1929년 일본 호세이 대학 2학년을 중퇴한 후, 이광수의 문하생으로 사숙하면서 1930년 단편 「수염」(『신생』, 1930. 10)으로 등단한 것으로 알려지고 있다. 물론 일본 유학 전에 「'묵상록'을 읽고」(『동아일보』, 1926. 8. 21～24), 「시문 잡감」(『조선문단』, 1927. 1)등의 평론을 발표하기도 했지만 본격적인 활동은 호세이 대학 중퇴 후 귀국한 1930년부터라 할 수 있다.

그는 일반적으로 일본의 요코미쓰 리이치(橫光利一) 등을 대표하는 신감

각파의 강한 영향을 받은 작가로 평가를 받는데, 그것은 단적으로 말하여 감각적 문장 표현에 치중한 기교주의라 말할 수 있다. 여기서 기교주의란 물론 당시 이데올로기적 성향이 강한 프로 문학이 만주 사변으로 본격화되는 일제의 군국주의의 대두에 따라 퇴조하고 그에 반대되는 문단상의 새로운 조류의 형성과 긴밀한 관계를 맺는 것이다.

당시 김기진은 「조선 문단의 현재의 수준」(『신동아』, 1934. 1)이란 평론에서 문단의 각 조류를 분석하였는데 박태원은 크게 민족주의에 속하면서 소시민적 자유주의 중 김기림, 이태준과 함께 기교주의에 해당하는 작가로 분류되었다.

사실 박태원의 소설은 당대 비평가들에 의해서도 거의 공통적으로 기교주의 작가로 인식되었다. 이것은 그만큼 박태원이 기교에 한해서는 완벽한 작가였다는 사실을 지적하는 말이다. 그런 점에서 안회남의 다음과 같은 지적은 박태원 소설의 일반적 특징을 가장 명확히 보여 준다 할 것이다.

> 나의 말이 지나친 과장이 아닌가 하고 의심할 사람도 있을지 모르나 박태원씨는 모든 단편 소설에 있어서 기교적으로 실패한 작품은 절대로 없다. 정말 거기에는 하나의 예외도 없다. 언젠가 씨가 사담으로 단편 소설 「애욕」에 대하여 나의 의견을 물었을 때에도 나는 구보의 작품에서는 소설로서 실패한 것이 있을 수 없다는 의미의 말을 한 일이 있다. 이러한 대답은 어불성설인 것 같으나 작가 박태원 씨에게 있어서는 허튼 수작이 아니다. 왜 그러냐 하면 그는 애초부터 실패할 세계에다 붓을 대는 작가가 아니기 때문이다. 자기가 가지고 있는 본전에다 무엇을 특별히 플러스하는 일도 없지만 대신 절대로 마이너스도 하지 않는 계산법을 터득한 작가이다.
>
> 그러므로 씨를 가리켜 기교파라고 하는 것은 평범한 말이지만 또 의당한 말이기도 하다. 한 사람의 입으로부터 한 사람의 귀에다 전달 할 수 없는 정도의 단순하고 미묘한 것까지도 작가 박태원 씨는 그것을 가장 풍부하고 흥미이게시리 우리에게 이야기해 주는 것이다(안회남, 「작가 박태원

안회남의 이러한 분석에서도 알 수 있듯이 박태원은 한결같이 세태 소설로써 1930년대 일상적 인간들의 삶을 솔직 담백하게 그리면서 그것을 독자에게 흥미있게 전달해 주는 묘사의 천재였다. 특히 그 중에서도 카페의 여급, 혹은 실직한 지식인들을 관찰 대상으로 하여 그들이 생활하면서 부딪치는 사소한 사건을 일정한 줄거리 없이 이것저것 들추어내서 아무런 해석도 주관도 개입함이 없이 될 수 있는 한 그들의 일상적 삶을 여러 측면에서 그대로 드러내는 묘사 방법으로, 독자로 하여금 소설 속의 세계를 마치 영화를 보듯 관람케 하는 재능을 가진 작가였다.

말하자면 그는 대화와 지문을 등장 인물의 생각에 내맡겨 실감을 돋구고, 편집 솜씨를 발휘해 대체적인 방향을 잡았으며, 세태를 그 자체로 보여 줄 따름이고 역사나 사회에 대해 무슨 문제를 제기한 것은 아니었다. 그는 선한 사람, 악한 사람을 보여 주면서도 그들의 대립이나 갈등을 통해 일정한 방향을 제시하는 것이 아니다. 단지 모든 직업적 인물들의 다양한 행동 양태를 적나라하게 그들 일상의 표정에서 포착하면서도 그 모든 것들이 세상살이에서 마주칠 수 있는 현상이란 점들을 그대로 보여줄 따름이다. 바로 그렇게 흔히 살아가면서 부딪치는 지극히 평범한 이야기를 박태원은 소설화하는데 그 작가적 수완이 있었다. 그래서 그를 두고 현미가 아니라 한 번 더 수공을 치른 백미라고 말하는지도 모른다(안회남, 윗글). 말하자면 그는 애초부터 가공된 현실이 일상에서 마주치는 현실이게끔 하는 천부적 기교를 가진 작가로, 기교의 세계가 현실의 모습과 결합되어 있다. 바로 이 점을 두고 최재서는 리얼리즘의 확대라고 자신 있게 말했던 것이다.

「천변풍경」이 우리에게 주는 흥미는 흘러가는 스토리나 혹은 각자 자신의 다채한 개성이 주는 흥미는 아니다. 이 작품에서 우리가 작가를 의식한다면 그것은 실로 부재 의식뿐이다. 즉 우리가 키네마를 보면서 카메라의 존재를 의식치 않는 거와 마찬가지로 우리는 이 작품을 읽으면서 작자를 의식치 않는다. 작자의 위치는 이 작품 안에 있지 않고 그 밖에 있다. 그는 자기 의사에 응하여 어떤 가적(假的) 스토리를 따라가며 인물을 조정치 않고 그 대신 인물이 움직이는 대로 그의 카메라를 회전 내지 운동하였다(최재서, 「리얼리즘의 확대와 심화」, 『조선일보』, 1936. 11. 3).

물론 이 글은 박태원의 대표작이라 할 수 있는 「천변풍경」을 두고 평가한 글이다. 그러나 비록 그렇다 하더라도 앞서 안회남이 지적했듯이, 그의 모든 작품이 다양한 실험을 시도하지 않고 내용이 요구하는 바에 따라 작가의 주관적 판단에 의해 작품을 요리하지 않는 일관된 창작 방법을 고수한 결과 이러한 평가는 그의 모든 작품에 적용할 수 있는 것이다. 물론 이에 대해 임화와 같은 경우는 파노라마적 트리비얼리즘이라 정의하면서 초보적인 경험론 위에 성장한 파행적 리얼리즘이라 비판하기도 하지만(임화, 「사실주의의 재인식」, 『동아일보』, 1937. 10. 10), 여하간 박태원만큼 기교를 중시하여 그 기교를 통해 일상적인 삶의 여러 현상을 흥미있게 그냥 드러내는 작가는 당대작가들 중 유일무이하다고 보아도 무관할 것이다.

2. 사회의 열악함을 드러내는 세태 묘사

이제 구체적으로 작품을 보면 이러한 점은 더욱 확연히 나타난다. 「천변풍경」과 함께 그의 또 다른 대표작으로 간주되는 「소설가 구보 씨의 1일」은 주인공이 집을 나서서 하룻동안 여기저기 돌아다니면서 보게 되는 여러 현상들을 시간순으로 묘사하고 있다. 소설의 상당 부분을 차지하는 주인공의 내면 의식 역시 일정한 기준에 의해 동일된 입장으로 나타난 게 아니라 그때그때 자기 마음 속에 떠오르는 상념을 두서없이 기술한 것에 불과하다. 그렇기 때문에 이 때의 내면 의식이란 것도 흔히 어떤 것을 보다 문득 떠오른 일상적 상념 이상의 것은 아니다.

참지 못하고, 구보는 걷기 시작한다. 사실 나는 비겁하였을지도 모른다. 한 여자의 사랑을 완전히 차지하는 것에 행복을 느껴야만 옳았을지도 모른다. 의리라는 것을 생각하고 비난을 두려워하고 하는, 그러한 모든 것이 도시 남자의 사랑이, 정열이, 부족한 까닭이라, 여자가 울며 탄하였을 때, 그 말은 그 말은, 분명히 옳았다. 옳았다. [……] 어느 틈엔가 황토 마루 네거리에까지 이르러, 구보는 그 곳에 충동적으로 우뚝서며, 괴로운 숨을 토하였다.

이러한 묘사 방법은 그의 전형적 수법이라 할 만큼 그의 어느 소설에서도 발견할 수 있다. 이와 거의 동일하다 할 정도의 작품으로 「피로」를 들 수 있다. 다방 창가에 앉아서 밖의 풍경과 거기에 비친 사람들의 모습을 바라보다 이런 저런 상념을 하고 다시 창을 보고 상념에 젖어들고, 그리고 밖으로 나와 이곳 저곳 찾아가며 다시 이런 모습 저런 상념을 하다, 다시 버스를 타고 거기서 보게 되는 사람들의 모습 혹은 창 밖의 모습, 그리고 또 상념, 또다시 강가, 그리고 애초의 다방으로 되돌아오는 것으로 끝을 맺고 있다.

이러한 소설 줄거리이기 때문에 분명한 주제가 있는 것이 아니다. 이러저런 이야기가 그저 단상으로 나타날 뿐이다. 굳이 주제를 논한다면 가난, 그리고 사랑 등 지극히 통속적인 테마들이지만 그것을 통속으로 이끌지 않고 일상적 삶의 중앙에 오도록 함으로써 친근케 하는데 박태원의 재치가 있다 할 것이다.

이런 점에서 그의 주인공들로 대부분 실직한 지식인 아니면 카페 여급이 등장하는 것이 특색이라면 특색이다. 이것은 식민지 삶 속에서 그 자신과 같은 지식인의 처지와 그런 지식인의 위치, 특히 모던 보이의 생활 형태에서 가장 손쉽게 접할 수 있는 일상적 여성이 카페 여급이리라는 것과 결코 무관하지 않는 것 같다.

「성탄제」역시 영이와 순이라는 가난한 집안의 두 자매를 등장시켜 동생 순이를 통해 카페 여급인 언니 영이의 삶을 구경꾼처럼 바라보면서 이것 저것 단상을 기술하며 불만을 토로하는 형태로 전개된다. 그렇다고 해서 순이의 입장만 작품의 핵심으로 작용하는 것은 아니다. 영이의 입장도 독자적으로 나타나고 있다.

그런데 그 양자가 범속한 일상적 형태를 벗어나지 못한다. 그러기에 이 소설 역시 이러저러한 결과가 나타났다 라는 식일 뿐, 일정한 사건전개는 보이지 않고 있다. 그만큼 그의 소설은 요약이 불가능할 만큼 우연적인 연쇄작용의 일상적 삶의 편린들이 복잡하게 나타나고 있다.

결국 사건의 발단은 지극히 간단하면서도 그 사건으로 우연히 마주치게 되는 행위와 그로부터 도출되는 상념과 그 상념을 지속시키는 일상적 삶의 연속에서 특별한 결과 없이 끝나는 것이 대개의 박태원의 소설 줄거리이다. 이를테면 「옆집 색시」에서도 우연히 부딪친 옆집 색시를 남 모르게 마음에 두다 집안에서 이러저러한 이야기 속에서 계속 남 모르게 그 색시를 꿈꾸고, 우연히 단 둘이 있게 된 경우에도 그냥 통상적인 형태로 끝나고, 끝난 뒤에 아쉬워하는 심정토로로 끝을 맺고 있다.

「5월의 훈풍」에서도 마찬가지이다.

> 그는 백화점 앞에 가 서서, 물끄러미 종로 네거리를 오고 가는 사람들을 바라보고 있었다.
> 그러자 뜻하지 않게 그의 머리에, '기순'의 생각이 떠올랐다.

이렇게 시작하는 「5월의 훈풍」은 15년 전의 우연한 상황으로 되돌려 거기서 기순과의 인연을 되새김한다. 그 인연이란 것도 직접적인 것이 아니고 친구 은식이가 기순이 이마에 상처를 내자 "내가 기순이에게로 장가를 들지 않으면 안 되지 않을까" 마음먹기도 하는 은식을 떠올리고, 다시 현실로 옮겨와 기순이 시집갔다는 소식을 전해 듣고 잘살고 있는가 하는 마음을 종로 네거리에서 생각하게 되었다는 것이다. 그렇다면 이 소설은 그 결과를 어떻게 처리하는가. 그런 생각에서 벗어나 전차를 탔는데 거기서 뜻밖에 아이를 안고 있는 기순을 만난다. 그러나 그는 아는 체를 않는다. 다만 이마의 상채기가 있는가 없는가를 확인하고 쉽게 알아낼 수 없음에 안심을 하고 두 모자의 행위를 물끄러미 지켜보며 그것을 사람의 행복이라고 간주하는 것에서 끝을 맺는다.

다만 「전말」의 경우, 특정한 사건을 중심으로 거기서 비롯되는 일상적인 갈등을 다루고 있다는 점에서 시간의 추이에 따라 이런저런 단상을 통해 일상사를 다루는 것과 차이를 두고 있다. 「전말」은 실직한 지식인 남편과 아내 사이에, 친정에서 보내온 돈을 둘러싸고 벌어지는 해프닝을 통해 집을 나간 아내가 없는 사이의 남편의 심리를 실감나게 보여 주고 있다. 또한 「비량」역시 승호와 영자라는 동거 부부가 신년에 토정비결을 보면서 거기 나온 신수를 둘러싸고 이런 생활 자체에 염증이 난 승호의 이런 저런 상념을 기술하다 다시 국민학교 촉탁 교원 교섭의 편지를 받아 보고 거기서 느껴지는 뒤숭숭한 마음을 적은 다음, 느닷없이 다시 과거 혜숙이라는 여자를 또다시 생각하는가 하면 그래도 영자를 버릴 수 없다 하여 집으로 돌아오고, 돌아오자 돈 타령하는 영자에게 분노를 느끼고 술집에 우연히 눈에 부닥치는 사태나 인물로부터 연상되는 상념, 그리고 그 계속되는 반복을 연쇄적으로 담기 위한 방법적 모색이었던 것이다.

이러한 의식적 노력은 그의 평론에서도 확연히 나타나는데 그 대표적인 것으로 「창작 여록 ― 표현, 묘사, 기교」(『조선중앙일보』, 1934. 12. 17～31)를 들 수 있다. 여기서 그는 기본적으로 문체론을 문제삼아 한 개의 구두점, 된소리, 문체에 대하여, 된소리와 여인의 회화, 심경 소설 등의 소제목으로 하여 이를 논하고 있다. 결국 그의 관심은 창작 기술을 가장 중시하고 있다고 볼 수 있으며, 이러한 문학에 대한 인식은 기술적 비평을 평론의 본령으로 간주하는 것으로 나타난다.

결과적으로 박태원이 차지하는 문학사의 위치는 단순히 현상의 나열, 그에 대한 상세한 해부에 그치는 자연주의가 아니라 심리면까지 포착함과 동시에 묘사에 있어서도 서구 모더니즘 계열에서 볼 수 있는 다양한 형식과 표현의 실험을 도모하는 전통적 기법으로부터의 이탈에 있다 할 것이다. 또한 여기서 한가지만 더 지적하자면 흔히 세태 소설이라 칭하면서 이상의 심리 소설과 대립되는 문학적 양태로 파악하는 논자가 많았는데, 이 두 사람은 상호 일치되는 선상에서 이상이 심리면에 보다 집중되어 있다면 박태원은 세태 묘사에 보다 많은 관심을 가지고 있다는 점이다.

따라서 사실주의 입장에서 최재서처럼 박태원이 그 확대이고 이상이 그 심화라는 관점은 형식적 구분이란 인식을 배제할 수 없다. 오히려 사실주의 다음 단계, 즉 모더니즘의 입장에서 이들을 바라보는 것이 이들 작품의 여러 측면을 올바로 파악할 수 있는 길이 아닐까 생각한다. 당시 이들의 사상적 조류를 소시민적 자유주의라 칭한 것도, 혹은 예술파라 지칭하는 것도 바로 그와 관련된다고 생각된다. 이에 대해서는 앞으로 보다 본격적으로 분석 작업이 행해져야 할 것이며, 이와 관련하여 앞으로 연구될 과제를 간략히 지적하면 다음과 같다.

첫째, 박태원 전체 소설을 대상으로 하여 그 변모 과정을 살피는 작업이 이루어져야만 한다. 이에 대해서는 이미 백철이 다음과 같이 언급한 바 있다.

> 그러나 일면 이 작가에게 있어 그 문장의 변모와 함께 작품 세계의 전환이 있었음을 간과할 수 없다. 이상의 만연체 문장의 세 작품의 세계가 심리적인 내적이던 것이 「소설가 구보 씨의 1일」 등에도 전환의 계기가 되었지만, 1937년 「천변풍경」이니 「골목길」 등에 와서 소위 세태 소설의 외계 풍경 세계로 대전환을 행한 것이다. [……] 이 작가에겐 후기에 와서 차츰 표현 문제에서 작품 세계의 추구로 관심이 옮겨졌다는 것은 또한 그 뒤의 이 작가의 문학을 이해하는 데 도움이 될 것이다(백철, 앞책).

그리고 다음으로 1945년 8·15 이후 임화 등과 동조해서 좌익 문단에 동참하게 된 배경과 그 때 창작된 작품에 대한 평가도 앞으로 주요한 과제라 할 수 있다. 이 점과 관련하여 특히 카프 맹원 외에 '구인회' 계열의 작가들이 참가하게 된 배경을 살피는 것은 매우 중요한 작업이 될 것이다.

(『한국근현대작가작품론』, 성균관대출판부, 1993)

향수의 모더니스트 — 이효석론

1. '메주문학'과 '버터문학'

> 메주내 나는 문학이니 버터내 나는 문학이니 하고 시비함과 같이 주제
> 넘고 무례한 것이 없다. 메주를 먹는 풍토 속에 살고 있으므로 메주내 나
> 는 문학을 낳음이 당연하듯 한편 서구적 공감 속에 호흡하고 있는 현대인
> 의 취향으로서 버터내 나는 문학이 우러남도 이 또한 당연한 것이 아닌가.
> 메주 문학을 쓰든 버터 문학을 쓰든 같은 구역, 같은 언어의 세계 안에서
> 라면 피차의 명분의 유통되는 요소가 있을 것도 또한 사실이다.

이렇듯 메주문학과 버터문학을 가장 합리적으로 요리해 놓은 작가가 바
로 이효석이다.

강원도 평창군의 한 산골에서 1907년 2월 23일에 이시후씨의 장남으로
태어났던 효석은 14세 나던 해에는 경성 제일고보에 입학했고 거기서 '꼬마
수재'란 예칭을 받았다고 한다. 재학시에는 현민 유진오가 그 보다도 한 해
선배였는데 그와 함께 시와 산문을 써서 자주 투고 발표했다.

고보를 졸업한 그는 경성제국대학 예과에 쉽사리 입학할 수 있었다. 이
예과 시대부터 교우지『청량』이나 동인지『문우』등에 작품을 발표하기 시
작했다.

21세에 이르러서는 법문학부의 영문학과에 진학했고 그 해에 외국 작품
을 번역 발표하는 데로 뻗어갔다. 실상 효석의 처녀작은 그가 22세 때에
『조선지광』에 발표한 「도시와 유령」이었다.

학부 재학중에 창작활동을 시작한 효석은 22세 되던 해에 대학을 졸업하

고도 계속 창작에 전념했다. 다음해에는 결혼을 했으나 당시 메마른 일제하에서 취직의 길이 막히게 되었다. 다행히 중학시절의 은사인 일인(日人) 교사의 주선으로 총독부 경무국 검열계에 취직했다고 한다. 그러나 주위 동료들의 지탄을 받게 되자 처가가 있는 함경도 경성으로 낙향해 서 그곳 함경 농업학교 영어 교사로 부임케 되었다. 이 당시 문제작을 내놓은 것이 바로 「노령근해」라든가 「북국통신」 같은 것이었다.

그 후 효석은 교편을 잡으면서 한편 창작 활동과 비평 문학에도 손을 대기 시작했다. 바로 그것이 「창작활동의 왕성과 비평의 천재를 대망」, 「평론계의 S·O·S 비평의 권위 수립을 위하여」와 같은 것이었다. 1934년에는 평양의 숭실전문학교의 교수로 영전해 갔다. 그곳에서 교수를 하는 한편 창작활동에 몰두했던 것은 물론이다. 이 당시 「메밀꽃 필 무렵」을 비롯해서 「황제」, 「화분」, 「벽공무한」 등 수십편의 단편과 평론을 계속 발표했다.

효석이 34세 되던 해에는 상처의 고배를 마셔야 했고 유아마저 잃어버렸다. 여기에 낙망한 효석은 만주와 중국을 답사하면서 고독한 소유를 했던 것이다. 다음 해에는 효석 자신도 중요한 절단 수술을 받게끔 쇠약해졌으나 창작의 위업은 좀처럼 멈출 줄을 몰랐다. 그러나 그것도 다음 해에는 평양 도립병원에 입원까지 하기에 이르렀다. 때는 늦어서 10일 후에는 절망상태로 퇴원했고 급기야는 36세를 일기로 아깝게 숨을 거두고야 말았다. 이 눈물겨운 임종의 자리에는 효석의 엄친과 그의 정부 왕수복이가 지켰다고 한다. 효석의 유해는 아버지의 손으로 향리인 진부에 안장되었다.

2. 소설로 시를 읊었던 작가

효석에 대해서는 그의 대학동창이며 친구인 현민 유진오가 「작가·이효석론」에서 퍽 상세히 전해주고 있다.

이효석이라는 이름은 언제나 무엇인가 고귀한 향기를 가진 아름다운 서양 화초와도 같은 느낌을 사람들에게 준 것이 사실이다. 결국 그의 인기는 소위 대중적 인기가 아니라 지식 계급간의 인기였다고 할 수 있다.

실상 효석의 애독자 중에 꽤 많은 인테리 여성이 있었던 일은 조금도 수상한 일이 아닐 것이다. 효석의 그러한 인기는 간결하면서도 참신한 문체의 매력에 있었다. 어떤 측에서는 효석의 산문을 가지고 우리말이 이룩할 수 있는 최대한의 것이라고 했지만 어쨌든 효석은 특별한 매력있는 '스타일리스트'였던 것만은 사실이다. 이런 뜻에서 딴 작가들이 한결같이 이데올로기의 투쟁 속에 휘몰아들고 있을 때 '동반작가'의 칭호를 받고 있던 효석만은 언어의 연구에 몰두했던 것이다. 그는 독서하는 도중에 그럴싸한 말이 나오면 하나 하나 붉은 연필로 방선을 쳐가면서 음미하는 것을 잊지 않았다고 한다. 개성적인 독특한 어휘는 그의 모든 문장에서 넘쳐 흐르고 있다. 한마디로 효석은 소설의 형식으로써 시를 읊었다고 해도 좋을 만큼 시 정신에 철두했던 것을 잊을 수 없다. 그의 꽤 많은 수필들도 모두 아름다운 시편을 연상케 한다.

초기에 '동반작가'라고 불리웠던 효석은 실상 처녀 창작집 『노령근해』를 보더라도 얼마쯤 수긍이 가는 일이기도 하다. 그러나 프로작가들처럼 결코 의식적으로 산문정신의 반영으로써 노출되지 않았다. 정확히 말하자면 효석 앞에 리얼리스트라는 레텔을 부칠 수 있겠다. 그러나 단순한 리얼리스트라고 하기에는 너무도 정감이 앞선 작가였다. 때문에 리얼리즘보다는 로맨티시즘의 작가였다고 봐도 별 무리는 아닐 것이다. 그래서 1930년대에 프로문학의 쇠퇴기에서는 쉽사리 순수문학의 물결로 발을 옮길 수 있었던 일은 조금도 우연한 일이 아닐 것이다. 이후 효석은 주로 성문제를 중점적으로 터치하기에 이르렀다. 그것은 창작집 『성화』에 들어 있는 작품 계열이 여실히 말해준다. 성문제는 그에게 있어서는 도덕 이전의 것이었고 모랄의 세계에 속해 있었다. 말하자면 노골적인 표현을 회피하고 은근한 생태를 드러내는데 있었다. 이런 경향을 대표하는 작품은 「화분」이라고 볼 수 있는데 이것도 그러한 범주에 속하는 것이다.

여기서 한걸음 나아간 효석은 창작집 『해바라기』를 통해서 자연을 아름답게 찬미하는 데로 옮겨 가고 있었다. 자연 속에 힘껏 맡겨 보자는 태도로 말이다. 어쨌든 그의 작품의 기조를 이루고 있는 것은 모더니즘이나 향수가 잘 조화되어 있다. 실지로 그의 작품소재로 보더라도 모두가 하이 · 칼러고 세련된 것임을 알 수 있다. 또한 그의 작품 주조는 애수 같은 것을 강하게 풍겨준다. 물론 「메밀꽃 필 무렵」과 같은 예외의 것도 있지만 대개는 향토적인 요소가 거세되어 있다는 것이다. 이러한 애수는 인텔리의 무기력에서 온 것이라 본다. 이렇게 모더니즘이니 향수니 하는 개념도 효석이 정감의 작가이며 순수작가이기 때문에 작품 세계도 자연히 다양한 것이 아닐 수 없다. 어쨌든 효석은 우리 현대 문학 사상에 우수한 작가로 지목되고 있으며 그의 조실은 우리 문학의 일대 손실이 아닐 수 없다. 효석의 많은 작품 중에 베스트로 꼽을 것은 「돼지」, 「메밀꽃 필 무렵」, 「황제」와 같은 것이라고 본다.

3. 향수와 심미의 세계

향수와 심미의 문학세계를 구축했던 효석에 대해서 시인 정한모씨는 그의 「효석론」에서 다음과 같은 세가지 방향으로 설명하고 있다.

> 그 하나는 육신의 낙지(落地)이며 어린 꿈의 요람지인 고향에 대한 혈연적 향수이며, 또 하나는 현대 문학의 발상지인 구라파 내지 구라파적인 것에 대한 현대문화권내에 살고 있는 사람으로서의 향수이고, 또 다른 하나는 현대 문명 속에 이그러져 있는 인간들이 그 시달림 속에서 이그러지지 않았던 상태의 인간의 인간상을 찾고자 하는 향수, 에덴(Eden)적인 것에 대한 향수이다.

「메밀꽃 필 무렵」으로 대표되는 몇 작품은 효석의 고향산촌을 배경으로 하여 짙은 향수를 풍겨주는 것이다. 우선 「메밀꽃 필 무렵」에서 묘사된 산하의 정경과 분위기는 효석의 메밀밭 많은 고향을 그린 것을 대번에 알 수 있다. 요는 그러한 향수를 세련된 현대의 감각 표현수단으로서 어떻게 표현했는가를 「메밀꽃 필 무렵」의 한 대목에서 쉽사리 음미할 수 있을 것이다.

　이즈러는 졌으나 보름을 가제 지난 달은 부드러운 빛을 흐뭇히 흘리고 있다. 대화까지는 칠십리의 밤길, 고개를 둘이나 넘고 개울을 하나 건너고 벌판과 산길을 걸어야 된다. 달은 지금 긴 산허리에 걸려 있다. 밤중을 지난 무렵인지 죽은 듯이 고요한 속에서 짐승같은 달의 숨소리가 손에 잡힐 듯이 들리며 콩포기와 옥수수 잎새가 한층 달에 푸르게 젖었다. 산허리는 왼통 계밀밭이어서 피기 시작한 꽃이 소금을 뿌린듯이 흐뭇한 달빛에 숨이 막힐 작정이다. 붉은 대궁의 향기같이 애잔하고 나귀들의 걸음도 시원하다. 길이 좁은 까닭에 세 사람은 나귀를 타고 외줄로 섰다. 방울소리가 시원스럽게 딸랑딸랑 메밀밭께로 흘러 간다.

고향의 산촌에다 소재를 취하고 있는 이같은 작품뿐 아니라 효석의 모든 작품에서 강하게 눈에 띠는 것은 지방색의 어휘라든가 그로부터 발산되는 향토적 정서를 흐뭇하게 맛볼 수 있는 점이다.

강원도 산간 벽지에서 태어난 효석. 그의 작품 속에 향수가 짙게 감돌고 있음은 오히려 당연한 일인지도 모른다. 그러나 그의 또다른 작품에 반영된 작품은 작가의 후천적 생활 체험에서 온 것임을 짐작할 수 있다.

서울에 올라와 제일고보를 거쳐 경성제대 영어영문학과를 졸업했던 효석은 그리 여유있는 학창생활이 아니었던 것이다. 대학재학시는 은사였던 Mr. Brith의 학비보조까지 받았다고 하니까 말이다.

효석의 문학수업은 제일고보시절부터 본격적으로 접어들어 체홉의 작품 세계에 도취되어 있었다. 예과 시절에는 법과를 지원했다가 학부에 진학하면서 영문학을 택한 것도 자기의 길을 자유롭게 선택한 것이라 본다. 예과 시절부터 작품활동을 시작한 효석은 번역물을 비롯해서 소설, 희극, 시나리오 할 것 없이 닥치는 대로 익명 투고를 해서 당선을 여러 차례 했다고 한다. 빈번한 상금으로는 하숙의 동료들에게 한턱을 내거나 화려한 청춘의 한 때를 즐겼다고 한다.

당시 술도 말술을 사양치 않을 만큼 폭음을 했고 옷차림도 대단히 스마트 했고 칠피 구두에다가 여자 구두처럼 나비장식까지 붙여서 멋을 내었다고 전한다.

대학을 끝낼 무렵에는 이미 중견작가의 대우를 받아 『조선일보』에 단편 「마작철학」을 싣게 되었다.

그러나 당시 사회상은 천재 효석에게까지도 취직의 문이 좀처럼 열리지 않은 채 '동반작가'의 위치에서 창작 활동에만 투신하여 경쟁 생활에 허덕 이게 되었다.

이러한 '낭인'의 생활을 1, 2년 동안이나 계속하다가 마침내 얻은 취직 자 리도 좋지 않아 낙향을 결심케 했다.

이같은 형편이 효석에게 얼마나 큰 충격을 주었으리라는 것 쯤은 얼마든 지 짐작이 가지만 그 반면에 그의 문학 활동에 있어서 일대 전환을 가져왔 다.

낙향하자 그곳에서 중학교의 교편 생활을 하면서 그는 오직 순수한 문학 세계 속에 파고 들어 창작생활에 몰두했던 것이다.

경성 부근에 자리잡은 주을 온천의 아름다운 풍경을 작품의 배경으로 삼 고 백계노인의 별장지대인 '노비나'촌에서 느끼는 이국취미를 하나의 창처 럼 바라보면서 만족했다고 한다.

숭실전문(大同工專의 전신) 교수로 평양에 옮겨와 그곳 창전리에 1942년 5월 25일, 36세를 일기로 요절할 때까지 안주해 있으면서도 여름방학이 되 면, 온 식구를 데리고 주을 온천의 피서 생활만은 잊지 않았다고 한다.

4. 이국취미의 생활감정

효석의 이른바 이국취미는 단순히 작품을 위한 것보다도 그의 일상생활에서 기호나 취미로 절실한 것이었다. 영애, 류미 양은 아버지를 회상하는 글에서 다음과 같이 말하고 있다.

> 아버지의 식성은 양식을 좋아하셨습니다. 늘 집에서 버터나 통조림이
> 떨어지지 않았고 혹시 우리를 데리고 외식을 하실 때도 꼭 양식으로 하셨
> 습니다.

삶은 옥수수를 우유맛이라고 즐기고 풋사과로 애플 소스를 만들어 먹기도 했던 효석은 몹시 양식을 좋아했던가 보다.

대동강에서 스케이트로 한 겨울을 즐길 줄 알던 효석은 음악에도 대단한 취미와 높은 조예가 있었던 것을 그의 제자들은 전해주고 있다.

또 효석이 화초를 몹시 사랑했다고 한다.

「화초」란 수필을 보면 장미를 지독히 좋아했던 것을 알 수 있다. 이 밖에도 '푸록스', '프리므라', '카카리아' 등 서양의 희귀한 꽃들에 대해서도 깊은 취미를 지녔고 임종하는 머리맡에는 '글라디오라스'가 쓸쓸히 꽂혀 있었다고 한다.

효석은 이상적인 여성의 윤곽을 스스로 다음과 같이 말하고 있다.

> 꽃을 빛깔만 이야기하고 그 향기를 짐작하며 내포가 넓고 함축이 많고
> 심리적 비약적 회화를 건늘 수 있으며 연애적 모험성이 있고 육체적 욕심
> 을 말하면 눈자위에 윤택이 흐르고 응시하는 초점이 확실하지 못하여 나
> 를 노리는지 혹은 내 등너머의 죽은 석고초상을 바라보는지 분간할 수 없
> 는— 그런 여인이면…….

이렇게 고백하면서 '루날'의 '뿌랑슈' 급의 여인을 꼽고 있다.

또한 여인의 머리에 대해서도 기름을 바르고 곱게 빗어 넘겨 쪽진 머리보다 '살로메'가 좋다하던 '요한'의 머리를 좋아한다고 했다.

그대의 머리털은 포도송이 에돔 나라 에돔 포도원에 드레드레 드리운
검은 포도송이다. 그대의 머리털은 레바논 산의 젓나무, 낮에는 오히려 사
자와 산적이 와서 숨을 만한 으슥한 레바논 산의 젓나무다.

이런 여인상은 모두가 동양적인 것이 아니라 서구적인 것이라 보겠다. 효
석의 이국 취미는 그의 생활감정에서 뿐 아니라 작품 세계에도 노골적으로
반영되고 있다.

효석의 인생관을 뚜렷이 보여 준 점은 속세와의 유리를 의식적으로 희망
했던 일이다. 현실적 생활 의욕에서 돌아선 그에겐 도시가 한낱 혐오의 대
상이 아닐 수 없었다.

효석처럼 외유내강한 사람은 문단으로서 드물다고 생각한다. 그의 온화
하고 부드러운 표정에는 처음 사귀는 사람이나 오래 사귄 사람이나 그의
인격의 여운을 느끼지 않는 이가 없으리라. 그러나 그의 내심 — 개성이라
고 할까? — 은 굳기가 비할 데 없어 한번 자기 세계속에 들어 앉으면 외계
에서는 어떤 천변지동이 있던 조금도 까딱 않는 성격의 소유자였다. 오
히려 외세가 소란할수록 그는 더욱 문을 굳게 닫고 틈사이를 꼭꼭 바르고
구석구석에 불을 밝히고 향수를 뿌리고 조용히 들어 앉아 생의 향기를 호
흡하고 있는 것이었다.

그러나 마음이 내키면 저 혼자 방긋이 문을 열고 나와서 그 향기 그 도
취를 가지고 인생을 율하려고 하였었다.

이것은 효석의 벗이었던 대동공전의 한수철 교수가 발표한 추도문 「억
이효석」중의 한 구절이다. 무엇보다도 인간 효석을 가장 가까운 거리에서
바라본 글이기도 하다.

어쨌든 효석은 이 땅에다 조화와 시적 정서로 산문세계가 지녀야할 예술
성을 높이 승화시켜 놓았다.

또한 서구적인 현대성을 민감히 받아들여 구상화하여 보였고 단편 소설

의 기법을 이론과 실제에 있어서 훌륭히 개척했다는 점은 높이 사야 할 것이다.

(『한국근현대작가작품론』, 성균관대출판부, 1993)

해학과 풍자의 이중주 — 김유정론

1. 웃음보가 터지는 희작

'겸허' — 두 글자를 병상의 야윈 손으로 마지막 힘을 다하여 써서 머리맡에 붙이고 요절한 유정.

김유정은 강원도 춘천에서 1908년 출생했다. 어려서 조실부모하고 고독과 빈곤에 허덕이면서 자라나야 했던 소년 유정. 그러나 1921년 휘문고보를 졸업하고 연희전문 문과에 입학까지 했다. 결국은 다음 해에 폐결핵으로 중퇴하고 병마에 신음하는 불구자가 되어 버렸다. 그 무렵 유정의 성격은 병고와 빈곤 속에 허덕인 나머지 더 한층 우울해지기 시작했고 그로부터 문학의 정열이 싹튼 것은 사실이다.

몇 해 동안 휴양생활을 하면서 그는 일확천금을 꿈꾸고 금광에 투신하기도 했다. 한때 유행했던 노다지 노름에도 버젓이 한몫 끼었던 그는 그로부터 창작으로 전신하기 시작했다.

마침내 1935년에는 『조선일보』에 씨의 단편 「소나기」가 그리고 『중앙일보』에는 「노다지」가 다 함께 신춘문예로 당선되었다. 이 두 작품으로 문단에 혜성과 같이 등장한 씨는 「금따는 콩밭」 등을 뒤이어 발표했다.

다음 해에는 「산골」, 「동백꽃」, 「따라지」, 「봄·봄」 등의 역작을 내놓고 일약 중견작가로 성장했다.

김유정은 30세를 일기로 광주에서 병환으로 숨을 거둘 때까지 불과 2년 남짓한 작가 생활을 누구의 말대로 "무지개와 같이 찬란하게 나타난" 유정은 "무지개와 같이 순식간에 사라졌다" 하겠다.

그의 절친한 벗 안회남이 쓴 「겸허」(金裕貞傳)에 의하면 유정이 조실부모하고 "칼을 받을 테냐, 주먹을 받을 테냐"하고 강압하던 형에게서 결국은 후자를 택하면서 자랐다는 것이다.

성장이 된 유정이 그리 이쁘지도 않은 기생을 짝사랑하여 연속 실연의 고배를 마신 것이 그의 청춘을 더욱 우울케 했다는 것이다. 기생의 오빠를 통해서 몇 번이고 순정의 러브레터를 보내봤으나 한 번의 답장도 못받았다고. 한편 그의 처음이자 마지막 사업이었던 금광업은 온 가산을 투자해 보았으나 실패로 끝났다고 한다. 단칸의 셋방속에서 소박을 맞은 누이에게 갖은 구박을 받으면서도 말대꾸 한마디 못하고 가련한 폐병 때문에 밤낮 도사리고 앉아 신음하던 그에게 만사가 허무한 것이 아닐 수 없었다. 물에 빠져 허덕이던 그에게는 모든 것이 무가치한 지푸라기에 불과했건만 오직 문학 한 가지만은 그렇지 않았던 것이다.

이를테면 씨가 잘 쓰는 문자 그대로 '금광의 노다지'가 아니었는지 모른다. 그러기에 이 노다지를 발견하고부터는 전력을 다하여 그것을 발굴해 내기 위하여 힘쓴 셈이다.

가정과 연애와 사업 — 모든 것을 잃은 씨는 이 문학 한가지에 그의 온 정열을 바쳤던 것이다.

그가 절명하는 최후까지 문학을 위하여 성실하게 분투하고 병사에 누워 붉은 피를 토하면서도 오히려 붓대를 쥐고 작품을 쓰기에 머리를 짠 것을 생각하면 사실 눈물겹다 할 것이다.

「산골 나그네」(1933. 1)를 처녀작으로 하여 「총각과 맹꽁이」, 「심청」, 「만무방」, 「흙을 등지고」 등이 그의 습작품들이었는데 「흙을 등지고」를 「따라지의 목숨」으로 개작하여 『조선일보』 신춘문예에 당선된 것이 그의 출세작인 「소나기」였다.

「소나기」를 비롯하여 「동백꽃」, 「금따는 콩밭」, 「봄·봄」, 「아내」, 「산골」, 「따라지」, 「떡」, 「솟」, 「두꺼비」, 「봄과 따라지」, 「금노다지」, 「정조」, 「야루」, 「가을」, 「어린음악회」, 「연기」, 「슬픈 이야기」, 「땡볕」 등 20여편은 유정이 2, 3년의 극히 짧은 문필생활에서 남긴 단편들이다. 이 작품들 중에는 습작기의 시작 같은 것도 포함되었고 훌륭한 가작도 있는 반면에 독자로 하여금 저절로 웃음보가 터지는 희작이 많음을 놓칠 수 없다.

2. 성공한 사소설의 형식

그에게는 스케일의 큼도 없고 근대적 지성의 풍족을 들을 수 없고 제작상의 골도 아직 체득치 못한 작가로 관찰되며 따라서 명공의 계획을 세워서 그를 조정하는 기능을 발견하기도 아직은 어려운 작가다. 그러나 일반 조선문학에 있어서 가장 내가 부족을 느끼는 채취 또는 개체향을 고맙게도 이 작가는 넘칠 만큼 가지고 있다.

그의 전통적 조선 어휘의 풍부와 언어 구사의 개인적 묘미와는 소위 조선의 중견대가들이라도 따를 수 없는 성질의 그것이니 이러한 사상들을 아울러 고찰할 때 우리는 그의 예술을 조선문학에서 없지 못할 일개요소로서 이를 상당히 높이 평가할 의무를 가지고 동시에 앞으로 군의 성장을 조장하는 권리를 가지지 않으면 안될 것이다.

이렇게 말한 평론가 김문집의 인상평은 유정의 문학 세계를 이해하는데 예비적 지식으로 퍽 도움이 될 줄 안다.

우선 유정문학의 특출한 체취를 표출키 위하여 비교적 성공한 사소설 형식과 전통적인 한국어휘의 풍부한 구사, 그리고 소극적이나마 하나의 인생 파적인 태도를 표백해보는 것이 좋을 것이다. 우리는 사소설이 흔히 일인칭의 입장에서 쓰여지고, 장점은 독자의 동정심을 이야기하는 주인공에게 집중시킬 수 있다는 것을 알고 있다. 그 반면에 이 수법의 가장 큰 결점은 애기하는 편이 소설의 주인공인 까닭에 자기의 장단을 공정한 위치에서 서술할 수 없고 또 주인공이 훌륭한 행동을 할 때 자칫하면 허영에 찬 서술이 되기 쉽다는 것이다.

그러나 유정에게 있어서는 주인공이 '나'라는 일인칭 소설이었음에도 불구하고 일인칭 소설이 흔히 저지르기 쉬운 약점을 교묘히 극복하고 있음을 알 수 있다.

이를테면 「봄·봄」에서,

> '장인님! 인제 저!' 내가 이렇게 뒤통수를 긁으며 나이가 찼으니 성례를
> 시켜야 하지 않겠느냐고 하면 대답이 늘 '이자식아! 성례고 뭐고 미처 자
> 라야지!'하고 만다. 이 자라야 한다는 것은 내가 아니라 장차 내 아내가 될
> 점순이의 키 말이다.
>
> 내가 여기에 와서 돈 한푼 안받고 일하기를 삼년하고 꼬박이 일곱달 동
> 안을 했다. 그런데도 미처 못 자란다니까 이 키는 언제나 자라는 건지 짜
> 장 영문 모른다. 일을 좀더 잘 해야 한다든지 혹은 밥을(많이 먹는다고 노
> 상 걱정이니까) 좀 덜 먹어야 한다든지 하면 나도 얼마든지 할 말이 많다.
> 허지만 점순이가 아직 어리니까 더 자라야 한다는 여기에는 어쩔 볼 수
> 없이 그만 벙벙하고 만다.

이 수법을 보면 작자 자신이 이야기를 전개시키고 있으나 그는 주인공이
아님은 물론 이야기도 자신의 이야기가 아니고 남의 이야기이다.

작자도 소설 속에 등장하는 한 인물이며 그 작품에 출현하는 딴 인물들과
는 정도의 차는 각각 있을지언정 밀접한 관련성을 갖고 있다. 작자의 역할
은 그 작품에 등장하는 인물들을 자신만만한 태도로 조종하고 관찰하는 역
할을 다하고 있다.

또한 작자는 모든 비밀을 독자들에게 적나라하게 공개하고 자기가 아는
것 슬퍼하는 것 희망하는 것을 독자에게 전달하고 작자는 어디까지나 자기
를 어리석은 바보로 전락시키지는 않고 있다는 것이다.

이렇게 함으로써 이야기를 서술하는 '나'는 자기가 조작한 인물에 대해서
독자로 하여금 자기와 동일한 정도로 친근성을 느껴지게끔 만들고 있는 것
이다.

또한 이야기를 서술하는 '나'는 작자와 소설의 주인공이 동일한 인물인
경우와 같은 정도로 독자들을 납득시키는 진실성을 가질 수 있었다는 것

이다.

3. '유머' 뒤의 애수

좀 지나친 말 같지만 외국어를 억지로 우리말로 옮긴 듯한 오늘의 서투른 문장들을 한없이 대하는 우리로서, 유정의 작품을 읽을 때 먼저 느껴지는 것은 그의 문장이 전통적인 한국 어휘를 유감없이 구사하고 있다는 것이다.

> "나는 바위를 끼고 엉금엉금 기어서 좌우로 치빼지 않을 수 없었다."(동 백꽃)
> "전날이라면 이곳에서 아내 한번 못보고 생죽음이나 안할까 쭈뼛할 게 다."(금따는 콩밭)
> "그렇다구 또 개떡이냐 하면 그런 것두 아니고 꼭 내 아내가 돼야 할 만 치 그저 툽툽하게 생긴 얼굴이다."(봄·봄)
> "더꿈 더꿈 모아 두었다가 먹이지나 못하면 그걸 어떻게 하냐."(아내)
> "손바닥으로 뒤통수를 딱 때리더니 이건 죽지도 않고 말성이야 하고 썩 마땅치 않게 투덜거린다."(따라지)
> "바루 히떱게스리 허울 좋은 대답이다."(금)
> "맨망스리도록 쏘는 바람에 덕순이는 얼굴이 그만 벌개지고 말았다."(땡 볕)

이상의 문장들을 통해서도 유정의 독특한 한국의 전통적인 생리에 알맞 는 문장적 체취를 넉넉히 감득할 수 있을 것이다. 만약 그의 문학이 사소설 로서 성공한 것이라든가 전통적인 한국 어휘에 의한 조사법이 훌륭한데 그 치는 것이라면 우리에게 그 무슨 관심의 대상이 될 수 있으랴만, 우리는 그 의 문학 속에서 소극적이나마 하나의 인생파적 태도를 엿볼 수 있을 때 유 정 문학에 특별한 관심을 갖게 된다.

인생파의 작가란 일정한 관념과 사상을 문학 속에 구현시킨 것이 아니고 강력한 생활의식으로서 문학을 생활의 한 방편으로 간주하고 있는데 역점이 있다.

　그러나 인생파의 작가들이 단순한 생활의식만을 갖고 문학에 임하는 것이 아니고 한편으로는 예술 지상주의자들에 못지 않는 훌륭한 문장적 기교를 겸비하고 있다는 것을 그들이 위치한 문학사적 위치가 그대로 설명해주기도 한다.

　바로 그것은 우리 신문학의 출발이 어디까지나 관념과 사상이 위주가 되는 문학이었고 이에 불만을 느끼고 일어난 예술 지상주의 문학도 궁극에는 우리의 생활에 알맞지 않을 뿐 아니라 해독적이라는 것을 재빨리 인식할 수 있는 작가들이 이들 문학이 갖는 병적요소를 과감히 청산하고 지양해서 새로운 문학을 창조했다는 점이다.

　유정이 인생파 작가의 범주에 속하게 되는 것은 인간 김유정을 이해할 때 자연히 수긍될 수 있는 것이다.

　구체적으로, 그의 극악한 생활고와 연속적인 실연과 상당한 폐결핵이던 유정이 자기 말대로 우울이 성격화되었고 그 우울성은 일견 유머러스하게 보이는 그 작품 뒤에 애수를 숨겨 놓았던 것이다.

4. 자신의 희화화

　「두꺼비」는 갖은 수단 방법을 다 써보았으나 기생에게서 실연당한 자신을 희화화 시키고 있다. 「따라지」와 「연기」는 온 종일 저기압이 흐르는 셋방살이에서 누님에게 구박받던 자신의 연민을 극화시키고 있는 자화상들이다.

　기름진 콩밭에 금맥이 있다는 놈팽이 말을 곧이 듣고 빗더미에 올라 마침내는 양식이 떨어져 바가지를 긁는 아내를 구박하면서 구덩이를 파는 「금따는 콩밭」. 지주의 데릴사위로 들어가 딸의 키가 커야 성례를 시켜준다는 장인의 말에 끝없이 속으면서도 황소처럼 고역하는「봄·봄」. 그리고 선술집 들병이에게서 미쳐 자기 마누라 자는 틈을 타서 자기 집 솥을 빼다가 바친 사나이를 형상화한「솟」. 대학병원에서 월급을 주며 연구재료로 쓰는 병신처럼 아내의 중병도 월급을 받으면서 치료하리라고 믿었다가 실망된 지겟군을 그린「땡볕」— 이들 주인공들은 모두가 이래도 속고 저래도 속는 어리석은 순박한 인간들이다.

유정의 작중인물이란 거의 이렇게 순박한 인간들을 작품 무대위에 올려 놓고 어리석고 희비극을 시키되 그 인생의 희비극에 대해서 연출자로서 주도적인 결정을 하지 않고 방관자적인 태도를 취했던 것이다. 만약 유정의 그리 많지 않은 작품중에서 씨의 대표작을 꼽을 필요가 있다면 나는 서슴지 않고「땡볕」이라 할 것이다. 물론 세상에서 흔히 유정의 대표작으로 널리 알려진「봄·봄」이 그의 인생파적 체취를 훌륭한 기교주의적 문장과 일인칭 소설 양식을 통하여 강렬히 발산하고 있음을 시인한다.

허나「땡볕」이 이보다 한발 앞서 객관소설로나 심리소설로서 다함께 성공하고 있는 것을 알고는 어차피 나는 그의 대표작으로「땡볕」을 꼽게 된다.

> 그렇다 하더라도 병이 괴상하다면 할수록 혹은 고치기가 어려우면 어려울수록 월급이 많다는 것인데 영시 모를 아내의 이 병은 얼마짜리나 되겠는가고 속으로 무척 궁금하였다. 아이가 십원이라니 이건 한 오십원쯤 주겠는가. 그렇다면 병고치니 좋고 먹으니 좋고 두루두루 팔자를 고치리라고 속안으로 육조 배판을 느리고 섰을 때,
>
> "이보십쇼 — 아 이 채미 하나 잡서보십쇼" 하고 조만침서 지게를 버텨 놓고 앉았는 아이가 시선을 끌어 간다. 길쯤길쯤하고 싱싱한 놈들이 과연 뜨거운 복중에 하나 벗겨 들고 으썩 깨물어 봄직한 참외였다. 덕순이는 참외를 이놈 저놈 멀거니 물색하여 본다. 쌈지에 든 잔돈 사전을 얼른 생각은 하였으나 다음 순간에 그건 안될 말이라고 꺽진 마음으로 시선을 걸어 온다. 사전에 일전만 더 보태면 회연한 봉이 되리라고 어제부터 잔뜩 꾸겨

쥐고 오던 그 사전인걸 참외 값으로 녹여서는 사람이 아니다.

　"지게를 꼭 붙들어!"

　덕순이는 지게를 지고 다시 일어나며 그 십오원을 생각했던 것이니 그
로써는 너무도 벅찬 보행이었다.

　우리는 이상의 비교적 짧은 문장을 읽고도 지겟군 '덕순'이라는 무지한
인간의 사고 방식을 철저하게 파악할 수 있고 또한 그의 생활 환경에 대한
객관적인 묘사가 심화된 것을 간파할 수 있다.

5. 묵묵한 발걸음

　그러나 우리는 이것만으로 문학의 궁극에 도달되었다는 어리석은 단언이
용납될 수 없다. 다만 그의 생애가 좀더 길었더라면 그가 심리소설가로서
출세할 수 있는 터전을 구축하였다는 의미에서 다행스럽게 여길 뿐이다. 우
리는 필치와 사상이 미성품인 채 고인이 된 유정에게서 완성된 세계와 통일
을 기대할 수 없을 줄 안다. 김유정은 오로지 미지의 경지를 향해서 묵묵히
발걸음을 재촉하였을 뿐이었다.

　그렇지만 우리는 김유정이 하나의 완성된 자기 세계를 이루지 못한 것에
애석함과 동정감을 가질지언정 결코 그의 치명상이 되지는 않을 것이다. 물
론 그의 문학이 인생을 달관함에 있어서 너무나 소극적이고 도피적이었다
는 것, 그의 생리에 맞지 않는 무리한 주문도 얼마든지 용납될 수 있는 약점
을 놓칠 수 없다.

(『한국근현대작가작품론』, 성균관대출판부, 1993)

고독한 이방인 ─ 이상론

1. 헤아릴 수 없는 오해

> 사회여 문단에도 일고를 보내라.
>
> 우리에겐 생활이 없다.
>
> 작가들은 드디어 전 조선에 호소한다.
>
> 문학을 버리고 문화를 상상할 수 없다. 돼지가 아니었다는 데서 비극은 출발한다.
>
> 인생은 인생이라는 그만 이유로 이미 <판토폰> 3그람의 정맥주사를 처방 받아 있는 것이다.

이렇게 열화같은 「작가의 호소」를 내뿜었던 이상(李箱).

헤아릴 수 없는 오해 속에 파묻혔다가 고고하게 가버린 그에게는 수수께끼같은 많은 작품과 풍운아 같은 이방인의 생애가 전설되고 있다.

서울에서 1910년 김연창의 장남으로 태어난 이상 ─ 그의 호적에는 엉뚱하게 '김해경'이라고 등기되어 있다.

유아 때부터 백부집에서 자란 이상은 신명학교를 걸쳐 열 두살 때는 불교에서 경영하던 동광학교에 들어갔다. 이 학교가 보성 고보와 병합되자 4학년으로 편입되어 열 일곱 살에는 5학년을 졸업하고 곧이어 경성고등공업(지금의 서울대학교 공과대학)의 건축과에 입학했다고 한다. 3년 동안의 수업을 끝내자 당시 조선총독부 내무국 건축기사로 취직되었다.

이 무렵 건축회가 주최하는 표지 도안의 현상 모집에서 1등과 3등에 당선되어 뛰어난 기술을 떨쳤다. 한편으론 「이상한 가역반응」이란 시를 최초로 발표하는가 하면 양화 '초상화'를 선전(鮮展)에 출품해서 입선의 영예까지 지니게 되었다.

이렇듯 다방면으로 그의 재질을 들어낼 때는 그의 나이 겨우 22세 때이고, 다음 해에는 「이상」이란 필명으로 「건축무한육면각체」란 시를 발표했다.

불행히도 그가 24세 되던 해에는 심한 객혈로 인해 건축과 기사직을 포기하고 황해도 백천 온천으로 휴양을 떠났다. 이곳에서는 우연히 금홍이란 멋진 여인을 만나게 되었다. 회복된 몸으로 귀경한 이상은 금홍이와 동거하면서 종로에서 다방 '제비'를 개업했다고 한다.

이 무렵 구보와 알게 되고 문단의 이태준이나 김기림, 정지용 같은 중견들과 교우가 시작되고 시작(詩作)도 본격적으로 접어들었다. 1934년에는 '구인회'에 입회하고 「오감도」란 난해시를 써서 일대 센세이션을 일으키고야 말았다. '미친놈의 잠꼬대냐', '무슨 개수작이냐', '오감도란 오자를 내는 것부터가 알 수 없는 수작이 아니냐' 하는 독자의 맹렬한 비난 때문에 결국 10회 연재로 중단치 않을 수 없었다. 본래는 30편인데 말이다.

한편 다방 영업에 실패한 이상은 인사동에 있는 카페 '쓰루'를 인수해서 경영해 봤으나 이것 역시 여의치 못하고 곧 실패, 뒤이어 다방 '씩스·나인'과 '무기'(麥)를 또 경영해 봤으나 한결같이 실패만 했다고 한다.

성천·인천 등지를 소요하던 이상이 1936년에는 창문사에서 구인회 동인지 『시와 소설』을 편집해 봤으나 이것 역시 신통한 재미를 못 보고 황금정으로 이사해서 '임'과 동거했다고 한다. 얼마 안되어 이상은 일본 동경으로 탈출, 그 곳에서 사상혐의를 받아 일경에 피검되어 서신전(西神田) 경찰서에 구금까지 되었다. 이곳에서 건강이 극도로 쇠약해져 보석되었다.

씨가 1937년 4월 17일 향년 28세를 일기로 동경제대부속병원에서 요절한 것도 너무도 기구한 운명이었다.

2. 매일같이 구루미 선데이

스물세살이오 — 삼월이오 — 객혈이다. 여섯달 잘 길은 수염을 면도칼
로 다듬어 코밑에 다만 나비만큼 남겨 가지고 약 한제 지어들고 B라는 신
개지 한적한 온천으로 갔다. 게서 나는 죽어도 좋았다(봉별기).

이렇게 어쩔 수 없는 불행과 비상한 결의로부터 이상의 기구한 작가 생활
은 시작되었다. 아직 기를 펴지 못한 청춘이 약탕관을 붙들고 우울한 여관
살림을 해야 했다. 그것이 바로 백천 온천으로 요양길을 택했던 일이다.

여관 주인 영감의 소개로 스물 한살 짜리 금홍이란 기생과 어울려보게
되었다. 자랑삼아 나비 같다면서 달고 다니던 수염도 싹 밀어버리고 그녀와
사랑을 속삭이게 되자 객혈도 멈추고 약탕관도 집어치우게 되었다고 한다.

몹시 사랑하면서도 이웃 친구에게 금홍이를 권했다고 하는 이상의 심사
는 오죽한 일이었겠는가. 과거를 묻지 않는다는 약속 밑에 내외가 된 그들
은 지독히 사랑하는 처지가 되었다.

이런 생활에 파묻혀 부질없는 세월의 일년이 지나갔을 때 금홍이에게는
지난 날의 생활이 다시금 향수로 다가왔다. 그러나 이상은 좀처럼 내색하지
않을뿐더러 호의로 해석할 줄 알았다고 한다. 이런 실없는 정조를 간판삼아
그는 외출이 잦았고 금홍의 사업에 편의를 돕기 위해서 방까지도 개방하였
을 정도였다.

하루는 아무런 죄목없이 금홍에게서 몹시 얻어 맞은 이상은 눈물을 흘리
면서 사흘씩이나 외출했었는데 실은 그녀가 무섭기 때문이라고 하니 더 웃
음보가 터진다. 나흘만에 귀가하니 때묻은 버선을 웃목에다 벗어 놓고 딴
놈팽이와 줄행랑을 친 뒤였으니 이상은 그만 홀아비 신세가 되어 버렸다.

그런데 신기하게도 금홍이 초라한 모습으로 두 달만에 이상의 앞에 재등
장했다.

"그렇지만 너무 늦었다. 그만해두 두달 기간이나 되지 않니? 헤어지자

응?"

"그럼 난 어떻게 되우?"

"마땅한 데 있거던 가거라 응"

헤어지는 한에도 위로하면서 보냈던 이상 — 얼마 안가서 중병에 걸려 금홍이를 다시 불렀던가 보다.

금홍이가 와보니 참으로 딱한 형편이었다. 그대로 볼 수 없어 두 팔을 부르걷고 그날부터 벌어다가 이상을 부양했다고 한다. 이러기를 다섯 달 동안 금홍이는 홀연히 외출해 버렸다. 달포를 두고 금홍의 「홈·씩」을 기대하다가 진력이 나서 그만 가장 집물을 뚜들겨 팔아 버리고 21년만에 귀향했다. 와보니 집은 노쇠하고 자기마저 노쇠한 것같이 생각했던가 보다. 그리고 그는 여성의 본질을 가장 대담하게 평가했다.

> 천하의 여성은 다소간 매춘부의 요소를 품었느니 하고 나 혼자는 굳이
> 신념한다. 그 대신 내가 매춘부에게 은화를 지불하면서도 한번은 그녀들
> 을 매춘부라고 생각한 일이 없다. 이것은 내 금홍이와의 생활에서 얻은 체
> 험만으로는 성립되지 않은 이론 같이 생각되나 기실 내 진담이다.

실로 이상이 젊은 몸을 일찍이 불태운 것은 쇠퇴해가는 심신에다가 시와 소설을 남달리 많이 써서 더 한층 박차를 가한 셈이다.

백천 온천에서 돌아와 종로 1가에서 '제비'라는 다방을 경영하던 때는 이상의 나이 24세 되던 여름이었다. 문학수업 때문에 독한 술을 마셔가며 어둠침침한 방안에서, 또는 뒷거리에서 이상은 무섭고도 서운한 음향을 연발했다.

다방 '제비'도 이상의 설계로 꾸며진 곳이나 손님이 통 없이 이상의 친구들만이 들렀다가 다시 나가버리면 진종일 손님이 없는 셈이었다.

다방 '제비'는 얼마 안가 기어이 문을 닫게 되었다. 그러자 인사동 초입에 '쓰루'란 카페를 운영해 봤으나 이것 역시 헛탕이었다.

다시 명치정(明治町)으로 옮겨 카페 '씩스·나인'을 거쳐 '무기'란 다방을

내고 이곳에서 술을 마시고 어두운 사랑을 속삭였다. 이것도 얼마 안가 따분한 종지부를 찍게 되었다. 이 무렵 이상은 문우들과 빠아를 출입하면서 일본여급 '마유미'와 어지간히 사귀었다고 한다. 치정관계로 어느날 밤 어깨에 칼침을 맞고 입원한 '마유미'를 보고 온 이상은 이렇게 뇌까렸다.

　나는 떠나야겠어, 서울을, 이렇게 있다가는 썩어버릴 것만 같아, 매일 같
이 구루미 썬데이야, 어두운 일요일 날마다 계속이야, 아 나는 죽을 것만
같아.

3. 고독과 고고의 화신

1936년 찬비 내리는 밤에 이상은 권태와 자조와 술과 계집에게 몸을 건져 서울을 탈출을 하고야 말았다. 동경으로 떠난 지, 얼마 안되는 섣달 그믐날 이상은 안에게 다음과 같은 편지를 보냈다.

　저는 지금 사람 노릇을 못하고 있습니다.
　계집은 가두에다 방매하고 부모로 하여금 기갈케 하고 있으니 어찌 족
히 사람이라 일컬으리까.
　그러나 저는 지식의 걸인이 아닙니다. 살아야겠어서 저는 여기에 왔습
니다. 그러나 그보다도 먼저 해결해야 할 일이 있었습니다. 당분간은 모두
제 죄와 악을 의식적으로 묵살하는 도리외에는 길이 없습니다.
　친구, 가정, 소주 그리고 치사스러운 의리 때문에 서울로 돌아오지 못하
겠습니다. 여러 가지를 생각하고 있습니다. 어떻게 했으면 좋을지 전연 모
르겠습니다. 여러가지를 생각하고 있습니다. 어떻게 했으면 좋을지 전연
모르겠습니다. 저는 당분간 어떤 곤란과도 싸우면서 생각하는 생활을 하
는 길 밖에 없습니다. 한편의 작품을 쓰는 한이 있더라도 저는 지금의 자
세를 포기하지 않겠습니다. 도저히 커피 한잔으로 해결할 문제가 아닌 것

입니다.

과거를 돌아보니 회한 뿐입니다.

저는 제 자신을 속여 왔나봅니다. 정직하게 살아 왔거니 하던 제 생활이 지금와 보니 비겁한 회피의 생활이었나 봅니다.

정직하게 살겠습니다. 고독과 싸우면서 오직 그것만을 생각하며 있습니다.

오늘은 음력으로 제야입니다. 빈자떡과 수정과 약주, 너비아니, 이 모든 기갈의 향수가 저를 못살게 굽니다. 가끔 글을 주시기 바랍니다. 이곳에는 친구 삼을 만한 사람이 없습니다.

언제나 서울의 흙을 밟아볼지 아직은 막연합니다. 저는 건강치 못합니다. 건강하신 분들이 부럽습니다.

이 편지를 받은 지 석달도 못되어 이상은 일본 경찰에 붙잡혀 유치장 신세를 지게 되었다. 그만 병이 덮쳐 한 달만에 보석이 되어 병원에서 세상을 떠났다는 놀라운 소식이 날아왔다. 아깝게도 28세를 일기로, 꽃피고 제비오는 4월 17일 오후 3시 이상은 영영 숨을 거두었다.

세상을 떠나기 직전에 이상은 "레몬을 사달라"고 했다. 동경에 있던 몇 친구들이 「레몬」을 사가지고 왔을 때 이상은 이미 새옷을 갈아 입고 숨을 거두면서 영원히 잠들었다고 한다.

「오감도」와 「날개」가 자신의 진정한 생활과 예술이 아니라고 그토록 큰 소리를 하며 죽기를 기약하고 서울을 떠난 이상이었으나 반년도 더 못살고 정말 세상을 떠나고야 말았으니 어찌 눈물겨운 일이 아니겠는가.

이상은 언제든 자기 주위에 한갖 철조망을 둘러 놓고 자기의 애인조차 그 울타리를 넘지 못하게 했다. 언제나 그 안에서 자기 손으로 지은 고독이 외롭다고 하소연하면서도 그것을 오히려 즐겨했다.

고고(孤高)! 이 말을 유독히 이상은 사랑했다고 한다. 때문에 울타리 밖에 있는 사람들이 제 아무리 욕하고 지탄해도 그는 태연했다. 혼자서 불행을 짊어진 사나이, 불행이면 아무리 무서운 불행이라도 능히 감당할 수 있는 사나이었다. 그러나 이미 불행조차 그를 침범치는 못할 것이다.

4. 야유와 패러독스와 자조

불과 5, 6년 동안의 작가 생활이 남긴 이상의 작품은 시로부터 소설, 수필 등 수 십 편에 달하고 있다. 이들 작품을 읽어 가면 모두 지독한 야유와 패러독스 그리고 자조로 일관된 것임을 쉽사리 알 수 있다. 그것은 30년대에 유행했던 모더니즘으로부터 결과된 것이라고 설명한다. 그러면서 이상의 문학사적 위치를 남달리 강조해서 내세우고 있는 것은 결코 우연한 일은 아닐 것이다.

물론 이상의 모더니즘이 한결같이 건전한 것이 못되고 좀처럼 수긍이 안 가는 변태성을 꼬집을 수도 있다. 그러나 그의 문학 세계가 보여준 것은 한국의 근대 정신을 여지없이 무너뜨리는 자극제가 되었다는 사실이다.

어쨌든 그의 다방면에 걸친 문학활동이 온갖 의문을 자아내고 오늘날까지도 상당한 문제 작가로 해부되고 있는 것이다. 여기서 이상의 산문가로서의 면모를 잠깐 더듬어 보겠다.

『이상 전집』(고대문학회편)에 수록된 창작은 「날개」, 「단발」, 「실화」, 「환시기」, 「동해」, 「봉별기」, 「지주회시」, 「지도의 암실」, 「황소와 도깨비」, 「종생기」 등 10편이 있다.

이같이 그리 많지 않은 몇개의 소설은 그의 몹시 난해한 시의 해석이라고 볼 수 있고, 또한 그의 우수한 수필들은 소설에 대한 해석이었다고도 볼 수 있을 것이다.

대체로 이상의 시나 소설은 엉뚱한 세계를 보여주었고 특히 소설은 에세이적인 스타일로 구사되고 있다는 것이다.

더욱이 이상의 문제작으로 흔히 예거되는 「날개」만 보더라도 일인칭 소설로서 주인공의 독백을 느닷없이 벌려 놓고 있지 않는가. 또 이 작품의 특징은 우리나라 심리주의의 전형으로 볼 수도 있다. 「날개」는 그 작품을 요리해 간 솜씨보다도 먼저 그 작품 세계 자체가 작자의 자의식의 설계였다는 것이 더욱 문제될 것이다. 그 음침한 33번지의 단칸방에서 주인공은 돋보기를 갖고 장난을 하거나 매춘부인 아내의 화장품을 갖고 놀고, 그것이 싫어지면 엉뚱한 생각에 잠겨 버리곤 하는 것이다.

> 나는 내가 지구위에 살며 내가 이렇게 살고 있는 지구가 진풍신뢰의 속력으로 광대 무변의 공간을 달리고 있다는 것을 생각할 때에 참 허망하였다. 나는 이렇게 부지런한 지구 위에서는 현기증 날 것 같고 해서 한시 바삐 나려 버리고 싶다.

5. 삼분신(三分身)의 주제

이런 식의 자의식이 더 한층 강렬히 드러난 것은 씨의 「종생기」일 것이다.

> 나는 찬밥 한술 냉수 한 목음을 먹고도 넉넉히 일세를 위압할 만한 <고언>을 연발할 수 있다. 그런 지혜의 실력을 가졌다. 그러나 자의식의 절정이에 발돋움을 하고 올라선 단말마의 비결을 보통 야시(夜市) 국수버섯을 팔러온 시골 아주먼네에게서 너푼에 그냥 주고 그만 두는 그렇게까지 자신의 에티켓을 미화시키는 겸허의 방식도 또한 무수히 터득하고 있는 것이다.

이상의 이러한 자의식보다도 주제의 해체를 보여주고 있는 것은 「실화」라고 할 수 있을 것이다.

「실화」에 나타난 이상의 주제는 '나', '너', '이상'이라는 분신의 착란으로부터 자기를 완전히 해체해 놓았다. 「실화」의 작자인 '나'가 서술하는 형식으로 기록된 이 작품에는 '나' 이외의 또 하나의 '이상'이가 등장하고 있다는 것이다. 이들은 서로 다르게 존재하면서도 서로 관련성을 깊이 지니고 있다.

다시 말하면 이상의 주체가 3분신의 어느 곳에서도 찾아 볼 수 없다는, 결국 '나', '너', '이상'이라는 분신이 이상의 주체가 완전히 해체되어 있다는 것을 구체적으로 말해주는 것이 아닐 수 없다.

어쨌든 이상의 모든 난해한 관념적인 문학세계는 1930년대의 우리 청년들에겐 더없는 혜택이었던 것이다. 뿐만 아니라 근자에까지도 몹시 센세이셔널하게 터치된 일이 사실이다.

그러나 단순히 이러한 맹목적인 입장에서 보다도 이상 문학이 우리 근대 정신사에 남긴 공로를 높이 평가한다는 의미에서 이상의 문학이 좀 더 소중히 다루어지기를 바라는 것이다.

(『한국근현대작가작품론』, 성균관대출판부, 1993)

계몽의 선구자 — 심훈론

1. 3·1운동의 선봉

사람은 태고 때로부터 탈을 쓰고 춤추는 법을 배워왔다. ……돈의 탈을
쓴 놈 권세의 탈을 쓴 놈 명예 지위의 탈을 쓴 놈……또한 요술장이들의
손에서는 또한 연애라는 달콤한 술이 빚어 나온다. 모든 무리는 저희끼리
그 술을 마시고 환호한다. 그러나 눈 깜작할 사이에 향기롭던 그 술은 사
람의 창자를 녹이는 실연이란 초산으로 변하여 버리는 것이다.

바로 이것이 심훈의 인생관이요 문학관이라고 해도 좋다. 실로 이로부터
씨의 문학이 싹트고 결실된 것이라고 본다.

씨가 태어난 것은 1904년 9월 13일 노량진에서였다. 대섭이란 본명으로
상연씨의 넷째 아들로 두형과 한 누이동생의 틈에서 자랐다. 비교적 양반
축에 드는 가문에서 골육이 성장해 갔다.

1915년에는 서울 교동보통학교를 거쳐 경기제일고보에 진학하게 되었다.
3학년이 되던 해에는 전주 이씨과 결혼까지 했으니 그때 심훈의 나이 겨우
18세였다.

다음해 — 3·1운동이 터지자 학생의 몸으로 선봉에 나섰던 이가 바로
심훈이었다. 마침내는 투옥되어 모진 형극을 겪은 뒤 집행유예로 간신히 석
방되었다. 씨의 시집 『그날이 오면』의 서두에 적혀져 있는 「어머님께 드리
는 글월」은 그 당시 옥중에서 비밀히 부쳐진 편지이다. 이 일기에는 벌써부
터 상당한 문학적인 향기가 서려져 있지만 공공연한 발표작은 없었다.

다음해인 1920년 중국으로 유학을 택했다. 애초에는 일본으로 지망했으

나 배일(排日) 사상에 충만된 집안의 반대로 좌절되고 말았다. 그래서 북경, 동경, 상해를 거쳐 항주 원강대학에서 한때 수학을 하게 되었다. 뒷날에 발표된 「동방의 애인」이라든지 「불사조」 등은 모두 당시의 생활을 소재로 한 것이다.

1923년에는 학업을 단념하고 귀국해서 동아일보 기자로 취직했다. 다음 해에는 가정 형편이 여의치 못해 부인 이씨와 비극적인 이혼을 빚어냈다. 이런 분위기 속에서 씨는 우리 영화에 특별한 관심을 갖게 되었고 탐정영화 소설 「탈춤」을 동아일보에 발표해서 첫 출발을 삼았다. 갑자기 쇠약해진 근육염으로 1929년에는 8개월간의 병상에 파묻혀 있기도 했다. 이 해, 영화 「먼동이 틀 때」를 자신의 시나리오와 감독으로 개봉까지 해서 인기를 끌었다.

또다시 일본의 유학 길을 꿈꿔 봤으나 결국 허사가 되고 조선일보와 중앙 일보에 전전하면서 기자 생활을 되풀이 했다. 1930년에는 중편 「동방의 애인」을 조선일보에 연재하다가 그만 일경(日警)의 간섭으로 아깝게도 정지되고 말았다. 지나치게 민족 의식이 작품상에 노출되었던 탓이다. 그 뒤 「불사조」 역시 같은 이유에서 정지 처분을 받았다고 한다.[25]

이 무렵에 안씨와 재혼한 심훈은 불안한 경제 생활에 허덕이다가 충남 당진으로 낙향했다. 여기에서 자택을 필경사라 이름짓고 창작 생활에 전념했다고 한다. 이때 생산된 것이 농촌 계몽문제를 제재로 한 「영원의 미소」 와 「황공(黃公)의 최후」였다.

1935년 중앙일보에 장편 『직녀성』을 발표했는데 그것은 전실 이씨에 대한 야릇한 회고적 감정의 발로였던 것이다. 한편 동아일보 현상모집에 장편 『상록수』가 당선되어 혜성처럼 문단에 데뷔했던 것이다. 이 상금으로는 상록학원을 설립했다. 바로 오늘의 상록초등학교의 모체이다.

그는 당시 센세이셔널 했던 『상록수』의 출판문제로 상경했다가 장질부사로 대학 병원에서 갑자기 숨을 거두었다. 바로 1939년 9월 16일 — 씨의

---

25) 완결된 「불사조」는 씨의 제씨가 가필한 것.

나의 36세였다.

세상을 등진 씨에게는 미망인과 세 아들이 쓸쓸히 남아 있을 뿐이다.

2. 「브·나로드!」(인민에게로)에 박차

심훈이 중학시절부터 문학소년이었던 것은 씨의 옥중편지인 「어머니께
드리는 글월」을 보더라도 충분히 수긍이 갈 것이다.

> 어머님!
> 어머님께서는 조금도 저를 위하여 근심하지 마십시오. 지금 한국에는
> 우리 어머님 같으신 어머니가 몇 백 분이요, 또 몇 만 분이나 계시지 않습
> 니까? 그리고 어머님께서도 이 땅에 이슬을 받고 자라나신 공로 많고 소중
> 한 따님의 한 분이시고 저는 어머님 보다 더 크신 어머님을 위하여 한 몸
> 을 바치려는 영광스러운 이 땅의 사나이외다.
> 콩밥을 먹는다고 끼니때마다 눈물겨워하지도 마십시오. 어머님이 마당
> 에서 절구에 메주를 찧으실 때면 그 곁에서 한주먹씩 주워 먹고 배탈이
> 나던 그렇게도 삶은 콩을 좋아하던 제가 아닙니까. 한알만 마루위에 떨어
> 지면 흘금흘금 쳐다보고 다른 사람이 먹을세라 주워 먹기가 한 버릇이 되
> 었읍니다.

오히려 소년이었던 심훈이 어머님을 위로하면서 감방안에서 일어난 일들
을 구김없이 적고 있다. 여기서 독립정신은 결코 사라지지 않는다는 것, 그
때문에 많은 고생을 당하면서 아무런 불평이나 걱정없이 끝까지 싸울 결심
만을 더욱 굳게 하고있다는 것을 잘 기록하고 있다.

심훈의 초기 작품이 강인한 민족의식으로 해서 일경의 비위를 거슬려서
붓을 꺾어야 했던 것은 너무도 당연한 일이다. 어린 시절부터 남달리 애국
애족에 불탔던 씨에게는 그것이 문학을 통해서 분화구처럼 솟구쳐 올랐으

리라는 것은 짐작이 가고도 남음이 있다.

바로 그것이 「동방의 애인」이나 「불사조」와 같은 작품이었다는 것은 앞서도 예거한 바이지만, 씨의 그리 많지 않는 모든 작품이 민족 의식에 충만되어 있는 것이다.

이러한 민족 의식을 문학으로 반영한 것은 심훈뿐이 아니라 1930년대의 거의 모든 작가가 그러한 방향으로 정진하고 있었다는 것을 우리 문학사는 밝혀주고 있다.

당시의 현실이 칠흑 같은 암흑 세계로 뒤덮이자 경향적으로나 갈 길이 꽉 막히고 대신 통속소설로 흐르게 되었던 사실을 한번 상기할 필요가 있을 것이다. 그래서 일부의 작가들이 세태소설과 신변소설을 쓴 것이다. 물론 역사소설을 쓴 작가도 있지만 이 주류와 호흡에 일치한 작가가 바로 심훈이었던 것은 틀림없다. 그러나 씨는 결코 저속한 통속 소설로만 낙착되지 않고 경건한 항일정신과 민족의식의 작품화를 기도했던 것이다. 때문에 씨의 대표작에 해당되는 『상록수』가 동아일보에 당선된 것도 결국은 「브·나로드」(인민에게로!) 운동에 합치되었던 객관적 이유가 있는 것이다.

단순히 젊은 청춘의 연애 감정을 흥미적으로 자극시켰다는 데서 뿐 아니라 뚜렷한 소설의 테마가 밑받침되어 있었다는 사실이 더 큰 것이다.

여기서 우리가 심훈의 작품 세계에 이상적인 민족의식이 강하게 작용되어 있음과 함께 유의해야 할 것은 씨의 문장이 얼마나 원숙하게 세련되고 있는가 하는 것을 놓칠 수 없는 것이다.

실상 계숙은 미인이라느니 보다 함박꽃처럼 탐스럽게 생긴 여자다. 이목구비가 좀생이별 같이 옹기종기 달라 붙고 머리 뒤가 홿아논 것처럼 함치르르하고 몸집이 앙바틈해서 씨암닭 걸음을 걷는 서울 여자와는 정반대다.

관북의 태생이라 손발이 좀 큰 대신에 살이 희고 목이 상큼하게 패이고 허리가 날씬한 데다가 종아리가 깎아 세운 것처럼 매끈해서 뒤꿈치 높은 구두를 신으면 서양 여자와 분간을 할 수 없을 만큼 각선미의 은택을 입었다.

― 「영원의 미소」 중에서.

이처럼 한 여인의 윤곽을 그리는데도 몹시 세심한 자연주의적 표현을 하고 있다는 것을 누구나 쉽사리 느낄 것이다. 그만큼 씨의 문장은 완전하리만큼 자유 자재로 구사한 필치를 지니고 있었다는 얘기이다

3. 사랑을 민족의 운명속에 순화

밤, 깊은 밤
바람이 뒤설레며
문풍지가 운다.
방, 텅빈 밖안에는
등잔불의 기름 조는 소리뿐.
쥐가 천장을 모조리 쏘는데
어둠은 아직도 창밖을 지키고
내 마음은 무거운 근심에 짓눌려 깊이 모를 연못 속을 자맥질한다.
아아, 기나긴 겨울밤에
가늘게 떨며 흐느끼는
고달픈 영혼의 울음소리
별없는 하늘 밑에 들어 줄 사람 없구나!

이것은 「영원의 미소」의 첫머리에 붙여진 「서시」이다. 시인이 아닌 심훈이 그대로 하나의 낭만주의 시인이라고 해도 좋을 것이다. 하기야 엄밀히 따져서 값싼 쎈치를 벗어날 수 없다고 뚜껑을 덮어두면 그만이겠지만.

그대로 독자의 심금을 움틀거리게 할 전달력과 감동력을 겸비했던 작가임에는 틀림없는 것이다. 심훈의 독자는 오늘날까지도 젊은 층에 유달리 많

고 그 중에서도 소녀들이 압도적이란 것이 바로 입증하는 것이다.

이를테면 「상록수」 속에 등장하는 주인공 동혁의 영신에 대한 애정 편지의 한 토막만 보더라도 감미로운 감정에 사로잡힐 것이다.

영신씨! 우리의 청춘은 동아줄로 칭칭 얽어서 어디다가 붙들어 맨 줄 압니까? 우리의 일이란 관뚜껑을 덮을 때까지 끝나는 날이 없을 것이니 사업을 다 하고야 결혼을 하려면 백살 천살을 살아도 노총각의 서글픈 신세는 면하지 못하겠군요. 조선안의 그 숱한 색씨들 중에 최영신 석자만 쳐다보고 눈을 꿈벅 꿈벅하고 기다리는 나 자신이 못나기도 하고 어찌 생각하면 불쌍하기도 합니다.

그렇다고 결코 동정해 주기를 바라는 것은 아니나 하루 바삐 우리들이 생활을 같이 하고 힘을 한데 모아 서로 용기를 도와가며 일을 하게 되기를 매우 조급히 기다리고 있오이다. 며칠 틈만 얻게 되면 또한 삼백리 마라톤을 하지요. 부디 부디 몸을 쓰게 되었다고 무리한 일은 하지 마십시오! 그 것만이 부탁이외다. 당신의 영원한 보호병정.

이토록 지극한 호소에 대한 영신의 반응은 몹시 냉담한 것이었고 결국은 이상적 사업을 시종일관하는 것이다. 여기서 영신의 독백을 잠깐 소개해 본다.

그렇다. 그와 평생의 고락을 같이 약속을 하였다. 나는 그이를 이 세상의 누구보다도 사랑한다. 열렬히 사랑한다. 그러나 결혼을 한다고 나 한몸을 그에게 의지하려는 것은 아니다. 밥을 얻어 먹고 옷을 얻어 입고 자녀를 낳아 주기 위한 결혼을 꿈꾸는 것은 결코 아니다. 두 사람이 육체적으로 결합이 된대도 내가 할 일이 따로 있다. 이 현실에 처한 조선의 인테리 여성으로서 따로이 해야 할 사업이 있다. 결혼이 그 사업을 방해한다면 차라리 연애도 결혼도 하지 말아야 한다. 청상과부처럼 미쓰·빈링스처럼 독신으로 늙어야 한다.

마침내 영신은 독신주의자가 되었고 농촌의 개방과 무산 아동의 교육을 위해서 일일을 하다가 둘도 없는 생명을 바쳤다.

이러한 비극은 얼핏보면 가벼운 센치멘탈로 간주될 수 있지만 연애지상주의로 파묻혀 가던 젊은 독자들에게 퍽이나 큰 자극을 주었으리라는 것을 추측할 수 있을 것이다. 사랑을 조국과 민족의 운명속에 보충시키고 순화시켜 보려는 심훈의 작가의식이 강렬히 풍겨지고 있다.

어쨌든 심훈은 그의 최대걸작 『상록수』를 마지막으로 세상에 내놓고 영영 불귀의 몸이 되었다.

4. 조선은 술을 먹인다

남달리 썩어드는 현실을 안타깝게 바라보며 낙지발처럼 흐늘거리던 젊은 이들을 잡아 일으켰던 심훈, 「영원의 미소」 속에 적어 놓은 산문시 「조선은 술을 먹인다」를 읽으면 저절로 수긍될 것이다.

조선은 술을 먹인다.
젊은 사람의 입을 어기고 독한 술을 들어 붓는다.

그네들의 마음은 화장터의 새벽처럼 쓸쓸하고
그네들의 생활은 해수욕장의 가을과 같이 공허(空虛)하여
그 마음 그 생활에서 다만 한 순간이라도 떠나 보고자 술을 마신다.
아편 대신으로 죽음 대신으로 알콜을 삼킨다.

거리마다 양조소(釀造所)요 골목마다 색주가다.
카페의 테불을 뚜드리며 술잔을 부수는 창백한 얼굴이
이땅의 테로리트라면 문앞에 오줌을 깔기는 용감한 사나이는

피가 끓은 가두의 반역자란 말이냐?

그렇다면 밤 깊은 거리의 전봇대를 붙잡고 통곡하는 흰두루마기는 이
바닥의 비분을 독차지한 지사로구나!

아아 조선은 술을 먹인다

마음 약한 제 자손의 입을 어기고 술을 퍼붓는다.

생재목에 알콜을 끼얹어 태워 버리려 한다!

여하튼 그리 많지 않은 씨의 작품들은 문학적으로 그리 높이 평가되지
않고 있는 반면에 오늘날까지도 독자들의 가슴을 여지없이 두드려주고 있
다.

춘원 이광수와 더불어 씨는 우리나라 계몽운동의 선구자로서의 비애를
한아름 가득히 가슴에 안은 채 가버린 것이다.

(『현대작가론』, 이우, 1983)

농민문학의 선봉 — 이무영론

1. 시정문학에 압증(壓症)

흔히 무영을 가리켜 '농민문학의 선구자'라고 한다. 실로 흙을 문학으로 삼고 흙으로 돌아간 작가가 바로 이무영이다. 그의 헤아릴 수 없는 많은 단편과 장편 그리고 희곡들은 모두가 농민문학의 선구자로서 그 이름을 떨치기에 역력한 발자취였다. 꾸준히 이 땅의 농민들을 위해서 농촌소설만 쓰던 그가 6·25뒤에는 도시를 제재로 한 시정소설로 그 작품 세계를 뒤바꿔 놓았다. 그러면서도 그는 그것으로 큰 만족을 얻지 못하고 고독에 파묻혀 있어야 했다.

"충실한 생활인이 되기 위해 전심전력, 청렴결백, 자실건전, 그리고 굳건하자." — 이렇게 딱딱한 표어를 생활신조로 삼았던 무영. 그가 2남 4녀를 거느린 가장으로서 충실한 아버지가 되었는지는 몰라도 조금도 자만하지는 못했다. 몹시 현실적이면서도 그실 현재에 자만할 수 없었던 것이 무영이었는지 모른다.

해군에서 퇴역을 하고 문총(文總) 최고위원으로 활약했으나 그것도 만기 전에 감투를 아낌없이 벗었던 일은 그의 비타협적 성격의 일면을 말해준다. 얼핏 보기엔 퍽 사교적이어서 친구가 많은 듯했으나 자별한 친구가 없었다고 한다.

아무튼 무영은 농촌에 파묻혀 살면서 이 땅의 농촌문학의 광맥을 찾는 성실한 광부였음에 틀림없다. 아마도 6·25가 없었던들 벽촌에서 계속 농촌소설을 썼을 것이다. 남달리 농토에 애착을 갖고 농촌을 사랑했던 그는 군포 농장에 살면서 별로 이사할 것을 생각지 않았던 것 같다.

6 · 25때 집이 폭격을 당하지 않았던들 쉽게 상경하지 않았을 것이다. 서울에 올라온 뒤에는 도시소설로 전신했는데 이것은 어디껏 권태에서가 아니라 자신의 생활환경이 달라진 탓이었다.

언젠가는 도시생활과 시정문학에 염증을 느꼈던지 혹은 어떤 사명감에서인지, 농촌소설을 지망하는 작가들이 농촌을 시찰하고 농촌소설을 써야 한다고 제창한 일까지 있었다. 그러나 그것도 그의 뜻대로 이루어지지는 못했으니 어쨌든 유감이 아닐 수 없다.

인간에게 있어서도 사교뿐만 아니라 사사로운 생활에 있어서까지도 고독의 주인공이었던 무영. 이렇듯 고독했기 때문에 그는 문학에서 고독한 자기를 표현하려고 한 그의 문학은 그 고독의 표백으로 나타낼 수밖에 없었던 것이다.

2. 참다운 문학에 회의

이무영은 1908년 1월 충북 음성 산골에서 태어났다. 여섯살 되던 해에 향리에서 20리쯤 떨어진 충주 용원으로 이사했고 시인 이흡과 죽마지우가 되었다고 한다. 이 무렵의 사정은 그의 「목마타던 시절」에서 밝혀 주고 있다.

이무영이 문학에 남달리 관심을 쏟게 된 것은 중학 2년 때부터 동화, 소년소설 등을 탐독한 데 있고, 특히 일본 작가 전산화대(田山花袋)의 「이불」을 읽고 감동한 것이 직접적인 동기라고 한다.

13세에 본격적인 문학수업을 결심하고 일본으로 건너갔다. 1년 동안 노동으로 고생하고 일본 작가 가등무웅(加藤武雄)의 집에 기숙하면서 4년간 소설작업을 했다. 이 무렵 이무영은 일본의 저명한 작품은 물론이요, 불문학이나 노문학까지도 두루 통독할 기회를 가졌다. 그러나 단순히 도취된 문학청년으로서의 무영은 아니었고, 여기에서 진정한 문학에 대하여 상당한 회의를 가졌던 모양이다.

이무영이 20세 되던 해(1926년)에는 처녀 장편 「의지없는 영혼」(일명; 의

지없는 청춘), 「폐허」 등을 무영이란 아호(雅號)로 발표하게 되었다.

다음해어 그는 일본에서 귀국했으나 그에 대해서 우리 문단이 쉽사리 작가 대우를 하려고 들질 않았다. 하는 수 없이 비관하면서 소학교 교원이나 잡지사 기자로 전전하면서 다시금 문단 진출을 꿈꾸며 창작활동을 게을리 하지 않았다. 이무렵 염상섭, 이은상, 서항석 등의 문단 선배와 겨우 알게 되었다.

그로부터 무영은 중편 「지축을 돌리는 사람들」, 단편 「B녀의 소묘」, 「창백한 얼굴」, 「흙을 그리는 마음」, 「오전 영시」, 「세창계」, 「궤도」 및 희곡 「탈출」, 「아버지와 아들」 등을 계속 발표함으로써 겨우 신인 자격을 얻게 되었다.

1934년에는 동아일보에 입사해서 학예부 기자로서 문단의 여러 선배들과 교우를 맺고, 이때 장편『먼동이 틀 때』, 단편 「농부」, 「당기삽화」, 「루빠쉬카」, 「오도령」, 「용자소전」, 「취향」, 「우심」, 「노래를 잊은 사람」 및 희곡 「톨스토이」 등을 발표했다.

1953년 고일신 여사와 결혼한 그는, 단편 「출가」, 「농부」 및 소년장편 「똘똘이」를 연재해 갔다. 다음해에는 단편집 「취향」을 출간했다. 이때 이른바 「일장기말소사건」으로 동아일보가 정간되자 옛 벗 이흡과 함께 순 문예집『조선문학』을 창간해서 얼마간의 성과를 거두었으나 곧 손을 떼고 말았다.

사업에 실패한 그는 이흡을 따라 낙향했다. 그곳에서 「궁촌기」나 「흙의 노예」 등 농촌을 배경으로 한 그의 이른바 농민문학을 창작했던 셈이다.

1·4후퇴까지의 17, 8년을 이 농토에서 작가생활을 하면서 단편 「딸과 아들과」, 「제1막 제 1장」, 「어떤 아내」, 「도전」 등을 계속 발표해 갔다.

1940년에 그의 제3단편집『흙의 노예』가 출간되고, 1934년에는 조선예술상을 받았다. 한편 8·15 이후에는 계속 농민소설을 쓰면서 서울대학교에서 「소설론」의 강의를 맡게 되었다. 또 서울신문에 장편『그리운 사람들』을 연재하다가 6·25로 중단되고 말았다.

6·25동란 중에는 문우인 윤백남, 염상섭 등과 함께 해군에 정훈장교로

3년 반을 근무했다.

제대 후에는 단편 「광무곡」, 「고추잠자리 뜰 때」, 「역류」, 「비련」, 「숙향의 경우」, 「송 미망인」, 「벽화」, 「아침」, 「그전날밤」, 「작은 반역자」, 「팔각정 있는 집」, 「발착점에 선 사람들」 등을 계속 내놓았다.

1956년에는 서울특별시문화상을 받고, 이헌구, 백철, 이하윤 제씨와 함께 펜클럽 런던 대회에 참석했다. 구주(歐洲)여행 후에는 평론분야에 참여하기도 했고, 장편 『창』과 『난류』를 신문에 연재, 그의 작가생활의 피날레를 장식한 것은 1959년 동아일보에 발표한 『계절의 풍속도』였다.

불붙는 투지로써 문학에 임했던 이무영은 1960년 4월 21일 갑작스런 뇌일혈로 53세의 단명으로 타계했다.

3. 인간적인 애증을 분별

초기 작품에 별로 성과를 거두지 못했던 이무영은 조금도 실망치 않고 귀국하자 몹시 곤란한 생활현실에 부딪치면서도 추호도 현실과 타협할 줄을 몰랐다. 그가 최초로 우리 문단에 작가로 알려진 것은 중편 「지축을 돌리는 사람들」이었는데 이것은 자신의 이야기를 그대로 옮긴 것이었다.

이것을 세상에 내놓은 지 2년 뒤인 1934년부터 본격적인 농촌소설을 집필했던 것이다. 이무렵 한참 유행하던 이른바 경향파문학에 동조하는듯 해서 한때 그는 경향파 작가란 말을 듣기도 했다.

1936년의 「만보노인」을 필두로 1939년에 내놓은 「제1막 제1장」은 가히 그의 출세작이었다. "흙냄새를 싫어하는 것이 사람이냐? 그깐놈 눈만 다락같이 높았지?" 이런 대사가 어필하게 풍겨주는 「제1막 제1장」은 바로 작가의 실감있는 얘기를 담고 있다.

작중에는 소설가 '김수택'이 주인공이다. 좀처럼 얻기 어려운 신문사 기자직을 집어치우고 낙향해 버린다. 기자 생활이 작가 생활을 망쳐놓는 것이라고 생각했기 때문이었다. 흙냄새를 싫어하는 놈이 사람이냐고 했던 아버지가 아들을 용서하고 반겨했다. 아버지에게서 여덟마지기의 논을 떼어 얻고 퇴직금으로 집을 사서 '수택'의 농촌 생활이 벌어진다. 아버지 '김영감'은 아들을 끌고 다니며 꼴을 베는 일에서부터 모든 농사일을 정성껏 가르쳤다. 그해 '김영감'네 수확은 스물두마지기에서 사십석이 났으나 소작료와 비료대, 그리고 지세까지 떼고 나니 벼 여남은 섬뿐이었다. 사람들이 말리는 것도 가리지 않고 '수택'은 볏가마니를 지었다. 휘청거리는 다리로 눈물과 코피를 쏟으면서도 내일은 우리 논 닷마지기의 타작이라고 즐겨했다는 얘기다.

「제1막 제1장」은 귀향 뒤의 첫 작품으로서 순전히 농촌에 대한 사랑에서 쓰여진 것이었다. 그러나 그 뒤부터는 소작인의 편이 되어 그들의 입장을 미화하거나 옹호하는 편에 섰다.

다시 1940년에 「흙의 노예」를 써서 귀농작가의 후일담을 심각하게 피력했다. 이것은 「제1막 제1장」이란 부제가 붙은 작품이기도 하다. 여기선 농촌의 대중인 소작농을 주인공으로 내 세워 심각한 얘기를 전해주고 있다. 이런 소작농들이 일제의 식민지 통치와 지주의 가혹한 이중 착취속에서 굶주림을 볼 때 작가로서 그것을 그대로 넘겨버릴 수 없었다는 것이다.

이토록 흙을 사랑하고 영락한 농민을 지극히 사랑한 반면에 악질적인 지주나 중농을 원수처럼 미워했다. 그는 인간적으로 애증의 구별을 확실히 지니고 문학에 표현했던 것이다.

4. 고독과 현실부정

해방뒤 첫 장편으로『삼년』을 내놓았다. 원명(原名)은『피는 물보다 진하다』였다. 해방 뒤의 어수선한 3년 동안을 스케치한 것이다. 그러면서 우리 사회의 이면상을 파헤쳐 보았다. 이러한 경향과 사정은 그로 하여금 목적소설을 썼다는 이유가 되기도 했다.

이무영은 1954년에 장편『농민』을 내놓아 흙의 문학의 관록을 과시했다.

말하자면 『농민』은 무영의 흙의 문학의 결정판이었다. 작가가 반 도시적인 입장에서 귀농해서 쓴 작품중의 하나다. 원래 『농민』은 5부작 계획으로 작자 생전에 단행본으로 출간한 이 작품은 그 제1부에 해당한다.

『농민』에선 토호(土豪)들의 가련한 희생물로서 갖은 수탈과 학대를 당해 온 비천한 농민들이 동학군의 힘을 빌어 골수에 맺힌 양반토호에 대한 원한을 풀고자하는 반항정신마저 풍겨져 있다. 충주읍 근처 미륵동에는 김승지, 탑골에는 박의관이라는 두 토호가 양민들을 괴롭혀 왔다. 김승지는 장쇠의 아내 금순이를 욕보였다. 금순이는 목을 매어 자살했고 아내를 잃은 장쇠는 오히려 누명을 쓰고 죽도록 매를 맞았다.

장쇠는 한창 기세를 올리고 있던 동학군에 가담했다. 한패를 거느린 두목이 되어 근처의 산에 입산했다. 그는 김승지 부자, 박의관 부자, 그리고 아내를 유괴해간 노랑할멈 등을 붙들어 왔다.

종 문서와 빚 문서를 태우고 그들이 쓰던 형틀을 들여다가 다루었다. 소식을 들은 마을 사람들이 몰려와 저희 손으로 처치하겠다고 아우성을 친다. 장쇠는 비로소 자기의 정체를 밝히고 진정시켰다. 이때에 동학군을 쫓아 관군이 나났다는 소식이 들려왔다. 군중은 몸을 피하느라고 크게 소동을 벌이는 통에 남장하고 나타난 김승지의 딸 미연이와 박의관의 아들 일양이는 각각 자기네 부모를 구해 달아난다는 사연이다.

확실히 『농민』은 이무영의 야심작이요, 대표작이라고 할 것이다. 지금까지의 농촌소설에서 보였던 소박한 순정과 인내 그리고 경제적 곤란을 극복해 보려는 몸부림에서 진일보한 것이었다. 모름지기 『농민』에서는 농민의 반항적인 투지까지도 그려보려 한 것이었다.

작가 이무영이 마지막으로 세상에 내 놓고 간 『계절의 풍속도』 같은 애정소설도 있지만 그의 특징은 아무래도 농촌소설에서 찾아야 할 것이다.

『계절의 풍속도』에서는 젊은 여자와 중년 이상인 스승과의 애정관계를 펼쳐 보였다. 그들은 서로 사랑은 하면서도 결코 한선을 넘지 못한다는 것이다. 마구 뒤흔들어진 사회악을 구출하려는 작가의 보수적 의도가 부각된 것이다.

6·25 이전까지의 농촌문학에 일관했던 그가 이후에는 일종의 시정문학으로 옮겨갔다. 이를테면 「비련」, 「숙향의 경우」, 「송 미망인」 등 단편에서부터 『창』, 『난류』 등 장편을 통해서 새로운 애정윤리를 추구해 갔다.

그러나 이러한 일련의 시정소설은 모두가 자신의 고독과 현실 부정에서 오는 솔직한 반발 의식에 불과했다. 어쨌든 근 30년에 걸친 무영의 문학은 이 땅의 농민문학의 거성으로서 영원히 빛을 잃지 않을 것이다.

5. 겸허한 인격

외견상 거무테테한 얼굴의 무뚝뚝한 인상을 주었던 무영 ─ 그는 이땅의 농민문학을 위해서 자기의 온 생애를 불태워 버렸다. 그것도 어쩔 수 없는 숙명과 의식에서 땅을 파헤치고 그 속에서 진실하게 살려던 작가가 바로 다름 아닌 무영이었다. 그는 소설의 정신이란 고민하는 정신이요 고행하는 정신이라고 확언했던 것이다.

이 고행을 스스로 택했던 그는 자기의 50평생을 심오한 문학세계의 길로 끈기 있게 정진해 갔다. 이같은 다짐은 그의 예술과 작가의 정신에서 선명히 피력되고 있다.

> 작가의 정신이란 곧 소설의 정신이요 소설의 정신이란 진실의 정신이다.
> 소설, 아니 일체의 예술이란 진실의 표현이기 때문이다. 진실이 없는데는
> 시도 소설도 회화도 음악도 찾아볼 길이 없다.

이토록 진실을 되뇌이고 추구했던 무영은 몹시 고독한 작가 생활을 이어간 것이었다. 이 점에 대해서 그의 생존시에 가장 가까웠던 문우인 박영준은 다음과 같이 술회하고 있다.

> 나하고는 어떤 의리감 같은 데서 가까왔던 것이지만 어쨌든 씨가 나에

게 가정적 고민을 말한 것은 꼭 한번밖에 없었다. 말하자면 무영이란 이름을 지을 때부터 씨는 자기가 고독하게 살아야 할 운명을 성격적으로 지니고 있음을 알았던 것 같다. 현실에 충실하려고 하면서도 충실할 수 없었다는 건 자체가 고독한 일이 아닐 수 없다.

　실상 그는 사회생활에 있어서 언제나 고독 속에 깊숙이 빠져 있었다. 이를테면 그가 서울대학교나 숙대, 단대에서 한때 교편을 잡았으나 별로 오래 지속치 못했다. 그 탓은 모두가 강직한 그의 비타협적 성격에서였을 것이다.

　또 무영의 젊은 시절의 모습은 동아일보의 기자생활을 같이 했던 최호원의 회상에서 역력히 말해주고 있다.

　　무영이 나와 책상을 나란히 하고 한 사무실에서 같은 일을 맡아보게 된 것은 아마 1934년의 일이 아니었나 한다.

　　그 얼마 전 나는 당시의 동아일보사장 고하 송진우 선생의 명령으로 같은 사옥에 있는 자매지 「신동아」의 일까지 맡았다.

　　그때의 동인으로는 인하공과대학의 학장을 지낸 최승만씨, 그리고 수주 변영로시인, 그리고 중앙여자고등학교 황신덕 교장, 최영수(납북) 등이 있는데 무영은 입사와 동시에 문예란을 담당하였다. 그리하여 그는 집필에 원고청탁, 취재 등 눈코 뜰 새 없이 바빴다.

　　그뿐만이 아니라 신인작가였던 그에게는 당시 사무실에 찾아오는 작가, 시인 거의가 선배이어서 원체 겸허소박하고 공손한 그는 그들 응대(應待)에도 분주하여 — 돌아갈 때에는 반드시 일어서는 예의를 잃지 않았었다.

　　지금은 어떤지 시문인이 아닌 나는 겪지 않아 알 수 없지만 듣자니까 추천이니 무엇이니 어설픈 수속만 밟고 나면 작가연(作家然) 시인연(詩人然)하는 실없는 허세가 되려 선배를 욕설함이 예사라니 「시인」, 「작가」라는 고귀한 이름이 그렇게 아무렇게나 주어질 것은 아닐 것이다.

　　내가 시문하는 처지라면 또 한바탕 욕설의 대상이 될 일이지만 이럴수록 무영의 인간미를 잊을 수가 없는 것이다.

이와 같은 인상기에서 말해주듯이 무영은 몹시 겸허한 인격으로 그의 한 평생을 일관한 것이었다.

6. 문학이론가요 비평가

비평에 유쾌치 않은 어귀를 쓰는 것은 애정을 느끼는 사람한테는 욕설을 할 수 있을지 모르나 비평은 애정 세계에 살면서도 엄숙한 존재다. 비평에 불필요한 어귀가 드는 것도 비평의 생리가 아니며 애정도 아니다. 비평은 과학이다. 과학에 개인 이야기가 나올리가 없다. 항차 인신공격이 되는 어귀가 든다는 것은 애정으로 친다면 감각된 애정이요, 그렇지 않다면 그것은 악의다.

이렇게 비평가를 공격할 수 있었던 그는 작가이면서도 상당한 문학이론가요 비평가이기도 했다. 그러나 어디까지나 '애정비평'가 되기를 바랐던 것이다.

물론 그가 비평이 본도(本道)가 아니었던 것 만큼 본격적인 것은 거의 없으나 시평을 가끔 발표했다. 그가 문단의 중진으로서 또는 문총의 지도자적 위치에서 시시각각으로 느끼는 테마들을 다루어 놓았다.

「순수와 비순수」란 글에서 그는,

우리는 다같이 문학의 순수성을 수호할 의무를 갖는다. 인간이 순수성 행동의 순수성 내용과 형식의 순수성, 등등 순수를 수호하는 그 정신 자체부터가 순수해야 한다. 그러므로써만 우리는 명실공히 순수의 수호자로서 임두를 다했다 할 수 있을 것이다.

이와 같이 자신의 신념과 작가의 나아갈 길을 가르쳐 주고 있다.

그런가하면 「난해의 극복」이란 글에선 우리 나라 비평의 난해성을 신랄하게 비꼬면서 시, 소설들이 하루속히 난해성을 극복해야 한다고 강조했다.

한편 그는 문학에 대한 진실성을 그 누구보다도 굳게 실천해 보려고 애썼다. 실로 그가 얼마만큼 진실한 작가였다는 것은 그의 일기를 통해서 알 수 있다.

소설이 정말 어려워지는 것 같다. 청탁을 받기만 하면 2, 3일 4, 5일에 척 써내던 일이 신화처럼만 여기어진다. 사상의 빈곤에 있으리라고도 하고, 철학의 빈곤에서 오는 것이라고도 한다. 사상이니 철학이니 어려운 말을 쓸 필요가 없을 것 같다. 생활의 빈곤에서 오는 결과리라. 집에서 학교서 문총으로 문총에서 다방으로 거기서 빈대떡 집으로 — 거의 매일 개미 쳇바퀴 돌듯하는 지금의 생활에서 좋은 작품이 나올리 없다. 어디로 가고 싶다. 훨훨 기분나는 대로 쏘다녀 보고 싶다. 배성정씨가 뇌일혈로 눕다. 늙은 말이 몸에 겨운 짐을 지고 가파른 고개를 넘자니 쓰러질 밖에는 없다. <고혈압>이니, <뇌일혈>이니 하지만 가난병이다. 정말 남의 일 같지가 않다.

자신의 예언대로 1960년 그는 가난속에 살다가 가난속에 돌아가고 말았다. 단 한마디의 유언도 남기지 못한 채 갑자기 세상을 떠난 무영의 장녀 자임 양은 흙을 문학화하고 「흙으로 돌아가신 아버지」를 추억하는 글에서 다음과 같이 회고하고 있다.

정말 아버지는 모난 분이었읍니다. 그로 인하여 우리를 때리는 정은 우리의 주변에 너무도 많았읍니다. 우리는 아버지의 결백함을 먹고 살기에 배고팠고 건전을 쓰고 살기에는 너무 부족함에 슬펐읍니다. 또 이런 조건을 지니고 생활인의 충실성을 기하기에 고달프도록 아버지의 명예와 생활과의 공간을 메꾸기에 무척도 벅찼읍니다.

그것은 무영의 문학적 역량이 절정에 이르고 있을 무렵이고 보니 몹시 슬픈 일이 아닐 수 없다.

(『현대작가론』, 이우, 1983)

여성문학의 선구자 — 최정희론

1. 고통받는 여성의 인간화에 대한 갈구

우리의 근대사에서 흔히 '신여성'이라 일컬어지는 개화여성상은 무엇보다도 먼저 자유분방함과 함께 자유연애, 혹은 서구적 삶의 형태로 연상하게 된다. 이 점은 실제 인물에서 뿐만 아니라 많은 문학작품들의 여주인공에서 쉽게 확인된다. 오히려 때로 신여성의 이러한 면모를 비판적으로 혹은 혹독하게 비판하는 작품도 있다. 이를테면 김동인의「김연실전」같은 경우가 그 대표적일 것이다.

그러나 우리는 이와는 판이하게 다른 진정한 '신여성' 한 분을 최근에 잃었다. 언제나 단정한 한복차림을 할 정도로 깔끔하며 입가에 웃음을 잃지 않는 자상하고 부드러운, 그리하여 문단에서 '만년소녀'로 일컬어지는 최정희 여사가 바로 그분이다. 겉으로는 과거 우리가 고전적 여인상에서 느껴지는 단아한 품격을 외부로 자연스럽게 발산하면서 봉건적 남녀차별과 당대 일제하의 삶의 고통 속에서 이중적으로 억압받는 여성의 문제를 가장 날카롭게 폭로하고 이것을 인간적 차원에서 고민했던 최정희 여사. 바로 이 점에서 우리는 형식적으로「근대적 자유」를 마음껏 구가하고자 했던 신여성과 달리 내용적으로 이의 해결을 위해 진지하게 노력했던 진정한 '신여성상'을 발견해낼 수가 있는 것이다.

그녀의 작품세계는 크게 다음의 세 시기로 구분된다고 말해진다. 첫째로 일제 치하 시기로 문단 등단부터 일제말기「맥(脈)」시리즈 단편을 발표하던 초기활동 시기, 둘째로 8·15 직후「풍류잡히는 마을」등을 쓰던 시기와 마지막으로 1964년 장편소설『인간사』등을 집필하던 시기이다.

2. 우리 문학사에 남겨둔 1인칭 고백소설류의 탁월한 전범

최정희 여사는 1912년에 함경북도 단천읍에서 숙명여고보와 중앙교육학교를 졸업하고, 곧바로 일본에 건너가 신학문을 접하고 동시에 유치진 등이 주도한 「학생극예술좌」에 참여하면서 신문예운동에 눈을 떴다. 그리고 뒤이어 귀국하여 1931년, 나중에 그녀의 동반자가 된 파인 김동환이 주도한 잡지 『삼천리』 기자로 활동하면서 「명일의 식대」, 「람프」, 「정당한 스파이」, 「성좌」 등 다소간 경향성이 짙은 작품을 발표하여 문단에 데뷔하였다. 본격적인 작품활동은 「흉가」(1937)로부터 비롯되는데, 이 작품에서 그녀는 극도의 가난속에서 남들이 다들 피하는 「흉가」를 얻어 살며 홀로 자식을 키워야만 하는 한 신문사 여기자가 공포의 분위기 속에서 밤마다 겪어야 하는 인간적인 갈등과 자기 가정을 지켜내야 한다는 자제의 마음을 예리하게 그려내었다. 또한 「곡상(穀象)」(1938)에서는 남편이 만주에 갔다가 아편중독자가 되어 돌아왔을 뿐만 아니라 자기 자식을 문둥이에게 팔 정도로 타락하게 되는 과정에서 아내가 살기 위해 어떠한 고생도 감수해야 한다는 삶에 대한 끈질긴 집착을 여성의 시선으로 날카롭게 포착하고 있다. 이들 작품들에 대해서 당시 김광섭은 다음과 같이 지적한 바 있다.

학생시대부터 꾸준히 빈한하게 살아온 것이 사회의 모순을 체득케 한 첫 혈(頁)여서 그 첫 혈(頁)가 소설로 나타났으니 어느덧 그는 시대의 가치를 뒤집어놓으려는 동반자가 되었고 소설가 되어 쓰는 것이 대개는 인생과 사회의 부조화에서 오는 길(吉)치 못한 얘기, 그것이 혹은 「흉가」로 나타나고 혹은 「곡상」으로 나타나서 조선의 「흉(凶)」과 「충(蟲)」이 그의 정신사에서 꿈틀거림이 되어 어떤 때에는 의지도 되고 어떤 때에는 실의도 되고 또 어떤 때에는 애수가 되니 여기에 씨의 사상과 감정이 단순하면서 복잡하게 되는 판화도가 있는 듯하다(김광섭, 「인간 최정희 여사」, 『조광』

1939년 3월호, pp.141~142).

　여기서 보듯 사실 최정희 여사는 이 시기에 동반작가로 인식되었다. 더욱
이 그녀가 직접 관련하지는 않았지만 소위 카프 제2차 검거사건이라 칭해
지는 「신건설사사건」에 연루되어 1934년에 9개월간 옥고를 치르기도 했던
것이다.

　그런데 무엇보다도 여류작가 최정희의 면모를 우리 문학사에 확연히 선
그어 준 작품은 일련의 「맥(脈)」 시리즈 단편물이다. 1939년 『문장』지에 발
표한 「지맥」을 필두로 「인맥」(1940), 「천맥」(1941) 등을 통해 작가는 경제적
조건과 사회적 인습 때문에 의식이 깨어 있음에도 불구하고 파멸당해야만
하는 신여성의 삶을 뚜렷이 부조시켰다. 「맥」 시리즈의 첫 주자이자 대표
격인 「지맥」은 동경에서 유학하며 문학을 꿈꾸던 지식인 여성 은영이 사회
운동을 하는 홍민규를 알게 되고 그가 결혼했음에도 불구하고 동지적 삶을
염원하며 학교까지 중퇴하고 동거하게 되지만 민규의 감옥행, 그리고 본부
인과의 마찰, 민규의 죽음, 남겨진 두 아이와 가난의 굴레 속에서 겪게 되는
그녀의 삶의 역정을 1인칭 고백소설의 형태로 탁월하게 묘사하고 있다. 당
시 지식인 여성이 겪는 고통을 1인칭 관점에서 가장 솔직하게 보여줌으로
써 이른바 작가의 진짜 사소설이 아니냐고 느끼게 할 정도로 진실성을 획득
하여 이 작품을 두고 다음과 같은 일화가 문단에 전해오고 있다. 어느날 중
년신사가 그녀의 집으로 찾아와 다짜고짜로 남의 셋방에서 죽도록 고생만
하지 말고 아이들은 자기가 책임질테니 좋은 작품이나 쓰라고 하더란 것이
다. 그녀가 소설 속의 이야기는 자기와 상관없는 이야기라고 아무리 말해도
그 신사는 믿으려 들지 않더란 것이다. 그만큼 이 작품을 통해 그녀는 1인
칭 고백소설류의 탁월한 전범을 우리 문학사에 남겨두었다. 뒤이어 발표된
「인맥」, 「천맥」 역시 이러한 형식으로 지식인 여성이 자유연애를 갈구하다
끝내 어머니 때의 도덕을 다시 받아들이는 과정과 과부 여성이 개가한 다음
불행하게 되어 보육원에 가서 원아들과 함께 어울리면서 고독을 해소하는
과정으로 그려냄으로써 당대 여성문제의 일단을 작품화하였다.

3. 여성의 모성본능이 갖는 건강한 원초적 생명력 강조

8 · 15는 엄청난 해방의 욕구를 부여해주고 더욱이 작가에게 있어서는 정
신적 억압으로부터 벗어나는 계기가 되었다. 그러나 현실은 혼란스러웠고
더욱 고통스러운 것은 여전히 삶이 궁핍하다는 것이었다. 실제로 그녀는
8 · 15직후, 특히 1947년부터 「베겟모」, 「고추」, 「점례」, 「우물치는 풍경」,
「풍류잡히는 마을」, 「수탉」, 「꽃피는 계절」, 「비탈길」 등 활발한 작품활동
을 전개한다. 이들 작품들을 통해 최정희 여사는 초기의 사소설적 주관성을
벗어나 당시 문학적 분위기였던 시대풍경의 묘사에 치중하면서 사실주의적
경향을 보여주고 있다. 이 시기의 대표작으로 손꼽을 수 있는 「점례」, 「우
물치는 풍경」, 「풍류잡히는 마을」 등은 모두 지주의 횡포와 학대를 받으며
살아가는 빈궁한 농민들의 갈등을 그린 단편소설들이다. 「점례」는 배고픔
을 면하기 위하여 가난뱅이 남자와 결혼하려 하지만 지주딸의 혼인날과 겹
친다는 이유로 날짜를 늦추어야만 했고, 버선감으로 키우던 닭을 구하려다
지주가 던진 돌멩이에 끝내 죽게 되는 비극, 거기다가 점례의 원혼을 달래
주기 위해 치루는 굿판에서 무당이 점례의 혼의 소망이라는 핑계로 남아있
는 점례의 재산, 고작해야 혼례를 위해 마련해두었던 단 한 벌의 인조치마
적삼과 외톨백이 닭까지 쓸어가는 세태를 그려주고 있다. 「우물치는 풍경」
역시 극심한 가난 속에서 허기진 남정네들을 위해 동네의 한 과부가 빵을
쪄서 가지고 갔을 때 빵을 향해 달려드는 그들의 이기적인 작태를 그려내
준 작품이다. 이들 작품들은 한편 많은 평론가들에 의해 단편소설의 정통성
을 지킨 작품들로 평가를 받는데, 이른바 빈궁문학이라 일컬어지는 우리 근
대문학의 커다란 한 영역을 인간의 내면적 심리묘사로까지 고양시킨 단편
양식을 성취하고 있다는 데 의거하고 있다.

그리고 이러한 객관적 시대풍경을 주요대상으로 삼았으면서도 그 내면에
는 지금까지 우리 민족의 삶을 책임져 온 남성의 인간적 면모에 대한 비판
이 놓여지면서 최정희 여사가 초기부터 끈질기게 고수해 온 여성의 모성본

능, 그리고 그것이 갖는 건강한 원초적 생명력을 강조하고 있음을 주목해 둘 필요가 있다.

4. 6·25 이후 휴머니즘적 경향을 표방한 장편들

6·25는 우리 민족사의 비극이지만 최정희 여사에게 그것은 가정사의 비극이기도 하였다. 그녀는 6·25가 그어놓은 휴전선 너머로 진정한 '결합'을 추구하며 화환과 축전이 있는 예식장의 '의식'적 행위도 하지 않고 동반자로 맞이했던 남편 김동환과 생이별해야만 했다. 말하자면 그녀의 남편 김동환이 납북당하고 만 것이다. 이미 일제하부터 깨어있는 여성으로서 겪어야만 했던 상처받은 지식인 여성의 여정은 그녀의 작품세계를 또다시 변모시켰다. 이후의 작품세계에서 그녀는 그녀의 삶의 역정이 연륜 속에서 성숙되어진 듯 그 이전과는 달리 서정적 색채의 작품분위기를 펼치면서 휴머니즘적 경향을 강하게 표방하게 된다. 이 시기의 대표적 작품으로 장편 「녹색의 문」(1953)과 「인간사」(1964)를 꼽을 수 있다.

「녹색의 문」은 일제시대 학생운동을 하는 일군의 남녀들을 주인공으로 하여 애정관계를 중심으로 하여 나타나는 복잡한 인간관계와 갈등 모순들을 통해 그로부터 귀결되는 파멸을 담담하게 그려내고 있다. 이를테면 가장 주인공이라 할 수 있는 유보화라는 여학생은 자신이 맨처음 좋아했던 사람은 미술선생이었지만 일방적인 짝사랑이었고 뒤이어 동경에 유학가서 선배와 서로 연인관계에 있던 김영서를 우연히 만나 그로부터 자신을 더 좋아한다는 이야기를 듣고 끝내 그를 좋아하게 되지만 그는 또다른 여학생인 차순과 함께 도망갔다는 이야기를 듣게 된다. 그리고 이야기를 전해준 차순의 애인 이성배에게 정조를 빼앗기게 되고 임신까지 하게 되어 자살을 기도했으나 다행히 미술선생의 도움을 받아 살아나 이성배가 나타나자 미술선생은 자리를 비켜주며 나가자 허전함을 견디다 못해 '아버지'를 부르고 만다는 것이다. 이 소설이 말하고자 하는 바는 바로 주인공 유보화가 자살을 결심했을 때 같은 운명의 길을 밟는 도영혜, 즉 첫 애인이었던 김영서에게 버림받고 딴 남자와 결혼했으나 갈라섰고 아이 하나를 데리고 다방을 하면서 다시 딴 남자와 사는 도영혜가 그녀에게 하는 다음과 같은 말이다.

> 유보화 이것봐요. 인생이란 본래부터 구질구질하게 마련된 것이 아닌가 하오. 그래서 슬픔이 있고 아픔이 있구 한거 아니겠오. 유보화 그 슬픔과 그 아픔 속에서 그 슬픔과 아픔에 패하지 않는 자만이 삶의 가치, 삶의 의의, 삶의 보람을 찾아내는 생의 승리자가 아닐까요. 유보화, 유보화의 말대로 잘못된 지난 일을 모조리 묻어 버리고 그 무덤 위에 굳센 발자국을 남기며 살아봅시다.

한편 「인간사」는 일제하부터 8 · 15와 6 · 25, 그리고 4 · 19에 이르기까지 우리나라 젊은 지식층의 면모를 여성 특유의 눈으로 그려놓은 장편소설이다. 사회운동을 하던 강문오와 자유연애를 구가하는 마채희의 일상적 삶을 중심으로 전반부는 사회운동을 하면서도 기실 그 자신의 일상적 삶은 성격파탄자로서 갖은 음행을 저지르고 마채희 역시 그때 그때의 욕구에 따라 이 남자 저 남자와 놀아나는 바람난 신여성상을 적나라하게 보여준다. 이를테면 강문오는 일본 유학시 좌익운동을 하다 체포되었다가 석방되어 귀국하지만 그 울분을 일상 삶에서는 여성의 성유희로 탕진하고, 마채희 역시 결혼했지만 가난하다는 이유만으로 남편을 버리고 끝내 남편의 후배이기도 한 강문오와 결합한다. 그러나 가산을 탕진하게 되면서 강문오가 가난해지자 마채희는 그와의 사이에 낳은 아들도 버리고 또 다른 돈 잘쓰는 젊은 남자와 도피행각을 벌이고, 강문오 역시 목숨을 연명하기 위해 친일적 행위에 가담하기도 하고 이를 못 견뎌 해방 직전에 사찰에 숨어들지만 거기서도 명복을 빌러 온 여인과 놀아나는 등 추태를 벌인다.

이처럼 전반부는 지식층의 위선과 이중성을 적나라하게 보여주게 되는데 작품 후반부는 이러한 생활의 모순 속에서 싹터 나오는 인간적 성장을 그려내 주고 있다. 마채희가 낳은 배다른 자식들을 키우고 있던 강문오는 마채희의 거처를 알게 되어 그를 찾아나서게 된다. 마채희는 그야말로 누추한 흙구덩이 방에서 살고 있었다. 놀랍게도 그녀는 병들어 누워 있는 남편과 그 사이에서 낳은 신체불구의 세 자식의 실질적인 가장으로서 어떠한 삶의 궁핍도 견디어내는 농촌 여인네로 변해 있었다. 자신과 같이 살자는 제안에 마채희는 "그건 안돼요. 그애들은 나 아니고도 그만큼 컸고 또 앞으로도 나 아니더라도 커갈 거예요. 그렇지만 여기 아이들은 한시라도 내가 아니면 살아갈 수 없는 애들이에요"라고 말한다. 말하자면 가장 피폐한 남편과 불구의 자식들에게 지성과 사랑을 다 바치고 있는 끈질긴 생명력을 내보이고 있는 여인네와 어머니가 되어 있었다. 그리고 강문오 역시 이에 자극받아 자식을 키우는데 전력을 다 바치고 자식들이 커서 4·19데모에 가담하게 된다. 그리고 강문오는 자식을 생각하며 데모행렬에 끼어들었다가 총탄에 맞아 끝내 죽음을 맞게 되며 그때 자신은 죽는다고 생각되는 것이 아니라 창창한 수림 속으로, 출렁이는 강물 속으로 뛰어들어간다고 의식하면서 이 작품은 끝난다. 이처럼 이 소설은 위선과 생활의 이중성 속에서 과거의 생활을 반성하고 다시금 자식을 통해 올바른 인간의 힘이 구현된다는 인간사의 비극과 그 비극을 겪으며 발전해 가는 인간사의 역학을 이야기해주고 있다.

(『한국근현대작가작품론』, 성균관대출판부, 1993)

전후문학의 대표작가 ― 손창섭론

혈서 쓰듯
혈서라도 쓰듯
순간을 살고 싶다.

(一聯省略)

모가지를
이 모가지를
뎅경 잘라

내용없는
혈서를 쓸가!

― 「혈서」 중에서.

1. 목석의 노래

'모가지'를 뎅경 잘라 '내용 없는 혈서'를 쓸려는 작가가 바로 손창섭이
다. 그는 오늘처럼 부도난 지성과 상실된 인간성의 회복을 위해서 어처구니

Ⅰ. 한국근현대작가의 풍모   201

없이 썩어드는 가냘픈 생명체를 희생해서까지 현실과 대결해 든다. 불안의 전후에 있어서 사르트르나 까뮈가 무의미한 인생의 인식에서 출발했듯이 그도 역시 '부조리'와 '반항'이란 입장을 고수했던 셈이다.

동란 이후의 우리 문단에 일찍이 그처럼 센세이셔널한 문제작가도 물 것이다. 그가 발산한 작가적 체취가 신세대의 특이한 문학을 결과한 탓이리라. 한마디로 'D.H. 로렌스'처럼 한국 육체문학의 선구자이고 개척자가 아니었던가? 대담 솔직하게도 인간나상을 묘출하는데 선봉이 되었다. 그것은 현대문명의 병원이 적어도 현대인의 자의식 속에 깃들었다고 생각한 나머지 거기서 탈각된 자연인 속에 올바른 인간이 존재한다고 소신한 탓이었던가? 어쨌든 그는 약동하는 생명감을 철저히 시현(示顯)키 위해서 '섹스'문제를 몹시 불령(不逞)하게까지 분석 해부했던 것이다.

그 탓으로 그가 다다이즘의 세례자였던 이상의 계보 속에서 외잡(猥雜)하고도 불순하다는 독자의 비난을 모면키 어려웠던 것도 물론이다. 실은 그러한 성문학의 기도를 극도로 신비화하고 순수화시킴에 의해서 새로운 인간상의 가능성을 탐구코져 했던 것이다.

그것을 좀더 구체적으로 증언해 주는 것은 그가 『문예』지의 추천완료 소감에서 이른바 「목석의 노래」를 절규해서 그의 문학관을 스스로 선언했던 사실이다.

> 돌, 나무, 염소, 개, 제비, 두더지, 노루, 이런 것들의 어느 하나로 나는 태어나지 않았는지 모르게다. 허구 많은 물건 가운데서 어쩌자고 하필 「인간」으로 생겨났는지 모르겠다. 나는 인간행세를 할 수 있다는 것에 조금도 자랑을 느껴본 적은 없었다.(中略) 진정 나는 염소이고 싶다. 노루이고 싶다. 두더지이고 싶다. 그러나 분에 넘치는 원(願)이 있다면 차라리 나는 목석이 노라. 나의 문학은 목석의 노래다. 목석의 울음이다. 목석의 절규다.

조연현이 그의 「병자의 노래」 속에서 지적한 바처럼, 손창섭의 문학적인 모든 희생이 그의 「목석의 노래」 속에 전부 요약되었으며 그로부터 그의 문학이 출발하고 전개되고 있다는 것을 충분히 알 수 있다.

그러면서도 그의 오늘에 이르기까지의 창작과정과 결코 평범한 향진(向進)이 아니었다. 나는 그러한 비약적인 도정을 더듬으면서 현실에서 그가 처한 작가적 위치와 그 작품세계의 내일을 담담한 심정에서 관망해 보려는 것이다.

2. 자의식에서의 무능

거센 건진(戰塵)이 휘몰아 간 폐허. 여기서 간신히 소생된 인간은 누구나 짙은 허무와 불안의 성층권 속에 몸을 도사리게 되었나 보다. 벅찬 질식의 절박감에서 그들은 내일의 자유보다도 오늘의 생존이 더 절실했단 말이다. 이런 현실 속에서 걷잡을 수 없도록 압축된 육체를 허위적거려 발버둥칠 뿐이다. 결코 과감한 해방이란 사념조차도 불가했다. 다만 현기증 나는 이 순간을 모던해서 협착(挾搾)한 방속에 지칠대로 지친 심신을 아무렇게나 뻗어 버린 것이다. 더욱이 한줄기 재생의 의욕마저 완전히 저버리고 절명하는 날을 무표정하게 손꼽기만 하는 현대적 지성 — 폐쇄된 행동성으로 어디까지나 무능하면서도 끝까지 선량한 인간상의 손창섭의 작품세계 속에 투영되지 않았던가?

> 이년 너도 같이 죽자. 나와 함께 죽잔 말야! 둘이 죽어야 한다. 그렇다면 난 죽어도 겁나지 않는다. 그래 같이 살다 나만 혼자 죽으란 말야? 너는 살구 나만 혼자 죽으란 말야? 안된다. [……] 너희 년놈이 판치고 살라고 내가 죽어? 안 죽는다. 안 죽는다. 이년 내 필 먹어라. 어서 먹어!

「사연기」에서 '성규'는 썩어드는 폐부에서 검붉은 피를 토하면서도 쓰러지는 순간까지 호되게 발악한다. 그런가 하면 얼빠진 화신처럼 아무런 불평 없이 그대로 순종하는 '창숙'을 볼 수 있다. 어쩌자고 한마디의 대꾸도 없이 그녀는 심신의 고역으로 남편의 간호를 감내했고 '성규'가 졸사(卒死)한 뒤에는 '동식'에게 두 어린 자식을 의탁하는 유서와 함께 자결을 단행하는 것이다. 실로 '창숙'의 절개와 수절은 옥중의 고문 속에서 죽음을 결(決)했던 '춘향'이 보다도 몇 갑절이나 아름답다는 얘긴가? 그보다도 '창숙'의 유서를 따라 두 어린것의 슬픈 운명을 책임질 것을 속셈하는 '동식'은 애끓는 사랑의 표시로 마치 고아원원장 같은 자비심이 발산되어야만 했던가? 도시 리얼리티가 풍기지 않는, 선인들이기 보다는 천치같은 바보라는 말이 더 온당할 거다.

마찬가지로 「생활적」의 주인공 '동주'도 그런 계보의 족속이다 주야로 "송장처럼 그는 움직일 줄을 모른다. 그만큼 그의 몸은 지칠대로 지쳐버린 것이다."

진부한 표현이 아니라 그는

"실로 심신이 걸레조각처럼 되는대로 방한 구석에 놓여져 있는 것이다."

밥 먹기조차 귀찮게 여기는 '동주' — 그는 동리 사람들이 우물에 똥을 퍼넣는 장본인이 바로 자기라고 추궁해도 누명을 벗기는 하등의 반응도 없다. 더욱이 자기 아내가 옆방이 놈팽이와 서방질을 해도 무관하고 다만 옆방의 '순이'라는 중환(重患) 소녀의 신음 소리를 듣고 누워 있는 것이 그의 생활이다

'순이'가 절명하자 그녀의 시체를 왈칵 안고 뜨거운 키스를 보냈다. 아무런 애정의식의 균열도 없이 무작정하고 아내를 배타하고 손끝만한 인연도 없는 '순이'를 사랑했단 말인가?

'동주'의 한갓 무능한 소행이라기 보다는 정신병자인 광태를 보여 준다.

한편 「혈서」에서도 그러한 불건전형들이 얼마든지 있다.

한 방 속에 지랄쟁이 소녀 '창애'를 에워싸고 문학청년 '규홍'과 고학생 '달수' 그리고 자칭 상이군인인 '준석'은 어처구니 없는 언쟁과 터무니 없는 장난을 꾀한다.

이자식아. 창애의 배가 불렀건, 꺼졌건, 그게 나하구 무슨 상관이 있단

말이냐? 창애의 배는 어디까지나 창애의 배지 내 배는 아니다. 창애 배가
부른게 어째서 내 죄란 말야.

이렇게 해서 벌어진 '혈서' 소동은 완전히 상식을 벗어난 일장 희화다. 생
손가락을 끊어서 '혈서'를 쓰기를 강권하는 '준석'이나 그 강압 때문에 생손
가락을 도마 위에서 잘라 버리는 '달수'의 얼빠진 행위가 얼핏 수긍되지 않
는다. 그 얼마나 어리석은 바로 행각인가 말이다.

허나 바로 여기에 '내용 없는 혈서'를 위해서 '목석의 노래'를 부르려는
손창섭의 문학관이 너무도 뚜렷이 깃들어 있는 것이다.

3. 주체 잃은 인간동물

무능하다는 것은 주체성을 상실한 인간을 두고 하는 말일 것이다.

손창섭의 초기작품에 해당되는 「공휴일」, 「사연기」, 「비오는 날」, 「생활
적」, 「혈서」 등 일련의 작품 속에 투영된 인물들의 거개가 그러한 인간상들
임에 틀림없다. 그러면서도 주체성을 완전히 상실한 현대인간상이 뚜렷이
표출된 것은 「피해자」, 「미해결의 장」, 「인간동물원초」 등의 작품계열 속
에 엿볼 수 있다.

40년 독신생활을 청산하고 과부와 부부관계를 맺는 피해자인 '병준'은 일
종의 사기결혼에 걸려든 셈이다. 아내는 전부(前夫)의 딸과 아들을 동반했고
그의 월급은 그대로 장인에게 고스라니 바쳐야 했다. 담배도 그의 장인에게
서 몇 개씩 배급처럼 받아 피워야만 했다. 그러나 그는 아내와 장인의 그러
한 부당한 희생적 요구도 바보처럼 묵묵히 감수한다. 뿐만 아니라 몇 달째
월급을 주지 않고 감언이설로 살살 달래기만 하는 그의 사장을 원망하기 보
다 자기를 추방치 않는 그를 더욱 존경하고 감사히 여긴다. 그러면서도 월
급을 못 받아 온 것을 죄스럽게 여기고 문밖에서 쪼그리고 자다 급성폐렴까
지 걸려든다. 그리고도 태평스럽게 병상에 누워 있을 체신이 못된다고 생각

한 그는 몰래 **빠**져나가 뒷산 공동묘지에 그대로 쓰러지고 만다. 그렇게 해서 숨을 거두는 순간까지도 아내에게 용서를 구하는 지지리 못난 '피해자'다. 이 '피해자'의 호소도 역시 긍정적으로 이해하자면 손창섭의 '목석의 절규'인지 모르겠다.

> 대장의 입에서 "죽어라 죽어!" 하는 말이 튀어나오고 고무장갑 같은 그
> 손이 내 **뺨**을 후려갈기고 나면 할 수 없이 나는 밖으로 나가는 것이다.

이처럼 「미해결의 장」(군소리의 의미)의 주인공은 방구석에서 값싸게 추방되는 잉여식구다. 늘상 굶주리면서도 미국 유학과 고시 패스만이 인간출세인 줄 아는 가정분위기에서 이방인시 당하고 있는 주인공은 매춘부 '광순'의 방에서 낮잠으로 소일한다.

가끔 뒷골목에 있는 '광순'의 오피스를 따라가 대문 밖에서 용돈을 얻기도 한다.

> "대체 날 뭐 할 찾아오군 하셔요? 지상(志尙)은 나한테 무엇을 기대하느
> 냔 말예요?"
> 하고 엉뚱한 질문을 한다.
> "그건 확실히 내게는 과중한 질문인 것이다. 너는 왜 사느냐? 하는 물음
> 이나 다름없기 때문이다."
> "그는 생을 사랑과 일직선으로 귀결시켰던 나머지 낡은 노트장의 여백
> 에다 이런 군소리를 끄적거리고 있는 지금도 딱하기만 한 것이다.
> 이처럼 자신을 끝까지 자학하는 것이다."
> "나는 사실 죽음 보다도 더 절실히 기다리는 것이 있는 것이다. 어쩌면
> 영원히 없을지도 모르는 내 인생의 해결에 관해서 나는 병신처럼 생각하
> 고 있는 것이다."

실로 그는 엉뚱한 생각에 취해보는 것이었다. 그러나 그러한 어처구니 없

는 독백이 결국 아무런 해답도 없는 '군소리의 의미'로 끝나지 않았던가?

한편 '미해결의 독백세계'는 끝없는 고독과 절망의 세계에까지 광대해 갔다. 이를테면 「인간동물원초」가 보여준 감방생활의 회화적 묘사를 두고 말할 수 있다.

> 동굴속같이만 느껴지는 방이다. 그래도 송장보다는 좀 나은 인간이 십
> 여명이나 무릎을 맞대고들 앉아 있는 것이다.

이것이 「인간동물원초」의 서두이지만 전 문장이 한치의 자유도 없이 절망에 파묻힌 인간을 한갓 알몸둥이 동물로서 분석 해부학 있다. 감방이란 '부조리'의 질서 속에서 인간은 누구나 적나라한 동물 그것도 거친 야수처럼 생존한다.

> 먹고 배설하고 자는 일 이외에는 고작 잡담이 공식처럼 날마다 되풀이
> 되는 이 감방 안에 마침내는 하나의 사건이 발생하고야 말았다.

이 사건이 바로 '방장'과 '주사장'의 싸움이다. 마치 여자처럼 생긴 '소매치기'를 서로들 옆에 껴안고 농락하기 위해서다. 이렇게 터진 싸움은 간수에게 적발되어 호되게 치닥거리를 당하는 것은 물론이다. 이러고도 밤자리에서 상대의 모가지를 비틀어 악착스레 보복을 단행하는 것이다. "이런 무시무시한 생활 속에서 날이 새면 그대로 뇌리에 그림처럼 새겨져 있는 산등성이와 그 너머의 푸른 하늘이 보이는 듯 싶어 사람들은 언제까지나 묵묵히 창살 사이로 창 밖만 내다 보고 있는 것이다."

이렇게 해서 손창섭의 「목석의 노래」는 드높은 절정에 상승했던 것이다. 말하자면 여태껏 좁은 방 속에 누어 신음하던 병자의 노래는 인생의 막다른 골목이기도 한 감방 속에서 더 한층 구슬픈 엘레지로 전환되었기 때문이다.

4. 어린 세대와 애정기피의 생리

「미해결의 장」, 「인간동물원초」에 이르러 극한의 절망 속에 깊숙히 파묻혔던 손창섭씨는 「설중행」, 「광야」를 걸쳐 「치몽」, 「소년」, 「가부녀」에 이르러 비교적 새로운 면모를 보여줬다.

그 중에서도 「치몽」과 「소년」은 다 함께 어린 세대의 이성애와 성윤리 문제를 소재로 했다.

한 방에서 동거하는 식모격의 '을미'를 누나로 추대한 세 고아의 소박한 이성애를 자연주의적 수법에서 묘사한 것이 「치몽」이다.

구두닦이 '태갑'이와 신문배달 '상균'과 '기수'에게는 '을미'가 틀림없이 그들의 '누나'요 '친구'요 또 '애인'이기도 한 것이다.

그 뒤로 소년들은 '을미'를 기쁘게 하기 위해서 온갖 머리를 짰다. '을미'의 요구대로 '상균'은 발벗고 나서 다방에 취직도 시켜주고 '태갑'은 '구두쇠' 노릇을 해서 구두도 선물로 바쳤고 '기수'는 초상화를 정성껏 그리기도 했다. 그뿐이랴! 그들은 밤마다 '을미'를 다방으로 맞으려 그를 여왕처럼 위했다. 의외에도 '을미'가 다방에서 어떤 '맨대가리' 놈팽이와 깊이 교제가 시작되었고 드디어는 농락되는 장면을 목격한 소년들은 일시에 분개하는 것이다.

이같은 소년들의 은근한 이성애는 「소년」의 '창훈'을 통해서 더 한층 노골화된 부랑아의 생리를 엿볼 수 있다. 한 달이 멀다하고 남자를 갈아대는 술집 마담을 모친으로 둔 '창훈'은 14세의 소년이다. 그는 뛰어난 재질로 글을 썼고 그림을 그렸음에도 불구하고 일종의 부랑아로서 전락된 것이다. 흑판에다 여성의 생식기를 낙서하는가 하면 수업시간에 춘화를 열심히 감상한다. 뿐만 아니라 소변보는 여학생의 하부를 대꼬챙이로 찔러 사고를 일으키고 온갖 추잡한 장난을 저지른다.

실로 혀를 차고 놀랄만한 부랑소년의 성세계가 해부되고 있다. 그렇지만 「소년」의 패륜이 반드시 우리 사회의 유형이 되지 못하는 이상 그 형상화가 한갓 에로화될 위험이 적지 않다는 사실이다.

한편 이런 작품경향과 좋은 대조가 되는 것은 「설중행」과 「가부녀」 등을 들 수 있다.

40대의 노총각 고선생은 몹시 고독한 화가다. 그는 자기가 마지못해 부양하고 있는 엉터리 제자 '관식'의 리베인 '귀남'을 귀여워 했다. 종이에다 '귀남'의 자는 얼굴을 그려보면서 자신이 너무 고독했다는 것을 깨달았다. 그때 고선생은 귀남에게 키스를 하고 나서 "난, 난 너를 딸처럼 생각하구 그랬다"고 속삭인다. 여기세 '귀남'은 "전 선생님의 신세를 키스로 갚아도 좋아요. 세상에 공짜란 없으니까요!"하는 식의 소녀로서는 너무도 엄청난 댓구를 뱉지 않았던가? '귀남'이가 어디까지나 매춘부가 아닌 이상 말이다. 그러나 '귀남'이는 끝까지 '관식'의 애인이었고 '고선생'은 그대로 고독한 인간으로 남아 있어야 했다는 것이 「설중행」이다.

그런 얘기는 「가부녀」에서도 똑같이 되풀이되고 있다.

"마누라가 있나, 자식이 있나, 사회적 지위나 명예가 있길 하나, 돈이……."

이렇듯 곧잘 탄식하는 '강노인'이 있다. 그는 한 직장의 새 사동 '종숙'을 딸처럼 애호했다. 단둘이 마주앉아 점심을 같이 먹으면서 행복감에 도취되는 그다.

딸 같은 생각이 들었다. 애인 같은 생각이 들었다. 아내 같은 생각이 들었다. 천사 같은 생각이 들었다. 종숙은 강노인에게 있어서 그런 것들을 한테 뭉친 거룩한 애정의 표상이었다. 강노인은 자주 벅찬 가슴으로 종숙을 끌어 안아보고 싶은 충격을 느끼었다.

야간학교에 '종숙'을 입학시킨 '강노인'은 저녁마다 하학을 기다려 집 근처까지 바래다 주었다. 그는 '종숙'과 영원히 같이 있기 위해, 양녀로 맞아들이기를 궁리해 본다.

어떤 일요일, '종숙'과 더불어 낚시질을 간 '강노인'은 '종숙'을 끌어 안아

입에다 뽀뽀를 했다. 다음날 뜻하지 않게도 '종숙' 모친이 '강노인'을 찾아 왔다.

　"……앞으로는 우리애에게 지나친 친절은 베풀지 말아 주세요."하는 항 의였다.

　모든 것을 체념한 '강노인'은 직장도 그만 집어치우고 '종숙'을 만나 멀리 같이 떠날 것을 권해보기도 한다. 허사임을 안 그는 모든 재산(집 문서와 금붙이)을 '종숙'에게 주고 멀리 사라져 버린다는 애화(哀話)다.

　참 어떻게 보면 비극 '신파'의 일장같은 무리도 있다. 반면에 아슬아슬하 면서도 너무나 진실된 애정기피의식을 충분히 표백해 주는 것이다.

5. 「잉여인간」의 고독한 반항

　그 후 손창섭은 착실히 새로운 문학적 면모로 출발했다.

　여태껏 굳게 폐쇄된 음침한 벽에서 해방되어 보다 자유스러운 호흡에서 능동적 인간으로 전환했다. 물론 그이 과거세계가 무작정하고 무의미했다 는 말이 아니다. 그것은 오직 건전한 현대의식을 준비하기 위한 과정에 불 과했던 것이리라.

　나는 솔직히 말해서 「고독한 영웅」이나 「미스테이크」와 『잉여인간』을 읽기 이전에는 손창섭의 문학세계가 그의 말대로 「내용 없는 혈서」로서 쉽 게 끝장이 나지 않는가 걱정했다. 하지만 그것은 기우에 지나지 않았다.

　그는 성실히 일신우일신하는 창작세계를 확대해 갔다. 그렇다면 오늘의 그는 과연 어떤 창작태도를 견지하면서 작품생산을 영위하고 있는가를 다 시금 검토해 보자.

　남처럼 약빠른 처세술을 모른다기 보다도 끝내 거부하는 '인구(仁九)'가 바로 '고독한 영웅'이다. 중학교사인 그는 지방권력층의 외동아들을 직책 끝에 몇 대 갈긴 것이 의외에도 크게 말썽되었다. 그때 그는 교장과 조산관 들의 터무니없는 문책과 신문 사회면의 엉뚱한 공격에 봉착해서 인책당할 것을 뻔히 알면서도 진심에 없는 사과로 타당치 않고, 독불장군식으로 저항하다 마침내 경찰에까지 인치(引致)된다.

말하자면 모순과 불합리의 현실에 반항한 '고독한 영웅'의 가냘픈 휴머니티를 말했다. 좀더 과감한 '현대적 영웅'의 억센 레지스탕스까지는 미급(未及)했던 것이다.

그런데도 이것이 종래에 볼 수 없었던 대사회적인 능동성이 구현되었다는 것은 「미스테이크」에서도 역시 발견된다.

'강재호'는 여학교 교사로 취직한지 1년도 채 못되어 밀려나고야 한다. '펨푸짓'의 과거와 양공주 '숙희'와 인연을 맺고 있다는 투서에 의해서다. 즉시 중학시절에 정조를 유린했던 '영미'의 소행인 것을 판단한 그는 모든 사람에게 분노를 담뿍 터뜨린다.

> 학교뿐 아니라 이 사회에서 매장 당해 버린다해도 재호에겐 심상한 일
> 이다. 그는 이사회의 맨 밑바닥에서 인간이 된 관록을 가졌다. 그 밑바닥에
> 서 생의 강한 의욕과 자유를 마음껏 누릴 수 있었다. 햇빛이 비치는 물위
> 로 다소나마 그가 솟아오른 것은 단시간의 형체가 하늘을 향하고 서서 있
> 게 마련이라는 이유밖에 되지 않는다.

허위와 독소로 충만된 현실에서 '노라'가 '인형의 집'을 뛰쳐 나오듯 해방된다는 것은 그 얼마나 과감한 행동인지 모른다. 그러나 그 즉석에서 그가 생존할 터전을 준비치 못할 때 거기에도 새로운 고민이 싹틀 수밖에 없는 것이다.

『잉여인간』에서도 그 경우는 매한가지다.

허술한 '만기치과의원'에는 원장인 '서만기'의 중학동창인 '최익준'과 '최봉우'가 온종일 쇼파의 한담으로만 소일하는 '잉여인간'들이다.

가난한 '서만기'를 돈으로 유혹하려 드는 병원 주인인 '봉우'부인을 점잖게 보이코트한다. 그 대신 영업체를 잃고 생활적인 패배자로 전락된다.

앞으로 온 식구를 부양할 하등의 가망도 없이 '서만기'는 그대로 만족했

단 말인가?

확실히 여기에 또 하나의 새로운 비극이 싹트는 것이다. 현재의 손창섭에게는 이것을 구출할 아무런 능력도 방법도 창조하지 못했다. 한편 다행한 것은 무능한 족속들의 절망에서의 불령한 성의식과 성행위를 중심으로 한 육체만을 지나친 성실성으로 탐구하던 그가 최근에 이르러서는 그 세계를 탈피하기 시작했다는 뚜렷한 사실이다.

말하자면 「절망」에서 「자각」으로, 「무능」에서 「행동」으로 「육체문제」에서 「사회문제」로 비약하고 있다는 것이다. 그러나 앞서도 지적한 것처럼 손창섭의 오늘의 창작세계가 아직껏 변천・발전과정에 있는 이상 속단해 규정할 필요를 좀처럼 느끼지 않는 것이다.

그러면서도 나는 그이 문학세계가 좀 더 우리 신세대작가들의 훌륭한 전형으로 진전될 수 있으리라는 가능성을 얼마든지 발견하고 싶은 것이다. 인간이 구김없는 생리와 높은 지성과 위대한 행동으로 통일 조화된 현대적 인간형의 창조를 통해서 말이다. 언제까지나 '무내용한 혈서'를 써서 독자를 만족시킬 수 없겠기 때문이다.

(『한국근현대작가작품론』, 성균관대출판부, 1993)

Ⅱ. 한국근현대소설의 흐름 1

이인직의 신소설 「귀의 성」, 「치악산」

1. 구한말 격동의 가정풍속도 : 「귀의 성」

「귀의 성」은 우리나라 대표적인 신소설 작가인 이인직(1862~1916) 장편 소설의 하나로 한국 근대소설의 원조라 일컬어지는 작품이다. 국초 이인직 은 1900년 관비 유학생으로 유학하여, 일찍이 신문명을 접한 선각자로 『국 민신보』, 『만세보』, 『대한신문』 등의 주필 사장을 지내면서 「혈의 누」, 「모 란봉」, 「치악산」, 「은세계」 등 많은 작품을 발표하여 근대문학을 개척한 작 가다.

「귀의 성」은 1906년 10월부터 1907년 5월까지 『만세보』에 연재되었다가 상권이 1907년 광학서포에서, 하권이 1908년 중앙서관에서 각각 간행되었 다. 1900년대 초 구한국 말의 춘천과 서울을 무대로 하여 가난한 집의 태생 으로 양반첩으로 갔다가 본부인의 투기에 의해 비극의 운명을 겪게 되는 길 순이라는 여성의 한많은 삶을 다룬 소설이다. 신분적 질곡이 가져다 준 '첩 의 삶', 그 비극적 운명을 뼈저리게 인식하며 가련한 생을 살아야 하는 길순 과 그 반대로 표독하기 그지없는 성격의 소유자로 질시와 투기로 길순의 삶 을 비극으로 몰고 가는 김승지의 본부인, 그리고 그 와중에 우유부단하게 처신하는 양반 김승지, 또한 개인의 이익과 속량(贖良)을 위해서 살인까지 서슴지 않는 점순과 최가, 그리고 길순의 부모 강동지 부부 등을 중심으로 이루어지는 가정사는 가히 구한말 격동과 혼란기의 가정사라 할 수 있다.

그래서 일찍이 소설가 김동인은 「귀의 성」의 문학사적 위치를 다음과 같 이 말한 바 있다.

한국 근대소설의 원조(元祖)의 영관(榮冠)은 「귀의 성」에 돌아갈 밖에는 없다. 당시의 많은 작가들이 모두 작중 주인공을 재자가인(才子佳人)으로 하고 사건을 선인피해(善人被害)에 두고 결말도 악인필망(惡人必亡)으로 도모할 때 이 작가분은 「귀의 성」으로 써 학대받은 한 가련한 여성의 일대를 우리에게 보여주었다.

다시 말해 「귀의 성」은 고대소설과 비슷한 소재와 구조에도 불구하고 이미 유형화되어 나타나던 형태에서 벗어나 당시 사회적 변화 속에서 살아 숨쉬는 인물의 성격과 내면의식을 뚜렷이 보여줌으로써 우리 근대소설의 원조로 평가받았던 것이다.

그렇다면 과연 「귀의 성」은 어떠한 작품일까. 그 대략의 줄거리를 먼저 살펴보도록 한다.

춘천서 사는 강동지는 춘천 군수로 도임(到任)한 김승지에게 그의 무남독녀 길순을 첩으로 준다. 그러나 표독한 성격의 소유자인 김승지 본부인의 투기로 김승지는 마침내 내직으로 자리를 옮긴다. 그 때 길순은 이미 만삭의 몸이었다. 그러나 김승지는 본처가 무서워 별도의 연락이 있기까지 서울에 올라오지 말도록 부탁한다.

그런데 김승지에게서 아무런 소식이 없자 강동지는 딸의 애처로운 형상과 이에 대한 부인의 앙탈을 견디다 못해 딸에게 서울서 소식이 왔다고 거짓말을 꾸며, 딸을 교군에 싣고 함께 서울로 향한다. 갖은 고생 끝에 서울 김승지 댁에 도착한 강동지 부녀는 본부인의 안하무인격 강짜로 안중문에도 들어서지 못하고 우유부단한 김승지의 조처로 박참봉 집에 머물게 된다. 그러던 중 길순은 고민고민하다 자살을 결심하고 계동 궁담 밑 우물에 빠져 죽으려 했으나 때마침 순포막을 지키는 순경에게 구출되어 박참봉이 주선한 새 거처로 자리를 옮긴다. 여기서 길순은 아들 거북을 낳는다. 그러나 다시 거북을 남겨 놓고 철도 자살을 꾀하는데 그때 김승지 댁에서 쫓겨난 침모를 만나게 된다. 이들은 서로 기구한 운명을 한탄하며 서로 의지하고 살 것을 다짐한다.

그러나 이러한 사실을 알게 된 본처는 이들 모자를 죽일 계략을 꾸민다. 본부인의 돈종 점순과 그 정부인 구레나룻 최가는 속량시켜 주고 재산을 준다는 본처의 사주에 눈이 뒤집혀 그 하수인으로 나선다. 이들 하수인은 갖은 계략을 동원하여 길순과 침모에 접근, 마침내 김승지가 병이 났다고 허위 사실을 전한 후 최가가 이들을 데리고 함께 가다 봉은사 부근의 숲 속에서 마침내 길순 모자를 살해하고 만다.

한편 꿈자리가 뒤숭숭하여 다시 상경한 강동지는 길순 모자의 행방이 묘연하자 딸의 행적을 탐문한 결과 살해된 것을 알고 시신을 찾게 된다. 이미 점순과 최가는 그 대가로 속량도 되고 돈도 타서 부산으로 줄행랑을 친 후였다. 그러나 도중에 도난을 당해 무일푼이 되어 다시 본부인에게 도움을 요청하는 편지를 보내게 되는데, 이 편지로 거처를 알게 된 강동지는 복수심에 불타서 중으로 가장하여 동래 깊은 골짜기에서 점순과 그 정부를 죽인다. 그리고 다시 서울로 올라와 마침내 김승지의 본부인마저 처단하고 노령 해삼위로 떠난다.

이처럼 「귀의 성」은 본처와 첩 사이의 질투와 갈등에서 빚어지는 가정비극을 다룬 소설로서 흔히 이 시기 신소설의 구조를 이루는 문명개화 및 유학, 과학에 대한 찬미, 인습타파 등 강렬한 계몽의식과는 다소 구별되는 듯이 보인다. 그래서 고전소설의 유형에서 그다지 벗어나지 못한 작품이라고 평가받기도 했다. 그러나 「귀의 성」은 과거 봉건적 윤리관이었던 일부종사에서 벗어나려는 결혼관, 그리고 미신타파라는 주장을 펴는 등 근대적 의식을 보이고 있고, 또한 기차·전차·전보·지폐 등 현대적 문물을 대거 등장시켜 참신한 감각과 분위기를 보여주고 있다.

따라서 이 작품은 과거부터 세인의 관심을 끌었던 주제를 당대 사회적 상황 속에서 새로이 해석하고 있음을 주목해야 한다. 실제로 양반인 김승지 일가와 상딘인 강동지 집안 등의 갈등을 통하여 양반에 대한 상민의 적대의식을 강하게 보여주고 있고, 또한 천민들이 신분의 속량을 위해 수단과 방법을 가리지 않고 행동하는 양태를 하수인 점순과 최가를 통해 보여주고 있는 점에서 종래의 가정비극과는 확실히 차원을 달리한다. 오히려 격동하는 구한말의 사회적 분위기 속에서 대중들에게 친근한 가정사를 새로이 조명했기 때문에 「귀의 성」은 신소설 가운데 가장 많은 독자를 확보한 작품이 될 수 있었다. 이렇듯 대중의 심리와 사회적 일반풍조, 그리고 원한과 살인이라는 흥미 요소를 가미한 점을 두고 혹자는 상업주의 소설 혹은 신문연재소설의 효시라고 말하기도 한다.

그러나 소설 양식의 측면에서도 과거 소설과는 달리 설화투가 가시고 장면묘사가 충실히 이루어지는 등 전반적으로 근대문학적 문체에 접근하고 있다. 이를테면 「귀의 성」 허두를 보자.

> 깊은 밤 지난 달이 춘천 삼학산 그림자를 끌어다가 남내면 솔개 동네 강동지 집 건넌 방 서창에 들었더라.
>
> 창호지 한 겹만 가린 홑창 밑에서, 긴 베개 한 머리를 베고 넓은 요 한편에 혼자 누워 있는 부인은 나이 20이 될락말락하고, 얼굴은 돋아오는 반달같이 탐스럽더라.
>
> 그 부인이 베개 한 머리가 비어서 적적한 마음이 있는 중에, 뱃속에서 팔딱팔딱 노는 것은 내월만 되면 아들이나 딸이나 낳을 터이라고 혼자 마음에 위로가 된다.

비록 완전한 언문일치에까지는 이르지 못했다 할지라도 확실히 고대소설에 비해 언문일치에 접근하고 있음을 볼 수 있다. 무엇보다 3 · 4조, 4 · 4조 등의 과거 율문체에서 벗어난 완전히 산문체의 문장이란 점에서 그러하다. 또한 고대소설의 서술양식이 막연한 추상적 수사에 의존한 설화형식인데 비해 확실히 구체적인 묘사형식으로 전환되고 있다.

이상으로 우리는 이인직의 「귀의 성」이 고대소설에서 흔히 볼 수 있는 원한에 얽힌 신기한 전설이야기가 아니라 구한말 격변하는 사회 상황 속에서 상이한 신분을 가진 인물들이 겪게 되는 비극과 갈등을 여실하게 보여주는 작품임을 알 수 있었다. 말하자면 신분적 종속관계가 서서히 와해되면서 새로운 사회적 관계로 어떤 성격적 측면들이 드러나기 시작하는가 하는 그

과도기적 실상을 사실적으로 마주할 수 있다. 물론 새로운 시민사회로의 지향보다는 과거의 불합리한 주종관계가 어떠한 결과로까지 나아가는가 하는 문제 제기의 측면이 강하다. 그런 점에서 오늘 우리의 눈으로 볼 때 이 작품은 여전히 봉건적 사회관계와 인간양상을 그려놓은 데 불과하다고 파악할지도 모른다. 그러나 조선의 막바지 시대적·사회적 상황 속에서 우리 보통 사람들이 실제로 존재했던 삶의 양태가 바로 그러했다는 점을 우리는 주목해야 한다.

바로 「귀의 성」이 구한말 격동과 혼란기의 가정풍속도로서 실제 사회, 그리고 사실적 인물을 형상화한 작품이란 것도 이 때문이다. 조선의 봉건체제가 서서히 와해되어 가면서 갈피를 못 잡고 있었던 그러한 사회적 공간 속에서 개인적 욕망과 인간적 윤리들이 어떻게 마모되고 충돌하는가를 신분적 질서에서 초래되는 인간갈등의 측면에서 정직하게 드러낸 과도기적 사회의 과도기적 작품이라 할 수 있다.

더불어 마지막으로 과거의 작품을 읽을 때 오늘 우리의 눈으로 섣불리 평가하지 말았으면 하는 점이다. 흔히 문학을 두고 당대 사회의 거울이라는 말을 한다. 이 말은 작품 내용뿐만 아니라 형식, 그리고 작품에서 풍기는 모든 것이 당대 사회의 것이기 때문에 당대의 눈으로 먼저 바라보아야 그 가치를 제대로 이해할 수 있다는 뜻이다. 이를테면 이인직의 문학에서 언문일치 문제만 하더라도 일제하 때부터 이렇게 평가를 받았다.

소설이라면 신화, 전설 정도로 알던 당시의 독자와 작가 속에서 이러한 수법(이인직 의 소설수법=인용자)을 보인 것은 청천벽력이라고 할만큼 진정한 의미의 소설과 언문 일치의 신문체를 보여주었다. 지금 같으면 문제도 안 되지만 한문투와 언한(諺漢) 혼용 투가 상하를 지배하던 때요 국문을 언문, 내서(內書), 언역(諺譯)이라고 하여 배척하고 천시하던 때임에도 불구하고 그는 엄연히 모든 인습을 벗어나서 언문일치의 새로운 문체를 지었으니 그 내용과 형식이 무릇 일본서 배워온 것이라 하여도 우리는 그의 작품에서 일본 냄새와 일본 격식을 찾지 못한다. 나는 이에 조선문학운동

사상에 있어 첫 사람으로 추앙코자 한다. 물론 그의 작품에 결점이 없음은 아니나 그의 시대에 비춰보아서 위대하다는 말이다(김태준, 『조선소설사』 에서).

2. 신·구사상의 갈등 : 「치악산」

한편 「치악산」은 이인직의 장편소설 중에서 「은세계」와 더불어 명성 높은 작품이다. 그는 소설뿐만 아니라 1908년 원각사를 중심으로 신극운동을 전개, 신소설 「설중매」를 각색했고 「은세계」를 직접 무대에서 상연하기도 했다.

이와 같은 신문학운동의 선구자로서 탁월한 업적을 남겼음에도 불구하고 그는 1910년 한일합방이 조인될 때 이완용을 도와 친일적인 과오를 범해 당대 독자들에게 실망을 안겨준 것도 간과할 수 없다.

아무튼 이인직은 우리나라 신문학운동의 기수로서 「치악산」을 비롯해서 「혈의 누」, 「귀의 성」, 「은세계」, 「백로주 강상촌」(미완) 등 신소설을 발표해서 당대 신소설 작가 중에서 가장 독자에게 열애를 받았다고 전한다.

「치악산」은 상편·하편으로 구성, 모두 이인직의 작으로 알려져 왔으나 실상은 그렇지 않아 상편은 이인직, 하편은 김교제가 저자로 밝혀졌다. 상편은 1908년 유일서관에서, 하편은 1911년 동양서원에서 출간되었는데 작자가 서로 다른 사연은 분명히 밝혀지지 않았다.

「치악산」의 실마리는 이렇게 시작된다. 강원도 원주의 유명한 치악산 밑 단구역말이란 동리에서 이름난 홍참의 집에는 서울 개화파 이 판서의 딸이 전처소생 아들인 백돌에게 시집와 후실 시어머니 김씨부인과 시누이 남순의 구박을 받으며 시집살이를 했던 정황이 얽어진다.

이 소설의 설화적 실마리는 그 혹독한 시집살이 속에서도 다소 위로가 되었던 남편 백돌이 개화의 의지로서 장인의 도움으로 일본으로 유학간 후, 시어머니가 외로운 며느리를 간부로 오해하여 치악산으로 내쫓는 대목에서 비롯된다.

치악산에서 이씨부인은 최치운·장포수의 겁탈의 위기를 벗어나고 마침 내 승려가 되지만, 그녀의 미모 때문에 파문을 당하게 되어 우물에 빠져 자살을 기도한다. 그러다 몸종 검홍이 이씨부인을 우여곡절 끝에 찾아 치악산 속 어느 도사의 집에 몸을 피해 있게 한다. 한편 홍참의는 며느리를 쫓아낸 김씨부인의 흉계를 알게 되어 말썽 많았던 옛 마을로 다시 돌아와 김씨부인 을 내쫓는다. 이씨부인은 친정으로 돌아가게 되고, 유학을 마친 백돌은 처가 죽은 줄 알고 장인의 중매로 재혼하게 되지만 신부가 곧 이씨부인임을 알자 극적인 상봉을 하고, 계모인 김씨부인도 만나 극진한 정성으로 모심으로 해서 모두 화목하게 된다는 해피엔딩 소설이다.

이와 같은 내용을 담은 「치악산」은 계모를 중심으로 한 가정비극에 개화 풍조가 유입되어 그 주제는 계모의 박해, 고부간의 갈등, 갑오경장 이후의 신·구사상의 대립, 신교육관의 고취, 미신타파와 하층계급의 불만 등을 다 양하게 다루고 있다 하겠다.

특히 이 소설에 등장하는 인물들은 우리 나라 전래의 가부장제적 대가족 제도를 구성하고 있는 거의 전형적 인물들로서, 여러 측면에서 상호충돌하 고 갈등할 요인을 숙명적으로 간직하면서 서로 관련된 것으로 이해된다.

이 점에 대해서 임화는 그의 「조선신문학사」(『조선일보』, 1940) 속에서 전처 소생과 계모, 이 관계는 재래의 「장화홍련전」을 비롯해 「콩쥐팥쥐」, 「정을선전」, 「장풍운전」, 「어룡전」 등의 계모소설에서 유형화되어 비극의 핵심이 된 관계로서, 계모소설의 토대가 된다고 풀이했다.

한편 김태준은 계모가 악의 권화(勸化)처럼 여겨지는 이유를 다음처럼 설 명한 바 있다.

가족제도는 부부를 단위로 한 것이지만, 옛날에는 위에 시부군을 모시 고 곁에 누이동생들과 시형제를 거느려서 그 복잡한 세대의 일원이 되어 한갓 폭군 같은 남편, 또는 독사 같은 시모의 중압에 신음하는 주부로서의

'아내'의 존재가 있을 뿐이니 시집살이의 고초가 간단한 것이 아닌데, 더구나 남계사회(男系社會)에 있어 남편의 지위가 높고 남편은 황음무도한 짓을 마음대로 하니 아내 된 주부의 불평이 한두 가지가 아닐 것이다. 더구나 어찌어찌 되어 그 남편의 후실이 되면 무지한 부녀가 죽은 전실에 대한 증오와 남편의 애정의 분산에 대한 시기와 모녀간에 호의치 않으려 하는 아량 없는 다툼이 날이 갈수록 도를 가하여 나중에는 전실 소생의 자녀를 가해하려 하는데 이르는 것이니, 이것은 거의 우리 사회에 대한 다반사라 하여도 과언이 아니다.

과연 「치악산」에서도 예외는 아니어서 우리의 전래적인 계모소설에서 흔히 드러나는 전처 소생과 후실과의 갈등을 보게 되는 셈인데, 이것은 바로 며느리를 미워하는 시어머니의 특유한 심리의 표출로 인식될 것이다.

특히 「치악산」의 경우, 임화의 지적대로 전처 소생과 후실과의 갈등에 겹쳐 고부간의 갈등을 가중한 것으로 갈등의 도는 계모소설에서보다 배 이상 심각해졌다 할 것이다. 그리고 이 작품은 계모소설에다 기반을 두고 가정소설의 형식을 차용, 그 위에 구성함으로써 원형을 삼았다는 평가가 타당하다.

이와 같이 「치악산」은 재래적인 가정비극에만 머무르지 않고 고대소설의 타성에서 벗어나, 보수적인 가정과 진취적인 가정의 대조를 보여주는 한편 몰락해가는 봉건사회의 배경 속에서 양반을 에워싼 현실을 반영하고, 신교육의 필요성을 강하게 주장함으로써 주목받게 된다.

이 점에 착안해서 백철은 그의 『신문학사조사』 속에서 신교육은 신소설의 전면적인 주제로서 무엇보다도 이인직의 「치악산」부터라고 강조했다.

이를테면 일본유학을 하는 남주인공 백돌을 중심으로 하여 그 부인과 장인 이판서가 개화를 주장하는 대신에 백돌의 아버지 홍참의 등은 구(舊)를 강하게 주장했음을 상기시켰다.

그럼에도 불구하고 신시대를 자각한 백돌은 결국 아버지의 완고한 훈계를 물리치고 비밀로 신교육을 공부하러 떠나게 된다. 더욱이 백돌의 신교육에 대한 열망은 오직 나라를 위해서 절실하다는 명분론이 강하게 드러나 주목된다.

> 우리나라 사람들이 제 몸과 제 부모, 제 처자, 제 집, 제 재물만 중히 여기고 저 나라는 망하든지 흥하든지 모르는 사람들이라. 제 손으로 제 발등 찍듯이, 우리나라 사람이 우리나라를 망하여놓고 분하니, 절통하니, 남에게 천대받기가 싫으니, 먹고 살 도리가 없느니 하면서 저무도록 하는 것은 나라 당할 짓만 하니, 그렇게 미련한 일이 있소. 나는 하늘같이 중한 부모의 은혜를 저버리고 바다같이 깊이 정든 아내를 잊고 만리 타국에 가서 공부하려 하는 것은 나라를 위하는 생각에서 나온 마음이오……(「치악산」 상편 중에서).

이처럼 백돌의 신교육에 대한 지극한 열정은 당대 현실에서 구(舊)에 대립한 젊은 세대의 시대적인 정열이나 이상이기도 했음을 생생히 대변해준다 하겠다. 아무튼 이인직의 「치악산」을 비롯한 신소설의 공통된 이념과 지표가 개화운동의 정신을 표현하려고 한 의식적인 목적성을 띠고 있었다고 할 수 있다.

따라서 신소설이 한결같이 지향했던 목적주의적인 성향은 구시대의 부정적인 갈등을 표현해보려고 한 의식적인 결과이기도 하며, 신소설이 전래적인 고대소설의 영향에서 완전히 탈각하지 못한 채 무의식적인 고대소설의 답습에 머물렀던 사실도 간과할 수 없다.

그럼에도 불구하고 「치악산」은 신소설의 많은 작품 속에서도 뛰어나게 근대 소설적인 특성을 구비했음을 인식하게 될 것이다.

(『한국근현대작가작품론』, 성균관대출판부, 1993)

이광수의 계몽기의 소설 『무정』

1. 작품개관

『무정』은 1917년 『매일신보』에 연재된 이광수의 첫 장편소설이다.

이광수 문학에서 이 작품은 그의 전작품과 정신적 연대성을 지닌 대표작이요,[1] 바로 작가의 자서전[2]으로까지 언급될 만큼 중요한 의미를 부여받고 있다. 뿐만 아니라 우리 문학사에 있어서도 "한국최초의 근대소설"[3]이요, "초창기의 신문학을 결산해 놓은 시대적인 거작"[4]으로 평가를 받고 있다. 물론 『무정』에는 아직 신소설에 불과하다는 일부 견해[5]가 나올 만큼 구투 (舊套)도 없지 않지만 대체로 근대문학형성기의 신소설을 극복하고 발전기 근대소설의 길을 개척하는 새로운 모습을 더 보여주고 있다.

본고는 이제 그러한 과도기적 면모를 살펴보기 위해서 우선 『무정』의 내용을 소개한 후, 작중인물, 구성과 문체, 주제 및 문학사적 의의 순으로 항목을 나누어 서술하고자 한다.

먼저 『무정』의 줄거리를 요약하면 다음과 같다.

이야기의 서두는, 경성학교 영어교사 이형식이 장안의 부호 김장로의 고명딸 선형의 영어 개인지도를 청탁받고 첫 번 방문하는 데서 비롯된다. 본래 형식은 동경 유학을 마친 당대 일류 지식인이나, 일찍이 고아가 되어 역

---

1) 김우종, 『한국현대소설사』, 선명문화사, 1973, p.72.
2) 김윤식, 「이광수와 그의 시대」, 『문학사상』, 1983. 7, p.272.
3) 조연현, 『한국현대문학사』, 인간사. 1964, p.218.
4) 백 철, 『신문학사조사』, 신구문화사, 1968, p.96.
5) 송민호, 「춘원 초기작품의 문학사적 연구」, 『고대 60주년기념논문집』, 1965.

경을 겪은데다 내성적 성격이라 여성교제의 기회가 없던 중, 뛰어난 미모의 선형을 대하고 매료된다. 그리고 그날 밤 하숙집에 돌아와서 형식은 뜻밖의 손님인 박영채를 또 만나게 된다. 영채는 형식하고 어릴적 고아로 전전할 때 거두어 자식처럼 먹이고 가르치던 은사 박진사의 딸인데 장래 형식의 아내가 될 것으로 암시를 받은 여자이기도 하다. 그러나 박진사의 개화운동이 세상의 몰이해로 실패하고 집안이 풍지박산되는 바람에 형식이 영채와 이별하게 되는데 7년만에 해후하여 그 뒤 영채가 옥중부형(獄中父兄)을 도우려 기생이 된 전말을 듣게 된 것이다. 이에 형식은 선형에 대한 연정과 은인의 딸 영채에 대한 의무 사이에서 갈등하게 되고 또 기생인 영채를 건져낼 돈 천원이 없음을 한탄하는 사이에 영채는 지금까지 형식을 위해 지켜오던 정절을 배명수 · 김현수 일당에게 유린당하고 만다. 그리고 영채는 유서를 남긴 채 자살차 평양행 기차에 오르는데, 영채를 구하러 뒤따라 평양에 간 형식은 소득없이 돌아와서 오히려 학생들에게 기생을 따라갔다는 오해만 사고 이에 분격하여 학교를 그만두기에 이른다. 이런 형식에게 뜻밖에 김장로댁 선형과의 결혼신청이 들어오매 형식은 곧 이를 받아들여 약혼식을 치른 후 함께 미국 유학을 갈 준비에 전념하게 된다.

한편 자살길에 오른 영채는 차안에서 신여성 병욱을 만나 그녀의 황주집에 한 달간 머무는 동안 봉건적 사고방식에서 근대적 합리주의로 정신개조를 받는다. 그리고 병욱의 호의로 함께 동경유학길에 오르던 중, 기차 안에서 미국유학을 떠나는 형식과 선형을 만나기에 이른다. 이리하여 형식은 새삼 우정과 의리간의 갈등에 빠지게 되고 선형 · 영채 사이에 야기되는 삼각관계의 불협화음 속에서 기차는 삼랑진 수재현장에 이르러 연착이 되고 만다. 여기에서 네 젊은이는 고통받는 수재민을 위해 자선음악회 등 함께 봉사활동을 전개하는데, 이 과정에서 그들간의 개인적인 감정은 사라지고 그 대신 토론을 통해 허물어진 민족의 장래를 담당할 역군으로서의 사명을 다짐하는 가운데 대단원의 막이 내린다.

2. 작중인물의 설정양상

『무정』에는 '졸렬한 시대'의 인간군, 곧 서구문명의 세례를 받다 깨어 가는 자, 깨어져 가야 할 자들이 다수 등장한다. 이들 인물 중에서 형식, 영채, 선형, 우선, 병욱 등을 차례로 살펴보기로 한다.

형식은 고아출신 교사로서 다분히 작가의 분신적 요소를 지닌 인물이요, 과도기의 전형적인 인텔리의 재현이기도 하다. 이 점은 독자의 친근감을 불러일으키기도 하지만, 아직 주인공하면 이상적 영웅을 기대하는 과거의 문학관습6)의 소유자들에게는 당혹감을 줄 수 있다. 형식 스스로 선학자적인 의연한 자세를 취하기에 더욱 독자들로 하여금 이상적 인물로의 기대를 걸게 하지만 정작 형식의 행동은 그에 미치지 못하므로 실망감만 가중시킨다.

예컨대 영채가 형식을 두 번이나 찾아와서 과거담을 술회할 때 형식은 눈물을 흘리는 한편에도 그녀가 기생이라는 혐오감과 미인이라는 유혹의 갈등을 주체하지 못했고, 영채가 겁간을 당하고 오는 기막힌 순간에 동행까지 한 형식은 어떤 조치도 취하지 못하다가 뒤에 영채의 유서를 접하고서야 후회를 한다. 그녀의 유서를 쥐고 눈물을 뿌리며 평양행 기차에 오른 형식은 그 기세와는 달리 아무 소득없이 돌아오면서도 별 슬픈 생각없이 도리어 영채와는 무관한 딴 일로 인한 충일감을 느끼며 기쁘게 돌아온다. 그리고 서울에 다다라서야 후회하게 된다.

이를 두고 김동인은 "성격의 불통일", "줏대없고 무정견한 괴짜", "어릿광대" 등으로 평하는데7) 비해 김우종은 성격의 불통일이라기보다 오히려 "줏대없는 인간"으로서의 통일을 보인 좋은 "성격표현의 실험"으로 보고 있다.8) 반면에 정창범은 심리분석적 방법으로 다음과 같이 이형식에 대한 옹호론을 펴고 있다. 곧 영채의 과거사를 듣는 중 형식의 내면에 생긴 유동(流

---

6) 이상섭, 『문학연구의 방법』, 탐구당, 1974, pp.50~53.
7) 김동인, 『춘원연구』, 신구문화사, 1956, pp.29~53.
8) 김우종, 앞의 책, pp.82~87.

動)은 "양립될 수 없는 의욕간의 갈등과 여러 충격의 결과"이지 결코 줏대가 없어서가 아니라는 것이다. 형식의 용두사미격의 평양나들이도 처음에는 은인의 딸을 구하려는 강한 의무관념에 사로잡혀 정신없이 뛰어다녔지만 영채의 종적을 알 수 없다는 결정적 판단에 부딪치고 새로운 자극적 환경에서 지금까지의 긴장이 풀어지면서 이론으로는 어떻든, 마음으로는 "여자의 순결을 생명으로 여기는" 그의 고정관념이 그로 하여금 이미 순결을 잃은 영채를 찾아 나설 의욕을 잃게 했다고 볼 수도 있다는 것이다.[9] 이런 옹호론은 꽤 설득력을 지니며, 작가 자신이 『무정』에 대해 "내 역량이 미치는 한에서는 리얼리즘으로 하느라고 하였고, 또 심리묘사에도 힘을 써 보느라고 하였다"[10]고 술회한 바를 어느 정도 수긍하게 한다.

이보다 형식에 대한 좀더 핵심적인 논의는 은인의 딸 영채에 대한 의리와 부호의 딸 선형에 대한 선망 사이에 야기된 내면 갈등에 대한 것이다. 형식은 결국 의리를 저버리고 선형과의 미국유학을 택하는데, 이에서 오는 배의가책(背義苛責)은 외국유학을 통해 민족에 보은하리라는 보다 확대시킨 의리에의 걸의로 해소할 수 있었다.

아무튼 형식은 구세대와 신세대의 와중에 끼어 정신적 지주없이 방황하고 회오하며 다만 외세지향, 미래지향에의 이상과 집착으로 위안을 삼는 과도기적 인물이요, 나약한 지식인의 전형이라 할 것이다.

영채는 구봉건세대의 인습에 의해 희생당하는 비극의 여인이다. 봉건체제하의 사회가 초기 개화주의자인 박진사 일가를 몰이해 속에 파멸시킴으로써 영채의 비극은 시작된다. 그리고 "옛처녀의 본을 받아 내 몸을 팔아 부모를 구원하지 아니하면 세상이 나를 불효한 계집이라고 비웃으렷다"[11] 하여 구도덕 관념에 그릇 인도됨으로써 감옥의 아버지를 위해 기생이라는 엄청난 신분의 하락을 결행하고, 그 결과 도리어 아버지의 비관자살을 초래

---

9) 정창범, 『작중인물의 심층분석』, 평민사, 1979, pp.47~50.
10) 이광수 「다난한 반생의 도정」, 『이광수전집』 8권, 우신사, 1979, p.452. 이하 『전집』으로 줄임.
11) 「무정」, 『전집』 1권, p.36.

하여 천애고아가 되었을 때 그녀의 비극은 가중된다. 그러나 그녀가 형식을 유일한 마음의 지아비로 삼고 정조를 지키는 한, 그녀는 아직 파멸되진 않았다. 그러나 당시 구세대의 폐습인 조혼의 부작용으로 성행된 방탕부호 자제들의 기생오입 풍조 속에서 그녀의 정신적 긍지의 최후 보루인 정조가 유린되었을 때 그녀의 비극은 절정에 이른다.

이같은 영채의 비극을 전개시킴으로써 구세대의 비리와 무정함을 고발하는 효과를 더해 준다. 이런 점에서 영채는 구세대・구도덕의 대변자이기보다는 그것의 희생자로 보아야 타당하다. 이 무정한 세태를 웅변적으로 고발하기 위해서는 그 비극성을 고조시켜야 하고, 그러자면 우리 비극의 주인공을 더욱 아름답고 순결한 '어린양'으로 이상화해야 한다. 아직 새 문명의 빛을 받기 이전의 이상적인 여인상을 영채에게서 본다. 그러한 면을 정한숙은 "철저한 춘향"[12]으로, 윤홍로는 "매몰차고 정조관념이 강한 우리 전통의 수절하는 여인", "님을 끝까지 사모하는 전통적인 고유의 한국여인상"[13]으로 보고 있다

그러나 춘원은 영채를 그같은 전형적 인간상으로만 굳혀 놓진 않았다. 그녀는 병욱으로부터 근대적 합리주의사상의 세례를 받고 신여성으로 부활한다. 그러나 이를 "근대적 여성의 문턱으로 통과・입사하는"[14] 과정의 귀감으로 삼기에는 주체성의 착각과 적극적인 삶의 자세 및 동포애적 연대의식 등을 골자로 한 병욱의 설득 논리가 얼마나 타당성을 지녔는지는 차치하더라도, 이에 대한 영채의 내면적 반응의 필연성이 너무 소홀히 다뤄지고 있다. 진취적이고 생활력 강한 여성이란 평[15]이 무색할 만큼 영채는 병욱의 논리주입 일변도 앞에 줏대없고 나약한 존재가 되고 만다.

아무튼 개화기의 '춘향', 영채는 신분계급을 초월한 사랑에 의해, 또는 권세를 잡은 이도령에 의해 구제된 것이 아니라 신문명과 근대적・합리론에

---

12) 정한숙, 『현대한국작가론』, 고대출판부, 1976, p.6.
13) 윤홍로, 『한국문학의 해석학적 연구』, 일지사, 1978, p.210.
14) 이재선, 『한국현대소설사』, 홍성사, 1979, pp.209～210.
15) 정한숙, 앞의 책, pp.4～10.

의해서 구제를 받는다. 이런 교화적인 면을 강조하기 위해 작가는 작위적인 생경함까지 드러내며 작품의 리얼리티를 너무 희생시킨 것 같다. 원형적 인물16)로 변모된 영채의 어색스런 면보다는 차라리 비극의 주인공으로 전형화된 애처로운 영채에게 독자는 더 끌리게 마련이다.

선형은 부호의 딸이요, 신여성으로 영채와 대조적 인물 내지 경쟁자로 설정되어 영채의 비극성을 고조하는데 기여하고 있다. 그녀는 또 곱게만 자란 탓에 정신적으로 미성숙하고 피동적이며 세속적인 인물로 그려져 영채의 역경을 견디는 꿋꿋함과 인종의 미덕을 돋보이는데 대조적 효과로 기여하고 있다.

신문기자 신우선도 '악의 없는 현실주의자'요, 퇴폐적인 인물로 그려져, 이상주의자 형식과 여러 면에서 좋은 대조를 일고 있다. 그러면서도 그들은 우호관계를 지탱하며 특히 도덕군자 형식이 과히 체면을 깎이지 않고도 어떤 실리적 결단을 내려야 할 경우 ─ 선형과의 약혼신청에 응하는 일 등 ─ 우선의 적극적 부추김은 큰 도움이 된다. 그의 익살스런 구변과 민활한 행동으로 장면마다 활기를 불어넣어 주지 않았다면 점잖은 형식 혼자서『무정』」을 이끌어 가기 힘겨웠을 것이다.

병욱은『무정』의 후반부에 영채의 구원자로 등장한 신여성의 전형이다. 그녀의 인습에 매이지 않은 자유분방한 생활태도와 합리적 사고방식 및 기찻간에서 영채에게 보인 명쾌한 설득력과 삼랑진 수해현장에서 보인 지도력 등은 전 인물을 압도하고 있다. 완벽성과 압도적 풍모가 너무 강조된 결과 부자연스럽기까지 하다. 작가로서는 이런 비범한 인물을 통하지 않고서는 영채의 비극성, 나아가 시대의 무정함을 도전·극복할 수 없다고 본 것이다.

---

16) 한 작품 속에서 성격이 발전하고 변화하는 작중인물을 칭하는 용어로, 평면적 인물(flat character)의 대(對)가 됨. '입체적 인물'로도 번역됨.
E. M. Forster, *Aspects of Novel*, 이성호 역,『소설의 이해』, 문예문고 39권, 문예출판사, 1975, pp.84~102.

3. 구성과 문체상의 특징

『무정』의 구성상의 미비점을 가장 잘 지적한 말은 작가의 일정한 관념이 작중 현실조건보다 앞선다는 지적이다.[17] 즉 작가의 강렬한 주제의식이 작품내적 질서를 무시하고 구성상의 통일을 깨뜨렸다는 것이다. 백철은 이에 대해 "만개된 청춘의 정열과 이상이 넘쳐서 그 방향을 못 찾는 충만의 혼란상"[18]에서 온 결과라 했고 김동인은 작가가 소설의 장래계획을 미리 세우지 못한 소치라면서 영채와 병욱 사이의 미묘한 관계가 용두사미된 예들을 들고 있다.[19] 이것은 작품의 줄기와 무관한 부인물(副人物)들의 빈번한 내력담 내지 동일사건의 반복적인 서술의 지루함과 더불어 조남현의 지적처럼 '편집자적 전지성'의 오류로 해석될 수 있다.

그밖에 "기차상의 기연"같은 신소설적 우연성이 큰 흠으로 지적되기도 한다. 그러나 이에 대해서는 당대 신문명을 지향하는 젊은이들의 만남의 장소로서 신문명의 위력을 상징하는 기차 외에 더 효과적인 곳이 없다고 본 작가 나름의 필연을 인정해야 할 것이다. 그리고 『무정』의 끝부분에 당시 우리 민족의 처지를 상징하는 삼랑진 수해현장을 끌어들인 것은 서로 대립된 네 젊은이들을 민족애와 사회적 자아의 자각으로써 통합시켜 대단원에 이르게 하는데 적절한 결구라고 본다. 이 대목을 두고 네 인물의 화합을 위한 작위적인 돌발사건으로 지적하는 경우도 있다. 그러나 처음부터 6, 7월 장마기를 배경으로 택했고 일관성있게 더위와 뙤약볕, 모기장, 땀에 찬 모시베잠방이 및 빨갛게 단 기왓장 등을 묘사하고 있으며 형식·선형·병욱·영채 일행이 한 기차에 타게 된 서두부터 비가 뿌려지는 심상찮은 날씨를 배경으로 깔고 있는 점 등은 이 대단원의 우연성을 배제하기 위한 작가 나름의 치밀한 속셈을 엿보게 한다.

---

17) 천이두, 『한국현대소설론』, 형설출판사, 1975, p.79.
18) 백 철, 『한국문학전사』, 신구문화사, 1973, p.272.
19) 김동인, 『춘원연구』, 신구문화사, 1956, pp.40~41.

그밖에 형식을 정점으로 한 영채, 선형 간의 애정 삼각관계를 설정하여 당시 신구의 미묘한 대립을 표현한 것도 하나의 장점으로 지적할 만하다. 곧 의리와 연민의 대상인 영채와 동경과 선망의 표적인 선형을 양극으로 하여 그 가운데에 주인공을 둠으로써 신구의 대립 속에 갈등, 모순, 혼란을 겪는 과도기의 전형으로서의 적나라한 모습을 효과적으로 드러내고 있는 것이다.

구성상의 이런 장점을 감안할 때 『무정』을 편집자적 전지성의 오류로 일관된 작품으로만 치부할 수 없게 하는 그 나름의 근대소설적 요소를 인정해야 할 것이다.

『무정』의 문체에서 흔히 "봉건성의 잔재"로 지적되는 것은, "되었음이라" 투의 종결어미와[20] "춘산을 그리고", "옥으로 깎은 듯", "추소같은 밝은 눈" 등 추상적이고 상투적인 직유의 남발[21] 등이다.

여기서 실제로 『무정』의 일절을 들어 그보다 2년 뒤에 나온 김동인의 「약한자의 슬픔」(1919)과 대조시켜 살펴 보기로 한다.

　　형식은 다음번 오는 전차를 탔다. 호수가 푸른 기를 두르니 전차는 또 찌꾹하는 소리를 내며 구부러진 데를 돌아간다. 형식은 조민한 생각에 구리개로부터 서대문가는 전차를 잘못 탔다. 형식은 전차에서 뛰어내려서 바로 뒤이어 오는 동대문행을 잡아탔다. 형식은 손수건으로 이마와 목의 땀을 씻었다. 차장은 형식의 찻삯을 받고 딸랑하면서 유심히 형식의 얼굴을 본다. 형식의 얼굴은 과연 몹시 붉게 되었다.[22]

　　이 '부정'은 엘리자베드로서 무의식히 일어서서 병원으로 향하게 하였다. 그는 '못 가겠다, 못 가겠다' 속으로 중얼거리면서 문밖에 나서서 내리

20) 김동인, 앞의 책, p.200.
　　조연현, 『현대문학사개관』, 정음사, 1971, pp.97～108.
21) 정한숙 『현대한국소설론』, 고대출판부, 1977, pp.7～8.
22) 『전집』 1권, p.71.

붓는 비를 겨우 우산으로 막으면서 아랫동이 모두 흙투성이가 되어서 전
차 멎는 곳까지 갔다. [……] 엘리자베드는 멎는 곳에서 잠깐 기다려서 오
는 전차를 곧 잡아탔다. 비가 너무 와서 밖에 나가는 사람이 적었든지 전
차안은 비교적 승객이 없었다. 이 승객들은 엘리자베드가 올라탈 때에 일
제히 머리를 새 나그네 편으로 향하였다.23)

두 예문을 비교해 볼 때 후자보다 2년 앞서 나온『무정』이 오히려 알맞은
호흡의 간결한 문체로 자연스럽게 행동을 서술해가는 면을 볼 수 있다.『무
정』에서는 이미 "문맥이 굵고 부드러우며 유려한 어조로 폭량이 넓은
[……] 유유히 흐르는 대하와 같은 문체"24)라는 이광수 문체 특징의 싹이
보이는 데 비해 김동인의 초기작에서는 그의 "체언형이고 단문형(短文型)이
며 단문형(單文型)"25)인 감각적이며 간결한 문체로서의 특징이 아직 드러나
지 않고 있음도 알 수 있다. 김동인이 '과거법 서사체'는 자신이 처음 시도
한 것이라 하나 여기『무정』에 엄연히 그것이 나타남에는 동인도 어쩔 수
없이 그 공을 이광수에게 돌려주고 물러서야 할 것이다. 그리고 '~이라'
투의 종결어미도 여기엔 나와 있지 않으며『무정』전편을 놓고 볼 때는 극
소수에 불과하므로 허점의 단서로 잡기엔 불충분하다. 김우종도 대명사
'그'의 문제까지도 포함하여 보다 폭넓게 이광수의 문체면에 개척자적인 공
을 인정하고 있다.26)
　　다음에『무정』의 또 다른 일절을 들어보기로 한다.

　　빨간 딸기가 두 처녀의 고운 입술로 들어가서는 하얀 이빨을 빨갛게 물
들이는 듯하다. 차창에는 비가 뿌려서 눈물같은 물방울이 떼구루루 굴러
내리다가는 다른 물방울과 한 데 합하여 흘러내린다. 차가 흔들리는 대로

23) 김동인,『신한국문학전집』41권, 어문각, 1977, p.333.
24) 구인환·윤재천·이성교,『신문장론』, 형설출판사, 1974, p.131.
25) 구인환,『한국근대소설연구』, 삼영사, 1977, p.207.
26) 김우종, 앞의 책, pp.118~123.

떨리는 전등가에는 하루살이 등속이 떼를 지어 모여 들어간다.[27]

윗 글은 영채가 기차 안에서 형식에 배반당했다는 느낌에서 가슴아파할 때 병욱이 이를 위로하고 딸기를 권한 직후의 장면묘사다. 여기에서 쓰인 직유에는 개념적이고 상투적인 면을 찾아 볼 수 없다. 오히려 '눈물같은 물방울', '하루살이 등속'의 이미지가 가련한 영채의 이미지에 조화되어 가슴 찡하는 애틋한 분위기를 자아내는데 기여하고 있다.

김현은 이광수의 문체가 서구문장의 번역에서 얻어진 직역투의 문장이라 규정하고 그 근거를 『무정』의 다음 서술부분에 두고 있다.[28]

다만 형식의 특색은 영어를 많이 섞고 서양 유명한 사람의 이름과 말을
이용하여 무슨 뜻인지 잘 알지도 못할 말을 길게 함이었다. 형식의 연설이
나 글은 서양 것을 직역한 것 같았다. 형식의 말을 듣건대 이러한 말이나
글이 아니고는 깊고 자세한 사항을 발표할 수가 없다고 한다. 그래서 여러
사람들이 자기의 의견을 좇지 아니함은 그네가 자기의 사상을 깨달을 힘
이 없음이라 하여 혼자 분개하여 한다.[29]

여기서 '언어란 그것이 표현하려고 하는 것과 떨어질 수 없는 것이라'는 초기 이광수의 언어관을 유일하게 발견하게 된다는 것이다. 그러나 위의 인용부분은 작가가 주인공에 대해 비판적으로 서술한 대목에 끼어 있다. 비록 자전적 요소가 많은 주인공이라도 작가와는 엄밀히 구분되어야 할 것이다. 일찍이 틀스토이의 민중문학적인 면에 영향을 받아 쉽게 쓸 것을 주장한 바도 있는 이광수란 점을 감안할 때, 이 인용문은 도리어 당시 신지식청년들의 자기과시 방편으로 삼던 서구어의 생경한 직역투 문장이나 말에 대한 작가 나름의 저항을 표명한 것으로 봐야 할 것이다. 실제 앞서 김동인의 문장

---

27) 『전집』 1권, p.188.
28) 김윤식·김현, 『한국문학사』, 민음사, 1977, pp.125~126.
29) 『전집』 1권, p.125.

과 대비한 데에서도 볼 수 있듯이 직역투의 생경한 맛은 동인에 비해 이광수의 문장에서는 거의 찾아볼 수 없다.

이재선도 이광수의 초기단편에 '고백적인 서간체이야기'(Brieferzählung)의 서술유형의 개발 등, 서술시점이나 서술상황에 대한 남다른 배려를 엿볼 수 있다고 했는데[30] 이러한 탐구의 결정이 바로 『무정』의 서술문체를 이루었다고 하겠다.

4. 이상주의적 계몽소설로서의 주제

『무정』은 작가 자신이 "독자의 감계(鑑戒)나 감분(感奮)의 재료"로 썼다고[31] 창작동기를 밝힌 데에서도 알 수 있듯이 대체로 이상주의적 계몽소설의 특징을 지니고 있다. 그리고 이 특징에서 『무정』이 추구하는 계몽의 내용은 민족주의 이념과 자유연애 사상으로 골자를 이루고 있는데, 이것들이 바로 『무정』의 주제를 이루는 두 기둥이 된다고 하겠다.

민족주의 이념은 「어린 희생」, 「헌신자」 등의 이광수 초기단편들에서 싹터, 『무정』에 이르러 구체화되었다. 즉 신문명의 선구자로 자처하는 형식과 그의 은사인 박진사의 활동 및 대단원에서 네 젊은이들이 삼랑진 수해현장에 뛰어들어 구호활동과 열띤 토론을 벌이던 행적 등에서 분명히 드러난다. 특히 박진사의 비참한 몰락상의 민족을 위한 선구자의 자기희생적 생애를 부각시킨 것으로서, 영채의 비극과 더불어 김윤식이 지적했듯이 당대의 "신성한 그 무엇"이 능욕당한 것에 대한 한의 절규로까지[32] 해석될 수 있다. 아무튼 이러한 헌신적인 선구자로의 이상을 표방한 이진사와 사제관계 내지 정신적인 부자관계로까지 깊은 인연을 맺은 형식이 『무정』의 주인공이 되기에 『무정』은 단순한 연애소설을 뛰어넘는 것이다.

---

30) 이재선, 앞의 책, p.203.
31) 『전집』 10권, p.467.
32) 김윤식, 「이광수와 그의 문학시대」, 『문학사상』, No. 129, 1983. 7, pp.292~7.

그러면『무정』에서 구현된 민족주의 이념의 구체적 내용은 무엇인가? 그것은 당대 식민지하의 민족의 수난상을 상징하는 삼랑진 수해현장에서 형식 일행이 벌인 구조활동과 문답식 토론과정에서 집약적으로 나타나고 있다. 곧, 첫째는 구조활동을 통해 부각되는 것으로 고통 가운데 빠진 동족에 대한 강렬한 유대의식과 박애정신을 갖자는 것이요, 둘째는 토론내용의 핵심이 되는 것으로 조선사람에게 봉건적 폐습과 퇴폐적 풍조를 일소하고 신문명의 과학지식을 가르쳐 '생활하여 갈 힘'을 갖도록 하자는 문명수용론적인 내용이 그것이다. 전자에 대해서는 시각적인 지식인의 치졸한 인도주의 내지 시혜적 태도라고 비판받을 여지가 있다.33) 후자의 경우는 김현이 지적했듯이 구국의 길을 서구문명에만 의존한다는 자체가 너무 안이하고 단순한 도피요, 허황된 낙관주의로 비판받을 수 있다.34) 그러나 이러한 흠은 역사의식이 빈곤하다는 등 작가 개인의 문제이기 앞서 당대 식민지하의 부자유한 정치적 상황과 근대화를 지향하는 과도기적 혼란기가 지닌 한계점에 더 관련이 있다고 하겠다.

『무정』의 또 하나의 주제는 자유연애 사상이다. 이를 좀 더 구체적으로 말하면 봉건적 결혼관이나 연애관의 질곡에서 벗어나 개인의 자유와 행복에 토대한 자녀 중심의 결혼제도를 마련하자는 생각이다. 이 주제는 본래 신소설류에서 관념적으로 제기된 것을 계승하여 10년대의 대표적 논설인「자녀중심론」과 초기단편들을 통해 보다 체계적이고 구체적인 것으로 다듬어 온 것이다. 그리하여 이 자유연애 사상이『무정』에 이르러서는, 구식결혼의 폐를 더욱 구체화시키면서 성년기의 남녀가 결혼을 하기 위해서는 자아각성된 바탕에서 서로 충분히 사랑과 이해를 가져야 한다는 것에 강조점을 두기에 이른다. 실제로『무정』의 여러 부분에 봉건적인 결혼제도의 폐단을 직·간접으로 드러낸 것과 더불어 주인공들을 애정 삼각관계에 두어 '참사랑'에 대해 자각하고 반성하고 연단시키는 많은 부분들을 두고 있다는 점에서『무정』에서의 본 주제의 비중을 실감하게 된다. 그래서 김우종같이

---

33) 김동인·김붕구 등의 이 견해를 대표한다.
34) 김현,『문학사회학』, 민음사, 1983, pp.156~161.

『무정』은 민족주의 이념보다 애정문제를 주로 다룬 연애소설이란 견해까지 나올 정도다.[35]

이 주제에 대해서는 아직 추상적인 가치에 그쳐 가족제도의 모순을 극복할 수 있는 상태로까지 나아가지 못했다는 일부의 비판도 있지만,[36] 대체로 신소설에서 비롯된 "새로운 윤리관의 모색으로서의 개인주의의 확장을 결혼제도의 비판과 자유연애를 통해서 성공적으로 계승・완성하고 있다"[37]라는 이재선의 지적에도 나타나듯이 긍정적인 요소를 더 많이 보이고 있다.

다만 이 자유연애 사상을 민족주의 이념과 얼마나 서로 조화를 이루며 상보적으로 무리없이 전개시켜 왔느냐에는 다소 문제가 있다. 예컨대 형식・영채・선형간의 애정 삼각관계의 갈등이 그 자체로의 해결이 유보된 채 삼랑진에서의 수재민 구호활동과 거기에서 나타난 민족주의 이념을 통해 해소된다는 전말은, 윤홍로의 지적대로[38] 사랑을 제대로 성숙시키지 못한 채 민족주의 이념으로의 도피적 전이를 하고 말았다는 인상을 준다. 김윤식의 전기적 비평에 의하면 작가가 고아로서 지녀온 내적 사랑과 갈등을 조선민족 전체로 적용・확산해나간 방식 속에 이광수 문학의 창작비밀이 있다고 했는데,[39] 『무정』의 대단원은 바로 이 비밀방식의 설익은 초기적한 단계를 보인 것이라고도 할 수 있다.

5. 문학사적 의의

지금까지 논의해 온 것을 총괄하여 『무정』의 문학사정 의의를 추출하면 다음과 같다.

첫째, 『무정』은 여러 유형의 과도기적 인물들을 설정하여 상호갈등을 전

---

35) 김우종, 앞의 책, p.73.
36) 김현・김윤식, 앞의 책, p.127.
37) 이재선, 앞의 책, p.302.
38) 윤홍로, 앞의 책(1978), p.217.
39) 김윤식, 앞의 책(1982. 4), p.173.

개시킴으로써 전환기의 시대상과 가치관을 가장 집약적으로 반영한 점에서 근대적 리얼리즘 작품의 효시를 이루었다는 것이다.

둘째, 기법면에서 볼 때 작중 현실조건보다 작가의 의도가 앞서는 무리한 전개 내지 극적 필연성의 미흡과 문체상의 구투가 산견(散見)되는 반면에 이를 극복한 참신한 문체와 치밀한 구성의 부분도 병존한다는 점에서 신소설을 발전적으로 계승하여 근대소설의 새로운 장을 열었다는 것이다.

셋째, 『무정』의 주제를 이루는 두 기둥인 민족주의 이념과 자유연애 사상은 그 후 이광수 소설에도 계속 반복되는 정신적 연대성을 갖고 있으며, 특히 '자유연애'는 『한국문학사』에서 김현도 지적했듯이 당대 사회의 풍속에서뿐 아니라 후대에도 큰 영향력을 미쳤고 그 여파로 이후에도 후배작가들의 상당수의 소설에서 그 주제를 이루어 왔다는 것이다.

결국 『무정』은 한국근대소설의 시발점이요, 1910년대의 과도기적 시대상과 이데올로기를 구현한 민족의 고전으로서 큰 가치를 지닌다고 하겠다.

(『한국근현대작가작품론』, 성균관대출판부, 1993)

김동인의 「감자」와 「광염소나타」

1. 서언

육당과 춘원으로 대변되는 우리 신문학 초창기의 문단상황에 비추어 볼 때 김동인의 등장은 분명 하나의 새로운 바람이었다. 당대의 문학적 풍토가 제대로 형성되지 못하였던 상황에서, 새로운 시대의 조류와 문학적 사조가 안정된 기반에서 고무적으로 작용하지 못하고 있었던 시기였기 때문에, 육당·춘원의 이른바 2인 문단시대의 합목적적 교훈적인 문학의 테두리에서 벗어나지 못한 채 답보상태에 머물고 있었던 1920년대 초반 그의 등장은 활발한 동인지의 출간과 함께 우리 문학의 새로운 지평을 연 셈이었다.

김동인은 30여년 간의 작품활동을 동일장르, 즉 소설만으로 일관한 작가이다. 그와 동시대의 작가들이 대체로 시와 소설 두 장르에 관심을 두었던 것과는 다소 대조적이다. 그는 특히 단편에 뛰어났다. 총90여 편의 작품 가운데 75편 가량이 단편소설임을 감안할 때 이 점은 쉽게 공인된다. 물론 작품의 양이 작품의 질과 작가의 역량을 결정하는 것은 아니지만, 그만큼 문학적인 가치가 높을 개연성을 가지고 있고, 김동인의 경우 이 점은 실제와 부합한다.

문제는 그의 작품경향이다. 사실 김동인만큼 다양하고도 이질적인 경향을 보이는 작가도 드물다. 그는 1920년대의 문학적 상황 속에서 본격문학의 기치를 들고 나와 문학의 본격적 가치와 효용에 대해 나름대로 고심한 작가이다. 그의 작가의식을 구체적으로 살펴보는 작업이 필수적으로 병행되어야 하기는 하지만, 대체로 그에 대한 평가는 긍정과 부정의 두 측면에서 논의되고 있고, 또 그럴 수밖에 없다. 그의 작품경향과 작가의식의 검토과정을 통해 늬의를 전개코자 한다.

김동인의 문학은 구체적으로 이광수 등의 계몽적 교훈주의를 극복, 청산코자하여 등장한 일군의 동인지 및 동인활동과 더불어 출발한다. 이광수 문학에 대한 그의 대립된 견해를 대변할 만한 언급은 "소설가는 인생의 회화는 될지언정 그 범위를 넘어서서 사회교화기관(직접적 의미의)이 되어서는 안되는 것이며 될 수도 없는 것이다"[40]라는 말이다.

이 말은 인생을 객관적으로 파악하여 거기에 미적 형상화의 기법을 통해 작품화시키는 회화를 소설에 비유한 점에서 리얼리즘적 발언이라고 할 수 있다. 또 문학이 어떤 다른 목적을 위한 수단이 되어서는 안되고, 문학을 위한 문학이어야 한다는 이른바 예술지상주의적 선언이라고 볼 수도 있다.

김동인의 반춘원론(反春園論)은 또한 문학의 독자성을 옹호한 것이며 내용 편중의 기존문학에 대한 기법적 자각을 보인 것[41]이라 하여 긍정적 평가를 받는 한편, 당대의 시대상황을 무시한 "반역사주의 지향의 과오"[42]를 범했다는 혹평을 듣기도 한다.

이런 다양한 해석과 평가는 김동인이 그 후 전개해간 창작의 다양성에 의해 견인된 것이기도 하다. 조연현의 지적대로[43] 20년대에는 「배따라기」와 같은 낭만주의적 경향의 작품과 「감자」류의 자연주의적 경향의 작품을 발표한 뒤 30년대에는 유미주의적 경향의 「광염소나타」·「광화사」와 인도주의적 정신이 담긴 「발가락이 닮았다」 및 민족주의적 의식이 짙은 「붉은 산」을 발표하는 등 다양성을 확대시키다가 40년대에 들어 「김연실전」에서 자연주의적 경향으로 되돌아 오는 면을 보인 한편 장편야담류의 통속적 방면으로 빠져 들어갔던 것이다.

김동인 소설이 이런 다양성을 띠기는 하지만 평자에 따라서는 작품상의 물질적·동물적 인간관을 중시하여 자연주의로 일관했다고 볼 수 있는 면

---

40) 김동인, 『춘원연구』, 신구문화사, 1956, p.185
41) 구인환, 『한국근대소설연구』, 삼영사, 1977, p.191
42) 김윤식 외, 『현대작가론』, 형설출판사, 1979, pp.37~39
43) 조연현, 『한국현대작가연구』, 새문사, 1981, pp.101~113

이 있다.[44] 또는 작가의 기질, 환경, 문예사조의 수용양상까지 감안하여 "예술지상주의적 경향과 리얼리즘 계열의 결합으로 이루어진 낭만적 리얼리즘"[45] 이라고 규정할 수도 있다.

그러나 김동인 소설이 통속화되기 이전의 2~30년대 주요 단편들을 대상으로 하여 성격상 구분할 때는, 대체로 자연주의적 리얼리즘에 의거한 「감자」계열과 탐미주의적 요소가 짙은 「광염소나타」·「광화사」계열로 이분하는 것이 타당하다고 본다. 자연주의적 리얼리즘과 탐미주의는 김동인 문학의 독자성을 구축하고 예술성을 높이는데 주요 구실을 하는 이원적 요소로 볼 수 있기 때문이다.

김동인 문학에 있어서 이 이원적 요소는, 말하자면 그의 예술에 대한 시각과 문학적 성과를 하나의 체계 속에서 조망할 수 있는 방법적 일환이 될 수 있을 것이다. 이 기준이 그의 문학의 본질규명과 작가이해에 어느 정도까지 타당할 것인지는 실제 작품분석의 결과가 말해줄 것이지만, 우선 두 요소를 대표할 만한 작품을 선정하는 작업이 선행되어야 한다. 이점에서 그의 작품 중 「감자」는 이른바 대표작의 하나로 손꼽히고 있거니와 자연주의적 리얼리즘 계열의 요소를 충분히 집약하고 있다고 생각되고, 또 하나의 계열인 탐미주의를 지향하는 작품으로는 「광염소나타」와 「광화사」를 드는 것이 별로 무리가 없으리라 생각된다.

이제 그 두 요소를 대변하는 「감자」와 「광염소나타」·「광화사」를 분석·고찰함으로써 김동인 문학의 특징적 국면을 드러내 보고자 한다.

2. 자연주의적 리얼리즘 계열의 「감자」

「감자」는 김동인 소설의 특징적 일면을 대변하는 작품인 동시에, 20년대 우리나라 자연주의 내지 사실주의적 기법이 낳은 대표적 성과로 인정받은

---

44) 김동리, 『문학과 인간』, 청춘사, 1952, p.6
45) 윤홍로, 『한국근대소설연구』, 일조각, 1980, p.108

작품이다.

　이제 이 작품을 분석·고찰함에 있어 주로 형식비평의 입장에서 플롯, 배경, 문체, 작중인물, 주제의 순으로 살펴봄으로써, 20년대 김동인이 이룩한 자연주의적 사실주의 기법의 수준을 가늠해 보기로 한다.

　먼저 「감자」의 전체 줄거리를 곁들여 플롯상의 5단계로 나누어 서술하면 다음과 같다.

　작품 서두에는 주인공 복녀의 신분이 제시되어 있다. 그녀는 몰락한 선비의 후예요, 비교적 엄한 가율의 농가의 딸로 자라났다는 것이 그것이다. 그래서 '막연하나마 도덕적이라는 것에 대한 저품을 가지고 있었다'는 데까지를 일단 발단 부분으로 삼을 수 있다.

　그 다음 발전 단계에서는 복녀에게 닥쳐온 환경의 변화와 그에 따른 타락 과정이 점층법적 효과를 살려 서술되고 있다. 곧 복녀는 15세 나이에 20년 연상의 홀아비에게 80원에 팔려 시집을 가게 되고, 남편의 무능과 게으름으로 이농민 신세가 되어 평양의 행랑살이를 전전하다가 결국 죄악의 소굴인 칠성문 밖 빈민굴의 주민이 된다. 거기서 복녀는 배고픔에 쫓겨 거지행각을 시작하게 되고, 송충이잡이 인부로 나갔다가 감독에게 이끌려 처음 혼외정사를 경험한다. 여기서 복녀는 '삶의 비결'이라도 배운 듯 터놓고 동네 거지들에게 매음을 시작하게 되고, 마침내는 중국인 왕서방의 정부로까지 전락하고 만다.

　이리하여 빈민굴의 한 부자가 된 복녀가 위기 단계를 맞게 된 것은 왕서방이 새색시를 데려오게 되고 그에 대한 강렬한 질투심을 갖게 되는 데서이다.

　그리고 이 질투심이 절정 단계에 이르러 복녀로 하여금 장가드는 날 밤에 신방에 뛰어들어 낫을 휘두르다 도리어 그 낫에 찔리어 죽음을 당하는 결과를 가져오게 한다.

　그리하여 복녀의 시체를 사이에 두고 남편, 왕서방, 한의사간의 돈 거래가 이루어지는 비정한 이야기로 대단원을 이룬다.

　이상의 플롯상의 5단계를 중심으로 살펴본 전체 줄거리는 작가의 전지적 시점에서 순행법적 구성으로 이루어지고 있다. 단편의 제한된 분량 속에 복녀 나이 15세부터 21세까지의 7년이란 세월을 시간적 거리로 두고 "사건의 흐름이 종말을 향해서 빨리 움직이는"[46) 직선적인 단궤성을 보이고 있다. 「감자」의 이같은 면, 곧 작중현실이 디테일하게 조형적으로 구성된 면보다는 거시적인 방향으로 박력있게 내닫는 경향에 대하여, 천이두는 작가의 패기적·직선적 개성의 한 발로로서 "에세이적인 직선의 미학"[47) 이라고 했고, 김윤식은 "작가의 소설관인 인형조종설이 가장 전형적으로 나타난"[48) 예로 설명했다. 아무튼 「감자」에서 보인 일사분란한 전개에 의한 직선적 단일구성은, 사건 전체의 통일감과 더불어 하나의 주제를 향한 단일효과를 높이는 데 기여하고 있다.

한편, 「감자」의 기본적인 배경은 1920년대 초, 평양 칠성문 밖 빈민굴에 두고 있다. '싸움, 간통, 살인, 도둑, 구걸, 징역, 이 세상의 모든 비극과 활극의 근원지'라고 작품 서두부터 작가가 전지적 시점에서 강조한 데서 나타나 있듯이, 빈민굴이 주는 무질서와 불안정성 및 야생적 활기는 일제치하의 20년대 암울한 분위기와 함께 「감자」의 배경이 작품 전체에 미치는 중요한 요소들이다.

이 배경은 주인공 복녀로 하여금 전래의 도덕적인 금기를 일탈하도록 하는데 주요인으로 작용하기 때문에 환경이 인간생활에 끼치는 영향력을 은연중 강조하고 있는 작의 내지 주제와도 직결되는 것이라고 하겠다.

만일 「감자」의 배경을 안정된 농촌지역이나, 도회지라 하더라도 중류층 이상의 거주지역으로 두었거나, 아니면 또 아예 틀에 박힌 봉건시대로 거슬러 올라가 잡았더라면, 복녀의 타락은 몹시 부자연스럽고 그만큼 작품의 리얼리티와 주제적 가치도 상실되었을 것이다.

---

46) 이재선, 『한국현대소설사』, 홍성사, 1979, p273
47) 천이두, 『한국현대소설론』, 형설출판사, 1975, p.32
48) 김윤식, 『한국근대문학의 이해』, 일지사, 1976, p.29
   여기에서 말하는 '인형조종설'은 『창조』7호(1920)에 김동인이 발표한 내용으로,
   작가는 자기가 창조한 인생에 휘말려서는 안 되고 작품 속의 인생을 인형 놀리듯
   조종할 수 있어야 한다는 것을 그 요지로 하고 있다.

아울러 빈민층과 그들 생활상을 작품의 소재와 배경으로 삼은 것은, 또한 당시 빈궁문학화를 조장하던 프로문학 계열과의 영향관계를 고려해 볼 만한 여지도 있을 것이다. 그러나 같은 소재를 두고도 프로 문학이 보여준 경직성과는 매우 대조적으로 자유분방한 독자성을 추구한 데에 김동인 문학의 특징적 면모가 엿보인다.

다음으로 「감자」의 문학적 특징에 대해 살펴보자.

「감자」라는 작품의 문체가 풍기는 전체적 이미지를 한마디로 말하자면, 직선적이고 고압적이라고 할 수 있다. 그리고 이같은 문체적 특징은 과감한 생략과 비약적 전개를 구사하면서도 간결하고 박력있는 문장으로 그 특유의 남성적 필치를 엮어가는 작가적 태도에서 온 것이다.

그동안 정한모[49], 구인환[50] 등에 의해 개진된 바를 참고하여 「감자」에 나타난 김동인의 문체적 특징을 보면 다음과 같다.

첫째, 김동인의 문체는 체언형이면서 부사, 감탄사를 비교적 많이 사용하고 다른 작가에 비해 어휘선택에 그리 섬세한 배려를 기울이지 않는 편이라는 점이다. 이것은 개괄적인 서술의 추상성, 동일어휘의 무사려한 반복 등에서 나타나고 있다.

둘째, 문장은 단문형(短文型)인 동시에 단문형(單文型)이 주를 이루며 간결 직재한 감각적인 특징을 보이고 있다는 점이다. 이것은,

> 왕서방은 와들와들 떨었다. 왕서방은 복녀의 손을 뿌리쳤다. 복녀는 쓰러졌다. 그러나 곧 다시 일어섰다.

이와 같은 부분에서도 나타나듯이 호흡이 짧은 빠른 템포의 간결체를 이루며 특히 긴박한 사건의 현장을 서술하는 데 효과적인 문체라고 할 수 있다.

셋째, 김동인의 문장은 우리말의 일반적 습관에 따라 생략 가능한 주어도

---

49) 정한모, 「김동인문학의 문체론적 해명」, 『김동인연구』, 새문사, 1982, pp.Ⅱ-47~79
50) 구인환, 앞의 책, pp.185~208

거의 모든 문장에서 이를 생략하지 않으며, 또한 필요 이상의 접속어구를 빈번히 사용하기 때문에 문법상의 정확성을 기할 수는 있어도 문장간의 연결이 부드럽지 못하고, 때로는 번역문과 같은 생경한 느낌을 보이기까지 한다는 점이다. 예컨대,

그들은 처가에까지 신용을 잃게 되었다. 그들 부처는 여러 가지로 의논하다가 할 일 없이 평양성 안으로 막벌이로 들어왔다. 그러나 게으른 그들에게는 막벌이나마 역시 되지 않았다. [……] 한 서너 달 막벌이를 하다가, 그들은 요행 어떤 집 막간(행랑) 살이로 들어가게 되었다. 그러나 그 집에서도 얼마 안하여 쫓겨나왔다. (방점 : 필자)

이와 같은 글에서 방점을 친 주어는 생략하거나 다른 간단한 접속어로 대치시켜야 더 자연스럽게 읽혀질 수 있는 부분이다. '그러나'도 자주 반복되어 또한 자연스럽지 못하다. 그럴 때는 '그러나'를 생략하고 앞 뒤 문장을 연결시켜 복문으로 만드는 것이 좀더 자연스럽다. 그러나 문장간의 매끄러운 연결이나 표현상의 묘미를 훼손하면서까지 주어와 접속어를 빈번히 사용한 것은 정한모의 지적처럼 문장의 의미요소를 선명하게 드러내는 긍정적인 효과도 지니고 있다.

넷째, 김동인의 문장은 비교적 대화의 묘를 잘 살려내면서 음란한 어휘, 쌍말, 평안도 사투리와 더불어 압축된 문장을 구사함으로써, 극적 장면의 부각과 함께 작중인물의 성격의 생동감을 드러내는 데 기여하고 있다는 점이다.

"볏섬 좀 치워 달아우요."
"남 졸음 오는데 님자 치우시관."
"내가 치우나요?"

"이십 년이나 밥 처먹구 그걸 못 치워."

"에이구, 칵 죽구나 말디."

"이년, 뭘!"

위 대화문에서 보듯이, 이 몇 마디의 대화로 복녀와 남편의 부부싸움 현장과 각자의 성격이 생생하게 드러나고 있다. 특히 사투리의 사용은 우리 근대소설사에서 김동인이 개척한 문체상의 공적으로서 특기할 것으로 평가되고 있다.

이상에서 본 바 간결하고 직선적인 김동인의 문체는 김우종도 언급했듯이[51] 비교적 단편소설에 어울리는 것으로, 특히 「감자」와 같이 직선적인 단궤성의 구성적 특징을 지닌 작품에 가장 잘 부합되는 문체라 하겠다.

다음에 「감자」에 등장하는 인물의 특징을 알아볼 차례다.

주인공으로 등장하는 복녀는 처음에는 전형적인 농촌이 순진한 규수의 모습이었으나, 대단원 부분에 이르러는 누구나 멸시하는 중국인 일개 정부로 전락한 변모과정을 보이기 때문에, 원형적 인물의 대표적 예로 꼽히고 있다. 그러면서도 그 변모과정에 있어서 주인공의 내적 필연성이 소홀하게 다루어져 있다는 점을 들어 "도식적이고 피상적"이라는 평[52]을 듣기도 한다. 그러나 「감자」의 경우 작가의 서술태도가 전지적 시점이라 하더라도 중립적 전지성[53]을 띤 것이기에, 복녀의 내면적 갈등이나 변모에 대한 직접적인 간섭은 하지 않고 제삼자의 입장에서 설명하는데 그치지만 내적 필연성을 뒷받침할 만한 객관적인 사실에 대해서는 간접적인 언급을 통해 어느 정도 암시적으로나마 제시해주고 있다고 본다.

한편, 직접적인 표현에만 매달리지 않고 좀더 시야를 넓혀 고찰해 볼 때 주인공 복녀는 작품 서두부터 모름지기 도덕적이고 얌전한 시골처녀로만

---

51) 김우종, 『한국현대소설사』, 선명문화사, 1973, p.113
52) 천이두, 앞의 책, p.27
53) 작중인물에게 작가가 직접 간섭은 하지 않으나 그 자신의 목소리로 독자에게 설명해주려는 경향으로, 프리드만이 나눈 전지성(全知性)의 네 종류 가운데 하나임(조남현, 『소설원론』, 고려원, 1983, pp.232~233).

그려져 있지는 않다. 선비집안의 말류(末流)다운 도덕적 요소들을 지닌 반면 '여름에는 벌거벗고 개울에서 멱감고, 바깃바람으로 동네를 돌아다니는 것을 예사로 아는' 도덕이전의 발랄한 기질도 아울러 지닌 이중적 인물로 서술되어 있다. 이렇듯 발랄한 면도 있기에 게으른 남편과 다툴 줄도 알고, 궁핍한 상황에서는 남들 따라 서슴없이 동냥도 다닐 수 있었다. 그리고 이 기질이 있기에 한번 혼외정사를 겪은 뒤에는 내적 갈등 대신 '긴장된 유쾌'와 '처음으로 한 개 사람이 된 것 같은 자신까지' 얻게 되고 매음행각에 **빠**지게 되는데도 별반 무리가 없었던 것으로 이해될 수 있게 한다. 결국 복녀라는 인물의 성격이 지닌 이중적 요소 가운데 그녀를 둘러싼 사악한 **환경**이 부정적인 면을 자극시켜 탈선의 길로 **빠져**들게 한 것이라고 볼 수 있겠다.

그런데 이와 관련시켜 복녀의 언행에서 인물 성격의 일관성이 상실된 부분이 있음을 또한 지적할 수 있다. 위기 단계 이후 복녀가 새장가를 드는 중국인 왕서방에게 질투를 일으켜 치정극을 벌이는 대목이 그것이다. 이 대목에서 작가는 여지껏 복녀와 왕서방 간에 형성된 매음관계를 엉뚱하게 애정관계로 바꿔놓음으로써, 주인공에 대한 성격적 괴리를 조작한 듯한 면을 보여주고 있다는 점이다. 최소한 표면적으로는 그렇다는 말이다. 그러나 작가는 그 이면에 보다 중요한 의미를 추구하고 있다. 말하자면 복녀의 질투를 통해 여자로서의 본능적 반응 이상의 애정 내지 삶의 문제를 비약적으로 거론하고 있다는 사실이다.

왕서방은 복녀에게 있어 애정의 대상이라기보단 '동냥, 매음, 도둑질' 등으로 발버둥치는 가난의 질곡으로부터 해방시켜준 유일한 존재라는데 더 의미가 있다. 정조의 대가로 배추 세 포기를 주는 다른 중국인에 비해 왕서방은 복녀에게 3원을 주었고 그의 정부가 되고부터 복녀는 '빈민굴의 한 부자'가 된 것이다. 이제는 동네 거지들과의 매음이나 감자도둑질에서도 손을 뗄 수가 있었다. 여지껏 그녀를 80원에 팔아넘긴 아버지에게서나, 그녀를 동냥과 매음판에 내보내어 호구지책을 삼던 남편에게서 한번도 받아보지 못한 사람다운 대접을 이 '되놈'이라고 무시하던 중국인에게서 처음 받게 된 것이다. 따라서 왕서방을 새색시에게 **빼앗**긴다는 것은 복녀에게는 지긋

지긋했던 옛날로 다시 전락한다는 의미다. 이런 가치를 지닌 존재이기에 비록 당대 일제치하의 삼등국민으로서 '되놈'이라고 무시할 망정 개의치 않고 그의 정부가 되어 주었던 것이다. 그런데 '되놈' 주제에 100원씩이나 주고 처녀를 사서 새장가를 든다니 여자로서의 본능적인 질투와 앞날에 대한 절망, '되놈'에게 버림받았다는 분노 등이 복합적으로 작용하여 결국 칼부림에까지 이르게 된 것이라고 하겠다. 이 점은 작품 전체적인 면에서 매우 중요한 위치를 차지하는 것으로 보인다.

「감자」에 등장하는 그밖의 인물들은 대체로 복녀를 둘러싼 부정적 측면의 남성들이다. 몰락 양반의 희미한 그림자로서 딸을 팔아먹는 복녀 아버지, 무능과 게으름 속에 복녀의 매음과 도둑질의 대가를 대견히 여기며 그 덕에 살아가는 남편, 일상의 말단관리로서 서민에 군림하여 퇴폐적 행위를 자행하는 산림감독, 되놈으로 무시받으면서도 만사를 돈으로 해결하려는 호색한 왕서방, 그리고 돈에 매수되어 거짓 진단을 떼어 주는 엉터리 한의사 등, 도두 복녀의 주위에서 그녀를 착취하거나 타락에 빠뜨리는 인물들로 설정되어 있다. 그 속에서 숙명적으로 파멸당하는 여주인공의 이름이 '복녀'인 데서 작가의 의도적인 에펠레이션 상의 아이러니를 엿보게 한다.

끝으로 「감자」에 담긴 작가의식 내지 주제를 살펴보자.

「감자」의 주제는 크게 두 가지로 얘기될 수 있다. 첫째는 대부분의 평자들이 지적하는 바, 자연주의적 사고방식에 의한 현실상황에 지배되는 인간성의 변이 과정을 형상화한 것이라는 점이다. 이 방면의 견해는 장병희의 지적[54]처럼 추악한 현실 속에서 동물적 인간성으로 타락하고 파멸해 가는 한 여인의 환경결정론적 삶의 희화라는 말로 그 요체를 집약할 수 있다. 또한 이재선은 이러한 관점에서 환경결정론의 실험을 위해 도덕의 절대 제로화를 꾀한 반도덕적 요소와, 모든 인물, 사건을 환경에 의한 인과론적 연쇄의 그물에 넣은 결정론적 사고의 특징을 추출해 내면서, 「감자」도 에밀·졸라의 「실험소설론」에서 비롯되는 자연주의의 특징[55]을 일부 지니고 있

---

54) 장병희, 『김동인단편소설연구』, 연세대대학원, 1981, p.29
55) 여기서 소개된 자연주의적 특징은 ①객관성, ②솔직성, ③비도덕적 태도, ④결정

음을 언급하기도 한다.

둘째는 사회학적인 입장에서 거론되는 견해다. 곧, 복녀의 몰락은 사회학적인 차원에서 볼 때 단순한 환경결정론을 넘어 사회체제의 모순, 더 구체적으로 말해 여성을 소극적 · 예속적 · 희생적인 존재로 만든 부권제(父權制) 문화의 부조리를 고발하고 있는 것으로 볼 수 있다는 것이다.[56] 이 견해는 복녀의 타락에 대해, 딸의 인신매매와 같은 가권(家權)에 의한 결혼이 가능하고, 가난 속에서 여자의 주요 생계수단이 매음이 될 수 있었던 당대 부권제도사회의 분위기에서 그 근본동기를 찾을 때 수긍되는 견해다.

이상의 두 견해는 서로 상반되는 성질의 것이 아니라, 두 번째의 견해가 첫 번째의 견해를 보충하는 관계라 할 수 있다. 따라서 다음과 같이 그 견해들을 정리해 볼 수 있다. 곧 「감자」는 부권제하의 모순과 부조리가 가미된, 훼손된 환경에 의한 도덕성의 타락과 함께 한 여인의 숙명적인 파멸을 비교적 객관적으로 파악하여 부정적 현실을 고발한 이야기란 것이다.

이상에서 「감자」에 대해 여러 측면에서 논의를 전개하였다. 그 결과를 다시 정리해 보면, 「감자」는 생활환경 때문에 윤리적 파탄과 인생관의 변이를 가져온 주인공이 끝내 현실적 갈등의 희생물이 되고마는 비극적 인간의 한 모습을 리얼하게 보여주는 작품이다. 여기에서의 생활 환경은 물론 일제 식민지지배의 곤궁한 사회현실이다. 그 사회현실을 저변으로 하여 이 작품이 이루어지고 있다는 데 우선 그 특징이 있고 그것이 작품의 배경으로 등장함으로써 주인공의 비극적 삶은 강요된 것이나 마찬가지라고 할 수 있다. 그러면서도 작가는 주인공의 인간적인 본능, 곧 육체적 쾌락에의 긍지에서 애정에의 본능적 독점의식, 그리고 주어진 현실 속에서 그저 특별한 각성없이 생명의 연장과 생활의 궁핍을 모면하고자 하는 삶의 태도들에 대해서도 결코 소홀하지 않는다. 아니 오히려 이 점에 작가는 보다 큰 관심과 심화된 의지를 투영시키고 있는지도 모른다. 이러한 점들로 미루어 「감자」

론의 철학, ⑤비관주의, ⑥야수적 · 병리적(病理的) 본성의 강력한 투영, ⑦유전(遺傳) 등으로 열거되고 있다(이재선, 앞의 책, p.266).

56) 송명희, 「부권제 속의 여성착취표현」, 『한국경제신문』, 1982. 6.24일자

는 김동인의 자연주의적 리얼리즘의 한 전형을 이루는 작품으로 공인된다.

요컨대, 「감자」로 대표되는 김동인 소설의 자연주의적 리얼리즘 계열은 당시의 문학적 상황 속에서 뚜렷한 하나의 사조를 확립시킨 것으로 평가될 수 있으며, 「감자」가 구축한 세계를 통해 문학이 사회현실과 어떻게 관련을 맺고 또 작가는 어떠한 방식으로 그것을 형상화시킬 수 있는가를 보여주고 있다고 하겠다.

3. 탐미주의 계열의 「광염소나타」·「광화사」

1930년에 발표한 「광염소나타」와 1935년에 발표한 「광화사」는 김동인 소설의 탐미주의적 경향을 대변하는 작품일 뿐만 아니라, 화자(話者)가 원경(遠景)에 있고 그 속에 한편의 이야기 구조가 박혀 있는 액자소설[57]이요, "예술가의 기벽성과 천재성 속에 숨은 범죄성에 대한 통찰에 초점을 둔" 일종의 "예술가 소설(Kunstlerroman)"[58]이기도 하다.

먼저 「광염 소나타」를 살펴보자.

「광염소나타」는 작품 속의 주인공이나 사건이, 일정한 배경을 초월해 어디서나 일어날 수 있다는 요지의 프롤로그로 시작된다. 이것은 현실의 역사적·사회적 제약을 벗어나 작가 나름대로의 독자적인 세계를 구축하여 거기에서 이야기를 전개해 나가겠다는 선언이다. 이러한 현실적 배경의 무시는 「감자」에서 보인 바 객관성을 결한 부정적인 현실관과 더불어 소설의 리얼리즘에 입각한 현실재현적(모방론적) 기능을 중시하는 평자들을 실망시킬 만한 것이다.

프롤로그에 이어서 화자인 음악비평가 K는 사회교화자(社會敎化者)에게

---

57) 액자소설이란 쉽게 말해서 이야기속에 또다른 내부적인 이야기를 포함한 것으로, 시점의 이중이동에 의하여 객관적 거리화에 기여하는 유형이다(cf. 이재선, 『한국 단편소설연구』, 일조각, 1975, pp.56~185).

58) 이재선, 앞의 책, p.253

다음과 같은 문제를 도전적으로 제기하고 있다.

"기회란 것이 어떤 사람에게서 그 사람의 <천재>와 <범죄본능>을 한 꺼번에 끄을어 내 었다면 우리는 그 <기회>를 저주해야겠습니까, 축복하 여야겠습니까?"

그리하여 그 다음에 술회하는 백성수라는 음악가의 기구하고도 괴벽스런 생애는 바로 이 문제를 풀기 위한 예화(例話)요, 결국 예술의 천재성을 발휘 하기 위해 필요하다면 '집개나 사람개쯤' 희생시켜도 무방하다는 말미의 작 가의 주장을 끌어내기 위한 방편 이상의 기능을 지니지 못하게 하고 있다. 곧 「광염소나타」의 전체 구조는 도덕이나 윤리적인 가치보다 예술적인 가 치를 우위에 두어야 한다는 작가의 신념을 표방하기 위한 설명적 기능에 치 중하고 있는 셈이다.

강인숙은 이 점에 대해 서구의 유미주의자들이 완벽한 형식상의 미를 작 품에 구현하고자 노력한 데 비해, 김동인은 단순히 예술지상주의적 신념을 선전하는데 그쳤을 뿐이라면서, 작가의 유미주의를 추상성과 사이비성의 좋은 예로 지적한 바 있다.[59]

그렇다면 이와 같이 리얼리즘의 측면에서나 유미주의적 측면에서도 별로 큰 성과를 올리지 못한 것이라면, 「광염소나타」에 대한 보다 타당한 접근 방법은 무엇일까?

그것은 심리주의비평의 입장에 서서 작가의 전기적 사실들로부터 추출된 심리적 요인들을 분석하고, 그것이 작품 속에 어떠한 양상으로 드러나 있는 가를 살피는 일로 일단 수렴시킬 수 있을 것이다. 이 경우 특히 작중인물의 심리와 그 전개양상의 합리성·통일성에 대한 고찰, 그리고 그 결과에 해 당되는 심미적 효과에 유의할 필요가 있을 것이다. 이러한 관점은 「광염소 나타」와 동궤(同軌)의 작품으로 생각되는 「광화사」에도 함께 적용될 수 있

---

59) 강인숙, 『한국현대작가론』, 동화출판공사, 1971, p.62

을 것이다.[60]

먼저 「광염소나타」에서 작가가 예술을 윤리 도덕의 우위에 두어야 한다는 신념을 주제로 내세우게 된 심리적 동기부터 살펴보기로 하자.

김동인은 본래 남다른 지성과 선각자 의식을 지닌 아버지 김대윤 장로로부터 '예수교식 교육과 도학적 교훈' 그리고 '이 아이들도 하나님께 진실하고 나라에 충성된 인물이 되도록 하여 주시옵소서'라는 기도를 받으며 이타적 선을 지향하는 체험 속에 성장해 왔다. 또한 그는 평양의 명문갑부의 귀공자로서 부모의 과도한 사랑과 보호 아래 '너는 남보다 뛰어나다'는 유아독존적인 교육을 받으며 자기중심적 이기주의도 지녀왔다. 이 후자의 경향은 아버지의 교훈과 권위 아래 잠재해 있다가, 15세에 동경유학을 가서 자유로운 분위기 속에서 문학을 접하면서, 스스로가 그야말로 독존적인 세계를 구축할 수 있는 유일한 곳이 문학이라는 예술세계임을 발견하게 되고, 아버지를 여윈 17세 이후 그는 이 세계로의 본격적인 탈출을 꾀하기에 이른다. 말하자면 김동인의 문학에의 입지는 이타적 선을 지향하는 윤리도덕의 세계와 아버지의 권위로부터의 탈출이었으며, 유아독존적 자기중심의 이기주의의 충족을 추구하는 데서 온 결과라고 할 수 있다.

그런데 그가 성장과정에서 터득한 이타적 선의 요소는 한편 그대로 남아서 이러한 경향의 것들과 갈등을 일으키기도 한다. "미를 버리랴? 이는 예술의 멸망을 뜻함이다. 선을 버리랴? 천성의 위에 생장과 교양으로 더욱 곧세이 박힌 이 뿌리를 뽑을 수 없었다. 이때에 나는 번민하였다."고 작가는 고백하고 있다. 그리고 이 번민에서 자기를 구한 것은 '오만한 성격의 자존심과 자부심'이라고 했는데, 바로 이 예술가로서의 자부심이 그로 하여금 '나의 행동은 미다. 왜냐하면 나의 욕구에서 나왔으니까'라는 생각을 가능케 했고, '광폭한 방탕'의 생활에 들어가게 했던 것이다.

---

60) 김동인의 「광화사」 등에 대한 심리주의비평의 입장을 취한 것으로 참고할 만한 것은 다음과 같다.
　　김춘미, 『김동인연구』, 고대민족문화연구소, 1985.
　　김영희, 「「광화사」의 심리적 연구」, 『김동인연구』, 새문사, 1982.

그리고 그로부터 7년 뒤 파산과 실처(失妻)의 충격을 겪었을 때 그 '구렁 텅이에서 솟아나게' 한 것도 이 예술가로서의 자부심이었다. 그가 파산과 실처로 인해 받은 자존심의 상처를 달래고 그 파탄의 원인이었던 자신의 방 탕에 대한 회오(懷悟) 및 세인의 비난을 극복할 수 있었던 것은 예술가로서 의 오기였고, 또 그 방탕이야말로 예술창조의 활력소였던 까닭에 예술의 위 업에 비해 '집개나 사람개쯤'은 희생시켜도 무방하다는 논리로 자기를 변호 하였던 것이다.

  「광염소나타」의 주제는 바로 이런 작가의 자기변호심리에서 왔다고 할 수 있다. 또 이 사회가 백성수 부자(父子)의 '광폭한 야성' 속에 숨은 천재성 을 알아주지 않는다고 은근히 비판하는 태도가 작품 곳곳에 보이는데, 이것 도 작가가 파산과 실처 이후 얻은 사회에 대한 적개심의 발로라 볼 수 있다.

  이제 김동인의 전기적 측면에서의 고찰을 떠나, 「광염소나타」의 작품 세 계를 중심적으로 그 속에 잠재된 보편적이고 상징적인 의미를 추출하여 작 품 주인공의 심리분석을 통해 검증하는 과정을 밟아보기로 하자.

  주인공 백성수는 방화 · 시간(屍姦) · 살인 등의 범죄를 저지르지 않고는 그다운 예술적 창조활동을 전개하지 못하는 것으로 되어 있다. 그런 비정상 적인 인물의 구현은 작품 내에서 과연 얼마나 설득력 있는 일관된 심리적 근거를 바탕으로 깔고 있으며, 또 이런 성격의 창조는 어떤 보편성과 상징 적 의미를 지니고 있는 것일까?

  이 작품에서 백성수는 아버지로부터 물려받은 선천적인 '야성'과 어머니 로부터 교육받은 후천적인 '교양'의 이중구조적 성격의 인물로 설정되어 있 다. 이것은 칼 · 융(C. G Gung)의 분석심리학에서 말하는 인간의식의 이분적 요소와 상통하는 면이 있다. 곧 후천적인 교육의 영향아래 형성된 규범의식 이 만들어낸 퍼소나(persona), 다시 말해 의식적 자아와 또 이 퍼소나의 표피 속에 숨은 무의식적 자아의 구분이 그것이다.

  이때 무의식적 자아는 항상 남의 눈에 착한 아이로 비치기를 바라는 퍼소 나의 억압 아래 놓이게 되는 데, 이 또한 백성수의 야성이 그의 교양의 통제 아래 묶여 있는 상황과 상통한다. 백성수는 이 교양의 틀에 매여 단지 '명민하고 점잖고 온화한 청년'으로서의 퍼소나에 안주할 때는 창작활동을 하지 못한다. 그가 자기의 숨은 예술의 천재성을 발휘하게 된 것은 빈곤, 어머니의 병사, 감옥생활 등의 역경을 겪으면서 '교양'의 힘이 약화되고, 급기야는 충동적인 방화로 표상된 그의 야성의 분출에서 비롯된다.

이것은 창작심리를 논증한 정신분석학 방면의 소론들과 상통하는 면이 있다.[61] 곧 예술의 '에너지와 부조리성과 그 신비한 능력'의 출처는 무의식의 원초적 욕구이며, 이를 억압하는 것이 고착된 성격 내지 초자아이다. 예술창작은 결국 이 후자를 깨뜨림으로써 활동여건이 조성될 수 있다는 것이 그 주요 논지인데, 여기서 원초적 욕구를 백성수의 선천적 '야성'으로 바꾸고, 이를 억압하는 초자아를 '교양'으로 대치해 보면, 주인공이 방화·시간·살인 등을 통해 일시적으로나마 교양의 껍질을 깨뜨리고 야성을 발산시킬 수 있는 순간이 마련된다. 바로 그 순간이 예술창작의 절호의 기회가 된다는 논리가 성립되므로, 이 점은 진술한 논지와 부합되는 것이다.

결국 「광염소나타」는 한갓 미치광이의 이야기거나 예술지상주의 그 자체만을 표상하기 위해 작가가 억지로 꾸며낸 비논리적 환상세계의 이야기가 아니라 정신분석학이 말하는 일관된 심리적 근거를 지니고 있는 셈이다. 나아가 주인공의 내면적인 갈등과 대립을 통해 보편적 인간의식 내지 모든 예술가들에게 공통된 창작심리의 일단, 그리고 이 일단으로 말미암은 비정적 측면을 드러내줌으로써 그 나름의 상징적 의미를 보인 작품이기도 하다.

다음으로 「광화사」에 대해 살펴보자

「광화사」역시 심리주의비평의 입장에서 검토해 보는 것이 바람직하고, 또 더 많은 논의거리를 지닌 작품이다.

먼저 작가의 전기적 사건들에서 엿보이는 심리적 자질이 본 작품에 어떠한 면모들로 나타나고 있는지를 알아보자.

---

61) 이상섭, 「허버트 리드의 초기 문학이론」, 『영어영문학』, No.29, 한국영어영문학회, 1969, 봄, p.96

이상섭, 『문학연구의 방법』, 탐구당, 1974, pp.147~157

「광화사」는 김동인이 작품의 화자로 내세운 산보객 '여(余)'로 하여금 잠시 도회지를 벗어나 자연의 '유수미'에 잠겨서 '한줄기의 샘물'에 견인된 아름다운 공상을 펼치게 함으로써 얻어낸 작품이라 하고 있다. 그런데 여기에서 '여'가 자연으로 도피하여 지금껏 살아왔던 도시에 대해, '음모·살육·모함……' 등이 횡행하는 곳이라는 부정적 태도를 보이고 있는데, 이는 심각한 패배감을 지닌 자들의 일반적인 반응으로서[62], 파산과 실처 후의 김동인 자신의 패배의식과 연관되는 것이라 할 수 있다. 또 '여'가 불쾌한 공상을 피해 애써 아름다운 공상에 잠기려 하는 것은 현실에서 좌절된 욕구를 비현실적인 상상의 세계에서 충족시켜 보려는 백일몽(day-dreaming)[63]과 같은 일종의 도피기제로서, 역시 작가 자신의 불우한 현실에서 형성된 욕구좌절심리와 무관치 않음을 알 수 있다.

이와 함께 '여'의 '아름다운 공상'을 유발시킨 '한줄기의 샘물'은 원형비평(archetypal criticism)의 입장에서도 '창조의 신비' 내지 '죽음과 재생', '정화와 속죄' 등의 의미를 부여하고 있는데[64], 이는 작가 자신 과거의 회오와 암울한 현실의 수렁에서 재생을 염원한 내면심리를 투영한 것이라고도 할 수 있겠다. 이렇게 볼 때 화자인 '여'는 작가의 분신인 셈이다.

한편 공상 속의 주인공인 '솔거'를, 여인에게 버림받은 천하에 못생긴 금욕적 은둔자요 '여인에게로 소모되지 못한 정력'을 화도(畵道)에 쏟는 화공, 전통적 수법에 반기를 들고 독자적인 예술세계를 개척하려는 유아독존형의 인물로 설정한 점도, 또한 작가 자신 파산과 실처 후의 참혹한 심정적 상태 및 금욕과 은둔의 생활상에 대한 반향적 목소리, 다시말해 오직 예술가적인 오기로써 그같은 참담함을 극복하고 그 나름의 개성적 문학세계를 구축해 보려는 지향과 상통한다 하겠다. 따라서 '솔거'에게서도 작가의 분신적 요소를 추출해 낼 수 있다. 결국 「광화사」는 작가 분신적인 화자와 주인공을

---

62) 김경희, 앞의 논문, p.1~42
63) 이대 교육심리학연구실 편, 『일반심리학』, 이대출판부, 1970, pp.105~107
64) W.L.Guerin, et al, *A Handbook of Critical approaches to Listerature*, 정재완 역, 청록출판사, 1983. p.169.

내세워 그의 내면적 갈등을 노정한 일종의 고백담의 성격을 지닌 작품이라 볼 수 있겠다.

이번에는 작품 자체의 내용적 사건들의 분석을 통해 그 의미를 천착해 보기로 하자.

'솔거'가 그의 추악한 얼굴로 인해 두 번이나 결혼에 실패하고 인간기피 증을 갖게된 후 화도에 정진하게 된 것은 이른바 열등감의 보상행위 내지 독신자의 은둔생활에서 오는 리비도(libido)의 충동을 예술로 승화시킨 것으로 해석될 수도 있으리라 생각된다. 그러나 '솔거'가 차츰 스승에게서 배운 전통적 화법에 대해 불만을 품고, 보다 이상적인 그림의 모델을 찾는 것이 이미 죽은 어머니의 '아름다운 표정'에 대한 집착으로 나타나는 것은 어떤 연유라 할 수 있는가?

이것은 대체로 '솔거'의 죽은 어머니에 대한 "모성고착(mother-fixation)" 내지 "외디프스 컴플렉스"[65] 또는 "무의식적인 근친상간적 욕구"[66] 등에 그 요인을 두고 있는 것으로 풀이된다. 말하자면 스승의 전통적 화론(畵論)에 대한 반발은 부성에의 도전 심리와 같은 것이며, 모성을 모델로 미인도를 제작하는 행위는 억압된 외디프스적 에로스의 감정을 승화시킨 것이라는 설명이 가능한 것이다.

그렇다 하더라도 좀더 내밀한 면을 살펴보면 전적으로 동조하기 어려운 국면이 많음을 또한 간과할 수 없다. '솔거'에게 있어 어머니에 대한 회상은, 에로스적인 감정보다는 '사랑·동경·애무' 등으로 표상된 정신적인 미 내지 모성애의 예찬이 그 주된 정조라고 할 수 있다. 따라서 근친상간적 욕구라기보다는 김춘미가 지적한 바 세상에서 소외된 '솔거'를 감싸줄 유일한 대상으로서의 "무상(無償), 무한의 어머니 사랑에 대한 동경"[67]의 표현으로 보는 것이 더욱 타당하리라 본다.

처음 모성애의 '아름다운 표정'을 띤 미녀를 구하던 '솔거'는 차츰 자기에

---

65) 이재선. 앞의 책, pp.252~253
66) 김경희. 앞의 논문, p.1~45
67) 김춘미. 앞의 책, p.220

게 '짝을 주지 않는' 사회에 울분을 느끼며 '나날이 괴벽하여 가는' 가운데 '자기의 아내로서의 미녀상을 그려보고 싶어'하는 마음으로 바뀐다. 이것은 세상에 대한 보복과 자신의 열등감에 대한 보상심리에서 온 것이었는데, 문제는 10년을 애타게 헤매도 이런 미녀상을 구하지 못하다 마침내 숲 속 시냇가에서 용궁을 꿈꾸는 소경 처녀에게서 그것을 찾았다는 것은 무얼 의미하는 것일까?

'솔거'는 미인도의 주인공을 '아내로서의 미녀상'으로 바꾸었지만 그의 미녀에 대한 기준은 여전히 '어린 시절 어머니의 얼굴'에서 기억되던 바, '애무와 동경', '철철 넘쳐흐르는 사랑'의 모성애적 표정이 눈을 중심으로 나타나는 데에 둔 것이었다. 여기에는 또한 이중적 욕구 곧 이성을 향한 성애적 욕구와 모성을 향한 회귀적 향수가 동시에 작용하고 있는 것이기도 하였다. 그런데 이 두 욕구는 상호 대립과 갈등의 관계에 놓인 것이다. 이성에 대한 성애적 욕구가 모성애의 향수를 더럽히는 속된 것으로 그에게 비쳐지기 때문이다. 10년 동안이나 모델을 찾지 못해 헤맸던 것도 바로 이 때문이었다. '솔거'가 이렇게 강한 모성애의 애착을 갖게 된 것은, 말하자면 어머니야말로 모든 사람의 경악과 공포의 대상이었던 자신의 추악한 얼굴도 개의치 않고 사랑으로 감싸주던 유일한 존재였기 때문이다.

그러나 그와 같은 것은 비현실적인 이상일 수밖에 없다. 그런데 그는 소경 처녀에게서 그의 이상이 실현될 수 있음을 발견하게 된다. 현실에서 그의 추악한 모습에 눈 감아줄 어머니의 맹목적인 사랑, 그것을 대신해 줄 존재는 오직 소경 처녀뿐이라는 이야기다. 이 점이 작품 내용이 가져다 주는 묘한 뉘앙스와 아이러니이다. 그리하여 소경 처녀는 어머니의 표정을 한 모델이 된 동시에 그날 밤 어둠 속에서 '솔거'의 성애적 욕구를 충족시켜주는 이중적 욕구실현의 대상이 된다.

그러나 어떤가? 다음 날 아침 그녀는 이미 그의 한가지 욕구를 좌절시키는 대상으로 변한다. 그녀는 이미 어머니의 표정을 잃은, 한갓 '병신', '천치'의 소경밖에는 아닌 것이다. 이같은 '솔거'의 소경 처녀에 대한 환멸의 감정은 기실 그녀에게서 상충된 두 욕구를 충족시키려던 그의 이상적 내면의 갈등과 거기에서 비롯되는 좌절의 고통을 단적으로 표상한 것인 셈이다. 이 고통이 그를 발광하게 하고 살인까지 저지르게 한 것이다.

그렇지만 한 생명을 희생시킨 대가로 미인도는 완성된다. 이 그림은 '솔 거'자신이 일생동안 추구하던 바, "무의식에서 생생하게 존재하는 어머니의 상"[68]이요, 융(C. G Jung)이 말하는 '아니마(anima)'[69]이며, 원형비평에서 말 하는 '영혼의 동반자'로서의 원형적 여성상인 것이다. 작품의 말미에서 '솔 거'가 그림을 가슴에 품고 죽는 대목은, 바로 이 '영혼의 동반자'에 의한 인 도로 영원한 안식처로 들어갔음을 뜻한다고 볼 수 있다.

이렇듯 「광화사」는 김동인이 추구하던 바, 현실과 이상의 괴리가 예술성 의 마력으로 해소될 수 있다는 일종의 신념을 표상한 것으로 볼 수 있고, 이 점은 「광염소나타」와도 상통되는 면모라 생각된다

이상에서 살펴본 김동인의 이른바 탐미주의 계열의 대표적 두 작품은 말 하자면 그의 작가적인 내적 갈등을 문학적으로 형상화한 작품이다.

작품의 제재로 등장하는 '불'의 원초적 이미지나 강렬한 예술가적 기질에 서 비롯되는 광포성이 그 갈등양상을 대변하기도 하지만, 무엇보다도 작품 전반에 걸쳐 흐르는 주인공의 탐미적 행동과 이를 구현키 위한 의지의 상호 충돌이 빚어내는 효과가 이를 잘 대변해 준다.

김동인이 이 작품을 발표했던 1930년대는 개인적으로는 재정적 파탄과 함께 생활고에 몸부림치던 때였고, 사회적으로는 식민통치하의 검열과 탄 압이 가중되던 때였다. 이 당시 우리 문단의 문학적 풍토는 개인적·사회 적 여건과 상황으로 인하여 순수문학을 지향하던 때였고, 따라서 그 역시 여기에 다소간 영향을 입기도 하였을 것임에 틀림없다. 그런 면에서 볼 때 이 두 작품으로 대표되는 그의 탐미주의 계열의 경향은 현실에 대한 개인적

---

68) 김경희, 앞의 논문, p.1~49
69) 영혼의 이미지(soul-image), 생명의 활력소라 할 수 있는 것으로, 대개 여성에게 투 사(projection)되며, 개인의 내면세계, 곧 자아(의식의 주체)와 무의식의 중개자 구실 을 한다(cf. W.L. Cuerin et al., op. cit., pp.187~190).

자아와 사회적 자아의 상충적 갈등을 하나의 새로운 자아창출에 의한 문학적 해결의 도모로 극복코자 한 것이 아닌가 생각된다. 그것이 동인이 극구 견지했던 '예술을 위한 예술'의 형태를 빌어 나타난 것임을 익히 알 수 있거니와 문제는 그 구현과정에 있어서 개아의 영역에만 머무르고 만 한계를 가지고 있다는 점이다.

그런 면에서 「광염소나타」·「광화사」가 씌어졌던 당대의 현실을 고려해 볼 때, 문학의 자아발견이나 고유영역에의 탐닉은 현실상황이 빚어낸 어쩔 수 없는 것이기도 하고, 또한 문학의 본질면을 확립시킨다는 긍정적인 면이 강조될 수 있다 하더라도, 그것이 개인과 사회의 상호공존적 융화에 의한 창조적 의미 구현이라는 면에서는 다소 비판의 여지가 있을 것이다.

요컨대, 「광염소나타」·「광화사」에서 보여준 김동인의 작가의식과 문학적 지향에의 의지는, 문학본래의 위치를 확인시켜 주었다는 점에서 의미를 부여할 수 있겠고, 그것이 당대 현실과의 조화를 꾀하지 못했다는 점을 지적한다 하더라도 그가 보여준 내적 갈등에의 문학적 형상화의 면모를 통해 그의 소설적 경향에 대한 하나의 뚜렷한 관을 우리에게 상기시켜준다 하겠다.

4. 결어

김동인은 이른바 신문학 초창기에서 본격문학 시대로 넘어가는 과도기, 다시 말해서 이 땅에 본격적인 문학풍토와 문단적 기반이 형성되어 가는 시기에 등장하여 구어체 문장의 개척자인 동시에 순문학 운동가로서 순수문학의 토대를 굳건히 하기 위한 실험정신으로 창작에 임했던 당대 대표적 작가의 한 사람으로 일컬을 수 있다.

그는 우리 현대소설의 확립과 정착과정에서 필연적으로 맞닥뜨려야 했던 서구문학의 사조와 흐름을 수용하면서 그가 작품활동을 시작할 무렵 팽배해있던 계몽적 교훈주의의 '설교조'와 '경화된 관념의 포교'에서 벗어나고

자 현실적인 경험공간에의 관심을 확대시키는 한편 문학 본래의 성격확립을 위해 예술을 추구하는 작가적 지향을 보였다. 그것이 바로 그의 소설(특히 단편)에 나타나는 이원적 요소인 자연주의적 리얼리즘 계열과 탐미주의 계열의 작품성향이다.

그러나 김동인에게 있어서 이 이원적 요소는 상호 베타적이거나 대립적인 성격의 것이 아니다. 그것은 작가가 지향했던 창작의 태도, 곧 문학 본래의 사명과 그 구현체로서의 작품이 형성시킨 공간 속에서 때로는 자연주의적 리얼리즘의 색채로 드러나기도 하고, 때로는 탐미주의적 색채를 띠고 나타나기도 한 것일 뿐이다. 말하자면 김동인의 작가적 지향인 현실적 경험공간에의 관심과 문학 본래의 성격을 확립코자 하는 두 의식이 상호 다른 두 성격 요소의 추구로 나타났다고 하겠다.

그런데 이 이원적 요소는 특히 개인과 사회와의 관계를 통해 보다 구체화된 모습으로 드러나 있다고 생각한다. 김동인에게 있어서 개인의 자각은 곧 자아각성의 형태를 수반한 문인·지식인으로서의 오만이 엿보이는데, 이 점 당대 역사현실 속에서 개인의 문제에 집착했다는 비난을 받기도 하겠지만, 개인의 자각을 통한 새로운 문학 풍토를 확립했다는 긍정적 평가도 있을 수 있다. 문제는 개인의 삶을 통한 사회를 그려 나가는 과정에 있어서 그것이 「감자」계열의 자연주의적 리얼리즘의 경향으로 문학적 형상화가 되기도 하였지만, 「광염소나타」·「광화사」계열의 탐미주의적 경향의 작품에서는 아무리 '문학을 위한 문학'의 예술지상주의적 태도를 높이 산다 하더라도, 개인 그 자체의 개아영역(個我領域)에만 머물게 되는 한계를 노출시켜 문학적 형상화의 정도가 매우 불투명하다는 평을 듣기 쉽다. 이 점은 특히 당대가 일제식민지 지배하의 사회적 궁핍화의 시기였음을 감안할 때 더욱 타당성을 인식하게 된다.

그렇다고 한 작가를 어느 일면만을 들추어 내어 작품 가치의 우열을 논하는 것도 무리이다. 보다 정당하고 정확한 평가는, 김동인 자신이 당대의 문학적 풍토와 분위기 속에서 지향했던 의식의 두 양상을 이원적 요소의 선상 위에서 각기 개성적으로 그려내었다는 데 있을 것이다. 그 개성에 대한 문학적 가치평가는 동인 소설 전체를 보다 면밀히 검토·분석하는 가운데 이루어져야 바람직할 것이다.

이상 김동인 소설의 이원적 요소에 관점을 맞춰 대표적인 작품을 분석·검토 한 결과, 그는 그가 살았던 시대 환경에 적극 밀착하지도 고의적으로 회피한 것도 아님을 알 수 있다. 말하자면 '어느 정도의 거리'를 두고 작품 활동을 펴 나간 셈인데, 이에 대한 평가는 평자에 따라 다양하게 논의될 성격의 것이다. 그가 현실에서 전적으로 패배했다면, 그의 작품이 자신이 추구했던 문학적 형상화의 의지와 상충되어 일종의 도피처로서의 문학세계가 전개되었음직한데, 반드시 그렇다고 못박을 수 없는 점에 그의 소설의 한 특징이 놓여있음을 알 수 있다. 좀더 긍정적으로 보아 현실적 갈등의 창조적 구현으로서의 작품세계를 이룩했다고 평가한다면, 이 또한 당대 개인과 사회의 갈등양상으로 보아 현실이탈적인 면도 부정할 수 없는 것이 사실이라 하겠다. 문제는 그가 그의 작가정신을 펴나가는데 있어서 작가를 통해 새로운 인간상의 제시를 의도한 데 있다. '복녀'나 '백성수' 또는 '솔거'는 그 전형적인 예에 속한다 하겠고, 이들 인물들을 통해 그의 문학적 지향 역시 구현화된 것으로 보인다.

이렇듯 김동인의 문학사적 위치나 가치평가에 대해 다양한 논의를 전개할 수 있는 것은, 모름지기 그 자신이 우리 문학사에 한국 단편소설의 뚜렷한 패턴을 정립시켰다는 점에 있을 것이다. 그 점에서 그의 작품은 크게 두 가지 계열의 성격으로 특징지어 지적할 수 있고, 본고는 그 점에 초점을 맞춘 것이다. 그러나 이 두 계열의 성격만이 그의 작품세계를 총체적이고 정당한 체계 속에서 파악할 수 있다는 것은 아니다. 굳이 말한다면 그의 단편소설에 국한시킬 수 있을 것이다. 그의 장편 작품들로 꼽히는 「젊은그들」, 「대수양(大首陽)」, 「운현궁의 봄」, 「을지문덕」등은 역사소설로 널리 알려져 있거니와, 동인 문학의 뚜렷한 또 하나의 성격을 대변하고 있기도 하다.

아무튼 김동인을 통해 어려운 시대에 처한 한 지식인 작가의 문학정신과 그 예술적 심화과정에서 비롯되는 개인과 사회와의 갈등, 그리고 그 구현양상에서 드러난 자연주의적 리얼리즘 경향 및 심미주의적 경향의 이원적 요

소가 그의 단편소설로서의 특징적 국면을 여실히 보여주고 있으며, 그것은
궁극적으로 새로운 인간상의 창조로 수렴되었음을 알 수 있다.

(『한국근현대작가작품론』, 성균관대출판부, 1993)

염상섭의 사실주의 소설 「만세전」

1. 초기적 특징

횡보 염상섭은 1921년 「표본실의 청개구리」를 발표하면서 작가 생활을 시작했다. 그가 1963년 작고하기까지 근 40여년의 작가 생활이 남긴 작품량도 기록적이지만 그에 대한 문학적 평가는 춘원, 동인, 빙허, 월탄, 도향 등과 함께 근대문학의 큰 자리를 차지한다. 특히 횡보는 동인과 비교되는 자연주의와 사실주의 작가로 정평되고 있지만 그의 작품론이 충실히 전개되지 못한 실정이다.

구체적으로 횡보 소설의 인물과 계층적 조명을 시도하기 위해서 지금까지 개진된 대표적 발언들을 듣기로 한다.

> 아주 가난한 것도 아니고 아주 부자도 아니고 그저 어중간하게 사는 인물, 또는 아주 악한 것도 아니고 아주 착한 것도 아니고 그저 어중간한 인물, 또는 아주 똑똑한 것도 아니고 바보도 아니고 그저 중간치에 해당하는 인물, 그의 대표작이라는 「삼대」를 비롯해서 대부분이 그렇다. 그렇다면 이런 인물들이 무대에서 과연 독자의 호기심을 만족 시킬 만한 경이로운 사건이 일어날 수 있을까?(김우종의 『현대소설의 이해』p.39)

이와 같은 김우종의 평가는 횡보 소설의 인물특징을 대변하는 것으로 공감되지만 그 구체적 인물들의 계층적 조명은 좀더 많은 작품들을 분석함으로써 해명될 것으로 기대된다. 따라서 횡보 소설의 초기 작품에서부터 말기 작품에 이르는 광범한 작품이 거론되어야 할 것이다.

횡보는 처녀작 「표본실의 청개구리」를 비롯해서 「암야」, 「제야」, 「신혼기」, 「만세전」등을 통해서 무겁고 침통한 자연주의의 문장을 구사해 갔다. 이러한 전기 작품들은 현실을 부정적으로 해석함으로써 주관적인 색채가 짙게 반영된 것으로 풀이된다. 그러나 후기에 쓴 「금반지」, 「전화」, 「조그만 일」, 「밤」같은 작품들에선 훨씬 리얼리틱한 방향으로 기울어졌다.

「표본실의 청개구리」는 분량으로 보아 단편이라기보다 중편으로 간주되는 작품이다. 이 작품이 발표되던 시대적 배경은 3·1운동 전후가 되므로 이 땅의 작품 분위기는 몹시 우울하고 침통할 수밖에 없었는데, 작중인물 김창억의 탈광상태를 절대의 자유 또는 신의(神意)의 신봉자로 부각시킨 점은 당대의 현실을 부정적으로 비판한 창작태도의 일면이라고 풀이된다. 그리고 그것은 암울하고 절망적인 사회현실을 실험주의적인 혹은 자연과학적인 방법으로 작품화했다는 데서 더욱 화제가 되었다. 「표본실의 청개구리」의 문학적 특징은 무엇보다도 심리주의적인 방법을 최초로 시도한 점이며, 또한 그것을 상징적인 수법으로 성취시킨 점이다.

2. 인물을 통한 시대현실의 조명

「표본실의 청개구리」보다 몇 년 뒤에 쓴 「만세전」(1923)은 『시대일보』에 연재되었던 작품으로서 횡보의 작품세계를 분수령으로 하는 획기적 작품이다. 이 작품은 장편이라기 보다는 중편에 가까운 것이지만 지난날 우리의 생생한 역사를 증언해 주는 귀중한 소설이 아닐 수 없다.

'나'란 제1인칭 소설로 쓰여진 「만세전」은 확실히 횡보의 자서전임에 틀림없다. '이인화'란 주인공은 W대학 문과에 재학중인 문학청년이다. 여기다가 열여섯살에 도일에서 유학했다는 것과 일본 여자 '시즈꼬'와 연정을 맺었던 일, 요시찰 인물로 언제나 일경에 쫓기던 일들은 모두 작가의 청년시절과 합치되기 때문이다.

실상 「묘지」란 구제(舊題)로 쓰여진 「만세전」을 읽어가면 우리 지식 청년들이 얼마만큼 비애 속에 몸부림쳤던가를 짐작할 수 있다.

사건은 이 땅에 '만세'가 일어나기 전 해, 1918년 겨울에서 비롯된다.

때마침 연종시험(年終試驗)을 반쯤 치른 '인화'는 갑작스레 귀국해야 했다. 해산 후 더침으로 앓던 아내가 위독하다는 급전을 받았기 때문이다.

집에서 노자로 부쳐온 백원 송금을 받아 쥔 '나'는 'H주임교수'에게 쾌히 허가를 받았다.

"바로 하숙으로 돌아갈까? 정자에게로 가보나?"……결국은 M헌의 문전에 와, 우뚝 섰다. '시즈꼬(정자)'양을 찾은 것이다. 언제부터인지는 몰라도 '인화'는 '정자'를 무척 연모했다. 오늘도 '정자'의 매력에 이끌리어 흠뻑 취한 것이다. 밤중에 '정자'의 전송을 받으며 동경역을 떠났다. 차간에서 '정자'가 아까 건네 준 편지를 읽었다.

> ……누가 당신께서 손톱만큼이라도 나를 사랑하신다는 것은 아니지만 나에게는 견딜 수 없는 고통입니다. 혹시는 모욕입니다. 당신의 태도가 그 밖에도 어떻게 할 수 없으시면 우리는 이 이상 교제를 끊는 것이 옳은 일이겠지요.……

이와 같은 사연이 '정자'의 큰 불평이었다. 그녀는 흔히 있는 계모시하의 불화와 부친의 몰이해에다가 실연이 겹쳤던 셈이다. 그러나 그녀는 결코 호락호락 넘어지는 약질도 아니었다. 이 점에 '인화'의 동정이 더 쏟아졌는지 모른다.

'인화'는 이튿날 저녁 몸을 쉴겸 '을라'를 만나서 코오베(神戶)에서 내렸다. 이곳은 일찍이 그가 중학교를 다니던 지방이었다. 옛날 드나들던 레스토랑에서 저녁을 마친 '나'는 음악학교로 '을라'를 찾았다. '을라'는 '병화'의 동창생으로서 은근히 '인화'를 연모했었다. 이 눈치를 미리 알아 챈 '인화'는 재빠르게 절교를 해버렸던 것이다.

굳이 같이 떠나지는 '을라'의 제의도 물리치고 이튿날 아침 차로 시모노세끼(下關)에 도착했다. 저녁에 바로 한국행 연락선을 타게 되었다. 대합실에서 '인바레쓰'를 입은 형사의 귀찮은 불심검문에 걸렸다.

"본적은? 나이는? 학교는? 무슨 일로? 어디까지……." 이렇게 일본 형사는 짓궂게 승강이를 부린다. 배에 오른 길에 '나'는 욕탕으로 들어갔는데 벌써 몇몇 욕객들이 서로 지껄이고 있었다. 내용인 즉 '요보'(한국인의 비칭)들은 대만의 생번처럼 미개하다는 것과 조선의 싸구려 '쿠리'를 모집하러 간다는 얘기다.

스물 두셋쯤 된 책상도련님인 '인화'로서는 이러한 소리를 듣고 분개치 않을 수 없었다는 것, 동시에 자신의 문학공부가 과연 실사회에 얼마나 관련이 있는 것인가 의심했다. 그리고 그것이 과연 한국의 현실일까 하고 놀랐다.

욕탕에서 나오자 다시 형사의 호출을 받았다. 몇 번쯤 버티어 보다가 짐과 함께 끌려 나왔다. 트렁크 속의 물건을 일일이 뒤지다가 서류뭉치를 빼앗기었다. 그런대로 허겁지겁 승선만은 할 수 있었다.

꼬리를 물고 일어나는 감상 때문에 갑판에서 세찬 바닷바람을 받아가며 거의 밤을 지새웠다. 드디어 하선은 시작되었다. 먼저 일 이등 승객이 내린 다음에야 삼등객이 내리게 마련이다. 돈 삼원으로 해서 삼등객이 된 '인화'는 차례로 층계로 내려섰다. 또 다시 검문나온 형사에게 걸리어 파출소로 끌려갔으나 곧 방면되었다.

'인화'는 짐을 정거장에 맡겨 놓고 잠시 부산구경을 나섰다. 거리가 온통 왜색이 되고 말았다. 일인들에 의해서 쫓겨 들어가는 모습은 참으로 민족적 비극이 아닐 수 없다고 생각했다.

그 이상 한국인 거리를 찾은 일을 단념하고 어떤 화식집으로 들어섰다. 꽤 예쁘장한 계집애의 서비스가 만점이다. 기차가 금천역에 도달했을 때 형님이 마중을 나왔는데 그는 금테 모자에 환도까지 찬 보통학교 훈도였다.

형님은 그동안 처가 아팠던 이야기를 자세히 들려 주었다. 지금쯤은 고비를 넘기고 그만하다는 얘기였다.

집에 들어서자 열아홉살쯤 되어 보이는 작은 형수와 상우례를 했다. 알아본 즉 형님이 생남할 욕심으로 옛날 부잣집이었던 '최참봉'의 딸을 맞아 왔다는 것이다.

형님의 강권으로 술상을 마주 앉았을 때 '산소문제'를 얘기해 주었다. 셋째 집 종형이 문서를 위조해서 팔아먹었다는 것이다. 노름에 몰려서 불과 백여원에 팔았다는 얘기다.

밤차로 다시 서울행 열차를 타고 일년 반만에 서울에 도착하게 된다.

"그래두 눈을 감기 전에 만나라두 보게 되었으니 다행이다" — 어머니의 우는 목소리였다. 과부가 된 뒤로 본가살이를 하는 큰 누이도 훌쩍하고 섰다. 작은 누이도 덩달아서 눈을 비빈다. 뜰에서 멀거니 바라보고 섰던 큰집 사촌형수도 까닭없이 돌아서며 행주치마로 눈물을 씻는 눈치다. 그래도 아버지만은 벌써 안방에 들어가 앉으셔서 잠자코 절을 받으셨다.

"아가 아가! 서방님 왔다. 얘, 일본서 서방님 왔어!"

혼수상태에 있던 병인(病人)은 눈을 슬며시 뜨고 시어머니 얼굴을 바라다 보고 나서 곁에 앉은 '나'를 쳐다 보더니 까맣게 탄 입술을 벌리고 생그레 웃는 듯 하더니 깔딱 질린 눈에 눈물이 글썽글썽해지며 외면을 한다. 두꺼운 이불을 덮은 가슴이 벌렁거리며 괴로워했다.

"중기, 중기 보셨오!" — 병인은 눈물을 씻으며 겨우 쓰러져가는 목소리로 한마디를 하고 '나'를 쳐다 본다. 아내의 가죽이 착 달라붙고 뼈가 앙상한 손이 바르르 떨리었다. "난 나는 죽은 사람이애요……. 하, 하지만 저 중기만은……." 하며 엉엉 목을 놓고 우나, 가다 가다 목이 메어서 모기소리만큼 졸아들어 갔다.

아내는 핏덩이를 면한 조그만한 고기덩어리 '중기'를 낳고 유종(乳腫)을 석달째 앓고 있었다.

집으로 또 동경의 소할 경찰서에서 지금 종로서로 인계를 왔다면서 떠날 때까지 미행을 하게 되었다고 낯선 청년이 찾아 왔다.

"얼마 아니 계실테지요? 늘 찾아다니지는 않겠습니다. 가끔 올 테니 그 대신에 문밖이나 시골을 가시거든 요 앞 교번소로 통지를 해주슈."하며 매우 생색이나 내는 듯이 중언부언하고 가버렸다.

삼사 일은 집구석에서 세월을 보냈다. '정자'에게 편지 부치던 날 저녁때에 "을라는 그동안 나왔나?" 하고 인사 겸 병화의 집을 찾았다. '병화'는 동경 유학시절에는 '인화'의 감독자 행세를 하면서 비교적 정답게 지냈으나 '을라'의 문제가 있은 후로는 데면데면한 사이가 되고 말았다. 거기서 '을라'가 '김의관'에게 학비보조를 받는다는 등 어수선한 소리를 듣게 된다.

끝내 약의 효험도 없이 병인은 그예 숨을 거두고야 말았다.

"그러나 하는 수 없지 않아요, 그것도 제 팔자니까" — 어머니께서 불쌍하다고 우시고 우시고 할 때마다 '나'는 냉정히 이렇게 대답을 하였다. 초상 중에 또 한가지 '나'의 고통은, 눈물이 아니 나오는 울음을 운다는 것이었다.

초상을 치르고 나자마자 '나'는 동경행을 결심하고 짐을 꾸렸다. 그러나 형의 꾸중을 듣고 떠나는 것은 일단 무기연기되었다. 그새 '정자'에게서 답장이 날아들었다. 내용인즉 지난 날 '까페·껄'신세를 깨끗이 청산하고 '동지사대학' 여자부에 입학할 예정이라 했다. 그리고 동경으로 오는 길에 자기에게 들러 달라는 사연이었다.

여기에 대해 이튿날 '정자'의 새 출발에 대해서 격려의 말과 함께 돈 백원을 함께 부쳐 주었다. 아주 이것으로 가뜬한 몸이 되겠다는 뜻이 더욱 컸다.

'나'는 한 열흘 더 있다가 졸업논문도 있고 학교 일이 걱정이 되어서 떠나고 말았다는 얘기가 이 소설의 종말이 된다.

「만세전」의 사건전개는 위에서 본 바와 같이 극히 평범한 것이라 할 수 있다. 그러나 거기에 저류되고 있는 내용이나 사상은 지난날 우리사회의 구김없는 축도가 된다.

'나'란 주인공은 다름아닌 지난날 한국적 지성의 전형이었을 것이다. 그의 연애관이며, 인생관이며, 세계관의 어느 하나도 과장된 것이 아니었다고 받아들여진다.

'인화'의 결혼은 끝내 비극으로 시종하고 말았다. 사랑 없는 결혼이란 언젠가는 불화를 드러내게 마련이다. 일찍이 춘원이 그렇게 선언했듯이 우리의 조상들은 너무도 자신을 속여왔다. 부부관계를 여지껏 강박된 의무감에서 유지했던 일은 어처구니 없는 일이었다.

내환에 대한 '급전'을 받고 양심의 가책을 받아가면서까지 정부를 찾아가거나 옛 애인을 찾아다녔다는 것이다. 시간을 재촉하는 병자를 옆에 놓고도 일본의 애인 '시즈꼬'와 이러쿵 저러쿵 달콤한 편지거래를 했다. 그뿐 아니라 십여년을 함께 해로한 아내의 임종을 보고도 눈물 한 방울 흘리지 않았다는 사연에서는 더욱 아연해진다.

횡보의 자연주의는 이와같이 냉정한 수법으로 애정문제를 분석했다. 여기에는 한푼의 동정이나 감상을 찾아 볼 길이 없다.

그러나 '인화'의 사랑은 너무나도 '플라토닉'한 것이었다. '을라'나 '정자'와의 애정관계는 그대로 희미하게 넘겨졌다. 당시의 형편에서 보면 얼마쯤 수긍이 갈런지 몰라도 그럴 수밖에 없었을까 하는 의문이 남는다.

3. 민족적 현실에 대한 시각

한편 이 소설이 보여주는 큰 특징은 일제 식민지치하에서의 우리 민족의 끓어 넘치는 비애였다.

귀국의 길에 오른 '인화'는 도처에서 불심검문을 받고 미행을 당했다. 이유는 단지 한국인 대학생이란 점에서였다.

연락선의 목욕탕에서 함부로 내뱉는 일인들의 대화는 당시의 우리민족에 대한 치욕적이 언사였다.

> 요보 말씀요? 젊은 놈들은 그대로 제법들이지마는 촌에 들어가면 대만
> 의 생번(生藩)보다는 났다면 나을까. 인제 가서 보슈……하하.

실상 당시의 우리 사회가 그러했는지도 모른다. 부산의 화식집 여급까지도 한국남자는 싫다고 공공연히 떠들던 세상이니까 말이다.

> 시(詩)를 짓는 것보다는 밭을 갈려고 한다. 그러나 밭을 가(耕)는 그것이

벌써 시(詩)가 아니다. ……사람은 흙에서 나와서 흙에 돌아간다. 흙의 향
기로운 냄새에 취할 수 있 는 자의 행복이여! 흙의 북돋아 오르는 생기야
말로 너 인간의 끊임없는 생이니라…….

언젠가 이런 투의 산문시를 썼던 주인공은 흙을 남달리 사랑했다. 그러면
서 농민들의 피의 대가를 뼈저리게 동정했다.

　　그들은 흙의 노예다. 그들에게 있는 것은 다만 땀과 피 뿐이다. 그리고
　　주림뿐이다.

이처럼 기염을 토했던 '인화'는 부산거리에서 다시 한번 놀랐다. 일인들
에 의해서 거리가 온통 좀먹어 들고 있다는 데서였다. 문명개화가 가져오는
대가란 결국 파멸 밖에 없었다는 점에서였다.
양복쟁이가 문전 야료를 하고 요리장사가 고소를 한다고 위협을 하고 전
등값에 졸리고 신문대금이 두달 석달 밀리고 "담배가 있어야 친구 방문을
하지 원", "찻삯이 있어야 출입을 하지"하며 눈살을 찌푸리는 동안에 집문
서는 식산은행의 금고를 돌아들어 가서 새 임자를 만난다. 그리하여 또 백
가구 줄어지고 또 이백 가구가 줄었다.
일제의 한국침략은 바로 이러한 방법으로 삼천리강토를 앗아내고 이 땅
의 주인공을 두메로 혹은 만주로 쫓아냈던 것이다.

　　생각하면 우리 삼부자같이 극단으로 다른 길을 제각기 걸어가는 사람들
　　은 없다. 세상에는 정치 외에 없다는 부친의 피를 받았으면서 보수적 전형
　　적(典型的) 형님과 무이상(無理想)한 감상적(感想的) 유랑적 기분이 농후한
　　내가 태어났다는 것이 세상도 고르지 못한 아이로니다.

이런 사고방식을 지녔던 '인화'는 매사에 불평불만을 품었다. 이를테면
형님이 작은댁을 얻은 것을 일종 구제니 자선이니 하고 변명하는데 대해서

'인화'는 몹시 날카로운 비판을 가했다.

> ······하여간 소위 구제니 자선이니 하는 것을 향기 있고 아름다운 말이
> 나 행위로 알지만 실상은 사회가 병들었다는 반증밖에 아니되고 그 어느
> 구석에든지 이기적 충동이 됐다고 보는데요······.

그런가 하면 시시각각으로 썩어드는 한국인의 민족감정에 한없이 개탄했다.

공포, 경제, 미풍, 가식, 굴복, 도회, 비굴 따위에 숨어사는 것이 한민족의 가장 현명한 처세술이라고 보았다. 그 이유는 오랫동안 봉건적 성장과 관료 전제 밑에서 어깨가 앉고 굳어 빠진 껍질 속으로 더 파고 들어가는 것이 우리 생활이기 때문이다.

그런데 「만세전」에서 '인화'의 처절한 비애는 다음의 독백에서 신랄하게 축약된다 할 것이다.

> "이게 산다는 꼴인가? 모두 뒤져버려라!" "무덤이다! 구더기가 끓는 무
> 덤이다!", "공동묘지다! 공동묘지 속에서 살면서 죽어서 공동묘지에 갈까
> 봐 애가 말라하는 갸륵한 백성들이다!"

> (『한국근현대작가작품론』, 성균관대출판부, 1993)

나도향의 장편『환희』와 단편「물레방아」

1. 도향소설에 대한 접근

나도향의 초기단편소설「젊은이의 시절」과「별을 안거든 울지나 말걸」과 장편『환희』등은 몹시 감정적인 애정물이기도 하다. 이들 작품들이 나도향이 20대의 소년기에 쓰여졌던 처녀작이란 것을 감안한다면 얼마쯤 그 사정은 이해할 수도 있을 것이다.

「젊은이의 시절」에서는 소년 '철하'의 누이 '경애'가 가짜 예술가 '영빈'에게 정조를 잃고 배신당한다는 얘기다. 이와 같이 극히 애상적인 작품 뒤에 홍사용이 제목을 지어주었다는「별을 안거든 울지나 말걸」은 달콤한 마력 때문에 젊은 여성 독자들의 애독물이 될 수 있었다고 한다.

그러나 그의「여이발사」를 접해 보면 비로소 나도향이 문학소년의 애상적인 공상을 청산하고 점차로 세련되고 정돈된 필치로 옮겨가고 있다는 것을 엿볼 수 있다.

확실히「여이발사」에 오면 사실적인 표현으로 발전해 갔다는 모습을 실감하게 된다. 거기서 특별히 주목되는 것은 사건이나 내용보다도 잘 구사된 심리묘사인 것이다.

도향의 말기 작품에 속하는「물레방아」,「꿈」,「뽕(桑葉)」,「지형근」,「화염에 싸인 원한」,「벙어리 삼룡이」,「그믐달」등을 접하면 여태껏 지녔던 도향 문학에 대한 선입감은 쉽게 사라진다.

「뽕」에서는 주인공 '안협집'이란 성적으로 몹시 음탕한 여성의 생활을 놀라울 만큼이나 일체의 주관을 거세하고 리얼하게 묘사한 작품이다.

또한「지형근」에서는 일제의 사회적 배경에서 파산지주인 '지형근'이 광산노동자로 전락되었을 때 그의 어린 시절의 벗 '이화'가 창녀가 되어 주막에서 극적인 상봉을 하게 된다는 얘기다. 이것은 작가가 농촌경제의 피폐로 인한 농촌인구가 도시로 집중화하던 당시의 현실을 분석하여 날카로운 비판을 가한 그 해답이었다.

이와 같은 작품들보다도 사실주의까지 지향해서 도향문학을 대표할 수 있는 것은 「물레방아」와 「벙어리 삼룡이」를 드는 것이 상례이다. 두 작품이 시대적 배경은 서로 다를지언정 모두 영화화까지 되어 대중 속에 널리 알려진 작품이다.

2. 『환희』

청춘남녀의 애정문제를 몹시 로맨틱하게 다룬 『환희』. 작가 도향·나빈이 객관적인 입장에서 그 주인공들의 장난을 한가닥 환희로 바라봤다는 소설이다.

불과 열아홉 나던 도향이 처녀 장편으로 『환희』를 『동아일보』에 연재해서 일약 천재 작가의 명예를 얻게 되었다.

그런데 비해서 『환희』가 지나치게 감상적이요 영탄적인 냄새가 풍긴다고 해서 별로 신통치 않게 평가되는 것도 사실이다. 그러나 거기에 용해되어 있는 인생문제라든가 애정문제가 당시의 사회적 배경을 여실히 입증해주는 참된 자료가 아닐 수 없다.

어쨌든 『환희』가 보여준 인기는 실로 놀라운 것으로 알려져 있다. 우리나라 신문소설 중에도 최초로 석영·안석주의 삽화와 같이 발표되었고 도향의 천재 소년적 기질이 흠뻑 드러났던 탓이다.

물론 『환희』를 읽고 나서 느껴지는 소감이란 참으로 허무하다. 그러나이 허무란 말은 단순한 의미에서 뇌까리는 것은 아니다. 별로 건질 것이 없는 사건을 끌고 나가면서도 우리에게 뭉클한 그 무엇을 던져준다.

넘실넘실 흘러내리는 낭만적 필치는 소설의 첫머리에서 끝장까지 시종해서 미끈하게 다듬어졌다. 『백조』파 동인들이 전하는 말에 의하면 그러한 미문이 결코 어렵게 생산된 것이 아니라 하루에도 30, 40매의 원고지를 거뜬히 메꾸었다고 하니 그것 또한 놀랍지 않을 수 없다.

『환희』의 첫머리에 작가는 이렇게 적고 있다. "남에게 내놓기가 부끄러울만치 푸른 기운이 돌고 풋냄새가 난다"고.

그건 그렇고 『환희』의 줄거리는 대체 어떠한가 살펴 보자.

"어머니" 하는 '혜숙'의 귀여운 목소리가 동대문 밖 창신동 어떤 조그마한 초가집에서 들려 온다는 것이 이 소설의 서두이다.

하학 후 집으로 돌아온 '혜숙'은 어머니와 저녁식사를 나누고 있다.

벌써 색시티가 나는 '혜숙'을 바라보는 그의 어머니는 혼자 머릿속에 어떠한 사위가 맞을까 하는 생각에 골몰한다. 신식 혼인을 시켜서 멋들어진 잔치를 차릴 것까지 궁리해 보는 것이다.

"너 길어 다닐 때라도 조심하여 다녀라, 그리고 하학하거든 즉시 집으로 오느라."

이 한마디 어머니의 말이 '혜숙'의 마음을 짜릿하게 진동시켰다.

실상 '혜숙'은 요즘 사춘기에 접어든 여학생이고 보니 그의 가슴에는 온갖 걷잡을 수 없는 아름다운 꿈이 오락가락 하고 있었던 것도 사실이었다.

그의 오라버니는 해진 양복을 입고 다 낡은 모자를 쓰고 다해진 구두를 신고 다니는 문학 청년이다. 그러나 '혜숙'의 눈에는 아직 네모테 안경을 쓰고 양복입은 사람만은 못한가 보다 하였다. 그래도 자기 오라버니의 말이라면 으레 믿고 행하였다.

실은 이 두 남매의 관계는 이러했다. 오라버니는 '이영철'이라는 청년으로 유명한 재산가 '이상국'의 둘도 없는 외아들이다. 그리고 혜숙은 '이상국'의 첩의 소생이 된다. 그런즉 이들은 서로 배다른 이복 남매간이었다.

젊어서 팔난봉을 부리던 '이상국'이 지금에 와서는 지난날을 회개해서 진실한 기독교신자로 자처했다. 그래서 아들에게까지 예수를 믿으라 강요했다.

어떤 날 밤 '혜숙'은 오빠를 쫓아 청년회관으로 음악회에 갔다. 돌아가는 길에서 오빠의 소개로 '김선용'이란 청년을 알게 된다. 그러나 자기가 늘 상 머릿속에 그리던 그러한 상대자는 아니었다. 한편 '선용'은 오늘 '혜숙'과 만났던 일을 생각해 보았다.

그러나 다시 자기의 처지를 생각해 보니 그만 낙심을 하게 된다. 자기는 남과 같이 넉넉한 재산도 없고 여학생이 그리는 모든 허영에 대해서 만족을 줄만한 보배를 갖지 못했다고 자인한 탓이다.

또 한편 음악회에서 '혜숙'이가 멋진 청년이라고 보았던 영철의 친구 '배우영'은 이러한 인물이다. 그는 중앙은행 사장의 아들로서 몹시 호화로운 환경과 함께 방종한 생활을 해가는 한갓 놈팽이다.

어떤 날 뜻하지 않게 '우영'은 '영철'을 찾아 왔다.

"요사이 자네 매씨도 안녕하신가?"

얄궂은 웃음과 함께 '영도사'로의 소풍을 제의했다. '영철'은 '선용'과의 약속 때문에 굳이 사양해 보았으나 결국은 '혜숙'까지 이끌고 동행하게 된다.

뒤늦게 허겁지겁 찾아온 '선용'은 '영도사'에서 비로소 '혜숙'과 정식인사를 나눌 수 있었다. 이 장면에서 '혜숙'은 '우영'과 '선용'을 맞대조하면서 공연히 안타까운 심정에 사로잡히는 것을 억제할 수 없었다. 그런데 '선용'과 '혜숙'의 사이는 어느 틈엔가 이러한 달콤한 말이 오고 갔다.

"혜숙씨의 고마운 마음을 저는 또 다시 혜숙씨를 못 뵙게 되더라도 저는 잊지 않을 터이야요."

"저도 선용씨를 잊지 못하겠어요."

'선용'은 일본 동경에 도착했다. 조그마한 방을 하나 얻어 자취를 하면서 고독을 되씹는 신세가 되었다. 얼마 안되어 '떠나가신 선용씨'하고 부르는 '혜숙'의 편지가 날아 들었다.

'선용'이가 '영철'과 '혜숙'의 편지를 받아 본지 일주일이 지난 토요일 오후.

'배우영'과 '이영철'은 '설화'란 기생집에서 요릿상을 폈다. '설화'는 금시 '영철'이에게 이끌리었다. 그런즉 자연히 '우영'과 '영철'은 라이벌이 된 셈이었다.

비교적 순결한 '설화'는 '영철'에게 은근히 프로포즈해 왔다.

"영철씨 이 세상에는 저를 참사랑으로 사랑하여 줄 다정한 이가 한 사람도 없을까요?"

이렇게 '영철'에게 애정을 고백하는가 하면 짓궂게 늘어붙는 '우영'에게는 몹시도 쌀쌀하게 대답했다.

"저는 가요. 언제든지 돈만 가지고 우리 집으로 오셔요. 그러면 무슨 짓이든지 당신이 하시라는 대로 할터니까요. 자 안녕히 계십시오."

그 후 '영철'의 가슴 속은 온통 '설화'의 생각으로 가득찼다. 그것은 오히려 '설화'편이 더 컸다고 할 수 있을 것이다.

"영철씨, 어떻게 하면 이 괴로운 세상을 벗어날까요? 저는 끝도 없는 세상으로 달아나고 싶어요. 모든 것을 활활 내던지고 한없이 흘러가고 싶어요. 공중으로 흘러가는 구름 같이 둥둥 떠가고 싶어요. 그러다가는 영철씨의 가슴에 죽고 싶어요. 영철씨, 영철씨의 가슴은 저의 마지막이 되어주세요."

'우영'한테서 '혜숙'에게 편지가 왔다. 일요일에 오빠와 함께 놀러 오라는 것이었다. '혜숙'은 집에서 만류하는 것도 속여가며 '우영'집을 찾아갔다. 그만 '혜숙'은 '우영'의 단칸방에서 농락을 당하고야 말았다. 오점이 박힌 '혜숙'은 모든 것을 잃은 듯 했다. 오빠에게 눈물로 용서를 구해 봤다. 그러나 그것은 이미 뒤늦은 후회였다.

한편 노름에서 다녀온 '설화'는 밤자리에서 '영철'의 생각에 사로잡혀 이리 뒹굴 저리 뒹굴 잠을 못 이룬다. 때마침 찾아온 '영철'을 붙잡고 호소하는 것이었다.

"영철씨! 저는 돈으로 말미암아 피를 팔고 고기를 팔았어요."

이 말에 감동된 '영철'은 진심으로 '설화'를 사랑하기까지에 이르렀다.

'우영'과 '혜숙'의 화려를 다하고 성대를 극한 결혼식이 거행되었다는 소식을 '선용'이 일본서 들었다. 소식과 함께 '선용'은 자살을 기도했고 급기야 입원가료를 받다가 휴양을 위해서 3년 만에 귀국까지 하게 되었다.

'선용'이 일본서 온지 사흘이 되는 일요일. 교회당에 나갔다가 우연히도 '혜숙'을 먼발치로 발견했다. 가슴이 두근거렸다. 그 이튿날 누이 동생의 인도로 집까지 찾아온 '정월'이란 피아니스트는 다름 아닌 '혜숙'이었다. 서로 마주친 순간 아찔함을 느꼈다. 그러나 그뿐이었다.

 '혜숙'은 '우영'과 결혼해서 단란한 줄 알았지만 그 후 얼마 안되어 파경이 되고 말았다. '혜숙'은 거기에다 폐병의 신세가 되어 토혈(吐血)을 하기까지 했다. 죽음이란 검은 그림자가 그를 괴롭히고 있었다.

 이제와서 '혜숙'은 '선용'을 생각하게 되었다. 자신이 얼마나 무정한 사람이었던가하고.

 며칠 뒤 '혜숙'의 초대로 금화원에서 '선용'과 '혜숙'은 상봉했다. 서로 옛 사랑을 소생시켜 보자는 달콤한 수작이었다.

 '영철'이 '설화'의 집에서 놀고 있을 때다. '우영'이도 역시 찾아왔다. 서로 마주친 것이었다. '우영'은 일부러 '설화'앞에서 '영철'에게 돈 독촉을 했다. 실은 '영철'은 동경에서 고학하던 '선용'에게 부쳐주기 위해서 자기가 근무하는 은행에서 돈 천원을 비공식으로 빌려 쓴 것이었다. '영철'은 몹시도 모욕을 느꼈다. 그 길로 절교했던 아버지를 찾아가 돈 원조를 구했다. 간신히 백원을 구하고 예금 돈 4백원을 합해서 갚을 작정이었다.

 그 찰나 '영철'은 사장에게 불리어 점잖게 훈계를 받았다. 그러나 '영철'은 그 사연을 구구히 변명하려 들지도 않고 사의를 굳게 표하고 말았다.

 '혜숙'은 '영철'이 모르게 '설화'를 찾아갔다. 오빠와 '설화'의 사이를 이간하기 위해서였다. '영철'의 애인을 가장한 '혜숙'은 강경히 그 뜻을 내세웠다. 이 말에 '설화'는 자포자기로 울부짖었다.

 "옳지, 어디보자. 나도 모든 남자를 농락할 터이다. 마음이 녹아주게 할 터이다. 그대로 말려 죽일 것이다!"

 전화로 '우영'을 부른 '설화'는 힘껏 술을 마셨다. 마셨다기 보다는 퍼넣었다. 그리고 흥분된 어조로 뇌까렸다.

 "천원 내야지 내 입을 맞추어."

 이럴 때 방문을 열어 제끼며 '영철'이가,

"자 천원은 내가 줄테다, 받아라!"

하고 천원을 '설화'의 입을 향하여 내던졌다. 이때 '설화'는 '영철'에게 달려들어 눈물로 호소했다. 그러나 '영철'은 냉정히 뿌리쳤다.

'설화'는 거의 실신 상태에 빠졌다. 아편덩이를 끄집어 들고 죽는 형용을 했다. 이미 미쳐버렸던 것이다.

한편 '선용'은 일본 갈 준비를 하고 있었다. 일본에 있는 여학생 애인을 그리면서 하루바삐 일본으로 떠나가고 싶어했다.

'영철'은 '선용'에게 대전까지 동행을 제의했다. '혜숙'의 정양을 위해 부여로 떠나기 위해서였다. 그 사이 '설화'는 '영철'에게 유서를 한 장 써놓고 자살을 한 것이었다.

부여의 여관방에서 눈을 뜬 '영철'은 다시금 놀라지 않을 수 없었다. 이번에는 '혜숙'이가 백마강 물결 속에 몸을 던졌다는 것이다.

"아 — 과연 죽어간 정월이 설화의 원혼을 죽음으로 위로할 수가 있고 이후에 선용이가 이 자리를 거칠 때에 정월의 죽어간 자리를 찾아낼 수가 있을는지? 이 모두 우리 인생이 한낱 환희인 까닭이다."

이것이 「환희」의 종막을 장식하는 말이다.

「환희」의 결과는 비극으로 끝났다. 아무리 화려하고 낭만적인 사랑일지라도 현실세계는 그토록 냉혹한 결과를 가져온다는 증거가 아니던가.

이를테면 「환희」에 등장한 '영철', '우영'이란 남주인공과 '혜숙'(정월) '설화'란 여주인공들의 어느 누구도 결코 행복하지 못했다. 모두 비극의 주인공들이 되고 말았다.

우선 '선용'이란 청년부터 생각해 보자. 당대에 있어서 문학청년의 한 전형으로 등장했다. 그의 사고방식은 너무도 이상적이었고 단순한 것이었다.

> 선용은 다시 영철이라는 자기의 친구하고 친한 동지의 누이동생도 또한 자기의 오라버니 영철과 같이 이 세상의 모든 허위를 떠나 다만 참된 것만 구하는 여자이겠지? 하였다. 그리고 「자기가 그에게 사랑을 구하면 그것을 허락하여 주겠지?」하여 보았다. 그리고는 자기가 어떻게든지 공부를

하고 책도 많이 읽어 훌륭한 책을 지어 놓으면 책장사하는 사람들이 허리를 굽실굽실하고 와서 몇 만원의 원고료를 주고 사갈 터이지? 그리하면 나는 그 돈을 가지고 나의 애인 혜숙을 데리고 세계일주의 대여행을 떠날 터이다.

이러한 '선용'의 독백은 바로 개화기의 문학 청년들의 인생관을 대변하는 것이 된다. 참으로 허황한 꿈속에서 살아갔다는 것을 알 수 있다. 좀 여담이지만 도향의 젊은 시절을 더듬어 보면 바로 '선용'이가 도향임에 틀림없다. 때문에 '선용'의 행동거지가 생생하게 움직여 주었다.

그건 그렇고 '선용'의 영원한 애인인 '혜숙'의 비극은 어떻게 설명될 수 있을까?

소위 신식교육의 세례를 받았던 '혜숙'은 몹시도 허영에 들뜬 여성이었다. 그는 어려서부터 남성을 그리되 겉치레부터 미끈해야 된다고 믿었고 끝내는 '우영'과 같은 놈팽이의 미끼가 되었다. 부자집 외아들인 '우영'은 완전히 타락한 청년의 전형이 아닐 수 없다. 순결한 '혜숙'의 정조를 유린해서 성혼을 하고도 기생오입을 계속했다. 끝내는 '혜숙'을 고립시켜 자살까지 시켰다.

다음에는 '영철'과 '설화'의 애정관계를 생각해 보자. 마치 『무정』에 나오는 '형식'과 '영채'의 관계를 연상케 한다.

'영철'이란 '선용'과 함께 양심적인 청년의 표본이다. 이를테면 자기의 아버지가 젊었을 때 맞았던 첩(혜숙의 친모)을 늙었다는 이유로 축출한데 대해서 불만을 품었던 자식이다.

아니 부자지간에 원수처럼 절교를 선언했다. 지나치게 정의감에 불타던 '영철'은 일본서 온 '선용'의 편지를 읽고 또 양심의 가책 같은 것을 느꼈다.

말하자면 '선용'이가 자기의 누이동생 '혜숙'과 '우영'의 결혼 소식을 듣고 자살을 기도했다는 사건 말이다.

이 때 '영철'은 '선용'을 위해서 자기가 근무하는 은행돈 천 원을 비공식으로 꿔서 부쳐 주었다. 그 뒤 여러가지 오해를 끝없이 받았다. 기생오입에 미쳐서 그랬다는 것이었다.

그러나 '영철'은 자기의 양심만을 굳게 믿을 뿐 구태여 해명하려 들지 않았다. 더욱이 '우영'과 같이 자기를 모욕하는 상대까지도 감싸줄 줄 아는 폭 있는 청년이었다.

그러한 '영철'을 지독히 사랑했던 '설화'는 세상에서 저주받는 기생이었다. 아무리 좋은 동기의 애정을 맺어 보려 했으나 다음과 같은 유서를 떨어뜨리고 말았다.

> 사랑하는 영철씨. 저는 가나이다. 아무것도 원망하지 않고 그대로 갈곳으로 가나이다. 마음과 같이 되지 않는 세상에 이것도 또한 팔자로 돌려 보내고 청산에 뜬 구름같은 이 세상을 하직하고 보이지 않는 저 나라로 돌아가나이다.

이런 것을 다만 세속적인 팔자로 돌리기엔 너무도 처량한 비극이다. 젊은 인생들의 끝없는 장난은 한낱 「환희」의 세계란 말인가?

3. 단편 「물레방아」의 성격의 형상화

「물레방아」는 마을에서 가장 부자로 세력이 있는 '신치규' 노인과 그 집에서 막실살이를 하는 '방원' 내외 사이에서 빚어지는 비극이다.

어느 가을 밤 달이 유난히 밝은 날 물레방아간 앞에서 '신치규'는 계집이 탐이나서 '방원'을 내쫓고 같이 살 흉계를 꾸민다. '방원'의 계집 역시 본래 지조가 없었고 '방원'에게 오기 전에도 남편이 있었던 창부형의 여자였다. 아들만 낳아 주면 재산이 다 네 것이 된다는 '신치규'의 꾀임에 빠진 계집은 '방원'을 배반하기에 이른다.

어떤 날 계집과 늙은이가 함께 방앗간에서 나오는 것을 목격한 '방원'은 분에 못 이기어 늙은이를 죽어라 패고 계집과 도망치려고 한다. 그러나 계집에게 거절당하고 상해죄로 석달동안 감옥살이를 하게 된다.

복역을 끝낸 '방원'은 밤중에 늙은이가 사는 집으로 찾아간다. 그는 옛날의 정리를 생각해서 계집에게 도망갈 것을 애원해 보았으나 허사였다. 마침내 '방원'은 품고 갔던 칼로 계집을 죽이고 자기도 자살한다는 비극이다.

「벙어리 삼룡이」는 오생원 댁의 '삼룡이'란 머슴이 주인공이다. 아주 못생긴 추남으로 땅딸보요, 옴두꺼비 모양이었으나 마음씨가 곱고 진실하여 주인에게 충실하고 부지런했다. 평생 눈치로만 사는 벙어리지만 조심성이 있어 실수한 적이 없는 '삼룡이'였다. 그 집의 외아들에게 말할 수 없는 굴욕과 수모를 당하면서도 주인으로 섬기는 충성스런 머슴이었다.

그런데 그 집에 새 며느리가 들어오게 되었다. 몰락한 양반의 집이었지만 무남독녀로 자란 아름다운 색시였다. 본래 개망나니 같은 남편에게 매일 몹쓸 구박과 매질을 당하는 것이 '삼룡이'로서는 너무도 애처롭고 가엾게 생각되었다. 그것이 그만 연정으로 변해서 아씨를 사모하다가 주인 아들에게 매를 맞고 쫓겨나게 된다. 그날 밤 '오생원'집에 불이 났다. '삼룡이'는 죽음을 무릅쓰고 집안으로 뛰어들어 주인을 업어다 놓고 다시 들어가 새색시를 안고 지붕으로 올라갔다.

> 그는 자기의 목숨이 다한 줄을 알았을 때 그 색시를 무릎에 뉘고 있었다.
> 그의 울분은 그 불과 함께 사라졌는지! 평화롭고 행복스러운 웃음이 그의
> 입가장자리에 엷게 나타났을 뿐이다.

이상의 두 작품이 오늘의 독자들에게까지 큰 감동을 주는 것은 단순히 객관적 묘사력이나 그 내용이 심각한 비극이라는 것만으로 얘기되지 않는다. 그것은 이렇게 해명될 성질의 것이다.

가령 「물레방아」의 주제가 우리의 지난날 봉건적 후진사회를 배경할 애정관계에 있어서 사회 모순성의 한폭을 도향의 날카로운 시각으로 훌륭히 형상화시킨 점이다. 그로해서 금력과 권력을 미끼로 유부녀를 멋대로 농락하는 '신치규'와 같은 파렴치한이나, 물질적 허영 때문에 하루아침에 남편

을 배반하고 색마의 품안으로 전락한 '방원의 아내'나, 생활력의 무능으로 사랑하는 아내를 빼앗기는 '방원' 같은 불행한 인간이라든가, 이로 인하여 급기야는 살인 자살까지 벌이는 사건의 심각성이 오늘의 현실에서도 얼마든지 실감될 수 있는 단면이기 때문에 더욱 실감을 줄 수 있다는 것이다.

4. 결어

나도향의 극히 짧은 생애(25세에 요절)가 남긴 작품임에도 그의 작품은 완연히 초기의 작품이 낭만주의적 경향이고 그 후기가 자연주의 내지 사실주의적 경향이었다고 지적되고 있다. 이 점에 대해서 월탄 박종화는 「대전 이후의 조선 문예운동」(『동아일보』, 1929년 1월)에서 아래와 같이 평하고 있다.

> 도향 나빈의 작품이 초기에는 로맨틱한 경지를 벗어나지 못하였다. 「별을 안거든 울지나 말걸」, 「옛날의 꿈은 창백하더이다」를 비롯하여 장편 『환희』에까지 오도록 그 작품은 편을 거듭하여 써올수록 깎이고 닦여서 「여이발사」차후의 작품은 체홉을 연상케 하고 모파상의 편린을 어루만져 왔다. 그가 죽기 1, 2년 앞두고 나온 작품 중에서 「뽕」, 「지형근」, 「물레방아」, 「벙어리 삼룡이」, 이렇게 작품은 쌀쌀한 가을달을 대하는 듯한 느낌을 주기 한다. 현존 작가들 쳐놓고 이 사람처럼 그 작품이 괄목하도록 변한 작가는 드물 것이다.

여하튼 나도향이 초기에 낭만주의로 출발하다가 후기에는 사실주의로 극단에서 극단으로 비약한 데에는 자신이 갖는 작가적 기질에서보다 낭만주의가 소설 문학에는 부적당하다는 점에서와 당시의 문학적 사조가 일변된 것에 순응하기 위한 것이었다고 이해해도 좋을 것이다.

젊어서 죽은 도향은 가장 촉망할 소설가였었다. 그는 사상도 미성품이었다. 그러면서도 그에게는 열이 있었다. 예각적으로 파악된 인생이 지면 위에 약동하였다. 미숙한 기교 아래는 그대로 인생의 일면을 붙들은 긍지가 있었다. 아직 소년의 영역을 벗어나지 못 한 도향이었으며, 그의 작품에서 다분히 센티멘털리즘을 발견하는 것은 아까운 가운데 도 당연한 일이지만 그러나 그 센터멘털리즘에 지배받지 않을 만한 침착도 그에게 있었다.

이와 같이 김동인은 그의 「조선근대소설고」에서 비교적 짧은 문장을 통하여 나도향에 대해서 적절한 인상평을 적고 있다.

여기서 나도향의 소설세계를 평가할 때 그 문학적 가치의 우열을 논하는 것보다도 그의 작가수업을 통한 작풍의 비약을 높이 평가해야 할 필요가 있음을 알 수 있겠다.

(『한국근현대작가작품집』, 성균관대출판부, 1993)

현진건의 「운수좋은 날」, 「무영탑」

1. 현진건의 삶과 문학

빙허 현진건은 우리나라 근대문학 초창기에 해당되는 20년대 『백조』파의 일원으로 문단에 얼굴을 내놓은 뒤로 20여 년의 작가 생활을 통해서 뛰어난 문학적 발자취를 남겼다.

그에 대한 문학사적 평가는 많은 사람에 의해서 다양하게 거론되어 왔지만 한결같이 리얼리즘문학의 선구자로서 우리 소설사의 뚜렷한 작가임을 평가하고 있다.

44세란 극히 짧았던 생애를 통해서 그가 내놓은 문학은 민족적인 비애로 충만된 민족의 수난과 역사를 성실히 증언하는 사실주의 작가로 일관했음을 잘 알려주고 있다. '차근차근하게 제 주의를 관조하고 고요하게 제 심장의 고동하는 소리를 들을 제 이것이야말로 우리 문학의 운명인줄 안다'고 확신했던 작가가 바로 현진건이었다.

현진건은 3 · 1운동 다음 해인 1920년 무렵부터 뒤에 『백조』의 동인이 된 박종화, 홍사용, 이상화등과 교우하게 되고, 그 당시 신극에 참여했던 당숙 현희운의 소개로 『개벽』1920년 10월호에 처녀작 「희생화」를 발표함으로서 작가생활이 시작되었다.

현진건이 「희생화」를 발표한 다음해 제2탄으로 「빈처」를 내놓아 문단의 화제가 되었다. 「빈처」는 확실히 그의 출세작이기도 했는데 경제적으로 무능한 무명작가의 아내, 즉 현진건의 부인을 모델로 삼고 있어 더욱 실감을 돋구고 있다. 초라한 아내가 생계를 위해서 장롱 속의 옷가지를 전당잡히면서도 서로 위로하고 행복감을 느끼며 살아간다는 현진건의 신변을 실감있게 보여 주었다.

『백조』파 작가 중에서도 크게 각광받았던 이는 현진건이었는데 그의 작가 세계는 대체로 다음의 3기로 대별된다.

처음에 작가의 신변 내지 체험 소설을 시도했던 시기를 제1기로 보면 다음에 본격적으로 순수객관소설로 지향한 시기를 제2기로 보고 말기에 역사 소설로 전환하던 시기를 제3의 시기로 구분할 수 있다. 이와 같은 그의 문학적 성장은 자연적인 궤도를 밟으면서 착실히 성장해갔다는 얘기가 될 것이다.

그러니까 빙허의 초기작품이었던「희생화」,「빈처」와「술 권하는 사회」,「타락자」등은 신변소설에 해당하는 셈이다.

현진건은 폭음가로 주호(酒豪)로도 유명하다. 당대의 문인 염상섭, 오상순, 변영로, 양주동, 나빈 등과 일급 주당으로 알려졌다. 가히 현진건은『백조』파의 일급 주당에 속했는데, 그의 단편「술 권하는 사회」에서는 '그 몹쓸 사회가 왜 술을 권하는고'라고 개탄하면서 나라 잃은 통한을 술로 소일하게 된 사연을 토로했던 것이다. 즉 경제적으로 몹시 무능한 지식인이라든가 주정뱅이로서 동료들과 다방골, 술집과 기생집을 편답한 얘기를 바로 작품에 반영시켰던 거이다.

초기 신변 체험 소설을 쓰는 것으로 만족치 않았던 현진건은 그의 필치와 기교를 가다듬어 본격적인 문학 세계로 비약하게 되었다.

이를테면「할머니의 죽음」,「지새는 안개」,「운수좋은 날」,「불」,「B사감과 러브레터」,「사립정신병원장」,「신문지와 철창」등 일련의 작품들을 꼽을 수 있다.

현진건의 일생은 작가 생활 · 기자 생활로 일관된 셈이다. 현진건은 작가로서 뿐 아니라 신문기자로도 능력이 뛰어난 명성을 떨치었지만, 1936년 이른바 '일장기 말살사건'으로 인책되고 투옥까지 되었다. 그가 이 사건으로 6개월의 옥고를 치루고 풀려난 후, 그의 살림은 여지없이 기울기 시작했고, 1937년 자하문 밖 세검정 근처에 조그마한 집을 짓고 양계를 시작했지만 그것도 얼마안가 지탱할 수 없었다.

이후 약 10년간 현진건은 침체를 겪게 되고 1939년에 역사 소설 「무영탑」을 연재해서 당시 독자층의 뜨거운 인기를 획득한 것으로 전해진다. 이 작품 뒤에『동아일보』에 역사소설 「흑치상지」를 연재하다가 52회 게재중지의 비운을 맞게 되었다.

그러나 현진건은 근대 문학의 선구자로서 단편소설을 개척하고 사실주의 문학을 정립시켰으며 심도 있는 주제성과 남다른 기법과 표현을 성취한 공적으로 우리 문학사에 중요한 자리를 차지한다.

2. 리얼리즘의 역작 「운수좋은 날」

현진건의 리얼리즘의 본격적인 역작으로 정평되는 소설 「운수좋은 날」(『개벽』48호, 1924. 6)에서 빈민생활을 파헤쳐 눈물겨운 현실을 비판해 주고 있다.

인력거꾼 '김첨지'는 오래간만에 '운수좋은 날'을 만나 적지 않은 돈을 벌어 술을 마시고 오랜 병으로 누운 아내가 그토록 먹고 싶어하는 설렁탕을 사들고 집으로 찾아갔지만 아내는 낳은 지 얼마 안 되는 어린애에게 젖꼭지를 물린 채 숨이 끊어지고 죽어 있었다는 기막힌 정경을 그린 비극 소설이다.

따라서 몹시 야성적이면서도 넘쳐흐르는 인정을 실감할 뿐만 아니라 독자에게 생생한 현실감을 일깨워 주는 작품이기도 하다.

「운수좋은 날」에서는 인력거꾼 '김첨지'의 비극적 인생의 한 단면을 생생히 접할 수 있다.

"이날이야말로 동소문 안에서 인력거꾼 노릇을 하는 김첨지에게는 오래
간만에도 닥친 운수좋은 날이었다."

이렇게 비롯되는 「운수좋은 날」은 과연 그 제명대로 행운을 점쳐 주었던가. '그야말로 재수가 옴붙어서 그 열흘 동안 돈 구경도 못한 김첨지'에게

굴러든 팔십전이라는 큰 돈이 얼마나 갑작스러웠는지 모른다.

그의 아내가 기침으로 누운지도 달포가 되었다. 조밥도 굶기를 먹다시피 하는 형편이니 물론 약 한 첩 써 본 일이 없는 극한 상황에서 팔십전을 손에 쥔 '김첨지'의 마음은 흥분해 있었다. 그의 행운은 그것으로 그치지 않았다. 일원 오십전짜리 남대문행과 육십 전짜리 인사동행의 손님까지 걸려 들었으니 큰 횡재를 한 셈이었다.

그러나 '김첨지'는 이상하게도 겹쳐지는 행운 앞에 오히려 불길한 느낌을 갖게 된다는 것, 아침에 집을 나올 때 "나가지 말래도 그래……."란 아내의 부탁이 마음에 걸렸기 때문이다.

참으로 오래간만에 만난 재수를 놓치지 않으려는 '김첨지'는 왼몸이 물독에 빠진 새앙쥐처럼 비를 맞아 가면서도 힘에 겨운 인력거를 신바람이 나게 끌었다. 저녁 늦게 선술집에서 그의 친구 '치삼'이와 마주쳤고 둘이 몇 잔의 대폿잔을 나누었다.

'김첨지'는 취중에도 병든 아내에게 줄 설렁탕을 사들고 집에 다다랐다. 집이라 해도 물론 셋집이요, 행랑방 한 간을 빌려든 것인데 물을 길어 대고 한 달에 일원씩 내는 터였다.

'김첨지'는 방안에 들어서며 설렁탕을 한구석에 놓을 사이도 없이 목청을 있는 대로 다 내어 호통을 쳤다.

"이런 오라질 년, 주야장천(晝夜長川) 누워만 있으면 제일이야! 남편이 와도 일어나지를 못해"라는 소리와 함께 누운 아내의 다리를 힘껏 찼다. 그러나 발길에 채이는 건 사람의 살이 아니고 나무 등걸과 같이 딱딱한 느낌이었다. 젖먹이 개똥이의 울음 소리가 들렸다. 울다가 울다가 목까지 잠겼고 시진해 있었다.

'김첨지'는 발로 차도 아무 반응이 없는 걸 보자 아내의 머리를 흔들어 절규했다. 문득 '김첨지'는 미친 듯이 제 얼굴을 죽은 아내의 얼굴에한테 비비면서 중얼거렸다.

설렁탕을 사다 놓았는데 왜 먹지를 못하니, 왜 먹지를 못하니 괴상하게도 오늘은 운수 가 좋더니만……(「운수좋은 날」 중에서).

이 대목이 「운수좋은 날」의 종말이다. 이것이 바로 '김첨지'를 에워싼 비극적 현실이었다. 이 긴박한 정경을 대하면 누구나 큰 충격을 받게 될 것이다.

또한 이 소설을 통해서 '김첨지'의 야성적이면서도 넘쳐 흐르는 인정을 만끽하게 된다. 동시에 하층민과 서민들이 주고받는 속어를 유감없이 구사해서 현실감을 한층 돋보이게 된 것이다.

아무튼 「운수좋은 날」은 다분히 극적인 구성으로 허구의 스토리라 하더라도 독자에게 생동감을 안겨 주기에 충분할 것이다. 그 까닭은 이 작품의 주인공 '김첨지'를 비롯한 등장 인물들이 한결같이 식민지하에서 학대받는 민중이며, 그들의 처절한 현실을 일제의 압제의 소산임을 대변하기 때문일 것이다.

3. 불교 소재의 장편 역사 소설 『무영탑』

빙허 현진건의 『무영탑』은 1938년부터 1939년까지 동아일보에 연재되었던 소설로 당시 가장 큰 인기를 모았던 작품이다. 동아일보 사회부장의 자리에서 1936년 이른바 '일장기 말살사건'으로 인책되고 1년간 옥고를 치른 현진건은 관훈동 집을 팔아 세검정에서 양계업을 시작했으나 얼마 안 가 실패하고 말았다. 빙허는 이러한 역경과 함께 사실상 작가로서의 침체기도 겪었다.

그러나 이 무렵은 일제의 암흑기가 시작되던 시기로 빙허뿐만 아니라 대다수 작가들이 겪어야 했던 공통적인 고통의 시기이기도 했다. 그렇지만 현진건은 붓을 잠시 멈췄을 뿐 작가로서의 정신적 진통과 모색은 심각히 계속되었음을 알 수 있다. 다시 말해 황국신민화로의 강요가 극도에 달하여지는 시기에 대부분의 식자층과 작가들이 무저항적 혹은 친일적인데 반해 당시 주요 작가들의 역사소설로의 전신과 더불어 현진건은 『무영탑』을 집필하기 시작했다. 그런데 어느 작가보다도 현진건의 역사소설관은 뚜렷한 현실적 인식이 있었음을 그의 「역사소설 문제」에서 알 수가 있다.

역사 소설이라면 오직 사실(史實)에만 입각하는 것인 줄 아는 것이 보통의 개념인 듯 합니다. 역사소설인 이상 될 수 있는 대로 사실에 충실하는 것이 옳은 것이냐 하는 문 제는 여기서 다시 거론할 여지가 없지 않습니까. 그러나 사실에 충실한다고 해서 소설 로서 주제와 결구(結構)를 돌아보지 않는다면 그것은 실기나 실록이 될지는 모르지만 도저히 소설이라 할 수 없는 것이 아닙니까. 소설이란 두 자가 붙는 이상 철두철미 창 작임을 요구합니다.

이처럼 빙허는 단순한 사실과 역사 소설을 구분시켰고 무엇보다도 역사보다는 소설을 더 강조하고 있음을 볼 수 있다. 이런 점에서 현진건의 역사소설의 창작 태도는 일제의 탄압이 더욱 심각화해서 소설을 마음껏 쓸 수 없게 되자 편의상 역사적으로 먼 과거에서 현실과 유형이 본질적으로 같은 사실을 작품의 소재로 빌려 쓴 데 불과함을 알 수 있다. 그렇기 때문에 현실 도피에서가 아니라 오히려 현실적 의미를 강조하여 그것을 옛 사실 뒤에 은닉해 두었다고 볼 수 있다.

실제로 『무영탑』은 이러한 사실들을 잘 예증해 주고 있다. 원래 『무영탑』은 경주 불국사의 석가탑에 얽힌 전설의 소재로 된 작품이다. 본래의 전설은 당나라 석공이 탑을 준공시킬 때 그의 누이 동생이 멀리 본국에서 찾아왔지만 불계(佛戒)로 쉽사리 만날 수 없어서, 약속대로 멀리 떨어진 영지(影池)에 1년 이상 오빠를 기다렸지만 끝내 석가탑의 그림자는 비쳐지지 않았고 그런 이유로 석가탑은 무영탑이라 불리웠으며, 결국 그 여인이 한많은 영지 속에 투신했다는 애화(哀話)였다. 그런 애화를 현진건은 그 비극이 단순한 남매 관계가 아닌 이성간의 다른 모든 것을 초월하는 순수한 사랑 관계로 변화시켰다. 또 그 전설이 사대사상에서 비롯되었다고 간주한 현진건은 당나라 석공을 백제 석공으로 바꾸고 당나라 여인도 백제의 '아사녀'로 뒤바꿔 놓았다. 이렇게 그는 대담하게 역사와 전설을 뒤엎으면서까지 예술 창작에 더 비중을 두고 소설화했던 것이다. 결국 이러한 여러 사실로 보아 현진건은 신라와 당시 일제하를 대비시키면서 그 속에서 삶의 형상을 추적했다고 추정할 수가 있다.

따라서 거의 동시대를 소재로 삼아 쓴 춘원(春園)의 『원효대사』와 빙허의 『무영탑』을 비교해 볼 때 뚜렷한 정신 세계의 차이를 감지하게 된다. 즉 춘원의 『원효대사』는 원효란 인물이 대승적 불교사상의 민생과의 일치점을 강조하고 있지만 등장 인물들이 귀족, 승려에 불과하고 평민 등은 하나의 주변적 장식물에 불과하다. 이런 점으로 춘원의 『원효대사』에서 원효라는 신비한 개인사를 서술했을 뿐 그것을 민족과 시대라는 관련 속에서 민족 공동체 의식이나 사회와의 관계를 전혀 도외시한 느낌이다. 이에 반해서 현진건의 『무영탑』은 맹목적 민족 의식과 영웅주의를 배척하고 신라 시대의 가공적 인물을 통한 그들의 구체적인 삶들의 관계 속에서 민족 의식의 행동적 양상을 진실하게 보여주고 있다 할 것이다.

『무영탑』은 실제로 등장 인물들의 구체적인 삶을 통해 형상화함으로써 이 작품이 드러내고저 하는 바도 독자들에겐 다양하게 받아진다. 실상 독자들은 그것을 총체적으로 파악할 수가 있다는 것이다. 즉 그 현실의 삶의 현장에서, 사회의 여러 현상과 관련되어 있으면서 이루어진 것이므로 개인성과 함께 동시에 사회 역사성을 지니게 되는 것이다. 물론 이러한 『무영탑』의 성격은 당대의 구체적인 갈등 구조를 빙허가 구체적으로 인식하고 있고 그러한 구조를 당대의 현실성 속에서 대립 · 화합 · 패배 등의 구체적 사태로 진행시키고 있기 때문이다.

작품 서두에는 승려들과 아사달의 대비 관계를 통해 전반적인 상황이 예시된다.

물론 그 관계는 번창한 나라 신라의 승려, 속화된 반종교적 욕망을 가진 승려들이 탑을 아사달(보잘것없는 석공, 나라 잃은 백제 사람, 오직 탑 제작에만 전념)이 3년이나 지났는데도 완성시키지 못한 데에 불만과 비난을 통해 아사달의 현실적 위치를 보여주고 있다.

> 이건 말 책만 잡으면 제일이요? 아니 그래, 그놈이 제 재주만 믿고 거드
> 름을 피우는게 장실은 아니꼽지 않단 말이요. 능라 주단으로 제 처소를 꾸미
> 고 진수성찬에 엇들고 받느니 아주 제가 젠체하고 이건 누구를 보고 인사
> 한마디를 할 줄 아나, 혹 수작을 붙여 보아도 않고 고개만 끄덕끄덕하고
> 마니 그래 그놈이 벙어리란 말이요? 먹쟁이란 말이요? 도대체 제 명색이
> 뭐란 말이요! 한금해야 돌 쪼는 석수쟁이 아니요. 원 아니꼽살스 럽게

이처럼 초파일이 다가오는데도 공치사할 수 밖에 없는 현실적인 불만을
아사달에게 전가하고 있다. 그러나 승려들의 또 한편에선 아사달의 본질을
감지케 해준다.

> 그것 참 불가사의로군. 이녁들 말 같은 지경이면 그야말로 그 사람이 신
> 력을 가진 게로구려. 일하는 낌새도 없는데 세상에도 진기한 탑이 이루어
> 져가니.

결국 아사달의 탑 만드는 일이, 아사달과 같이 잠도 자고 시중을 들고 있
는 어린 사미 차돌에 의해 예술적 창조 행위로써 그 행위는 반속적(反俗的)
인 것이고, 또한 신흥(神興)에 의해 작업이 진행되고 있음을 말하고 있다.
실제로 아사달의 이러한 반속적이고 또한 신흥에는 바로 고국에 두고 온
아내를 생각하는 사랑의 정념과 직결된다. 이런 사실들은 다음 단계에서 신
라 귀족이요, 국선파의 대표적 인물인 이식(伊殖) 유종의 딸 주만이 개입됨
으로써 구체화된다. 즉 주만이 단번에 아사달에 반해 시비(侍婢) 털이와 탑
놀이를 하다 아사달을 만나고 또 그 뒤로도 아사달을 못 잊어 다시 불국사
에 볼공드리러 왔을 때, 아사달이 일을 하다가 졸도한 것을 발견하고 그를
구해 준다. 이러한 사태속에 아사달은 주민으로부터 아사녀를 느끼고 때로
아사녀의 환영이 주만과 결합되어 나타나기도 한다. 이것은 상대적으로 주

만에게도 마찬가지여서 현실적으로 우위에 선 금성(金城)의 세속적인 욕망과 아사달의 순수성이 대립된다. 아버지가 시중의 자리에서 천하를 주름잡고 자신은 자랑스러운 견당유학생(遣唐遊學生)으로 모든 것을 자부하고 있던 금성과 아사달의 생활태도 사이에는 계층적인 차이가 예각화되어 나타난다. 아사달에게 반한 주만이란 처녀를 차지하려는 욕심에서 금성은 온갖힘을 다 동원하여 음모를 꾸미고 아사달을 폭력적으로 제거하려고까지 하는데 이런 사실은 작품 속에서 구체적 관계에 서 있는 주만에 의해 다음과 같이 신랄하게 비판받기도 한다.

처음에는 담을 넘고 객실로 가는 것이 어느 오랑캐 예법인가요. 그것도
상주국 당나라에 가시어 배워가지고 나오신 예법인가요, 오호호…….

이렇게 전개에 뒤따라 금성과는 또 다른 국선도 신봉자이고 사당파(事唐派)를 비판하는 금량상댁 경신이 개입됨으로써 소유욕과 순수한 사랑은 사회적 관습과 순수한 사랑의 갈등 관계로 주만에게 첨예화된다. 이렇게 순수하고 지순한 개인적 사랑과 윤리적 사회적 측면에서 수용할 수밖에 없는 관습에 의한 관계이다. 더구나 경신의 인물됨이 결혼 상대로서 부족함이 없으므로 주만은 아버지의 뜻을 거역할 수 없어 갈등은 심화된다. 이러한 갈등속에 주만은 사회적 통념이 자신에겐 엄청난 압박으로 느껴 아사달에게 다음처럼 애원한다.

……이 몸은 아사달님의 그림자. 아사달님이 오나가나 붙어다닌 그림
자. 이 몸이 죽기 전에는 이 몸이 재가 되기 전에는 아사달님을 놓치지 않
을 테에요.

아내가 있다는 걸 알면서도 주만은 자신과 아사달의 만남을 절대적 인연으로 간주하고 있다.

불국사에서 처음 뵙던 그 순간 나의 운명은 벌써 작정이 된 것이야요. 다보탑 밑에서 신기하게도, 참으로 신기하게도 두 번째 만나뵐 제 나의 일생은 구정이 나고 만 것이야요……. [……] 세 번째 석가탑 위, 지금 앉은 이 자리에서 혼절하신 모양까지 뵙게 된 것은 우리의 이상한 인연이 아주 굳어지고 만 것입니다.

이러한 주만의 태도는 사회적 인습도 가문 의식도 이미 벗은지 오랜 순수한 인간으로 존재하고 있음을 말해 준다. 한편 아사녀 또한 타락한 사회상과 싸우는 사랑을 표출해 준다. 냉개, 장달, 웃보 등 아버지 제자들의 타락한 풍조에 시달린 아사녀는 서라벌에 와서도 돈 몇 푼을 바라는 문지기에 의해 쫓겨나고 또한 콩콩이 노파가 아사녀를 팔아 먹을려는 속셈을 알고는 아사녀는 그림자 못에 자결하고 만다.

이렇게 볼 때 『무영탑』은 아사달과 아사녀의 비극적인 사랑의 종말을 보이고 있지만 보다 실질적인 의미에서 현실의 지배 이념과 현실을 초월하려는 이념 사이의 충돌이 중심을 이루면서, 그 이념의 극복과 초월의 주동 세력으로서 무명의 석공 아사달과 귀족 가문의 딸 주만을 설정하였다는데 의미가 있다. 즉 아사달과 주만의 사이에 싹튼 계층과 신분을 극복하는 고귀한 사랑은 사회 내적인 가치관의 변화를 암시하고 있다. 실제로 사랑을 매개로 한 보잘 것 없는 평민과 정직한 상층 귀족과의 해후에서 빙허는 암시시켜 놓았던 셈이다.

이런 점에서 일면 사랑과 예술이라는 추상성을 가지고 사회의 구조적 모순을 초월한다는 것 또한 관념적 해결이 아니냐는 지적도 나오겠지만 단순한 인물 그 자체로서보다도 아사달과 아사녀, 주만의 사랑과 장인 의식과의 결합, 경신의 행동은 미래의 세계를 향한 화합된 민족 의지의 구체적 징표라는 점에서 1930년대의 식민지 상황에 대처하는 자세를 빙허가 의도했음을 직감할 수 있다.

앞에서 보았듯이 이 『무영탑』은 불계를 상당히 큰 비중으로 취하고 있지만 그것은 불교의 고립된 측면에서의 탐구가 아니라 당시 사회의 구체적 환경으로서 불교를 다루고 있는 셈이다 즉 이 작품은 그 서두에서부터 불교문화의 전성기인 경덕왕 시절 연등행사를 준비하는 들뜬 서라벌 분위기로부터 시작하고 있다. 온 장안이 초파일 축제에 들떠 있으며 더욱이 사찰은 더욱 그러했다. 실상 큰 절일수록 임금이나 높은 벼슬아치의 거동에 대비하여 그 준비가 법석이었고 승려 또한 신이 났다. 왜냐하면 임금이나 벼슬아치가 한번 거동하면 많은 재물이 들어오기 때문이었다. 그러한 세속화의 과정으로서 불교비판은 아사달의 탑만들기에도 그대로 연결되었음을 이미 지적한 바 있다.

즉 초파일이 다가옴에 따라 다른 절들은 모두 야단법석인데 불국사만은 탑이 아직 완성되지 않아서 임금이나 고관대작이 찾아오지 않기 때문에 썰렁하다는 사실 자체가 불교 자체의 순수성보다는 타락한 사회의 경덕왕 시절의 한 부분으로서 불교 풍토를 비판하고 있다. 때문에 탑이 가지는 불교적 의미에서의 가치는 퇴화되고 하나의 문화적 장식으로 그것이 빨리 완성되어야만 많은 재화가 굴러 들어오고 신이 날 것이라는 속화된 모습이 정면으로 제시되고 있다. 실제로 『무영탑』은 이런 각도에서 불교를 수용하고 비판하고 그런 가운데 이 작품의 주된 공간으로 제시되고 있다. 즉 그런 점에서 『무영탑』이라는 공간은 직접적으로 이 소설의 구조 전체에 중심적으로 자리잡고 있다. 그것은 아사달이 갖는 예술적 삶과 결부되어 상층 귀족의 딸, 주만이 사회적 인습과 귀족 의식의 구의(舊衣)를 벗고 순수한 여인으로 마주 서게 한 곳도 여기이다.

한편 이러한 불교문화는 특히 당시 생활 관습과 결부되어 이 소설에서 자연스런 전개를 위한 매개적 역할을 하고 있다. 이를테면 아사달과 주만의 첫 대면도 초파일 탑돌이와 관련되어 있다.

주만은 차차 설레는 마음을 가라앉히자 처음에는 괴이쩍은 생각이 들다가, (오 옳지, 오늘이 초파일. 그에게도 무슨 발원이 있나부다) 하고 스스로 깨우쳐 내었다. 석가 탄일의 밤에 소원성취를 빌며 탑의 주위를 도는 풍속을 주만은 이때까지 까맣게 잊어버렸다.

이처럼 이 소설의 삼국통일 이후 찬란한 불교문화의 전성기인 경덕왕 시절 어느 해 초파일을 그 배경으로 삼는 만큼 이미 불교는 특정한 종교의식으로서 일상적 문화 공간으로 자리잡고 있음은 분명하다. 사실상 정치적 측면에서 이 소설을 들여다보면 당문화에 오염된 당학파와 자주적 의지를 가진 국선도의 입장으로 나뉘어진다. 즉 금지와 금성의 당학파와 유종, 경신, 그리고 주만의 국선도 입장을 대비시켜 빙허는 후자의 입장에서 작품을 전개시키고 있다. 실로 경신은 귀족 계층의 인물이지만, 사회 발전에 대한 균형 감각이 있는 인물로 그려져 있을 뿐만 아니라, 빙허의 의식구조와 그 맥락을 같이 하는 성격으로 나타나 있다.

　　여보게 생각해 보게. 당명황이 안록산에 쫓기어 멀리 촉나라 두메로 달
　아났으니, 이 때를 타서 대군을 거느리고 쳐들어 갔으면 중원을 다 치지는
　못할 망정 옛 땅이야 다시 찾아오지 못하겠나…….

이러한 의식을 빙허는 암흑기 일제하에서 꿈꾸었던 것이다. 이것은 바로 민생과의 화합으로 이야기될 수 있는데 경신에게서 이런 모습을 찾을 수는 없지만 그래도 아사달과의 사랑으로 인해 자신을 마다한 주만의 죽음으로부터 그녀를 구해냈다는 점에서 그러한 바탕은 충분히 감지할 수 있다.

빙허가 이런 점을 중시하여 당시 사회적 부패상을 비판하고 있음은 분명하다. 즉 어느 특정계급을 옹호하여 한 계층적 시각에서 일방적으로 비판하고 있지 않음도 분명하다. 이를테면 금성의 귀족계급의 생활 쾌락 비판과 함께 아사녀에 대한 그녀 주변 인물의 애욕비판이 그것을 잘 입증하고 있다.

이런 점을 불교적 측면에서 고찰해 보면 앞서 말한 세속화한 승려들의 모습이라 할 것이다. 실제로 임금이나 고관대작에 대해서는 머리를 굽신거리면서 평민층은 업신여김을 쉽게 확인할 수 있다.

　　다른 절차는 다 그만두더라도 잠시 잠깐이나마 임금님 듭실 옥좌와 고

관대작을 영접할 처소를 마련하기에 쩔쩔매었다. 비지땀을 흘리고 쩔쩔매기는 하면서도 중들은 저절로 으쓱으쓱 어깨바람이 났다. 한 번 거동에 쌀과 금과 은과 피륙이 산더미로 쏟아지는 까닭이다. 수가 많으면 몇 십결 보전의 시주가 나리기도 한다. [……] 음식이 질번질번하고 새옷을 갈아입게 되니 대덕 중덕의 웃도리 중은 물론이요 비구 사미 따위의 아랫도리까지 싱글벙글한 시절을 만난 셈이다.

그런데 이러한 불교 타락상은 불교 자체의 문제보다도 정치적 타락, 사회 부패에 기인된 것으로 파악되고 있다.

그건 너무도 과도한 말일세. 유독 승려들만 나무랠수야 있는가. 깊은 산 속으로 들어가면 정말 수도하는 고승대덕이 많겠지만 여기쯤은 너무 서울 이 7-까우니 중노릇을 무슨 돈벌이 속으로 아는 모양일세 그려.

이렇게 볼 때 『무영탑』은 아사달이란 한 석공을 주인공으로 하여 아사녀와 주만과의 사랑이 주가 되지만 겉으로는 화려하면서도 속으로 병든 사회속에서 각 계층의 문제를 총체적으로 직시하고자 하는 현진건의 작가의식이 여실히 드러난 작품이라 할 수 있다.

20세부터 선풍적 문제작가로 등장한 빙허는 44세로 타계하기까지 이 땅에서 빛나는 많은 작품을 남겼다. 그는 우리 현대문학사에 있어서 사실주의 문학을 개척한 선구자로 기록될 것이다.

이 점에 대하여 『백조』의 동인이며 문우인 월탄은 다음처럼 강조했다.

조선에 있어서 사실주의를 대성한 이는 현진건이다. 묘사나 플롯이나 한 점을 나무랄 곳이 없다.

사실상 빙허의 작가생활은 처녀작 「희생화」로부터 『무영탑』에 이르기까지 근 20년 동안 사실주의로 일관하였다는 데서 더욱 뚜렷한 지위를 확보하게 되었다.

또한 많은 작가들이 작품을 보면 수작과 졸작이 완연하게 구분되는데 비해서 빙허의 작품은 거의가 실패작 없이 균등하다는 것은 빙허가 어디까지나 기교파의 작가이면서도 투철한 작가정신을 소유한 작가임을 보여준다 할 것이다.

실제로 자신의 사실주의적 문학 의식을 가장 선명한 논리로 밝혀주는 것은 비평문 「조선혼과 현대정신의 파악」이라고 할 수 있다. 빙허에 의해서 강조된 '조선혼과 시대정신'은 식민지 시대의 문학의 논리를 극명하게 보여준 것이기도 했다.

> 문학은 현실에서 살아가는 문제를 외면할 수 없다고 하였다. 먹는 문제에 따른 가난의 문제는 사람이 살아가는데 가장 중요한 것이며, 그 다음에 예술이 중요하다고 하였다. 삶의 현실을 외면하는 고답적인 예술을 비판하였다. 작품의 가치성에 대해서도 예술은 내용적 가치, 생활적 가치에 따라서 결정될 것이므로, 현실의 시간과 공간을 바탕으로 이루어진 작품만이 힘있는 예술이 될 수 있다고 강조하였다.

이와 같이 빙허의 '조선혼과 시대정신'을 예시하여 보여준 현길언은 진정한 문학은 식민지 지성인의 양식과 화합을 이루는 데서만 가능한 것이고, 이를 통해서 민족문학이 잘못 빠지기 쉬운 회고적 아집이나 프로문학의 생경한 비문학적 논리를 극복할 수 있었던 것이라고 해명했다.

그는 결론적으로 빙허 문학에 일관하고 있는 사회와의 대응양식은 닫혀진 사회의 문학의 대전제인 '식민지 시대'의 극복이란 과제에 근거한 것이며, 그것이 인간의 보편적인 진실에 접맥되어 있으므로, 그는 문학을 통하여 개인적 진실과 사회, 민족적 진실을 화합할 수 있었다고 귀결했다.

따라서 빙허의 문학은 그런 작가정신에 의해 총체적으로 사회를 반영할 수 있었고, 리얼리즘 문학을 성취할 수 있었으며, 그런 이유로 그가 추구했던 소설 미학이 크게 평가될 수 있는 것이다. 이리하여 일제 식민지하에서 고난과 역경과 힘겹게 싸우면서 살아갔던 고결한 선비로서의 빙허의 44년의 생애, 그리고 사실주의에 입각한 20여년에 걸쳐 남긴 수많은 명편들은 그가 세상을 떠난 지 50여년이 흘러간 오늘에도 독자의 가슴에 생생히 메아리치고 있다. 왜냐하면 그는 자신을 역사의 주체로 인식하고 어려운 시대 현실에서 민족정신을 생생히 체험하고 그것을 작품화했기 때문이다.

(『한국현대작가의 문제작평설』, 국학자료원, 1996)

박종화의 『금삼의 피』와 역사소설

1. 월탄의 삶과 문학

우리 소설 사상 역사 소설을 일생을 통해 쓴 작가는 월탄 박종화이다.

이광수와 김동인이 일반적인 생활현실에서 소재를 택했다가 뒤에 역사소설에 손을 대었지만 박종화는 그의 첫 작품부터 역사 소설을 썼다. 그것이 바로 『백조』제3호에 발표했던 「목매이는 여자」(1923)이다.

1901년 서울에서 태어난 월탄은, 20세의 젊은 나이에 시 「우유빛 거리」(1921)를 써서 비롯된 그의 작가 생활은 그가 타계했던 1981년까지 장장 60년의 긴 역사를 기록했다.

신문학이 벌어진 초창기에 『백조』의 동인으로 참여함으로써 본격적인 문학 활동이 시작되었다. 그러니까 20년대의 개화기에서부터 80년대에 이르는 장구한 시간을 현역으로 일관한 작가로는 오직 월탄 뿐이었다 할 것이다.

따라서 그가 걸어온 편력은 바로 우리의 근현대문학사요, 우리의 수난사이기도 한 것이다.

풍운이 감도는 구한말에 태어나서 3 · 1운동 직후 불붙는 정열에서 낭만주의 시인으로 출발한 그는 다양한 분야에 손을 대어 왔다. 즉 시에서부터 소설 · 수필 · 평론 등 거의 모든 분야에 붓을 들었다. 그러면서도 그는 생의 최후까지 민족적 사명감에서부터 역사 소설로 일관한 작가였다.

　　나는 역사 소설의 형태를 빌어서 문학으로 사회에 참여하고 있는 것이

　　다. 역사 소설의 주인공을 통해서 나는 현대인들과 대화를 하면서 이 땅,

이 조국을 아름답게 건축해 보자는 것이다.

　이것이 나로 하여금, 30이후에 시와 평론에서 소설을 쓰게 하고, 소설 중에서도 신변잡사의 소설을 떠나서 역사 소설을 쓰게 하고, 오늘날까지도 계속해서 나의 관 뚜껑을 덮을 때까지 역사 소설을 쓰겠다는 결심을 갖게 한 동기다(『월탄 대표작 선집』에서).

월탄 자신이 말했듯이 그는 오로지 역사 소설을 위해서 살아왔고, 또 그것으로 시종하겠다고 다짐했다. 실로 이 땅의 역사 소설은 월탄에 의해서 비롯되고 정초된 것이라고 해도 과언은 아니다.

한 평론가가 그를 톨스토이와 비교했듯이 그는 대하 역사 소설로서 가장 많은 독자를 확보하기도 했다. 또한 그는 단순히 문필에만 전념한 작가가 아니었다. 일제에 항거한 민족주의를 고수해서 해방 후 줄곧 문단의 지도자 또는 대학교수로서 적극적인 사회 참여에 앞장서 왔다.

월탄 박종화는 그의 60여년에 걸친 창작 생활을 통해서 감히 어느 누구도 추종할 수 없는 빛나는 업적을 쌓았다. 작고하기까지 3권의 시집, 18편의 장편, 12편의 단편, 그리고 5권의 수필·평론집 등이 그의 소산이다. 18편의 장편이 2권 내지 7권의 분량으로 구성된 것을 감안한다면 그의 창작량은 우리 문학 사상 최고 기록이 될 것이다. 이런 방대한 창작기록보다 더 중요한 것은 그가 60년 동안 꾸준히 일관해 온 작가생활이 우리 문학사상에서 어떻게 평가되는가 하는 것이다.

월탄의 문학사적인 가치에 대하여 평론가 조연현은 『한국현대문학사』에서 다음처럼 요약해서 주목된다.

① 한국현대문학을 개척한 초기의 공로자라는 것.
② 낭만주의 문학 운동의 선창자의 한 사람인 것.
③ 민족적인 낭만적 경향을 유지시킨 것.
④ 최초의 역사 소설작가인 동시에 전형적인 정사적(正史的) 역사 소설가라는 것.

⑤ 문학의 사회적, 역사적 지위를 높인 점.

이 밖에도 그의 문학적 비중은 그가 『백조』시대로부터 시종여일하게 민족 문학을 고수했다는 것이 가산될 것이다. 많은 작가들이 일찍이 세상을 떠났거나 도중에 방향전환을 했지만 오직 월탄만은 자기의 탄탄한 대도를 향해서 정진한 사실이다.

이같은 문학적 업적과 작가적 공로로 월탄은 해방 후 줄곧 문단과 문화계의 정상에 추대되어 왔다.

실상 월탄 박종화에 대한 문학사적 평가는 뭐니 뭐니 해도 역사소설가로서의 뚜렷한 업적을 간과할 수 없다. 월탄의 역사 소설가로의 위치에 대해서는 조연현이 앞에서 평가했듯이 "최초의 역사 소설가인 동시에 전형적인 정사적(正史的) 역사 소설가란 점"을 공인하게 된다.

2. 폭군 연산의 형상화 『금삼의 피』

월탄 박종화가 역사 소설로 전신하면서 본격적으로 독자의 관심을 끌어 크게 평판된 것이 『금삼의 피』이다. 이것은 1936년에 『매일신보』(1936.3.20~12.29)에 연재되었고 뒤에 단행본 상·하권으로 간행(박문서관, 1938)되었다.

월탄의 역사물로는 처녀작이기도 한 『금삼의 피』가 쓰여지기까지의 일화는 유명하다. 당시 『매일신보』사장이었던 이상협이 편집부장 염상섭, 학예부장 조용만, 전속 화가 이용우, 이승만 등을 통해 월탄에게 소설 연재를 여러 차례 간청해서 썼다고 전한다. 특히 이용우가 월탄을 찾아와 삼고초려를 빙자해서 강권에 못이겨 연재를 시작하게 되었다고 알려졌다.

이런 정황을 소상히 알려주는 글은 월탄의 일기 속에서 생생히 읽게 된다.

1936. 2. 28

[……]

염상섭, 이용우, 이승만, 조용만, 양백화 내방하여 매일신보에 역사소설 쓰기를 권함으로써 거절하다 시우(詩友)와 함께 달야(達夜)하여 마신다.

1936. 2. 29

[……]

염상섭 군이 전일(前日) 말한 소설 때문에 나와 주루(酒樓)로 청하여 역사 소설을 써달라고 부탁하여 술을 사서 권함으로 2, 3일간 숙고하여 회답하 기로 하고 집으로 돌아와 이야기하는 중 홍사용 군이 오다. [……]

위와 같은 월탄의 일기 속에서 주목되는 것은 염상섭, 이용우, 이승만 등 문우들이 월탄댁을 찾아와 『매일신보』에 역사 소설을 쓸 것을 권유했지만 월탄은 일단 거절했다는 점이다. 그리고 월탄댁을 방문했던 시우(詩友)들과 철야로 술을 마셨다는 대목도 간과할 수 없다.

그 방문객들은 모두 『매일신보』에 적을 두었던 문사나 화백들로서 월탄 과는 막역한 벗이었지만 앞의 일기에서 밝혀진 바 『매일신보』에 대한 선입 감과 장편 역사 소설을 여태껏 써 본일이 없어 망설인 것이 아닌가 추정된 다. 소설 쓰기를 거절했지만 그들과의 두터운 우정은 하루밤을 철야로 술을 마실 만큼 돈독한 것으로 여겨진다. 그 다음날 다시 염상섭은 월탄에게 일 부러 술집으로 초대해서 역사 소설의 청탁을 되풀이했다는 것이며 월탄은 며칠 동안 재고해 보겠다는 뜻을 보였다.

1936. 3. 3

매신(每申)에 들르니 소설을 써달라고 편집국장 유광렬이 간청함으로 고 사(固辭)하다 또다시 역권(力勸)함으로 오후 4시까지 좌우간 회답하기로 한 다.

소설로 인하여 조용만, 이승만, 양백화가 또 찾아와 역권함으로 좌우간

써 보겠다 허락하고 술 마시고 담소한 뒤 헤어지다. [······]

이렇듯 『매일신보』에서 월탄에게 역사 소설을 써달라는 집요한 권고가 있었다. 처음에 염상섭, 이용우, 이승만 등의 방문에 이어 염상섭이 일부러 주점으로 강권했지만 월탄에게서 쾌락을 받지 못하던 차에 다시 방문한 조용만, 이승만, 양백화 등이 강권함으로 월탄도 끝내는 승복하게 되었다는 사연이다. 그야말로 삼고초려의 끈질긴 과정을 거쳐 월탄에게서 역사 소설 집필 승낙을 받기에 이른다.

월탄은 『매일신보』측의 끈질긴 강권으로 역사 소설의 집필을 응락하게 된 셈이고 그 준비를 위해서 사료를 찾고 궁중용어와 조정용어를 익히기 위해 동분서주하는 일과가 시작되었다.

> 1936. 3. 6
> 「금삼의 피」를 집필하기 시작했다. 연산군을 소재로 쓰는데 그의 생모인 경비(慶妃) 윤씨(尹氏)를 아니 쓸 수 없다. 이리하여 <금삼의 피>라 할 것이니.
> 「윤씨지사(尹氏之四) 하략」(파수편(破睡篇)) 내가 파수편에서 그 이름을 취한 것이다.

월탄은 『매일신보』에 역사소설 연재의 사고를 위해 소설의 삽화를 맡은 향린 이승만과 함께 창경원을 찾아 사진을 찍었다. 그리고 소설 쓰기에 전념하기 위해 다른 원고를 뒤로 미루기로 하는 등 바쁜 일정이 시작되었다. 드디어 월탄에 첫 장편 『금삼의 피』의 집필은 급속히 진행되었다.

연산군을 주인공으로 내세워 비명으로 죽은 그의 생모 윤씨를 부각시키기 위해 소설의 제명(題名)을 『연산일기』중 「파수편」의 문헌에서 그 비극적 죽음을 캐내어 『금삼의 피』라 했다.

화백 이승만의 권유로 창경원을 답사해서 고고물을 살피며 궁중 풍물을 익혔다. 이렇게 월탄의 역사소설 집필을 위한 준비는 그 정도의 것이 아니었다. 온종일 소설 집필에 매달리면서 하루는 이승만, 조용만, 염상섭 등 문우들을 불러서 소설 시독회(試讀會)를 태서관에서 열기까지 했다. 말하자면 『금삼의 피』에 대한 문우들의 객관적인 평을 들어보자는 의도였을 것이다. 그만큼 월탄의 장편 역사소설 『금삼의 피』는 꽤나 진지하게 집필이 시작되었다.

월탄이 당시 일기에 '소설집필'이란 한 구절만이 매일처럼 똑같이 되풀이 된다. 그것이 이 해 연말 『금삼의 피』가 끝날 때까지이니 근 9개월에 지속된 셈이다. 정확히 월탄이 『금삼의 피』를 완성한 것은 1936년 12월 13일이었다.

월탄이 장편 역사 소설 『금삼의 피』를 쓰기 시작한 것이 그해 3월 6일부터였으니 9개월여의 대장정(大長征) 끝에 대미(大尾)를 장식하게 된 셈이다.

폭군 연산군을 주인공으로 등장시킨 『금삼의 피』는 우리나라 신문소설로서 효시가 되는 작품이다. 연산군이 자기의 생모인 '윤씨'를 복위시키고자 일으킨 '갑자사화(甲子士禍)'(1504∼연산군10년)를 작품화시킨 것이다.

월탄은 이 소설을 쓰기 시작하면서 폭군 연산의 삶을 회상하는 대목에서 "지금에 이르러서는 그 모두가 한바탕 꿈자리에 지나지 않음"을 실토한다.

이 장편소설은 '서사(序詞)'를 비롯, '장한편(長恨篇)', '사모편(思母篇)' '필화편(筆禍篇)' '척한편(滌恨篇)' '실국편(失國篇)' 등으로 구성되었다.

이미 '폭군 연산'이란 제명으로 널리 소개된 이 작품에서 작가는 연산을 하나로 광인으로 처리하지 않았다. 연산이 횡포적인 망발은 비명에 죽은 어머니의 비참한 최후를 알게 된 데서 비롯되었다는 것을 밝혀주고 있다. 말하자면 역사적 이면에 비친 인간성을 생생하게 추구해 본 것으로서 연산군의 온갖 잔인한 행동에도 불구하고 작가의 긍정적 서술 태도로 인하여 연산에 대한 일말의 연민을 유발케 한다.

　　때는 바햐흐로 태평성대, 영특한 임금 갸륵한 어른으로 존숭을 받으시
　는 성종(成宗)으로도 호색(好色)이 빌미가 되어 비빈 사이에 질투의 불길이
　일어나고 나중에 세자의 어머니요 곤전마마이신 막중한 왕비를 폐위시키

고 또 사약을 내리니, 백성의 집인들 어찌 이러한 흉변이 있으랴. 한 지어
미 원한을 품으매 오월에도 서리가 내린다거늘, 막중한 왕비이니 종묘사
직이 어찌 위태치 아니하랴(「서사(序詞)」에서).

이 흉변의 발단은 같은 왕의 후궁으로 있던 '윤씨'가 '연산'을 낳고 왕비로
책봉된 데서 비롯되었다. 그러나 성종이 아름다운 '정씨'를 더욱 사랑하게 되
자 '윤씨'는 질투심과 함께 이 거만한 '정씨'를 그대로 두고 싶지 않았다.

어느날 '윤비'는 친참례에 나오지 않은 '정씨'를 호출하여 엄나무가지를
지워 하룻밤의 혹형을 가했다. 여기에 불만을 품은 '정씨'는 점쟁이 '이판
수'와 의논하여 부적을 만들어 동궁(東宮, 뒤에 연산군)을 병들게 하였다. 이
사실을 목도한 '윤비'는 '정씨'를 당장 해치려 했으나 워낙 성종의 총애가
각별해서 뜻을 이루지 못했다. 그러나 '정씨'의 화상을 그려 활로 쏘고 굿을
하다가 성종에게 발각된다.

이 때문에 성종은 격분해서 폐위까지 거론하게 되지만 내신의 간언으로
무마된다. 다시 훗날 말다툼 끝에 '윤비'는 성종의 용안에 손톱자국을 내게
되어 '정씨' 일파의 극론에 몰려 폐위되고 낙향되었다가 사약까지 받는 비
운을 맞게 된다.

동궁이 내내 탈없이 자라나거든 부디부디 이 수건을 전해서 주오, 철천
의 이 원한을 씻겨 주오(『금삼의 피』중에서).

'윤씨'의 피눈물을 받은 손수건은 '신씨'(윤씨의 어머니)에게 전해졌고 뒷
날 동궁이 자라 그 생생한 사실을 알게 됨으로써 혹심한 심적 갈등을 겪게
된다. 죄인의 아들, 어머니 없는 외로운 자식이란 생각이 그의 성격에 큰 자
극을 준 것이다.

성종의 뒤를 이은 연산은 무엇보다도 억울하게 비명으로 죽은 어머니를
다시 복위시키는 일에 착수했다. 한 나라의 국왕으로서 자기 친모를 서민의
무덤 속에 내버려 둘 수는 없다고 생각한 것이다. 대왕 대비의 강력한 저항

이 있었지만, 그 뜻은 관철되어 묘를 이장하고 회묘(懷廟)라 이름했다. 연산은 거기에 거동하며 친제(親祭)를 지내겠다고 했는데, 대비와 대신들의 강력한 제지를 받게 된다.

이 심각한 분위기 속에서 내전으로 돌아간 연산은 그때부터 술만 마시고 방탕하기 시작한다. 어느 날 그는 궁중 뜰 안에서 사슴을 활로 쓰러 뜨렸다. 대왕 대비가 극진히 사랑하는 짐승을 죽인 것은 대왕 대비에 대해 쌓인 울분 때문이란 것을 안 사람들은 모두 전전긍긍하게 되었고 연산이 앞으로 무슨 짓을 저지를지 모른다는 우려가 감돌게 되었다.

드디어 연산 4년 무오(戊午) 7월에 일대 사건이 터졌다. 사국(史局)을 차리고 성종 대왕의 실록을 꾸미게 되었을 때 실록청 당상으로 있던 '이극돈'은 세조의 비행을 사실대로 적은 사초(史草)를 발견했는데, 그는 '무령군', '유자광' 등을 찾아가서 그 사실을 보고 가고 연산군에게까지 적소한다.

격노한 연산은 당시의 실록청 사관이었던 '김일손'은 물론이요 '권경유', '이목', '허 반', '강겸' 등의 선비들을 능지처참하거나 참수의 형을 주고 그 밖의 관련자들에게 태형, 귀향 등의 벌을 내린다.

이 피비린내 나는 대참사가 이른바 무오사화인데, 이것이 계기가 되어 간신배들의 횡포는 극악해졌고 연산은 연일 황음방탕하게 되니 백성들의 원성은 높아지고 뜻있는 선비들의 비판도 비등했다.

마침내 군부의 실력자 '박원종' 일파의 모반이 일어났다. 연산 13년 병인(丙寅) 9월 초하룻날 밤 술시(戌時)에 주동 인물들이 회동하고 훈련원의 포성을 신호로 '박원종'의 군대가 일제히 거사해서, 연산군을 왕위에서 끌어 내렸다.

새로 왕위에 오르게 된 중종(晋成大君)은 조칙으로 내려 죄인을 대사하고 전중전 '신씨'는 정청군(貞青君)으로 내보내며 또 많은 사람들을 처참적몰(處斬籍沒)하고 전왕은 강봉하여 연산군으로 부르고 교동(喬棟)에 안치시킨다.

연산의 어머니 '신씨'가 남기고 간 피묻은 수건 하나는 수많은 우여곡절을 역사에 기록한 셈이다.

비록 정사(正史)로는 연산이 폭군일지라도 월탄은 연산의 인간상을 낭만적 문장과 풍부한 상상력으로 승화시킴으로써『금삼의 피』는 폭넓은 독자들의 감동을 불러일으킨다 할 것이다.

한편『금삼의 피』에서 강한 독후감으로 남는 것은 연산군의 반항적이며 복수적인 성격의 성장 과정이나 반정(反正)의 묘사 등에 대한 서술은 작가가 지닌 낭만정신의 표상이며, 주인공을 묘사하는 데 있어서도 난폭한 행위의 이면에 인간적인 오뇌와 고독을 그리려 한 점이다. 이것은 바로 역사를 생활화하려는 작자 정신의 일면이라 할 수 있다.

월탄의 최초의 장편 역사 소설『금삼의 피』는 작품의 전편을 통해 연산군이란 특정 군왕의 성격 파탄에 대한 기록으로 일관된 느낌이지만 작가는 그 인물을 심리적으로 추적하여 횡포적 망발들을 긍정적으로 바라보며 표현에 있어서도 서사시적인 방법으로 작품에 생기를 불어넣었다는 평가를 받기에 족하다. 이런 시각에서 평가한 조규일은 이 소설은 연산군의 자기 파괴와 세계에 대한 파괴를 다룬 것이라 전제하고 구체적 실례로 세계에 대한 파괴는 김종직의 서적을 불태우면서 보여준 문명적인 것에의 거부로 나타난 점과 동시에 무수한 선비들을 살해하고 후궁들을 스스로 살육하는 데서 드러난다 했다. 한편 자기에 대한 파괴는 술과 여자에 대한 탐닉으로 방종과 타락을 되풀이하고 있는 양상에서 찾을 수 있다는 것이다. 특히 그의 언급에서 주목되는 것은 이 소설이 주제에 있어서 많은 논란이 있지만 그 정조에 있어서 한과 복수의 연쇄고리가 중심을 이루고 있는데 이는 오랜 역사를 통하여 억압과 고통 속에서 살아온 우리 민족 정서의 한 양태임을 밝힌 대목이다.

이러한 정서는 당시 식민지 시대의 시대적 환경과 연계할 때 폐모는 빼앗긴 조국의 상징적 의미가 되며 연산군의 자기 파괴는 자폭적인 민족 개개인의 심성일 수도 있다는 것이다. 또 이러한 한은 반드시 복수되고 만다는 것으로 일제에 대한 한과 복수의 감정이 상징적으로 표출되었음을 말해 준다.

실상 이와 같은 월탄의『금삼의 피』가 보여준 주제 의식은 일찍이 작가 자신의 역사소설관을 피력한「민족문학과 나의 창작 태도」란 글 속에서도 확인할 수 있다.

역사 소설이 현대 소설보다 가장 편의한 점이, 가령 민족혼을 은근히 일으킨다든지 정의감을 부채질해서 불의를 응징할 때라든지 이런 때 나는 많은 효과를 보았다고 생각합니다. 현대소설로는 도저히 추악상을 그릴 수가 없습니다. 그것은 곧 현대의 권력자 또는 권력자의 불의를 선양함으로써 당로(當路)의 비위를 거슬리기 때문입니다.

월탄은 이 글 속에서 역사 소설은 결코 현실도피가 아니고 역사 소설이 주는 효과는 현대 소설보다도 더 강한 것이라 역설했다. 그래서 시작(詩作) 생활에서 잠깐 휴식한 그는 역사 소설로 붓을 돌리기 시작했다고 했다.

아무튼 『금삼의 피』는 월탄이 역사 소설로 전신(轉身)하는 획기적 작품이 되었고 또 뒤에 쓴 『대춘부』와 『다정불심』을 쓰는 동안 역사 소설가로서의 기반을 확고히 굳혀간 것이다.

게다가 월탄은 일제의 침략전쟁이 가열되고 이른바 암흑시대에 처해서도 민족 문학을 고수해 왔다. 대부분의 작가들이 붓을 꺾거나 일제에 동조해서 '친일문학'을 펴고 있을 때도 월탄은 창씨개명을 거부하고 자기의 민족문학 세계를 외로이 지켜왔다는 것은 잊을 수 없는 일이다.

3. 격랑의 인간사 끌어안은 역사 소설

월탄의 역사 소설은 본격적 시발이 된 『금삼의 피』에서 한 군왕의 개인적 파탄, 『대춘부』(1937~38)에서 국난극복사를, 『다정불심』(1940~41)을 통해서 민족 의식의 고리를 튼튼히 결합시킨 작업을 성취한 셈이다.

뒤이어 이 민족 문학의 전통을 더욱 진전시킨 것은 『전야』(1940~41), 『여명』(1942), 『민족』(1947) 등 3부작이었다.

월탄은 8·15광복을 맞아 장편 역사 소설 『민족』을 비롯, 『홍경래』(1946), 『청춘승리』(1947) 등을 지속적으로 역사 소설을 집요하게 써 나가며 민족 문학의 대낭만적 세계를 펼쳐 나갔다.

이들 소설들이 일련의 최근세사를 다룬 역사물로서 특기할 것이고 월탄은 6·25 전란을 치른 후 역작으로 손꼽히는 대작 「임진왜란」(1954~57)을 『조선일보』에 장장 946회에 걸쳐 연재했다.

"나는 민족의 치욕을 회복하기 위하여, 민족으로서의 적개심을 왜제(倭帝)에게 일으키기 위하여 임진왜란을 장편소설화 하려는 계획을 항상 마음속에 지니고 있었다"는 월탄의 문학적 포부가 성취된 셈이었다.

『임진왜란』은 우리 민족사상에 일대 수난이었던 임진왜란을 소재로 하면서 침략자와 우리와의 사이에 벌어지는 선악의 대결을 대하소설로 엮어진 것이다.

월탄의 창작활동은 『임진왜란』을 내놓고 더욱 활발하고 왕성해졌다. 한편 『벼슬길』(1958)과 『삼국풍류』, 그리고 『여인천하』등을 거의 같은 무렵에 발표 연재하였다. 「벼슬길」은 『세계일보』에, 「삼국풍류」는 『조선일보』에, 그리고 「여인천하」는 『한국일보』에 각기 연재됨으로써 당시 가장 폭넓은 독자를 확보한 작가였던 것이다. 말하자면 월탄의 역사소설은 신문에서 가장 인기 높은 연재물로 평가받았다.

그 중에서 『여인천하』는 가장 선풍을 일으켰던 화제작이었다. 자유당 말기의 어지러운 현실 속에서 이른바 치맛바람의 거센 물결을 비판하기 위해 쓰여졌던 것이다. 당시 정비석의 『자유부인』이 장안의 화제를 불러 일으켰는데, 거기에 좋은 비교가 된다. 이조시대 궁중 안은 국왕을 둘러싼 여인들의 바람이 끊임없이 계속되어 정정(政情)을 불안케까지 하였다. 후궁들의 음모와 암투가 어떠했는지를 월탄은 해박한 역사 지식을 통해서 생생하게 재현하였다. 그러면서 당시 기승을 부리고 있던 현대판 '여인천하'를 경계하며 '치맛바람'으로 병들고 있는 현실을 고발하고자 했던 것이다. 이 작품도 『금삼의 피』처럼 영화화되어 독자와 관객 모두에게 절찬을 받았다

1960년 화갑을 넘어서도 월탄은 창작력을 정력적으로 계속되었다. 1962년 『조선일보』에 장편 역사 소설 「자고 가는 저 구름아」를 연재하여 또 다시 호평 받았다. 여기서 월탄은 송강 정철의 문학정신을 바탕으로 왕정의 독선과 횡포와 무지에 시달리는 백성과 신하들의 상황을 생생하게 그려내

었다. 그리고 『부산일보』에는 「제왕삼대(帝王三代)」를 연재하였다. 다시 1964년에는 「월탄(月灘) 삼국지(三國志)」를 장장 4년에 걸쳐 『한국일보』에 연재함으로써 번안문학의 새로운 전진과 비약을 보여 주기도 했다.

또한 1965년도에는 「아름다운 이 조국을」을 『중앙일보』에 연재하였다. 「양녕대군」의 집필도 함께 해 나갔다. 그 후에도 보다 대규모의 대하 역사 소설에 전념하여 무려 8년여에 걸쳐 「세종대왕」을 1969년부터 1977년까지 8년에 걸쳐 『조선일보』에 연재함으로써 최장 연재 기록을 확립했다.

"하루에도 2, 30장의 글을 쓰지 아니하면 아니되는 내 생활은 아마도 숙명적인 사주(四柱)인가 보다"고 고백했던 월탄은 이리하여 우리 앞에 18편의 장편, 12편의 단편, 3권의 시집, 5권의 수필 평론집이라는 어마어마한 문학의 유산을 남겨 주었다. 그리고 그러한 작품 속에 일관되게 흐르고 있는, 그가 일구었던 문학의 산맥은 한마디로 역사 소설을 통한 민족 문학의 길이었다고 볼 수 있다.

> 민족의 역사를 알지 못하고, 자기가 생장한 사회의 풍속을 알지 못하고 문학을 하고 소설을 쓴다는 것은 토대없는 사상에 정초를 하고 기둥을 세우는 건축과 같다. 밖에서 들어오는 대단치도 않은 새롭다는 사조를 천백 번 모방한댔자 진정한 자기의 문학을 만들 수는 없다. 민족 문학이란 고루한 민족주의적인 것을 강조하는 것만이 아니다. 인류로서의 한 단위를 이룰 수 있는 사조, 풍속, 역사, 생활, 이 위에 문학을 이루어 놓는 것이 민족 문학이다.

한마디로 일평생을 역사 이상의 역사 연구와 창작을 병행해 간 유일한 작가가 월탄 박종화이다. 마치 대하처럼 가없는 민족사의 물줄기 속에 수많은 격랑의 인간사를 바다로 끌어안은 민족 작가였다.

(『한국현대작가의 문제작평설』, 국학자료원, 1996)

이효석의 『메밀꽃 필 무렵』과 『화분』

1. 1930년대 소설의 일반적 경향

문학상의 여러 사조들이 뒤섞이어 있었던 1920년대, 특히 후반기를 프로문학에 의한 이데올로기 시대라고 한다면, 1930년대는 탈이데올로기의 시대임이 분명하다. 이 1930년대의 문학적 풍토를 폭넓게 순수문학의 시대라고 하거니와, 이시기에 이르러 우리 문학사는 예술의 이른바 순수기능을 보다 강조하는 측면에서 다양한 작품들이 쏟아져 나왔다.

이같은 순수문학의 대두는 물론 전대의 프로문학이 지향한 예술의 사회적 기능 일변도의 경직성으로부터 벗어나려는 움직임에서 비롯된 것이기도 하겠지만, 그보다는 당대 식민 지배국인 일본의 군벌정치의 강화에 그 원이 있다. 당시 일본을 포함한 국제적 파시즘의 물결은 이 땅 문학인들로 하여금 불안한 일상을 강요하였던 것이고, 그 결과 현실과는 일정한 거리를 두게끔 만들기도 하였던 것이다. 따라서 이 시기의 작가들 중 대다수는 문학의 순수기능에 치우친 심미적 세계에 침잠하게 되었고, 정서와 표현의 문제나 예술성의 문제 등에 보다 치우친 작품활동을 전개하였으나, 사회현실과는 일정한 미학적 거리를 둔 채 감수성의 추구에 스스로를 끌어들였던 것으로 생각된다.

이 시기의 소설은 특히 자연을 작품의 제재로 삼거나, 토속적 인간생활을 배경으로 하여 거기에서의 의미를 찾는 경향이 뚜렷한 특징의 하나로 등장하였다. 1930년대 초 이른바 동반작가들의 전향과 구인회 활동을 중심으로 하면서 이같은 경향은 특히 개인적 삶의 문제를 표면에 부각시키기도 하고 탐미주의적 성향을 드러내기도 하였으며, 전통적 사유의 새로운 사조와의 충돌에 의한 갈등양상을 작품화하기도 하는, 다양한 기법의 문제들이 시도되었다.

이처럼 자연과 우리의 토속적 일상을 배경으로 한 작품들로는, 특히 이효석의 「산」, 「들」, 「메밀꽃 필 무렵」 등에서 추구된 자연과의 화해 내지 목가적 생활에서 야기되기도 하는 휴머니즘의 발견이 대표적인 예로 꼽히며, 이와는 좀 다른 방향에서 당대 식민지 현실의 농촌의 궁핍한 생활상을 골계적인 수법으로 형상화하고 있는 김유정의 「봄·봄」, 「동백꽃」, 「땡볕」, 「산골」 등을 또한 들 수 있으며, 토속적인 소재를 운명론적인 측면에서 인간 심성의 문제로까지 비약시킨 「무녀도」, 「황토기」, 「바위」 등으로 대표되는 김동리의 초기 소설들이 이를 대변하는 것들이라 할 것이다.

이들 순수문학 계열의 소설들은 작품에 따라 다소 다르게 해석될 여지는 충분히 있겠지만, 대체로 보아 토속적 인간생활의 미화를 추구하고 있다는 데 공통점이 있다. 이들 작품들이 인간의 원시성과 토속적 삶 속에서의 나름대로의 미학을 추구해 나간 사실로부터, 당대 역사 현실을 이면적으로 반영한 것임을 헤아릴 수 있으며, 이른바 암흑기 문단에서 스스로가 존립할 수 있는 하나의 방편을 마련한 것이었다는 긍정적 평가도 받을 수 있으리라 본다.

그렇지만 이같은 순수지향의 토속적 인간생활의 미화가 직접적으로는 당대의 역사현실을 다소 외면한 채, 개인적 차원의 범주에서 맴돌고 있었다는 질책도 배제할 수 없다. 우리의 근대문학사가 예술의 순수기능과 사회적 기능을 어떻게 수용·조화시킬 수 있느냐는 면에서 부단한 갈등과 불협화음을 드러내며 전개되어 온 사실을 상기해 보면, 이러한 긍정적·부정적인 두 측면에서의 논의가 나름대로의 의의를 지닐 수 있는 것이기 때문이다.

어쨌든 이 시기의 소설들은 우리 문학사에서 매우 뛰어난 작품들로 일컬어지는 수준높은 예술성을 지닌 것들이 많다. 이 점에서 이 시기의 소설들에 대한 우리의 안목과 신중한 이해에의 경각심이 일기도 한다. 1930년대의 순수문학적 풍토와 이에 대한 평가는 부단한 작품해석을 통해 그 실상을 밝혀나가야 할 것이지만, 당면한 현실문제에 적극성을 띠지 못했다는 부정적 측면에서의 질책이나, 예술성의 확보로 인한 문학적 성과축적이라는 긍정적 측면에서의 이해 역시, 문학에 대한 우리의 시각과 그 통합적 적용의 틀은 계속적으로 다듬어 나가야 할 필요성을 상기시키며, 이 점에 있어서 이 시기의 소설들은 의미하는 바 자못 크다 하겠다. 작품의 시대적 의의가 강조되는 만큼, 그 의의를 뒷받침할 수 있는 정당한 분석과 비평이 절실히 요청되는 것이다.

2. 「메밀꽃 필 무렵」의 기법적 특징

이효석은 1928년 『조선지광』에 「도시와 유령」을 발표하여 이른바 동반작가로서 각광을 받으며 문단에 등장했다. 그가 1930년 경성제대 영문과를 수석으로 졸업할 때는 이미 『조선일보』에 5대 작가의 하나로 꼽혀 「마작철학」을 발표할 만큼 중견작가의 대접을 받았다. 하지만 그 역시 30년대 초 세계를 휩쓴 경제공황의 여파로 인해 2년간이나 생활근거를 찾아 헤매는 식민지의 한갓 창백한 인테리의 룸펜생활을 겪어야 했다. 이 무렵의 그의 동반자적 작품경향을 대변하는 것이 바로 그의 첫 창작집 「노령근해」(1931)이다.

그는 마침내 룸펜생활을 청산하고 처가에 의지하여 함북 경성 농업학교 교사로 낙향해 가게 되는데 이때 지은 「돼지」를 기점으로 그의 작품경향도 초기 동반작가시대의 경직성을 벗어나 인간의 원초성을 지향한 이효석 특유의 시적 도수(都愁)의 문학세계를 개척해 나가게 된다. 그리하여 그가 1936년 평양 숭실전문학교로 옮긴 후에 『조광』에 발표한 「메밀꽃 필 무렵」에 이르러 그 한 절정을 이루게 된다.

「메밀꽃 필 무렵」은 명실공히 이효석의 대표작인 동시에 식민지시대가 낳은 한국단편소설의 백미로 꼽히는 작품이다. 이효석의 대부분의 작품이 소설의 뼈대를 이루지 못한 수필의 연장 같다고 말한 유종호도 본 작품만은 예외작이라고 평하면서 그 짜임의 경제적인 점을 중심으로 다방면에 걸쳐 본 작품의 우수성을 검토한 바 있다.[70] 『한국문학사』에서 소설은 모름지기 '대상의 전체성을 전제로 한' '역사의 방향성'을 의식하고 쓴 것이어야 한다는 입장에서 이효석은 그에 못 미치는 작가라 하여 의도적으로 배제시켰던 김윤식도 「메밀꽃 필 무렵」은 그래도 '단편소설로서 훌륭한 표본'으로 인정하고 있다. 그리고 그 근거로 구조상의 견고성을 들고 있다.[71] 비록 이 지적이 '정확한 장소와 시간을 가짐으로 애매성을 벗어났다'는 정도의 내용을 두고 한 말이라도 본 작품의 구조상의 견실함이라는 기법적 우수성을 인정한 셈이다.

본고에서는 주로 형식주의적 비평의 입장에서 바로 이 「메밀꽃 필 무렵」의 기법적 특징과 그 우수성의 실상을 밝히는데 중점을 두고자 한다. 이를 위해서 우선 아리스토텔레스의 3단 구성에 따라 본 작품을 서두, 중간, 결말로 나누고 각 부분의 특징 및 부분과 부분간의 긴밀한 연결관계를 검토하는 작업부터 시작하고자 한다.

본 작품의 서두는 봉평의 여름 장날의 파장 무렵 장돌뱅이들이 물건을 거두고 다음 장터로 떠날 준비를 서두르는 모습과 그들이 떠나기 전 잠시 목을 축이는 술집에서의 흥정거림 등을 서술하는 데서 비롯된다. 그런 속에서 충주집을 중심으로 한 허생원과 동이 사이의 갈등이 나타나고 조선달의 부추김과 중재가 보인다.

이 갈등은 표면상으로는 애정 삼각관계이지만 실은 그 방향으로 부추긴 것은 조선달이고 허생원은 그 속에 숨은 또 다른 중요한 면을 보이고 있다. 그것은 한마디로 부성애적인 애착이다.

우선 동이를 '착실한 녀석인 줄 알았다'는 데서 그의 기본적인 호감이 엿보인다. 그런데 이 동이가 '머리에 피도 안 마른 녀석이 낮부터 술 처먹고 계집과 농탕'을 치는 것이다. 이를 보고 따귀를 때리며 '네게도 아비 어미 있겠지. 그 사나운 꼴 보면 맘 좋겠다'고 야단치는 허생원의 행동은 무분별한 처사였지만 그런 속에서 이미 연적을 뛰어 넘는, 선배나 아버지로서의

---

70) 유종호 편저, 『한국대표명작·이효석』, 문예총서 6, 지학사, 1985, p.194.
71) 김윤식, 『한국근대문학사비판』, 일지사, 1984, p.119.

근심과 애정을 보인 것이다. 허생원이 만일 연적의 입장에서 이런 행동을 했다면 동이가 나가는 모습을 보고 '도리어 측은히 여겨졌다'거나, '거나해짐에 따라 계집 생각보다도 동이의 뒷일이 한결같이 궁금해졌다'는 심정이 생길 리가 없다. 한편 동이편에서도 허생원의 이러한 도에 넘친 간섭에 대해 일시 화는 냈어도 연적으로서의 적의나 원망은 전혀 보이지 않는다. 그것은 좀 있다가 동이가 허생원의 나귀에 탈이 난 것을 알리러 헐레벌떡거리며 와 준 것만 봐도 알 수 있다. 그 행동속에는 허생원의 '가슴을 울리는' 진한 호의가 숨어 있는 것이다.

이와 같이 둘 사이에 오가는 은근한 애착을 서두 부분에서 제시한 것은 본작품 결말의 부자관계의 발견이라는 극적 대목을 준비하는 사건의 심리적 정지작업이라 할 수 있다. 만일 본 작품이 단순히 연적관계에서 부자관계의 발견이라는 경이나, 해학의 효과를 노린 것이라면 이런 사전 작업도 필요 없었을 것이다.

그밖에 서두 부분에서 돋보이는 것은 허생원과 나귀와의 불가분의 관계다. 장돌뱅이 20년의 세월을 함께 지냈다는 점, 그래서 '까스러진 목뒤털'이나 '개진 젖은 눈'등, 늙은 모습까지 서로 닮았다는 점이 그것이다. 더욱이 허생원이 늙은 주제에 충주집에 홀러 술집에 머문 동안 그의 나귀 역시 암당나귀를 향해 욕정을 부리며 발광하는 데 이르러서는 이 나귀는 이미 허생원의 상징적인 존재로까지 비치는 것이다. 이리하여 나귀 이야기는 본 작품에서 기본 플롯을 보좌하며 정서적 효과를 자아내는 부차적 플롯으로서 활용되고 있음을 볼 수 있다.[72]

본 작품의 중간 부분은 대화장터로 길을 떠난 직후, 허생원의 쓸쓸한 장돌뱅이의 반평생이 소개되는 대목부터다. 그것은 한 마디로 외로운 장돌뱅이의 실패담으로서, 서두에서 나귀의 망령된 행동으로 상징되어 각다귀들

---

[72] 유기룡도 허생원과 나귀의 불가분의 관계에 대해 소재의 정서적 융합을 통해 미학적 정감을 살린 독자적인 창작기법이라 하여 그 정서적·미학적 효과를 강조한 바 있다(유기룡, 「이효석의 「메밀꽃 필 무렵」」, 이재선·조동일 편, 『한국현대소설작품론』, 문장사, 1981, pp.211~219).

의 놀림으로 돋보여진 허생원의 왜소화된 모습과 자연스럽게 어울리며 아울러 그에 대한 인간적 매력과 연민의 정을 불러 일으키게 한다. 그와 함께 '계집이란 쌀쌀하고 매정한 것'이라며 계집과는 평생 인연이 멀다고 신세타령을 하는 대목을, 그 다음 소개는 20년전 성서방네 처녀와의 인연이 그의 일생에 예외적 사건이요, 그에게 '산 보람'을 느끼게 하는 유일한 추억임을 강조하는 효과를 가져 온다. 그리고 이 괴이한 인연에 대한 회고가 본 중간부분의 혁심이 된다.

이 회고는 허생원 자신의 투박스런 말로 술회된다. 그리고 저 유명한 메밀꽃 핀 달밤의 섬세한 배경묘사가 이 회고담을 감싼다. 그리고 화자의 투박한 어투와 묘한 대조를 보이며 그 빈 구석들을 살뜰하게 메워주고 있음을 본다. 그리고 꿈속같이 몽롱한 환상적 세계를 펼쳐 보이는 것이다. 그 속에서는 낮에 그리도 각다귀패의 놀림감이요, 계집에게 무시받던 '얼금뱅이'라도 '봉평서 제일 가는 일색'인 성서방네 처녀와 그 '무섭고도 기막힌 밤'의 기연(奇緣)을 맺을 수 있었던 것이고 그런 객적은 회고담을 늘어 놓기에도 '격에 맞는' 일이 되는 것이다. 따라서 이 배경의 시적인 묘사 대목이 본 작품에서 차지하는 비중은 무시할 수 없으며 일부 평자에게는 그 속에 주제가 들어 있다고 여길 만큼 중요시 되고 있다.73)

그러나 본 작품의 중간부분에서 정작 중요시해야 할 것은 배경 자체보다 이 배경속에서 야기된 기연을 지나간 한때의 우연한 사건으로 접어 두지 못하고 반평생을 그에 집착하여 반추하며 사는 허생원의 생활자세다.

> 그때부터 봉평이 마음에 든 것이 반평생을 두고 다니게 되었네. 평생인
> 들 잊을 수 있겠나.

이와 같이 아름다운 한 때의 과거에 집착하여 현재의 자신의 소외된 처지를 잊고 오로지 그 속에서 삶의 보람을 찾아 그 주변을 맴돌며 사는 허생원

---

73) 김윤식, 『한국근대문학의 이해』, 일지사, 1976, p.302.

의 생애야말로 그대로 한 편의 서정시요, 우리 인생의 일상성 뒤에 숨은 보편적 정서인 향수와 페이소스를 대변해 준다고 할 수 있다. 그리고 이것이야 말로 본 대목에서 초점을 맞춘 정서적 효과의 요체라고 하겠다.

그런데 이처럼 허생원의 회고담을 통해 마냥 부풀어 오르던 서정적 무드는 적당한 선에서 제지를 받는다. 그 제지를 통해 작품전체의 균형을 잃지 않게 하는 이가 바로 보조적 인물로서의 조선달이다. 그는 허생원의 애수에 찬 회고담에 절정대목을 다음과 같은 말로 가로막고 있다.

> 수 좋았지, 그렇게 신통한 일이란 쉽지 않어. 항용 못난 것 얻어 새끼낳
> 고 걱정 늘고 생각만 해두 진저리나지.

이것은 물론 결혼해서 처자를 거느려 본 일상인의 입장에서 위로삼아 한 말이지만 이로써 허생원이 이때껏 이끌어 오던 서정적 무드에 판을 깨어 버린 셈이다. 조선달은 한술 더 떠서,

> 그러나 늙으막바지까지 장돌뱅이로 지내기도 힘드는 노릇 아닌가. 난
> 가을까지만 하구 이 생애와두 하직하려내. 대화쯤에 조그만 전방이나 하
> 나 벌리구 식구들을 부르겠어. 사시장천 뚜벅뚜벅 걷기란 여간이래야지.

하면서 현실적 사고방식을 지닌 상식인임을 드러내고 있다. 곧 조선달은 과거에 집착하여 사는 비일상적인 인물인 허생원과 대조적 위치에 놓이며, 또 프라이가 말하는 소위 아그로이코스(agroikos)[74]처럼 삶의 현실적 측면을 상

---

74) 프라이는 고대 희랍의 희극과 비극에 나오는 인물중에 알라존(alazon : 기만적 인물), 에이론(eiron : 자기비하자), 보물로코스(bomolochose : 익살꾼), 아그로이코스 (agroikos : 촌뜨기) 등 4대 유형을 들어 서사문학의 등장인물의 원형으로 삼고 있다. 이 중 아그로이코스는 희극에서는 흥을 깨는 융통성 없는 숙맥이나 속물근성의 인색한으로 나오고, 비극에서는 파국으로 감을 거부하는 직언 잘하는 인물로 등장하여 극의 분위기를 깨는 역할을 한다(N. Frye, *anatomy of Criticism*, Paperback Edition, 1971, p.172).

기시켜 낭만적 분위기를 깨는 인물이기도 하다.

  이런 보조인물의 제지로 비록 서정적 무드는 깨졌지만 주인공 허생원은
이에 굴하지 않고,

> 옛 처녀나 만나면 같이나 살까……. 난 거꾸러질 때까지 이 길 걷고 저
> 달 볼테야.

라고 함으로써, 보조인물의 현실주의에 대조됨으로 보다 강조된 서정적 비
현실적 인물로서의 그의 면모를 수립한다. 그리고 본 작품의 중간 부분도
여기서 끝난다.

  이어서 결말 부분은 허생원이 산길을 벗어나 동이와 나란히 걸으며 대화
를 나누는 데서 시작한다.

  허생원이 먼저 말을 걸어 서두 부분에서 일어난 충주집에서의 일을 사과
했을 때 동이는 도리어 부끄럽다고 하면서,

> 아비어미란 말에 가슴이 터지는 것도 같았으나 제겐 아버지가 없어요.
> 피붙이라고는 어머니 하나뿐인걸요.

하며 앞서 허생원의 아버지다운 질책이 동이에게 충격을 주었음을 보인다.
그리고 이어서 아버지가 누군지도 모른 채 홀어머니 슬하에서 '전망나니'인
의부에게 매를 맞으며 자라온 불우한 내력담을 술회하는 중에 육친의 정 내
지 부성애에 대한 강렬한 아쉬움과 집착을 진하게 드러내고 있다.

  한편 허생원은 고개를 넘고 개울을 건너는 중에, 일생을 떠돌이 생활로
보내리라는 아까의 낭만적 심정과는 달리 늙고 쇠약해진 제 몸의 한계를 느
끼게 되면서 '동이같은 젊은 측'이 부럽고 그에 의지하고 싶은 마음이 생기
게 된다. 그리고 동이의 내력담을 들으며 차츰 동이가 바로 제 아들이라는
심증을 굳히기에 이른다. 이 경이적인 사실에서 받은 충격으로 허생원은 발
을 빗디뎌 물속에 빠지고 동이는 그를 구해 업고 개울을 건넌다. 바로 이

장면은 노쇠한 아비와 효성스런 아들간의 아름다운 부자지간의 정을 표상하는 상징성을 지니고 있다.

이리하여 본 작품의 서두 부분에서 엿보이던 허생원과 동이간의 막연한 끌림은 결말 부분에 와서 부자관계일지 모른다는 기대와 함께 육친의 정으로 발전되고 마침내는 동이 모친의 고향과 왼손잡이인 동이의 특징 등을 근거로 부자관계의 발견이라는 행복한 귀결을 짓기에 이른다.

여기서 유의할 것은 20년전 기연으로 얻은 제 아들을 만나게 되는 이 엄청난 우연성을 접하고 허생원 자신은 물에 빠질 정도로 충격을 받으면서 친구 조선달이 물어 왔을 때는 정작 이를 숨기고 있다는 점이다. 20년전의 기연이 메밀꽃 핀 달밤에서나 격에 맞듯이 부자상봉이라는 이 기적과 같은 우연성의 달콤한 귀결도 비현실적 낭만적인 생활태도를 지닌 허생원의 소유이지 합리적·현실적인 조선달의 것이 될 수 없다. 단적으로 말해서 허생원은 이 조선달이 그 달콤한 귀결에 얽힌 낭만적 분위기를 깰 것이 두려운 것이다. 그래서 허생원은 자기는 숨기고 그 대신 서두 부분에서 이미 그 자신의 상징적 존재로 부각시켰던 나귀 이야기를 꺼내는 것이다.

　　나귀 생각하다 실족을 했어. 말 안했던가. 저 꼴에 제법 새끼를 얻었단
　　말이지. 읍내 강릉집 피마에게 말일세. 귀를 쫑긋 세우고 달랑달랑 뛰는
　　것이 나귀 새끼같이 귀여운 것이 있을까.

이로서 '나귀이야기'는 본 작품의 서두 부분에 이어 부차적 플롯으로서 주요 국면마다 그를 대리·암시해 주는 기능에까지 이르고 있음을 본다. 그리고 이와 같이 허생원과 나귀를 불가분의 관계로 묶음으로 해서 작가 나름으로, '인위적인 것을 떠나 야생의 건강미, 인간 본연의 것, 나아가서는 생명의 신비성을 구명하려는 시의 경지'를 지향한 정서적 효과를 기하는 데 이바지하고 있음을 본다.

결말 부분은 이처럼 아들과 처를 발견하는 허생원의 로맨틱한 사건이 나귀 이야기로 간접 제시되고, 처자와의 감동적 해후의 해피엔딩이 허생원의

몇 마디 말에 의해 미래 예시정도로 그친 점에서 단편다운 설제의 매력과 시적 여운을 남기게 된다.

본 작품은 결국 '혈육의 해후' 이야기를 뼈대로 한 소설이다. 그리고 이러한 이야기는 우리의 전설·민담 등에서도 흔히 찾아 볼 수 있는 친근한 것이다. 주종연은 한국문화의 원형 중의 하나로 동명왕 신화를 들면서 그 신화의 핵심이 되는 '심부형모티브'가 18C에는『청구야담』중에「청취우약상득자(聽驟雨藥商得子)」로 나타나고, 그리고 20C에 이르러 나타난 것이「메밀꽃 필 무렵」이라는 것이다.[75] 이와 같이 본 작품의 매력은 바로 이런 한국문학의 원형에 뿌리를 둔 데서 온 것이라는 해석도 음미할 만하다.

그 밖에 본 작품의 특징으로서 간결한 대화와 적절한 지문으로 나타나는 이효석 문체의 매력도 지적할 만하다. 특히 대화의 경우 인용부호를 쓰는 대신 첫머리에 ― 표시를 한 것이 특징이고, 경우에 따라서는 아예 그런 표시도 없이 지문속에 용해시켜 구사하기도 한다. 또 지문의 서술도 주인공의 내면을 통해서 요약하는 형식의 주관적 서술의 특징을 보이고 있다. 바로 이런 점들을 통해서 유종호의 지적처럼[76] 이야기의 구체적 장면을 제시하면서도 작품의 진행속도를 늦추지 않고 신속·간결성을 유지하게 해주는 효과를 가져 온다.

이러한 우수성으로 해서 본 작품은 당대의 농촌을 배경으로 한 소설 중에서도 독자적인 위치를 차지하며 식민지시대의 대표적인 단편소설로서 그 가치를 인정 받고 있다.

3.『화분(花盆)』의 시적 정서

『화분』― 효석의 그리 많지 않은 장편 중에서도 널리 알려진 명작이다.

---

75) 주종연,「이효석의「메밀꽃 필 무렵」과 원형적 패턴」,『한국소설사연구』, 민음사, 1984, pp.264～282.
76) 유종호, 앞의 책, p.197.

1942년에 발표된 이『화분』을 보면 잔잔한 자연을 그렸던 효석의 많은 작품과는 달리 성윤리를 가장 리얼하게 터치하고 있음에 놀라지 않을 수 없다.

「메밀꽃 필 무렵」으로 대표되는 효석의 작품세계는 주로 단편으로서 인기를 끈 것이었지만, 한편 수필이나 평론이나 장편 분야에 있어서도 남다른 위치를 보여 주었다.『황제』나『벽공무한』과 함께『화분』은 효석이 장편작가로서도 능히 손색이 없었다는 것을 입증해 주는 명작이다.

남다른 향수의 모더니스트 효석이 전개시키고 있는『화분』은 도덕 이전의 모랄을 다루고 있다. 이를테면 노골적인 표현을 회피하고 은근한 생태를 드러내는데 있었다. 이러한 경향은 이효석의 창작집『성화』에 수록된 모든 작품들이 그렇다고 할 수 있다.

한편『화분』의 배경을 보면 효석이 평양에서 교편을 잡고 있던 무렵에 가끔 주을 온천을 찾았다는 사실과 일치됨을 짐작할 수 있다. 특히, 이국 취미가 짙었던 효석의 생활주변이 간접적으로나마 부조되고 당시의 인텔리층이 어떻게 성적으로 윤락하고 있었던가 하는 모습을 역력히 보여준 것이었다.

청춘남녀 그룹들의 애정행각 — 제멋대로 얽혀지고 풀어지는 연애사건을 흥미진진하게 전개시킨『화분』. 넘버 나인의 챠프타로 구성된 이 장편의 실마리는 이렇게 벌려지고 있다.

때는 오월, 평양의 모란봉을 위로 바라볼 수 있는 아담한 문화주택을 가리켜서 '푸른 집'이라 이름했다. 이 집의 여주인 '세란'은 '현마'의 애첩이다. 그에게는 여학교를 갓나온 동생 '미란'과 식모 '옥녀'가 있을 뿐이었다. 그에게 일이 있다면 이 한적한 집을 지키며 화초나 가꾸고 가끔 들리는 남편을 기다리는 일이 고작이다.

'세란'들 자매의 사이 같이 정다운 것이 다시 있다면 그것은 '현마'와 '단주'의 사이이다. '단주'는 '현마'가 경영하는 영화회사의 비서격으로 있는 미모의 소년이다. 십여 년이나 연소한 '단주'를 사실 '현마'는 동생을 대하는 이상의 정으로 사랑해 온다.

소설가가 되느니 영화감독이 되느니 하면서 거리에서 빈둥거리는 '단주'는 '현마'의 안내로 '푸른 집'에 출입하게 된 순식간에 '미란'과 눈이 맞은 모양이었다. 폭풍우가 불던 날 밤 두 남녀는 이미 한 쌍의 애인이 된 것이다.

드디어는 둘이 동경으로 탈출을 기도했다. 비행장에까지 쫓아간 '현마'에게 발각되어 실패한 동경행은 또 다시 새로운 사태를 빚어냈다.

'현마'에게 영화사업으로 동경행의 일건이 생겼다. 그것이 우연히 '미란'들에게 대한 계획과도 일치 되어서 두 사람을 당분간 가르기에는 좋은 찬스라는 것이 '현마'와 '세란'의 의견이었다. 그래서 '미란'은 '현마'가 동행하고 '단주'는 아파트를 비우고 '세란' 혼자만 집을 지켜주고 동무해주기로 결정했다.

같은 나날이 시작되었다. 집에서만 종일을 지내다가 지루한 '세란'은 거의 날마다 '단주'를 따라 거리로 나가게 되었다. 백화점을 돌고 식당에서 식사를 하고 영화를 보고 — 그런 습관이 '현마'와의 때에도 없던 것은 아니었으나 더욱 잦게 된 것이 사실이었으며 집에 돌아와서도 '옥녀'에게 이상한 눈치를 보이게 되었다. 밤은 낮의 연장이어서 '세란'을 지켜주어야 되는 '단주'의 직분은 침실에까지 적용되었다.

동경에 여장을 푼 '미란'과 '현마'의 일정은 너무도 호화로왔다.

"영화구경을 갈까?"

"호텔에 저녁을 먹으러 갈까?"

"촬영소 견학을 갈까?"

음악회에서 쇼팽에 감동된 '미란'은 '현마'에게 피아노를 사달라고 졸라 댔다. '현다'는 즉각 조건부로 승낙했다.

"영화에서 왜 가끔 보는 아저씨에게 고맙다는 뜻을 표할 때 어떻게들 하드라?"

뚱딴지 같은 소리를 한다.

"그 흉내를 내란 것이죠?"

"아무렴."

"껑충 뛰어 오르면서 이마에다 입술을 갖다 대구 —— 그렇게 하란 말이죠?"

"아무렴."

이렇게 해서 협상은 성립되고 '미란'에겐 이천원짜리 피아노 한대가 거뜬히 떨어졌다.

집으로 돌아온 '미란'은 사람이 변하듯 생활의 경영에 잡념이 없이 새생활은 피아노와 함께 시작되었다.

'영훈'이란 피아니스트에게 지도를 받게 된 '미란'은 연구소 출입을 했다. 음악에만 도취된 것이 아니라 '영훈'의 세련된 인격에 감동되어 반하게까지 된다.

그런데 '영훈'은 불미한 사건과 함께 행방을 감추고야 말았다. 연구소에서 '가야'란 문하생의 약혼자에게 야만적인 구타를 당하고 어디론지 숨어버리고 만 것이다. 그때 '미란'은 그에 대한 생각이 간절하게 치솟아 올랐다. 이제는 벌써 한 사람의 스승에 대한 사모가 아니라 그 이상의 애끓는 그리움이었다.

그런 속에서 피서의 문제가 논의되었다. '푸른 집'을 중심으로 한 여러 의견으로 해서 중단되고 있던 차, 주을에 있는 '만석'과 '죽석'부부의 별장에 초대를 받게 된 것이다. 외국인들이 찾아드는 노비나촌이란 그곳은 글자 그대로 파라다이스다. 그러나 울적한 '미란'은 선뜻 피서지 행을 응락하지 않고 있었다.

이런 가운데 '미란'에게 한 통의 장거리 전화가 걸려 왔다.

　　그날 연구소에서 당한 봉변쯤은 잊어버린 지 오래예요. 그것을 잊기 위한 딴 생각 용서하세요, 미란씨를 생각하기로 한 것이 요새 와서는 미란씨가 모든 생각을 전부 차지하게 됐거든요. 생각하기 시작하면 자꾸만 생각나서 자나 깨나 생각하구 또 생각하노라면 이상스런 것은 되려 깜박 잊어버려져요. 얼굴이 잊혀지구 목소리가 잊혀지구……. 오늘두 아침에 잊혀진 미란씨의 목소리가 진종일을 두구 생각해야 귓속에 떠올라야 말이죠.

땀을 흘리구 생각하다가 결국 까마아득하구 멀기에 기어코 이 전화를 건 것이여요……

마치 상사병에라도 걸려든 듯한 '영훈'의 호소는 '미란'이 가기를 거절해 오던 주을 온천에서 걸려왔다. 즉각 '미란'은 주을행 피서에 동의하고 여장을 준비했다.

피서행각은 '세란'과 '미란'은 물론 '현마'도 제일차에 참가하게 되었고 '단주'만이 당분간 떨어지게 되었다. '현마'도 회사의 일과 집 건사의 관계로 '단주'와는 교대로 약속이어서 그의 피서의 기간은 반달 동안 '단주'가 집을 지키고 사일을 보다가 교대하러 올 때까지라는 것이다.

'단주'에게는 이러한 조건이 별로 기분 좋은 것은 아니었으나 '옥녀와 자기' 전어는 그다지 주의를 끌지 않았던 것이 어느 결엔지 새로운 제목으로서 마음 속에 떠오르기 시작했던 것이다.

'죽석'들의 별장은 온천과 노비나촌과의 중간쯤 되는 언덕 허리에 있었다. 그러기 때문에 노비나촌 사람들과 어울릴 필요도 없었고 온천 거리의 번잡함속에 휩쓸릴 것도 없어서 흡사 한적한 곳에 독립된 왕국을 이룬 감이 있었다.

'현마'는 '영훈'의 출현에 깜짝 놀라서 마음에는 그 순간 약간의 금이 갔을지는 몰라도 겉으로는 대환영이어서 '세란'의 설명으로 모든 곡절을 비로소 알고 '미란'과 '영훈'을 함께 빙그레 바라보는 것이었다. 환영이라면 여자들의 환영이 더 큰 것이어서 그 지나친 환영을 받을수록 '현마'의 눈치는 괴로워만 지며 '영훈'도 온천에서 '미란'과 한가한 시간을 보내기를 좋아했다. 이러는 사이에 두 사람의 사이는 그 누구보다도 가까운 애정이 흘렀고 사랑의 열매를 맺기에 이르렀다.

'단주'는 한 가지를 계획하면 낙자가 없다. '세란'과의 경우가 그랬고 '미란'과의 경우가 그랬고 '옥녀'와의 경우 또한 그랬다. 하기는 그 중에서 '옥녀'와의 경우가 가장 헐했고 수월했는지 모른다. 그 어느 때보다도 빨리 성공했던 것은 '옥녀' 자신이 발을 맞추어 주고 스스로 걸어와서 그 계획에 참가해 주었던 까닭인지도 모른다. '옥녀'는 그 하루를 한계로 사람이 변한 듯 지절거리고 날뛰고 새장 속에서 놓여난 듯 히히덕거렸다. '단주'가 전과는 달라서 은인이라는 생각이 나면서 그 앞에서 자기의 노예인 듯 그를 위하고 받들었다. '푸른 집'은 두 사람을 위해서 생긴 보금자리 그 속에서 시원스럽게 휘돌아치고 '단주'를 실컷 보고 농탕지고 하는 것이 다시 없을 행복이었다.

'단주'가 그리워하고 꿈꾸는 '미란'에게는 '영훈'과의 맑은 사랑이 날로 깊게 피어가는 중 혼탁한 열정이 반드시 전염되었을 법은 없으나 별장에도 돌개바람 같이 혼란이 오게 되었다.

땐스에다 술에다가 흠씬 취해서 넘어지고 딩굴고 하는 판에 '현마'는 '미란'에게 징글맞게 덤벼 들었다. 겁에 질린 '미란'이 야밤중에 탈출을 기도했다.

이튿날 아침 별장에서는 법석이 일어났다. 간밤 까막잡기 이후의 일을 모르는 '세란'과 '죽석'에게는 '미란'의 자태가 안 보임이 수상도 하고 걱정도 되었다.

'미란'은 간밤 무서운 절망 속에서 '영훈'을 찾자고 마음이 허락되지 않았고 그렇다고 여관에 밤중에 투숙할 수도 없어서 겁도 잊어버리고 시오리나 되는 밤길을 역까지 걸어 나갔다. 막차로 서울행 열차에 몸을 실었다.

그런 줄은 꿈에도 모르는 '현마'들은 종일토록 산속과 물속을 헤매이다가 '현마'는 '미란'을 찾으러 고향으로 가기로 했다. '단주'에게 전보를 쳐서 자기와 교대로 떠나도록 분부해 놓고 역으로 향해 저녁차로 떠난 것이었다.

'단주'는 전보를 청탁해서 '옥녀'를 간신히 떼놓고 후반기의 피서를 떠나게 되었다. 그래서 이들은 가기 엇갈린 반대편을 하고 있었다.

'현마'가 서울에 도착해서 '미란'의 행방을 열심히 찾았으나 허사였다.

'미란'의 자태가 '영훈'의 연구소 방 속에 숨어 있는 줄은 아무도 몰랐다. 그 사이 '단주'와 '영훈'과는 '미란'의 행방으로 해서 심한 격투가 벌어졌다.

서울로 되돌아온 '영훈'이 자기 방에서 '미란'과 기적적으로 상봉했다. 그때 '가야'는 돌연히 세상을 떠났고 '영훈'과 '미란'의 사이는 밀착될대로 밀착되었다. 이때 두 사람은 구라파행을 결심하고 있었다. 주위의 모든 것을 청산한 두 사람의 조촐하고 검소한 사랑이 원하는 것은 창조적인 것의 생산이요 예술의 완성이었다.

이 무렵 '현마'가 피서지의 일행을 소환했다. 그런데 '세란'과 '단주'가 같은 목욕탕에서 회괴한 꼴을 '현마'에게 보였다. 여기서 난장판이 벌어지고 격투가 일어나고 부상이 생겼다.

'미란'이 오래간만에 뜻을 먹고 사무실로 '현마'를 찾은 것은 자기의 여행에 대한 한 가지의 계책을 마지막으로 상의해 보려는 목적이었으나 붕대로 얼굴을 칭칭 감고 있는 그의 꼴을 보고 미상불 놀라지 않을 수 없었다.

어떻든 '미란'이 삼천원이란 돈을 쉽사리 '현마'에게서 도움을 받아 뜻대로 구라파행을 단행했다는 것이 『화분』의 종막이다.

『화분』이 보여준 스토리는 한 마디로 애욕의 갈등이요 육체의 교섭이었다.

'현마'와 '세란'을 중심으로 한 '미란'과 '단주' '옥녀' '영훈' 등이 야릇한 복선을 토이면서 서로 얽혀 가고 있었다. 그 종착점에서 잘 헤어난 장본인은 '미란'과 '영훈'이다.

『화분』이 제시한 문제점은 그러한 결말에 있는 것이 아니라 효석이 지녔던 이른바 에덴적인 성의식이 어떠했던가 하는 것이다.

같은 여성들끼리 이를테면 '옥녀'가 '미란'의 육체에서 느끼는 매혹은 이만 저만한 것이 아니었다

보얗게 서리운 안개 속에 움직이는 처녀의 자태는 배추단 같이 멀쑥하면서 물고기 같이 퍼들퍼들하다. 봉긋한 팔이며 앵도알 같은 젖꼭지가 그대로 보기는 아까운, 뛰어 들어가서 만져라도 보고 싶은 것이다. 자기가 만약 사내라면 그 흰다리를 독수리같이 물어 뜯고야 말 것, 망간 북새들을 친 찔레나무아래 뱀이 마음 있는 짐승이라면 그 고운 팔다리를 그대로 두지는 않았을 것을 생각하면서 아무리 들여다 보아도 귀중한 보물 같이 싫어지지 않는다.

이와 같은 성본능은 비단 여성 대 여성에서만이 아니라 남성 대 남성의 체계에서도 가능하다는 것을 '현마'와 '단주' 사이에서도 엿볼 수 있다.

현마와 거리를 걸으며 점심을 먹으며 차를 마시며 할 때의 그림 같이 현마의 옆에 붙어서 혹은 단장노릇을 하고 혹은 한송이의 꽃노릇을 하면 그만이었다. 아파트의 한칸을 구해 가지고 유숙하게 된 때부터 현마는 거의 밤마다 찾아와서는…… 한 침대에서 같이 밤을 새우거나 했다. ……별안간 솟아 오르는 애정의 표현으로 단주에게 몸을 쏠리며 그의 이불을 찾는 것이다. 당초에 현마가 단주를 알기 시작했을 무렵에 그의 아파트에 찾아가서 두 사람만의 비밀한 시간을 가졌던 그 때의 애정의 부활인듯 벅찬 힘으로 단주의 육체에 접촉해 오는 것이다.

『화분』의 거의 끝장에 이르러 해명하고 있는 행복과 불행에 대한 해석은 바로 효석의 인생관이 되며 문학적 태도의 일부가 될 것이다. "사람의 행복이란 어떤 길에서 찾아지고 어떤 고비에서 작정되는 것인지는 아무도 모른다. 이 길이 행복스럽게 보이다가도 저 길이 탐나 보이며 저 길이 탐나 보이다가도 문득 이 길이 행복스럽게 보이는 수도 있는 것이며 아니 저 길에 서면 이 길이 좋은 것 같고 이 길에 서면 저 길이 행복되어 보이는 것이다. 행복을 구해서 헤메고 갈팡질팡 설레는 것이 온전히 그 까닭인 것이다. 그러나 행복이란 그것만으로는 형상을 잡을 수도 없고 종적을 가릴 수도 없고 불행 속에 있는 사람이 반드시 자기의 불행을 느끼지 못하듯이 행복 속에 사는 사람이 반드시 그 행복을 느끼지 못하는 적도 있으며 되려 제성을 부리다가 일껏 온 행복을 손안에 들었던 미꾸라지 같이 놓쳐버리는 수도 있다."

실상 '세란'의 편지 속에는 최근 '푸른 집'에 일어났던 변과에 '죽석'과 '만석'은 크게 놀라며 '세란'들의 불행을 뼈 속에 배게 느끼는 한편 오랫동안 잊었던 자기들의 행복을 자각하는 것이다.

돼지도 꽃은 안 먹는다는 『화분』에서 꽃은 무한히 슬픈 것으로 얘기되고 있다.

소설 속에서 병상에 누운 '단주'는 다음과 같이 생각해 보는 것이다. "봄부터 차례로 진달래 개나리 장미 스윗피이 튜립 제라늄을 거쳐 화병도 어느덧 여름을 맞이하여 호국과 도라지 꽃의 푸른 꽃은 가진 셈이나 붉은 꽃이나 누런 꽃과 달라 푸른 꽃같이 슬픈 것은 없다. 푸른 것이라면 화병의 푸른 꽃뿐이 아니라 방 전체를 어르스름하게 물들여 주는 벽지며 침대보의 푸른 가장자리며 책상위에 널려져 있는 푸른 표지의 책들이 모두 방안의 빛깔을 한 가지 방향으로 통일하면서 비극적 색채를 나타내고 있다."

과연 푸른 꽃을 상징하는 젊은이는 언제나 비극의 주인공이란 말인가.

(『한국근현대작가작품론』, 성균관대출판부, 1993)

김유정의 「봄·봄」, 「동백꽃」, 「따라지」

1. 유정과 삶과 문학

'겸허' — 두 글자를 병상의 야윈 손으로 마지막 힘을 다하여 써서 머리맡에 붙이고 요절한 유정.

김유정은 강원도 춘천에서 1908년 출생했다. 어려서 조실부모하고 고독과 빈곤에 허덕이면서 자라나야 했던 소년 유정. 그러나 1921년에 휘문고보를 졸업하고 연희전문 문과에 입학까지 했다. 결국은 다음 해에 폐결핵으로 중퇴하고 병마에 신음하는 불구자가 되어버렸다. 그 무렵 유정의 성격은 병고와 빈곤 속에 허덕인 나머지 더 한층 우울해지기 시작했고 그로부터 문학의 정열이 싹튼 것은 사실이다.

몇 해 동안 휴양생활을 하면서 그는 일확천금을 꿈꾸고 금광에 투신하기도 했다. 한때 유행했던 노다지 노름에서 버젓이 한몫 끼었던 그는 그로부터 창작으로 전신하기 시작했다.

마침내 1935년에는 『조선일보』에 씨의 단편 「소나기」가 그리고 『중앙일보』에 「노다지」가 다 함께 신춘 문예로 당선되었다. 이 두 작품으로 문단에 혜성과 같이 등장한 씨는 「금따는 콩밭」 등을 뒤이어 발표했다.

다음 해에는 「산골」, 「동백꽃」, 「따라지」, 「봄·봄」 등의 역작을 내놓고 일약 중견작가로 성장했다.

김유정은 30세를 일기로 광주에서 병환으로 숨을 거둘 때까지 불과 2년 남짓한 작가 생활을 누구의 말대로 "무지개와 같이 찬란하게 나타났다가" "무지개와 같이 순식간에 사라졌다" 하겠다.

그의 절친한 벗 안회남이 쓴 「겸허」에 의하면 유정이 조실부모하고 "칼을 받을테냐, 주먹을 받을테냐"하고 강압하던 형에게서 결국 후자를 택하면서 자랐다는 것이다.

성장이 된 유정이 그리 이쁘지도 않은 기생을 짝사랑하여 연속실연의 고배를 마신 것이 그의 청춘을 더욱 우울케 했다는 것이다. 기생 오빠를 통해서 몇번이고 순정의 러브 레터를 보내봤으나 한번의 답장도 못 받았다고. 한편 그의 처음이자 마지막 사업이었던 금광업은 온 가산을 투자해 보았으나 실패로 끝났다고 한다. 단 칸의 셋방속에 소박을 맞은 누이에게 갖은 구박을 받으면서도 말대꾸 한마디 못하고 가련한 폐병 때문에 밤낮 도사리고 앉아 신음하던 그에게 만사가 허무한 것이 아닐 수 없었다. 물에 빠져 허덕이던 그에게는 모든 것이 무가치한 지푸라기에 불과했건만 오직 문학 한가지만은 그렇지 않았던 것이다.

이를테면 씨가 잘 쓰는 문자 그대로 '금광의 노다지'가 아니었는지 모른다. 그러기에 이 노다지를 발견하고 부터는 전력을 다하여 그것을 발굴해 내기 위하여 힘쓴 셈이다.

가정과 연애와 사업 - 모든 것을 잃은 씨는 이 문학 한가지에 그의 온 정열을 바쳤던 것이다.

그가 절명하는 최후까지 문학을 위하여 성실하게 분투하고 병상에 누워 붉은 피를 토하면서도 오히려 붓대를 쥐고 작품을 쓰기에 머리를 짠 것을 생각하면 사실 눈물겹다 할 것이다.

「산골나그네」(1933. 1)를 처녀작으로 하여 「총각과 맹꽁이」, 「심청」, 「만무방」, 「흙을 등지고」 등이 그의 습작품들이었는데 「흙을 등지고」를 「따라지의 목숨」을 개작하여 『조선일보』신춘 문예에 당선된 것이 그의 출세작인 「소나기」였다.

「소나기」를 비롯하여 「동백꽃」, 「금따는 콩밭」, 「봄 · 봄」, 「아내」, 「산골」, 「따라지」, 「떡」, 「솟」, 「두꺼비」, 「봄과 따라지」, 「금(金)노다지」, 「정조」, 「야수」, 「가을」, 「어린음악회」, 「연기」, 「슬픈 이야기」, 「땡볕」 등 20여편은 유정이 2, 3년의 극히 짧은 문필 생활에서 남긴 단편들이다. 이 작품들 중에는 습작기의 시작 같은 것도 포함되었고 훌륭한 가작도 있는 반면에 독자로 하여금 저절로 웃음보가 터지는 희작이 많음을 놓칠 수 없다.

2. 성공한 사소설 - 「봄·봄」

그에게는 스케일이 큼도 없고 근대적 지성의 풍족도 들을 수 없고 제작
상의 골도 아직 체득치 못한 작가로 관찰되며 따라서 명공의 계획을 세워
서 그를 조정하는 기능을 발견하기도 아직은 어려운 작가다. 그러나 일반
조선문학에 있어서 가장 내가 부족을 느끼는 체취 또는 개체향을 고맙게
도 이 작가는 넘칠 만큼 가지고 있다.

그의 전통적 조선 어휘의 풍부와 언어 구사의 개인적 묘미는 소위 조선
의 중견 대가들이라도 따를 수 없는 성질의 그것이니 이러한 사상들을 아
울러 고찰할 때 우리는 그의 예술을 조선문학에서 없지 못할 일개 요소로
서 이를 상당히 높이 평가할 의무를 가지고 동시에 앞으로 군의 성장을
조장하는 권리를 가지지 않으면 안될 것이다.

이렇게 말한 평론가 김문집의 인상평은 유정의 문학세계를 이해하는데
예비적 지식으로 퍽 도움이 될 줄 안다.

우선 유정 문학의 특출한 체취를 표출키 위하여 비교적 성공한 사소설
형식과 전통적인 한국 어휘의 풍부한 구사, 그리고 소극적이나마 하나의 인
생파적인 태도를 표백해보는 것이 좋을 것이다. 우리는 사소설이 흔히 일인
칭의 입장에서 쓰여지고, 장점은 독자의 동정심을 이야기하는 주인공에게
집중시킬 수 있다는 것을 알고 있다. 그 반면에 이 수법의 가장 큰 결점은
얘기하는 편이 소설의 주인공인 까닭에 자기의 장단을 공정한 위치에서 서
술할 수 없고 또 주인공이 훌륭한 행동을 할 때 자칫하면 허영에 찬 서술이
되기 쉽다는 것이다.

그러나 유정에게 있어서는 주인공이 '나'라는 일인칭 소설이었음에도 불
구하고 일인칭 소설이 흔히 저지르기 쉬운 약점을 교묘히 극복하고 있음을

알 수 있다.

이를테면 「봄·봄」에서,

'장인님! 인제 저!' 내가 이렇게 뒤통수를 긁으며 나이가 찼으니 성례를
시켜야 하지 않겠느냐고 하면 대답이 늘 '이자식아! 성례구 뭐구 미처 자
라야지!'하고 만다. 이 자라야 한다는 것은 내가 아니라 내 아내가 될 점순
이의 키 말이다.

내가 여기에 와서 돈 한푼 안받고 일하기를 삼년하고 꼬박이 일곱달 동
안을 했다. 그런데도 미처 못 자란다니까 이 키는 언제나 자라는 건지 짜
장 영문 모른다. 일을 좀더 잘해야 한다든지 혹은 밥을(많이 먹는다고 노
상 걱정이니까) 좀 덜 먹어야 한다든지 하면 나도 얼마든지 할 말이 많다.
허지만 점순이가 아직 어리니까 더 자라야 한다는 여기에는 어째 볼 수
없이 그만 벙벙하고 만다.

이 수법을 보면 작자 자신이 이야기를 전개시키고 있으나 그는 주인공이
아님은 물론 이야기도 자신의 이야기가 아니고 남의 이야기이다.

작자도 소설속에 등장하는 한 인물이며 그 작품에 출현하는 딴 인물들과
는 정도의 차는 각각 있을지언정 밀접한 관련성을 갖고 있다. 작자의 역할
은 그 작품에 등장하는 인물들을 자신만만한 태도로 조종하고 관찰하는 역
할을 다하고 있다.

또한 작자는 모든 비밀을 독자들에게 적나라하게 공개하고 자기가 아는
것 슬퍼하는 것 희망하는 것을 독자에게 전달하고 작자는 어디까지나 자기
를 어리석은 바보로 전락시키지는 않고 있다는 것이다.

이렇게 함으로써 이야기를 서술하는 '나'는 자기가 조작한 인물에 대해서
독자로 하여금 자기와 동일한 정도로 친근성을 느껴지게끔 만들고 있는 것
이다.

또한 이야기를 서술하는 '나'는 작자와 소설의 주인공이 동일한 인물인
경우와 같은 정도로 독자들을 납득시키는 진실성을 가질 수 있었다는 것

이다.

3. 「동백꽃」, 「금따는 콩밭」

좀 지나친 말 같지만 외국어를 억지로 우리말로 옮긴 듯한 오늘의 서투른 문장들을 한없이 대하는 우리로서, 유정의 작품을 읽을 때 먼저 느껴지는 것은 그의 문장이 전통적인 한국 어휘를 유감없이 구사하고 있다는 것이다.

'나는 바위를 끼고 엉금엉금 기어서 좌우로 치빼지 않을 수 없었다.'(「동백꽃」)

'전날이라면 이곳에서 아내 한번 못보고 생죽음이나 안할까 쭈뼛할 게 다(「金따는 콩밭」).

'그렇다구 또 개떡이냐 하면 그런 것두 아니구 꼭 내 아내가 돼야 할 만치 그저 툽툽하게 생긴 얼굴이다.'(「봄·봄」).

'더꿈 더꿈 모아 두었다가 먹이지나 못하면 그걸 어떻게 하냐.'(아내).

'손바닥으로 뒤통수를 딱 때리더니 이건 죽지도 않고 말썽이야 하고 썩 마땅치 않게 투덜거린다.'(「따라지」).

'바루 히떱게스리 허울 좋은 대답이다.'(「금」).

'맨망스리도록 쏘는 바람에 덕순이는 얼굴이 그만 벌개지고 말았다.'(「땡볕」).

이상의 문장들을 통해서도 유정의 독특한 한국의 전통적인 생리에 알맞는 문장적 체취를 넉넉히 감득할 수 있을 것이다. 만약 그의 문학이 사소설로서 성공한 것이라든가 전통적인 한국 어휘에 의한 조사법이 훌륭한데 그치는 것이라면 우리에게 그 무슨 관심의 대상이 될 수 있으랴만, 우리는 그의 문학 속에서 소극적이나마 하나의 인생파적 태도를 엿볼 수 있을 때 유정 문학에 특별한 관심을 갖게 된다.

인생파의 작가란 일정한 관념과 사상을 문학속에 구현시킨 것이 아니고 강력한 생활의식으로서 문학을 생활의 한 방편으로 간주하고 있는데 역점이 있다.

그러나 인생파의 작가들이 단순한 생활의식만을 갖고 문학에 임하는 것이 아니고 한편으로는 예술 지상주의자들에 못지 않는 훌륭한 문장적 기교를 겸비하고 있다는 것을 그들이 위치한 문학사적 위치가 그대로 설명해 주기도 한다.

바로 그것은 우리 신문학의 출발이 어디까지나 관념과 사상이 위주가 되는 문학이었고 이에 불만을 느끼고 일어난 예술지상주의 문학도 궁극에는 우리의 생활에 알맞지 않을 뿐 아니라 해독적이라는 것을 재빨리 인식할 수 있는 작가들이 이들 문학이 갖는 병적 요소를 과감히 청산하고 지양해서 새로운 문학을 창조했다는 점이다.

유정이 인생파 작가의 범주에 속하게 되는 것은 인간 김유정을 이해할 때 자연히 수긍될 수 있는 것이다.

구체적으로, 그의 극악한 생활고와 연속적인 실연과 상당한 폐결핵이던 유정이 자기 말대로 우울이 성격화되었고 그 우울성은 일견 유우머해 뵈는 그 작품 뒤에 애수를 숨겨 놓았던 것이다.

4. 「따라지」, 「땡별」

「두꺼비」는 갖은 수단 방법을 다 써보았으나 기생에게서 실연당한 자신을 희화화시키고 있다. 「따라지」와 「연기」에서는 온종일 저기압이 흐르는 셋방살이에서 누님에게 구박받던 자신의 연민을 극화시키고 있는 자화상들이다.

기름진 콩밭에 금맥이 있다는 놈팽이 말을 곧이 듣고 빚더미에 올라 마침내는 양식이 떨어져 바가지를 긁는 아내를 구박하면서 구덩이를 파는 「금따는 콩밭」. 지주의 데릴사위로 들어가 딸의 키가 커야 성례를 시켜 준다는 장인의 말에 끝없이 속으면서도 황소처럼 고역하는 「봄 · 봄」. 그리고 선술집 들병이에게 미쳐 자기 마누라 자는 틈을 타서 자기솥을 쪄다가 바친 사나이를 형상화한 「솟」. 대학병원에서 월급을 주며 연구 재료로 쓰는 병신처럼 아내의 중병도 월급을 받으면서 치료하리라고 믿었다고 실망된 지게꾼을 그린 「땡볕」 — 이들 주인공들은 모두가 이래도 속고 저래도 속는 어리석은 순박한 인간들이다.

유정의 작중인물이란 거의 이렇게 순박한 인간들을 작품 무대위에 올려놓고 어리석고 희비극을 시키되 그 인생의 희비극에 대해서 연출자로서 주도적인 결정을 하지 않고 방관자적인 태도를 취했던 것이다. 만약 유정의 그리 많지 않은 작품중에서 그의 대표작을 꼽을 필요가 있다면 나는 서슴치 않고 「땡볕」이라 할 것이다. 물론 세상에서 흔히 유정의 대표작으로 널리 알려진 「봄 · 봄」이 그의 인생파적 체취를 훌륭한 기교주의적 문장과 일인칭 소설 양식을 통하여 강렬히 발산하고 있음을 시인한다.

허나 「땡볕」이 이보다 한발 앞서 객관소설로나 심리소설로서 다함게 성공하고 있는 것을 알고는 어차피 나는 그의 대표작으로 「땡볕」을 꼽게 된다.

> 그렇다 하더라도 병이 괴상하다면 할수록 혹은 고치기가 어려우면 어려울수록 월급이 많다는 것인데 영시 모를 아내의 이 병은 얼마짜리나 되겠는가고 속으로 무척 궁금하였다. 아이가 십원이라니 이건 한 오십원쯤 주겠는가. 그렇다면 병 고치니 좋고 먹으니 좋고 두루두루 팔자를 고치리라고 속안으로 육조 배판을 느리고 섰을 때
>
> "이보십쇼 — 아 이 채미 하나 잡서보십쇼." 하고 조만침서 지게를 버텨놓고 앉았는 아이가 시선을 끌어 간다. 길쯤길쯤하고 싱싱한 놈들이 과연 뜨거운 복중에 하나 벗겨 들고 으썩 깨물어 봄직한 참외였다. 덕순이는 참외를 이놈 저놈 멀거니 물색하여 본다. 쌈지에든 잔돈 사전을 얼른 생각은 하였으나 다음 순간에 그건 안될 말이라고 꺽진 마음으로 시선을 걸어온다. 사전에 일전만 더 보태면 회연 한 봉이 되리라고 어제부터 잔뜩 꾸겨

쥐고 오던 그 사전인걸 참외 값으로 녹여서는 사람이 아니다.

"ㅈ게를 꼭 붙들어!"

덕순이는 지게를 지고 다시 일어나며 그 십오원을 생각했던 것이니 그로써는 너무도 벅찬 보행이었다.

우리는 이상의 비교적 짧은 문장을 읽고도 지게꾼 '덕순'이라는 무지한 인간의 사고 방식을 철저하게 파악할 수 있고 또한 그의 생활 환경에 대한 객관적인 묘사가 심화된 것을 간파할 수 있다.

덕순이는 본래 농사를 짓던 시골뜨기로 처음부터 가난과 아내의 병고를 천형(天刑)처럼 짊어지고 본 작품에 등장한다. 그는 이를 극복하기 위해 고향을 등지고 서울로 흘러 들어온 이농민이다. 지게벌이로 가난을 극복하겠다는 것과 또 하나 실험용환자 경우의 특별 처우에 대한 '기영이 할아버지'의 말에 기대어 아내의 병을 그런 식으로 이용하여 가난과 병고를 한꺼번에 해결할 수 있다는 희망으로 무작정 서울까지 온 것이다.

그리하여 병든 아내를 지게에 지고 서울 네거리 한복판에서 선 「땡볕」 서두의 즈인공의 모습은 그대로 가난과 질고의 짐을 지고 고향을 떠나 낯선 도회지를 전전하는 이향 농민의 전형을 상징적으로 나타내고 있는 셈이다. 자신에게 주어진 가난과 질고에 맞서서 이를 벗어나고자 정면 도전한 이 이향민의 발길은 첫걸음부터 서투르기 짝이 없다. 서울 길이 서툰 그가 누구에게 길을 물어보려 하지만 이 바쁜 서울 장안에는 '아무리 찾아 보아도 자기가 길을 물어 좋을 만치 그렇게 여유있는 얼굴이 보이지 않는' 것이다. 그에게 가까스로 길을 가르쳐 준 도회지인은 그를 무시라도 하듯 턱으로 길을 가리키는 당돌한 '어린 깍쟁이'가 고작이었다. 이 어수룩한 농촌 출신의 주인공은 도회지의 '깍쟁이'들 틈에서 그들의 무시를 감수하며 드디어 병원을 찾아 든다. 거리에서 그를 기다리는 것은 시골뜨기로 하여금 얼굴이 해쓱하도록 위축시키기에 충분한 병원의 삼엄한 분위기와 더불어 '학식이 많은' 일본 의사와 영악한 간호부의 지극히 사무적인, 그리고 조소 어린 태도이다. 의사의 진찰 결과는 주인공의 유일한 기대 — 가난과 병고를 한꺼번에 해결할 수 있는 — 를 여지없이 깨뜨리는 것일뿐더러 그의 아내의 목숨은 수술 여부에 따른 시한부 인생이란 끔찍한 사실을 확인시켜 준 결과 주인공의 절박한 심정을 돋궈 주는 것일 뿐이었다. 그리하여 수술 여부의 확답을 재촉하는 간호부를 상대로 하여 주인공은 절망 속에 마지막 지푸라기라도 잡으려는 심정으로 다음과 같은 대화를 벌이기에 이른다.

"그럼 먹을 것이 없는데요……."
"그건 여기에서 입원시키고 먹일 것이니까 염려마셔요……."
"그런데요, 저…… 월급 같은 것은 안 주나요?"
"무슨 월급이요?"
"왜 여기서 병을 고치면 월급을 주는 수도 있다지요."
"제 병 고쳐 주는 데 무슨 월급을 준단 말이요?"

이상의 대화 속에서 입원비는커녕 당장의 끼니도 걱정인 하층민의 절박한 심정과 우둔함이, 병원의 간호부로 표상되는 도회지 유식층의 빈틈없고 지극히 냉담한 사무적인 태도에 첨예하게 대립되어 좌절하는 현상을 엿볼 수 있다. 농촌의 이향민과 도회지인과의 이와 같은 대립은 그 동안 얼이 빠져 있다가 갑자기 '살뚱맞은 목성으로' '나는 죽으면 죽었지 배는 안째요!' 하고 얼굴이 노랗게 되도록 기겁을 하는 아내의 경우와 이를 보고 어이가 없어 '죽는거보담야 수술을 하는게 좀 낫겠지요'하고 비소(誹笑)를 금치 못하고 섰는 간호부와 의사의 경우 사이에서도 발견된다. 덕순이는 간호부와 의사의 조소를 받으며 호들갑을 떨던 아내를 업고 패배자의 걸음으로 병원을 나오는 도리밖에 없다. 결국 「땡볕」의 주인공은 영악한 도회지인과 유식한 의사, 간호부의 무시와 조소 아래서 가난과 병고에 대한 그의 극복의 유일한 꿈이 깨어지고 만 것이다. 그리하여 '서울을 장대고 왔던 것이 벌이도 잘 안 되고 게다가 인젠 아내까지 잃어야할' 운명을 한탄하기에 이른다.
이러한 해학의 특성이 「땡볕」에서는 주로 주인공 덕순내외의 촌스럽고 우직한 행위를 희화적으로 그리도, 약삭빠르고 유식한 도회지인들과 대조시켜 언바란스의 골계미를 기하는 가운데 동정적으로 서술해감으로써 잘 드러나고 있다. 우람스럽게 생긴 덕순이가 배가 잔뜩 부어 오른 아내를 지게에 지고 서울 한복판에서 어릿거리고서 있는 첫 대목부터가 해학이다. 그밖에 병원에서 꽁초를 보고 주위를 살피며 그 큰 체구를 잽싸게 놀려서 주워다 피우는 모습, 병원의 삼엄한 분위기에 위압되어 병신스레 떠는 아내와 이를 보고 자신도 섬찟해짐을 숨기며 아내를 꾸짖어 남편의 위엄을 세우는 덕순이, 그러다가 의사와 간호부 앞에서는 머리를 긁고 허리를 굽신거리며 쭈볏쭈볏하는 모습 등, 얼마든지 찾아볼 수 있다. 그 중에도 특히 아내의 병을 이용하여 월급을 받을 수 있는 '병고치고 돈버는 일'을 꾀했다가 의사와 간호부의 핀잔과 조소를 받으며 무안만 당하고 되돌아서는 대목은 본 작품이 노린 해학의 절정 부분이요, 극적인 대목이라 하겠다. 이때 죽으면 죽었지 배는 안째겠다고 호들갑을 떨던 아내의 수술에 대한 공포감의 우둔한 처사도 여기에 포함시킬만하다.

이 해학은 주인공 내외가 풀이 죽어 병원을 나오는 데서부터는 부부간의 애정에 얽힌 페이소스가 가미되기 시작한다. 아내가 불쌍하여 '이럴 줄 알았더라면 동넷집 닭이라도 훔쳐다 먹였을걸 싶어' 후회하며 담배를 사려고 아끼던 쌈지돈으로 빙수와 왜떡을 사주는 남편과, 이를 황송스럽게 받다 입에 문 채 훌쩍거리면서 남편과 남은 가족을 위해 유언을 남기는 아내의 애상감 넘치는 희화적 정경은 이 작품의 말미에서 잘 서술되고 있다.

결국 「땡볕」은 일제 식민지하의 고통 당하는 하층민, 특히 도회지를 방황하는 뿌리뽑힌 이농민들의 참상을 대립 갈등 구조에 담고 '땡볕'이라는 상징적 메타포를 구사한 외에 해학적인 기법과 개성적인 문체를 유감없이 발휘함으로써 상당히 성공한 김유정 문학의 대표작이라고 하겠다.

그러나 우리는 이것만으로 문학의 궁극에 도달되었다는 어리석은 단언이 용납될 수 없다. 다만 그의 생애가 좀 더 길었더라면 그가 심리소설가로서 출세할 수 있는 터전을 구축하였다는 의미에서 다행이 여길 뿐이다. 우리는 필치와 사상이 미성품인 채 고인이 된 유정에게서 완성된 세계와 통일을 기대할 수 없을 줄 안다. 김유정은 오로지 미지의 경지를 향해서 묵묵히 발걸음을 재촉하였을 뿐이었다.

그렇지만 우리는 김유정이 하나의 완성된 자기 세계를 이루지 못한 것에 애석함과 동정감을 가질지언정 결코 그의 치명상이 되지는 않을 것이다. 물론 그의 문학이 인생을 달관함에 있어서 너무나 소극적이고 도피적이었다는 것, 그의 생리에 맞지 않는 무리한 주문도 얼마든지 용납될 수 있는 약점을 놓칠 수 없다.

(『한국현대작가의 문제작평설』, 국학자료원, 1996)

심훈의 농촌계몽소설 『상록수』

1.

『상록수』라는 한 그루 푸른 나무를 우리 문학사에 영원히 심어 놓고 일제의 탄압이 가장 극심해져 가던 30년대 중반 암울한 시기에 젊은 나이로 요절한 심훈. 본명 심대섭(沈大燮)으로 1901년 비교적 유복한 양반가문에서 태어나 3·1운동에 가담하면서 민족의 삶을 자신의 삶으로 받아들인 그는 그의 문학이 한창 개화되기 시작한 36세때 그의 영원한 대표작이 된 『상록수』의 출판관계로 실로 오랜만에 상경했다. 그러나 불의의 장티푸스에 걸려 세상을 떠났다. 그의 영결식장에서 낭송되어 식장을 더욱 비상케 했다는 손기정 마라톤 제패 소식에 접하여 지은 즉흥시 「오오, 조선의 남아여」에서 "전세계의 인류를 향해서 외치고 싶다! 인제도 인제도 너희들은 우리를 약한 민족이라고 부를 터이냐!"고 소리 높여 외쳤던 민족주의자 심훈, 민족의 삶과 꿈을 시, 영화, 연극, 소설 등 여러 장르를 통해 마음껏 나래를 펼쳤던 로맨티스트이자 자유주의자였던 심훈.

그의 문학적 활동은 3·1운동에서 시작된다. 당시 경성제일고보 4학년에 재학중이던 심훈은 3·1운동에 가담하여 3월 5일 투옥되었고 그해 7월 집행유예로 풀려났다. 이때 옥중에서 비밀리 부쳐진 편지 「어머니께 드리는 글월」이 그의 첫 작품이다. "어머님! 어머님께서는 조금도 저를 위하여 근심하지 마십시오. 지금 한국에는 우리 어머님 같으신 어머니가 몇백 분이요, 또 몇만 분이나 계시지 않습니까? 그리고 어머님께서도 이 땅에 이슬을 받고 자라나신 공로 많고 소중한 따님의 한 분이시고 저는 어머님보다 더 크신 어머님을 위하여 한 몸을 바치려는 영광스러운 이땅의 사나이외다."

'어머님보다 더 크신 어머님' 조국과 민족을 위하여 몸을 바치려는 영광스러운 이땅의 사나이 심훈은 바로 그의 마지막 시에서 말하고 있듯이 짧은 생을 민족을 위해 살아온 민족예술가였다. 출옥 후 중국으로 유학의 길을 떠나 이 기간동안 많은 시를 썼던 그는 1923년에 귀국, 당시 급진적 문예조직이었던 '염군사' 그리고 '카프'에 가입하였다. 그러나 이때 그가 가장 적극적으로 활동했던 영역은 영화였고 창작은 주로 시 분야였다. 시나리오(「탈춤」)를 집필하고 실제 연기자로도 활동 했으며(「장한몽」, 「춘희」), 영화 「먼 동이 틀 때」에서는 시나리오 집필과 감독까지 맡아 개봉하기도 하였다.

1930년에 들어서부터 그는 본격적으로 소설을 쓰기 시작하였고 또한 이 무렵부터 그가 몸담아왔던 '카프'에 대해서도 비판을 하고 또한 그에 맞서 있던 '국민문학'도 함께 비판을 하면서 민족적 삶을 위한 소설작품을 쓰기 시작하였다. 1930년 그 동안 써왔던 시를 모아 시집『그날이 오면』을 간행하고 동시에 소설「동방의 애인」을『조선일보』에 연재하다 일제로부터 내용 불온을 이유로 정지처분을 받고, 다시 제명을 바꾸어『불사조』를 연재했으나 이것도 같은 이유로 중지되었다.

2.

소설가로서 심훈의 본격적인 출발은 1923년 고향 충남 당진으로의 낙향에서 시작된다. 그는 낙향과 더불어 소설 집필에 전념한 결과『영원의 미소』(1933),『직녀성』(1934), 그리고『상록수』(1935)등 세 장편을 해마다 내놓았다. 특히 이 기간동안 그는 실제 농촌에 살면서 농민의 삶을 접하고 또한 당시 그 지역에서 활동하고 있던 '공동경작회' 회원들과 친밀하게 교류하면서 우리 근대 문학의대표적인 농민소설로 손꼽히는『영원의 미소』와『상록수』를 썼던 것이다.

장편소설『상록수』는 실제로 많은 점에서 우리의 관심을 끈다. 우선 이 소설은『동아일보』가 1935년 창간 15주년 기념사업으로 마련한 장편소설

현상모집에 응모하여 당선된 작품이다. 더구나 이 작품을 심훈은 1935년 5월 5일부터 집필하여 1천 5백 매 분량을 불과 55일만인 그해 6월 26일에 탈고하였다그 한다. 이처럼 빠른 기간에 이만한 장편소설을 써냈다는 것도 대단한 일이다.

그런데 실제로 심훈이 이토록 빠른 기간에 『상록수』를 완성할 수 있었던 것은 그 자신의 말대로 노력형이기보다는 재주형의 작가라는 능력도 능력이지만 무엇보다도 당시 실제인물을 모델로 하였기 때문이었을 것이다. 이 작품을 쓰게 된 직접적 계기가 당시 신학교를 졸업하고 경기도 산골에서 농촌운동을 하다 과로로 숨진 최용신에 대한 신문기사였다. 여기에다 심훈은 또한 그때 경성농업학교를 졸업하자마자 고향에 돌아와 '공동경작회'를 만들어 농사개량과 문맹퇴치운동을 벌이던 자신의 장조카 심재영을 박동혁, 최용신을 채영신으로 바꾸고, '공동경작회'를 '농우회'로 바꾸었으며, 그밖에 지명도 이름만 바꾸었을 뿐 실제지역을 무대로 하는 등 실제적인 것을 토대로 하여 여기에 작가의 창조적 상상력을 결합하여 한편의 작품으로 완성했던 것이다.

전편 14장으로 구성된 『상록수』의 줄거리는 대략 이러하다.

여름방학의 계몽활동을 끝내고 갖게 된 농총계몽대의 귀환보고 대회에서 박동혁은 발언자로 지명되고 보고를 하였다. 뒤이어 여자 신학교의 감상토론이 이어져 채영신이 발표를 하였다. 이것이 계기가 되어 두 사람의 교제는 시작되었고 그들은 함께 농촌문제 세미나에도 참석하였다. 거기서 동혁은 한 학기밖에 안 남은 학업을 중단하고 낙향하여 봉사할 것을 영신에게 이야기하며 손을 붙잡았다.

두 사람은 서로 의기투합하여 박동혁은 고향 한곡리로, 채영신은 기독교 청년연합회 특파원으로 청석골에 내려갔다. 이들은 각자 마을에서 계몽활동에 전념하고 사업 이야기를 보고하는 정도의 서신을 이따금 교환할 뿐이었다. 그러던 어느날 채영신이 박동혁을 찾아오게 되었다. 박동혁은 그때 조기체조, 그리고 '한곡리 부인근로회' 등을 결성하는 등 활발한 활동을 벌이고 있었는데 이곳 방문에서 채영신은 많은 자극을 받게 된다.

채영신은 돌아와 육영사업에 전념하여 학생들이 증가하게 되었고, 결국 학원을 지을 계획을 세워 백방으로 노력한 결과 그 낙성식을 보게 된다. 낙성식에 초청을 받은 동혁은 거기서 채영신이 급성맹장염으로 갑작스레 졸도, 입원하게 되자 그녀를 간호하게 된다. 그러는 사이 한곡리에서 강기천이 회(會)를 말아먹게 되자 동혁은 회원들의 빚을 대신 갚아주기까지 하면서 이를 해결하려고 애쓴다. 설상가상으로 불같은 성격을 지닌 동생 동화가 회관에 불을 지르고 어디론가 잠적해버려 급기야 동혁은 감옥에까지 가게 된다.

한편 퇴원한 영신은 몇번이고 동혁에게 편지와 전보를 쳤으나 회답은 없었다. 일본 유학을 결심하고 유학길에 오르기 전 동혁을 만나려고 한곡리에 찾아왔으나 뜻밖에도 동혁은 방화사건으로 구속되어 있었다. 경찰서로 찾아간 영신은 동혁에게 "우리의 일터에서 만나지요. 한곡리하고 청석골하고 합병을 해놓고서 실컷 만납시다."란 말을 나누고 동혁과 헤어졌다.

일본으로 간 영신은 끝내 사향병에 걸려 귀국하게 되었고 그러다가 결국 쓰러졌다. 온몸이 쇠약해져서 각기병 환자가 되고 만 것이다. 청석골로 되돌아 온 그녀는 이미 불구자가 되어 병석에 드러누운지 얼마 안 돼서 불귀의 객이 되고 말았다. 한편 그때 형무소에서 갓 풀려난 동혁은 이 비보를 받아들고 급히 청석골로 달려갔을 때 영결식이 진행되고 있었다. 그는 여러 사람들을 향해 울부짖으며 영신이 연약한 여자의 몸으로 농촌의 개발과 무산 아동의 교육을 위해서 과도히 일하다 둘도 없는 몸을 바쳤다는 것과, 자신이 사랑하던 이의 사업을 계속 해나갈 것을 굳게 다짐하게 된다.

이처럼 간단히 살펴본 줄거리를 보아서도 알 수 있듯이 이 소설은 박동혁과 채영신으로 대표되는 이상적 인간상의 제시와 함께 당시 열악한 삶을 영위하고 있던 농촌의 현실과 이의 극복을 위한 노력을 형상화하였다. 『상록수』의 두 남녀 주인공은 이땅의 브나로드운동의 선구자로서 철저한 극기정신으로 암울한 일제치하의 농촌을 구제하기 위한 희생적이며 선각자적인 행동과 헌신을 여실히 보여주었다. 채영신은 자신을 한없이 억제하면서 독신주의자를 자처했고 끝내 노처녀로 숨을 거둔다. 그는 기독교적 휴머니즘 정신에 따라 이를 실천해 나갔다. 흔히 기독교적 휴머니즘이라고 하면 개량주의적 자세라고 비판하지만 그녀는 "아는 것은 힘, 배워야 산다"며 문맹퇴치를 주장하면서 동시에 "일하기 싫어하는 사람은 먹지 말라" "우리를 살릴 사람은 결국 우리뿐이다"에서 보듯이 무엇보다도 자신의 힘으로 난관을 극복하려는 자립적이며 적극적인 자세를 내보이고 이를 실천하였다. 또한 박동혁 역시 영신 못지않게 투철한 계몽주의자로서 남녀의 애정보다 농촌 계몽사업을 더욱 중시하였다. 거의 금욕까지 해가면서 영신과의 마지막 순결을 유지한 인물이다. 또한 그 역시 강한 이념과 의지의 소유자이면서도 그 밑바닥에 남다른 뜨거운 눈물을 간직한 인물이었다.

결국 『상록수』는 문맹퇴치, 미신타파 같은 소극적 계몽운동의 중요성을 부가한 작품이 아니라 적극적인 경제운동을 벌여야 함을 강조한 작품이다. 그리고 이러한 것을 탁상공론이나 이론만의 것이 아닌 대지에 뿌리박은 꿋꿋한 상록수처럼 실제적인 현실과의 결합을 주장하고 있다. 이러한 점에서 당시 연애지상주의에 빠져 일제의 증대된 탄압에 현실도피적인 분위기를 보여주고 있던 청년층에 연애소설의 형태를 취하면서 오히려 사랑의 지고성을 인간의 삶의 실천을 통해 융해하고자 했던 심훈의 작가적 자세는 참으로 소중하였다.

사실 『상록수』는 그 동안 『동아일보』가 주창한 브나로드운동의 문학적 표현으로 상식화되다시피 이해되어 왔지만 그 이상의 내용적 역사적 의미를 담고 있다. 또한 이 작품에서 심훈은 짧은 소설가로서의 이력에도 불구하고 토속어를 능란하게 구사하고 있고 그의 장기이기도 한 유머러스한 묘사와 관찰을 능란하게 보여주고 있으며, 또한 당시 우리 소설의 약점이기도 한 작자 자신의 감정개입이 거의 배제되고 있다는 점에서 천부적인 작가로서의 면모를 유감없이 보여주었다.

3.

『상록수』의 심훈이 어느 만큼 이 민족과 광복을 염원했던가는 그의 시중에서 대표작으로 손꼽히는「그날이 오면」에 잘 나타나 있다.

> 그날이 오면, 그날이 오면은
> 삼각산이 일어나 더덩실 춤이라도 추고
> 한강물이 뒤집혀 용솟음칠 그날이
> 이 목숨 끊기기 전에 와주기만 할 양이면,
> 나는 밤하늘에 날으는 까마귀와 같이
> 종로의 인경(人磬)을 머리로 들이받아 울리오리다.
> 두개골은 깨어져 산산조각이 나도
> 기뻐서 죽사오매 오히려 무슨 한이 남으오리까
>
> 그날이 와서, 오오 그날이 와서
> 육조 앞 넓은 길을 울며 뛰며 뒹굴어도
> 그래도 넘치는 기쁨에 가슴이 미어질 듯하거든
> 드는 칼로 이 몸의 가죽이라도 벗겨서
> 커다란 북을 만들어 들쳐메고는
> 여러분의 행렬에 앞장을 서오리다.
> 우렁찬 그 소리를 한번이라도 듣기만 하면
> 그 자리에 거꾸러져도 눈을 감겠소이다

　현실을 쓰다듬고 파헤치면서도 그의 눈은 언제나 불행한 대지, 눈물지고 한 많은 조국의 강토를 비추고자 하는 햇살의 꿈을 잃지 않았었다. 더욱이 말년에 그가 찾아들은 고향은 심훈을 새로이 잉태시킨 살아 있는 고향이었다. 그것은 자신의 거처를 '필경사(筆耕舍)'로 이름지은 데서 알 수 있듯이 마치 그 동안 그 자신이 문학상에서 시도했던 활동에서 나타났던 분열들을 극복할 대지이자 또한 민족의, 현실의 모순을 극복할 수 있는 살아 있는 대지이기도 하였다. 그러한 대지에 심은『상록수』이기에 그의 문학이 시대가 갈수록 더욱 빛나고, 그가 심어놓은 나무 한 그루가 영원히 푸른 나무로 오늘에도 되새겨지는 것이다. 다만 아쉬운 점은 거대한 숲을 만들 수 있었던 그의 작가적 능력이 채 발휘도지 못하고 홀연히 떠나갔다는 사실이다. 마치 할 일 많았던 여주인공 채영신의 죽음처럼 일제의 암흑 속에서 그도 그렇게 떠났던 것이다.

(『한국근현대작가작품론』, 성균관대출판부, 1993)

채만식의 지식인 이해와 「레디 메이드 인생」

1. 서언

작가 채만식은 1924년 『조선문단』에 단편 「세길로」로 이광수의 추천을 받아 문단에 나왔다. 그 후 40년대 말까지 4반세기 동안의 암흑의 식민지 시대를 살면서 그 시대의 난제들을 포착하여 주로 풍자적인 수법으로 작품을 써 나갔다.

그의 문학은 60년대까지만 해도 백철을 비롯한 문학사가들에 의해 동반 작가의 풍자문학으로 문학사에서 가볍게 취급되었다. 그러다가 1970년대에 들어와서, 김현, 김치수, 홍이섭, 최하림, 이주형[77] 등에 의해 30년대 사회와 관련하여 작가의 사회의식이 새로 평가되고 신동욱, 정한숙[78] 등에 의해 풍자작가로서의 우수성이 다시 거론되면서 지금까지 그의 문학에 대한 연구가 활발히 진행되고 있다.

채만식은 문학에 대해 "인류역사를 밀고 나가는 한 개의 힘"이요 "한인(閑人)의 소장(消長)거리나 아녀자의 완롱물(玩弄物)"[79]이 결코 될 수 없다는 확고한 문학관을 지닌 작가였다. 따라서 그의 작품은 그가 살아온 시대와 사회의 갈등과 모순들을 포착하여 형상화한 시대적 기록물의 성격을 띠고

---

77) 김윤식 · 김현, 『한국문학사』, 민음사, 1973, pp.185～189.
   김치수, 「역사적 탁류의 인식」, 『현대한국문학의 이론』, 민음사, 1972, pp.331～338.
   홍이섭, 「채만식의 「탁류」」, 『창작과 비평』, 1973, 봄.
   최하림, 「채만식과 그의 1930년대」, 『현대문학』, 1973, 10, p.301.
   이주형, 「채만식연구」, 『현대문학연구』 6집, 서울문리대, 1973, p.85.
78) 신동욱, 「채만식의 레디 · 메이드 인생」, 『한국현대문학론』, 박영사, 1972.
   정한숙, 「붕괴와 생성의 미학」, 『한국현대작가론』, 고대출판부, 1976.
79) 채만식, 「자작안내」, 『사상계』, 1966, p.258.

있다. 그리고 이러한 작품들이 일제당국의 검열을 피하기 위해 자연히 직설
적 표현 대신 우회적 수법을 쓰는 풍자문학의 길을 택하게 되었을 것으로
이해된다.

「레디 메이드 인생」은 바로 이와 같은 그의 문학관이 유감없이 반영된
대표적인 단편으로, 1934년 5월부터 7일까지 『신동아』에 연재되었던 작품
이다. 이것은 30년대를 전후해서 세계적인 경제공황의 여파로 침체에 빠진
일본이 그 활로를 열고자 침략전쟁을 도발하면서 문화사업이 극도로 위축
된데다가 일본의 식민지 수탈이 가일층 심화되는 현실에서 무산의 지식층
실업자들이 늘어나고 생활이 피폐할대로 피폐해진 30년대의 암울한 사회상
황을 배경으로 한 것이다.

> 과거에 실직으로 쓰라린 고초를 나는 많이 겪어왔다. 찬 이월에 밥값조
> 르는 하숙에 도라가기가 실혀 계동 뒷산에 가서 사흘 굶고 사흘 밤을 잔
> 일도 있었다[80].

이와 같은 작가의 술회를 통해서도 짐작할 수 있듯이 이 작품은 작가 자
신의 생생한 체험을 소재로 한 것이기도 하다. 따라서 1930년대의 궁핍한
시대상을 폭넓게 접근하면서 그 중에도 고등룸펜 인텔리의 초점을 맞춰 그
실상을 가장 구체적으로 실감있게 작품화한 소설이 된다.

2. 작품의 구조

「레디 메이드 인생」은 총11장으로 이루어져 단편치고는 긴 작품에 속한
다. 이 전체 이야기를 작중 상황별로 구분하고 각각의 줄거리를 요약하면
다음과 같다.

---

80) 채만식, 「문단풍경」, 『동아일보』, 1936. 2. 16.

- [가] (1장~3장) : P가 구직에 실패하고 기념비각 옆에서 사념에 잠기는 대목이다. 이는 다시 1장에서와 같이 P가 신문사 K사장에게 취직을 거절당하고 '신문사가 구제기관이 아니라'는 말에 언짢아져서 나오는 장면과, 2~3장에서와 같이 P가 광화문의 기념비각 옆에 서서 봄의 활기찬 거리 풍경에 대조된 자신의 외모에 소외감을 느낀다. 그리고 관광하는 외국인을 보고 대원군 시대의 쇄국정책이 사라진 뒤에 서구문물이 급격히 밀려들어 오는 한국근대사를 돌아보면서 이 시대에 룸펜 인텔리가 남발된 역사적 원인을 규명하는 설명 대목으로 이분되어 있다.
- [나] (4장~5장) : P가 기념비각을 떠나 삼청동의 사글세방에 걸어 돌아오기까지(4장)와 돌아와서 형의 편지와 친구의 내방을 받기까지(5장)의 이야기다. 여기서는 주인공 P를 통해서 인텔리의 히스테리에 가까운 객기, 돈과 직업과 연애에 대한 주제넘은 공상 및 궁핍한 생활상에서부터 본처인 구식여인과 이혼하고 어린아들의 양육문제로 고민하는 신상문제에 이르기까지 적나라하게 파헤쳐지고 있다. 그리고 친구인 M과 H를 등장시켜 이들 실업 지식인사회의 자조적이고 퇴폐적인 분위기를 아울러 소개하고 있다.
- [다] (6장~8장) : P가 친구들과 어울려 동관의 색주가에 가서 '정조대가로 일금 이십전을 부르는 여자'를 만나 충격을 받고 그의 전 재산인 3원을 털어 주고 나와서 자신의 우발적인 행동을 반추하는 대목이다. 6장에는 P가 20전으로 정조를 방매하려는 여인에게 돈을 던지고 뛰어나오기까지의 사건이 서술되고 7장에는 이 행동에 대한 보조설명이, 8장에는 술마신 후유증에서 오는 갈증으로 고통하면서 그 여인보다 나을 것 없는 자신의 주제넘은 객기를 고소하는 내용이 각각 서술되고 있다.
- [라] (9장~11장) : P의 아들이 상경한다는 전보를 받고 돈을 변통해다가 살림 준비를 하는 한편 인쇄소의 직공으로 아들을 취직시킨다는 내용이다. 그리하여 11장은 P가 아들을 인쇄소에 맡기고 나오면서 '레디 메이드 인생이 비로소 겨우 임자를 만나 팔리었구나'라고 한 중얼거

림으로 끝난다.

이렇게 볼 때 [가]와 [다]는 각기 주인공에게 의미심장한 사건이 먼저 소개되고 그와 관련된 전지적 시점의 보충설명이 뒤따르는 형식의 유사성을 보인다. 그리고 [가]와 [다]는 다시 내용면에서 [나]와 [다]에 대조가 되는 구조를 이루고 있다.

즉 [가]와 [다]는 대사회적인 문제, 곧 인텔리 실업자가 늘어날 수밖에 없는 사회와 또 20전에 정조를 방매하는 여인이 엄연한 현실로 존재하는 절박한 사회를 다루고 있다. 그에 반해 [나]와 [라]는 아내와 이혼하고 아들을 혼자 맡게 하는 주인공의 일신상 P의 문제를 다루고 있다는 점에서 대조를 이룬다.

또 이 작품은 [가], [다], [라]의 세 기둥의 주요사건으로 구성되어 있다고 할 수 있다. [가]의 첫머리에 나오는 구직에 실패하는 사건과 [다]의 첫머리에 나오는 정조를 헐값에 파는 여인을 만나 충격을 받은 사건 및 [라]에서의 아들의 상경과 취업의 전말 등이 그것이다.

이 때에[가]의 사건을 받아서 이를 바탕으로 [다]와 [라]의 사건을 예비하거나 일어날 계기를 마련해 주는 기능을 맡은 것이 바로 [나]다. [나]의 앞부분인 제4장이 주로 [가]의 구직실패사건에서 오는 개인적 심경을 서술한 것이라면 [나]의 뒷부분인 제5장에서는 형의 편지로 [라]의 사건이 사전 예비되고, 친구의 내방으로 [다]의 사건이 일어날 계기를 마련해서 자연스러운 연결이 가능하도록 했기 때문이다.

또 이 작품의 전체적인 흐름에서 보면 조남현의 지적대로 "지식인으로서의 자아영상을 더 이상 지속시켜 나갈 수 없다고 판단하여 스스로를 하향이 동시켜 버리는 플롯"[81]으로서의 특징을 보인다고 하겠다.

이를테면 [가]와 [나]에서만 해도 주인공은 아직 여자의 '비단다리'를 보고 전에 먹던 '치킨커쓰'를 상기할 정도로 소부르조아로서의 지식인의 생활

---

81) 조남현『한국지식인소설연구』, 일지사, 1985. p.199.

습관이 남아 있고 싸구려 담배를 내놓는 담배가게 주인에게 약을 올라 비싼 담배로 바꿔 달라고 객기를 부릴 만큼의 인텔리로서의 자존심이 남아 있었지만[다]와[라]로 가면서 이런 생활습관이나 자존심이 서서히 사라진다.

그리하여 색주가 여인이 20전을 애걸할 때 있는 돈을 다 뿌린 자신에 대해 '장님이 눈병 앓는 사람더러 불쌍하다고 한 셈'이라며 주인공 스스로 몸 파는 여인만도 못한 위치로 끌어내리는가 하면, 돈을 변통해다가 손수 취사도구며 쌀과 채소 등을 사와 밥을 짓고 일변 인쇄소에 애걸을 해서 아들을 직공으로 취직시키는 등 인텔리의 소부르주아적 생활 습성과 자존심을 좀처럼 찾아볼 수 없게 된다.

그 밖에 이 작품의 첫머리에서는 구직에 실패하는 '레디 메이드 인생'의 현장이 소개된 데 비해 맨 끝에는 '레디 메이드 인생이 비로소 겨우 임자를 만나 팔린' 이야기가 서술됨으로써 김인환도 지적했듯이 "실업과 취업의 대조위에 전개되어 일종의 완결성을 보여"[82] 주는 구성상의 특징도 거론될 수 있다.

이 때에 [가]의 실업과 [라]의 취업을 연결하는 [다]의 매음 모티브는 주인공 P로 하여금 매음까지도 '나무랄 필요도' '동정을 할 필요도' 없는 '정당성을 가진 노동'이란 인증을(비록 풍자성을 띤 것이라 할지라도) 갖게 함으로써 인텔리의 후예를 서슴없이 하류층 노동자로 취업시키는 일에 심리적인 매개기능을 담당하게 된다.

3. 인물들의 특징

「레디 메이드 인생」에는 대체로 4유형의 인물이 등장한다. 부르조아 계층의 K사장과 그와 대조되는 하류층의 색주가 여인이 등장하는가 하면 중간계층의 소부르조아의 P, M, H, C 등의 지식인들이 나온다. 그리고 이 지

---

82) 김인환, 「채만식의 「레디 메이드 인생」」, 『한국현대소설작품론』, 도서출판 문장, 1981. p.174.

식인들은 다시 편집국장 C같이 부르조아계층의 그늘에서 직장을 얻은 부류와 주인공 P를 비롯해 M, H와 같은 실업 인텔리로 나뉜다.

작가는 이 작품의 제3장에서 이 중간계층의 지식인들이 생성되는 근대사의 과정을 기술하던 끝에 '갑오'를 잡은 부르조아지, '진주(다섯꿋)'을 잡은 '공부한 일부 지식꾼', '무대(호꿋)'를 잡은 '노동자와 농민' 그리고 '뱀을 본' '직업 없는 인텔리' 등, 4유형을 열거하고 있다.

작가는 이 4유형 중에서 K 사장으로 대표되는 부르조아 계층과 주인공 P로 대표되는 무직 인텔리 계층에 대해 풍자적인 수법으로 통렬한 비판을 가하고 있다.

우선 K 사장의 경우를 살펴보면 그의 지론은 젊은이들에게 농촌으로 돌아가 문맹퇴치운동과 생활개선운동 등의 농촌사업을 헌신적으로 하라는 것이다. 그것도 안되면 서울에서 신간이나 잡지를 경영하든가, 스스로 일거리를 만들어 하라는 것이다.

이러한 훈계는 당시 『동아일보』가 폈던 브·나로드 운동 내지 농촌계몽운동과도 관련되는 것으로, 대체로 인도주의적 견지의 보편타당한 견해로 수긍할 수 있다. 그런 이 견해는 이 작품에서 주인공 P의 '무얼 먹고 헌신적으로 그런 사업을 합니까?' '농민이 […] 생활이 비참한 근본 원인이 기역니은을 모른다든가 생활개선을 할 줄 몰라서 그런 것이 아니니까요'하는 등의 반발에 의해 곧 구체성도 실현성도 없는 허울좋은 이념임이 드러난다. 그리고 전지적 시점의 이 작품의 화자에 대해서도 '억압'이니 '엉터리없는 수작'이니 '구직군 격퇴의 수난으로 자룡이 헌 창 쓰듯 썼을 뿐'이라는 등의 야유와 풍자를 당하게 된다.

이것은 당시 부르조아계층이 지지하던 도산(島山)의 준비론 내지 자치론을 바탕에 둔 브·나로드 운동 자체에 대한 비판이기도 하다. 그리고 이 운동이 실제로 일제의 대륙침략용 식량자원의 확보 및 일본경제의 보완책으로 추진하는 식민지조선의 식량증산운동이나 신문사 측의 구독증대운동과도 일부 관련될 혐의를 받고 있다는 점에서 이 비판은 어느 정도 수긍된다.

그러나 이 작품에서 가장 비중을 둔 풍속의 대상은 이들보다 주인공 P로 대표되는 무직 인텔리 계층이다. 무직 인텔리를 '개밥의 도토리'로, '초상집의 주인없는 개'로, 또는 '레디 메이드 인생'으로 비유하는 것부터가 풍자다.

이는 조남현의 지적대로 "인텔리의 중간존재적 성격 혹은 부유적 존재로서의 성격을 희화적으로 잘 요약한"[83] 메타포이기도 하다. 여기서 '레디 메이드 인생'이란 어의를 김인환은 "특색없고 판에 박은 듯한 사람들이라는 의미"[84]로 해석했는데 그 보다 무직 인텔리의 존재를 맞춤복에 대조되는 기성복같이 주인을 정하지 않고 미리 대량으로 만들어진 것이기에 자기를 써줄 임자를 기다리는 상품과 같은 것으로 풍유한 것이라고 해야 할 것이다.

이 '레디 메이드 인생'의 전형으로 등장한 주인공 P는 이 작품에서 여러 가지 상식밖의 우행을 저지른다. 담배가게 주인 앞에서 쓸데 없는 객기를 부리다 후회하고, 터무니없는 공상 속에서 공연히 좋아하다 화를 내기도 하고 정조를 방매하는 여인을 만나 충동적으로 가진 돈을 전부 내던지고 나와서는 다시 자신의 행동을 고소(苦笑)하는 등, 이 모든 우행들이 하나같이 풍자의 연속이다.

이와 관련하여 김인환은 지식인이 될 몇 가지 규정까지 들면서 이에 미치지 못하는 P와 같은 사이비 지식인이야말로 풍자의 대상으로 삼아 마땅하다고 평한다.[85] 염무웅도 P가 "식민체제의 지배적 구성 요소"에 대하여 "불만과 공격적 심사를 지니고 있음에도 불구하고 신문사에 취직하러 갔던 사실자체에서 나타나듯이 체제안에 통합되어 있는 생계의 수단을 구할 뿐"[86]이라면서 이로 보아 주인공에게 인텔리로서의 자기 존재에 대한 야유와 부정을 발견하게 된다고 했다. 이렇게 희화적 형상으로 또는 모순된 존재로 풍자된 주인공 P야말로 신동욱의 지적대로 '30년대의 시대가 지닌 모순을

---

83) 조남현, 앞의 책, p.208.
84) 김인환, 앞의 책, pp. 173~174.
85) 김인환, 앞의 책, p.177.
86) 염무웅 편저, 『한국대표명작·채만식』, 문예총서 4, 지학사, 1985, p.266.

스스로 노출시키는' '자기풍자'의 좋은 예로 들 만하다.

그 밖에 이 작품에는 하류층을 대표하는 동관의 색주가 여인이 등장한다. 이들은 '북통같이 애 배인'몸을 하고도 손님의 시중을 들어야 하고 터무니 없는 헐값으로도 몸을 팔아야 하는 악착한 현실을 드러냄으로써 이 작품의 가치는 지식인의 막연한 관념적 수준으로부터 실감있는 체험적 수준으로 옮겨 놓은 데에 기여[87] 하고 있다.

또한 주인공 P도 이 여인과의 만남을 통해서 여지껏의 소극적이고 자조적인 태도를 청산하고 새로운 행동의 전기를 얻게 된다. 즉 주인공은 이들의 절박한 현실과, 살기 위해서는 매음조차도 '정당한 노동'으로 여기는 당당한 자세에 직면하여 그에 동화하면서 아들을 학교대신 인쇄소 직공으로 과감히 보낼 수 있었던 것이다.

4. 결어

이와 같이 주인공이 아들의 교육을 거부하고 노동계층으로 보내는 반지성적 행동은 이 작품의 절정에 해당되는 결말 부분에 위치하여 주제와도 직결되는 중요성을 띤 것이기에 여러 평자들의 쟁점이 되고 있다.

이 대목은 작가의 다른 작품인 「앙탈」, 「그뒤로」등에서는 그 결말을 노동에 귀착시키는 점에서 서로 연관시키는 바, 노동예찬의 주제를 엿보게 한다. 조남현도 이 대목을 두고 유진오의 「김강사와 T교수」와는 달리 상황제시에만 끝나지 않고 아들에게 기술교육을 시킨다는 하나의 현실타개책을 시도한 것이라 하여[88] 이 주제에 대한 긍정적인 평가를 내리고 있다.

이와 달리 김인환과 염무웅은 일제하의 노동자의 임금착취의 극심함을[89] 들면서 아들이 노동자가 되었다고 하더라도 "어디 가서 돈을 꾸어 올 능력

---

87) 신동욱, 앞의 책, pp.130~131.
88) 조남현, 앞의 책, p.175.
89) 김인환, 앞의 책, p.175.

이라도 있는 P자신보다 결코 더 유리한 생활수단을 갖지 못할 것"[90] 이라고 하면서 이와 같은 주제를 상정한 작가의 시대의식을 부정적으로 평가하고 있다.

한편 김현은 이 아들의 교육을 거부한 대목에 대해 "식민지 교육에 물들지 아니한 인물을 신뢰하려는" 의식의 소산으로 보고 따라서 이 작품의 주제도 식민지교육의 모순에 대한 비판에 두고 있다.[91]

이 주제는 이 작품의 제3장에 지식계급의 생성과정에 대한 사회사적 고찰을 해가는 가운데서도 잘 드러나 있다. 즉 당대의 식민지 교육을 일제와 결탁한 '신흥부르조아지'의 이기적 요구와 한국인의 봉건적 유교적 사고방식이 상보작용하여 생긴 것이며, 그 결과 가장 이득을 본 것은 저들 부르조아지요, 서민층과 뿌리없는 자식인들은 이용만 당하고 손해만 보는 셈이라는 작가의 부정적 교육관이 그것이다.

이재선도 이 결말 부분의 반지성적 행동에 대해 "작가의 노동계층에 대한 동반자적인 의식보다는" 식민지 교육의 모순 비판에 더 큰 이유를 거론하면서 이 주제의 타당성을 강조하고 있다.[92]

이와 반면에 이내수나 서종택은 주인공의 반지성적 행위에 대해 단순히 어두운 "자기 시대에 대한 화풀이요 앙탈"[93]에 불과한 것이라든가 또는 "극단화된 사회갈등이 다시 9살된 아들에게 자학적, 자조적 형태로 표출"된 것이며 "P가 노동가치의 사회적 의미를 깨닫고 아들을 공장으로 보냈다기 보다는 사회로부터 소외된 P 자신의 자기풍자의 극단화로 아들이 공장에 보내진"[94] 것으로 풀이하기도 한다.

그러나 주인공의 이 결말부분의 행위가 식민지 교육에 대한 의도적인 비판에서 온 것이든 단순한 앙탈이거나 극단의 자기풍자에 지나지 않은 것이든 간에, 이주형이 지적대로[95] 작가가 주인공을 통해서 '일제 당국의 구호,

---

90) 염무웅, 앞의 책, p.267.
91) 김윤식·김현, 앞의 책, p.187.
92) 이재선, 『한국현대소설사』, 홍성사, 1979, p.323.
93) 이내수, 『채만식소설연구』, 동국대대학원, 1985. 12, p.58.
94) 서종택, 「한국근대소설의 구도」, 시문학사, 1982, p.207.

교육의 의의 그리고 인텔리 자신'까지 비판하고 부정함으로써 당대의 식민지사회가 정상적인 사회가 아님을 천명한 것은 분명하다.

결국 「레디 메이드 인생」은 일제하 30년대의 어두운 현실을 배경으로 무직 인텔리의 한 정형을 설정하여 이 주인공이 겪는 갈등과 반응을 풍자적으로 서술함으로써 당대 현실의 모순들을 효과적으로 드러낸 역작이라 하겠다.

(『한국근현대작가작품론』, 성균관대출판부, 1993)

---

95) 이주형, 「채만식문학과 부정의 논리」, 『한국현대소설사연구』, 민음사, 1984, p.251.

이상의 갈등적 현실인식과 「날개」

1. 서언

　이상은 1935년을 전후하여 등장한 작가로 현대문학이 지닌 여러 특성들을 그 문학 속에 반영시킨 거의 독보적인 존재로 평가되고 있다. 그는 시·소설·수필 등, 여러 장르에 걸쳐 작품활동을 했는데 그 중에서도 1936년 『조광』지 9월호에 발표한 소설 「날개」가 그의 문학을 대표하는 작품이라고 하겠다.

　「날개」는 소위 '의식의 흐름'의 수법을 시도하고 주관적 내면의식을 객관화시켜 드러내는 등, 현대문학적인 기법을 선보임으로써 발표 당시부터 문단에 상당한 파문을 던졌고 비평계에서는 리얼리즘에 입각한 논란을 일으켰다.

　그 당시 비평계에서는 「날개」에 대해 서로 대립된 두 견해를 보여 주고 있다. 그 하나는 사회적 리얼리즘의 입장에서 「날개」를 현실도피적이고 자폐적인 내성소설로 보는 임화 등의 부정적 견해이다. 그리고 또 하나는,

　　우리는 「날개」에서 우리 문단에 드물게 보는 리얼리즘의 심화를 가졌다. 현대의 분열과 모순에 이만큼 고민과 개성도 없거니와 그 고민을 부질없이 영탄치 않고 이만큼 실재화한 예를 보지 못한다. 「천변풍경」이 우리 문학의 리얼리즘을 일보 확대한데 비하여 「날개」는 그것을 일보 심화하였다고 볼 것이다.[96]

---

96) 최재서, 『문학과 지성』, 인문사, 1939, pp.111~112.

이렇게 언급한 최재서의 긍정적인 견해가 그것이다. 최재서는 1920년대의 사실주의가 주로 궁핍이라는 소재적인 측면에서 초점을 맞춘 앉은뱅이 문학임을 비판하고 주관적 의식세계를 객관화하여, 사실주의를 심화시킨 것이 바로 「날개」라고 평가하고 있다.

이와 같은 「날개」에 대한 당대의 상이한 평가와 더불어 그 후에도 꾸준히 많은 논자들에 의해 연구되어 왔다.

일반적으로 이상의 작품은 형식상의 파격성과 내용상의 난해성으로 인해, 작품분석에 있어서도 접근방법이 다양하나, 대체로 작가의식을 추적하기 위한 역사전기적 비평이나 정신분석학적 비평방법이 주를 이루고 있다. 그러나 여기서는 주로 형식주의 비평의 입장에서 서술의 화법과 인물의 갈등양상 및 서사구조를 중심으로 분석하고자 한다.

2. 화법의 특이성

「날개」의 화자는 1인칭이다. 일반적으로 1인칭화자의 서술방법은 자기의 사상이나 감정을 직설적인 문체로 표현하는 주관적인 경우와 제3자를 1인칭화자로 삼고 비판적으로 서술하는 경우로 나눌 수 있다. 최서해의 「탈출기」가 전자에 속한다면 현진건의 「타락자」등은 후자에 속한다고 하겠다.

그런데 「날개」의 경우는 1인칭 화자에 의해 서술되면서도 위와 같은 두 경우와 다르다.

「날개」의 화자는 자기의 주관적인 의식세계를 말하면서도 스스로를 객관적인 대상으로 다루고 있다는 점이 특이하다. 이것은 자아를 둘로 나누어 일상적 자아가 본질적 자아를 대상화하여 관찰하고 객관적으로 묘사하고 '나'가 제시하는 여러가지 상황에 독자를 참여하게 함으로써 자신의 의식세계를 더욱 사실적으로 돋보이게 하는 수법이다. 최재서가 「날개」에 대해 "객관적 태도로 주관을 본다"[97] 라고 한 것은 바로 이러한 독특한 화법을 두고 한 말이다.

이러한 화법의 구체적인 효과는 자신이 대면하는 상황에 대한 증언, 설명, 또는 변명들이 그 자신이 서술하는 그대로가 아니라 작품의 이중적 예견을 유도해 내는 데 있다.

아내에게 직업이 있었던가? 나는 아내의 직업이 무엇인지 알 수 없다. 만일 아내에게 직업이 없었다면 같이 직업이 없는 나처럼 외출할 필요가 생기지 않을 것인데 — 아내는 외출한다. 외출할 뿐만 아니라 내객이 많다.

이 부분은 '나'가 아내의 직업을 추리하는 장면이다. 실제 '나'가 아내의 직업을 모르기 때문에 이런 추리를 하고 있다고 보는 것은 단견이다. 여기에는 교묘한 아이러니가 숨겨져 있는 것이다. 체험적 자아로서는 알고 있으면서 서술적 자아는 모른 채 함으로써 독자들로 하여금 자아의 비상식적 세계의 전개에 긴장감을 더하게 하고 있다.

왜 그들 내객은 돈을 놓고 가나, 왜 내 아내는 그 돈을 받아야 되나 하는 예의 관념이 내게는 도무지 알 수 없는 것이었다. 그것은 그저 예의를 지나지 않는 것일까?(방점 : 필자)

여기서 '나'는 아내의 직업에 대해 무지함을 보여 주고 있다. 그러나 독자는 아내의 직업을 이미 알고 있다. 이것은 작중화자인 '나'가 작중현실을 모르는 '나'에게 반문함으로써 상식적인 것을 오도해 버리는 지식인 주인공의 사고분열을 스스로 보여 주고 있는 것이다.

이 밖에도 「날개」의 독특한 1인칭 화법은 아내의 꾸지람을 들을 때나 자신을 변명할 때 그리고 다음의 경우에서 분명하게 드러난다.

우리 부부는 숙명적으로 발이 맞지 않는 절름발이인 것이다. [……] 변

---

97) 최재서, 앞의 책, p.98.

해야 할 필요도 없다.

　이와 같이 자신의 입장을 증언할 때 반어적이고 역설적인 효과가 두드러진다.
　이상과 같이 「날개」의 1인칭 화법은 자신의 내면적 세계를 객관화하고 독자로 하여금 자신의 의식세계로 끌어 들여 동참하게 하는 효과를 지니고 있다.

3. 존재와 당위의 갈등

　일반적으로 기존의 논문에서는 「날개」의 작중인물 중 '아내'를 물질과 사회적 타협의 표상으로 거론하고 있다. 여기서는 주인공 '나'와의 관계에서 아내의 의미를 좀 더 심화해 보고자 한다.
　아내는 '나'의 삶의 가장 기본적인 의식주를 해결해 주는 기능을 한다. 아내는 이를 위해 외출도 하고 타인과 모종의 돈거래를 하는 등 사회공동체의 일원으로서 활동한다. 동시에 아내는 '나'를 향해 '해서는 안된다', '해야만 한다'하는 식의 당위성을 강조하고 압박감을 주는 존재이기도 하다.

　　……만일 내가 그런 좀 적극적인 것을 궁리해 내었을 경우에 나는 반드시 내 아내와 의논하여야 할 것이고 그러면 반드시 나는 아내에게 꾸지람을 들을 것이고…….

　위에서 짐작할 수 있듯이 아내는 '나'를 제압하고 구속하는 당위적이고 규범적인 존재다.
　이러한 아내의 태도에 대해 '나'는 길들인 동물처럼 매수 순종적이다. 그리고 본능적인 욕구만 충족되면 잠을 잘자고 소리없이 혼자 잘 노는 어린아이 같은 존재가 된다.

이와 같은 주인공 부부의 관계를 좀더 단적으로 말한다면 아내는 당위의 거대함을 보여주고 '나'는 그에 길들여진 존재의 왜소함을 나타내고 있다고 하겠다. 이 당위와 존재라고 하는 상반된 입장이 서로 대립되지 않고 조화를 이루며 살아갈 수 있는 것은, 게으름과 삶의 권태에 찌든 주인공, 곧 존재가 아내 곧 당위에게 승복하기 때문이다. 그리하여 존재와 당위의 불화 없는 공존관계가 성립되지만 이것은 오래 지속되지 못한다.

이 공존관계는 '나'가 아내의 손님을 의식하고 아내의 직업과 돈의 출처를 추리하고 나아가 아내와 손님간의 상서롭지 못한 현장을 목격함으로써 흔들리기 시작한다.

아내를 찾아온 손님은 아내에게 있어서는 사회적 관계의 대상이며 손님과 아내와의 관계는 돈이 매개역할을 담당한다. 그리고 이 불미스런 관계와 이를 가능케 하는 매개물로서의 돈이 '나'의 존재에 파문을 던진다. 돈으로 인해 '나'는 외출에 대한 호기심과 계기를 갖게 된다. 자궁속같이 편안한 자폐적 공간에 안주하던 '나'를 끌어내려고 자극하는 것이 바로 이 사회적 관계를 대표하는 기능물로써의 돈이다.

'나'는 이로 인해 외출에의 계기를 갖게 되고 나의 외출로 인해 아내는 나의 존재를 구속할 당위를 내세운다.

외출은 존재로서의 '나'가 당위가 지배하는 사회로 나아가는 통로이기 때문이다. 따라서 '나'는 존재로서의 안락했던 자족을 상실하고 만다. 그리하여 식욕을 잃고 수면을 잘 취하지 못하며 쾌감을 갈망하고 방황한다. 주인공이 아내가 준 돈으로 아내를 사고자 하는 행위나, 경성역 대합실로 나가 그릴에서 커피를 사는 행위 등이 존재로의 갈등을 대변해준다고 할 수 있다.

이렇게 주인공의 외출행위로 말미암아 지금까지의 존재와 당위간의 평화 공존이 깨어지게 되자 아내는 아달린(수면제)으로 '나'의 존재를 잠재우려고 한다. 왜냐하면 아내가 당위로 굴레를 씌웠던 위치에서 고분고분하던 '나'의 존재가 외출을 통해 간섭과 방해를 시도하기 때문이다. 즉 주인공의 외출과정에서 아내의 손님과의 관계가 방해를 받게 되고 아내의 당위가 도전을 받게 되므로 아내는 자구책으로 나의 존재를 잠재우려 한 것이다.

그러나 이렇게 해서 얻은 당위와 존재간의 평화공존은 잠정적일 뿐이다. 주인공은 아내의 이 트릭을 눈치 채고 크게 반발한다. 무작정 집을 떠나 공원 숲속에서 아달린 여섯 알을 먹고 일주야를 잔 것이다. 그리고나서 다시 아내에게 갔다가 매음현장의 못볼 것을 보고 봉변만 당하고 되돌아 나와 비스쪼시 옥상에까지 이른 주인공의 행적은 이들 부부사이의 당위와 존재간의 공존관계가 끝내 결렬되고 만다는 사실을 보여준다.

4. 서사구조

본 작품의 서사구조는 대체로 다섯 번의 외출이 반복되는 '외출패턴'[98]에 의해 설명될 수 있다.

이에 착안한 연구업적으로는 김중하의 「「날개」의 Pattern분석」[99]이 대표가 될 만하다. 여기서는 김중하의 소론을 토대로 하여 「날개」의 서사구조의 주요 특징을 보이고자 한다.

주인공은 다섯 번에 걸쳐 '볕 안드는 방'을 나와 외출을 단행한다. 그리고 이 외출의 반복을 통해 여러가지 변화가 일어나고 사건의 진전을 가져온다.

「날개」의 프롤로그에서 주인공은 '박제가 되어버린 천재'로 표현된 자폐적 성격의 소유자요, '두 개의 태양'으로 상징되는 이중성격 내지 자아분열의 징후를 보이는 비일상성의 인물로 서술되고 있다. 그러한 인물이 다섯 번의 외출을 통해 어떠한 방향으로 변모되는지를 살펴보는 일은 본 패턴의 의미를 추출해내는 작업이요, 나아가 「날개」의 주제를 명징하게 밝히는 지름길이기도 하다.

---

98) '패턴'이라 함은 플롯속의 여러 대소 사건들 중에 의미있는 반복을 하는 일련의 행위들을 가리킨다. 「날개」에서는 주인공의 반복되는 외출행위로써 본 작품의 주체와 직결되는 논리적 패턴의 좋은 사례를 삼을 수 있다.

99) 김중하 「「날개」의 Pattern분석」, 『한국현대소설작품론』, 도서출판 문장, 1981.

외출이 다섯 번 반복되는 동안에 점차 생기는 변화는 대체로 다음 다섯 가지로 정리될 수 있다.

첫째, 비밀스럽던 아내의 사생활이 드러나게 된다. 아내는 뭇 남성에게 정조를 팔고 돈을 버는 매음부였으며 매음행위를 간섭하고 방해하는 남편을 수면제로 잠재우는 일도 불사하는 부정적인 존재임이 드러난다.

둘째, '나'와 아내와의 관계에 변화를 가져본다. 곧 여지껏 남편이 아내에 의해 사육당하는 비정상적 부부관계가 서서히 개선되어 가고 있다.

셋째, 외출행위 자체도 주인공의 수동적인 태도에서 차츰 자의적이고 의지적인 것으로 바뀌고 있다.

넷째, 세상과 절연된 생활의 리듬이 깨지고 외부 세계와의 교섭의 폭이 점차 넓어진다. 비록 비정상적인 일상생활이긴 하지만 주인공은 그 '볕 안드는 방'에서의 폐쇄적 생활에 안주하여 빈둥거릴 수 있었다. 그러다가 외출을 통해 이 폐쇄된 생활과 의식에서의 탈출이 모색되는 계기를 갖는다.

다섯째, 그리하여 폐쇄적이고 어두운 공간과 시간에서 차츰 벗어나게 된다.

주인공은 어두운 작은 방이란 제한된 공간 속에서 차츰 열린 공간으로 나아가게 된다. '볕 안드는 방'으로부터 거리로 다시 경성역 대합실로, 산으로, 옥상으로의 공간이동은 '공간의 확대'의 경향마저 보여준다.

외출의 시간 역시 어두운 밤에서 낮으로 또는 자정에서 정오로 이동한다. 특히 밤에서 낮으로의 이동은 주인공이 산에서 수면제 여섯 알을 먹고 일주야를 가사상태에 빠졌다가 깨어난 사건과 더불어 죽음의 체험에서 재생으로 옮아오는 신화비평적 의미를 내포한다고도 볼 수 있다.

이리하여 주인공은 어머니의 자궁속 같이 폐쇄된 방에서 어린 아이와 같은 퇴행적 생활과 의식에 고착된 상태로부터 탈출하게 되고 전도된 질서로부터 해방을 얻게 된다. 일상적이고 비본질적인 자아에 눌려 마비되었던 본질적 자아를 자각함으로부터 시작하여 전자를 물리치고 후자를 되찾는 의지적인 인간 회복에의 과정이 또한 외출패턴으로 나타난다. 또는 '한 방이 가운데 장지로 말미암아 두칸으로 나누어 있었다는 그것이 내 운명의 상징'

이라며 자신의 분열되어버린 내부 세계를 고백하던 주인공이 통일된 자아로 새롭기 탄생하는 부활에로의 지향하는 과정을 외출패턴으로 제시해 보인 것이라고도 할 수 있다. 또는 '지성의 극치를 흘낏 좀 들여다 본 일이 있는 말하자면 일종의 정신분일자'의 위치로부터 현실로 재귀하고자 하는 의욕과 시도를 보인 것이라고도 할 수 있다.

그리하여 이 외출패턴이 지향하는 바, 비본래적 자아로부터 본래적 자아로의 회복, 분열된 자아의 통일 및 퇴행적인 자폐적 생활의 굴레로부터의 해방에 대한 극적인 표출은 다음과 같은 「날개」의 마지막 절규에서 완결된다.

　　나는 불현듯이 겨드랑이가 가렵다. 아하, 그것은 내 인공의 날개가 돋았
　던 자국이다. 오늘은 없는 이 날개, 머리 속에서는 희망과 야심의 말소된
　페이지가 딕셔너리 넘어가듯 번뜩였다.
　　나는 걷던 걸음을 멈추고 그리고 어디 한번 이렇게 외쳐 보고 싶었다.
　　날개야 다시 돋아라. 날자, 날자, 날자, 한번만 날자꾸나. 한번만 더 날아
　보자구나(방점 : 필자).

그런데 이 절규에는 정명환도 지적했듯이 "미래로의 투기가 아니라 과거에 대한 다분히 감상적인 향수"[100]가 담겨 있다. 방점 친 부분에서 보듯이 날개는 과거의 것이며 무능력한 현재의 자신을 극복하기 위해 주인공은 과거의 날개로 '한번만 더' 날자고 하는 재기에의 뜻을 표명하고 있다. 이것은 이재선의 지적처럼 "희망과 야심으로 조형된 과거로의 회귀" 내지, 날개를 소유하고 있었던 과거, 곧 "잃어버린 시간의 재생을 통한 정신과 육체의 재생"[101] 이란 의미를 내포한다고도 할 수 있다. 그리고 본 작품의 주제도 여기에 두어 무방할 것이다.

　　　　　　　　　　　　　　　(『한국근현대작가작품론』, 성균관대출판부, 1993)

100) 정명환, 「부정과 생성」, 『한국인과 문학사상』, 일조각, 1964, p.347.
101) 이재선, 『한국현대소설사』, 홍성사, 1979, p.419.

유진오의 『화상보』

1. 동반자작가

현민·유진오 씨 — 그가 일찍이 소설가로 출세했던 일은 지금에 와서는 아득한 전설처럼 알려졌다.

대학 예과시대부터 문학에 뜻을 둔 현민, 1928년『조선지광』이란 잡지에 단편「스리」를 발표해서 문단에 데뷔했다. '경성제대'에서 법률을 전공하면서 한편 소설을 썼던 현민은 한 때 '동반자작가란 칭호를 들었다.

실상 그는「김강사와 T교수」,「구직자」,「사령장」등 작품을 통해서 이른바 '경향파작가'와 가까운 길을 걷고 있었기 때문이다.

남달리 뛰어난 재질로 해서 급속도의 발전을 가져온 현민의 작가수업은 실로 놀라운 것이었다.

그의 유일한 장편이자 문제작인『화상보』가 발표된 것은 1938년『동아일보』에 연재된 일이다. 이 장편이 다른 단편들보다 이채로운 것은 별로 의식적인 관념이 노출되지 않고 자연스러운 소설 분위기를 맛볼 수 있다는 점이다.

그러나『화상보』를 읽어가면 지나간 1930년대의 우리 사회가 너무도 뚜렷이 부조되고 그 시대의 인간상이 어필해 오는 것도 부인할 수 없다.

땅속에 파묻혀 있는 젊은 인텔리의 아름다운 낭만이라고나 할까. 그보다도 지나간 시대 — 일제하의 우리 젊은 인텔리가 걸어온 청춘기를 조금도 가차없이 그려낸 것이『화상보』가 아니었을까.

어떻든 별로 꼬집어 얘기할 기담은 못 될는지 몰라도 우리의 소설이 말해 주는 생생한 증언의 한 토막이 아닐 수 없다.

'동양의 꾀꼬리'란 첫 장에서 '화상보'란 마지막장으로 끝난『화상보』는 전 17장으로 구성된 장편이다. 비교적 긴 이 장편은 현민의 역작일뿐더러 오늘까지도 독자의 실감을 불러 일으켜 주는 거편이 아닐 수 없다.

2. 동양의 꾀꼬리

때는 늦은 가을 어떤 오후. 소설의 주인 '장시영'이 수원에서 기차 시간을 초조히 기다리는 장면에서『화상보』의 애기는 시작된다.

'오후사시오분착 경아'

시영은 몇 번이고 전보내용을 되외우면서 옛 애인 경아가 탄 기찻간을 싸 헤매었다. 간신히 발견은 했으나 상대편의 화려한 모습에 비해 자신의 초라한 꼴을 자각한 시영은 차가 서울 역구에 도착할 때까지 머뭇거리고 있을 뿐이었다.

경아는 미국서 음악을 전공하고 당당한 쏘프라노 가수로 귀국하고 있는 찰나다. 저명인사의 출영을 받으며 플랫트·홈에 내린 경아의 옆에는 멋장이 동반자 안상권이 뒤따르고 있었다. 이 장면에서 시영은 몇 번이고 용기를 내어 겨우 경아에게 인사를 건네었다.

기억은 여덟해 전으로 거슬러 올라간다. 그때 시영은 수원 고농 일학년 때였다. 식물학에 남다른 취미를 가졌던 시영은 도오랑을 메고 금강산 골짜기를 헤매고 있었다. 그런데 신기하게도 산골짜기에서 아름다운 소녀의 꾀꼬리 소리가 들려 왔다. 그 주인공이 경아였다.

며칠후 온정리(溫井里) 여관에서 우연히도 옆방에서 서로 상봉하게 되고 교제가 시작되었다. 더욱이나 경아 어머니는 시영을 무척 귀엽게 여기고 서울집에까지 불러 들이곤 했다. 그러면서 은근히 둘의 결혼까지 생각했었다.

그러나 시영은 경성 중등 실업학원의 한개 교원으로서 경아와 결혼할 준비가 못되었다.

그대로 한 개 숨은 식물학자였을 뿐 당장 그러한 용기를 낼 수 없었다.

이듬해 봄 경아는 여학교를 졸업하고 동경의 음악학교로 진학했다.

거기서 우등으로 졸업한 그는 또 다시 큰 꿈을 꾸고 양행(洋行)의 길을 떠난다. 이듬해 불행히도 경아의 어머니 박씨는 숨을 거두고 말았다.

이러한 시간이 경과한 오늘 경아는 '리리코·소프라노'의 세계적 가수로서 당당히 환국하고 있는 것이다.

'경아'와 '영옥'

시영에게는 스물 한 살 되는 누이동생 보순이가 있었다. 보순은 여학교를 졸업한 뒤 '삼월백화점' 점원으로 취직한 것이었다.

보순은 넥타이 선물을 오빠에게 불쑥 내민다. 실은 영옥이가 전해달라는 것이었다. 영옥은 시영이 봉직하고 있는 실업학교 교주의 딸로서 작년에 '동경 제국 여자전문학교'를 졸업하고 돌아온 뒤 놀고 있는 처지다. 보순과는 서로 동창이어서 가까운 사이였다.

그러나 뜻밖의 선물을 받은 시영은 깜짝 놀랐다.

"경아씨 보다 영옥이가 낫죠. 교양이 있구 정열적이구 ─ . 오빤 뭐 경아한테 정신이 없으니깐."

이렇게 보순은 오빠를 놀려대기까지 했다.

저녁 때 시영은 '조선호텔'로 경아를 찾아갔다. 몹시 으리으리한 건물에 어리둥절한 시영은 복잡한 수속 끝에 간신히 경아를 만났다.

"조선이 어째 그렇게 더럽고 초라할까요? 그 전에두 그랬던가요?"

뜻하지 않았던 경아의 말투였다. 이 한마디가 시영의 전신을 싸늘하게 진동시켰다. 확실히 옛날의 순진한 경아가 아님을 발견한 것이다.

이 기회에 경아의 파트너인 안상권과 겸연쩍은 인사를 교환했다. 어떤날 교주의 부름을 받은 시영은 학원의 운영난을 얘기하던 끝에 이런 청혼을 받았다.

"미거한 자식이지만 자네 거 안 데려가려나?"

"고마운 말씀입니다. 하지만 저는 사실은 어려서부터 혼인을 정해 논 여자가 있어서요."

이렇게 냉정히 거절한 시영은 다시 경아를 찾아간 것이었다.

"요 전날 밤엔 실례했어요. 마침 음악회 일로 이야기를 하던 중이라서 불쾌하셨죠?"

하는 말로 시영의 마음을 녹혀준 후에 자신의 처지를 호소했다. 내용인즉 안상권과의 관계가 여러 가지로 난처하다는 뜻이었다.

호텔에서 나온 경아는 다시 상권의 후원으로 문화 주택을 가회동에 마련했다. 사람들은 이 집을 '예술가의 집'이라 부른다. 그것은 시인이 지었대서가 아니라 새 주인 경아를 중심으로 수많은 예술가들이 이 집에 드나들기 때문이었다.

몹시 화려한 장치에다가 피아노까지 들여 놓았다. 그리고 매일같이 파티가 벌어졌다. 그동안 자연히 경아와 상권은 깊숙한 사이가 되고 있었다.

"……물론 내 말이 경우에 닿지 않는 줄은 잘 압니다. 경아씨께는 애인이 있구 그보다도 나는 처자가 있는 몸이니까요. 그 뿐 아니라 우리들의 사이는 그런 문제를 초월한 사이라고 내 자신 내 입으로 몇 번이나 말해 온 처지니까요. 허지만 지금와서 말씀입니다만 그것은 다 내 가면이었습니다. 가면이라는 게 나쁘다면 내 스스로 내 마음을 누르는 수단이었다 할 수 있겠지요. 그러던 것이 요새 와서는 내맘대로 하지 못하겠어요. 그래서는 못쓴다 하면서두 경아씨를 대할 때마다 나는……."

파트너 — 상권은 완전히 가면을 벗고 경아에게 대들었다. 그러나 경아는 시영과의 결혼을 결심할 뿐이었다.

한편 시영의 집에는 시영의 동료 기섭과 영옥 그리고 보순이 서로 어울려서 카드놀이를 하고 있었다. 때 마침 경아는 이 장면에 나타난다. 서로 어색한 분위기에 휩싸인다. 점심 후 모두들 거리로 나섰다. 다방에서 우연히 상권과 부딪치자 경아는 그 쪽으로 동행해 극장으로 가버린다. 시영은 다시 불쾌감을 느꼈다.

3. 영옥의 출분(出奔)

그토록 굉장히 신문에서 떠들던 경아의 음악발표회가 '부민관'에서 열렸다. 시영은 불쾌한 마음을 부여안고 자리를 잡았다. 대단한 인기였다. 서로 약속이 되어 있었으나 환영객에 휩싸이어 뜻을 이루지 못했다.

돌아오는 길에 교주의 부고를 받았다. 불의에 죽은 교주를 문상하느라고 밤을 드새웠다. 그동안 경아는 사연도 모르고 시영을 몇 번이고 찾았으나 헛탕이었다.

기다리던 시영의 답장은 이러했다.

"만나자는 말씀은 감사하오나 이 이상은 서로서로의 행복을 위해 나쁠 것입니다. 나를 만나자는 당신의 말씀에서 따뜻한 동정심을 느끼기는 하나 동정심은 결국 당신을 그르칠 것이고 나도 또한 괴로와 이 이상 받기 싫습니다."

이토록 가혹한 절연장을 쓴 시영에겐 또 하나의 비극이 있었다. 어머니 정씨가 자궁암으로 위독하게 되었다. 이미 기울어진 때였지만 자식의 도리로 무리한 수술을 해야 했다. 그러나 시영에겐 그만한 돈이 없었다. 손에 닥치는대로 팔아서 수술비를 마련했다.

한편 영옥은 오빠의 구박에 못이겨 집을 튀어 나왔다. 그리고 어떤 개인 회사의 사장 비서가 되었다. 그러나 한달도 채 못되어 회사를 물러 나와야 할 신세가 되었다. 사연인즉 음탕한 늙은 사장이 영옥을 돈으로 유혹하려는 흉계 때문이었다. 이러한 영옥이 대학병원에서 시영의 난처한 입장을 보고 자기집으로 되돌아 간다. 그래서 돈 이백원을 융통해 왔다. 여러 가지로 망설이다가 보순에게 전했다. 안 받겠다는 보순에게 도리어 애원하다시피 억지로 내밀었다.

그런가 하면 '예술가의 집'을 중심으로 한 유한 마담들과 놈팽이들은 언제나 법썩대며 놀아났다. 신문에는 경아와 상권과의 사이를 하나의 스캔들처럼 보도했다. 이통에 기를 올린 것은 두말할 것없이 상권이었다. 상권은 전실과의 이혼을 결행했다.

진눈깨비 내리던 밤 경아와 상권이 굳은 키스를 교환하던 때 청진동 이명곤(교주의 아들)의 집에서는 영옥이 뜻하지 않은 결혼을 강제당하고 있는 것이었다. 변호사 권덕렬과 결혼을 꼭 해야 한다는 협박이었다. 이 길로 영옥은 또 다시 집을 튀어나와 행방불명이 되었다.

4. 동경으로의 신혼여행

얼마의 혼수상태가 계속된 후 시영의 어머니 정씨는 임종을 하고야 말았다. 그동안 쌓이고 쌓인 돈 빚 이천원을 청산키 위해서 집을 팔아야 했다. 그전에 코순이를 출가시켰다. 삼월 십오일날 최후로 학원문을 닫고 돌아오는 길로 시영은 가패와 집을 파는 계약을 맺었다.

그런가 하면 경아와 상권은 약혼피로를 끝내고 실제상 동거생활을 하면서 결혼날짜를 기다리고 있었다. 이 찰라에 상권의 전실이 등장한다. 자기가 억울하게 사기 이혼을 당했다는 사연이었다. 돈 삼만원으로 오빠들하고 짜고 도장을 훔쳐서 호적을 위조했다는 것이다. 그리고 자기도 소실에 불과한 것과 남편인 상권의 불량성을 여지없이 폭로하는 것이었다.

그런가 하면 변호사 권덕렬이 경아를 찾아와 그녀의 남편과 이복희와의 사건을 취재한 『실화(實話)』잡지를 제시했다. 여기에 의거해서 고소를 제기하겠다는 것이다. 경아는 또 다시 아연실책하지 않을 수 없었다.

한 통의 이혼 편지를 남겨 놓은 채 경아는 어딘지 자취를 감추고 말았다. 한편 시영은 식물학 연구논문이 일본 제국대학의 나까이 박사의 칭찬을 받아 국내 신문에 크게 클로즈·업 되었다.

시영의 영예로 법썩하게 기뻐하는 중에 명곤이 시영을 찾았다. 자기의 누이동생 영옥의 행방불명 때문이었다. 더욱이나 유서를 남긴 채 나가 버렸다는 것이다.

영옥이 부산으로 내려 갔다는 단서를 얻고 '명곤'과 '시영'은 부산으로 뒤

쫓아 갔다. 이미 때는 늦었으나 투신자살을 하다가 구출되어 입원중임을 확인했다.

"무심했던 날 용서하시우."

시영의 뜨거운 정열은 모든 오해를 녹여버리고 어엿한 한쌍의 신혼부부가 되었다. 이들은 신혼 여행차 동경으로 향했다. 시영의 연구 논문이 우수하게 평가되어 학회에 참석키 위해서였다. 공교롭게도 같은 열차에 경아가 타고 있다는 사실은 누구도 모른다.

동경서 시영은 놀랄만한 환영과 접대를 받았다. 시영은 또 기적적으로 경아와 상봉한다.

이주일 후.

허물어진 수원 옛성터. 팔달산(八達山) 맞은 쪽 언덕 밋밋한 잔디밭 위를 천천히 거닐고 있는 것은 시영이 내외와 경아의 세 사람이었다. 경아는 뜻밖에 백림 그전 선생으로부터 다시 독일로 오라는 편지를 받고 떠날 준비를 하고 이곳을 찾았던 것이었다.

이렇듯 세상에는 화려한 인생도회(人生圖繪)가 있는가 하면 바로 그 옆에 우울한 너무나 우울한 인생이 병행한다는 것이 「화상보」의 전부다.

5. 데카당과 제로이즘

시영을 중심으로 온갖 인생의 화면이 분방히 전개되는 「화상보」. 결국은 순탄한 결말과 당연한 인과를 빚어내고 말았다.

언제나 성실하게 살아간 시영은 끝내는 크게 성공하고 영옥과 같은 정숙한 여성과 일생을 해로하게 된다는 해피엔딩. 그러나 이와 대조적으로 허영에 들뜬 경아의 애정편력은 너무도 허망한 사실임을 보여 주었다.

그건 그렇고 「화상보」의 배경을 이루고 있는 몇 가지 사회적 측면은 어떠했을까?

이른바 서구문명을 동경한 나머지 자기가 저버린 경아나 상권을 위해서 숱한 유한 마담들이 구더기와 같이 들끓어대는 모습은 참으로 가관이었다. 아마도 이 무렵부터 우리 사회에는 퇴폐의 독소가 싹트고 있었다는 증거가 아닐까. 이것을 합리화시켜서 대변하고 있는 작가 송관호의 말을 빌어 보자.

"내일은 또 내일이죠. 그 증거로는 오늘 우리가 여기 모여서 이렇게들 떠들고 놀지만 내일 저녁에도 꼭 이렇게 모일 수 있으리라구 누가 보증헙니까? 별안간 배가 아플지두 모르구 등이 아플지두 모르는 게구, 이따가 골목담 모퉁이를 돌아가다가 고양이 한 놈이 개왓장을 떨어뜨려 대가리가 터질지두 모르는 게구 사람의 일이란 한발짝 앞 일을 모르는 게거든요."

이런 식의 데카당은 결국 방종과 윤락의 파멸의 구렁텅이를 깊숙히 마련하고 말았다.

초라한 조국땅이 싫다던 '경아'의 허영심은 끝장에 가서 이렇게 자탄하게 되었다.

"여자는 이름이 나면 나는 순간에 십자가를 등지는 거니까요."

「화상보」의 주요 테마를 이루고 있는 것은 무엇보다도 시영과 기섭의 제로이즘이다. 말하자면 영의 사상을 두고 하는 얘기다. 이제 송기섭의 설명을 들어 보자.

"나는 요새 '제로의 가치라는 것을 곰곰 생각허구 있네만두 아무 것두 보잘 것 없는 인간, 그러나 남을 해치지 않는 인간 그것처럼 귀중헌 게 어디 있나. 세상 사람이 모두 마이나스인 때에는 제로도 또 귀중하단 말이야. 세상 사람이 모두 마이나스인 때에는 제로도 또 귀중하단 말이야. 제로는 마이나스보다 크니까. 비례를 따진다면 무한대로 크니까."

실상 시영은 이것을 생활 모토로 해서 살았고 젊은 과학도의 본도를 어기지 않았다.

또한 시영의 독특한 이론은 이런 점에서도 남다른 바가 있었다.

'주의'라는 딱지를 붙이는 것은 옆에서 보는 사람 비평가의 일이지 행동하는 사람의 일은 아니라고 시영은 말해 온 것이다.

무슨 주의든지 그것이 단순히 개념으로 머물러 있지 않고 사람의 육체

속에 동화돼 버리면 벌써 그 사람은 한 개의 생활자이기는 할 망정, 주의자는 아니다.

'나'는 이렇게 생각하는데 '주의'에 비추어 보면 이렇다 하는 명제는 성립되지 않는다는 것이 시영의 이론이었다.

(『현대작가론』, 이우, 1983)

김동리의 토속성향과 「무녀도」

1. 서언

「무녀도」는1936년에 김동리가 「화랑의 후예」로 『중앙일보』신춘문예에 당선하여 문단에 데뷔한 그 이듬해에 『중앙』지에 발표한 그의 초기작이다.

그러면서도 같은 초기작인 「황토기」와 더불어 김동리 문학의 정수요, 한국문학사상 획기적인 작품으로 평가를 받아오고 있다.

「무녀도」는 또한 작가자신이 여러 번 개작을 해 온 것으로도 유명한 작품이다. 곧 1936년의 원작을, 1947년 『무녀도』라는 제 1창작집을 낼 때 작가는 해설 내용을 거의 새로 써야 할 만큼 전면개작을 했다. 그리고 1967년 『김동리대표작선집』을 삼성출판사에서 낼 때 또다시 부분개작을 했고, 1978년에는 이를 다시 장편화하여 작품명도 『을화』로 고쳐서 『문학사상』 지에 발표하는 데까지 이르렀다.

이와 같이 거듭되는 개작현상은 이재선도 언급했듯이 '일회적인 완결의 작품'을 대상으로 하는 문학사가들을 당황하게 하는 면도 있지만[102] 작가의 본작품에 대한 애착 내지 완벽성에 대한 강한 집념을 엿볼 수 있음과 아울러, 그의 작품세계의 변모·심화과정을 보여주는 중요 자료가 된다고 할 수 있다.

그러나 여기서는 이러한 변모과정에 대한 통시적 고찰보다는 주로 1967 년 판의 「무녀도」를 텍스트로 삼아 형식주의 비평의 입장에서 플롯과 성격 및 주제 등으로 나누어 그 특징을 차례로 서술하고자 한다.

---

102) 이재선, 『한국현대소설사』, 홍성사, 1979. p.456.

2. 구성상의 특징

작가는 「무녀도」를 일곱 장으로 나누어 서술하고 있다.

그 첫째 장은 '무녀도'라는 그림의 묘사로 시작하여 1인칭 화자의 시점에서 그 그림을 그린 벙어리 소녀와 그 아비가 소개되고 있다. 그리고 제 2장부터 마지막 7장까지의 내용은 바로 이 그림의 내력담으로서 본 작품의 알맹이가 되는 셈이다. 그러니까 제 1장은 이 알맹이를 끌어들이기 위한 도입단계에 해당된다. 이와 같이 1인칭 시점의 도입부분이 있고 그 안에 3인칭 시점의 내부이야기가 포함된 이중구조형태를 액자소설이라고 하는데, 이런 형태야말로 이재선의 지적대로 "동리문학의 현저한 소설시학"[103]이요, 그의 완벽성을 지향한 플롯상의 주요 특징으로 삼을 만하다. 작가는 이 도입부분을 통해서 본 작품에 대한 독자들의 신뢰도와 호기심을 높여주고 있다.

제 2장은 경주읍에서 성밖으로 5리쯤 떨어진 잡성촌마을 한 구석에 도깨비굴 같이 낡고 헐리인 집이 묘사되고 그 안에 사는 무녀 '모화'와 그 딸 '낭이'가 소개된다. 그리고 마을 사람들이 굿을 청하러 오거나 낭이의 아비가 1년에 한 두 차례 낭이를 찾아 주는 외에는 세상 사람들과는 왕래도 없이 살아가는 쓸쓸한 모녀의 생활도 서술되고 있다. 이를 통해서 무당 모화의 사고방식과 벙어리가 된 딸 낭이와의 관계가 주로 토속적인 신앙을 배경으로 선명히 드러나고 있다.

제 3장은 모화의 아들 '욱이'가 10년 만에 귀향하는 사건으로 시작된다. 그런데 모자간의 해후의 기쁨은 잠깐이고 그 동안에 기독교인이 되어버린 욱이와 무당 모화 사이에 첫 충돌이 일어나게 된다. 욱이는 성경과 기도로, 모화는 '신주상'과 주문으로 팽팽한 대결을 벌이는 것이다. 그리하여 욱이가 모화의 기세에 눌려 임시 집을 나가는 것으로 이 첫 충돌은 일단 마무리

---

103) 이재선, 앞의 책, p.454.

가 된다.

이런 대립갈등은 제 4장에 와서 더욱 고조되어 간다. 그리고 낭이의 욱이에 대한 근친상간적인 충동이 가세되어 더욱 복잡한 갈등양상을 보인다. 이로 인해 날로 창백해 가던 욱이는 또다시 집을 나가고 모화는 모화대로 '예수귀신' 쫓는 치성을 드리기에 더욱 열을 올린다. 그러다가 욱이가 피곤한 몸을 이끌고 다시 집을 찾아온 날 밤에 비극적인 사태가 벌어지고 만다. 곧 모화가 욱이의 자는 틈을 타서 품속에 넣어 둔 성경책을 빼내어다가 불태우면서 푸닥거리를 하는 도중에 뒤미처 일어나 이를 말리던 욱이를 칼로 찔러 치명상을 입히고야 마는 것이다.

제 5장은 모화가 욱이의 병간호에 열중하면서 그만큼 무당으로서의 영험이 떨어졌다는 것과 그 대신에 욱이의 사전 노력으로 세워진 교회가 점차 흥성해져 가는 상황을 보여주고 있다. 그리고 수세에 몰리게 된 모화가 이에 꺾이지 않고 여전히 주문과 굿으로 저들과 대결하는 고독한 모습도 보여주고 있다.

제 6장에서는 욱이가 병이 더욱 악화되어 세상을 떠나기 임박해서 욱이의 옛 스승인 평양의 현목사가 방문하는 이야기가 나온다. 그리하여 욱이는 현목사로부터 성경책을 선물로 받으며 큰 위로와 더불어 그동안 경주지방의 선교상의 공적에 대한 치하를 받는 가운데 행복한 최후를 기다릴 수 있게 되었다는 내용이 전개된다.

제 7장에서는 아들을 잃고 실심(失心) 하던 모화가 마지막으로 어느 '예기소' 앞 백사장에서 넋을 건지는 큰 굿을 벌이는 장면이 나온다. 여기서 모화는 온 마을 사람들이 지켜보는 가운데 신명이 지피운 채 주문을 외우면서 넋을 건지려 물 속에 들어갔다가 스스로 빠져 죽고 만다. 제 6장이 욱이의 기독교적인 평화로운 죽음을 다룬 것이라면 제 7장은 모화의 샤머니즘적인 인상적인 죽음을 다뤘다는 점에서 대조가 된다.

그리고 제 7장의 말미에 낭이의 아버지가 혼자 앓아 누운 낭이를 나귀에 태우고 떠나는 장면은 제 1장의 나귀를 탄 부녀가 찾아온 장면 및 떠나는 장면과 연관성을 가지면서 결국 「무녀도」 전체의 구성상의 완결미를 기하는데 기여하고 있다.

이상과 같은 전개양상에 대해서 김치수는 전 7장 중에 제 4장을 본 작품의 클라이막스로 삼고 그 앞의 1∼3장과 그 뒤의 5∼7장을 각각 상승과 하강의 커브를 그리는 대칭구조로 설명하기도 한다[104]. 그러나 이런 설명은 「무녀도」의 액자소설 형태로서의 구조상의 특징을 무시하고 지나치게 도식화한 흠을 지적받을 수 있다. 그리고 클라이막스도 제 7장에서처럼 만인중시하(萬人衆視下)에 자기를 비방하는 이들과 대결하여 모화 혼자서 사생결단의 굿을 벌이다가 죽는 대목이야말로 제 4장의 모자간의 활극적인 충돌대목에 비해 한결 클라이막스다운 심도와 비장미와 극적 효과를 보인다고 하겠다.

「무녀도」의 전7장을 대칭구조로 보기보다는 도리어 상반된 두 세력, 곧 기독교와 샤머니즘의 영향력의 성쇠가 서로 교차하는 양상을 구조적으로 나타낸 것이라고 설명하는 것이 타당하다고 본다. 왜냐하면 제 2장에서 왕성했던 모화의 샤머니즘적 영감이 3·4장에서의 치열한 갈등을 거친 후 5장부터 약세를 보이다가 7장에서와 같이 비장한 최후를 마치는 데 반해, 3장에서 처음 욱이가 몰고 온 기독교적 세력은 3·4장에 걸쳐 모화의 주문과 굿에 위압되다가 욱이가 모화의 칼에 치명상을 입은 것을 계기로 5장부터 샤머니즘을 제압하여 큰 위세를 떨쳐가기 때문이다.

결국 「무녀도」는 토속적 샤머니즘과 외래적 기독교 사조와의 갈등을 주축으로 하여 전자가 후자에 의해 소멸되어가는 양상을 시간적 진행에 따라 순차적으로 전개해 간 전형적인 비극의 플롯형에 속하는 작품이라고 하겠다. 여기에 박동규도 지적했듯이[105] 모화의 주문들이 ― 낭이에 대한 애정어린 주문, 욱이에 대한 기다림 내지 애절한 소망의 주문, 예수귀신을 쫓고자 하는 '마주(魔酒)같은 향기'마저 풍기는 주문, 그리고 마지막 물속으로 빠져 들어가며 넋두리하는 주문 등 ― 그것대로 한 사설의 연결성을 지닌 채, '내면적, 율격적 플롯'을 구성하면서 본 작품의 '놀랄만한 극적 긴장감과 감

---

104) 김치수, 「김동리의 무녀도」, 『한국현대소설작품론』, 도서출판 문장, 1981, pp.283∼284.
105) 박동규, 「산당과 원시의 동경」, 『현대한국작가연구』, 민음사, 1976, p.270.

정적 단란의 예시와 가락'을 나타내는 데 기여하고 있다고 하겠다.

3. 작중인물의 성격적 특징

그 다음 「무녀도」의 작중 인물들에 대해서, 무당 모화와 그 아들 욱이 및 벙어리 딸 낭이를 중심으로 각각의 성격적 특징과 그들이 지닌 의미를 살펴볼 차례다.

주인공 모화는 우선 모든 면에서 보통의 여염집 여자와 상반되는 성격의 인물로 서술되고 있다. 그녀는 굿을 하는 날 외에는 날마다 주막에서 화랑이들과 어울려 술에 취해 사는 디오니소스적인 인물이다. 그리고 집안구석은 돌아보지도 않아, 그녀의 집은 '이미 수십년 혹은 수백년 전에 벌써 사람의 자취와는 인연이 끊어진 도깨비굴 같기만'하다. 그런 속에 살면서 모화는 또한 모든 자연만물에 대해 그 내면의 초월적 존재를 믿는 범신론적 사고방식을 지니고 있다. 그녀는 사람으로부터 모든 사물에 이르기까지 귀신의 화신으로 보여서 때로 아양을 떨기도 한다. 그리고 딸 낭이에 대해서도 받들어 섬겨야 할 '수국 용신님'의 딸인 '꽃님의 화신'으로 여겨 정상적인 모성으로 대하지 못한다.

이처럼 무당 모화에게 특이한 성격을 부여한 데에서 우리 전통적 샤머니즘의 신비주의적 경지를 추구하고자 하는 작가의 의도를 읽을 수 있다. 그리고 이 신비주의는 이태동의 지적대로[106] "생명력과 우주의 내면에 있는 초월적인 어떤 힘에 투합하려는" 그녀의 샤머니즘 무당으로서의 접신적 행위 등에서 그 진면목이 드러난다. 그리하여 모화는 이 신비적인 접신의 삶, 무당의 삶을 철저히 살며 이를 고수하다가 예수장이 아들과 숙명적인 충돌을 하게 되고 급기야는 칼로 아들을 찔러 치명상을 입히기에 이른다. 그리고 나서부터 모화는 샤머니즘적 충동과 아들에 대한 강렬한 모성의 틈바구

---

106) 이태동, 『한국대표명작·김동리』, 지학사, 1985, p.229.

니에서 인간적인 갈등에 휘말려 굿에도 그만큼 신명이 풀리고 만다. 여기에서 우리는 모화의 성격적 신비성에 곁들여 생동하는 인간적인 표정도 읽을 수 있다. 「무녀도」는 바로 이러한 모화의 특징들을 잘 살려냄으로써 샤머니즘의 신비의 세계와 더불어 이를 통해 극복하고자 하는 인간적 고뇌의 깊이를 표현하고 있다.

욱이는 모화의 샤머니즘 세계와 대척적인 자리에서 기독교 세계를 대변하는 이념적 인물로 등장한다. 곧 우리 고유·전통성에 대치된 외래의 신사조의 위치에, 그리고 원시적 상황에 디오니소스적 세계에 대치된 문화적 상황과 아폴로적 세계의 위치에 그는 서 있다. 그리하여 본 작품의 주요 갈등 — 이념상의 전통과 변혁이라는 문화적 갈등 — 을 야기하는 요인으로 작용하고 있다.

그는 또한 어릴 적에 신동으로 소문이 날 만큼 출중한 재주와 '품위 있고 아름다운 얼굴'의 준수함 및 그의 내력담을 통해서 볼 때 우리 고전소설의 영웅들과 유사한 면모를 지니고 있다. 고전소설의 영웅들이 어릴 때부터 기구한 역경 속에서 세상에 버림을 받다가 구출양육자에게 거두어지고 도승에게서 불의의 세상을 광정(匡正)할 도술을 배웠듯이, 욱이도 어려서 절간에 보내어진 뒤 육친으로부터 10년 동안이나 잊혀진 채 혼자 서울로 평양으로 전전하다가 미국인 선교사 현목사에게 거두어져 당대 한국사회를 일신시킬 수 있는 무기로서, 서양문명의 근간인 기독교 신앙을 얻어 부상하게 된 점 등이 그것이다.

그리하여 고전소설의 영웅들이 도술로 간신배 등 사회에 불의를 끼치는 자들을 척결했듯이, 「무녀도」의 욱이는 광정해야 할 대상을 샤머니즘으로 삼아 이를 퇴치하기 위해 동분서주함으로써 마침내 그 지방의 교회설립의 첫 공로자라는 영예를 얻기에 이른다. 다만 이 영예는 그의 희생적인 죽음을 수반해야 하기에 고전소설의 영웅처럼 해피엔드로 끝나지 않는다는 점이 다를 뿐이다. 그리고 그보다 더 중요한 차이점은 영웅과 안타고니스트와의 관계가 고전소설에서처럼 선악 내지 애증 등으로 확연히 구분될 수 없다는 점이다. 왜냐하면 「무녀도」에서의 영웅 — 안타고니스트의 관계는 이념대 이념의 문화적 대립갈등의 양상을 띤 데다가 어머니와 아들이라는 가족 관계에서 이뤄진 것이기 때문이다.

아무튼 「무녀도」는 욱이의 등장으로 인하여 그가 몰고 온 기독교 세력의 모화로 대변되는 샤머니즘 세력과의 대립갈등이 일게 되고 그 결과 한 가족의 파멸과 함께 전자에 대한 후자의 패배로 마무리를 짓기에 이른다.

낭이는 모화의 딸로 귀머거리에 벙어리라는 비극적인 운명의 소유자요, 도깨비굴 같은 집 방 한 귀퉁이에서 온종일 집을 지키며 그림을 그리는 소녀다. 그리고 욱이의 씨 다른 누이동생이면서 욱이에 대한 근친상간적인 애욕충동을 보이는 비정상적 인물이기도 하다. 모화는 낭이를 본래 수국용신의 막내따님인데 바람을 피우다 벌을 받고 귀머거리가 되어 쫓겨난 복사꽃의 현신으로 본다. 반면에 욱이는 낭이를 단지 '귀머거리와 벙어리 귀신이 들린' 것으로 본다. 이와 같은 두 견해, 곧 샤머니즘과 기독교 사상의 틈바구니에 낭이는 서 있는 것이다. 이 두 이념의 팽팽한 대결의 한 가운데서 관조자의 수동적인 자세를 취하는 중에 그 대립갈등의 고통과 그 결과에서 오는 파멸의 비극과 한을 내면에 그대로 수용하여 예술적으로 승화시켜 내는 일이 바로 낭이가 본 작품에서 맡은 역할이다. 그리하여 그녀의 손에서 '무녀도'가 그려진 것이고 이 무녀도 그림을 본 작품의 발단 내지 액자소설 형태로 삼음으로써, 본 작품이 단순히 샤머니즘의 해부나 두 문화의 충돌현상을 노출시키는 데서 끝나는 생경함을 벗어나게 해 준다.

한편 낭이는 모든 일에 수동적인 것만은 아니다. 모화가 그녀를 '바람둥이 꽃님'의 화신이라고 한 말에서 시사하듯이 낭이는 자유분방한 애정욕구의 소유자다. 애정욕구 내지 성충동은 때로 인간의 원초적인 생명력의 표상이기도 하다. 그것이 귀기어린 집에서 위축되어 있다가 처음으로 그 집에 '사람냄새'를 피우면서 욱이가 출현하자 비로소 발산의 대상과 계기를 얻게 된다. 그리하여 밤마다 낭이는 '그 얼음같이 싸늘한 손과 입술로 욱이의 목덜미나 가슴팍으로 뛰어들곤'하는 것이다. 그리고 그것이 충족 안 되자, 그녀는 모화의 굿장단에 맞춰 밤새도록 미친 듯이 벌거벗은 채로 춤을 추다 쓰러지기까지 하는 것이다.

이와 같이 낭이는 상반된 신앙의 갈등에서 오는 한 가족의 비극을 관조하며 이를 예술적으로 승화시키는 역할뿐 아니라 인간의 무의식 속에 내재한 성충동 내지 원초적인 생명력의 구현자로서의 의미까지 지니고 있다고 하겠다.

이상의 세 인물들은 박동규의 지적처럼 그 시대의 사회계층적인 전형성이나 구체적인 신체적 특색 및 인간보편의 어떤 유형성을 보이기 보다는 상호간의 정신적 이질성만을 드러냈다는 점에서[107], 그리고 김치수의 지적대로 자기의 세계에 충실하여 자신의 운명을 철저하게 살아 온 인물들이라는 점에서[108] 공통성을 찾을 수 있다.

4. 주제적 면모

이와 같이 30년대의 고단한 현실과는 동떨어진 채 자기세계에 칩거하여 샤머니즘이라는 토속성과 외래 기독교사조 간의 갈등을 드러내는 인물들만을 그려낸 점에서 본 작품의 주제를 김우종의 지적대로 역사부재의 "신당에의 도피"[109]에 둘만도 하다. 혹은 김현의 지적처럼 "토속신앙만이 지배하고 있는 닫힌 사회에 기독교가 들어오는 과정"과 그로 인한 닫힌 사회의 붕괴를 상징한 것으로 설명할 만도 하다.[110]

그렇다면 이처럼 작가가 현실적인 문제와 사건들에 깊은 관심을 표명하지 않고 시대적인 갈등현상에서도 주로 토속신앙과 기독교의 대립이라는 문화사적 갈등에만 주목하는 이유는 무엇인가? 30년대 KAPF맹원검거사건 이후 가속화된 일제의 억압정책으로 인한 도피현상의 하나로 해석할 수도 있다. 또는 작가의 성장지가 경주라고 하는, "역사적 유물과 전설과 시가를

---

107) 박동규, 앞의 책, p.266.
108) 김치수, 앞의 책, pp.286~287.
109) 김우종, 『한국현대소설사』, 선명문화사, 1973. pp.271~273.
110) 김윤식・김현, 『한국문학사』, 민음사, 1977. p.245.

남기고 있는", 그래서 "인간과 전통에서 자유로울 수 없다는 인식을 가능
케"하는 지역이란 점과, 또 "가족제도를 문화의 최소단위로 보고 그것의 붕
괴를 문화사적 그것으로 확대시켜 해석하고 있는" 작가의 관점과 연관을
지워 그 이유를 밝히고자한 김현의 언급도[111] 음미해 볼 만하다.

　그러면 「무녀도」는 단순히 현실을 도피하여 닫힌 사회의 문화사적 충돌
을 주제로 한 작품에 불과한가? 그렇지는 않다고 본다. 김치수가 "소멸의
미학"이라고 지칭할 만큼[112] 작가는 토속신앙의 퇴조와 붕괴 현상에서 사
라지는 것들에 대한 아름다움을 포착하여 예술적 승화에 부심한 자취를 본
작품에 남기고 있는 것이다. 예컨대 모화가 샤머니즘 세계에서 접신의 삶을
고수하다가 예수쟁이가 되어온 아들과 대결하여 그를 찔러 죽이고 그 회한
과 고통 속에서 만인이 지켜보는 가운데 마지막 큰 굿을 벌이는 도중에 예
기소 물속에 빠져 죽는 그녀의 극적인 몰락과정, 꽃다운 나이에 자기의 신
앙을 지키다가 신들린 어머니의 손에 희생당하는 욱이의 아쉬운 종말, 그리
고 무엇보다도 가정의 비극을 끝까지 지켜보면서 거기서 얻은 슬픔과 한을,
말 대신에 화폭에 옮겨 무녀도를 완성시킨 벙어리소녀 낭이의 경로가 이를
입증해 준다고 하겠다.

　그밖에 「무녀도」의 주제에 대해 거론할 만한 것은 이태동의 지적대로
"샤머니즘의 본질에 대한 탐색"의 면이다.[113] 이것은 본 작품 가운데 '용신
님', 곧 생명력을 상징하는 물의 신에 문제를 맡기면서 굿을 통해 신들림으
로 자신을 우주의 생명력과 초월적 힘에 투합하고자 하는 주인공 모화의 행
적을 통해서 그 구체상을 찾아 볼 수 있다.

　결국 「무녀도」는 토속성인 샤머니즘의 신비성과 더불어 그것이 외래의
기독교 세력에 떠밀려 몰락해가는 과정에서 드러나는 비극미를 한 가족을

---

111) 김윤식・김현, 앞의 책, pp.244~246.
112) 김치수, 앞의 책, p.280.
113) 이태동 편저, 『김동리・한국대표명작』 11, 지학사, 1985, pp.227~230.
　　이태동은 「무녀도」의 주제로 '동・서 문화의 충돌이라든가 신・구 정신의 대
　　립'을 부정하면서 그 대신에 '샤머니즘의 본질에 대한 탐색과 비극의 미학'을 주
　　장하고 있다.

중심으로 하여 예술적으로 승화시킨 우리 문학의 고전이라고 할 만한 작품
이다.

(『한국근현대작가작품론』, 성균관대출판부, 1993)

Ⅲ. 한국근현대소설의 흐름 2

황순원의 『별과 같이 살다』

1. 이땅의 생생한 역사

『별과 같이 살다』는 황순원씨의 처녀 장편이다. 단편작가로 알려진 황순원씨의 장편『카인의 후예』나『인간접목』과 함께 우리 독자에게 많은 감명을 준 역작이라 할 수 있다.

1949년 발표되어 6·25 직전에 출판된『별과 같이 살다』는 하나의 소설이기보다 이 땅의 생생한 역사이다.

일제 말기에서 8·15해방에 이르는 사이에 헐벗고 굶주린 사람들의 몰락 과정이 숨김 없이 그려졌다. 복실이란 여주인공을 중심으로 가난한 족속들이 그 얼마나 불행했고 그 얼마나 비극이었던가를 말해 준다. 참으로 불행한 자에게는 영원한 불행이 연속된다는 실증이 아니던가.

나면서부터 비롯됐던 가난, 그것은 끝내 불행을 동반했다. 그들은 한결같이 양처럼 어리석었다. 그러면서도 한 가닥 따뜻한 인간의 호흡만은 잃지 않았다. 그들이야말로 참다운 생활의 휴머니스트였다.

황씨의 독특한 서정 속에 전개되는『별과 같이 살다』를 읽고 나면 누구나 피어린 동정의 눈물을 금치 못하리라. 모든 현상을 냉혹히 다루고 있는 이 작품은 얼핏보면 자연주의의 색채를 다분히 풍겨 준다.

그러나 미끈한 스타일과 훈훈한 스토리는 확실히 황순원씨의 세계에서만 볼 수 있는 특산물이다. 순순히 풀려가는 낭만 속에 이 땅의 풍속을 구김 없이 전해 준다. 흙 냄새 나는 농촌과 숨막히게 썩어드는 도시가 여실히 대조되고 있다.

『별과 같이 살다』는 전 12장의 구성을 갖고 있으면서 여러 잡지에 부분적으로 발표했던 장편이다. 때문에 한 장씩을 독립시켜도 충분히 하나의 단편이 될 수 있는 성질의 작품이다. 그렇다고 그것이 하나의 장편으로서 통일성을 잃었다는 말은 아니다.

2. 샘마을 사람들

대구에서 얼마 떨어지지 않은 시골 — 샘마을에서부터『별과 같이 살다』의 얘기는 시작된다.

이 마을은 통채, 대구 사는 김만장 영감의 혼자 소유로 돼 있었다. 벌써 몇대 째, 그러니 어느 옛날부터 대대로 비록 주인은 갈릴법 해도 한결같이 가난해만 내려오는 이곳 사람들은 또 김만장 영감을 그대로 하나의 무서운 존재로 받들고 살아가는 백성일 수밖에 없었다. 이렇게 샘마을 사람들이란 가난한 족속의 하나였다.

곰녀는 이런 샘마을, 땅밖에 팔 줄 모르는 농부의 딸로 태어났다. 할아버지도 할아버지의 할아버지도 땅밖에 팔 줄 모르는, 마을에서들 '곰이'라는 별명으로 불리우는 나이 아직 젊은 농부의 딸로 태어났다. 곰녀의 이름도 처음에는 몇 대째 외아들 손으로 내려오는 터라 첫아들 못본게 서운하여 후남이의 인물이 예쁘지 못하고 아버지를 닮았다는 데서 곰녀라는 이름으로 불리우게 되었다.

곰녀가 아직 돌이 되기 전의 일이었다. 그 즈음 한 소문이 대구로부터 이 샘마을까지 전해 들어 왔다. 그것은 일본에서 삼년 계약으로 탄광부를 모집하러 왔다는 것이었다. 더구나 이번 탄광부로 뽑혀 가기만 하면 거저 먹여주고 월급은 월급대로 어떤 공장 보다도 제일 많이 준다는 것이었다.

이런 가운데서 가기로 작정된 사람은 범이와 바우 아버지와 그리고 곰녀 아버지, 이렇게 세 사람이었다.

신체 검사를 앞두고 곰녀 아버지는 지주 김만장의 호출을 받았다.

"니가 일본 광부로 뽑히 갈라카는기 정말인가?"

"그럼 왜 나보고 한분 의논하지 않했나?"

이렇게 엄하게 꾸짖은 김만장은 몇 번이고 곰녀 아버지를 달래서 단념하기를 권고했다. 신체검사 결과 기어코 곰녀 아버지와 바우 아버지는 구주 탄광으로 떠나고야 말았다.

3. 들이닥치는 횡액

곰녀 아버지들이 떠나간 지 한 달이 좀 지나 곰녀 아버지와 바우 아버지에게서는 누구에게 써 달란, 잘 있다는 간단한 사연과 함께 이원 각 수씩의 환이 와 닿았다. 그러나 그것이 곰녀네나 바우네에게는 또 결코 적은 돈은 아니었다.

매달 그만 날짜에는 으레 편지와 함께 그만 환이 와 닿았다. 곰녀의 어머니는 매달 이 환이 오기를 기다려 그것을 대구 우편국에 가서 돈과 바꾸어다 모본단 주머니에 간수하는 재미가 대단했다. 눈 오는 날 돌 지난 곰녀를 업고 가는 길도 이 일로 가는 길이면 조금도 힘들지 않았다.

뜻밖에도 바우 아버지는 구주 탄광에서 세상을 떠나고 말았다는 소식과 함께 곽 속에 든 해골이 전해 왔다. 이런 불안 속에서 곰녀 어머니 앞으로 다음 달도 제날짜에 제대로 돈과 편지가 왔다. 가을이었다. 마을에서는 날 알 거두어 들이기에 한창이었다. 바우네도 죽은 사람은 죽은 사람이요, 산 사람은 또 살아야 하는 것이어서 온 집안이 추수해 들이기에 골몰했다. 이런 어떤 날 밤중에 죽었다던 바우 아버지가 나타난 것이었다. 비록 발 하나가 끊어진 불구자로서 찾아 왔지만 온 집안이 왈칵 뒤집힐 기쁨이 터졌다.

다음 날 아침, 마을에서는 어느 결에 바우 아버지가 살아 돌아 왔다는 소문이 퍼져 나갔다. 이 소문과 함께 저번에 바우 아버지의 해골이라고 돌아온 것은 실은 곰이의 것이었다는 말까지도. 내용인즉 석탄굴이 무너졌을 때, 자기는 오른편 다리 하나를 잃고 곰이는 죽고 말았는데, 그때 자기와 곰이의 시체가 엇갈렸던 것이라고.

역시 곰녀 어머니는 전에 바우네가 바우 아버지 죽었다는 소식을 받았을 때도 그랬듯이 사흘 뒤에는 다시 들로 나가 일을 해야 했다. 그러나 아무리 남자처럼 일하는 곰녀 어머니라 해도 여자의 한몸으로는 한정이 있는 것이었다. 게다가 아직 어린애가 달린 어머니였으니 더구나 그랬다.

그러는데 마침 범이가 소 한 마리만 사주면 곰녀네가 짓는 농사에 소가 할 일은 무엇이든지 다 와서 해 주겠다는 것이었다. 또한 그 밖의 힘든 일까지는 소품과 바꾸면 된다는 것이었다. 곰녀 어머니는 생각다 못해 배나무집 할머니와 한데 모이기로 하고 집을 팔고 온 재산을 헐어서 소 한 마리를 샀다. 그런데 여름철에 접어들자 우역으로 소가 거짓말처럼 죽고 말았다.

4. 배나무집 할머니와 곰녀

이 일이 있은 뒤에, 마을 아낙네들은 벌써 곰녀 어머니가 남편을 잃었건만 이번에야말로 아주 남편이 죽었다는 듯이 다시 개가하기를 권했다. 마침 좋은 자리가 있다는 것이었다. 바로 상나뭇골 사람으로, 아이도 곰녀보다 한 살위인 전처의 딸이 있을 뿐이라는 것이었다.

상나뭇골로 개가해 온 지 만 일년 남짓한 어느 눈오는 날, 곰녀 어머니는 산기가 있어 아침부터 애낳이배를 앓기 시작했다. 이렇게 사흘 동안을 열에 떠서 그러다가 아들을 낳은 곰녀 어머니는 그예 세상을 떠나고 말았다.

이 가난한 여인의 죽음을 위해서는 곡해 주는 사람도 없었다. 그저 배나뭇집 할머니가 곰녀 어머니 죽었다는 기별을 듣고 말없이 몇날을 두고 눈물을 흘렸다. 곰녀는 배나뭇집 할머니에게로 업혀 왔다. 몇 달 후 곰녀의 의붓아버지가 내내 암죽 한가지로 살려오는 그것마저 충실하지가 못했다. 죽어가는 어린 것을 들쳐업고 전처의 딸이랑 앞세우고 어디 살곳을 찾아 북쪽을 향해 떠나고 말았다.

곰녀는 그 나이에 벌써 배나뭇집 할머니를 돕기 시작했다. 낮에는 할머니를 따라 들로도 나갔다. 그리고 겨울밤에는 늦도록 할머니의 물레질할 솜을 말아도 주었다.

곰녀는 이렇게 배나뭇집 할머니한테서 열두 살의 처녀가 되었다. 아버지 어머니가 다 그랬던 것처럼 곰녀도 이제는 웬만한 어른 한몫을 다 했다.

어느 화창한 봄날 지주 김만장이가 배나뭇집에 들렀다가 곰녀를 보고 "자 우리 주게, 집에 돗던 가시나가 어른들 눈을 쏙여서 견딜 수가 있어야 지. 그래서 내쫓고 마침 저런 가시나 하나 구하던 참일세."

이래서 곰녀는 다음날 대구로 돌아가는 김만장을 따라 나섰다.

5. 더럽혀진 육체

대구 딭성동 김만장네 집에 가자 곰녀는 이름이 먼저 고쳐졌다. 곰녀라는 이름은 상서러워 안됐다고 삼월이라는 이름을 얻었다.

삼월이가 된 곰녀가 김만장네 집에서 해야 할 일은 사실 어른 한 몫 이상의 것이었다. 부엌동자는 말할 것도 없고 안팎 소제, 빨래, 푸새, 다듬이질, 그리고 아침마다 사랑방에서 나오는 요강 부시기까지 혼자 해야 했다.

삼월이는 그해 가을 어느날 밤 술에 취한 김만장 영감에게 강간을 당했다. 다음날 밤에는 주인집 중학교 다니는 도련님에게 꼭같은 강탈을 당했다. 이것을 눈치 챈 주인마누라는 야밤중에 삼월이를 무수히 꼬집고 악을 썼다. 그리고 보퉁이 하나를 들리워 밖으로 내쫓았다.

"서울 가그라, 서울가면 니같은 아 공장에서 돈 많이 번다카드라."

이렇게 해서 다음 날 아침 곰녀는 서울에 와 닿았다. 그러나 갈곳을 몰랐다. 삼등 대합실에서 서성거리다가 중년 사내의 꼬임을 받았다.

공장을 소개한다는 것이 색씨집이었다. 꼼짝도 못하게 안주인의 감시를 받아야 했다.

몇달 뒤에 곰녀는 화천도에 있는 진주관이란 술집으로 팔려갔다.

곰녀는 여기서 삼월이라는 이름을 버리고 새로 유월이라는 이름을 얻었다. 유월이가 되어 곰녀가 진주관에서 하는 일이란 손님에게 술을 붓는 일이었다. 술뿐 아니고 담배도 피워야 했다. 이 밖에 곰녀가 또 해야 되는 일은 주인의 말대로 손님이 그런 눈치만 보이면 주인더러 말하고 잠까지 재워 보내야 한다는 것이었다.

곰녀가 이곳에 온지 한 열흘도 못되어 다시 팔리는 몸이 되었다. 별 뚜렷한 이유도 없이 말이다. 역시 처음에 팔렸던 그러한 집이었다. 별로 이쁘지 않은 곰녀는 손도 빠르지 못했다. 좀처럼 팔리지 않아 주인집의 힘든 일만 애써 돕고 있었다.

6. 풀리어난 몸

그해 겨울 되어 곰녀의 손등이 다시 찬물 다루기에 붉게 붓기 시작하는 어느 날, 곰녀는 그래도 제 임자를 만나 평양으로 팔려가게 되었다.

곰녀는 평양 아랫거리 청루로 오자 또 이름이 고쳐졌다. 복실이라는 이름이 붙었다. 그리고 복실이가 되어 그녀가 할 일이란 다른 것 아닌 몸 파는 일이었다.

대동강 물이 세 번 얼어 붙었다. 그동안 손님을 끌어잡는 재주가 없다고 해서 곰녀는 주인에게 무던히도 매를 얻어 맞았다. 곰녀도 예에 빠지지 않고 병을 얻었다.

이런 가운데서도 주인 편에서는 주인대로 곰녀를 이용할 것을 잊지 않았다. 언제고 다른데 팔릴 때가 되면 팔릴 것이니 그때까지는 부리고 보자는 것이었다.

어느날 곰녀는 아랫 거리에서 웃거리 가루개고개 청루로 다시 팔려 갔다. 이번에는 후꾸꼬라는 이름이 붙었다. 후꾸꼬가 되어 곰녀가 몸을 팔기 시작한 이곳은 아랫 거리에 비기면 규모가 썩 작은 곳이었다.

곰녀가 여기서 영감 하나를 만났다. 오십이 지난 머리가 조백으로 온통 세인 그리고 돗수 높은 돋보기를 낀, 그래서 애들 사이에 하르반(할아버지)이라는 별명을 듣는 사람이었다. 이 사내는 본시 서평양역 앞 무슨 일본인

신탄상회에서 서사일을 보는 사람이었다. 이 늙은 서사는 곰녀를 알게 되자 과연 무슨 처갓집에나 드나들 듯 매달 세 번씩은 꼭꼭 찾아오는 것이었다. 그리고 이 늙은 영감은 곰녀에게 끔찍히 굴었다.

그러는 사이에 8·15해방을 맞이했다. 그러나 이런 8·15의 흥분은 흥분대로 곰녀네는 그대로 몸을 팔아야 했다. 그것도 이번에는 모색 다른 손님들한테까지 그건 또 무서운 일이 아닐 수 없었다. 그러면서도 곰녀네의 해방은 비교적 빨리 찾아왔다. 그 지긋지긋한 창녀굴에서 자유의 몸이 된 것이었다.

소문이 그랬듯이 곰녀는 하르반과 살림으로 들어갔다. 곰녀가 하르반의 집으로 들어간게 아니고 셋방 하나로 옮겨간 것이었다. 하르반의 말이 제집에 과년한 딸도 있고 하니 그렇게 급히 서두를 것 없이 당분간 딴 살림을 하자는 것이었다.

곰녀는 그저 만족했다. 다만 하르반이 두 살림을 하느라 돈이 많이 들지 않을까 그게 안됐을 따름이었다. 그러나 하르반은 하르반대로 이제는 이맛돈 같은 건 문제 아닌 듯 했다.

곰녀는 며칠 동안 몸살 때문에 누워 있었다. 몹시 기다리던 하르반이 찾아 왔다. 한달만에 나타난 하르반은 외양부터 달랐다. 또 그의 마음도 변해 있었다. 아무래도 곰녀가 본 마누라는 못 되고 딴 적당한 사람을 하나 골라야 하겠다고.

자식들을 빙자해서 하르반은 그 뜻을 터뜨리고야 말았다.

"나 원 참, 애들이 상관이야……. 그럼 우리 이렇게 하디, 내 거길 모른다 하디 않을테니, 어디 도흔 데루 시집갈 생각을 해보라구, 그때꺼진 매달 쌀 말이나 하구 땔나무는 내 당하디."

이 말을 남긴 채 하르반이는 곰녀의 곁을 영영 떠나고야 말았다. 역시 몸살이었던 듯 곰녀는 닷새만에 자리에서 일어날 수 있었다. 하르반이의 약속대로 쌀과 장작과 반찬값이 곰녀에게 전달되었다.

그 순간 곰녀는 이 이상 하르반이의 신세를 지지 않기 위해서, 그보다 그와 멀리 떨어지기 위해서, 짐을 싸기로 했다.

이것이 『별과 같이 살다』의 결귀가 된다.

7. 가난한 족속들의 비애

『별과 같이 살다』는 한마디로 곰녀의 생애를 통해서 이 땅의 수많은 가난한 족속들의 비애를 보여 주었다.

애초에 불우하게 태어난 곰녀 ─ 그의 이름이 삼월, 유월, 복실, 후꾸꼬로 바뀜에 따라 그의 생활 형태는 여러 가지로 전락되어 갔다. 김만장에게 정조를 유린당한 때부터 곰녀의 비극은 심각해졌다. 한발치도 벗어날 수 없었던 곰녀의 운명은 바로 오늘의 숱한 여성들에게도 그대로 적용되는 것이 아니던가? 이런 뜻에서 좀 더 독자에게 리얼리티를 자아내게 하는 작품이라 할 것이다. 우선 작품 속에서 어필해 오는 몇가지 문제점은 바로 이러한 것이라 본다.

가난과 무지 속에서 자랐던 곰녀의 머리를 온통 지배하는 것은 상전 즉 주인에 대한 무조건 복종 의식이었다.

나중에 가서 하르반에게 소박맞는 장면은 지나치도록 선량한 곰녀의 모습을 보여 주었다.

이렇듯 항거를 모르는 곰녀였지만 8·15해방의 흥분된 데모의 대열에 한 몫 끼어서 울부짖는 것은 참으로 놀랄만한 일이다. 아마도 곰녀의 가슴속에도 이 겨레의 울분이 맥맥히 흐르고 있었으리라.

(『한국근현대작가작품론』, 성균관대출판부, 1993)

임옥인의 『월남전후』

1 민족수난의 르포르따쥬

임옥인여사의 출세작에 해당되는 장편『월남전후』는 1956년 7월부터 12월까지『문학예술』지에 연재되어 문단의 이목을 끌었다.

소설의 타이틀이 암시하듯 우리 민족의 수난을 직접 작가의 체험을 통해서 르포타쥬하고 있다.

함북·길주 출신의 임여사가 함남 혜산진에서 8·15부터 월남하기까지에 겪은 생생한 경험을 숨김없이 쏟아놓은『월남전후』. 가정여학교를 창설, 운영하는 한편 야학을 만들어 농촌 계몽에 헌신했던 작가는 대담하게도 월남을 감행했다. 비단 이 작품이 작가 일개인의 사연이기보다도 이 땅에 살고 있는 모든 겨레들의 공통적 현실이었다.

작가는 자서에서 이렇게 절규하고 있다.

"월남한 동포치고 흰 쌀밥을 대할 적마다 이북에 남기고 온 굶주리는 가족들을 생각하고 목이 메지 않을 사람이 있겠는가. 마음 놓고 친지와 담소하다가도 여기가 만약 이북이었다면…… 하고 몸서리 치지 않는 사람이 있겠는가? 또한 이것은 어찌 우리 월남한 한국인만의 슬픔이요, 고뇌에 한하랴. 자유세계 어느 구석에서나 볼 수 있는 세계적인 슬픔이요, 고뇌인 것이다. 이 공통의 슬픔과 고뇌를 나는 내가 직접 보고 듣고 겪고 느낀대로 기록하는 순 개인적인 작업을 통하여 전민족적이며 세계적인 공약수를 추출하려고 노력해 보았다."

실로 이 엄숙한 선언은 임여사의 손에 의해서 성공적으로 이룩되었다. 그결과『월남전후』는 수많은 독자의 박수 갈채를 받았고 제 4회 자유문학상을 받기까지 했다.

이 작품의 소재가 다루고 있는 역사성이나 정치성은 흔히 볼 수 없는 귀중한 것이 된다. 해방 직전에서부터 해방직후의 불과 1, 2년 동안에 벌어지는 사건이지만 이 민족의 숨가쁜 역사적 현실을 그대로 말해주고 있다는 것은 높이 사야할 점이다.

특히 작가의 산 체험에서 형성화된 이『월남전후』는 그 어느 작품보다도 생생한 증언이 아닐 수 없다. 때문에 이 작품의 어느 대목 하나도 꾸밈이 없고 산생명처럼 건전한 호흡을 듣게 한다.

2. 망국의 분노

전 6장의 비교적 길지 않은 장편『월남전후』의 얘기는 이렇게 시작된다.

나(김영인)란 여주인공이 고향 길주에서 혜산진으로 가는 길이다. 어린 조카딸들을 피난시키는 구실이긴 했으나 고향에는 어머니와 병중에 계신 오빠와 산월이 가까운 올케가 그냥 남아 계셨기 때문이다.

"웅기 방면에 쳐들어 왔다는데……."

로스케, 다시 말하면 소련병이 쳐들어 왔다는 것이었다.

참말 이 땅위에서의 마지막 날같이 느끼며 어린 조카들을 데리고 길혜선 (吉惠線)을 탔던 것이다.

바로 얼마 전 일이다. 나는 이 길혜선 중간역 쯤에서 봉변을 당했던 것이다. 다름이 아니었다. 극단으로 식량이 부족해서 내가 지금 피난 와 있는 고모님 댁에 가서 좁쌀 한 말을 들고 오다가 순사에게 걸렸던 것이다.

일경에 발각된 나는 하차명령을 받고 지독한 모욕을 당했다. 두 번 세 번 뺨을 얻어 맞고 그 자리에 거꾸러졌다.

이때 나는 사람을 증오해 보기란 내게 있어서 처음인지 몰랐다. 그 누군가에 대해서 — 라는 것은 어느 개인이라기보다 — 그렇다, 무능한 것에 대한 — 다시 말하면 망국의 분노를 뼈 아프게 느꼈다고 함이 옳을 것이다.

어떻든 그렇게 해서 겨우 연명하던 끝이었다.

아무 식량 준비도 없이 나는 그들을 남기고 또 피난을 떠나지 않으면 안 되었던 때문에 지금이 언덕에 서서 기차 선로를 바라보는 나의 심경은 여간 어수선한 것이 아니었다.

그런데……

"우와! 와아, 와아!"

"만세, 만세, 대한독립만세! 만세, 만세."

"독립이야. 해방이야!"

오십을 훨씬 넘었어도 열정파인 고모님은 여전히 덩실 덩실 춤을 추시며 외쳤다.

3. 전쟁윤리

그날로부터 나흘이 지난 뒤였다. 읍내로 내려간 을민(고종아우)에게서 기별이 왔다. 길주가 대폭격을 당했다는 것이었다.

"십칠일에 쏘련 비행기가 와서 결단을 냈답니다."

나는 차 시간이 되었는데도 을민이를 붙잡고 무슨 희망적인 말을 듣고 싶어서 그의 입만 쳐다 보았다.

"아무 일이 있드라도 곧 다녀 오셔야 해요. 누님! 마음을 단단히 먹어야 해요!"

을민이는 집에서 입고 있던 삼베 잠방이와 윗도리를 벗어 버리고 국방색 양복에 권총까지 차고 있었다. 읍내에서 치안대장으로 뽑혀서 일하고 있는 을민이었다.

을민이는 일제시에 좌익 지하 운동을 하면서 금장수를 하노라고 했던 것이다.

갑자기 그 몹쓸 폭음이 무엇이었나를 다음 순간에야 깨달을 수 있었다.

"다들 내리시죠. 이 차는 못 갑니다."

"쏘련 비행기가 내리쳤거든요!"

곡성을 터뜨린다. 조금 뒤에 인부들이 들것에 시체 여럿을 날라서 이쪽으로 메고 간다.

"해방이 됐다면서 무슨 폭격인가?"

나는 의아스러워서 중년 남자에게 물었다.

"허허…… 그게 전쟁 윤리라는 거죠!"

"그래야 발언권이 선다는 거죠!"

"부전승이란 멋적은 거니까……."

이십만의 일본 관동군은 철벽같이 포진하고 있다고 뽐내던 것이 바로 며칠 전 일인데……. 그러나 이어 내 머릿속에는 길주에서 피난 떠나던 광경이 선연했다.

이날 밤 우리는 고향 길주를 한 정거장 앞둔 곳에서 머물러야 했다. 차는 여기까지밖에 못 온다는 것이다. 이튿날 새벽에 길주로 발걸음을 재촉했다. 참담하게도 파괴된 거리를 발견하고 놀랬다. 소련 비행기의 난폭의 흔적은 나로서는 도무지 이해할 수가 없었다. 명색이 연합군이 아니었던가.

일황 유인(日皇 裕仁)이 십오일에 손을 들었는데 십칠일에 이 함경북도 요소 요소를 폭격했다니 일본 패잔병을 소탕하기 위한 짓이라기 보다 이 만행은 한국인에게 대한 심술이요, 위협으로밖에 보이지 않았다.

전쟁의 파괴상이란 이런 것일까?

4. 물질과 인간생명

가족들과 극적인 상봉이 있은 사흘 뒤 무너진 역전 집으로 옮겨 갔다.

아무리 둘러 보아야 우리 집 식구들을 위해 일할 사람은 나밖에 없었다. 문을 내놓고는 쭈욱 책으로만 둘렀던 벽에는 선반 조각만 남고 책이란 책은 거의 없어졌다. 학생 때부터 이때까지 모은 가지 가지의 책들!

운수 좋게도 몇 권만은 회수되었다. 거의 사기점을 벌릴만큼 많은 사기 그릇을 나는 갖고 있었다. 방공호에 미처 다 못 넣은 것을 그대로 광속에 처넣고 갔더니 거의 깨어져 있었다.

나는 이때 참으로 깨끗이 깊은 체념을 가질 수가 있었다. 사람의 목숨 앞에는 이 모든 물질이란 한갓 장난감에 지나지 않는다는 느낌이었다.

이러한 속에서 밤이나 낮이나 저 역전 큰 길을 북으로부터 남으로 향하는 소련병의 대열은 끊임이 없었다.

약빠른 사람들은 이미 멀쩡한 자기집을 두고도 적산 가옥을 죄다 점령하고 있었다. 나는 이리 저리 돌아다니다가 군 인민위원장 황씨한테로 가야되겠다는 생각이 들었다.

"전재민에게 대한 대책이 있으세요? 우선 짐없는 사람에게 집을 마련하시도록."

"허, 그런 소소한 게 문제가 아닙니다. 우선 위대한 혁명 과업이 남았으니까요."

참말 이제 내 손이 그리고 내 발이 사는 문제를 해결해야 쓰겠다는 결의를 굳게 할 따름이었다.

요행히 권목사의 주선으로 절간으로 거주를 옮겼다.

을민이 한테서, 어서 돌아오라는 소식이 왔다. 그런데 공교롭게도 내가 혜산 방면으로 떠나려던 아침에 명애를 통해서 서울 유선생의 편지를 받았다. 서울로 올라 오라는 것이었다. 나는 잠시 망설였다. 사람들은 남으로 밀려나가고 있을 때 나는 생각던 끝에 또 길혜선을 탔던 것이다.

5. 문맹퇴치 계몽운동의 선두에서

"누님! 당분간 절 좀 도와주세요."

을민은 넌지시 말했다.

"글쎄, 나야 가갸 거겨를 가르치는 일과 작품을 쓴다는 일이지 뭐."

그날 저녁 부인회 임원회에 참석한 끝에 이튿날 '건국부인회 궐기대회'의 사회를 맡게끔 돼 있었다.

건국부인회는 얼마 아니하여 여성동맹으로 개칭하게 되었다. 내가 위원
장을 떠맡을 뻔했지만 나의 신념은 한가지 일, 다시 말하면 문맹퇴치, 계몽
운동에 있었던 때문에 교양부장이라는 감투를 쓰고 거기 따르는 일로서 가
정여학교를 창설했던 것이다. 건물은 이 읍내 북쪽 산기슭에 서있는 향교집
을 이용하기로 하고 올갠은 민가에서 기부받고 기타 비용은 치안대에 산적
해 있는 적산을 팔아서 이용하자는 것이었다.

물론 적당한 교원이 없어서 초기에 나는 여기서 거의 혼자 버티었다. 우
선 가갸 거겨부터 가르쳐야 했다. 동요를 암송도 시키고 익숙한 민요곡들에
내 작사를 붙여서 노래도 가르쳤다.

몹시 추운 어느 날이었다.

장작 패러 온 두 패잔병에게 점심 대접을 후하게 했다는 소문이 치안대에
까지 전해진 모양이었다. 을민이가 올라와서,

"누님 그런 센치는 버려야 해요. 제 입장이 딱하지 않습니까?"

하는 것이었다.

잠자는 몇시간을 제외하고는 하루의 거의 전부를 나는 기계처럼 돌아가
며 사용한 것 같다. 여학교 전 과목을 가르치고 야학을 가르치고 아마 열도
넘는 촌락마다에 야학은 설치하고 중앙에서 양성한 야학생을 각 부락에 윤
번제로 파견한다. 석유 배급을 알선하고 매 토요일마다 그 촌락들에 가서
계몽강연을 했다. 오리쯤 되는 가까운 곳도 있었지마는 대개 삼사십리 떨어
진 곳이 많았다.

올해 안으로 부녀 연예회를 개최하려고 연습을 맹렬히 시키고 있는 중간
이지만 어머니의 회갑에 대해서만은 잊을 수 없었다.

6. 탈출의 방법

길주의 어머니를 찾아가니 집안 사정이 말이 아니었다. 어머니는 시장에

서 수수부꾸미를 붙이고 있었다. 거기다가 내가 아끼던 책을 모조리 소련군이 빼앗아 갔다는 것이다. 어떻게 수소문해서 몇 권의 책만은 회수할 수 있었다.

어머니의 환갑 잔치는 올케의 병 때문에 미루기로 하고 나는 또 길주를 떠나지 않을 수 없었다.

부녀 연예회는 예상외로 큰 성과를 거두었다. 부인 연예회 때에 들어온 이 지방 유지들의 기부금과 장내 정리비 등은 꽤 많은 액수였다. 그것을 유지비로 그날 출연했던 사람들은 성수가 났던지 지방 순례까지 주장했다.

혜산진에서 여성동맹 군 인민위원회 총회가 있어서 이 고장 대표 두 사람이 참석해야 했다. 대표로는 윤여사와 내가 선출되었다. 눈으로 덮힌 사십 리길을 헤치고 가야 했다.

면 대표의 자격으로 나는 이렇게 연설을 했다.

"배우는 것이 힘이예요!"

"당분간 정치에도 경제에두 여권에두 눈을 감읍시다. 우선 우리는 문맹에서 구출되야 합니다."

당장에 연설 중지를 받았으나 끝까지 연설은 진행되고 열렬한 환영까지 받았다.

혜산진을 다녀온 후 지방유지 간담회가 열렸다. 공교롭게도 나는 을민이와 마주 앉게 되었다. 이 자리에서 적기가(赤旗歌) 문제가 토의되었다. 수업 시간전에 적기가를 부르지 않았다는 공박이었다.

왈칵 치민 반발은 을민이와 정면 충돌을 가져 왔다. 드디어는 절교까지 했다.

나는 이 곳을 떠날 준비를 해야 했다. 그러나 벌써 내게 대한 감시망은 여러 각도를 늘어 있었다. 나는 탈출의 방법을 기술적으로 고안해야 했다. 길주에서 어머니를 모셔왔다. 물론 어머니에게도 내 속은 털어놓지 않았다. 나는 가정여학교 학생이나 야학생 가운데도 스파이가 숨어 있다는 사실을 눈치챘다.

"어머니 잠깐 다녀 올께요!"

이 한마디를 남긴 채 북녘땅을 빠져나와 한탄강을 넘어섰다.

7. 어느 인텔리 여성의 수난기

『월남전후』는 다분히 시대소설이요, 정치소설이요, 사상소설이라 할 것이다. 그러나 흔히 볼 수 있는 관념적인 것이나, 선전적인 것이라 할 수는 없다.

한 인텔리 여성, 다시 말해서 임여사가 겪은 가지 가지의 수난을 구김없이 보여주었다. 이를테면 북한 땅에 진주했던 소련군의 정체, 해방후의 무질서, 공산주의자들의 발호, 여기에 반항했던 여주인공의 월남 등 — 우리에겐 너무도 생생한 현실을 리얼하게 터치했다 할 것이다.

소련군이 이북에 진주하는 끝없는 행렬을 지켜보며 주인공은 이렇게 독백하고 있다.

"그렇다, 이 말굽소리 — 이런 세계 — 붉은 세력에 그들 제정 로서아의 귀족이나 기타 특권 계급들이 몰락했던 것이다. 이 꽃다운 처녀들은 그대로였다면 호화찬란한 속에서 배고프다는 실감이나, 헐벗는다는 어휘조차 몰랐을 것이다. 인생이란 돌고 도는 것. 더구나 정권이란 허무한 꿈 같은 것이 아닐까?"

그 증거는 작품속에서도 여실히 증명되고 있다. 저 백암역에서 똥을 밟고 앉아서 밥을 퍼먹던 일본 여자와 세수를 할 일조차 잊어버리기나 한 것 같은 때 투성이인 저 패잔병들……. 장작을 훔치고 쓰레기를 뒤져서 밥 찌꺼기를 주워먹는 망국 일본인들의 모습이 바로 그러한 샘플이 아니겠는가.

그런가 하면 끝끝내 자기의 지조를 지켜 숨을 거두는 비장한 일군(日軍)도 있었다. 을민의 대화를 빌리면 이렇다.

"누님 전 오늘 순국자의 임종을 봤습니다. 아주 비장한 ……그게 진정한 애국자의 모습같이 아주 조용히 지는 해를 향하여 총탄을 받더군요. 고국에는 부모 처자두 있을텐데……."

8. 자유를 지키기 위한 반항

해방후 건설기에 있어서 계몽운동의 선봉에 섰던 여주인공은 공산당 치하에선 생존할 수 없는 존재였다.

소련 사령부 소속인 최순희가 지적한 바는 바로 여주인공을 공격한 것이었다.

"인텔리일수록 질이 나쁘거든요. 기성 관념이 있어서 얼른 교육이 안되지요."

실상 여주인공은 일본 유학생으로 반동적인 색채가 많다는 이유로 숱한 책을 압수당하고 요시찰 인물로 감시의 대상이 되어 왔었다.

끝내는 적기가(赤旗歌) 사건을 통해서 가정 여학교 김영인은 반기를 들고 말았다.

"적기가를 불러야 교육 노선에 맞는단 말씀이죠? 전 비위에 안맞습니다. 교육과 적기가가 무슨 필연적인 관련이 있습니까? 일본국가를 부르는 거나 적기가를 부르는 거나 부질없고 심사가 꼬이기는 마찬가지라구 생각하는데요!"

이 말이 대해서 제일 먼저 반동이라고 핏대를 올린 것은 다른 사람이 아닌 고종 아우 을민이었다.

"기독고나 자유주의자들이나 이 북한을 좀먹는……."

드디어 김영인은 이제껏 참아 오던 마지막 말을 토하고야 말았다.

"일제에 압박당해 온 것만두 기가 막히다는데……말루는 해방이라면서 왜 뭣 때메 누구한테 구속을 당해?"

"너희들 공산주의가 이기나, 자유주의가 이기나, 두 개의 세계의 결말을 내 눈으로 보구야 말테다. 야만의……."

공산주의자들에겐 의리도 혈육도 아랑곳 없었다. 을민은 권총을 휘두르며 떠들었다.

"쌍! 내 손으루 …… 처치해 버릴테야…… 쌍 …… 내 손으로"

이 공포속에서 빠져나온 여주인공이 참말 조롱 안에 갇혔던 새가 푸른 창공을 후루루 나아가는 시원함을 느꼈다는 것은 결코 과장이 아닐 것이다.

(『현대작가론』, 이우, 1983)

최태응의 『전후파』

1. 아프레게르의 싹과 성장

'전후파' — '아프레게르'란 말이 한참 유행되었던 때는 아직도 우리의 귀에 생생하다. 이땅의 아프레게르는 과연 어떻게 싹트고 성장해 갔는가? 이 해답을 가장 자세히 전해주는 것이 최태응씨의 『전후파』다.

한참 전쟁의 불꽃이 이 땅을 휩쓸 무렵 — 1952년 『평화신문』에 연재되어 수만 독자의 이목을 끈 장편이다.

아무리 과거의 일이라 하더라도 6·25의 참변은 이 민족 누구에게나 골수에 사무치는 비극이었다. 때문에 이 『전후파』를 지금 다시 읽어도 낯설지 않은 현실이 눈앞에 다가선다. 아니 너무도 감격적인 사건들이 되살아난다는 것이다.

최씨의 처녀장편 『전후파』가 씌어진 것은 폐허의 서울에서 포성이 요란한 일선에서 혹은 병상에 누워서 150회를 계속했다고 작가는 그의 발문에서 말하고 있다. 또한 이 작품이 단순히 현실을 스케치하고 소개하는데 그치지 않고 앞으로 반드시 창궐할 '전후파'에 대해서 일종의 사전경고를 위해서 씌어졌다는데 더욱 역점이 있을 것이다.

그러니까 이 『전후파』는 하나의 완결된 소설이기보다 앞으로의 대작을 위한 프롤로그였다는 것이 옳을 것이다. 이점은 작가 자신도 솔직히 자인하면서 전쟁이 일단 끝나는 날을 기약하면서 『전후파』의 대미를 끊었던 것이다.

전 15장의 구성으로 전개된 『전후파』를 읽어 가면 그것이 곧 작가의 생활주변에서 일어났던 생생한 사건이었음을 직감할 수 있다. 더욱 작중에 등장하는 인물들이 실명이 아니면 다소 각색된 이름에 불과하다. 이러한 사실을 생각하면『전후파』는 하나의 실기소설을 읽듯이 흥미 진진한 맛을 더해 준다 할 것이다.

2. 폐허에 뿌려진 정열의 씨

「폐허에 뿌려진 정열의 씨」란 첫 장에서 비롯되는『전후파』. 타이틀이 암시하듯 1·4후퇴에서 수복되기 이전의 서울 폐허의 거리에서 여옥과 동규가 해후하는 데서 사건이 시작된다.

다방 보헤미얀에서 차를 들며 나누는 서로의 대화는 이러했다.

"가족들은?"

"모두 부산에 있어요. 참 선생님 댁은?"

"우리 대구에 있지. 그러다 보니 여옥과는 전혀 육이오 이후론 오늘이 처음이구려."

그전에 한갓 귀엽게 따르는 여학생이었던 여옥이 오늘은 무릇 성숙한 여자가 되어 요정과 다방에서 마치 자기 집처럼 행세를 하는 일들이 동규에게는 마땅치 않게 여겨지고 어색한 순간이 따랐다.

동규는 이전부터 단골이던 일월여관으로 여옥을 동반했다. 참으로 오래간만에 두 사람은 만났고 거기에 따라 밤이 깊은 줄도 모르고 따뜻한 대화가 오고 갔다.

목이 마르다는 생각과 일시에 눈을 반쯤 떠본 동규는 깜짝 놀라다 못해 질겁을 하리 만큼 가슴이 찌르르했다.

아무리 무의식 중이라해도 도저히 그럴 수 없을 자기의 손들 그중에도 어처구니 없이 여옥의 가슴 위에 올려졌던 바른 쪽 손을 거두자,

"?"

동규는 정녕 보아서 안 될 것이 마악 덤벼들 듯, 벙긋이 열린 속치마 어

깨 사이로 내어 밀지 않았는가.

— 아아 —

동규는 창황히 이불 깃을 끌어다가 여옥의 턱 밑까지 덮어 놓았다.

여옥이 제발 잠에 싸여 아무 것도 몰라 주기를 빌며.

여성의 자랑스러움, 여성이 이끄는 힘, 그리고 죽음도 뛰어 넘을 법한 여성의 모험과 송곳같이 파고드는 무서운 매력! 그것을 일러 여성의 무기요, 위대성이라고 하는지 모르거니와 동규는 그 모든 것과 싸우기에 한밤내 피땀을 흘린 폭이 되었고, 싸워 반쯤은 못 견딘 사람 꼴이 되었다.

넌리를 통해서 우연히 사람 하나를 만나고 헤어지는 일이 곧 그 사람의 목숨을 살리고 죽이는 결과로 이끌고 간다는 사실을 절실히 경험한 동규였다.

3. 돈과 이성

셈 드는 시기에서 최근에 이르기까지 동규에 있어서 어쩔 수 없는 단념을 안겨준 일 가운데 제일 가는 일은 금전에 관한 것이었고, 그 다음은 이성에 관한 문제였다.

점심을 먹으며 여옥과 동규는 어떤 으슥한 갈비집으로 들어섰다.

"여! 미쓰 신!"

"아!"

바로 옆방에서 나오던 남자가 꽥 소리를 지르며 손을 쳐들자, 여옥은 갑자기 벌어진 입을 다물지 못하고 안색이 붉게 변한다 했더니 이내 빈증혈을 일으킨 사람 모양으로 해쓱해진다.

뒤에 안 일이지만 그 청년은 바로 벼락부자가 된 실업자 김민섭이란 자로 과거에 여옥의 아버지 회사에서 서사노릇을 한 일이 있었다. 동규가 꼬치꼬치 되묻는 말에 여옥은 실토를 하고야 말았다.

"내용이라면 정말이지 한심한 금전문제 꼭 그것 한 가지 밖엔 없어요. 그러구 장차 어떻게 돼야 하는지를 저 자신이 알 수 없단 말씀얘요. 당장 제힘으로는 감당할 도리가 없는 돈이 있어야 하니깐요. 그것이 간단하면서 없는 한 그밖의 길이라고는 저쪽이 내놓는 조건을 받아 들여야 할텐데 저는 죽어도 그럴 수는 없구요."

"공연한 걱정을 꺼냈어요. 선생님! 아무 염려 없어요. 그보다도 전 지금 행복에 넘쳤어요."

그날도 저녁은 밖에서 먹되

"오늘밤엔 제 숙소에서 한잔 올리겠어요. 맥주든지 양주든지."

이래서 인도된 것이 뜻밖에도 양공주의 소굴이었다. 여옥의 수영언니란 형순엄마가 정성껏 술상을 바치었다. 안나란 양공주도 동석했다. 얼마 안되어 안나는 딴 파티로 출타했지만 나머지 셋은 흠뻑 취했다. 아니 곤드라지게 퍼붓고 쓰러졌다. 이판에 술에 취한 안나가 뛰어 들어 시비를 걸었다. 전남편이 시인 김유악이란 그녀는 형편없는 주정을 마구 쏟았다.

4. 미군부대 파티

동규는 여옥의 숙소에서 무위도식이 되었다. 결정적인 순간마다 살아나는 이성(理性)을 가지고는 기껏 활활 붙는 불길 속에 물방울을 튀기는 폭밖에 될 수 없었다.

"떠나야지. 떠나야지."

연거퍼 나오는 한탄 그것은 또한 귀치 않고 밑질긴 손님과도 같았다. 이러한 어떤 날 밤 여옥은 안나와 동반해서 미군부대의 파티에서 늦게 돌아왔다.

"선생님! 면목이 없습니다. 그래두 오늘 밤 제겐 아무런 일도 없었어요. 없었던 대신 왜 이렇게 서러운지 모르겠어요?"

몹시도 긴 시간 여옥의 푸념은 계속되었고 여기에 대해서 동규도 말대꾸를 잊지 않았다. 다만 그 맨 나중 말은 이러했다.

"내가 언제 어느 시에 서울을 떠나더라도 반드시 선의로 해석해 줄 것과 언제 어느 시에 다시 나타나더라도 꼭 같이 여겨 줄 것을 약속해 주오."

다음날 아침 동규는 목욕탕을 찾아가던 길에서 군용 스리쿼타와 마주쳤다. 그 차에는 마침 동규와는 오래전부터 친구지간일 뿐 아니라 본적도 같은 소설가인 채웅이었다.

"동규 자네 바쁜가?"

"아니."

"그럼 이 차를 타게. 우리 함께 종군하지 않으려나?"

"종군?"

"응!"

동규는 비로소 채웅이가 대구에서 남보다 일찍 서울로 올라와 부지런히 각 전선으로 종군을 하고 있었던 사실을 알고 고개를 끄덕였다.

어떻든 동규는 여옥에게 한마디 소식도 남기지 못한 채 동부전선행 군용 스리쿼타에 몸을 실었다.

5. 전쟁과 실증

여기가 전선이어니……, 하는 생각에 동규는 십수년래 젖어오고 박혀온 게으른 습성을 고집할 수 없었다.

"여보게! 오긴 바루 찾아 왔네. 오늘 당장이라도 우리는 실전(實戰)을 볼 수가 있네!"

채웅의 보고였다. 손수 홍소령의 인솔과 안내를 받아 일행은 경쾌히 찝차에 올랐다. 말만 듣던 함포사격의 장관을 바라보며 최일선으로 달렸다. 그런가 하면 폭격기들의 맹공격은 참으로 가관이라 하겠다.

육·해·공 삼면작전이 정작 이렇듯 어려운 삼면이 한 심장에서 갈려진 손발처럼 일치된 호흡과 더할나위 없는 동작의 유기성으로써 입체를 그려 놓은 일을 동규는 미술이 아니요, 음악이 아니요, 문학이 아닌 전쟁에서 그대로 목격하고 실증할 수 있음에 아연하고도 희한하지 않을 수 없었다.

막사에 들어가니 그 전선 모든 부대의 총체적인 최고 지휘관이며 젊은 장군인 오덕준 준장이 미군 고문관을 대동하고 거기 있었다. 이래 닷새동안 동규들은 박중령과 더불어 같이 자고 같이 먹고, 대부분의 전선에도 같이 나가고 같이 뒹굴며 지냈다.

꼽아보니 전방 닷새 그리고 후방 사흘 그리고 서울을 떠난 전부 시일이 열흘을 훨씬 넘기도 했다. 간신히 서울행 군용 찝에 편승했다. 서울에 도착하자 먼저 찾아간 곳은 두말할 나위 없이 여옥의 숙소였다.

"선생님 그런 법이 어디있어요. 세상에……아무리 제가 밉구 싫어도 분수가 있지, 어쩜 그렇게 무심보다 더럽게 내던지구 가실 데가……."

여옥의 불평은 어디껏 사랑의 하소연처럼 달콤한 것이었다. 동규는 피로에 지쳐 중태에 빠졌다. 폐결핵이 악화되었다는 의사의 말이다. 열흘이 지났다. 동규는 채웅에게 편지를 썼다. 여옥이 그 편지를 명동에 있는 채웅에게 전하려 만종이란 다방으로 갔다.

공교롭게도 민섭과 마주친 여옥은 당황했다. 민섭은 여옥에게 대해서 가진 욕설을 했다.

"뭣이 어째구 어째? 이 양갈보 사기꾼 같으니라구."

다방 만종은 갑자기 수라장이 되었다. 채웅이 민섭의 팔목을 붙잡아 밖으로 내밀었다. 싸움은 일단락되고 여옥의 안내로 채웅이 동규의 병문안을 따라 나섰다.

6. 병석에서 받은 이혼장

채 낫지도 않은 몸이지만 동규는 대구로 내려갈 결심을 했다. 일종의 마음저린 이별이었다. 서울역 대합실까지 나온 여옥과 채웅은 동규의 노자로 각각 50만원과 3만원의 봉투를 포켓속에 넣어 주었다.

아내와 어린 자식의 반가운 환영을 받으며 대구 집에 들어선 동규는 그

동안의 형세가 예상외로 좋음에 놀랐다.

여옥이 동규도 모르는 사이에 동규의 이름으로 50만원씩의 송금을 세차례나 했기 때문이었다.

"그렇지만 뭘해서 그렇게 많은 돈을 남에게까지 보내주는 건지······ 참 재간도 좋은 여자예요."

"영옥이 보내준 돈이라기 보다 내 몸을 판 값이라고 하는 편이 적절하겠오. 몸만이 아니라 내 정신 내 영혼을 팔아서 받은······."

동규아내의 암투와도 같은 물음에 대한 동규의 노골적인 대답이었다.

동규는 점점 병 아닌 병, 육체에 과히 저촉되지 않은 반면에 수명과 바로 힐난을 하는 것 같은 사정이 없는 병에 걸리고 말았다.

이튿날 조반을 치른 다음 동규는 병원으로 갔다. 다만 허수아비나 산송장의 꼴이라는 스스로의 생각에 잠긴 채 시인 박명수 내외와 아내의 뒤를 따라 그들이 이끄는 대로만 터덕 터덕 걸었다.

······여기가 나의 감방인가?······

다들 곁을 떠나자 싸늘한 침대에 누워서 동규는 홀로 중얼거렸다.

아내는 강변호사를 통해서 이혼장을 동규에게 내밀었다. 성모 마리아의 품에 안기기로 결심했다는 것이다. 더욱이 동규의 무능력을 꼬집어서 동반자가 될 수 없다는 사유였다.

7. 병으로만 죽는 것이 아니다

동규는 내내 아무 말도 못했다. 획 젖혀 본 신문 기사 속에서

— 아편밀수단 일망타진 괴수 김민섭도 체포 —

또 다른 신문에 안나의 기사가 허영심에 뜬 매춘부의 말로란 타이틀로 사진까지 소개되어 있었다. 그 내용인즉 삼십대의 젊은 목숨을 영도(影島) 뒷기슭 바다속에 던지고 가버렸다는 구슬픈 얘기였다.

— 사람은 병으로만 죽는 것이 아니다 — 그리고 사람은 늙어서만 죽는

것도 아니라는 생각이 동규의 머리를 강타했다.

여태 무료하고 무위한 서른날(30) 밤 낮이었다. 동규의 심리는 하루 한시도 안정을 구하고 누릴 수 없었으나 말없는 육신과 기력은 저으기 회복되었다.

며칠 전부터 이것 저것 서적을 뒤적이게 되었고 이러니 저러니 해도 자기의 보람을 그것에다 두어야 하는 창작에도 몰두하게 되었다.

"그저 다소나마 기본적인 자력(資力)이 있었으면……."

무엇보다도 참된 예술 참된 문학이 오로지 그날 그날의 의식(衣食) 때문에 짓밟혀야 한다는 사실과 처지가 슬프고 허무한 때문이었다. 마침 최근에 일선 종군을 나갔다 돌아온 친구들이 부산 어느 극장에서 보고 강연을 하게 되었다는 말과 건강이 회복되었으면 동규도 함께 가자고 해서 동의했다.

부산에서 강연을 끝마친 동규는 일선서 내려온 김소위를 만났다. 그의 권유로 또 다시 일선행을 결심했다. 그전에 찾았던 바로 그 곳을 다시 간 것이다. 사흘째 되던 날 밤에 동규는 여옥에게 편지를 썼다.

예정대로 동규는 화랑부대에 도착한 지 일주일 만에 서울을 향해서 떠났다. 불가항력적 장애가 많던 겨울과 달라 일주일이면 속히 예하부대들까지 대충 돌아볼 수 있었다.

서울에 도착한 동규 — 즉시로 여옥을 찾아가 끌어안는 장면에서 『전후파』는 끝난다.

8. 정신세계를 좀먹는 독소

여옥이 바로 '아프레'의 전형이었다. 그를 에워싼 민섭과 안나는 아프레 게르의 극단을 걸어 마침내 비극을 자아내었다. 그런데 비해서 동규는 아프레의 동반자 내지 동조자란 말이 타당할 것이다.

이를테면 옛 스승이 자기 혼자인 동규를 미칠 듯이 연모하는 여옥이 그의 생활 주변은 몹시도 지저분하고 어수선한 것이 아니던가. 또한 여기에 휩싸여 들어간 동규도 한갓 무능한 로버트가 아니었던가. 이러한 이단자들의 말로가 어떠했던가의 결말은 밝혀지지 않았지만 퍽 조심성 있게 바라봐야 할 현실이었다. 그러나 그들에게는 자신을 합리화시키려는 이혼을 곧잘 푸념했다.

"······선생님은 참 너무도 편견을 가지셨어요. 그러나 너무도 인자하십니다. 세상을 아시는 듯하면서도 모르시는 데가 있으실리 만큼. 하지만 선생님 제가 사는 세상은 격류가 아니라 겉으로는 잔잔한 호수랍니다. 거기 단번에 천마리 만마리도 잔인하게 죽여버릴 수 있는 독소가 떨어졌다면 어쩌겠어요. 선생님 아프레게르(전후파)가 전쟁 뒤에 오는 필연적이며 불가항력적인 한 토막의 현실과 시간이라면."

과연 아프레게르는 전쟁의 부산물이며 이 땅에도 한참 그 물결의 거센 파도가 휘몰아쳤던 것이 엊그제까지의 우리 현실이었다.

그러나 아직껏 우리의 주변에서 이러한 유물이 깨끗이 가셔졌는가에 대해선 상당한 의문이 있다. 아니 아프레의 독소는 우리 생활의 구석구석까지 잠재해 있어 우리의 정신 세계를 간단없이 좀먹고 있다는 것이 사실이 아닐까. 이러한 의미에서 독자는 이 『전후파』를 음미하고 비판해야 마땅할 것이다.

(『현재작가론』, 이우, 1983)

정비석의 『자유부인』

1. 선풍적인 인기

『자유부인』은 아직껏 우리 귀에 선한 정비석의 출세작이다. 1954년 『서울신문』에 연재해서 일대 센세이션을 불러 일으켰던 문제작이 바로 『자유부인』이었다.

일찍이 「성황당」을 갖고 『조선일보』의 관문을 통과했던 정씨가 『자유부인』을 통해서 대중문학과 신문소설의 정점에 올라서게 되었던 것은 주지의 사실이다.

휴전직후를 배경으로 해서 형상화되었던 이 『자유부인』이 남달리 인기를 거둔 것은 다음과 같은 몇 가지 이유가 밑받침되어 있었다.

몇 해 동안의 피의 싸움도 멈추고 이제는 바야흐로 '전후파'의 무대가 벌어지려는 판국의 생생한 현실을 누구보다 재빨리 캐치한 정씨가 그의 세련된 문장을 휘둘러 그려낸 것이 『자유부인』이라는 것만을 상기하더라도 얼마쯤 수긍이 간다. 물론 『챠타레 부인의 사랑』의 테마가 성개방을 긍정하는 것보다도 부정하는 데 있었듯이 『자유부인』도 자유부인의 예찬보다도 오히려 그 경계를 촉구했다는 것을 잊어선 안된다.

더욱이 카메라의 렌즈보다도 투명한 관찰로 묘사된 이 『자유부인』은 당시의 현실을 너무도 뚜렷하게 오히려 지나칠 정도로 그렸다는 것이 독자의 눈을 집중케 한 이유가 되었을 것이다. 그 결과는 한대 황모 교수가 작가를 상대로 지상항변(紙上抗辯)을 제출해서 색다른 화제를 불러 일으키게까지 했을 정도였다. 이를 계기로 해서 더욱 선전 효과를 거둔 『자유부인』. 이것은 단행본으로써 또는 영화로써 헤아릴 수 없는 독자 대중의 박수갈채를 독점하기에 이르렀다.

2. 「화교회」의 여파

상·하편에 20장으로 구성된 『자유부인』은 「화교회」란 첫 장에서 비롯
된다. 소장파 한글학자 장태연 교수 부인 오선영 여사가 바로 『자유부인』
의 장본인이다. 오여사가 자유부인으로의 첫 스타트는 R대학 동창생끼리
한달에 한번씩 모이는 화교회에 나가게 됨으로써 전개된다.

화교회에 나가던 길에 우연히 옆 집에 하숙하고 있는 대학생 신춘호와
정담을 나누게 되었다. 더구나 거리 한복판에서 신춘호의 카메라 앞에서 포
오즈까지 취할 줄 아는 오선영 여사. 신춘호와 헤어져 화교회 회장인 아서
원으로 접어들던 길목에서 동기 동창생인 최윤주를 만났다. 그는 남편이 무
슨 국장이라나 하는 국장부인으로서 으젓이 택시를 타고 있었다. 오선영 여
사도 이 차에 편승되어 회의장에 도착했다.

오늘 회비는 천환이었다. 모두가 천환짜리 한 장씩 쭉쭉 뽑아 놓는다. 오
선영 여사도 오늘 아침 단골가게에서 일부러 바꾸어 온 천환 한 장을 서슴
치 않고 내 놓았다. 천환이라면 대학을 세 군데나 나가야 하는 남편의 하루
수입이며 장교수네 살림으로서는 일주일분의 부식비에 해당하는 금액이었
다.

아서원을 나온 오선영 여사는 최윤주와 함께 전차길로 걸어 나가면서 오
늘 하루의 일을 생각해 보았다. 일금 천환이라는 대금을 내고 화교회에 출
석 했다가 결국 소득이라고는 가난의 비애 밖에 없었다.

(나는 왜 팔자가 이 모양이던가?)

화교회의 즐거움을 제대로 누리자면 댄스도 할 줄 알아야겠고, 식모도 있
어야겠고, 하다못해 택시라도 마음놓고 탈만한 경제적 여유가 있어야 할 것
같았다.

(에라! 나도 취직이나 해 볼까?)

오선영 여사는 그런 생각에 잠기며 묵묵히 걸었다. 여기에 더욱 부채질을 한 것은 최윤주였다.

"지금같은 민주주의 시대에서는 남편의 압제를 받지 않으려면 아무래도 경제적으로 자립할 능력이 있어야 하겠어!"

최윤주 여사는 자기대로의 사정이 있어서 그렇게 생각하는 것이지만 오선영 여사는 자기만이 시대에 뒤떨어지는 것 같아서 다시금 한숨을 쉬었다. 오선영 여사는 드디어 직업전선에 출마하게 되었다. 오빠인 오병헌 국회의원의 소개로 태창기업의 사장 한태석이 경영하는 파리양행의 책임자가 되는 것이었다.

오선영 여사는 부쩍 구미가 동하였다. 삼만환이라면, 대학을 세 군데나 나가는 남편 월급에 해당하는 금액이었다. 게다가 월급살이는 하지만 상점 하나를 통채로 맡는다면 남의 소식에는 자영업이나 다름없어 보일 것이 아닌가.

오여사가 오빠집을 나오다가 컴컴한 골목길에서 한쌍의 청춘남녀가 대담하게도 서로 껴안고 키쓰를 하고 있는 장면을 목격했다. 바로 이 장본인은 다른 사람이 아니라 조카딸 명옥이와 옆집 대학생 신춘호인데 더욱 놀랐다. 그 사실을 깨닫는 순간 오여사는 까닭 모를 울화가 치밀었다. 본능적으로 솟아 오르는 일종의 질투였다.

명옥과 작별한 신춘호는 오여사와 같이 걸어가기를 제의했다.

"달이 아주 좋은데요."

신춘호는 비로소 입을 열었다.

"글쎄 말야! 달빛이 아주 부드럽고 아름다운데!"

오선영 여사는 저도 모르게 그런 소리를 지껄여 보았다. 소녀 시대의 센치로 돌아가 보고 싶은 심경이었던 것이다.

"댄스는 나같은 노인은 안 되겠지?"

"천만에! 아주머니가 그럴 생각이 있다면 내가 배워 드리죠! 아주머닌 스타일이 좋아서 포오즈가 아주 베리·굿일 것입니다."

"한번 배워 볼까?"

"꼭 오십시오. 현대여성은 적어도 댄스만은 마스터해야 합니다. 아주머니는 오히려 늦은 편이죠."

신춘호는 집앞에까지 와서 오여사에게 손을 불쑥 내밀었다. 오여사는 잠깐 주저하다가, 가만히 손을 내밀었다. 너무 봉건적이고 싶지 않았던 것이다.

신춘호는 오여사의 손을 힘차게 잡아 흔들었다.

"굿나잇! 마이 디어 마담!"

3. 댄스 향한 호기심

고요한 가을 아침이었다. 장태연 교수가 언어학 서적을 탐독하고 있을 때 이웃집에 사는 박은미가 찾아왔다. 해방 후 싱가폴에서 돌아왔다는 처녀로 지금은 미군부대 영문 타이피스트로 있는 여자다.

"우리 부대에 여자들이 여남은 명 있는데 모두들 철자법에는 아주 백지예요. 그러니까 선생님이 바쁘시지 않으면 저녁에 한 시간씩 철자법 강의를 해주실 수 없으시겠어요."

즉석에서 장교수는 은미의 제의를 쾌락했다.

오여사는 식모 계집애를 구해 들였다. 그리고 치밀한 작전 계획을 세워서 남편에서 취직 허락을 얻었다.

이웃에서 들려오는 전축소리에 이끌리어 신춘호의 방을 찾아간 오여사는 스텝을 밟기 시작했다. 오여사는 서슴치 않고 신춘호의 품에 안겼다.

"마담!"

신춘호의 입에서 감격에 떨리는 음성이 고요히 흘러 나왔다

"……?"

오여사는 호흡이 자꾸만 급박해 와서 대답 대신 눈으로 반문하였다. 그러자 그 순간 허리에 감겨 있던 사나이의 팔이 서서히 몸에 조여들며 신춘호의 얼굴이 점점 다가오더니 다음 순간 고요히 텃쉬했다.

"마담! 엑스큐즈 · 미"

신춘호는 짙은 꿈에서 깨어나는 사람처럼 중얼거렸다.

"다시는 안 그런다면 괜찮으니까, 어서 춤이나 배워줘요!"

오여사는 그렇게 말하면서도 신춘호의 미지근한 태도가 오히려 불만이었다. 좀더 정열적인 행동을 생리적으로 요구하고 있었는지도 모른다.

어느날 오여사는 올케의 소개장을 가지고 빠리양행으로 한태석의 마누라 이월선 여사를 찾아갔다. 이리하여 취직전선에 나섰다.

"손님들께는 서비스 만전주의(萬全主義)로 나가도록 하세요."

오여사는 어느덧 여자점원들에게 그런 주의까지 시키게 되었다. 어느 날은 이런 손님이 있었다.

"최고급품으로 주시오. 물론 외국품이겠죠?"

삼십 오륙세 가량 되어 보이는 멀쑥한 신사인 백광진이었다.

그 이튿날이었다. 오여사에게 백광진으로부터 한번 만나자고 전화가 걸려왔다. 내용인즉 일백만환 정도를 융자해 줄 용의가 있으니 독자적인 사업체를 하나 경영해 보라는 얘기였다. 일단 오여사는 후일을 기약하고 가게로 돌아왔다. 때마침 한태석이 와 있었다.

어제 백광진이라는 남자는 포장이 최고급이라는 것을 매우 중요시하였다. 그러나 한태석은 포장 같은 것은 아무래도 좋다고 하면서 실질적으로 물건만을 요구하는 것이다. 두 사람의 성격의 차이가 여실히 드러나 보여서 매우 흥미가 있었다.

어쨌든 한태석의 권에 의해서 다방에 마주 앉은 오여사는 가게의 증자를 제의했다. 한태석은 즉석에서 쾌히 승낙했다. 그는 솔직한 애정의 넋두리를 털어 놓았다.

"미세스 오는 체격이 매우 좋으신데요. 치마 저고리도 좋지만 양장을 하셨으면 스타일이 더욱 돋보이겠는데요.

때때로 양장을 해 보시죠! 곡선미를 나타내는 데는 역시 양장이 제일 좋더군요."

"아이참 선생님두!"

오여사는 얼굴을 붉히면서도 내심으로 은근히 자랑스러웠다.

"나드 양복을 한번 해입었으면……."

오여사는 양복 한 벌에도 삼만환이 넘으니 그것도 도저히 엄두도 못내 볼 일이었다. 돈을 모르는 사나이의 아내로서의 비애가 거기에도 있었다.

4. 엇갈리는 부부도

어느날…….

교수실의 장태연 교수에게 전화가 걸려왔다. 박은미가 오늘 저녁에 오후실 다방에서 만나자는 것이었다. 장교수가 약혼 시계를 저당 잡혀서 돈 삼천환을 몸에 지니고 오후실 다방에 나타난 것은 정각 다섯 시 삼십 분이었다. 둘이는 호젓이 저녁 식사를 했고 박은미의 초대장으로 미국공보원에서 『미녀엠마』를 감상했다. 영화가 끝난 뒤에 둘이는 어두운 거리를 정답게 아베크하고 있었다. 그러나 때마침 지나가던 처남에 발견되어 찝차에 실려 집으로 이끌려갔다.

오병헌 국회의원은 장교수에게 자기의 선거구인 지방의 중학교 교장을 맡아 달라고 부탁했다. 순수치 못한 선거운동의 앞잡이에 불과하다는 것을 눈치 챈 장교수는 그 요청을 단호히 거부했다. 그날 밤 오여사는 남편의 눈을 속여 다시 신춘호의 하숙방을 찾았다. 물론 댄스를 교습 받기 위해서다. 한편 장교수는 한숨을 쉬었다. 저도 모르게 펜을 들어 종이에다 낙서를 하다가 문득 깨닫고 보니 백지 위에는 박은미란 글자가 무수히 쓰여 있는 것이 아닌가. 그는 당황하여 종이를 찢어 버렸다. 시간은 벌써 열시가 훨씬 넘었는데 마누라는 아직도 돌아오지 않는다. 하루는 오여사가 장교수가 출타 중인 틈을 타서 애들에게 레코드를 들려준다는 구실로 신춘호를 집에까지 끌어 들여 댄스를 했다. 그 사실은 이튿날 아이들의 입을 통해서 장교수의 귀에 들어갔다.

장교수는 학교에 나와서도 그 생각뿐이었다.

마누라의 행동에 대한 무의식적인 반동이었던 것이다.

오늘은 오여사가 신춘호와 함께 엘·씨·아이에 놀러가기로 되어 있는 날이다. 오여사는 엘·씨·아이에 들어서 자기가 살고 있는 서울 안에 이처럼 호화로운 세계가 있는 줄은 몰랐다.

"집에서 추실 때 보다는 훨씬 능숙하신데요!"

명옥이와 또 맞부딪치게 되었다. 상대편은 외무부에 근무하는 보이프렌드라고 했다. 서로 엇갈려 가며 춤을 췄다. 그 자리에서 오여사는 명옥이와 신춘호 사이를 알게 되었다. 둘이는 앞으로 미국 유학을 수속하고 있고 약혼할 사이라는 것을 들었다.

한편 이 시간에 장교수는 박은미와 단둘이 인사동 골목에서 종로로 걸어나오고 있었다. 그들은 지금 막 한글 강습회에서 돌아오는 길이었다. 박은미의 권유로 저녁을 먹게 되었다. 이 자리에서 박은미는 장교수에게 청을 올렸다. S대학 국문과의 원효삼이란 학생의 '국어학사' 성적을 적당히 봐달라는 것이었다. 그러나 장교수는 예상대로 딱 잘라 거부했다.

빠리양행에서 양품을 겸하게 된 지 달포가 지난 어느 날이었다. 백광진으로부터 오여사에게 외상을 청하는 메모가 쥐어졌다. 육만환 가까운 금액을 아무런 의심없이 보내줬다. 그날 저녁 오여사가 집에 돌아왔을 때 원효삼이란 학생이 찾아왔다. 내용인즉 사모님께 성적부탁을 하자는 것이었다. 갖고 온 과자 상자 속에는 삼만환짜리 보증수표까지 들어있었다. 남편이 뭐라거나 오여사는 우선 보증수표로 오랫동안 숙원이던 투피양복을 그날로 맞춰 버렸다. 나중에야 어찌되든 간에, 우선 써 놓고 보자는 결심이었다.

오여사는 남편의 서재에서 대학 성적보고서를 탐지해 냈다. 드디어 원효삼의 성적 30을 80으로 고쳐 버렸다. 어쨌든 이로써 약속은 이행하였고 책임은 완수한 셈이었다. 봄도 머지 않은 따뜻한 날이었다. 최윤주가 오래간만에 빠리양행에 나타났다. 용건은 계를 들라는 것이었다. 그리고 독자적인 사업을 벌여야 한다는 설교였다. 오여사는 부끄럽기 그지 없었다.(나는 언제나 한번 독자적으로 사업을 일으켜 보나!)

사업욕과 동시에 머리에 떠오르는 사람이 백광진이었다. 그러나 그는 의 외로 수월한 태도를 보였다. 어느날 한태석이가 빠리양행에 표연히 나타났다. 그리고 오여사에게 점심을 같이 하자고 권했다. 그러나 둘이 나란히 걸어가던 길가에서 이월선 여사에게 발각된다. 오여사는 거기서 무시당한 일을 생각하면 울화가 치밀어 못견딜 노릇이었다.

여기까지가 상편의 스토리이고 다음 하권에서는 주로 오선영 여사의 허영세계가 확대되어 혼돈천지에서 허덕이는 모습을 보여준다. 이를테면 대학생 신춘호와의 아슬아슬한 고비를 넘기는가 하면 협잡배 백광진에겐 20만환의 사기를 당했다. 오여사의 춤바람은 드디어 사랑바람으로 변했고 그것은 다시 돈바람까지 겹쳐서 부정까지 일으켰다. 이렇게 된 고빗길에서 한태석에 구원을 청했던 오여사는 자기의 몸까지 바칠 위기일발에서 깨어났다. 그러나 집에서까지 쫓겨난 오여사는 문자 그대로 사면초가의 '에레지'를 되씹어야 했다. 물론 끝장에 가서 관대한 휴머니스트인 장태연 교수가 그를 너그럽게 받아 들이지만 말이다.

비단 이런 타입의 자유부인이 오선영 여사뿐이 아니었다. 이와 유사한 허깨비들이 이 사회의 구석구석에 너무나도 숱하게 들끓고 있었다. 그러기에 독자들은 이 사실을 남의 일같지 않게 실감있게 감상할 것이다. 그러나 여기에서 한 가지 기억해 둘 일은 너무도 지나친 관능 묘사에서부터 독자들의 말초신경을 자극하는 에로의 냄새가 너무도 짙게 풍겼다는 점이다.

그러면서도 이 사회의 치부를 홀링 벗겨서 하나의 강렬한 적신호를 울렸다는 점은 높이 사야 할 것이다.

(『한국근현대작가작품론』, 성균관대출판부, 1993)

구인환의 『산정(山頂)의 신화』, 『별들의 영가』, 『살아있는 날들』

1. 머리말 — 작가 편력 및 초기소설

　작가 구인환의 문필활동은 1960년 『문예』지에 단편 「동굴주변」과 「절박」 등이 추천됨으로써 비롯된다. 뒤이어 단편 「습지기상(濕地氣象)」을 발표하고 다음해 『현대문학』지에 단편 「판자집 그늘」이 월탄 박종화의 추천을 받아 문단에 등극했다.

　작단 데뷔 이후 구인환은 매해 두세편의 단편을 지속적으로 발표하면서 동시에 서울대학에 재직하는 동안 많은 문학 연구서(『문학개론』, 『이광수 소설연구』, 『근대문학의 형성과 현실인식』)도 집필하는 등 왕성한 활동을 벌여왔다.

　그의 창작 활동은 주로 단편에 집중되었는데, 1974년에 첫 작품집 『산정 (山頂)의 신화』를 발표하였고, 뒤이어 76년에 전작장편 『움트는 겨울』을 77년에 단편집 『딩구는 자화상』을 간행하였고, 그 이후에도 『벽』에 갇힌 절규』, 『촛불 결혼식』, 『일어서는 산』, 『숨쉬는 영정』을, 그리고 근년에 장편 『별들의 영가』를 출간하였다.

　일반적으로 그의 작품들은 작품집의 제명처럼(물론 이 작품집 제목들은 그의 대표적 단편소설이기도 하다) 현재 진행형 소설로 그가 추구하고자 하는 것이 항상 가능성, 밝은 내일, 진정한 낙원의 추구에 있음을 보여주고 있다.

　그의 초기작품들인 「동굴주변」과 「판자집 그늘」은 거지와 꼬방동네 사람들이 어떻게 생을 영위하고 있는가를 보여주는 소설이다. 이들 작품에서 작가는 빠르게 자신을 기만하고 다른 사람을 우롱하는 것을 폭로하고 있다.

「동굴주변」에서 거지 사팔이를 갈취하는 호박같은 인물이 그 대표적인 예이다. 말하자면 작가 구인환은 이들 작품에서 그 나름으로 인간의 가장 기초적인 삶의 실존양상을 드러내려 하였다 그리고 이후 작품들에서 그는 인간 실존문제를 보다 깊숙히 파고들어가 「피해자」, 「햇빛 아래서」 등에서는 남녀간의 사랑을 통해 육욕적인 사랑, 몰인정한 현실을 뛰어넘어 진정한 인간의 사랑을 회복하려는 적극적인 의지를 보여 주었다.

그의 초기소설들의 특징에 대해 "사건에 대한 관심사보다 심혼의 내면풍경의 묘사에 치중되어 있는 그의 소설들은 추악한 현실 속에서 끊임없이 꿈을 찾는 상승에의 의욕을 표명하고 있다"는 강인숙의 지적이 타당할 것이다.

2. 첫 창작집 『산정(山頂)의 신화』와 『딩구는 자화상』

구인환의 초기작품들이 인간들의 사랑을 회복하려는 적극적 의지를 준 것이었다면 그것은 한마디로 원초적 제의성의 관점을 인간 본질의 측면으로 끌어 안았다는 데 있다. 그의 첫 창작집 『산정의 신화』는 이런 점에서 구인환의 작품 세계를 대표적으로 보여주는 예가 될 것이다.

> 실은 산다는 것은 미상불 즐거운 일이 아닐 수 없다. 비록 그것이 마음 대로 살아갈 수 없는 경우일지라도 살아간다는 것은 새로운 삶의 비약을 향한 발버둥이 아닐 수 없다.
>
> 하둘며 역사에 비친 생활을 그려 인생의 새로운 의미를 투영해 보고, 삶의 지표를 찾아본다는 것은 그리 쉽게 누릴 수 있는 삶의 혜택이 아니다. 수많은 작가가 그러했듯이 조그마한 소왕국을 찾아, 산고의 괴로움을 안으로 삭이면서 멀고 험한 여정을 찾아가는 이유도 여기에 있을 것이다. 그리하여 역사의 물결에서 살아가는 인생의 신비스러운 베일을 벗겨 소왕국의 지표를 찾아보는 것이다(창작집 『산정의 신화』의 작가 후기에서).

"인생의 신비스러운 베일을 벗겨 소왕국의 지표를 찾아" 보려는 작가의 창작 의도는 창작집『산정의 신화』속에 수록된 단편「별과 선율」을 비롯한「입주기(入住記)」,「절벽」,「햇빛 아래」,「피해자」,「동굴주변」,「판자집 그늘」등 14편의 소설들에서 공감하게 된다.

이 창작집의 소설적 특징은『산정의 신화』에 부치는 글에서 월탄의 말대로 "그의 작풍은 대개 도회 지성인의 피로한 생활의식 속에서도 불굴의 태세로 발랄 강인하게 살아보려는 젊은이들의 생활상을 강한 색채로 추출해서 오늘날의 고난을 극복하면서 미래로 발돋음하는 인간상을 설정하는 것이 그의 특색이다"라는 대목에 주목하게 된다.

「산정의 신화」는 한마디로 성스러운 것이 제거된 속세에서 성스러운 것을 갈망하는 내면의 기록이다. 어두워지고 있는 도시를 내려다 볼수 있는 산정의 별들을 바라보며 유년의 기억을 떠올린다. 그것은 자신이 어렸을 때 자신보다 적극적이었던 가시내의 힘에 이끌려 산마루에 올라가 끝내 포옹을 하고 잡풀 속에 뒹굴던 기억이었다. "눈이 빛난다. 흩어진 머리채에 잡풀이 가려진 사이로 섬량같이 빛나는 눈이 웃고 있었다. 파란 하늘, 푸른 들 사이에서 가시내의 맑은 눈이 사뭇 신비스러운 사연을 속삭이었다."

신화에서 상징적 의미를 담고 있는 것으로 알려진 '산정'과 '눈빛' 등 이러한 유년기의 낙원은 곧 성년이 된 주인공의 의식 속에서 '중심'이 되어 이를 찾으려는 방황이 시작된다. 그는 밤마다 역두에 나가 누군가를 기다리며 그 눈빛을 찾는 것이다.

이처럼 특별한 사건도 줄거리도 없는 이 소설에서 작가는 인간의 원초적 본질이 인간 삶의 중심이 된다는 것을 말하고 있는 셈이다. 그러기에 그 방황 끝에 술에 취하여 현실적 연인인 미애란 여자와 육체적 관계를 맺을 때 작가는 이를 산정에 오르려는 등산 과정으로 묘사하는 것이다. 성행위를 하늘과 땅의 결합으로 본다거나 산에 오르는 것으로 표현하는 것은 원형상징적이다.

그러나 이 역시 그녀로부터 유년시절의 그 '눈빛'을 발견하지 못하고 단지 관능적 결합에 불과함을 깨달으면서 다시 역두에 나가 기다린다. 미애가 현실로 돌아올 것을 눈물로 호소함에도 불구하고 이를 찾아 나선 경호는 마지막으로 어느날 미애의 눈빛에서 문득 유년시절 가시내의 눈빛같기도 한 빛을 발견하고 그녀를 데리고 "돌산의 정상으로 가자"고 하면서 끝을 맺는다.

이런 작품 구조는 「동굴주변」에서도 현실에서의 탈출을 시도하는 것으로 마무리 된다. 남자 주인공이 여자의 손을 끌고 어둡고 음산한 동굴을 떠나 밝고 환한 그 미지의 세계로 달려가는 것이다. 이러한 소설의 종말처리나 남녀관계의 성향에서 볼 때 공통성을 보여, 미성년의 사팔뜨기 소년은 꽁초가 이끌고 들어온 소녀에게서 첫 애정을 감지하게 된다.

사팔뜨기 소년의 상대녀는 순자인데 그녀의 해맑은 미소를 통하여 생전 처음 연정을 체험하게 되며, 그 애정행각의 무대는 음산한 동굴을 벗어난 '양지바른 잔디 위'가 된다. 그들은 현란한 단풍잎을 배경으로 하늘에 올라가 구름처럼 날아 다니고 싶은 환상적인 사랑에 빠진다.

이와 같은 애정행각은 「산정의 신화」나 「동굴주변」도 유사한 것으로 경호와 미애 그리고 사팔이와 순자의 사이는 여러모로 공통성을 보여 준다.

따라서 「산정의 신화」와 「동굴주변」을 통해 구인환은 영원회귀를 갈망하는 한 인간의 모습을 상징체계 속에서 현실적으로 재현한 것이다.

창작집 『산정의 신화』를 내놓은 뒤에 구인환은 활발한 창작활동을 벌여, 장편 『움트는 겨울』과 단편집 『딩구는 초상화』, 『벽에 갇힌 절규』, 『촛불 결혼식』, 『일어서는 산』 등을 끊임없이 간행해서 주목받았다.

이들 작품들은 역시 현재적 삶 곳곳에서 나타나는 고통과 비극들, 그리고 이 세태를 다양한 인물들의 삶을 통해 그려내고 그러한 고통, 세태 속에서도 인간 본연의 그리움과 인간애를 찾고자 하는 노산의 소산들이었다.

이를테면 창작집 『딩구는 자화상』에 수록된 단편 「정교수와 파이프」는 국전(國展)의 추천작가이면서도 개인전을 열지 않는 고집스러운 정교수란 인물을 통해, 인간의 생활이 획일화되어 버린 현재적 삶에서 사물의 본래의 향취와 개성을 훼손하지 않으려는 신조를 가지고 살아가지만 반대로 아파트로 상징화된 현대문명 속에서는 설 자리를 가지지 못한다. 즉 문명의 획일성과 무개성 속에서 원시의 순수한 자연을 동경하는 인간 본연의 마음을 갈구한 작품이다.

또한 연작단편 「칩거설(蟄居設) 설조(雪朝)타령」(1-3) 같은 경우의 작품은 일상적인 생활 속에 잠재해 있는 인간 본연의 욕구를 잘 표현해 주고 있다 하겠다. 즉 이 작품에서 작가는 장기, 그리고 섯다판, 또한 술집에서 떠들썩한 음주 등 우리 주변에서 흔히 볼 수 있는 형태들이 다름 아닌 현실의 억압에서 벗어나고자 하는 인간본연의 마음임을 보여주고 있다.

이와 같은 구인환 소설의 변모는 시대적 현실상황과 무관하지 않음을 작가 스스로 다음처럼 고백해서 주목된다.

사실 문학에서 부단히 변모해가는 외적상황을 수용해 가거나, 유리의 성에서 기법에 칩거할 수는 없는 일이다. 외적상황의 리얼리즘적인 수용은 문학을 풍속사에 머물게 하고, 역사의식적인 수용은 강력한 지향성을 보여준다. 또한 유리 성에서 기법의 칩거는 문학을 개인의식의 곡예사가 되게 한다. 그리하여 이 둘의 상충 없는 상승을 가져올 때, 역사의식에 투영된 개인의식의 의미를 찾아볼 수 있을 것이다(소설집 『딩구는 자화상』의 작가 후기에서).

이렇듯 작가 구인환은 『딩구는 자화상』을 계기로 "역사의식적인 수용"과 "유리성에서 기법의 칩거"의 조화를 통해 그의 문학성을 지향코저 했음을 인식케 한다. 그리고 그의 소설세계의 공간적 확대와 시간적 의미를 확인시킨 다짐이기도 했다.

3. 창작집 『숨쉬는 영정(影幀)』과 『별들의 영가』

작가 구인환의 초기소설에서 첫 창작집 『산정의 신화』와 『딩구는 자화상』을 경과하는 동안 문학적 주제면에서도 상당한 면모를 보여 주었다.

그의 창작집 『촛불 결혼식』 출간과 같은 해인 1987년 간행된 장편소설
『일어서는 산』은 일제말기의 수난사를 조명한 것이었다.

이 『일어서는 산』은 흔히 접하는 소설과는 달리 각별히 일정한 주인공을
등장시키지 않고 있다는 것이 특색이다. 그 까닭은 일제치하에서 힘겹게 생
존했던 우리 겨레 모두가 주인공들이었기 때문일 것이다. 이 소설의 무대는
작가의 향리인 충청도 서천군 장항읍 본근리가 된다. 이곳을 중심으로 일제
말기를 모질게 살아온 인물들이 다양한 모습으로 등장한다.

이 소설에서 크게 강조된 대목은 비록 일제의 암흑기의 악조건과 고난의
상황 속에 처해 있으면서도 결코 절망과 체념에 함몰되지 않고 삶의 의욕과
끈기를 지닌 희망적인 바탕을 지닌 민족임을 보여준 것이다.

장편 『일어서는 산』이 출간된 뒤, 1989년에 내놓은 소설집 『숨쉬는 영
정』은 그때까지 구인환이 추구해온 작품세계를 일목요연하게 알 수 있다.
작가이던서 문학연구자이기도 한 그가 「작가의 말」에서 피력하고 있는 다
음과 같은 발언은 어느 누구보다도 이를 정확히 대변해 주고 있다 하겠다.

　　……친한 벗들과 깊어가는 밤을 잊고 소주잔을 나누면서 열띤 토론과
　　정담을 나누기도 하고 사위가 죽은 듯이 조용한데 혼자 원고지와 삶의 양
　　상을 보이는 경향과 그날의 낙원을 추구하려는 개인의 욕구가 현대사회의
　　메카니즘이나 비리(非理)한 부조리에 의해서 가로막아지고 그 벽을 뛰어
　　넘으려는 절규의 삶의 양상. 그리고 두고온 산하요. 고향이 그리워 좌절되
　　고 비극화되는 실향민의 회소(回巢)의 전기와 그 한을 표출하는 경향의 세
　　경향의 작품이 한곳에 펼쳐지고 있다. 그 모두가 이제까지 관심을 기울였
　　던 그 한을 극복하려는 처절한 삶의 양상을 파노라마적으로 부각해본 것
　　도 그 특색을 이루고 있다.

이 작품집에 실려 있는 「목신의 기도」, 「숨쉬는 영정」, 「등산연습」, 「떠
도는 사람들」, 「무너지는 소리」에서 작가는 한결같이 인간 출생의 근원지
인 고향이 인간 존재의 낙원임을 보여주고 있다.

즉 분단으로 고향을 상실한 실향민의 삶을 통해, 혹은 근대화의 미명하에 고향을 떠나 도시로 밀려 들어왔다 삶의 기쁨을 잃은 이농민의 삶을 통해 고향이야말로 인간 존재의 터전이자 보금자리임을 보여 주고 있다.『숨쉬는 영정』은 국토의 분단과 동족상잔의 비극 속에서 삶의 보금자리를 잃고 떠돌 수밖에 없는 태규, 재규 실향민 두 형제의 재상봉에 얽힌 이야기이다.

고향이 사리원인 두 형제는 6 · 25로 인해 피난길에 오른다. 두 손을 꼭 잡고 피난길에 오른 형제는 그러다 폭격으로 손을 놓치고 만다. 그로부터 두 형제는 이산가족의 피저린 삶을 살게 되고 향수병과 함께 형은 아우를 놓친 죄책에 사로잡히면서 발광 지경에 이른다.

그러던 어느 날 형은 마지막으로 아우를 찾으려고 전파에 이를 호소하여 다행이 이 사연을 친지로부터 전해들은 아우는 해후의 기쁨을 안고 약속 장소에 나간다. 그러나 약속 장소에 나간 동생은 살아 있는 형이 아닌 조카의 손에 들린 형의 영정과 조우해야만 했다. 형은 약속한 그날 정오에 극적인 운명을 한 것이다.

또한 「목신의 기도」에서는 작가는 수만이란 인물의 유서 ("살아서 넘을 수 없는 철조망 죽어서야 넘을 수 있겠지. 이 길 말고 거기에 갈 길이 없네.")를 통해 죽어서나마 한을 풀어야겠다는 인간의 귀소본능을 비극적으로 조명하고 있다. 그리고 「무너지는 소리」는 일확천금을 노리며 고향을 떠나 도시로 온 형수란 인물이 모진 고생 끝에 다시 고향으로 회귀하는 과정을 통해 고향의 의미를 일깨워주는 작품이다.

또한 작가는 이 작품집의 「무너지는 벽」, 「기우는 길목」, 「구천동으로 가는 길」, 「익어가는 구천동」 등에서 산업화로 상실되어 가는 인간 본연의 인간성을 갈구한다. 「무너지는 벽」은 공해에 시달리며 판에 박힌 획일적인 아파트와 생활의 질곡을 벗어나고 싶은 태만이란 인물의 갈등을 통해 자연으로 돌아가고자 하는 인간의 본성을 추구하고 있다. 도시적 삶에 염증을 느낀 태만과 도시적 삶의 양식에 사로잡혀 있는 아내와의 사이에 태만은 어느날 아파트 관리실에서 수위가 그의 노모와 한 자리에서 식사하는 광경에 접하면서 새삼 인간 본연의 인간애에 감동하게 된다는 내용이다.

여기에 비해서 장편『움트는 겨울』은 구인환의 최초의 장편소설로 6·
25 와중에 판자촌에서 살며 부두에서 아르바이트로 어렵게 학교를 다니는
준이란 젊은이와 고향에서 부모님을 모시고 농사를 지으며 살아가는 용수
란 젊은이의 삶을 그린 소설이다. 전쟁의 소용돌이 속에서 과연 공부를 계
속한다는 것이 어떤 의미를 가지느냐며 고민을 하는 준이와 부모님 슬하에
서 자신이 하고자 하는 공부를 하지 못하고 그날그날의 생활에 치여서 살아
가야 하느냐에 고뇌하는 용수, 현실의 비극적 상황속에서 이들이 겪는 생활
상의 고통과 사랑을 통해 각기 인간적 피해와 상흔을 넘어서고자 하는 젊은
이의 몸부림을 형상화하고 있다.

> 누구나 비극에 직면하게 되죠. 그 비극을 어떻게 극복하고 내일을 위한
> 자세를 갖느냐가 문제예요. 6·25는 우리에게 참담한 현실과 비극을 안겨
> 주고 있어요. 우리는 비극을 안으로 극복함으로써 새로운 삶을 잉태할 수
> 있는 거예요(장편『움트는 겨울』중에서).

이들 젊은이에게 삶의 지표를 던져 주는 윤교수의 말은 바로 고통 속에서
도 삶을 버팅겨 나가는 그들 자신의 삶에 다름 아니었다.
구인환의 근작 장편소설『별들의 영가』는 격동하는 한국 사회에서 도시
와 농촌이 차이 없이 만연되고 있는 돈과 성의 난무를 조명하고, 그 속에서
가장 소중한 것을 위해 전력을 다해 사는 젊은이들의 모습을 배경으로 한국
현대의 젊은이들의 삶과 그 지평을 간결한 문체로 재미를 더하면서 추구했
음을 작가는 스스로 밝히고 있다.
이 소설의 줄거리도 '어기차게 사랑을 키워가는 젊은이를 위한'「작가의
말」속에서 소상히 요약하고 있다.
정우빌딩의 칠층 사무실, 오후의 햇살을 받고 나온 정아는 애리와 약속되
어 있는 명동의 커피하우스를 가다가 동창인 지남을 만나 애리와 같이 즐거
운 저녁 시간을 보낸다. 또한 장항선에서 유진수를 만난 미연은 진수를 사
모하게 된다. 이들은 종각의 까치다방과 명동의 커피하우스를 단골로 드나

든다.

진수는 정아와 같이 인천의 월미도에 놀러 가 석양이 지는 바다를 보면서 사랑을 다짐하고, 애리는 지남의 유혹에 빠져 호텔을 드나들며 삶을 즐기는데, 어느 날 아버지 회사의 비리가 폭로된다.

애리 아버지, 주사장은 일재의 비리 폭로를 무마하기 위해 오진암(요정)에 일재를 초대한다. 그러나 일재는 단호히 유혹을 물리치지만 미연과 나미의 공격에 말려들어 나미의 품에 안기게 되고, 애리와 지남은 성을 즐기는 짙은 나날을 보낸다. 한편, 까치다방의 미스 신이 수철을 아주 좋아하게 된다.

주사장의 비리에 대한 비판과 척결로 회사가 망해진다. 진수는 미연의 더 달콤한 육체에 빠져 미연과의 결혼을 약속한다.

증권에 미쳤다가 실패한 지남은 애리의 품을 찾으나 애리는 그런 지남이 싫어진다. 미스 신과 수철이 결혼을 하게 되고, 진수는 미연에게 결혼할 수 없다고 통고하자 미연은 자진을 기도하여 젊은 별들은 제각기 상처를 입고 방황하면서 각자의 지평을 찾으려고 애를 쓴다.

이와 같은 내용을 담은 『별들의 영가』는 황금만능과 성(性)의 타락, 그리고 사회적 비리가 횡행하는 현대에, 돈과 성의 난무 속에서 방황하는 젊은이와 성실하게 사랑을 키워가면서 그런 현실에 대응하는 젊은이들의 삶을 치열하게 그려, 현대인의 삶의 의미와 그 지향성을 박진감있게 그리고 있다.

또한 작가는 현대를 사는 젊은이들의 삶을 진솔하게 그려 주제가 뚜렷이 부각되게 그리려고 애썼고, 작품의 인과적 구성이 치밀하고 인물들의 전형성을 획득하여 로망성과 형상성을 획득하려고 진력했음을 고백하고 있다.

과연 『별들의 영가』는 오늘의 젊은이들에게 물신주의에 빠진 현대의 화신인 돈과 삶의 윤활유로 보이는 성(性)의 욕구는 가장 치열한 성취의 대상임을 간파한 작가가 때묻지 않은 젊은이들의 영가를 서사적으로 재현함으로서 신세대 풍속도를 진솔하게 엮고 있다.

4. 중단편집 『살아있는 날들』

구인환의 중단편집 『살아있는 날들』에는 근작 4편의 작품이 엮어져 주목된다.

이 작품집 표제가 된 중편 「살아있는 날들」은 91년 『현대문학』지에 발표되어 문제작으로 평판된 바 있다. 이 소설이 기왕의 작품들과 달리 작가 구인환의 자화상을 보여준 생생한 자전적 성향의 소설로서 각별한 감동을 안겨 주었다.

여기에 등장하는 60대의 기동은 다름 아닌 바로 작가로 그의 주변 현실과 행적들이 생생한 필치로 재현되어 그 감동을 증폭시킨다.

기동이 모처럼 시간을 내어, 고향에 홀로 살아가는 80대 노모를 찾아갔지만 옛 소학교 죽마고우들과 밤새 술자리에서 회포를 나누다 이튿날 아침 노모와 석별해야 하는 정황을 아주 소상히 보여준다.

> 어느새 차렸는지 아침상이 들어왔다. 언제 먹어도 구수한 우리 집 상이었다. 동김치 맛도 옛날 그대로요, 김치나 찌개 맛도 변하지 않은 그 맛이었다. 그것은 바로 고향의 맛이요, 어머니나 할머니의 솜씨에 사랑이 담긴 아늑한 맛이었다. 해방이후 그 수많은 격동을 거치고도 크게 변하지 않은 우리의 삶의 정과 같이 입맛이 당기는 솜씨는 대대로 내려가 우리의 혼과 더불어 살아가고 있다(「살아있는 날들」 중에서).

「살아있는 날들」에서 월남전에 간 넷째가 귀국을 앞두고 베트공에 당한 비보로 기동의 아버지가 심화병으로 세상을 떠난 일이며, 그로 인해 홀어머니가 되어 10년동안 보냈던 비탄의 지난날을 일깨워 준다.

그리그 소설의 실마리는 기동이 아내의 끈끈한 사랑을 되새기며 월남에서 산화한 넷째 기춘의 따뜻한 우애를 피력해서 감회에 젖기도 한다. 다시 소설의 화제는 기동이 고향의 노모와 작별하고 택시를 타고 대천으로 달려가는 얘기로 진전한다. 일제때의 소학교 동창회가 한 친구의 딸의 결혼식에 맞추어 그곳에서 열리게 되었기 때문이다.

> 1987년 6월 14일, 드디어 장항 성봉소학교 제6회 동창회가 결성됐다. 시청 앞 프레지던트 호텔 2층의 소연회실에 20여명이 모였다. 서울에 있는 동창은 물론이요, 장항·대전 등 시골 각지에서 모인 회갑을 바라보는 노장들이 상기된 얼굴로 40여년 만에 자리를 같이했다(「살아있는 날들」 중에서).

이런 과정으로 창립된 소학교 동창회가 2년 뒤에 대천에서 열리게 된 셈인데 이 자리의 산파역을 했던 득호를 비롯한 여러 명이 죽마고우들이 주연을 펴 감격의 해후를 연출하면서 어린 시절부터 지금까지 힘겹게 살아온 내력이 간단없이 펼쳐져 흥미롭다.

더욱이 이 소설의 종말에서 피력된 기동의 심회는 강한 충격으로 다가온다. 세상에 살아있는 것만도 고마운 일인데, 이렇게 살아남은 친구들을 만났는데 그대로 헤어질 수가 있느냐는 것이었다. 적어도 반세기 동안 얽히고 설킨 사연과 친구들의 이야기라도 나누어야, 앙금이 맺힌 한이 풀릴 것만 같다고 했다. 6·25와 전후의 소용돌이에서 이 자리에 이르기까지 눈물과 피로 살아온 삶의 도정을 툭 털어 놓고 얼싸안고 울고 싶은 마음이 강하게 다가왔다는 대목이 강한 여운으로 남는다.

이와 같은 소설적 분위기는 단편 「버려진 부소산」에서도 유감없이 드러난다.

이 소설의 주인공은 앞의 소설 주인공 기동이가 철규라는 이름으로 바뀌어 등장할 뿐 작가의 자화상이 고스란히 드러나는 자전적 소설로 보여진다.

철규는 세미나에 참석하기 위해서 상수와 함께 서울에서 논산까지 고속버스를 타고 달려왔지만, 세미나가 열리는 부여까지는 시간에 쫓기어 총알택시로 허겁지겁 달려가야 했던 초조한 시간이 박진감 있게 그려졌다. 거기에다 지난날 젊은 학창 시절의 갖가지 아름다운 추억들을 삽화로 장식해서 흥미를 돋운다.

다음에 중편 「목마른 사람들」과 「태양 밑의 삼중주」는 평통(平統)의 『평화통일』(지금은 『민주통일』)에 1989년 12월부터 1992년 5월까지 전 12회(1회에 40매)에 걸쳐 연재되었다.

앞의 소설들이 작가의 자전적인 신변 소설로 역사의 뒤안길에서 희생당하면서드 인간성을 고조하는 인간들과 그 풍속도를 보여준 것이라면, 「목마른 사람들」과 「태양 밑의 삼중주」에서는 실향의 한에 젖어 분단이라는 비극의 주인공들의 비애를 생생히 실사하고 있다.

「목마른 사람들」에서는 덕수를 비롯한 회갑 나이에 있는 실향민들의 절절한 향수와 비감을 충격적으로 보여줌으로써 민족적 염원인 통일의 열망을 심도있게 조명하고 있다.

덕수와 성래가 짝이 되어 속초에 살고 있는 실향의 옛친구 광남의 회갑 잔치에 초대되어 찾아가는 여로가 아주 감명 깊게 전개된다.

　　구두쇠 광남의 회갑! 고향 땅을 밟을 때까지는 죽을 수 없다는 광남이
　　가…… . 광남의 숨소리가 물씬 덕수를 껴안았다.
　　덕수는 비로소 활짝 웃는 얼굴로 속초로 향하는 택시를 탔다.
　　파란 수평선이 푸른 하늘과 맞닿아 꿈꾸듯 출렁거렸다(「목마른 사람들」
　　중에서).

서울에서 덕수와 성래가 가슴 설레이며 찾아온 속초에는 회갑 잔치의 주인공인 광남의 행방이 묘연, 그를 찾아 방황하는 과정의 잡다한 사연과 실향민들의 애수가 농도 짙게 풍겨진다.

덕수와 성래, 그들은 광남의 행방을 여러모로 추적 끝에 광남이 통일 전망대에 갔다는 소식을 듣고 빗속에 택시로 간신히 간성까지 이르러 멈추게 된다. 이 고장에 정착해 살고 있는 친구 덕진의 인도로 카페 해당화로 비를 피해 술자리를 편다. 이 집 마담 명희가 덕수 일행과 동향이란 사연에서부

터 흘러간 세월을 그리고 실향민의 아픔을 여러모로 조명해서 그 감동을 고조시킨다.

> 명희의 가슴이 뛰기 시작했다. 내게는 고향이 없다. 되돌아 갈 수 있는 고향이 어디 있느냐고 이를 악물고 살아왔다. 원산의 명사십리, 그리고 해당화, 그 언제나 하루라도 잊을 수 없는 마음의 고향이지만 그것은 이미 내 고향이 아니었다. 그것은 이미 손에 닿지 않는 먼 곳에 있는 남의 땅이요, 꿈에서도 넘지 못할 휴전선에 가려진 땅이다. 그 원산은 마음에서 지워야 하는 것이다. 해당화는 해변에 가면 어디든지 있다. 염기 있는 바다 바람을 마시면서 못내 그리운 사람에게 붉은 가슴을 태워날려 보내는 해당화는 서해나 동해 도처에서 볼 수 있다. 반드시 명사십리의 해당화이어야 할 이유가 없는 것이다(「목마른 사람들」 중에서).

원산 출신의 실향민 명희의 애절한 심회는 바로 그 많은 실향민들의 뼈에 사무친 비애로 공감되거나 덕수 일행과 명희와의 극적인 만남을 통해서 우리 반세기의 국토 분단을 극명하게 일깨워준다.

이렇듯 작가 구인환은 그의 소설들에서 결코 낯선 소재를 다루지 않는다. 그는 평범한 일상사, 우리가 흔히 접하게 되는 현실의 상황을 통해 내면의 깊이에 가로놓여 있는 인간 본연의 세계를 찾아내려 한다.

그리고 그러한 노력을 통해 다소가 허탈하기도 한 삶의 일상을 비록 그것이 고통스럽다 할지라도 삶의 진정한 모습임을 말해주고 있다. 또 그러한 일상적 삶에 대한 진지한 성찰과 거기서 나타나는 고통을 넘어서고자 하는 진정한 노력만이 참된 인간의 낙원을 되찾을 수 있는 길임을 그는 말하고 있는 셈이다. 또한 그것이 인간 존재의 본질적 뿌리이자 원천임을 강조하고 있다.

5. 맺는말

구인환의 초기소설들이 "심혼의 내면풍경의 묘사에 치중되어 촉박한 현실속에서 끊임없이 꿈을 찾는 상승에의 의욕을 표명하고 있다"는 평가를 받은 바 있다. 다음에 70년대에 출간된 창작집 『산정의 신화』와 『딩구는 자화상』에서는 성스러운 것이 제거된 속세에서 성스런 것을 갈망하는 내면의 기록으로 그 특징을 드러내었다고 할 것이다.

그리고 80년대 후반에서 90년대 초반에 간행된 창작집 『숨쉬는 영정』과 『별들의 영가』에서는 분단으로 야기된 실향민의 삶을 통해, 혹은 근대화의 미명하어 고향을 떠난 이농민의 삶을 통해 고향이야말로 인간 존재의 터전이며 보금자리임을 보여주었고 오늘의 젊은이들의 풍속도를 진술하게 보여주기도 했다.

이렇듯 구인환의 작품세계는 한마디로 현재의 삶에서 나타나는 고통과 그 고통을 넘어서고자 하는 인간 본연의 세계를 추구하는데 있다 하겠다.

작가는 특히 단편을 창작하면서 단편의 장르적 특성에서 필연적으로 요구되는 단일성과 집중성을 효과적으로 구현하기 위해 새로운 기법을 부단히 실험해 왔으며 이는 특히 연구자로서 탐구된 이론적 작업의 뒷받침을 통해 그만의 독특한 문학적 기법을 부단히 창출한 셈이다. 다음과 같은 작가의 말은 그의 문학적 성격을 잘 말해준다.

> 소설은 그 누가 말해도 작가의 그날을 성취해 가는 정신적 도정(道程)으로서의 의미와 새로운 기법의 실험, 그리고 그것을 새로운 질서를 취득한 소설로 형상화하는가에 삶의 절규를 고발하고 삶의 지표를 제시하여 평범한 현실 세계를 수용하여 새로운 등불을 켜주는 것이 작가의 제일 과제이기도 하다(소설집 『숨쉬는 영정』의 「작가의 말」에서).

즉 구인환은 그의 소설에서 낯선 소재를 다루지 않는다. 그는 평범한 일상사, 우리가 흔히 접하게 되는 현실의 상황을 통해 내면의 깊이에 가로놓여 있는 인간 본연의 세계를 찾아내려 하였다.

그리고 그러한 노력을 통해 다소간 허탈하기도 한 삶의 일상을 비록 그것이 고통스럽다 할지라도 삶의 진정한 모습임을 말해주고 있다. 그리고 그러한 일상적 삶에 대한 진지한 성찰과 거기서 나타나는 고통을 넘어서고자 하는 진정한 노력만이 참된 인간의 낙원을 되찾을 수 있는 길임을 그는 말하고 있는 셈이다. 또한 그것이 인간 존재의 본질적 뿌리이자 원천임을 강조하고 있다.

(『한국현대작가의 문제작 평설』, 국학자료원, 1996)

김승옥의 「생명연습」, 「무진기행」, 「서울 1964년 겨울」

1. 진정한 한글 세대의 작가

진정한 한글 세대이자 새로운 감각의 신세대 작가군의 대표격인 김승옥은 1941년 일본 오사카에서 태어났다. 일본에서 1943년 귀국하여 본적지인 전남 광양에서 일시 거주하다가 전남 순천에 정착하여 성장하였다.

서울대에 진학하여 문리대 불문과를 다니면서 김현, 염무웅, 최하림 등 훗날 우리 문학을 주도하게 되는 문우들과 함께 교우하면서, 나중에 이들에 의한『산문시대』란 동인지를 중심으로 한 새로운 세대의 문학활동에 참여하게 된다.

그는 1962년『한국일보』신춘문예에 단편「생명연습」이 당선됨으로써 문단에 등단하였다. 1964년 단편「무진기행」을 발표하여 문단의 주목을 받았고, 1965년「서울 1964년 겨울」을 써서 제10회 동인문학상을 수상하기도 하였다. 1966년 소설집『서울 1964년 겨울』을 냈으며 1968년에는『선데이 서울』지에 중편「60년대식」을 연재하였다.

이 무렵부터 본격문학에서 벗어나『강변부인』등 대중소설을 쓰는 길에 접어들게 되었으며, 소설보다는 영화각본을 쓰는데 주력하여 본격적 문학과는 거리를 두게 되었다.

1977년 오랜 침묵 끝에「서울의 달빛 0장」을 발표하여 문학사상사가 주관하는 제1회 이상문학상을 수상하기도 하였으나, 그 뒤로 별다른 문학 활동이 크이지 않아 독자의 아쉬움을 사기도 하였다.

오늘의 중견 작가로서는 비교적 짧은 경력이라 하겠지만 그가 남긴 주옥 같은 단편소설들은 60년대적인 의미에서 '감수성의 혁명'이란 말까지 할 정도로 이채로운 존재이다. 김승옥으로 대표되는 '내성적 기교주의'라 일컬어지는 새로운 시대의 작품은 형식적인 면에 보다 중점을 두면서 그 형식에 대한 실험 자체가 시민의식과 결합되어 나타나고 있다는 점에서 중요하다고 하겠다.

그들은 50년대의 선배작가들처럼 무조건 현실에 대한 비판이나 무기력증을 사실적으로 표현하지는 않았다. 자신이 속한 사회에서 도대체 무슨 일이 벌어지고 있는지 내면적으로 반성하고 기교적으로 전달하는 과정 자체를 통해 삶의 의미를 되묻게 하는 것이었다. 삶과 언어에 대한 반성을 집요하게 추구한다는 점에서 그들의 문학형식은 건강한 시민으로서의 진정성이 있다고 하겠다.

1960년대에 들어서면서 보인 가장 커다란 문학적 변모의 양상은 1950년대의 순수문학에 대한 반성으로 인해 나타난 사회에 대한 새로운 현실인식과 그 표현에 있어서의 한국어 의식이라고 할 수 있다. 즉 최인훈의 『광장』으로 대표되는 사회에 대한 새로운 인식은 4·19로 인한 시민의식의 소산으로 볼 수 있다. 이와 같은 문학에 나타난 사회인식은 4·19와 5·16이라는 사회변혁적 소용돌이가 잠잠해지면서 그에 대한 문학인의 고민과 대응이 본격적으로 드러난 결과라고 할 것이다. 4·19로 상징되는 시민민주주의에 대한 열망은 김정한, 이호철, 전광용, 하근찬 같은 작가로부터 최인훈, 신상웅, 이문구, 방영웅, 정을병 같은 60년대 신인작가에 이르기까지 일관된 모습이라 할 수 있다.

이러한 상황에서 김승옥, 이청준 등 내성적이고 실험적인 창작기법을 과감하게 도입한 신인들에 의해 비로소 60년대 문학은 그 실상을 온전히 드러냈던 것이다. 사실 과거 구세대 작가에게는 일본어로 생각하고 한자가 섞인 문장을 써서 다시 한글로 옮겨야 비로소 제대로 된 소설문장을 쓸 수 있는 이중언어 의식이 남아 있었다. 그런데 김승옥에 이르러 비로소 우리 말로 생각하고 우리 글인 한글로 쓰는 진정한 한글 세대가 등장한 것이다. 우리 문학사뿐만 아니라 언어사적으로도 이는 중요한 문제임에 틀림없다.

2. 비정상적 삶에 대한 연민

진정한 한글 세대인 이들 60년대 신세대 작가의 선두주자로 불리는 김승옥의 문학세계는 어떻게 표상될 수 있는가? 그는 감각적인 문체, 한국어의 세련된 즈웅, 소설 배경과 인문 성격의 적절한 배치, 소설 구조적 완결성 등 탁월한 예술적 완성도를 갖춘 소설의 연금술사로 일컬어진다. 4·19의 시민 혁명적인 분위기를 문학적 언어로 환치시키면서 전후세대의 무기력증을 단숨에 뛰어넘었다는 평가를 받기도 하였다.

그의 소설에서는 대상을 바라보는 예민한 감성의 반응과 이국적이며 애상적인 문체가 돋보인다. 「생명연습」, 「무진기행」, 「서울 1964년 겨울」, 「60년대식」 등에서 작가는 새로운 세대의 감수성을 잘 보여주고 있다. 작중 인물들은 불안하고 답답한 분위기 속에서도 무책임하고 비굴하기까지 한 행동을 제멋대로 하고 있다. 그렇다고 해서 이들 인물들의 삶이 무의미한 것은 아니다. 해방과 전후를 거치면서 모두들 사회와 역사 같은 커다란 거시적인 문제에 개달릴 때, 삶의 미세한 물결에 주목한 소시민적 자의식은 그 나름대로 가치가 있는 것이다. 이것은 시민의식의 내면화라 할 수 있다.

그의 데뷔작 「생명연습」에서 주인공이 교회 부흥회 장면을 연상하는 대목을 보자.

땀과 노래와 노래 박자에 맞추어 치는 손뼉 소리가 미친 듯이 날뛰다가
가끔 딱 그치고 갑자기 고요한 침묵의 시간이 생기곤 했는데 그런 때엔
나는 나지막이 들려오는 파도의 찰싹거리는 소리가 못 견디게 그리웠고
오늘밤 여기에 온 것이, 그리고 앞자리를 차지한 것이 어찌나 후회되던지
자꾸 혀를 깨물었다.

이렇듯 한 문장 속에, 감각에 호소하는 자유로운 문장의 리듬에 의해 금방이라도 부흥회의 소란스러운 장면이 눈앞에 펼쳐진 듯 느껴지게 하고, 그

속에서 소외된 주인공의 내면이 확연하게 드러나며 파도소리를 끄집어내는 감성까지 갖춘 것은 대단하다. 한글 소설이 가진 매력이 이만큼 발휘된 적을 이전에는 별로 볼 수 없었다.

「생명연습」에서 작가가 추구하는 것은 역사적 삶 같은 거창한 모습이 아니다. 오히려 비정상적인 삶에 대한 연민이다. 밤에 몰래 수음을 하는 선교사, 유학을 가기 위해 잔인하게 애인을 능욕하는 교수, 성장한 자식들을 아랑곳하지 않고 집안에 남자들을 끌어들이는 어머니, 그런 어머니의 남자 관계를 작문으로 써내려는 누이와 어머니를 죽이고자 하는 형 등 추악한 삶의 군상들이다. 그러나 그런 과거와 현재의 교차 속에서 주인공이 마음에 쌓아가는 것은 '자기 세계'에 대한 집착과 그로부터 표현되는 연민의 감정이다. 삶이란 추잡하고 지저분하지만 살아볼 만한 가치있는 것이란 김승옥 특유의 주제의식이 선명하게 떠오르는 것이다.

「생명연습」뿐만 아니라 「환상수첩」, 「건(乾)」, 「누이를 이해하기 위하여」 등 초기작품의 세계는 모두 그러한 자기 세계에 대한 집착과 관련되어 있다. 만화가가 자기 자신의 혼이 담긴 직선을 그어야 한다거나, 오로지 남과 다른 자기만의 세계를 만들기 위해 기교만으로 뭉쳐진 연기를 보여야 하기도 하고(「누이를 이해하기 위하여」), 건강한 백치아이를 낳고 싶으면서도 결국은 바닷가의 골방에서 숫자를 세어가며 수음을 하다 염전이 있는 바닷가에서 자살을 해야 하는(「환상수첩」) 것이다.

「야행」의 경우도 비슷하다. 이 작품에서 동료 은행원과 남모르게 동거를 하고 있던 현주는 대낮에 길을 가다가 어느 낯선 남자에게 끌려가 강간당하는 체험을 갖는다. 그 이후 그녀는 늦은 밤 길거리를 배회하면서 낯선 남자가 자길 끌고 가서 몸을 범해주길 기대한다. 도덕으로부터의 일탈을 부정적으로만 보는 것이 아니라 미적인 입장에서 새롭게 해석하려는 데 의의를 두는 것이다.

3. 윤리적 패배의식 극복

김승옥의 자기 집착적 초기문학의 세계는 1964년 「무진기행」을 통해 변모를 보인다. 「무진기행」은 아침이면 짙은 안개로 덮이는 무진이란 공간을 배경으로 하여, 곧 대기업의 중역으로 승진할 주인공이 귀향하여 과거를 회상하고 현실 속에서 만나는 인물들과 뚜렷한 이유없이 갈등하고 사랑을 하다 무기력하게 떠난다는 이야기이다. 현실세계에서는 출세를 한 존재이지만 자아를 찾지 못했기 때문에 자기 존재의 이유를 확인하기 위해서 고향을 찾는다는 설정은, 이전의 자아 집착보다는 진전된 측면이다. 우울하고 답답한 분위기 속에서 지적 패배감이나 윤리적인 자기도피를 넘어서려 시도하지만 이도저도 아닌 애매모호한 행동만 반복된다. 그야말로 안개 속의 여행인 셈이다. 어차피 우리네 삶이란 안개 속을 뚫고 미지의 곳을 향해 가는 항해 아니겠는가 말이다. 그러나 결국 자신이 돌아갈 곳은 '서울의 일상생활' 이라는 것으로 끝맺음으로써, 이전 작품의 자기세계에서 벗어나 시민사회로 편입이라는 소설 구조를 완성하고 있다.

그렇다면 그가 비정상적인 자기세계 속에 집착하고 있다가 윤리적 패배의식을 극복하고 들어선 시민사회는 진정 가치있는 것일까? 이 해답은 1965년 「서울 1964년 겨울」에 있다. 이 소설에서 김승옥은 꿈틀거리는 것을 사랑하는 서울거리의 소시민 셋을 등장시켜 그들의 행적을 통해 시민적 삶의 가치를 따져 보고 "우리가 너무 늙어버린 것 같지 않습니까?"라고 자조함으로써 우울한 진단을 하고 있다. 아내의 시체를 병원에 판 돈으로 밤거리에서 떠돌다 돈을 불구경하는 화재 현장에 던져버리고 여관에서 자살하는 가난한 서적 외판원의 행동을 통해, 주인공인 구청 직원이나 부잣집 대학원생이 느끼는 것은 너무 일찍 나이 먹어버린 한국 시민사회이 자화상이었던 셈이다.

이를 4 · 19 세대가 5 · 16에 느끼는 내밀한 반발심리라고 할 수 있다면, 조로해버린 소시민의 자의식이 나아갈 길은 어디였을까? 지나치게 개인의 자기세계에 집착하고 바깥세계에 대한 당당한 대결의지를 미처 갖추지 못한 김승옥의 시민의식은 결국 상업주의에 침해되고 만다. 『강변부인』같이 성희(性戱)가 줄거리를 지배하는 대중소설과 상업 영화각본에 주력함으로써, 이제 김승옥이 우리 시대의 작가가 될 수 없다는 점이 아쉽게 생각된다. 60년대 작가의 내성적 기교주의와 실험정신의 몫은 이청준 등 다른 작가에게 돌아간 느낌이다.

그러나 김승옥의 문학은 여전히 중요하게 생각된다. 그가 보여준 소외된 내면, 현대소설의 한 목표라 할 내성 탐구와 소시민적 개인주의가 자신있게 표방된 모범을 볼 수 있기 대문이다.

즉 1950년대까지의 기존 문학이 가진 도덕적 엄숙주의, 거창하고 무거운 주제의식에서 벗어나 소시민적 개인의 일상과 고립성을 문제삼고 세련된 한국어를 유감없이 발휘했다는 점에서 그의 소설은 문학사적 의미가 크다고 할 수 있다.

(『한국현대작가의 문제작 평설』, 국학자료원, 1996)

김주영의 「여름사냥」, 「악령」

1. '뿌리 뽑힌 자들'의 삶에 집착한 작가

1970년대를 거치면서 우리 사회는 산업화시대로 접어든다. 중진국으로의 도약, 수출 증대와 국민소득의 확대로 표상된 경제성장, 새마을 운동 등 근대화의 구호 아래 엄청난 지각 변동이 이루어졌다. 한국 사회의 급속한 경제적 발전에 따라 한편에서는 성장의 과실로 화려한 삶을 누리지만 다른 한편에서는 현실에 안주하지 못하고 떠돌아다니는 '뿌리 뽑힌 자들'의 생활이 날로 늘어나기도 하였다. 소설가 김주영은 바로 이러한 사회적 소외계층과 역사적으로 유랑민들의 삶에 문학적 관심을 집중시킨 작가라고 할 수 있다.

지난 1970년대 이래 현재까지 활발하게 활동하는 소설가 중에서 김주영은 남달리 주목을 요한다. 그는 처음에는 어두운 사회현실을 날카롭게 풍자한 단편을 가지고 문단에 등장했다. 그리고 세월의 흐름과 더불어 끊임없이 소설세계를 확대하고 내용을 심화시킴으로써 부단히 발전하는 작가의 세계관과 창작 방법을 볼 수 있었다. 그는 그런 확대와 심화의 과정을 거쳐 연작소설 『천둥소리』같이 분단소설의 새로운 시각을 개척하거나, 『고기잡이는 갈대를 꺾지 않는다』같이 생생한 체험적 성장소설의 경지를 보여주며, 『객주』와 같이 민중적 대하역사소설의 한 봉우리를 차지하였다. 이러한 작가 김주영의 단편소설 세계는 어떤 모습일까? 끊임없이 독자의 흥미를 유발하는 풍자적 기법 속에 산업화 사회의 소외계층이 빚어내는 인간 희극이 그의 다양한 단편에 들어있는 내용이라 할 것이다.

1970~80년대의 대표적인 작가라 할 김주영은 1939년 경북 청송군 진보면 월전리에 태어났다. 유년기 때의 그의 집은 5일장이 열리는 저자거리와

가까운 곳이었기에 그는 동생과 함께 시장바닥에서 악명 높은 문제아로 성장하였다. 이때의 체험이 그의 문학세계를 지배하는 중요한 원체험으로 자리잡았다. 어렸을 때 겪었던 지독한 가난과 6·25 전쟁의 부역자들이 고문당하고 사형당하는 것을 보았던 기억이 작가의 뇌리에 강하게 남아 이후 그의 작품 세계를 지배하게 된 것이다.

감수성이 예민했던 성장기의 시장 풍경에 대한 기억은 그대로 삶의 축도적인 풍속도로 자리잡았다. 저자거리를 무대로 펼쳐지는 장사꾼들의 밑바닥 생활과 그들이 빚어내는 온갖 삶의 몸부림은 생활력이 강한 하층민에 대한 신뢰로써 그의 인생관을 다지게 하였다. 시장바닥의 인생살이는 「도둑견습」 등의 단편을 거쳐 『객주』에 이르는 총체적 형상화가 이루어졌으며, 6·25전쟁의 체험은 『천둥소리』 연작에서 역사적 공간을 획득하게 된다.

김주영은 대고농고를 거쳐 서울에 올라와 서라벌예대 문예창작과에 진학하게 된다. 안수길, 김동리, 서정주, 박목월 등에게서 문학수업을 받고 천승세, 유현종, 김문수 등과 어울려 문단에 익숙해진 후 문단 등단을 밟는다. 1970년 『월간문학』지에 「여름사냥」이 가작으로 뽑히고 1971년 「휴면기」로 월간문학 신인상을 받아 데뷔하게 된다. 이후 정력적인 작품 활동을 하게 되는데 그 중 대표작인 것으로서는 1973년 「마군우화」, 「열기」, 1947년 「무등타기」, 「비행기 타기」, 「즉심 대기소」, 1975년의 「악령」, 「도둑견습」, 「모범사육」, 「금의환향」, 「달밤」 등을 들 수 있다. 이들 초기 소설들은 1977년 단편집 『도둑견습』 『칼과 뿌리』 등에 모아진다.

2. 풍자적 수법으로 병든 세상 관조

이때까지 발표한 소설들이 대개 70년대 작가들이 일반적으로 보여주었던 것처럼 도시 세태에 대한 풍자적 묘사가 주류를 이루었다면 1978년 「붉은 노을」, 「아들의 겨울」 등은 새로운 세계를 보여준다. 인간 관계에 대한 보다 깊은 성찰을 위해 작가의 시선이 다시 유년의 공간으로 돌아간 것이다.

「아들의 겨울」은 박무도라는 어린 아이의 시점에서 시골 마을의 술도가, 도살장, 교장 사택, 이발소, 면사무소, 지서 등의 모습을 그려내고 살인과 음모를 통해 추잡한 어른의 세계로 빠져드는 과정을 보여준다. 거기서 보이는 것은 아비부재의 모성 중심의 공간과 어머니를 사랑하는 오이디푸스 콤플렉스의 표출이다. 생활을 이끌어가는 억척스런 어머니에 대한 외경과 반발심의 교차로 인해 나타나는 주인공의 위악은 결국 여교사의 사랑스런 감싸줌을 통해 정상적인 성장의 가능성으로 승화된다. 일종의 성장소설적 구조를 통한 휴머니즘의 실현인 셈이다. 작가 자신이 감추어온 위선과 오류를 스스로 반성하고 깨뜨려 보여주었다는 점에서 자기 신뢰의 표현인 동시에 우리 문화의 실상을 성실하게 드러내주는 것이라고 평가할 만하다. 이러한 성장소설적인 유년 체험의 고백은 1988년의 『고기잡이는 갈대를 꺾지 않는다』로 집약된다.

　김주영은 1979년부터 1984년까지 『서울신문』에 대하역사소설 『객주』를 연재함으로써 비로서 역량있는 작가로 떠올랐다. 이전 소설이 그렇듯 이 소설도 떠돌이의 삶을 그린다. 내용은 1878년부터 1885년까지 조선조 말기에 천봉삼을 중심으로 한 보부상의 삶과 활약상을 다룬 하층민의 생활상이다. 이 작품은 흔히 역사소설들이 지배층의 동향이나 정치사중심의 영웅주의를 표방한 데 반하여 한 사람의 영웅도 만들지 않고 작가의 어린시절 체험이 뒷받침된 떠돌이 장사꾼의 다양한 삶을 있는 그대로 묘사한 장점이 있다. 게다가 아름다운 고유의 우리말을 되살려 쓰려고 노력하며 다양한 구비문학적 전통 유산을 담아낸 것도 장기라 하겠다. 이러한 민중적인 감수성을 지닌 대하역사소설의 창작방법은 이후 『활빈도』나 『화척』(연재중단)에도 일관된 원칙으로 자리잡아 김주영 소설 미학의 특징을 이룬다고 하겠다.

　활발한 창작 활동을 지속하던 작가는 1989년 10월 돌연 절필선언을 하게 된다. 그 동안의 자신의 글쓰기에 대한 근본적인 반성과 신문연재소설의 중압감으로부터 벗어나고자 하는 노력의 일환으로 풀이 되었다. 2년간의 절필 후 재충전 기간을 거쳐 역사소설 『야정』을 지금까지 연재하고 있다.

　김주영의 초기 소설은 대개 풍자적 수법으로 병든 세상을 관망하면서 두

가지 경향을 보이고 있다. 하나는 위악적인 악동의 생태를 자세히 묘사한 「악령」, 「도둑견습」, 「모범사육」 등의 경향이며 다른 하나는 「차력사」, 「도깨비들의 잔칫날」, 「즉심 대기소」, 「마군 우화」처럼 비교적 건강한 하층민들의 생활과 도시적 속물들의 생활을 대비시키거나 시골 출신 인물이 서울에서 살아남기 위해서 교활한 모리배로 변하는 과정을 다룬 경향이다.

3. 도시인의 속물화를 고발한 소설

작가가 간파한 세상살이의 묘미란 한마디로 말해서 '뛰는 놈 위에 나는 놈이 있다'는 의식의 표현이다. 「마군 우화」에서 주인공 마규석은 오과장의 비리를 발견하고 사장에게 고자질한다. 그러나 사장은 마규석을 해고시키는데, 이유는 바로 그 비리가 사장 지시에 의해 이루어졌기 때문이다. 「무등 타기」, 「비행기 타기」에서 주인공들인 최억돌, 박지발은 월전면 막곡동 벽촌에 미군 기지와 비행장이 들어선다는 소문을 듣고는 횡재를 노리려고 나름의 영악함을 발휘한다. 그러나 그 소문은 거짓임이 금방 드러나고 주인공은 막대한 손해를 입고 망신만 당한다. 「금의환향」에서 낙동강 수몰지역에 살고 있는 주인공 억수는 건달 노름꾼으로서 수몰 보상금을 좀더 많이 받으려고 갖은 방법을 동원한다. 그러나 결국 그 보상금은 노름꾼, 투기꾼, 사기꾼의 수중에 들어가고 만다.

「악령」에서 그는 산업화 사회가 창조한 삶의 새로운 형태로서 인간 본연의 야성미가 제거된 인공적인 문화체계에 길들여진 허약성을 보여 준다. 새로운 도시문화의 전형으로 그려지고 있는 이촌동이라는 공간적 배경을 보면, 이곳은 무엇 하나 부족한 것이 없는 완벽한 현대인의 이상향으로 그려지고 있다. 이 평화로운 도시 골목에 리어카 장사꾼인 황 노인과 맹호가 등장하여 평화를 깨뜨린다. 그들이 파는 지저분한 오뎅이 불량식품인 줄 아는 동네 아이들은 처음에는 사먹지 않지만 황 노인과 맹호에 의해 차츰차츰 사먹게 된다. 비위생적인 부도덕함이 문화적 이상향을 병들게 만드는 악역을 맡은 것이다. 그야말로 동네 사람들에게는 악령 같은 존재인 것이다. 일주일만에 문화적 이상향인 이촌동은 불량식품 장사꾼에게 완전히 흔들여버리는데, 이를 통해 우리가 구축한 도시문명이 얼마나 허약한 것인가를 일깨워준다.

이들 초기소설이 가지고 있는 주제는 산업화와 고도성장이 진행되는 와중에서 인간들이 맛보는 비애와 갈등을 희화적으로 이야기한 것들이다. 작가 나름대로는 사람의 심성을 헤아릴 줄 알게 될 무렵부터 농촌과 도시를 쉼없이 들락거리며 살면서 순박한 농촌 사람들이나 가난한 서민들이 도시의 물을 먹고 부를 축적하면서 인간적으로 타락하는 모습을 많이 보아왔기 때문에 도시인의 속물화를 고발하고자 한 것이 아닌가 한다. 즉 고도성장에 따라 갑자기 부를 누리게 된 졸부의 생활 행태란 얼마나 우스운 것인가를 말하면서 산업화시대 자체를 문제삼는 것이라고 하겠다.

따라서 그의 소설들은 사회의식이 강한 편이다. 「악령」, 「도둑견습」에서 보이듯, 가난하고 비정상적인 결손 가정 출신의 악동과 도시의 안락한 중산층 소시민적 생활 속에서 연약해져 버린 온실속에 아이를 대비시키곤 한다. 이를 통해 사업화 사회가 이룩한 도시화가 지닌 불건강성, 즉 인간의 원시적인 건강성이 유약한 삶으로 변질되는 것에 대한 비판적 시선을 보여준다. 그와 함께 가정적으로나 정신적으로 어려움에 처한 인물에 생존을 위한 절박한 몸부림을 보여주고 그 과정에서 자기 존재에 대한 확인을 통한 휴머니즘을 획득하는 것이야말로 김주영 소설의 진정한 주제라 하겠다.

(『한국현대작가의 문제작 평설』, 국학자료원, 1996)

유재용의 「내 우상 쓰러지다」, 「달빛과 폐허」

1.작가의 문학세계

1960년대 중견 소설가 유재용은 1936년 강원도 김화군 창도에서 아버지 유도열과 어머니 최역희의 차남으로 태어났다. 1947년 38선 이북에 위치한 고향을 떠나 인천, 서울로 생활 근거지를 전전하였다. 한국 전쟁으로 서울이 함락되자 형님과 헤어져 경기도 용인군 원삼면에 있는 외가로 갔는데, 그때 심한 노동과 영양실조로 관절염에 걸리고 나중에 척추염으로 악화되어 오랫동안 고생하게 된다. 한편 육군 소위로 임관하여 전선에 나갔던 형님이 양구 전투에서 전사했는데, 그이가 바로 중편 소설 「내 우상 쓰러지다」의 주인공 한규철의 모델이다.

유재용은 십여 년의 문학 수업 끝인 1965년 조선일보 신춘문예에 동화 「키다리 풍선 아가씨」가 당선되고, 1968년에 소설 「상지대」가 추천 완료되어 문단 활동을 시작하였다.

「누님의 초상」, 「관계」, 「그림자」, 「어제 울린 총소리」, 「화신제」등으로 현대문학상, 이상문학상, 조연현문학상, 동인문학상, 대한민국문학상 등을 수상하여 중견 작가로서의 위치를 확고히 다졌다. 주요 작품집으로는 『꼬리 달린 사람』, 『누님의 초상』, 『관계』, 『성하』, 『하오의 길목』 등이 있고 장편 『성역』을 출간하였다.

유재용의 문학 세계는 월남민 특유의 '38따라지' 라는 피해의식과 가족사의 자전적 소개, 그리고 1960~1970년대 서울 소시민의 애환을 다룬 작품으로 일관되어 있다. 문단에서도 순수·참여 어느 쪽에도 기울어지지 않으면서도 분단 문제, 도시 서민의 참상 등 사회의식이 있는 무거운 소재를 소설적 형상화에 치중하여 호평을 받아왔다.

2. 「내 우상 쓰러지다」와 「달빛과 폐허」

「내 우상 쓰러지다」는 바로 작가의 자전적 가족사를 '형의 초상'으로 그려 낸 작품이다. 이 작품에서는 「누님의 초상」과 비슷하게 동생 한규민의 눈을 통해 형 한규철의 일대기를 그려 내고 있다. 출세작 「누님의 초상」을 보면 일제하의 부유한 집안출신으로 재원이었던 주인공이 징용과 정신대 문제로 위협받다가, 해방 후 소련군이나 인민군의 정부가 되어 위기에 처한 집안을 구하고 사라지는 내용을 다루고 있다.

한규철은 양조장 덕분에 인근 최고의 부자가 된 아버지의 부를 바탕으로, 촉망받는 미래를 지닌 재동이었다. 또한 식민지 시대에서 가장 바람직한 출세 가도를 달릴 수 있는, 서울의 A고등보통학교와 동경의 B고등학교를 거쳐 동경제국대학 법학부를 다닌 수재였다. 그러나 대학 시절 재일 조선인 학생 단체인 공생회(共生會) 활동을 한 혐의로 좌익 세력으로 몰려 체포, 고문 끝에 사랑하는 여자를 배반하고 일년형을 살고 나온 뒤 파멸의 길을 걷는다. 일제말, 징용을 피해 광산에서 일하다 해방을 맞고 치안대장에까지 오르지만 소련군 진주하의 공산 치하에서 지주 아들의 처세는 쉽지 않았다. 결국 한국 전쟁 때 의용군으로 끌려가 죽게 되는 비참한 최후를 맞게 된다.

서술자인 동생이 형을 회상하게 되는 계기는 국민학교 때 발견한 동화 습작 노트였다. 「포로가 된 왕자」란 형의 장편 동화는 바로 이러한 그의 비극적 삶을 자화상처럼 그린 동화이다. 문제는 형의 삶이 지닌 의미이다. 서술자에게는 형이 비운에 죽은 아기 장수 전설의 주인공처럼 우상이며 영웅으로 비쳐졌지만, 실은 현실 감각이 어두운 나약한 이상주의자며 껍데기뿐이라는 시각을 은연중 제시한다. 형의 친구였던 한 교수에 의하면 형의 죽음은 현실적으로 존재한 실체의 붕괴가 아니라 "스스로 창작한 동화의 세계 속에 빠져들어가 있었던" 낭만주의자의 허망한 말로였을 뿐이라는 것이다.

　작가는 한때 우상이었던 한 지식인의 수난 행로를 그린 소설 전편에서 우상의 몰락에 대한 안타까움을 표하면서도, 중간중간 이성적 판단을 삽입해서 균형 감각을 잃지 않고 있다.

　「달빛과 폐허」 또한 두고 온 고향 철원(38선 이북의 구철원)에 대한 망향제이다. 이 작품은 분단과 전쟁으로 인한 실향민들의 자기 복원의 염원을 형상화하고 있다. 주인공 채두영은 약국을 경영하는 약사로서 옛 철원을 고향으로 하고 있는 아버지와 함께 어려서 월남한 인물이다. 1947년 새벽에 아버지 손에 이끌려 38선을 넘어온 채두영의 당시 나이는 아홉 살, 이제 40여년이 지난 과거 속에 그의 고향이 있는 셈이다. 고향은 휴전선 너머 저편에 놓인 40년 전 기억으로 남아 있지만, 그의 아버지가 남겨 놓은 정밀한 철원 지도를 보며 주인공은 불현듯 폐허가 되어 버린 옛 고향 철원을 확인하고 싶다는 충동에 사로잡힌다. 그래서 그는 폐허로 변한 곳을 찾아가 현재와 과거 사이의 끈을 연결시키려 애쓴다.

　주인공은 철원국민학교 표지가 붙은 폐허를 보고 현실이 이미 참혹한 몰골로 과거를 지우고 있음을 두 눈으로 확인하였다. 그날 밤을 민통선 안 천막에서 보내면서 비로소 그는 하얀 옷을 입고 부지런히 집을 짓느라고 오가는 사람들과 그의 아버지를 만나고 조부, 증조부, 고조부를 만나고, 이어서 한국 전쟁을 떠올리며 제트기와 탱크, "포탄과 총탄이 쏟아지며 사람들이 이룩해 놓은 지상의 온갖 것들을 깨뜨리고 무너뜨리고, 부수고, 불태우고 있음"을 보았다. 또한 그는 과거를 잊은 듯 시침을 떼고 있는 침묵 속의 숲을 헤치고 과거 속에는 무수하게 많은 삶들이 생생하게 펼쳐져 있음을 확인하였다.

　비록 눈에는 띄지 않는다 하더라도 많은 사람들이 마음속으로 앓고 있는 내상은 너무나 선명하다. 대부분의 많은 사람들, 특히 이 사회를 이끌어 나가는 권력자들은 이러한 민족 분단이라는 과거의 내상을 치유하지 않고 **환부만 덮어 둔 채** 현재에의 충실성만을 고집한다. 그들은 우리에게 과거를 잊어버리는 것이 곧 과거의 잘못된 상처가 치유되고 청산된다는, 허위 의식을 내세우고 있다.

작가 유재용이 각별히 얘기하고 싶어하는 속뜻이 바로 이에 대한 비판이며 과거에 대한 기억의 소중함이다. 과거에의 기억은 곧 양심이라고 덧붙일 때 그의 소설적 메시지는 궁극적으로 양심 회복에 가 닿고 현재의 전통성을 찾아 바르게 하려는 인간적·도덕적 노력의 필요성 확인인 것이다.

'달빛과 폐허' 란 분단의 상처를 치유하는 상징적 의미이다. 여기서 폐허란 국토의 분단과 전쟁의 상처 그리고 민족의 정신 내면의 상흔을 아우르는 말이다. 달빛이란 이러한 정신적 상처를 치유하고 복원하기 위한 주인공 채두영의 순례 행로를 밝히는 희망의 상징인 셈이다. 현재 우리들은 생생한 과거를 잊어버리고 진행되고 있는 현재를 과거와 동떨어진 것으로만 파악하는 데 길들여짐으로써 과거를 잃었을 뿐만 아니라 양심과 민족 의식마저 잃어가고 있다. 주인공이 철원행 버스에서 만난 역사학 교수 하명구의 열띤 주장은 작가의 이런 표면적인 메시지를 드러내려는 의도에서 나온 것이다. 그가 주장하는 내용은 바로 40년 저편의 일들을 전설이나 화석으로 치부함으로써, 진정한 정서적·문화적 통일을 불가능하게 하고 있다는 것이다.

3. 「화신제」와 「우희의 끝」

「화신제」는 대학 교수인 주인공 윤관이 옛 제자 한양구의 초청을 받아 토화리(吐火里)에서 거행되는 화신제라는 민속제의에 참석했다가 신비로운 체험과 함께 마을 청년 선동 혐의로 곤욕을 치른다는 내용이다. 오랜 옛날부터 전승되며 변형되어 온 화신제를 문화 인류학적 관점에서 살펴보기 위해 토화리를 찾아 나선 윤관 교수는 유재용의 다른 작품, 이를테면 「그림자」나 「달빛과 폐허」등에서 과거의 복원을 꿈꾸는 탐색자들과 같은 위치에 있는 인물 유형이다. 더 정확하게 대입하면 「달빛과 폐허」의 하명구의 변신일 수 있다.

그가 찾아 나선, 화신제 내용을 간직한 마을 토화리는 일반 세계로부터 단절되어 고유한 민속을 변형없이 간직했을 법한 곳이다. 그런데 실제로는 토화리 화신제의 원형은 현재라는 기준에 맞춰 변질되어 있었다. 원형에서 제의적 성격을 뽑아 내고 순전히 놀이와 공연을 위해 시간과 무대 따위의 조건을 맞추는 것이다. 원래의 많은 절차와 제의적 본질을 함축하고 있는 연희의 진지성을 거세하고 있는 상업주의적, 관료주의적 발상에 대해 윤교수, 그리고 그를 내세운 작가 유재용은 비판을 감추지 않는다. 주인공의 비판적 관점은 제의의 성격을 거세한 채 공연에만 관심을 갖는 읍 문화원 관계자들의 행정 방식에 반발해 오던 마을 젊은이들의 마음에 불을 질렀고, 작품의 뒷부분은 그렇게 충동을 받은 젊은이들에 의해 정말 집이 불태워졌으며 그들이 모두 방화범으로 경찰에 잡혀 간다는 것으로 끝맺는다.

이 작품에서 윤 교수에 맞선 적대 인물 한양구는 민속놀이를 이용해서 현실적 이득을 챙기려는 비양심적인 현실인이다. 그 앞에 선 윤 교수는 마을 공동체에서는 국외자이지만 민족 전체로 보면 양심과 양식을 지닌 지식인으로서, 작가의 비판과 고발을 대변하는 인물이다. 즉, 과거에 대한 골동품적 사고, 맹목적 구호가 낳게 될 민족전통의 훼손과 자기 동일성의 사실을 우려했던 것이다.

「유희의 끝」은 평범한 소시민인 서술자가 이병태라는 외팔이에게 호의를 보였다가 계속 사기 당하고 낭패를 보는 이야기이다.

한 사람의 고독과 절망이 악인으로 사기꾼으로 표출되지만, 그를 구제하겠다고 섣불리 나서는 것도 능사는 아닌 것이 세상의 이치이다. 악인을 고독과 절망에서 구원하는 일이 얼마나 어려운 일이며 허망한 일인가 하는 점을 이 작품은 냉철하게 보여주고 있다. 하지만 작가의 시선이 너무 표면적이고 비관적으로만 일관된 것 같아 아쉽다. 사람은 누구나 별 볼 일 없는 겉보기와는 달리 나름의 내면적 무게가 있게 마련이 아닌가.

아무리 외팔이에 네 손가락, 외눈박이라 할지라도 그렇게 살 수밖에 없었던 삶의 진정성이 있게 마련인데, 그 점이 밝혀지지 못했던 것이다.

4. 주변 인물의 삶과 죽음 형상화

위에서 보았듯이 「내 우상 쓰러지다」와, 「달빛과 폐허」가 분단의 아픔이라는 가족사적 일대기를 다룬 작품이라면 「화신제」는 잃어버린 민속 제의를 통해 현대인의 영적 구원을, 「유희의 끝」은 소시민의 호의로는 해결되지 않는 악인의 구원 문제를 담담하게 그려낸 작품이다.

유재용의 문학 세계는 다양한 스펙트럼을 갖고 있다. 그는 격동의 한국 현대사 — 식민지 시대와 분단 시대, 전쟁과 전후 — 를 거치면서 자기가 목격했던 가족과 그 주변 인물들의 삶과 죽음을 애틋하게 형상화해 왔다. 물론 근현대사의 사회적·역사적·정치적 의미를 강조하지 못했다는 아쉬움이 없는 것은 아니지만, 그 시대를 살아간 인물 군상의 변화에 더 많은 관심을 기울여, 도덕적 타락을 감수하면서까지 현실 변화에 대처하려 했던 현실주의자와 이상주의자를 대비시키고 있다.

재빠른 처세술에도 불구하고 역사의 소용돌이 속에서 몰락했던 형님과 누님 등 가족사를 그려 내면서 작가가 보여주는 세계인식은 한국 근현대사에 대한 비극적 역사 인식에 닿아 있는 것으로 생각된다. 한편으로는 도시 서민에 대한 애정 어린 묘사로, 다른 한편으로는 잃어버린 옛것에 대한 향수를 통해 삭막한 현대인의 생활 감정을 치유해 보려 하지만 미래는 그리 밝지 않을 것으로 보인다. 그러나 작가의 소박한 현실 인식과 인간에 대한 애정이 언젠가 분단이 극복되어 사람답게 사는 사회가 되면 아름답게 꽃필 것으로 기대된다. 그날이 오면 잊었던 누님도 다시 만나고, 죽었던 형님도 아기 장수로 부활할 것 같은 기대를 하게 되는 것이다.

(『한국현대작가의 문제작 평설』, 국학자료원, 1996)

전상국의 「투석」, 「음지의 눈」

1. 60년대 등단, 70년대 부상

작가 전상국은 강원도 홍천 출생으로 경희대 국문과 재학중, 1963년『조선일보』신춘 문예에 단편「동행」이 당선되어 문단에 등단했다.

그는 문단에 등단하기 이전 1958년 제6회 학원문학상과『강원일보』에 입선한 경력을 갖고 있다. 초기에 단편『광망』,『해바라기 시계』등을 발표했으나 대학 졸업과 함께 낙향, 10년간 교편 생활을 하면서 창작을 중단하기도 했다.

1974년에 단편「전야」를 발표하면서 왕성한 창작 활동을 재개했다. 그의 소설들의 특징은 고향을 잃어버린 사람들이 자기 뿌리를 찾으려는 고향의식 내지, 귀소의지가 강하게 풍기는 것들과 교육 현장에서 목격한 비리나 악을 추적해 간 소설들로 대별된다.

특히 전상국은 한 인간의 현실적 체험을 역사적, 민족적인 것과의 유기적 관련에서 추구하는 상황의 작가로 평가되었다. 즉 그의 상황인식은 한 개인의 운명을 민족 공동의 운명 속에 직결시키는 데 있다고 하겠다. 그리고 개인의 불행은 단순한 우연의 소설이 아니라 커다란 민족적, 역사적 불행에서 파생된 것으로 인식하고 그 불행의 극복을 개인적 환경의 개선에서 찾지 않고 격동하는 역사와 민족의 현실 속에서 추구했다 할 것이다.

그의 70년대의 문제작으로 부상되었던 단편「고려장」(1978)도 이러한 경향에서 쓰여졌는데, 한 노파의 정신 이상을 개인의 우연한 생활 과정의 탓으로 돌리지 않고 그 발광 요인이 어디에 있는가를 민족사 속에서 묻고 있으며, 이에 대한 책임을 그 노파의 자식들이 아닌 국가에게 호소하는 상황의식이 강하게 노정되었다.

이런 작품 경향으로 특이한 작품 세계를 구축했던 전상국은 1979년 중편 「아베의 가족」으로 제6회 한국문학작가상을 수상했고 처녀 창작집 『바람 난 마을』을 간행함으로써 문제 작가로 크게 부상하게 되었다.

이 문제 소설에서 아베는 아직 우리에게 남아 있는 전쟁의 상흔이며, 그 상처는 결코 쉽사리 떨쳐버릴 수 없는 전쟁의 응어리로 부각되었다. 실로 작가는 주인공 아베를 통해서 기성 세대가 물려준 이 비극적 유산을 치유하기 위한 돌파구를 모색했다 하겠다.

전상국의 소설에 대한 평가는 대체로 진실된 삶을 통해서 진실한 태도가 어떻게 나타나는 것인가를 훌륭히 보여주었다고 정평되어 왔다.

평론가 조남현은 전상국이야말로 진실의 참모습을 밝혀주려는 뜻에서 세사에는 둔하고 요령도 없지만 진실함이 엿보이는 인물의 바로 옆에 속한 데다가 자기애로 물든 인물을 병치시키는 방법을 우선적으로 택하고 있다 고 했다. 즉 악인의 옆에 있는 선인은 혼자 떨어져 있는 선인보다 더욱 돋 보이게 되는 것처럼, 진실한 삶을 추구하는 인물은 그렇지 못한 인물과 나 란히 있음으로써 더욱 더 분명하게 음각될 수 있는 것이기 때문이란 것이 다.

한편 작가 전상국은 1980년대 단편 「우리들의 날개」로 제14회 동인문학 상을, 소설집 『아베의 가족』으로 대한민국 문학상 우수상을 수상함으로써 중견 작가로 탄탄한 기반을 다져 왔다.

2. 「투석」과 「음지의 눈」

중편 「투석」은 1988년 『현대문학』에, 그리고 중편 「음지의 눈」은 1986년 「소설문학」에 각각 발표되어 높은 평판을 얻은 작품들이다.

「투석」은 최칠수 노인을 중심으로 한 일가족의 일상사 속에서 사나흘 간 격으로 거듭 날아든 투석 사건을 차분한 화제로 풀어감으로써 작가의 능숙한 소설 경지를 감지하게 된다.

> 첫 번째 날아든 돌멩이가 서향의 현관문을 겨냥했던 것과는 달리 두 번째 것은 정남향의 그 집 안방 창문을 향해 던져졌다. 너설 날카로운 그 돌멩이는 안방 창문의 방충망까지 찢은 뒤 겉문유리는 물론 안쪽 유리마저 깨뜨렸다. 그 정도면 대단한 투척이었다. 세 번째 것은 현관문과 안방 창문의 가운데인 분합문의 아래쪽 통널 조각을 때린 뒤 창 밑에 떨어졌다.

이런 식으로 두 달동안 최 노인 집에 다섯 번의 투석 사건이 벌어지기까지 그 주범을 추적하는 사연이 꺼풀 풀 듯 순차적으로 개진되어 흥미를 증폭시킨다.

최노인의 며느리 민금자 씨는 남편과 약혼까지 했는데 이쪽의 집안 내력을 어디서 알아냈는지 빨갱이 집안과는 혼인할 수 없다며 파혼하라고 했던 시아버지를 몹시 원망했기에 그로부터 투석 사건의 실마리를 풀려고 한다. 즉 최 노인이 지방 빨갱이를 때려 잡던 얘기만 시작하면 민금자 씨는 눈에 경련이 일 만큼 신경이 과민 상태가 되었다. 더욱이 이웃들이 남편 최영배 선생이 밖에서 누구한테 혐의질 만한 그런 일이 없었느냔 추궁이 견디기 어려워 치욕감으로 몸이 떨렸다.

> "이거 동네가 이래가지구 어디 무서워서 살겠나."
> "집터가 나빠서 그래요. 무당을 불러 지신상을 차려놓고 한바탕 벌어야
> 한다니까 그러네."

이웃 사람들이 보여주는 관심은 대개 그런 식이었고 돌이 날아 들었다는 데 다친 사람은 없느냔 통장 마누라의 확인 전화도 있었다.

마침내 그 집에 다섯 번째 날아온 그 돌멩이를 던진 범인을 찾게 된다. 그는 재수생으로 최영배의 아들 기호의 친구이기도 했다.

이런 와중에 최칠수 노인은 가출을 하게 되는데 집에 던져졌던 돌멩이들

을 정성스럽게 가방 속에 싸들고 어느 시골 마을에 당도한다. 그리고 노인은 신주 모시듯 정성을 다해 안고 다니던 그 가방을 열고 돌멩이를 집어내어, 흙구덩이 속에 아무렇게나 던져 넣었다.

재수생이 던진 그 매끄러운 자갈까지 모두 다섯 개의 돌멩이가 좁은 구덩이 속에 수두룩히 쌓였다. 그 돌멩이를 묵밭에 묻은 마지막 의식으로 노인은 소주병으로 흙구덩이 위에서부터 시작해서 그 묵밭 여기저기에 휘휘 술을 뿌렸다.

"다 미친 덧거리야!" 최 노인이 씹어 뱉듯 홀린 말이었는데 그 몸동작마저 결연했고 그는 빈 비닐 가방을 집어들어 산비탈 아래로 휘익 집어던진 뒤 휘적휘적 멀리 사라졌다는 「투석」의 말미가 강한 여운으로 서술되었다.

한편 「음지의 눈」은 작가가 "북향의 응달에 쌓인 눈은 그 겨울이 다 가고 봄이 와서도 한참 동안 잔설(殘雪)로 남아 있는 걸" 보면서 구상한 것으로서 소설 제명이 된 '음지의 눈'이란 다름 아닌 응달진 인생, 변방의 인생으로 풀이될 것이다.

「음지의 눈」은 사십 막 넘은 나이에 교감이 된 현상만이 그동안 자신을 여러모로 도와준 이성신 교장이 상배(喪配)당했을 때 문상 가던 결에 제자 김형수를 만나는 것에서 비롯된다. 김형수와 현상만은 몇 차례의 술자리에 어울리면서 '오영호 익사 사건'에 얽힌 비화와 후일담을 나누게 되는데 현상만으로는 괴로운 사제의 만남이기도 했다.

이 소설은 이 두 사제간에 나누는 회고담, 미동 중학을 졸업한 후 김형수가 체험한 일들에 대한 갖가지 이야기를 담고 있다. 김형수의 후일담은 꽤나 충격적인 것이었지만, 출세를 위해서는 사건의 진상, 불우한 제자의 죽음 등은 전혀 상관치 않았던 그 냉랭한 태도에는 변함이 없었다.

이른바 '오영호 익사 사건'이란 인쇄소 직공의 아들이며 현상만이 담임했던 반의 반장 오영호가 가기 꺼렸던 수련회에 가서 김형수가 물속에 떠미는 바람에 익사한 것이었다. 육성회 회장의 아들이며 부회장인 김형수는 이로 인해 죄책감에 빠지게 되었으며 인솔 교사 이완철은 오토바이 사고로 죽는 날까지 자책감으로 인해 오영호 부모에게 익명으로 매달 5만원씩을 송금했다. 이에 비해 현상만은 교장의 밀명을 받아 오영호는 김형수가 잠든 사이 물속에 들어갔다 익사한 것이며, 김형수는 영호를 구출하기 위해 물속에 뛰어 들어갔던 것으로 조작하여, 김형수를 오히려 선행 학생으로 표창까지 받게 했다.

이 사건으로 현상만은 일을 매끄럽게 처리한 형수 부모로부터는 두둑한 촌지를, 교장으로부터는 각별한 신임을 받게 되었으며 그로 해서 교감 자리에 남보다 재빨리 승진하게 된 것이다. 한편 형수는 사건 직후 진실을 털어놓고 싶었으나 현상만의 압력과 이완철의 의도적인 외면으로 "응달의 눈이 녹기는커녕 더 꽝꽝 얼어붙는" 결과가 되어 버렸다. 그는 죄의식과 부모에 대한 혐오감, 대의를 위해 싸우는 큰형의 영향으로 마침내 공장 직공으로 변신하게 되었다.

그동안 형수는 오영호의 집을 자주 찾아가 위로와 도움의 뜻을 표했고, 영호 아버지가 '오영호'라는 활자를 호수별로 전부 모아 놓고 죽은 것을 보았고 못 가진 자를 위한 투쟁에 나선 영호 동생 영숙으로부터 모진 비판을 받기도 했다.

김형수의 의식 변화는 현상만, 형수의 부모, 그리고 "양지에서 건너편의 음습한 음지를 바라보기만 하면서" 큰 일을 한다고 자처하는 큰형마저도 허위의 땅에 서게 하는 결과를 낳았다고 할 수 있다.

아무튼 「음지의 눈」에서 작가는 학교측과 학부모에게나 결코 지지를 받지 못한 한 교사의 비참한 모습과 궁경(窮境)을 객관적으로 묘사하는 수준에서 그칠 뿐, 이 인물에 대한 감정의 표시와 판단은 유보해 두고 있다는 조남현의 지적이 타당할 것이다.

3. 「썩지 아니할 씨」와 「여름의 껍질」

중편 「썩지 아니할 씨」는 1987년 『문학사상』에, 그리고 「여름의 껍질」은 1980년 『문예중앙』에 각각 발표되어 문제작으로 평가되었다.

「썩지 아니할 씨」에서는 큰형의 죽음을 확인하러 가는 동생의 귀향길 얘기에서부터 화제가 비롯된다. 오랫동안 행방이 묘연했던 큰형에 대한 부음을 큰 조카로부터 전해 듣고 허둥지둥 귀향길에 오른 주인공의 여로 형식의 서술이 상세하게 펼쳐져 관심을 쏟게 된다.

"큰형이야말로 안개 속에 싸여 있었다."

이런 큰형이었기에 호적 나이와 실제 나이가 십년이 넘게 차이가 났고 그 실제의 나이라는 것도 본인의 입을 통해 들쭉날쭉 수시로 바뀌다 보니 어느 것이 진짜라고 믿기 어려웠다는 것.

비록 그가 집안 사람들이나 고향에서는 팔난봉에다 역마살이 낀 떠돌이 인생으로 낙인 찍혔을 망정 막상 그와 대면하게 되면 그의 기걸스러운 체구와 준수한 얼굴에 압도당하지 않을 수 없었다. 특히 그 광채나는 눈빛에 닿기라도 하면 여자들이 노글노글 맥을 못 쓰고 품 속으로 안겨 든다는 얘기였다.

큰형의 귀향과 자살이란 아무래도 아구가 잘 맞아떨어지지 않는 것이라 조카도 자기 아버지의 죽음을 좀체 사실로 받아들이기 힘들었지만 분명한 것은 큰형이 귀향했다는 것과 주인 몰래 타고 나간 쪽배 속에 자신이 신었던 구두를 남겼다는 것뿐이다.

큰형의 시신을 찾기 위해 잠수부와 마을 사람들이 물 속과 근방 일대를 나흘간이나 샅샅이 뒤졌지만 큰형의 죽음을 확인하는 데 실패했다는 것. 결국 큰형의 유품을 수습해서 장례를 치르게 되었는데 그 유품 중에서 성경책의 한 군데 접힌 곳에 적힌 성경 구절이 돋보인다.

"피차 사랑하라. 거듭난 것이 썩어질 씨로 된 것이 아니요. 썩지 아니할 씨로 된 것이니……."

바로 이 구절에서 「썩지 아니할 씨」란 소설 제명의 깊은 뜻을 쉽사리 터득하게 될 것이다. 한편 「여름의 껍질」에서는 한충구와 용영분이 한 쌍의 부부이지만 서로의 가슴에 쉽사리 넘나들 수 없는 아픔의 강이 흘러 가족이라는 형식적 생활이 있을 뿐, 그 이상의 애정을 모른 채 괴로운 인생을 사는 부부다. 그 중에서도 석녀(石女)인 용영분은 아무도 사랑할 수 없는 자신을 혐오하며 남편의 헌신적 사랑마저 거부하는 자학 증세를 드러낸다. 더욱이 한집에 동거하는 친정 어머니와 백치인 영채가 그녀의 삶을 한층 참담하게 만든다.

누군가의 씨를 밴 영채를 데리고 가출해 버린 장모를 찾아 나선 한충구는 아내의 고향 반곡에서 용산수 일가의 한국 전쟁으로 인한 파란만장한 비극과 만나게 됨으로써 아내의 아픔을 자기 것으로하여 비로소 이제까지의 껍질처럼 뒤집어쓰고 다닌 죄의식과 피해의식에서 벗어나게 된다는 것이다.

(『한국현대작가의 문제작 평설』, 국학자료원, 1996)

박완서의 「엄마의 말뚝」

박완서는 중산층의 소시민적 생활과 분단의 아픔을 그리는 여류작가로 알려졌다. 1970년 불혹의 나이에 『여성동아』에 장편 『나목』을 발표하여 문단에 등단하였다. 문단에서는 늦깍이임에도 불구하고 「겨울나들이」(1975), 「도시의 흉년」(1976), 「휘청거리는 오후」(1977), 「그 가을의 사흘동안」(1980), 「그해 겨울은 따뜻했네」(1983), 「그대 아직도 꿈꾸고 있는가」(1989) 등의 문제작을 계속 발표하였다.

그의 작품 세계는 평범한 일상적 개인사를 중심으로 이루어짐으로써 다소 대중 지향적인 재미를 지향하고 있다. 그러나 그러한 재미가 통속성에 빠지지는 않는다. 가족 내적인 문제를 사회 윤리적인 가치관이나 비판의식으로 승화시킴으로써 예술성을 획득하고 있기 때문이다. 1981년 제5회 이상문학상을 수상한 「엄마의 말뚝·2」가 바로 그러한 작품이다.

「엄가의 말뚝·2」는 분단문학이라 할 수 있다. 작가가 본래 이북인 경기도 개풍군 청교면 묵송리 출신이라 그렇겠지만 돌아가지 못할 고향에 대한 그리움이 깔려 있는 것이다. 분단의 상처가 이상에 영향을 미쳤는지 먼저 소설의 줄거리를 보자.

주인공은 5남매를 둔 중년 부인인 화자 자신이다. 늘 구질구질한 집안 살림 걱정을 하지 않고 편하게 살아 볼 것을 꿈꾸는 평범한 주부이다. '나'는 "나만 없어 봐라, 집안꼴이 뭐가 되나" 하는 식으로 권위 의식을 가지고 주부로서의 종신 집권을 바라는 사람이다. 이렇게 당당한 이유는 이상하게 '나'가 집을 비운 사이에만 집안에 불상사가 일어나곤 했기 때문이었다. 그러나 아이들이 다 크고 집을 아파트로 옮기면서 집안에 무슨 일이 일어날 소지는 거의 없어졌다. 이제는 타성화된 일상만이 자리잡고 있는 것이다.

사건은 '나' 가 집에 없는 오랜만의 외출중에 일어났다. 모처럼 중년주부의 일상사에서 벗어나 서울 근교에 있는 친구의 농장에 초대받은 때였다. 눈이 너무 많이 와서 교통이 두절되고 그 시간에 앵두주에 알맞게 취해 기분 좋게 지내면서 집안 일에 대한 신경은 완전히 끊고 있었다. 그런데 집에 돌아오는 길에 예의 그 섬뜩한 예감에 사로잡히게 되었다. 집에 돌아오니 역시 예감대로 나쁜 소식이 기다리고 있었다. 친정어머니가 빙판길에 미끄러져 중상을 입고 의식을 잃었다는 것이었다.

병원에 입원해 있는 친정어머니는 의식은 되찾았으나 수술을 완강하게 거부했다. 여든여섯 잡수신 나이에 몸에 칼을 대지 못하겠다는 말씀이셨다. 그러다가 죽은 오빠가 뼈에 좋은 '산골' 을 구해다가 당신을 치료해 주었던 기억을 떠올리고서야 수술을 받기로 마음을 고쳐먹게 되었다. '나' 는 수술을 승낙하고 편안한 마음으로 수술실에 들어가는 어머니를 보고 죽은 오빠 생각을 한다. 오빠는 가난한 살림 속에서도 두뇌가 명석하고 효성이 지극하여 동네의 칭찬이 자자했다. 오빠는 어머니가 한겨울에 산비탈에서 미끄러져 손목이 부러졌을 때 무악재까지 가서 산골을 구해다가 어머니를 치료했던 것이다. 이 때문에 어머니는 오빠를 더욱 극진하게 생각하였다.

수술을 마치고 병실에 돌아온 어머니는 불가사의한 괴력을 보이고 기성을 지르는 등 정신착란 증세를 보인다. 어머니는 효성이 대단했던 아들이 실어증에 걸린 채 비극적으로 죽어간 옛일을 떠올리며 정신이 오락가락 하는 것이다. 그 동안 가슴속 깊이 묻어두었던 원한과 저주가 다시금 터져나온 셈이다.

6 · 25 전쟁 전 오빠는 좌익 운동에 가담했다가 전향한 적이 있었다. 그래서 6 · 25가 나서 서울이 함락되어 인민군 치하가 되자 숨어서 불안하게 살아가고 있었다. 그러다가 이웃의 고발로 끌려가게 되었다. 오빠는 인민 궐기대회에서 제일 먼저 의용군에 자원함으로써 죽을 고비를 넘긴다. 그 덕분에 우리집은 혜택을 누린다.

인천상륙작전이 성공하여 세상이 바뀐 석 달 후 우리집은 다시 빨갱이 집으로 낙인찍힌다. 당국과 이웃의 극심한 탄압에 극도의 고통을 받는다. 1·4후퇴로 오빠는 돌아왔으나, 인민군에서 도망 나온 그는 심한 피해망상증과 자폐증에 걸려 있었다. 오빠 때문에 피란을 갈 수 없게 된 우리 식구는 처음 서울에 와서 '말뚝을 박았던' 산비탈 동네로 은신을 했다. 그러나 결국 인민군에 들키게 되고 오빠는 충격에 실어증까지 걸린다. 어머니는 오빠가 원래부터 정신병자였다고 해서 위기를 넘긴다.

그러나 오빠는 심각한 정신적 불구상태를 벗어나지 못한 끝에, 다시 북으로 후퇴하는 인민군 보위군관에게 총을 맞고 유혈이 낭자하게 된 채 죽는다. 어머니는 오빠의 시신을 화장시켜 이북 고향 개풍군 땅이 보이는 바닷가에 뿌린다. 바람에 실려 넋이나마 고향에 가기를 희원하는 것이었다. 그일만이 모든 것을 빼앗아 간 6·25전쟁과 분단의 비극에 홀로 거역할 수 있는 유일한 방도였다. 아직도 투병 중인 어머니는 당신의 유일한 혈육인 내게, 당신도 오빠와 마찬가지로 화장시켜 고향이 보이는 바닷가에 뿌려 달라는 부탁을 한다.

작가 박완서는 이 작품에서 자기의 고향을 등장시키면서 일상속에 뿌리 깊게 자리잡은 분단의 아픔을 그리고 있다. 이 작품의 핵심 문제는 86세의 친정어머니가 죽어서도 기어이 한줌의 먼지와 바람이 되어서 분단이란 괴물과 싸우겠다는 것이다. 어머니 가슴 깊이 자리잡고 있는 분단의 원한을 순종적인 차원에서 한풀이하는 것이 아니라 도전적으로 극복하려 했다는 점에서, 이 작품은 분단문제에 대한 새로운 문학적 가능성을 열어놓았다. 삶에의 의지란 측면은 산언덕 빈민촌에 집을 장만하고 말뚝을 박고 산다는 이 소설연작의 제목 「엄마의 팔뚝」과도 관련된 문제일 것이다.

작가는 이 작품을 통해 어머니의 개인적인 한 극복이 분단 극복을 위한 민족적인 정서로 승화되는 것을 보여주고 있다. 개인의 고통이 민족의 고통이 되고 민족의 원한이 개인의 원한으로 용해되게 하는 데 성공하고 있는 것이다.

(『한국현대작가의 문제작 평설』, 국학자료원, 1996)

윤병로 평론 선집 2

한국 근현대소설의 흐름

인쇄일 초판 1쇄 2001년 08월 20일
　　　　　2쇄 2015년 06월 23일
발행일 초판 1쇄 2001년 08월 25일
　　　　　2쇄 2015년 06월 25일

지은이 윤 병 로
발행인 정 진 이
발행처 새미
등록일 1994.03.10, 제17-271호

서울시 강동구 성내동 447-11 현영빌딩 2층
Tel : 442-4623~4 Fax : 442-4625
www.kookhak.co.kr
E- mail : kookhak2001@hanmail.net
ISBN 978-89-5628-662-4 *93800
가 격 23,000원

* 새미는 국학자료원의 자매회사입니다.
*저자와의 협의 하에 인지는 생략합니다.